무
영
탑

무영탑

현진건 장편소설

애플북스

비 내리는 겨울을 좋아하던 시절에 읽은 책

박 상 률

그날도 그랬다.

하루 종일 밭에서 할아버지와 바로 밑 남동생과 함께 돌을 주웠다. 그 밭은 집안에서 얼마 전에 어렵게 돈을 만들어 사들인 거였다. 내 어린 시절엔 논 값이 밭 값보다 더 비싸서 밭을 사 논으로 바꾸었다. 우리 고향에선 이런 일을 '밭논 친다'고 했다. 밭을 논으로 만들기 위해 우리는 작은 손수레에 돌을 실어 밭 가장자리로 나르기도 하고, 먹서리(짚으로 날을 촘촘히 결어서 만든 그릇의 하나)에 돌을 담아 옮기기도 했다.

할아버지는 시도 때도 없이, 인정사정없이, 들녘을 훑고 지나가는 겨울바람에도 추운 줄 모르고 돌을 줍는 일에 온통 몰두해 땀까지 흘리며 즐겁게 일을 하는 것 같은데, 나와 동생은 힘들어하며 몹시도 하기 싫어했다. 게다가 손은 추위에 곱아들었다. 그러나 할아버지의 성화에 우린 아무 소리도 내지 못하고 돌을 주워야 했다.

밭이 논이 되기 위해선 무엇보다도 물을 채울 수 있어야 한다. 그렇게 하려면 돌을 주워내어 흙만으로 평평하게 논바닥이 이루어져야 한다.

"큰 돌은 많이 주워냈는디, 아직도 잔돌이 많어. 논엔 맨발로 들어가니께 발에 돌부리가 채이면 안 돼야."

돌덩이라고 해야 할 큰 돌은 거의 눈에 띄지 않지만 돌멩이라고 할 자잘한 돌은 여전히 많았다. 물이 차 있는 논엔 신발을 신지 않고 들어간다. 그런 까닭에 잔돌이라도 맨발에 닿으면 아프다. 우리 형제 또한 그 사실을 이미 알고 있지만, 돌 줍는 일은 너무도 힘들고 한겨울의 들판은 매섭게 추워 그저 따뜻한 아랫목만 그리울 뿐이었다.

어린 우리에게는 땅이 생겼다는 기쁨이 별로 실감이 나지 않았다. 집안의 어른인 할아버지는 대표로 신이 난 것 같았다. 그러지 않고서야 밭을 논으로 만들기 위해서 어린 손주들을 데리고 겨우내 돌을 주워내겠는가.

어른들에겐 밭이 생기고, 그 밭이 당장 봄부터는 쌀농사를 지을 수 있는 논이 된다는 게 기쁨이었는지 모르지만 어린 우리는 그야말로 죽을 맛이었다. 찬바람 부는 들판에서 하루 종일 돌을 줍는 일은 매우 힘든 노동이었다. 초등학교를 마치고 이제 겨우 중학교에 진학했을까 한 시절이었으니 들일이 얼마나 하기 싫었겠는가.

어서 고된 노동이 끝나고 집으로 돌아가기를 바랐다. 집에 가면 고구마 따위의 먹을거리가 기다리고 있어서 좋기도 했지만 무엇보다도 추운 데서 일을 하지 않게 된다는 것만으로도 즐거웠다. 아, 그리고 엊저녁에 읽다 둔 소설책을 이어서 읽을 수 있어 좋았다!

그 무렵이었다. 내가 아버지 서가에서 다섯 권짜리 '한국단편문학전집'을 발견한 때가. 당시 아버지는 시골 학교 교원이었다. 그땐 시골 학교마다 돌아다니는 월부 책장수가 있었다. 책장수는 시골 학교 교원들에게 온갖 달짝지근한 말을 풀어내 일단 책을 먼저 안기고 월급날 다시 찾아와 그 달치 책값을 받아 갔다. 아마 '한국단편문학전집'도 그렇게 해서 아버지 서가에 꽂히게 되었을 터이다.

어떤 과정을 거쳤든 그 책은 내 차지가 되었다. 많은 책, 특히 역사 소설 따위는 요샛말로 '19금'이어서 아버지는 자식들이 서가에서 그런 책을 꺼내 가는 걸 조심스러워하셨다. 그런데 아버지가 아주 건전하게 여기고 있는 '한국단편문학전집'을 가져갔으니, 아버지 마음에 얼마나 기특했을까!

사실 '한국단편문학전집'의 내용도 만만치 않았다. 스마트폰을 비롯 온갖 매체에 노출된 지금 아이들에게 그 책의 내용은 '시시'한 수준이겠지만 당시 내겐 미성년자 관람불가의 온갖 장면이 다 들어 있는 책이었다. 나는 그 책을 통해 인생의 신비(?)를 상당히 많이 알게 되었다. 특히 어른들의 세계를, 나아가 사회를 구성하는 온갖 기제를…….

'한국단편문학전집'은 세로 조판 편집으로, 이미 가로 읽기에 길이 든 나로선 읽기에 무척 힘들었다. 거기에는 김유정, 김동인,

이효석, 채만식, 현진건 등 한국 근현대사를 수놓은 유명 작가들의 작품이 실려 있었다. 특히 내 눈길을 끈 작가는 현진건이었다. 우선 제목이 눈에 확 들어왔다. 지금도 잊히지 않는 제목으로는 〈빈처〉〈술 권하는 사회〉〈B 사감과 러브레터〉〈운수 좋은 날〉 등이 있다. 이들 작품은 제목뿐만 아니라 내용도 가슴에 와 닿았다.

'빈처'는 말 그대로 '가난한 아내'인데, 소설 〈빈처〉를 통해선 안빈낙도뿐만 아니라 타인에게 쉽게 기대지 않는 인간의 고결함을 익혔으며, '빈처'라는 말에 빗대 훗날 어른이 되어선 늘 병을 달고 사는 아내 때문에 '병처'라는 말로 내 처지를 표현하기도 했다.

또 처가살이하면서 돈도 안 되는 글만 끼적거리는 작가의 모습에 연민과 격려의 감정을 동시에 가지기도 하였다. 장인의 생신날을 계기로, 입을 옷도 마땅찮은 아내와 살림살이가 넉넉한 처형의 처지를 비교하면서 과연 진정한 인간의 '고결함'이 무엇인지를 새겨보기도 했다. 아내는 가난한 살림이지만 속이 편했고, 처형은 잘살지만 속 썩이는 남편에게 마침내 맞기도 한다. 그럼에도 남편의 뜻을 따라야 하는 처형. 물질이 무엇인지를 묻게 하던……

〈술 권하는 사회〉에서는 일본 유학까지 갔다온 남편과 '무식'한 아내 사이의 의사소통 문제를 잡아냈다. 남편은 자신이 술 먹는 이유로 '이 사회란 것이 내게 술을 권한다오'라고 말하지만 아내는 '사회'가 술을 파는 요릿집 이름인 줄 알고 '그러면 그곳에 안 가면 그만이지요'라는 취지로 말하던 대목이 특히 기억난다. 당시 일본에서 만든 '사회'라는 신조어를 아내는 모르고, 남편은 자신이 술 먹는 이유를 사회 탓으로 돌리고……(지금도 많은 사람이 그러지만.) 당시 일제강점기하의 시대상을 알 수 있는 대목이다. 일본의 식민지 상황을 거부 못하는 지식인, 맨 정신으로 살지 못해 매일 술을 마셔야 했던 남편. 남편의 그런 사정을 헤아리지 못하는 아내. 술 마시는 남편과 그걸 이해 못하는 아내 사이의 '실랑이'를 통해 당시 사회의 모든 구성원들을 차원 높게 풍자한 소설이기도 하다.

〈B 사감과 러브레터〉를 통해서는 근엄한 사감의 표정과 달리 인간이면 나이와 상관없이, 또 직책과 관계없이 누구나 가지고 있을 '원초적 본능'의 서글픔을 알았다. 지금도 그렇지만 학교든 회사든 기숙사는 귀가시간을 통제한다. 소설이 쓰였던 무렵에는 편지도 통제의 대상이었던 모양이다. 학생들에게 연애편지가 오는 걸 지독히도 싫어하는 B 사감. 하지만 학생들의 연애편지를 모아놓고 자신의 방에서 대신 '연기'해보는 B 사감. 그가 밉다는 느낌보단 '연민'을 느끼게 만들던 소설……

〈운수 좋은 날〉은 가난한 인력거꾼과 그의 아내 이야기이다. 어쩐지 그날은 손님이 많은 '운수 좋은 날'이었다. 그래서 술까지 마시고 집에 돌아왔는데, (실은 아침에 붙잡던 아내 모습에 귀가시간을 자꾸 늦추었지만……) 아내는 죽어 있다. 그토록 먹고 싶어 하던 설렁탕도 못 먹어보고. 설렁탕 또한 손님이 많아 운수가 좋아 샀는데……

〈운수 좋은 날〉에서는 일반적으로 지지리도 가난한 삶이 무엇인가, 그런 삶도 살아야 하는 이유는 무엇인가 등을 지독한 '역설'과 '아이러니'를 통해서 익혔다.

현진건의 작품을 읽으며 충격을 받은 이유는 어떤 상황, 어느 처지이든 작가가 의뭉스러울만치 태연히 묘사해가는 '역설'과 '아이러니' 때문이었다. 어린 마음에도 삶이 힘들다는 건 이미 알고 있었다. 문제는 그런 삶을 어떻게 헤쳐 나가는가 하는 점이었다. 그때 현진건의 작품을 읽지 않았다면 청소년기를 훨씬 힘들게 보냈을 것이다. 그의 작품을 읽었기에 이야기 속 인물의 삶을 다 살아보지 않고도 내 삶의 폭을 훨씬 더 넉넉하게 넓힐 수 있었다. 이른바 공감 능력이 생긴 것이다.

현진건의 〈빈처〉는 중학교 들어가기 전 겨울 어느 밤에 읽은 작품이었다. 그런데 그 〈빈처〉를 고등학교 국어 시간에 교실에서 다시 배우게 되었다! 〈빈처〉는 아버지의 책장에서 나와 고등학교 교실 내 책상 위에 놓였다.

역설과 아이러니를 작품 속에 자유자재로 넣은 작가. 우리 삶이 역설이나 아이러니 아닐까? 그는 너무 일찍 왔다. 그래서 그랬는지 일찍 갔다. 나이 사십대 초반, 마흔에서 두세 해 더 지나 세상을 떴다.

그러나 그의 작품은 우리 곁에 남았다. 내가 그를 만났을 때 그는 이미 이 세상 사람이 아니었다. 하지만 그를 생생하게 만났다, 그가 남긴 소설 속에서……. 일본 강점기시대를 살고 간 그. 당시로선 일본 유학까지 다녀온 엘리트였지만 〈술 권하는 사회〉의 아내 같은, 일찍 결혼한 아내를 사는 동안 한 번도 외면하지 않았고, 일제에도 전혀 협력하지 않았던 꼿꼿했던 사람.

〈운수 좋은 날〉에선 시작 부분에 비가 내린다. 그 비는 소설이 끝나도록 내린다. 계절은 겨울 어느 때쯤인 듯한데, 소설에서 그린 대로 '눈은 아니 오고 얼다가 만 비가 추적추적 내리는 날'이 었다. 주인공이 선술집에서 곱빼기로 한 잔 술을 더 먹고 나올 때까지 '궂은비는 의연히 추적추적 내린다'. 그래서 지금도 비가 오는 겨울이면 소설 〈운수 좋은 날〉이 떠오르고, 할아버지와 돌 줍던 밭이 연상된다.

밭을 논으로 만들기 위해 할아버지랑 부지런히 돌을 주워내던 시절. 그때 그 계절에도 가끔씩 비가 내렸다. 마땅히 눈이 와야 할 계절에 비가 내린 것이다. 날씨가 푸근하면 눈이 비가 되어 내린다. 소설 〈운수 좋은 날〉에서는 비가 역설적인 제목의 배경 역할을 하지만, 나의 현실 세계에서는 비가 내리면 '노동'을 하지 않는다. 쉬는 날이다. 지금 돌이켜보면 참으로 철딱서니 없는 생각이지만, 그 당시에는 비 오는 날은 '공치는' 날로 나에게 있어 그야말로 운수 좋은 날이었다!

내가 고등학교 진학을 위해 도회로 가면서 친동생들한테 물려주었을 때만 해도 그 책들은 집 안에 있었다. 그런 뒤 대학생이 되어 집에 가니 책의 행방이 묘연했다. 한 마을에 살던 사촌동생들이 그 책을 물려받아 새 주인이 되었다는데, 그 뒤로부터는 주인이 또 어떻게 바뀌었는지 알 수 없게 되어버렸다. 책이 집을 나가버린 것이다.

나중에 대학의 문예창작학과에서 훈장 노릇을 하던 때 어떤 작가의 단편을 인용할 때면 자연스레 청소년 때 읽은 내용과 문장이 떠올랐다. 그뿐 아니라 중고등학교의 국어와 문학 교과서 필자로 참여했을 때도 어떤 작가의 어떤 작품을 들먹일라치면 그때 읽은 내용이 저절로 떠올랐다.

청소년 시절에는 모든 것이 왕성하게, 특히 기억력이 왕성하게 작동하는 때이다. 그때는 거꾸로 외운 것도 끝까지 몸에 남는다. 이 좋은 때, 좋은 소설을 읽어 평생 동안 인간을 이해하고, 나아가 세상을 이해하는 '밑천'으로 쓰면 좋겠다.

내가 어린 날 읽은 한국단편문학전집은 글자가 세로로 박혀 있었고, 글자 크기도 아주 작았다. 그런데도 그 시절 그 책을 읽을 수 있었던 건 '문자'에 대한 경외감이 있어서였을 것이다. 지금처럼 인터넷이나 스마트폰 같은 게 없던 시절이니 책을 읽는 게 유일한 즐거움이었으며, 고된 노동에서 벗어나는 길이었다.

예나 지금이나 문자는 소중하다. 문자를 경외하는 것, 그게 문자 '행위'의 시작이다. 문자 '행위'를 하는 이는 자기 머리로 생각을 하게 된다. 책의 긴 글을 생각하며 읽는 것이 문자 '행위'이다. 요새는 인터넷과 스마트폰의 발달로 문자에 대해 경외감이 덜하다. 하지만 진정한 문자생활은 책을 읽으며 생각하는 것이다. 그게 문자 '행위'이다. 즐길 것만 찾으며 인터넷과 스마트폰의 문자만 가볍게 훑는 것은 문자'질'이다. 문자'질'은 결코 자기 머리로 생각을 하게 만들지 않는다.

사람살이는 쉽게 변하지 않는다. 특히 청소년시대에는 눈앞의 온갖 현란한 매체에 당장 눈길이 가지만 그런 매체는 삶의 보편적 원리를 알려주지는 않는다. 언제나 통하는 삶의 보편적 원리는 자기 머리로 생각할 수 있게 해주는 문자 행위를 통해 갖추게 된다. 문자 행위는 좋은 문학작품을 읽는 일에서 시작된다. 좋은 문학작품을 읽는 건 평생 '써먹을' 재산을 쌓아놓는 것과 같다. 그런 문학작품을 통해서 삶의 신비와 사회를 깊이 알 수 있으므로…….

거꾸로 읽어도, 무엇을 읽어도 다(?) 몸에 저장되는 청소년 시절, 좋은 편집으로 좋은 작가를 만나는 것은 평생의 행운이다. 당연히 작가는 작품으로 만난다!

박상률

1990년 〈한길문학〉을 통해 작품 활동을 시작했고, 계간 〈청소년문학〉의 편집주간을 맡았다. 펴낸 책으로는 산문집 《청소년문학의 자리》, 시집 《진도 아리랑》 《배고픈 웃음》 《하늘산 땅골 이야기》, 소설 《봄바람》 《나는 아름답다》 《밥이 끓는 시간》, 동화 《바람으로 남은 엄마》 《미리 쓰는 방학 일기》 《까치학교》 등이 있다.

차례

일러두기

1. 《무영탑》은 1938년 7월 20일부터 1939년 2월 7일까지 〈동아일보〉에 연재되었다. 이 책은 1939년 출간된 박문서관본을 저본으로 하였다.
2. 맞춤법, 띄어쓰기는 현대어 표기로 고쳤으나 작가가 의도적으로 표현한 것은 잘못되었더라도 그대로 두었다. 띄어쓰기와 맞춤법은 국립국어원의 《표준국어대사전》을 기준으로 삼았다.
3. 한글로 표기된 외래어는 외래어맞춤법에 맞게 고쳤으나 시대 상황을 드러내주는 용어는 원문을 그대로 살렸다.
4. 한자는 한글로 표기하고 의미상 필요한 경우에만 한글 옆에 병기하였다.
5. 생소한 어휘는 독자들의 이해를 돕기 위하여 각주로 설명을 달아두었다.
6. 대화에서의 속어, 방언 등은 최대한 살렸으나 지문은 현대어로 고쳤다.
7. 대화 표시는 " "로 바꾸었고, 대화가 아닌 혼잣말이나 강조의 경우에는 ' '로 바꾸었다. 또한 말줄임표는 모두 '……'로 통일하였다.

무영탑

1

신라 경덕왕[1] 시절.

사월 초파일이 내일모레. 서라벌 서울에는 석가탄일 준비가
한창 바쁘다.

눌지왕 때부터 몰래몰래 이 나라에 스며 들어온 서천 서역국
부처님 도는 법흥왕 말엽 이차돈의 순교로 활짝 길이 열리고, 삼
한통일을 거쳐 성덕, 경덕에 이르자 그 찬란한 연꽃은 필 대로 피
었다.

그 당시 초파일이라면 설, 대보름, 팔월 한가위보담 더 큰 명

1　35대 왕. 신라의 전성기로 절과 많은 불교 유적을 만들었다.

절이었다.

파일놀이에 첫째가는 연등과 관등. 여느 집에서도 가지각색 등을 만들기에 야단법석이다. 모난 놈에 둥근 놈, 기름한 놈, 암팡진 놈, 장구 모양, 북 모양, 푸드득 나는 양의 봉황새, 엉금엉금 기는 양의 자라 남생이…….

도림의 대를 베어 곰살궂은 잔손질로 휘엉휘청 등틀을 휘어 매고 선두리는 금당지에 은당지, 싸 바르는 종이도 오색이 영롱하다.

여느 집도 이러하거니, 하물며 부처님을 모신 절들이랴. 대천 세계를 밝게 밝게 비출 등 준비야 말할 것도 없거니와 축하식 봉행 절차와 법연 베풀 자리며 재 올릴 분별에 웬만한 절들은 벌써 여러 밤을 하얗게 밝히었다. 더구나 황룡사, 분황사, 백률사 같은 큰 절들은 당일 거둥[2]을 맞이할 차비에 더욱 공을 들이고 애를 썼다. 다른 절차는 다 그만두고라도 잠시 잠깐이나마 임금님 듭실 옥좌와 고관대작을 영접할 처소를 마련하기에 쩔쩔매었다. 비지 땀들을 흘리고 쩔쩔매기는 하면서도 중들은 저절로 으쓱으쓱 어깻바람이 났다. 한 번 거둥에 쌀과 금과 은과 피륙이 산더미로 쏟아지는 까닭이다. 수가 좋으면 몇십 결 보전의 시주가 내리기도 한다. 부처님이 나셨으니 좋고 임금님이 오시니 좋고 그보다 더 좋기는 생기는 것이 많은 것이요, 음식이 질번질번하고 새 옷을 갈아입게 되니 대덕 중덕의 웃두리 중은 물론이요, 비구 사미 따위의 아랫두리까지 싱글벙글 한 시절을 만난 셈이다.

2 임금의 나들이.

그럴싸해서 그런지는 모르되 목탁과 경쇠소리도 요새따라 더 한층 우렁차게 활기를 띤 듯하다.

온 서라벌이 발칵 뒤집히도록 야단법석을 하는 가운데 오직 불국사만은 다 가무러진 잿불처럼 절 안이 괴괴하다.

불국사로 말하자면 신라에 크게 불법을 일으키신 제이십삼세 법흥왕 시대의 초창으로 오늘날 장안에 즐비한 팔백팔 사 중 가장 오랜 역사를 가진 고찰이요, 초창 이후 여러 번 중창과 수리를 겪어 그 규모의 굉걸 웅장한 품도 어느 절보담 못하지 않은 대찰이다. 더구나 서라벌의 제일 명산 토함산을 등진 그 절터는 비단 서울 근처뿐 아니라, 신라 전국을 뒤져보아도 그런 절묘한 자리를 찾아내기는 그리 쉽지 않으리라. 뒤로는 빼어난 봉우리를 느슨하게 짊어지고, 좌우로는 울창한 송림을 슬며시 끌어당기며, 쪽으로 그린 듯한 호숫가에 넌지시 발을 내어밀었는데, 앞으론 광활한 평야가 훨쩍 열리어, 눈길 가는 곳 막힐 데 없으니 명찰에 절승까지 겸하였다 함은 이를 두고 이름이리라.

이만한 절이거니 파일 차림도 응당 굉장하련마는, 도무지 그런 기척을 찾으려야 찾을 수 없다.

밤이 되었건만, 다른 절처럼 이글이글 하늘을 태울 듯한 화톳불도 놓지 않았다. 펄렁거리는 횃불도 볼 수 없었다. 마지못해 단 듯한 불전의 추녀 끝에 두어 개 촛불이 가물거릴 뿐 온 절 안이 죽은 듯이 고요한데 이윽고 '큰방'에서 두런두런 인기척이 난다.

'큰방'이란 절에 무슨 일이 있으면 공사하는 처소요, 또 이 절 주지 아상阿湘 노장의 거처하는 곳이다.

2

불국사 중들은 저녁 불공을 마쳤으니 제각기 제 처소로 돌아가도 좋으련마는 그들의 발길은 의논이나 한 듯이 큰방으로 하나씩 둘씩 모여들었다.

풀기 하나 없는 그들은 주지 아상 노장을 중심으로 한 겹 에워싸듯 둘러앉는다.

그들은 슬금슬금 노장의 기색을 살피며 무슨 말이 떨어지기를 기다리는 듯.

그러나 아상 노장은 감중련³ 하고 그린 듯이 앉았을 뿐이요, 이가 빠져서 합죽하게 다문 입은 열릴 것 같지도 않다.

노장의 눈치를 보다가 지친 그들은 인제 저희들끼리 서로서로 눈치를 바라본다. 다 같이 제 흉중에 먹은 마음을 누가 활활 속시원하게 직설거를 해줄까 하고 서로 찾는 모양이었다.

그러나 아무도 입을 벌리는 사람은 없었다.

한동안 답답한 침묵이 계속되었다.

누구인지 휘 하고 저도 모르게 긴 한숨을 내쉬었다.

이 '휘유' 소리가 무슨 군호 모양으로 여기저기에서 반향이 일어나고, 어떤 이는 제법 일장 설법이나 할 듯이 칵 하고 큰기침까지 하였다.

마침내 말문은 터졌다.

"흥, 작년 파일도 그냥 지내고……."

---

3 '감중련'은 팔괘의 하나인 감괘의 상형 '☵'을 이르는 말. 여기서는 가운데 획이 이어져 틈이 막혔다는 뜻으로 입을 다물고 말을 하지 않음을 이름.

누구인지 혼잣말같이 중얼거린다.

"작년뿐인가, 재작년 파일도 개 보름 쉬듯 안 했는가베!"

중늙은이 중 하나가 뒤받는다. 나이는 한 오십가량밖에 되지 않았으나 겉늙어서 뺨은 살 하나 없이 홀쭉 빨았고 중풍증 탓인지 또는 신경질 탓인지 뾰족하게 내민 턱을 덜덜 떠는데 목청만은 쩽쩽하게 쇠되다.

"금년에는 꼭 공사를 끝내고 낙성 겸 굉장하게 파일을 지낼까 했더니 젠장맞일 그 원수엣놈의 탑이······."

구레나룻 자리가 새파란 이 절의 원주(살림 맡은 중)가 불쑥 이런 말을 하다가, 제 말씨가 너무 사나운 데 스스로 주춤하고, 말은 중동무이⁴를 하였으나마, 그 부리부리한 눈방울을 불평스러운 듯이 구을린다.

아상 노장은 조는 듯하던 눈을 번쩍 떴다. 침같이 숭숭한 하얗게 센 눈썹 밑에서 그 눈은 이상한 광채를 발한다. 입을 놀리던 중들은 움찔하였으나 노장의 눈은 스르르 다시 감기고 말았다.

"그야 그렇게 말할 건 아냐. 어느 건 공든 탑이라고 그야 공이야 들지. 그렇지만 너무 오래란 말이야, 너무 오래야. 벌써 삼 년의 세월이 걸리지 안 했나. 삼 년, 삼 년이면 일 년이 삼백육십 일이라, 가만있자 날수로 치면 천 날이 넘지 않나베. 에이 참 날짜로 따져보니 엄청나군, 엄청나."

'떠는턱'은 뼈만 남은 앙상한 손가락을 꼽아가며 한바탕 늘어놓는다.

---

4 하던 일이나 말을 끝내지 못하고 중간에서 흐지부지 그만둠.

"삼 년, 흥, 몇 석삼년이 걸릴지……."

누구인지 곱씹는다.

"그게 무슨 말인가. 아예 그런 말을랑 입 밖에도 내지 말게. 삼
년, 삼 년이 셋씩 걸리면 어떡하란 말인고. 우리는 말라 죽으란
말인가."

떠는턱은 손을 쩔레쩔레 흔들며 펄쩍 뛴다.

"뚱뚱보는 말라깽이 되고, 말라깽이는 말라 죽고, 킥킥."

어디서인지 웃음소리가 터진다.

떠는턱의 옴팡한 눈엔 대번에 쌍심지가 선다. 그리고 웃음 터
진 곳을 노려보며

"오 이놈, 네놈은 살푸덤이가 얼마나 붙었다고. 그래 석삼년씩
굶어봐라. 산돼지같이 살이 더 찔 테니."

"그러구말구. '장실' 말씀이 옳다 뿐이오. 다 이를 말이오……."

장실丈室이란 중들끼리 서로 위해 부르는 칭호다.

아까 말실수로 무참했던 원주가 기회를 얻은 듯이 떠는턱의
역성을 드는 척하면서 쏟아놓기 시작한다.

"그러게 작년만 그냥 넘긴 것도 기가 막힐 노릇이지만, 워낙
대공이라 이태쯤 걸리는 건 용혹무괴로되, 금년 파일까지도 끝을
못 내다니. 원 일을 하는 게 아니라 노라리⁵야 노라리. 굼벵이가
쌓아도 천 날을 쌓으면 열층탑이라도 열은 쌓았을 것 아니냐 말
야……."

말씨는 점점 우락부락해간다.

---

5 건달처럼 건들건들 놀며 세월만 허비하는 짓.

"자 이건 역군일세 뭘세, 밥을 몇 솥을 쪄내도 금세금세 없어지고 들어오는 게 뭐 있느냐 말야. 대공을 끝내기 전이라 해서, 거둥 한 번이 계신가, 대갓집에서 의젓한 행차가 있는가. 여느 집 재 올리는 것마저 절금이니 대관절 우리네는 뭘 먹고살란 말이냐 말야."

하고 주먹으로 방바닥을 내리친다.

3

화랑을 쫓아다니다가 입산한 지 얼마 안 되는 '빨갱이'가 그 별명마따나 다혈질의 시뻘건 얼굴을 더욱 붉히며 자리를 헤치고 나앉는다.

말하기 전부터 목줄대에 핏대가 선다.

"우리 신라에도 사람이 없지 않은데 도대체 그런 막중대사를 부여놈 따위에게 맡기는 게 틀렸단 말이오. 그래 우리 신라에는 석수쟁이가 한 놈도 없단 말이오? 아무리 한들 그래 그까짓 부여놈 재주를 못 당한단 말이오? 꾀죄죄한 잔손질은 혹 빠질는지 모르지만 큰 솜씨야 어디 어림 반 푼어치가 있단 말이오? 정말 이 서라벌 석수들이 적이 핏기나 있는 놈들 같으면 목을 따고 죽어 마땅하지. 그놈들도 다 죽었지그려. 그런 대공을 시굴떡이 석수에게 뺏기고 열 손 재배再拜하고[6] 가만히들 있으니. 에이 못생긴 것

---

6 일손을 놓고 놀고.

들, 다 죽은 것들……."

팔을 부르걷고 분개한다.

"아니 여보, 그 말은 그 부여 석수쟁이를 욕하는 말이오, 또는
우리 신라 석수쟁이를 욕하는 말이오? 말이란 종을 잡을 수 있게
해야지."

본래부터 빨갱이의 화랑 냄새를 싫어하는 떠는턱이 한마디 따
진다.

"누가 말시비를 캐자는 거요. 이를테면 그렇단 말이지. 그래,
신라에는 석수쟁이가 씨가 말랐단 말이오?"

빨갱이는 빨끈하며 뇌까린다.

"원, 부여는 신라 땅이 아닌가베. 원 내가 석수쟁이를 맨든단
말인가. 씨가 말르고 안 말른 걸 내가 어찌 알꼬."

"이건 말책만 잡으면 제일이오? 아니 그래 그놈이 제 재주만
믿고 거드름을 피는 게 장실은 아니꼽지 않단 말이오? 능라주단
으로 제 처소를 꾸미고 진수성찬에 엇들고 받드니 아주 제가 젠
체하고 이건 누구를 보고 인사 한마디를 할 줄 아나, 혹 수작을
붙여보아도 대꾸는 않고 고개만 끄덕끄덕하고 마니 아니 그래
그놈이 벙어리란 말이오, 먹쟁이란 말이오? 도대체 제 명색이 뭐
란 말이오? 한금해야[7] 돌 쪼는 석수쟁이 아니오. 원 아니꼽살스
럽게."

"그건 또 딴말이지."

"아니 그래 장실은 끝끝내 남의 비웃장만 흔들어놓을 작정이

---

7 '기껏해야'의 사투리.

오? 딴말이 무슨 딴말이오, 다 한말이지. 아무턴 일을 해야 공사가 끝이 나든지 재랄을 하든지 할 것 아니오? 이건 멀거니 탑 위에 앉아서 하늘만 쳐다보고 있으니 탑을 쌓는 게 아니라 하늘에 떠다니는 구름을 잡으랴는 건지. 이걸 나날이 쳐다보고 오늘이나 얼마쯤 되었나, 내일이나 끝이 나려나 하는 우리 불국사 승려야말로 불쌍하지 않소. 그놈이 아마 고량진미에 배때기가 불르고 대우가 융숭하니까 제 고장에 돌아가기가 싫어서 일부러 공사를 질질 끌기만 하는 거야."

"처음 올 적에는 밥 한 그릇씩 그냥 때려눕히더니만 인젠 아주 귀골이 됩셨는지 밥은 한 술밖에 안 뜨니……."

원주가 빈정거린다.

"흥, 배때기에 발기름이 오르면 고량진미도 보리겨떡만 못한 법이거든."

빨갱이가 또 개탄한다.

뭇입이 찧고 까부는 사이에 졸고만 있던 아상 노장은 아까부터 코까지 드르렁드르렁 골다가 이때야 또 그 영채[8] 도는 눈을 번쩍 떠서 원주를 본다.

"요새도 그렇게 공양을 자시지 않느냐."

위엄 있고도 간곡한 목소리다.

원주는 저도 모르게 어깨를 굽실하며

"예, 한 술을 뜰까말까 하오이다."

아상 노장은 눈을 더욱 크게 뜨며

---

8 신령스러운 기운이 도는 듯이 아름답고 고운 빛깔.

"응, 그것 안되었구나. 저번에도 일렀지만 별좌(반찬 맡은 중)를 신칙[9]해서 찬 같은 것 정결스럽게 하느냐."

"녜에, 여러 번 신칙을 했습니다. 찬이야 있는 대로는 다 올리옵지오."

"각별 신칙하여라. 먼 데 손님이 병환이나 나시면 어떡하느냐. 알아듣느냐?"

부드러우나마 꾸짖는 듯한 타이르는 듯한 말조다. 그리고 인제는 내 할 말은 다 했으니 너희들이야 얼마를 떠들든지 나는 자던 잠이나 자겠다는 듯이 다시 눈을 감아버린다. 빨갱이와 원주는 못마땅한 듯이 고개를 외우시고 입을 삐쭉한다.

4

빨갱이는 끊어진 수작의 실마리를 찾으며 원주를 보고

"참 언젠가 장실이 이야기한 것이지만 요즈막은 공양은 어데로 올린다누. 제 처소로 올리는가 또는 탑 위까지 모셔 올리는가."

빨갱이는 노장을 슬슬 곁눈질하고 깍듯이 위해 올리며 빈정빈정한다.

"단칭만 쌓았을 적 말이지 인제야 탑 위로는 못 올리지. 벌써 두 층이나 쌓았으니까 무슨 주제로 그 꼭대기에서야 공양을 받겠다 하겠소. 아침 점심은 제 방으로 가져가고 저녁은 역시 일터

9 단단히 타일러서 경계함.

로 가져간다오. 대중공양(중들이 한자리에 모여서 밥 먹는 것)에 나 한몫 끼었으면 좋으련마는 이건 밥 먹는 자리까지 일정치를 않으니 원 성가시워."

하다가 아상 노장을 꺼리어 말소리를 낮춘다.

"우리끼리 말이지만 언제든지 아침상은 그대로 나온대. 한나절까지 뒤여진 듯이 자빠져 있다가 오시가 헐신 지난 뒤에야 겨우 눈을 비비고 일어나서 개울에 나가 늘어지게 세수를 하고 목욕을 하고 제 방에 돌아와서는 점심을 뜨는 둥 만 둥 일터로 올라간대. 일터에 올라가서는 그대로 꿇어앉아서 그래도 잠이 미흡한지 꾸벅꾸벅 조을기만 하고 저녁때가 되어도 내려올 줄을 모르니 부득이 저녁상을 일터로 가져갈 수밖에 있소. 공양을 보고도 내려오지를 않고 손짓으로 탑 아래 두라는 뜻만 보인다오. 상이 났는가 하고 몇 번을 가보아도 상이 그대로 있다는구려. 열 나절이나 스무 나절이나 제 한이 차야 부시시 내려와서 몇 술을 뜨고 또 올라간대. 그러니 일껏 지은 더운밥이 다 식고 국과 찬은 몬지투성이가 되고……."

"제 고장 있을 때 식은 밥 먹던 것이 버릇이 되어서 더운밥을 먹으면 혓바닥이 부르터 오르는 게지."

빨갱이가 혀를 찬다.

"다 어두운 뒤에 또 올라가면 무슨 일을 할 거냐 말야, 흥."

원주는 다시 말을 이었다.

"그러기 말이지. 그래 탑 위에 올라가면 역시 등신같이 앉아만 있다오. 밤이 이슥하도록 내려올 생각도 않고 어느 틈에 제 방에 내려와서 자는지 아무도 본 사람이 없다는 밖에."

"그러면 언제 일은 한다는 말이오?"

떠는턱이 묻는다.

"글쎄 그게 별판이야. 그래도 그 잔손질 많은 다보탑을 끝내고 석가탑을 시작한 것만 별판이지. 삼 년이 아니라 삼십 년이 걸려도!"

"그것 참 불가사의로군. 이녁들 말 같을 지경이면 그야말로 그 사람이 신통력을 가진 게로구려. 일하는 낌새도 없는데 세상에도 진기한 탑이 이루어지니."

떠는턱이 또 말에 티를 넣었다.

"그러면 내가 거짓말을 한단 말이오?"

원주는 그 사나운 눈알을 흘긴다.

"이 좌중에 물어보시오. 요지막에 그 작자의 일하는 걸 본 사람이 있나 없나."

"어 그렇게 진심을 내지 마시기오. 일하는 싹도 없는데 일이 되니 그야말로 귀신이 곡할 노릇이 아닌가베. 딴은 나도 일하는 걸 보지는 못했으니."

"이상은 한 노릇이야. 우리도 그 석수가 탑 위에 앉고 서고 하는 건 봤지만 손대는 것은 못 보았는걸."

누가 맞장구를 친다. 좌중도 그렇다는 듯이 고개들을 끄덕인다.

"저는 여러 번 봤어요."

먼발치에 앉아 있던 어린 사미 하나가 말참례를 한다.

"오, 차돌이냐. 참 너는 잘 알겠구나. 그 방에 시중을 드는 터이니깐. 그래 그 어른이 어느 때 일을 하시던."

떠는턱은 차돌의 말에 옳다구나 하는 듯이 반색을 한다.

파일을 잘 못 쉬는 분풀이로 부여 석공에게 원정[10]이 가게 되고, 원정 끝에 그 인격과 행동까지 티를 뜯고, 나중에는 애당초에 일은 손에도 대지를 않은 것처럼 비난의 화살이 날아, 말은 꼬리에 꼬리를 물어 밤 가는 줄도 몰랐다.

우 하고 토함산 기슭을 스쳐 내려오는 산바람은 큰방 장지를 흔들고 첫여름의 눅눅한 풀 향기를 들이친다.

우울과 불평과 원망에 어리인 방 안의 무거운 공기도 이 물처럼 흘러 들어오는 밤바람에 얼마쯤 완화된 듯하였다.

추녀 끝에 달린 풍경이 떵그렁떵그렁 운다.

꼬끼요, 아랫마을에서 첫 홰를 치는 닭소리가 그윽이 들려온다.

5

"그래, 차돌아, 그 어른이 어느 때 일을 하시던."

떠는턱은 또 한 번 재촉을 한다.

차돌은 그 총기 있는 눈을 깜박거리며 여러 스님을 돌아본다. 이런 자리에 말을 하기가 주눅이 드는 듯, 그 여상[11]진 흰 얼굴을 살짝 붉힌다.

"어서 얘기를 하려무나. 갑갑하구나. 본 대로 말을 못 해ㅡ."

원주는 벌써 호령조다.

---

10 원망하는 마음.
11 여자같이 생긴 남자의 얼굴.

차돌은 잠깐 고개를 갸우뚱하고 어디서부터 허두[12]를 내어야 옳을지 몰라 망설이는 듯하다가 가느나마 차근차근한 목소리로 말을 끄집어내었다.

온 방의 귀와 눈은 차돌의 입술로 몰리었다.

"언젠가 제가 새벽녘에 잠을 깨었지요. 그래 무심코 아랫목을 보니까, 그 어른이 누워 계시던 자리에 그 어른이 계시지를 않겠지요. 뒷간에나 가셨나 하고, 그냥 쓰러져 누우려다가 웬일인지 그날은 잠이 설들어요. 암만 기다려도 그 어른은 오시지를 않고, 휘저엇한 게 어쩐지 무서운 생각이 나요……."

하고 차돌은 부끄러운 듯이 고개를 숙인다.

"옳지, 그래 어린것이 무섭기도 하겠지. 그래, 그래서……."

떠는턱이 연송 재촉을 한다.

"지금 생각하니 그때가 아마 작년 겨울인가 봐요. 눈보라가 몹시 쳐서 문풍지는 덜덜 떨고…… 잠은 점점 달아나고 무섭기는 하고, 그래 제가 일어나서 옷을 주섬주섬 주워 입고 웅크리고 있노라니 눈보라가 버석버석 창에 부딪치는데 어데선지 이상한 소리가 들려와요. 쩡쩡…… 그때 '석'[13] 하시는 스님은 아직 안 나오시고 온 절 안이 괴괴한데 이 난데없는 소리를 듣고 저는 간이 콩만 했다가 겁결에도, 오 옳지 이 어른이 이 눈 오시는 새벽에도 탑을 지으시나 부다 하는 생각이 문득 들겠지요!"

"오, 그래서."

어느 결엔지 이상 노장이 눈을 떠서 귀여운 듯이 차돌을 바라

---

12 글이나 말의 첫머리.
13 새벽에 목탁이나 종을 쳐서 사람들을 깨우는 일.

본다.

"제가 그대로 뛰어나와 버석버석하는 눈 위로 줄달음질을 쳐서 탑 모시는 곳으로 올라가 보았지요. 새벽이라 해도 아직 날이 덜 새어서 어둑어둑했지만 눈길은 환했습니다. 올라가 보니 아니나 다를까 그 어른이 정을 들고 한창 바쁘게 일을 하시더군요. 제가 곁에 가도 사람 오는 줄도 모르시고 머리에 등에 눈을 뒤집어쓰신 채 정과 망치를 번개같이 놀리시겠지요. 거기가 워낙 바람모지[14]가 되어서 저는 얼마를 서 있지를 못해 귀가 떨어져 달아날 것 같고 발이 쓰리고 온몸이 덜덜 떨려서 '에이 추워' 소리가 저절로 나와버렸습니다. 그제야 그 어른이 놀란 듯이 저를 돌아보시는데 그 얼굴에는 구실 같은 땀이……."

"그 치운데 땀이……."

누가 감탄을 한다.

"저는 숨길도 얼어붙을 것 같은데 그 어른의 비 오듯 하는 땀을 보고 정말 놀랐어요. 그 어른은 저를 보시고 빙그레 웃으시며 '치운데 왜 나왔니. 어서 들어가거라. 감기 들라.' 그래도 제가 머뭇머뭇하고 섰노라니 '오, 네가 혼자 무서워서 나온 게로구나.' 마치 제 속을 들여다보시듯이 말씀을 하시고 저를 데리고 내려오시는데, 저는 오금이 얼어붙어 댓 자국을 못 옮기겠는데 그 어른은 여상스럽게[15] 걸어오시겠지요. 참 신통력을 가지신 어른이에요."

일좌의 얼굴에는 감동하는 빛이 흘렀다.

14 땅.
15 평소와 같게.

"그래, 그 후에도 일하는 걸 또 본 적이 있니?"

원주가 종주먹을 댈 듯이 묻는다.

"보고말고요. 낮에 틈틈이 일하시는 것도 저는 가끔 봅니다마는 사람을 기하시는지 인기척만 나면 곧 일을 중지하시지요. 요새도 꼭 밤을 새우시는걸요. 아침이 되어 여러 손님이 일어나실 때쯤 해야 처소로 돌아오셔요. 제 귀에는 밤중에도 정소리가 역력히 들려와요."

"참말 명공은 명공이야."

"천수관세음의 현신이시어."

"그런 명공을 얻은 것은 첫째 부처님의 법력이시고, 둘째 우리 절의 복이야."

"아니 우리 신라의 복이지."

제가끔 떠들 때에 차돌은 갑자기 손으로 제 귀를 기울이며

"가만이들 계셔요. 자, 자, 저 소리를 들어보세요. 저 소리를."

나직하게 속살거린다.

여럿은 귀를 기울였다.

무슨 소리가 그윽이 그윽이 들려온다.

여럿은 숨소리를 죽였다. 귀가 쏠리면 쏠릴수록 그 소리는 더욱 또렷또렷해진다.

똑 똑 바로 추녀 끝에서 완연히 낙수가 떨어지고 자그륵 자그륵 연잎에 급한 소나기가 지나가는 듯하다가 문득 쩡하고 유람한 울림이 지동처럼 울려온다.

성기고 배게, 느리고 자지러지게, 높으락낮으락 그 소리는 저절로 미묘한 곡조를 이루어 쪼는 이의 신흥을 아르켜준다.

여럿은 말없이 일어나 방문을 열었다. 소리 오는 곳을 눈 익혀 보려는 것처럼.

바깥은 옻빛같이 캄캄하다.

"이렇게 어두운 밤에⋯⋯."

일동은 서로 돌아보았다.

그 이튿날 뜻밖에 위로 고마우신 분부가 내리었다. 대역이 끝나기 전이니 의젓한 거둥은 못하셔도 다른 절에서 불식을 마치신 후 미행으로 듭신다는 분부다.

6

불국사의 저녁나절.

연옥색 하늘을 인 토함산 꼭대기 너머로 너붓이 내다보이는 담회색 구름장은 서쪽으로 향한 송아리가 햇솜처럼 눈부시게 피어난다. 산기슭 울창한 송림은 푸른 기름이 질질 흐르는 듯.

절 앞 넓고 넓은 못은, 바람도 없건마는 제 흥에 겨운 듯이 찰랑찰랑 몰려 들어와 새로 쌓아 올린 석축에 부딪는다. 바그르 흰 물꽃[16]을 날리고 갈 길을 몰라 쩔쩔매는 듯하다가 더러는 수멸수멸 뒷걸음을 쳐서 멀리 물러가고, 더러는 옆으로 빙그르 돌아 청운교 연화교 가를 더듬더니 마침내 돌로 튼 홍예문을 찾아내어 앞을 다투며 몰켜 나가서는 어지럽다는 듯이 뱅뱅 돈다.

16 하얀 거품을 일으키는 물결을 비유적으로 이르는 말.

저 건너 언덕에는 그림배 여러 척이 매였다. 물결이 일렁대는 대로 자줏빛, 남빛, 누른빛 비단 휘장이 한가롭게 펄렁펄렁한다. 그 가운데 가장 크고 가장 화려하고 뱃머리에 여의주를 문 청룡이 꿈틀꿈틀 움직이는 배는 아마 임금을 모실 배이리라.

물새 몇 마리가 너울거리는 나랫자락을 적실 듯 적실 듯하며 물얼굴을 스쳐 난다.

그 긴 부리로 넝큼넝큼 송사리 따위를 잡아 삼키다가, 별안간 놀란 듯이 그 반질반질한 작은 몸을 솟구쳐서 높이높이 공중으로 사라진다.

입실(절 어귀) 부근에서 들리는 인기척이 떠들썩하게 가까워 오는 까닭이리라.

거둥이 듭신 것이다.

모든 준비를 마쳐놓고 웃두리 중들은 영접차로, 아랫두리 중들은 구경차로 절을 텡 비우다시피 하고 들끓어 나왔다가 인제야 제각기 제 맡은 소임을 생각하고 줄달음질로 들어오는 것이다. 어지러운 그림자, 허둥거리는 바쁜 걸음. 조용하던 공기는 흔들렸다. 찢어질 듯이 긴장한 가운데 물 끓듯 워글워글한다.

미행이라 하였지만, 도리어 화려하고 가족적인 단란한 거둥이었다.

왕은 젊으신 왕비 만월부인과 후궁 비빈을 거느리셨고 배종하는 몇몇 대관들도 왕명을 받들어 그 부인과 딸들을 더리었다.[17]

이번 거둥은 기실 젊으신 왕비께서 오래 불국사 구경을 못 하

---

17 '아랫사람이나 동물 따위를 자기 몸 가까이 있게 하다'란 의미인 '데리다'의 사투리.

시어 한번 소창[18]을 하시자고 낙성이 되기 전이건만 왕을 조르신 까닭이다. 안압지 서출지의 뱃놀이도 좋지마는 절 안으로 저어 드는 불국사의 그림배엔 버리지 못할 풍치가 있었다. 더구나 이번에 새로 이룩된 다보탑이 세상에도 진기하다는 소문을 들으셨음에랴.

기름 같은 물결 위에 그림배는 꼬리를 맞물고 술렁술렁 떠나간다.

배가 기우뚱기우뚱, 번쩍번쩍하는 금관이 물속에 흔들리자, 수없는 구옥이 어지럽게 춤을 춘다. 희빈들의 어여쁜 얼굴들이 연꽃송이처럼 둥둥 떴다. 실바람에 나부끼는 구름 조각과 같이 아른아른한 깁옷 자락도 흐른다. 간댕간댕하는 황금 귀걸이와 구슬 목걸이가 물거품 사이로 숨기잡기를 한다.

실바람을 따라 고귀한 향기가 그윽이 풍기었다.

중류를 지나자 길게 누운 으리으리한 전각의 그림자들이 소리 없이 부서졌다.

동쪽으로 청운교 백운교, 서쪽으로 연화교 칠보교가 뚜렷이 나타난다. 불국사 자랑의 하나인 돌사다리다. 번들번들하게 대패로 밀어놓은 듯한 층댓돌과 그 층층 상하에 손잡이 돌이 우뚝우뚝 서고, 그 머리에 구녕을 뚫어 늘어뜨린 은사실을 바라보고 배 안에서는 경탄의 속살거림이 일어났다.

"얘 털아, 참 아름답기도 하고나."

꽃 같은 희빈들 중에도 뛰어나게 아름다운 웬 아가씨가 맥맥

<hr>

18 심심하거나 답답한 마음을 풀어 후련하게 함.

히 돌사다리를 바라보다가 제 옆에 앉은 시비에게 소곤거렸다.

그는 은실 금실로 수놓은 끝동 소매를 조금 치켜서 옥 같은 손으로 뱃전을 짚고 그 날씬한 허리를 반나마 배 밖으로 기울였다.

"어쩌면 돌칭칭대를 바루 물속에 맨들었어요, 구실 아가씨."

털[毛兒]이란 시비는 그 동그란 눈을 더욱 동글게 뜨며 맞방망이를 친다.

"그보담도 저 웃사다리와 밑사다리 어름을 좀 봐라. 그 밑에 돌로 홍예를 튼 것이 보이지 않니. 물결이 그 조그마한 홍예 안으로 들락날락하는 게 가지고 놀고 싶고나."

구슬 아가씨란 이의 그 거슴츠레한 눈은 황홀해진다.

7

그는 이찬[19] 유종唯宗의 딸 주만珠曼이었다. 흔히는 구슬 아가씨라고 부른다.

"아이 야릇도 해라. 참 거기 물문이 있구먼요. 아가씨는 눈도 밝으시어."

털이는 그 동그란 눈을 이번에는 지그시 감은 듯이 하고 바라본다.

"그 물문 안으로 배를 타고 한번 돌아보았으면."

주만은 혼잣말같이 중얼거린다.

---

19 원문은 '이손伊飡'으로 음역.

"그게 뭐 어려워요. 좀 돌아보자고 사공에게 그럽지요."

"글쎄, 그럼 그래 볼까."

주만은 뛸 듯이 기뻐하며 배 안을 돌아보고

"우리 저 물문으로 지나가 볼까요."

하고 물었다.

"그래요, 참 그래 봐요."

"그러면 작이나 좋을까."

몇몇 젊은 아가씨들도 손뼉을 칠 듯이 찬성을 한다.

다른 배들이 돌사다리 밑 돌기둥에 닻줄을 매려 할 때에 주만을 실은 배만 슬쩍 뒤로 빠져나왔다. 청운교 백운교 사이의 홍예 밑을 돌고 다시 연화교 칠보교 물문을 접어들었다.

주만은 뱃전에 찰랑찰랑하는 물결을 손으로 움켜보기도 하고 물굽이를 따라 배가 뱅뱅 도는 것을 어린애같이 좋아라 한다.

배가 닿을 데 닿은 뒤에도 주만은 제가 지나온 물문을 보고 또 보며 맨 나중까지 머뭇거린다.

일행은 벌써 다 배에서 내리어 행여나 뒤질세라 하고 종종걸음들을 친다.

"어서 내립쇼. 너무 뒤에 떨어지면 어떡하실라구……."

털이는 조바심을 한다.

"멀 그동안이 얼마나 되겠니."

주만은 태연하다.

그들이 배에서 내렸을 때엔 왕을 모신 옥교는 동쪽 사다리 위에 오르시어 자하문 안으로 납시었다. 일행들은 걸어서 왕의 뒤를 모시었다.

주만은 배 안에서 머뭇거릴 때와는 딴판으로 질질 끌리는 치마 뒷자락을 돌아다볼 생각도 않고 나는 듯이 돌사다리를 오른다. 털이는 방구리 같은 키를 꼬불거리며 아가씨의 치마 뒷자락을 추켜들고 쌔근쌔근 뒤를 따랐다.

자하문을 들어서자 그렇게 서둘 필요는 없었다. 왕은 옥교에서 내리시어 일행을 데리시고 다보탑 앞에 걸음을 멈추신 까닭이다. 주만과 털이는 쉽사리 그 행렬에 끼일 수 있었다.

주만은 다보탑을 한 번 보고 제 눈을 의심 않을 수 없었다.

저것이 돌로 된 것일까. 저것이 단단하고 육중한 돌로 된 것일까. 돌을 어떻게 다루었으면 저다지도 어여쁘고 아름답고 빼어나고 의젓하고 공교롭게 지어낼 수 있었을꼬.

네 귀에 웅크리고 앉은 사자 네 마리는 당장 갈기를 털고 일어날 것만 같다. 사자등 너머로 자그마한 어여쁜 돌층층대가 있고 그 층층대를 눈으로 더듬어 올라가면 편편한 바닥이 되는데 그 한복판에는 위층을 떠받치는 중심 기둥이 있고 네 귀에도 병풍을 접쳐놓은 듯한 돌기둥이 또한 섰는데, 그 기둥들이 둘째 층 밑바닥을 고인 어름에는 나무를 가지고도 그렇게 곱게 깎음질을 해내기 어려울 듯한 소로가 튼튼하게 아름답게 손바닥을 벌렸다. 첫 층의 지붕엔 둘째 층의 네모난 돌난간이 둘리어 쟁반 모양 같은 둘째 층 지붕을 받들었고, 셋째 층에는 난간이 팔모가 지고 기둥도 여덟 개가 되어 세상에도 진기한 꽃잎을 수놓은 역시 팔모진 지붕을 떠이고 있다.

주만의 눈길은 그 뛰어난 솜씨의 자국자국을 샅샅이 뒤지는 듯이 치훑고 내리훑었다. 보면 볼수록 새로운 감흥을 자아낸다.

"절묘, 절묘."

마침내 왕께서 먼저 절찬하셨다.

"그 돌 다루는 재조는 참으로 하늘이 내신가 하옵니다."

왕의 곁에 모셨던 이찬 유종이 아뢰었다. 너그러운 뺨에 자가 넘는 흰 수염이 은사실같이 늘어졌다.

"경신읍귀의 재화라 함은 이런 재조를 이름인가 합니다."

고자처럼 노리캥캥하고 수염도 없이 맨숭맨숭한 시중侍中 금지 金旨가 한문 문자를 써가며 맞방망이를 올린다.

"저 탑이 분명히 돌로 지은 것일까. 바루 밀가루나 떡고물 반죽이라면 몰라도."

만월부인께서도 감탄하신다.

"마마의 비유가 그럴듯하오마는 떡가루를 가지고도 마마는 저렇게 빚어내기 어려울 것 같소."

하고 왕은 웃으신다.

8

"모든 것이 부처님의 법력이시고 상감마마의 원력이신 줄로 아룁니다. 아무리 단단하고 유착한 바위라도 높으신 원력 앞에는 나무보담 더 연하옵고 물보담 더 물른 것인가 합니다."

하고 아상 노장이 합장을 한다.

"연전에 감역 금대성金大成이 천하의 명공을 얻었다 하더니 저 탑도 그 명공이 쌓은 것인가."

왕이 물으신다.

"분부와 같습니다. 오직 그 명공의 혼잣손으로……."

"혼잣손으로?"

왕은 놀라신다.

"과연 천하명공이란 이름이 부끄럽지 않구나. 늙은 사람인가."

"그렇지 않습니다. 이십 남짓한 젊은 사람이올시다."

"이십 남짓한 젊은 사람!"

여러 사람들도 서로 돌아보며 혀를 내어두른다.

"이십 남짓한 젊은 사람!"

주만도 속에 새기듯 곱삶았다.

"서라벌 사람이오?"

이번에는 이찬 유종이 묻는다.

"아닙니다. 부여에서 왔다 합니다."

"그러면 부여 사람이오?"

"부여에 유명한 부석扶石이란 석수의 수제자라 합니다."

"지금도 그 석수가 이 절에 있소."

아상 노장은 다보탑 서쪽으로 여남은 간 떨어진 자리에 두 층만 쌓아놓은 석가탑을 가리킨다. 그 탑에 걸치어 사다리가 놓여 있고 그 옆에는 아직도 집채만큼씩 한 바윗덩이가 여러 개 남아 있고 치우고 쓸기는 하였지만, 그래도 돌조각이 여기저기 떨어진 것이 아직도 공사 중인 것을 아르킨다.

"이 다보탑은 작년에 끝을 내고 지금은 저 석가탑을 짓는 중입니다."

일행은 석가탑 앞으로 발길을 옮기었다.

아직 완성도 되지 않았지마는 얼른 보기에 다보탑처럼 혼란한 깎음새와 새김질이 없어 다보탑에 얻은 감흥이 너무 컸던 만큼 여럿은 적이 실망을 하였다.

"제아무리 명공이라 할지라도 다보탑에 기진역진한 게로군."

금 시중이 대번에 타박을 한다. 경솔하게 입 밖에는 내지 않았을망정 금 시중과 동감인 사람도 적지 않았다.

주만이만 이 말에 맘속으로

'아니오, 아니오.'

하고 외쳤다. 층마다 술밋한 돌병풍이 둘리고 그 병풍 네 귀에 접어넣은 듯한 돌기둥이 한데 어우러져 탑신을 이루었는데, 그 거칠 것 없이 쭉쭉 뻗은 굵은 선이 어디인지 장중하고 웅격한 풍격을 갖추어 비록 다보탑과 같이 잔재미는 적을망정 그 수법이 범상치 않은 것을 일러준다.

"아니올시다. 공은 이 탑이 더 든다 합니다. 탑 한 층마다 온전히 돌 한 덩이를 가지고 지어낸다 합니다. 그러니 공사가 거창하기로는 오히려 다보탑보담 여러 갑절이라 합니다."

아상 노장이 타이르듯 금 시중의 말을 반박하였다.

주만은 제가 바로 알아본 것이 무엇보담도 기뻤다. 그리고 속으로

'한 층이 돌 하나로 되었다면 다보탑보담 공이 더 들고말고.'

혼자 뇌이었다.

"딴은 공사가 거창은 하겠군. 그 우람스러운 품으로는 그럴 상도 싶소. 그러면 다보탑을 능라와 주옥으로 꾸밀 대로 꾸민 성장 미인에 견줄진댄, 이 탑은 휜휜 장부의 기상이 있다 할까, 허허."

금 시중도 아까 제 말이 너무 경솔했던 것을 뉘우치고, 그 득의의 한문 문자를 휘몰아 쓰며 얼른 둘러맞춰 버리고 그 노리캥한 얼굴에 어울리지 않는 웃음살을 편다.

"그 석수가 지금도 있다면 잠깐 불러올 수 없을까."

하시고 왕은 아상 노장을 보신다.

왕의 이 말씀에 여럿의 귀는 번쩍 뜨이었다. 저마다 그 석수를 한번 보고 싶었던 것이다. 이렇듯이 뛰어난 재조를 지닌 그 석수쟁이는 과연 어떠한 사람일까. 여럿의 눈은 호기심에 번쩍였다.

그중에도 주만의 눈이 더욱 빛났다.

"어려웁지 않습니다."

하고 들어가는 아상 노장의 걸음이 느린 것이 원망스러웠다.

9

얼마 만에 아상 노장을 따라 젊은 석수는 나타났다.

꾸미지 않은 옷매무새며 오래 손질을 않은 탓으로 까치집같이 헝클어졌으되 윤나는 검은 머리며 두루미처럼 멀쑥하게 여윈 몸피를 얼른 보는 순간 주만의 가슴은 웬일인지 찡하고 울린다.

그는 이런 자리는 난생처음이라 어찌할 줄을 모르고 먼발치에서 머뭇거릴 제 왕은 가까이 오라는 분부를 내리셨다.

그는 몇 걸음 더 다가들어 와서 어색하게 허리를 굽히는데 그 고개는 땅에 닿을 듯이 숙였다.

"얼굴을 들어라."

젊은 석수는 한참 망설이다가 분부대로 머리를 들었다.

번듯한 이맛전, 쭉 일어선 콧대, 열에 뜬 것 같은 붉은 입술, 더구나 가을 호수를 생각게 하는 맑고 깊숙한 눈자위, 제아무리 천하명공이라 하더라도 한낱 시골뜨기 석수쟁이로 이렇게 청수한 풍채와 씩씩한 품위가 있을 줄은 몰랐다.

젊은이 축의 곁눈질하는 눈초리에는 흠모의 빛이 역력히 움직였다.

주만은 그의 얼굴과 풍골에 다보탑의 공교롭고 아름다운 점과 석가탑의 굵고 빼어난 맛이 쩍말없이[20] 어우러진 듯하였다.

"어쩌면 재주도 그렇게 좋고, 인물도 저렇게 잘났을갑시오."

멍하니 석수를 바라보던 털이는 주만의 소매를 잡아당기며 재재거린다.

주만은 그런 소리는 귀에도 들어오지 않는다는 듯이 아무 대꾸가 없다.

"아가씨, 구슬 아가씨, 저 연연한 입술을 봅시요. 마치 연지를 찍은 듯……."

주만은 듣기 싫다는 듯이 그 가느나마 숱 많은 눈썹을 찡긴다. 털이는 제 아가씨의 눈치도 볼 새 없이 제 눈은 그 석수의 얼굴에서 떼지도 않으면서 노상 종알거린다.

"아이그, 가엾어라. 그 탑을 쌓느라고 얼마나 애간장을 졸였기에 저렇게 말랐을까. 저 뺨에 살점이나 붙었든들 작이나 더 의젓하고 엄전할갑시오."

20 썩 잘되어 더 말할 나위 없이.

주만은 털이의 입을 틀어막고 싶었다.

왕은 이윽히 석수를 바라보시다가

"얼굴도 준수하다."

칭찬하시고

"이름은 무에냐?"

"아사달阿斯達[21]이라 부릅니다."

맑고도 씩씩한 목소리다.

"부여에는 부모가 있느냐."

"아비와 어미가 다 없습니다."

"그러면 형제는 있느냐."

"동기도 없삽고 스승의 집에서 자라났습니다."

"스승은 누구냐."

"부석이라 합니다."

"지금도 살았느냐."

"네, 살아 있습니다마는 벌써 칠십이 넘어 걸음도 잘 걷지 못합니다."

털이는 끝끝내 재잘거린다.

"보고 또 보아도 참 잘난 얼굴. 그 검은 머리는 옻빛 같고……."

주만은 잃었던 정신을 수습하려는 사람 모양으로 눈을 떴다 감았다 하다가 털이를 돌아보며

"네 눈에도 그렇게 잘나 보이느냐."

마지못해 대꾸를 해준다.

---

21 원문에는 '阿斯怛'이라 표기됨.

"왜 쉰네 눈은 눈이 아닌갑시오. 저 목소리를 들어봅시오. 어쩌면 저렇게 청청해요."

"맑고 부드럽고……."

하고 주만은 속에 가득한 것을 내뿜는 듯이 숨을 크게 내쉰다.

털이는 또 말끝을 이어

"우리 서라벌에도 저런 인물이 쉽지 않겠습지요."

"우리 서라벌에 저런 인물이 있을 말로야."

하고 주만은 연걸어 한숨을 쉰다.

"왜 우리 서라벌에 그런 인물이 없기야 한갑시오. 첫째로 금 공자가 계신데."

금 공자란 말에 주만의 아름다운 얼굴은 별안간 흐려졌다.

금 공자라 함은 시중 금지의 아들 금성金城을 가리킨 것으로 주만과 혼인 말이 있는 귀공자다.

"금 공자 따위야."

"왜요, 키가 조금 작으시지만 얼굴이 희시고 싹싹하시고 재주 있으시고……."

"애, 입 고만 놀려라. 듣기 싫다. 그 키가 작기만 한 키냐, 꼽추지."

"그래도 당나라까지 가셔서 공부를 하시고 한문이라든가, 진서라든가, 그 어려운 글을 썩 잘하시고, 당나라 벼슬까지 하시고……."

"그까짓 당나라 공부가 그렇게 장하냐. 그 어수선한 글자나 잘 알면 무슨 소용이 있을꼬."

"금 시중 대감이 세도가 당당하시고……."

"세도가 내한테 무슨 상관이냐."

하고 주만은 화를 더럭 낸다. 털이도 제 아가씨의 비위를 너무 거스른 것이 죄송하다는 듯이 입을 다물어버렸다.

10

어스레하게 땅거미가 들면서부터 절 안은 더욱 북적 괴었다. 왕을 맞이하여 저녁 재를 굉장하게 올리는 것이다.

불전마다 매어달린 가지각색의 무수한 등들이 차차 불빛이 밝아온다. 임금님이 듭신 것을 가리키는 용무늬를 올린 청사초롱에 밀초가 부지짓부지짓 타오른다.

이 불바다에 헤엄치듯 갖은 풍악이 울려온다.

두리둥둥 법고가 운다. 엎어 치는 바라가 지르렁지르렁. 쾅쾅 태증이 억세게 고함을 지르는 사이로 가냘픈 호적[22]이 껄떡이며 넘어간다.

법당 뒤 큰방에 임시로 옥좌를 베풀고 듭셨던 왕은 일행을 데리시고 법당에 납시어 예불을 마치시고 재 올리는 구경을 하셨다.

승무가 한창 자지러지는 판에 주만은 살그머니 총중에서 빠져나왔다.

얼굴이 확확 달아오르고 골속이 힝힝 내어둘린다. 풍악소리도 아무 곡조도 없는 듯 잉잉하고 시끄럽게 귀를 찢어내는 것 같다.

22 태평소.

재미있는 춤가락도 눈에 어지럽기만 할 따름이다.

사람이 많은 푼수로 방 안이 좁아서 공기가 울체[23]한 까닭인가, 그 까닭도 있었다. 어느덧 첫여름이라 여럿의 땀내와 살내와 훈훈한 사람의 훈기가 그의 비위를 뒤흔든 탓인가, 그 탓도 있었다.

가마에 흔들리고 배에 흔들리고 절 음식이 맞지를 않아 저녁을 설친 때문인가, 그 때문도 있다.

그러나 이 모든 원인보담도 그는 제 혼자 있기를 원하였던 것이다. 조용하고 호젓한 자리가 그리웠던 것이다. 그는 아무도 없는 자리, 아무것도 안 보이는 자리, 아무 소리도 안 들리는 자리가 아쉬웠던 것이다.

그는 오직 저 홀로 무엇을 생각하고 싶었다. 제 넋과 단 혼자 은밀히 무슨 이야기를 하고 싶었다.

법당 문밖에 나서니 선선한 밤바람이 그의 옷깃 속으로 처근처근하게 기어든다.

그는 살 것같이 눅눅한 공기를 들이마시며 지향 없이 걸음을 옮기었다.

주인과 나그네가 모조리 재 올리는 데로 몰리인 듯, 밖에는 개미 한 마리 얼씬거리지 않는다. 그는 불빛을 피하듯 어둑한 데로만 바라보고 발을 내어드디었다. 얼마를 걷지 않아 광선의 테 밖에 헤어 나올 수 있었다. 어슴푸레한 가운데 낮에 보던 다보탑이 저만큼 보인다.

그 탑을 바라보는 찰나 까닭 없이 가슴이 찌르르해지며 눈물

---

23 공기 따위가 막히거나 가득 참.

이 핑 돌 것 같아졌다. 이 묵묵한 돌탑이 이렇게 반가울 줄이야 주만이 저도 생각지 못하였으리라.

그 탑은 부른다. 손짓하며 부른다. 두 팔을 벌리고 어서 오라 하는 듯하다. 째기발을 드디고 왜 늦었니 하는 듯하다.

주만은 허정허정 재게 걸었다. 그는 한순간이라도 빨리 그 품 속에 뛰어들고 싶었다. 아까 눈으로만 더듬던 자국자국과 구석 구석을 손으로 어루만져보리라 하였다. 그렇듯이 고와 보이는 돌 결이 얼마나 부드럽고 미끄러운가 뺨을 대고 비벼보리라 하였다. 그 오뚝 솟은 손잡이들을 휘어잡고 그 자그마한 돌층층대를 껑충껑충 뛰어 올라가리라 하였다. 그 판판한 밑바닥에 펄쩍 주저 앉아 어느 때까지 어느 때까지 제 넋과 은밀한 수작을 주고받아 보리라 하였다.

처음 생각엔 거기가 고대[24]인 줄 알았더니 걸어보매 꽤 동안이 떴다. 더구나 서투른 길이요, 어두운 길이라 마음이 급할수록 발 은 움펑진펑하여 하마터면 여러 번 고꾸라질 뻔하였다.

땅바닥을 보고 조심조심 몇 걸음을 걸어가다가 언뜻 다시 고 개를 들매 초생반달이 탑 위에 걸렸다. 그 빛 물결은 마치 흰 비 단 오래기[25] 모양으로 탑 몸에 휘감기어 빛과 어둠이 서로 아로롱 거리며 아름다운 탑 모양은 더욱 아름답게 떠오른다.

주만은 마치 두억시니[26]에게나 홀린 사람 모양으로 걸어간다 느니보담 차라리 끌리듯이 탑으로 한 자국 두 자국 다가들었다.

---

24 바로 가까운 곳.
25 실, 헝겊, 종이, 새끼 따위의 길고 가느다란 조각.
26 모질고 사나운 귀신의 하나.

문득 탑에만 어리인 그의 눈앞에 난데없는 검은 그림자가 얼른하고 지나간다.

주만은 깜짝 놀라며 몸을 소스라쳤다.

11

밝은 데서 나온 까닭으로 눈이 어둠에 채 익지를 않았기도 하려니와 탑에만 정신이 쏠렸기 때문에 주만은 제 주위를 보살필 겨를이 없어, 아까부터 탑의 주위를 돌고 있는 사람을 못 보았던 것이다. 으슥한 곳에 무심한 가운데 불쑥 나타난 사람의 그림자처럼 사람을 놀라게 하는 것은 없으리라.

"아!"

나직한 외마디소리를 치고 주만은 한 걸음 뒤로 물러섰다.

그러나 그 그림자는 인기척도 외마디소리도 도무지 못 들은 양 묵묵히 탑의 둘레를 그대로 돌아간다.

주만은 아뜩한 정신을 가까스로 바로잡자 그는 아까와는 다른 의미로 또 한 번 놀랐다. 그에게는 이번 놀람이 아까 놀람보담 몇 곱절 더 컸다. 가슴이 두근두근 두방망이질을 한다.

그는 제 앞으로 어른거리며 지나가는 검은 그림자야말로 다른 사람 아닌, 낮에 본 그 석수인 것을 알아보았다.

먼 불빛과 달빛이 어우러진 어름, 희미한 광선이건만, 그 빼어난 이마와 검고 사내다운 눈썹과 연연한 입술이 또렷또렷하게 주만의 눈 속으로, 아니 가슴속으로 박히는 듯이 들어왔다.

주만은 몸을 움직이려 하였다. 그에게로 와락 뛰어 달아들든지, 그렇지 않으면 뒤도 돌아보지 않고 달아나 버리든지 두 가지 방도 가운데 한 가지 방도를 취하려 하였다. 그러나 아까 선 그 자리에 오금이 붙어버린 듯 발가락 하나 꼼짝할 수 없었다.

그이는 제 길만 돈다. 별을 따려는 사람 모양으로 하늘만 쳐다보고 어느 때는 급하게 어느 때는 느리게 돌고 또 돈다. 벌써 주만의 앞을 네 차례 다섯 차례 돌아갔건마는 단 한 번 거들떠보지도 않는다.

'나 여기 있어요.'

여섯 번째 제 앞을 지나칠 때 주만은 버럭 소리를 지르고 싶었다. 그러나 '나'라 한들 그이가 '나'가 누구인 줄 알 것인가. '나'라는 사람이 그이와 무슨 알음알음이 있단 말인가.

회오리바람에 등 뜨인 듯한 머리건만, 제 생각이 하도 어처구니없는 것을 깨닫고 어둠 속에서 호젓하게 얼굴을 붉히었다.

'그런데 저이가 왜 탑의 둘레를 자꾸만 돌고 있을까.'

주만은 차차 설레는 마음을 가라앉히자 처음에는 괴이쩍은 생각이 들다가

'오, 옳지, 오늘이 초파일. 그에게도 무슨 발원이 있나 부다.'
하고 스스로 깨우쳐내었다.

석가탄일의 밤에 소원 성취를 빌며 탑의 주위를 도는 풍속을 주만은 이때까지 까맣게 잊어버렸던 것이다.

'나도 저이와 같이 좀 돌아볼까.'

이렇게 생각하매 저는 그이보담 발원할 것이 열 곱절 스무 곱절 더 많은 것 같았다.

그이가 한 번을 돌면 저는 백 번이나 천 번을 돌아도 이 크고 큰 발원에는 오히려 정성이 부족할 듯하였다.

첫째로 금 시중 집과 혼인이 되지 말기를 빌고 싶었다. 아버지께서 꿋꿋하게 끝끝내 거절해주소서, 어머니는 언제든지 제 편을 들고 역성해주소서, 하고 빌고 싶었다.

둘째로 지금 제가 수를 놓고 있는 수병풍이 잘되어지이다, 그리고 당나라에 보내는 선물 가운데 첫째로 뽑혀지이다, 하고 빌고 싶었다.

셋째로 이번에 빌 것이야말로 첫째 둘째보담 더 소중하고 더 엄청나고 더 어렵고 더 간절한 발원이었다.

"그러면 그것이 무슨 발원이냐."

누가 종주먹을 대고 물어도 주만은 꼭 집어서 무엇이라고 대답은 못 하였으리라.

남에게 대답은커녕 제 속생각에나마 분명치를 않았다. 물속에 흐르는 달빛과 같이 꼭 잡아낼 수는 없으나마, 아무튼지 안타까웁고 애달픈 발원임에는 틀림이 없었다. 영롱한 무지개처럼 눈부신 발원임에는 틀림이 없었다. 넘치는 봄 물결과 같이 마음 가득한 발원임에는 틀림이 없었다…….

그의 발길은 다시 가까워온다. 달빛을 담쑥 안은 뒷머리가 검게 빛난다.

주만은 곧 그의 뒤를 따르려 하였다. 그러나 내어드리려던 발은 다시 옴츠러지고 만다. 아아 염통은 왜 뛰기만 하는고.

"에구 아가씨, 구실 아가씨, 아가씨가 여기 계시구먼."

등 뒤에서 털이의 쌔근거리는 소리가 들린다.

12

주만은 이때처럼 털이가 반가운 때는 없었다. 백만의 응원병이나 얻은 듯이 든든하였다.

"오, 털이냐. 너 참 잘 나왔고나. 이것 봐, 오늘이 초파일 아니냐. 너와 나와 이 탑을 돌아보자. 소원 성취하게."

"원 아가씨도 급하시기는. 사람이 숨이나 좀 돌려얍지요."
하고 장히 가쁜 듯이 숨을 모두 꾸려 쉰다.

"누가 여기 와 계실 줄이야 알았나. 한참 승무 구경을 하다가 아가씨를 찾아보니 어느 결엔지 계시지도 않겠지요. 온 방 안을 찾아보아도 없으시고, 그래 생각다 못하여 밖으로 나왔습지요. 미친년 뽄으로 못가엘 다 가보고 산기슭도 헤매보고 어디 계셔야지. 까막나라²⁷라 몇 번을 호방에 빠지고 참 죽을 뻔했답니다. 어쩌면 이년을 그렇게 속이시어. 후우, 아이 숨차."

찾기에 애쓰던 원정을 늘어놓는다.

"……대뜸 이 탑 생각을 했더면 좋을걸. 이 원수엣년의 대강이에 어디 그런 생각이 얼른 돌아야지……."

"얘, 수다 작작 떨고 어서 탑이나 돌자."

주만은 벌써 한 걸음 내어드디며 털이를 재촉하였다.

털이는 막 발을 떼어놓으려다가 말고 별안간에

"에구머니나!"

외마디소리를 지르고 주만의 손에 매어달린다. 털이는 그제야

---

27 날이 어둡거나 불이 없어 깜깜한 상태를 비유적으로 이르는 말.

아사달의 검은 그림자를 알아보고 깜짝 놀란 것이다.

"아가씨, 아가씨, 그 그게 누군갑시오."

털이는 더욱 달라붙으며 가슴을 발랑발랑한다.

주만은 돌아다보며 손을 저어 아무 소리도 말라는 뜻을 보이었다.

"게, 게 누군갑시오."

어느덧 주인의 눈치를 알아차리고 이번에는 주만의 귀가 간질간질하도록 입을 대고 소곤거렸다.

"왜 그 석수 아니시냐."

주만은 성이 가시지만 가만히 일러주는 수밖에 없었다.

"네에—."

하고 고개를 까닥까닥하다가

"그럼 아가씨가 혼자가 아니시군요."

하며 살그머니 제 아가씨의 얼굴을 쳐다본다. 그러고는 모든 것을 알아차렸다는 듯이

"그럼 쇤네는 괜이 온걸입시오."

하며 해해 웃는다.

주만은 눈을 흘겨 보이었다.

"아가씨는 눈을 흘기시면 더 예쁘시어…… 해해."

털이는 농치듯이 또 한 번 웃어 보인다.

털이는 주만의 유모의 딸이다. 나이도 다 같은 열여덟에 한동갑이요, 어려서부터 같이 자라났고 시방도 밤낮으로 몸시중을 드는 터이라, 이따금 상전과 종이라는 상하 구별을 잊어버리고 꽤 버릇없이 굴었다.

주만은 털이의 말씨가 분하고 괘씸하였으나 여기서야 어찌할 도리가 없었다.

털이는 벌써 제 아가씨의 기색을 살피고

"참 어서 탑을 돌아얍지요, 네 아가씨. 자 아가씨가 앞장을 서십시오."

주만을 앞으로 떠다밀다시피 하며 서둔다.

뭉실뭉실 떠도는 구름장이 그 흐늘흐늘하는 엷은 한 자락을 펼쳐서 슬쩍 달 얼굴을 가리었다. 초승달의 약한 빛을 그나마 가리어놓으니 사면은 어렴풋하게 조으는 듯.

네 간만큼, 세 간만큼, 두 간만큼! 주만과 털이의 걸음은 차차 차차 재빨라지며 가까이 가까이 아사달의 뒤를 따르며 매암을 돈다. 한 간만큼 반 간만큼! 그들의 떨어진 사이가 좁혀들었다. 앞에 가는 이의 뒤로 흔드는 손길이 뒤따르는 이의 앞으로 내미는 손길과 자칫하면 마주치게 되었다. 앞선 이의 헐레벌떡하는 숨소리가 역력히 들린다. 앞선 이의 그림자가 뒤선 이의 발끝에 밟히었다. 그 순간 그들의 거리는 다시금 멀어간다. 한 간, 두 간, 세 간. 동안은 자꾸 떨어져간다.

앞선 이도 제 뒤를 밟는 자국소리를 분명히 들으련마는 단 한 번을 돌아다보지도 않는다. 호리호리한 여윈 뒷모양이 주만의 눈길에서 가까워졌다 멀어졌다 할 뿐이다.

이럴 줄 알았던들 차라리 아까 모양으로 한자리에 서 있기나 할 것을, 떨어질 때 떨어지더라도 앞으로 지나칠 적마다 그 모습이나마 자세자세 볼 수 있었을 것을.

주만은 무엇을 잃어버린 듯 마음이 허수해진다. 무엔지 슬프고 원망스럽고 서운하였다. 다리는 맥이 다 풀리고 걸음걸이는 허전허전해진다.

"어쩌면 뒤 한 번을 돌아보시지 않을까."

털이는 제 주인의 속을 들여다보듯이 혼잣말로 종알거리고 축 늘어지는 주만의 허리를 부축한다.

"아가씨, 우리 인제는 앞으로 질러가 보아요."

털이는 마침내 묘안을 내리었다.

13

주만과 털이는 돌쳐섰다.

앞지르는 것이 과연 묘안은 묘안이었다. 그러나 이것도 수월한 노릇은 아니었다. 궁금하던 그의 앞모양과 얼마든지 마주칠 수는 있었건만 딱 맞닥뜨릴 뻔하다가 슬쩍 옆으로 비킬 적마다 주만의 가슴은 못 견딜 만큼 뛴다.

아까는 뒤밟는 동안이 떴다가 줄다가 하더니 이번에는 그들의 매암 도는 둘레 사이가 멀어지고 좁아들고 하였다.

저 둘레와 이 둘레가 차차 차차 다가들어 두 둘레가 한 둘레로 어우러질 만하면 다시금 멀리멀리 갈리어 나간다.

너무 멀어지면 안타깝고 너무 좁아들면 숨길이 막힐 듯하고…….

주만의 이마에는 구슬 같은 땀방울이 맺히었다. 새빨간 뺨은 농익은 홍시처럼 아늘아늘 터질 듯하고 가쁘게 내쉬는 단김에 호끈호끈 입술이 마른다.

곁에서 보기에는 허청허청 탑의 둘레를 도는 것이 어렵지 않아 보이었지만 막상 돌아보니 여간 고된 일이 아니었다.

인제는 눈이 핑핑 내어둘리고 머리까지 어찔어찔하다.

그래도 주만은 이를 악물고 돌고 또 돌았다.

"아이 사람 죽겠네. 아이 사람 죽겠네."

털이는 쌔근쌔근하면서도 연해 잔소리를 재우치며 땀을 빡빡이 흘린다.

달을 가리었던 구름장은 어른어른 지나간다. 가닥가닥이 풀어지고 엷어져서 마지막엔 뿌유스름한 김처럼 달 얼굴에 서리었다가 이내 가뭇없이 사라졌다.

거믈거믈하던 그늘과 빛이 뚜렷해졌다.

탑신이 은물에 적시어놓은 듯 불현듯 번쩍인다.

어느 결엔지 또다시 같은 둘레를 돌고 있던 아사달과 주만은 거의 정면으로 마주치게 되었다.

그들의 상거[28]는 네댓 걸음밖에 남지 않았다.

하늘만 쳐다보고 있던 아사달이 갑자기 무엇을 찾는 듯이 제 주위를 둘러본다.

달빛을 안고 흰 꽃송이처럼 피어난 주만의 얼굴에 아사달의 시선은 떨어졌다.

그 찰나! 아사달의 걸음은 주춤하고 멈춰졌다. 놀람과 반가움이 뒤섞인 표정이 한순간 그 꿈꾸는 듯하던 눈자위에 떠올랐다.

---

28 서로 떨어져 있는 두 곳의 거리.

흑! 하고 앞으로 고꾸라질 듯하며 한 발자국 내어드디자 아사달의 눈은 불같이 빛났다. 한참 주만을 뚫어지게 바라보다가 그다음 순간에는 정신을 모으는 듯 눈을 감아버린다.

주만도 별안간 변한 아사달의 거동에 깜짝 놀랐다. 뜨거운 저편의 눈길에 동여매인 듯 주만이 또한 그 자리에 딱 발길을 붙인채 손끝 하나 꼼짝일 수 없었다. 온몸의 피까지 돌기를 그치고 그대로 얼어붙어 버린 듯, 오고 가는 두 시선만 불꽃을 날리었다.

그때였다. 재 올리는 구경이 한 고비가 넘었는지 법당에 몰리었던 젊은이 축들이 떼를 지어 와하고 쏟아져 나온다.

"아이 여기는 시언도 해라. 법당 속은 바루 도가니 속이야!"

"이런 줄 알았더면 진작 나올 것을."

"어디, 어디를 가볼까."

"이 마당 끝까지 가보지."

제각기 지껄이며 뜰을 내려온다.

"우리 저 솔숲으로 가볼까."

"까막나라에 뱀이나 있으면 어떡하게."

"뱀이 무슨 뱀이야."

"여길 나오니 달도 밝구면."

"저기 다보탑이 보이네."

"저것 보아, 저 다보탑 밑에 사람 셋이 섰네."

"하나는 남자고 둘은 여자고."

"한 남자와 두 여자! 찐답잖은 일인걸."

"하하하."

"하하하."

구슬을 깨는 듯한 웃음소리가 달 그늘로 사라진다.

"달도 희고 임도 희고……."

누가 노래 웃꼭지를 딴다.

"저것 좀 봐요. 남자가 두 여자를 버리고 저리 돌아가네."

"어느 결에 안타까운 이별인가."

"초승반달이 지기도 전에."

"오호호."

"오호호."

웃음소리를 먼저 보내며 그들의 춤추는 듯한 달뜬 발길이 탑을 향해 걸어온다.

"참 재 올리는 구경에 팔려서 탑 도는 걸 잊었네."

"옳거니 오늘이 파일이거니, 발원을 올려야지."

"발원이면 무슨 발원?"

"나라가 태평토록."

"오곡이 풍등하게."

"성수가 무강토록."

"늙으신 부모 궂기지 말게."

"효녀 충신 많으시군."

"알뜰한 내 발원은 고은 님 만나나 뵙게, 오호호."

14

아사달은 쫓기는 듯이 제 처소로 돌아왔다.

요새는 의례히 탑 위에서 밤을 새우는 버릇이로되 오늘 밤따라 떠들썩한 인기척이 수선스럽기도 하려니와 어쩐지 몸과 마음이 실실이 풀리어 지렛대와 정을 들추스를 기력조차 날 것 같지도 않았다.

쓰러지는 듯이 제자리에 드러눕자 잠이 곧 올 것처럼 눈이 감기었다. 천근이나 되는 몸이 마치 큰 돌멩이가 물속으로 떨어지듯 밑으로 밑으로 가라앉는다. 온몸이 으스러지게 고단하면서도 오려던 잠은 설들고 정신이 새삼스럽게 말뚱말뚱해진다.

'그 처녀가 누굴까.'

무두무미하게 이런 생각이 떠올랐다. 아까 주만이와 마주치던 기억이 생생하게 살아온다.

"옷 맨두리만 보아도 귀인이 분명한데 아사녀로 속다니."

하고 아사달은 어이없이 웃었다.

아사녀阿斯女란 그의 아내의 이름이었다.

제 아내와 그 처녀의 얼굴을 다시 한 번 눈앞에 그려보매, 갸름한 판국과 입모습 언저리나 비슷하다 할까, 다른 데는 아무 데도 닮은 점이 없었다.

아사달이 주만을 보고 그렇게 놀라고 반긴 것은 한갓 제 고장에 두고 온 아내로 그릇 본 까닭이었다.

사랑하는 아내를 떠난 지도 어느덧 삼 년, 이 길고 긴 동안에 얼마나 아내가 아쉽고 그리웠던가. 탑 쌓는 대공에 바친 몸이요 마음이건만, 천 리를 넘나드는 상사몽은 막을 길이 없었다.

오늘도 일터에 올라갔다가 절 안이 들레어[29] 그대로 내려오고, 그 들레는 까닭으로 오늘이 파일인 줄 알게 되자 집 생각이 더욱 간절하였다.

부여도 오늘은 야단이리라.

우리 집에서도 등을 맨들리라.

그 혼란한 솜씨로 내 등은 또 얼마나 훌륭하게 아름답게 맨들 었을까.

아사달은 아내와 같이 쇠던 지난날의 재미나던 파일을 생각하고 가슴이 뻐근해졌다.

부여에서도 파일이 되면 식구 수효대로 등을 맨들고 등마다 그 등 임자의 생년월일을 써서 복을 빌었다.

자기도 파일을 진작 알았던들 비록 객지에서나마 장인과 아내를 위하여 등을 맨들었을 것. 등은 못 맨들었을망정 밤에는 탑을 돌아 제 스승과 아내의 복을 빌리라 하였다.

절 안이 너무 붐비어 일은 손에 잡힐 것 같지도 않아 낮에는 제 처소에서 누워서 보내고, 저녁이 되어 모든 사람이 재 올리는데로 몰린 뒤에 그는 홀로 탑을 돌러 나왔던 것이다.

한 둘레 두 둘레 돌아갈 때 나래 돋친 생각은 훨훨 고장으로 날은다.

갸둥질³⁰을 쳐주는 구름자락을 마다하고 달은 서쪽으로 서쪽으로 미끄러진다.

아사녀도 저 달을 보고 있으리라. 만일 저 달이 거울이련들 예 있는 나도 저 속에 비최이고 제 있는 저도 저 속에 비최일 것을.

---

29 야단스럽게 떠들어.
30 갸둥질. 어린아이의 겨드랑이를 치켜들고 올렸다 내렸다 하며 어를 때 아이가 다리를 오그렸다 폈다 하는 짓.

달착지근한 감상이 사라지자 집 걱정이 새록새록이 가슴을 누른다.

제일 염려는 제 스승이요 장인인 부석의 건강이었다.

아사달이 떠나올 때에도 부석의 천촉증[31]은 매우 심하였다. 한 번 기침을 시작하면 그 쿨룩 소리는 좀처럼 끝나지 않았다. 오장육부를 쥐어짜는 듯한 그 악착한 기침소리, 지금도 선하게 귓가에 울리는 것 같다.

나이 벌써 칠십이 넘었으니 아무 병 없이 정정하더라도 춘한노건[32]을 믿을 수 없겠거든 그런 고질까지 지녔으니 오래 부지야 어찌 바랄 수 있으랴.

'만일 돌아가셨으면!'

이런 불길한 생각이 문득 일어나자 그는 몸서리를 치고 탑 도는 발을 빨리빨리 옮기었다. 한 둘레라도 더 도는 것이 마치 제 발원을 이루는 데 큰 등별이 있을 것처럼.

만일 장인이 돌아가셨다면! 아사녀에게 그야말로 하늘이 무너진 것이다.

자기도 혈혈단신 외톨이요, 처갓집도 어느 일가친척 하나 디미다볼 사람이 없는 홑진 집안이다. 홀로 남은 아사녀는 어찌 되었을까. 어리고 약한 여자의 몸으로 그런 큰일을 어떻게 겪을 것인가. 큰일을 감당하고 못 하는 것은 오히려 둘째 셋째 문제다. 남유달리 눈 여린 그가 이 지극한 슬픔에 어떻게 견디어낼 것인가.

위로해주는 사람도 없이 울고 또 울다가 그대로 자지러지지나

---

31 숨이 몹시 차서 가쁘고 헐떡거리며 힘없는 기침을 잇따라 하는 병.
32 '봄 추위와 늙은이의 건강'이란 뜻으로 사물이 오래가지 못함을 비유적으로 이르는 말.

않았을까.

머리는 풀어 산발을 하고 울어서 퉁퉁 부은 눈을 그대로 감아 버린 아사녀의 모양이 얼찐 눈앞에 나타났다.

15

아사달은 지긋지긋한 생각을 쫓는 듯이 머리를 흔들었다.

"설마 죽기야, 설마 죽기야."

그는 제 자신이 알아듣도록 뇌이고 또 뇌이었다.

사람이란 슬프다고 간대로 죽는 것은 아니다. 설령 아버지가 죽었다 하기로서니 딸마저 죽으리라고 단정하는 것은 너무 지나친 생각이리라.

그러나 이렇게 돌려 생각해보아도 그의 걱정은 놓이지 않았다. 만일 장인이 죽고 아내는 살았다 해도, 더욱 그의 애를 졸이게 하는 또 다른 켯속이 있기 때문이다.

남편도 이별하고 어버이조차 여읜 외로운 딸과 아내! 그 고단한 신세를 엿보는 이리떼 같은 부석의 제자들이 마음에 켕긴다.

그중에도 우두머리 가는 팽개彭介의 모양이 언뜻 보인다. 그 후리후리한 키와 감때사나운[33] 상판이 엎어누를 듯이 쑥 나타난다. 그 얼굴은 능글능글하게 웃는다.

그는 아사달보담 나이도 네 살이 위이요, 부석의 문하에 들어

---

33 사람이나 사물이 억세고 사나운.

오기도 아사달보담 일 년이 먼저이었다. 집안이 그리 군색지 않은 탓으로, 제자들 가운데 차림차림도 가장 말쑥하였고 잔돈푼도 곧잘 써서 동무들의 마음을 사기도 하였다. 자세히는 모르지만 가난한 스승의 살림도 가끔 도와주는 듯하였다.

재주는 무디었지만, 나잇값과 돈냥 덕으로 여러 동무를 휘두르고 한동안은 의젓한 수제자로 내남없이 허락하였던 것이다.

드러내놓고 말은 안 했으되, 수제자가 된다는 것은 곧 어여쁜 아사녀의 신랑감을 약속하는 것이었다. 늙어가는 스승도 든든하고 넉넉한 팽개와 같은 사위를 얻어 노경을 의탁하려 하였는지 모르리라.

그러나 한 해 두 해 지나갈수록 아사달의 재조와 솜씨는 너무도 뛰어났다.

예술을 생명으로 아는 부석의 사랑은 마침내 아사달에게 쏟아지게 되었다.

이 눈치를 챈 팽개는 푼푼한 남아지에 울분한 생각을 꽃거리에 풀기 시작하였다. 그런 소문이 들릴수록 스승의 눈 밖에, 더군다나 장래 장인의 눈 밖에 나게 되었다.

빛나는 승리는 아사달에게 돌아오고야 말았다. 뭇 제자의 부러워하고 시기하는 눈총을 맞으면서 아름다운 아사녀의 남편이 된 것이다.

아사달이 기쁨의 절정에 올랐다면 낙망의 구렁에 천길만길 떨어지기는 묻지 않아도 팽개이리라.

그러나 팽개는 그런 사색을 조금도 드러내지 않았다.

혼인날에도 다른 제자보담 오히려 더 일찍이 와서 모든 일을 총찰하였고, 모꼬지(연회) 자리에서도 가장 기쁜 듯이 술을 마시고 춤을 추고 즐기었다.

아사녀를 아이었으니[34] 팽개는 인제 스승의 문하에 발을 끊으리라 하는 것이 여럿의 일치한 공론이었으나 팽개는 여상스럽게 출입을 할 뿐 아니라, 도리어 전보담도 더 성근하게 다니었다.

그의 배짱은 수수께끼였다.

하루는 여럿이 모인 자리에서 키다리 장달長達이란 제자가 그 꾸부정한 어깨를 축 늘어뜨리고 앉았다가 팽개를 보고 무두무미하게

"원 자네는 비윗장도 좋아."

하고 놀리는 가락으로 말을 툭 내던졌다.

"이 짜디짠 친구가 이건 또 웬 수작이야. 어째 내 비윗장이 좋단 말이냐."

팽개가 되받으니까, 장달은

"나 같으면 벌써 발그림자도 않을 텐데…… 그래도 못 알아듣겠니, 이 될뻔댁아."

하고 히히 웃어버린다.

"응, 그 말이야. 그러면 계집 뺏기고 스승마저 잃어버리게, 허허."

하고 팽개는 아사달을 향하여 능글능글하게 웃어 보이었다.

그 능글맞은 웃음이 아사달에게는 도무지 잊히지를 않았다. 웬일인지 그 웃음이 무서웠다. 소름이 끼치었다.

---

34 빼앗기었으니.

지금도 탑을 돌며 멀리 아내의 신상을 생각할 제, 그 흉물스러운 웃음이 나타나고야 만 것이다.

"이놈 아사달아, 이걸 좀 봐라, 허허."

팽개는 앙탈하는 아사녀를 두리쳐 끼고 역시 그 흉한 웃음을 웃어 보인다.

"내가 왜 이런 불길한 생각만 하는고."

아사달은 진저리를 치며, 제 앞에 그린 환영을 떠다박지르듯이 팔을 내저으며 급히 걸어보았다. 그래도 불길한 환영들은 꼬리를 맞물고 군이군이 떠 나온다.

16

아사녀를 흠모하기는 결코 팽개 하나만이 아니다.

키다리 장달, 되바라진 작지, 웅성깊은 싹불, 여낙낙한 웃보…… 어느 제자치고 아사녀를 내맡겨도 마음을 놓을 만한 위인은 눈을 닦고 보아도 없었다.

그들의 환영도 하나씩 둘씩 번갈아 들며 제각기 다 다른 비웃음을 던진다.

아사달은 눈을 멍하게 뜬 채로 흉측한 꿈을 꾸어 내려간다.

그 흉한들이 겹겹이 에워싼 한복판에 아사녀는 울면서 질팡질팡한다. 이 틈을 비잡아도 무쇠 같은 팔뚝들이 막고 저리로 버르집어도 그 가냘픈 몸을 빼쳐낼 길이 없다. 마지막엔 기진맥진하여 그대로 쓰러지매 사나운 즘승의 떼는 우 하고 달겨든다!

"무슨 그럴 리야 있을까. 저희들도 사람이어니 스승의 은혜를 생각한들 외동딸에게 그런 몹쓸 짓이야……."

아사달은 지겨운 제 환상을 스스로 털었다.

집에는 아무 일도 생기지 않았을 것이다. 장인도 그저 생존해 계시고 아사녀도 몸 성히 잘 있을 것이다. 떠날 때보담 얼마를 더 자라나고 더 아름다워졌는지 모르리라. 내 올 때를 손꼽아 기다리며 바시시 사립문을 열고 서울길을 바라보는지 모르리라. 그 갸름한 종아리에 인제는 살이 올랐는가.

아사달은 견딜 수 없었다.

부여가 그립다. 스승이 그립다. 아내가 그립다.

탑이고 무엇이고 다 집어치워 버리고 지금 당장 고장으로 날아가고 싶다.

달 비최인 사자수는 금물결 은물결이 굽이굽이 넘노리라. 병상에 누웠던 스승은 얼마나 반기실까. 방싯 웃는 아사녀의 얼굴에는 기쁨이 넘치리라.

이 먼 데를 왜 왔던고. 스승도 없고 아내도 없는 이 먼 데를 왜 왔던고.

대공을 이루리란 불같은 정열에 앞뒤를 헤아리지 않고 허둥허둥 길을 떠난 것이 몹시 후회되었다.

이렇게 그립고 마음이 졸일 줄 알았더면 아무리 스승의 명령이 엄하더라도 한사코 좇지를 않았을 것이다.

서울에 큰 절을 이룩하고 그 절에 탑을 모시는데 천하의 명공을 구한다는 방이 내어걸리기는, 그들이 혼인한 지 한 일 년 안팎이었다.

저자에 갔다가 이 방을 보고 아사달의 가슴은 뛰었던 것이다. 속에 가득한 재주와 솜씨는 쏟힐 곳을 찾지 못하여 발버둥질을 치고 있었던 것이다.

돌아와서 스승에게 그 사연을 알리매 늙은 스승은 앉은 자리에서 몸을 소스라치며 애들처럼 기뻐하였다.

"인제야 네 재주와 솜씨를 보일 때가 왔구나. 이런 기회란 사람의 일생에 몇 번 있는 것이 아니다. 어서 행장을 수습해라. 어디 서라벌 석수들과 좀 겨루어보아라."

스승은 흰 수염을 거스리며 매우 흥분된 말씨다. 그리고 이튿날로 길을 떠나라고 서둘렀다.

그는 사랑하는 제 제자의 예술적 대원을 이루어주기 위하여, 빛나는 전통의 솜씨를 자랑하기 위하여, 단 하나 사위를 내놓는 헛헛함도 잊어버린 듯하였다. 귀여운 딸의 안타까운 이별도 돌아보지 않는 듯하였다.

아사달은 신이야 넋이야 하며 행장을 재촉하였으나 아내와 나누일 생각을 하니 가슴이 빽적지근 않을 수 없었다.

새 정이 들까 말까 한 아내! 그러하다, 그들은 아직 정조차 흐뭇하게 들지 못하였다. 어린 아내는 언제든지 그를 부끄러워하였고, 그도 또한 무슨 깨어지기 쉬운 보물처럼 아내를 소중히 알아, 흥껏 마음껏 다루지를 못하였다. 부부가 되기는, 햇수로 따져보면 벌써 이태를 잡아들건마는 그들에게는 장가들고 시집온 지가 바로 어제런 듯하였다. 행복스러운 날은 꿀보담 더 달고 번개보담 더 빠르게 지나간 것이다.

이러한 아내이거니 그와 어떻게 작별을 할 것인가. 그래도 자기는 사내대장부다. 대공을 이루기 위하여 마음을 도지게 먹을 수 있었지만, 아사녀는 얼마나 슬퍼할까. 차마 그 앞에서도 갈린 다는 소리를 끄집어낼 수가 없었다.

내일같이 길 떠날 오늘.

그는 아사녀와 단둘이 마주치는 동안을 될 수 있는 대로 늘이려 하였다.

낮에는 이리저리 피할 수가 있었지마는 해는 어찌 그리 엉덩 뚱 지나가는지 어느새 저녁이 되고 말았다.

아내와 만날 시각이 자꾸자꾸 다가들자 그의 마음은 조비비는[35] 듯하였다.

저녁에 그를 보내는 조그마한 잔치가 벌어진 자리에서도 그는 끝까지 몸을 일으키려 들지 않았다.

자정이 지나 밤이 이슥한 뒤에야

"인제는 잠이 들었겠지."

하고 아사달은 가만가만히 제 방으로 돌아왔다.

살그머니 문을 열고 들어서니 아내는 거물거물하는 촛불 밑에 그린 듯이 앉아 있지 않은가.

17

아사달은 제 아내가 자려니 지레짐작을 하였다가 그저 앉아

---

35 마음이 몹시 졸이거나 조바심을 내는.

있는 것을 보고 적이 놀랐으나, 이내 미안한 생각이 불 일 듯하
였다.

아내는 자기가 들어올 때를 고대고대하며 그 곤한 잠도 잊어
버리고 저렇게 단정하게 앉았는가 하매 그는 가슴이 찌르르하도
록 애연하였다. 그런 줄은 모르고 일부러 만날 동안을 질질 끈 제
자신이 원망스러웠다.

오늘 밤 내일 아침까지만 보면 몇 해를 그릴 것이 아니냐.
그 귀중한 시간을 어쭙잖은 이허[36]로 헛되이 넘긴 것을 생각하
면 뼈가 저리었다. 한 치 한 푼을 다투어도 오히려 아까울 것.

"왜 입때 자지를 않소."

아사달은 아내의 앞에 주저앉으며 번연히 아는 잠 안 자는 까
닭을 물었다.

"고대 자요."

하고 아내는 방긋 흘지게 웃어 보인다. 그 웃음 속에는 눈물이 그
렁그렁 맺힌 듯하다.

"……."

"……."

부부는 마주 보며 한동안 말이 없었다.

"곤한데 눕구려."

"눕지요."

그러나 둘이 다 누우려는 기척도 보이지 않았다.

"……."

36 속내.

"……."

또 한동안 말은 끊어졌다.

"나는 내일 서라벌로 떠나가오."

한참 만에야 아사달은 큰 힘을 써서 가까스로 허두를 내놓고 아내의 기색을 살피었다. 아사달은 이 말만 끄집어내면 단박에 슬픔의 회오리바람이 일어나려니 하였었다. 울며불며 발버둥을 치려니 하였었다.

그러나 아내는 의젓하게 도사리고 앉아 있을 뿐, 대답도 간단한 한마디였다.

"나도 알아요."

이 홀가분한 한마디가 만근의 무게를 가졌다. 천 마디 만 마디의 슬픈 원정과 설운 사설보담도 몇 곱절 되는 뜻을 풍겼다.

그 자그마한 가슴에 커다란 고통을 부둥켜안은 채로 꿀꺽꿀꺽 참고 있는 모양이 못 견디리만큼 애처로웠다. 아사달은 제 쪽에서 엉엉 목을 놓고 울고 싶었다.

"내일은 일찌거니 길을 떠나실 텐데 정말 어서 주무서요."

하고 아사녀는 깔아놓은 이부자리를 다시금 매만지다가 갸웃이 남편을 쳐다본다. 방 안은 덥지도 않은데 그 오목한 코끝에는 땀방울이 송송 솟아났다. 슬픔을 누르느라고 마음속으로 무한 힘을 쓰는 까닭이리라.

아사달은 대번에 목이 꽉 잠기는 듯 대꾸도 나오지 않았다.

"어서 주무서요."

아사녀는 또 한 번 조른다.

아사달은 그대로 쓰러지는 듯이 누웠다.

"이렇게 바루 누우서요."

아내는 베개를 고쳐 베고 이불의 접힌 자락을 펴서 따둑따둑 덮어주고 나서 물끄러미 남편의 얼굴을 내려다보다가 남편의 쳐다보는 눈길과 딱 마주치자 그 젖은 눈동자는 달아날 곳을 몰라 잠깐 허전거리는 듯하더니 어색하게 상긋 웃고 저도 따라 눕는다.

아사녀는 눕는 길로 곧 눈을 감는다.

이윽고 아사달은 고개를 쳐들어 아내의 얼굴을 자세자세 보고 또 보았다. 제 머릿속 깊이 새기어넣으려는 것처럼.

은행 껍질 같은 눈시울이 띠룩띠룩 움직이고 남유달리 긴 속눈썹이 가늘게 떠는 것을 보면 아내도 눈만 감았다 뿐이지 잠을 이루지 못한 것은 곧 알 수 있었다.

아니나 다를까, 아내는 번쩍 눈을 떴다. 고개를 쳐들고 있는 남편을 보고

"아이, 큰일 났네. 입때 안 주무시고 내일 어찌 길을 떠나시어."

살짝 눈썹을 찡기고 제 얼굴을 치우는 듯이 돌아누우려 하였다. 마치 제 남편의 잠 안 자는 원인이, 제 얼굴이 그 눈앞에 놓여 있는 탓만, 여기는 듯하다.

아사달은 더 참을 수 없었다. 돌아누우려는 아내를 끌어당기자 그 가냘픈 몸을 으스러지도록 안았다.

이런 때에도 수줍은 아내는 고개를 숙여 남편의 가슴패기에 제 얼굴을 파묻는다. 그 언저리가 뜨겁고 축축해지는 것은 아내도 인제야 소리 없이 우는 탓이리라.

한참 만에야 하나로 녹아드는 듯하던 두 몸은 떨어졌다.

아내는 먼 길 가는 남편에게 끝끝내 요사한 눈물을 보이지 않

으려고 어느 결엔지 눈을 닦고 또 닦은 모양이었으나 아무리 해
도 젖은 속눈썹은 옥가루를 뿌린 듯 번쩍이고 발그스름해진 콧
등이 더욱 안타까웠다.

18

탑을 도는 아사달의 발길은 느리게 지척거린다.

그날 밤 아내와 지내던 정경이 그림자등[影燈]에 어른거리는 환
영처럼 뚜렷이 비춰인다.

그들은 마침내 그날 밤을 꼬박이 밝히었다. 서로 어서 자라고
권하고 조르면서 저마다 모를 사이에 도란도란 이야기를 주고받
는 그들이었다. 서로 외면을 하고 등을 졌다가 어느 결엔지 뚫어
지게 마주 보고 있는 그들이었다. 분명히 떨어져 누웠는데 언뜻
깨달으면 두 뺨을 마주 비비대는 그들이었다······.

이별을 아끼는 밤은 너무도 짧고 너무도 헤프다.

어느덧 아침이 되었다. 아내는 아침밥을 지으러, 남편은 미진
한 행장을 꾸리러 이 방을 나가는 수밖에 없다.

옷을 주섬주섬 주워 입고 먼저 일어선 아내가 방문 앞까지 나
가다가 다시 돌쳐서서 서너 걸음 도로 들어온다. 그는 작별 인사
를 잊었던 것이다. 길 떠날 시각이야 아직도 얼마 남았지만 그들
단둘이 하는 작별은 이 자리가 마지막이 아닌가.

"부디 안녕히 다녀오서요."

"부디 잘 있소."

"부디 대공을 이루서요."

"그야!"

하고 아사달의 젊은 눈동자는 자신 있게 번쩍이다가

"장인이 저렇게 늙고 편찮으시니……."

하고 얼굴을 흐린다.

아내는 무슨 긴히 부탁할 말이 있는 것처럼 나붓이 다시 앉는다.

"그런 걱정을랑 조금도 마서요. 내가 어쩌든지 모시고 꾸려갈 테예요. 몇 해가 걸리든지 부디 대공만 이루서요."

하고 얼굴빛을 바루며 단단한 결심을 보이었다.

"부디 대공만 이루서요."

나직하나 힘 있던 그 말소리! 지금도 아사달의 귀를 울리고 마음을 울린다. 안타까운 이별도 애달픈 그리움도, 남편의 재주를 빛내고 이름을 이루기 위하여 즐기어 견디려는 그 씩씩한 태도! 언제 생각해보아도 든든하고 고마웁고 눈물겨웁다.

아직 철부지로 알았던 아내가 어느 틈에 그렇게 장남해졌을 줄이야. 물보다 더 무른 줄 알았던 그 마음이 그렇게 여무질 줄이야.

생각할수록 새록새록이 아내가 그리웁다.

어여쁘고 의젓한 아내! 그리운 그 얼굴을 단 한 번 눈 한 번 깜짝일 짧고 짧은 동안에나마 보여준다면 그는 목숨을 내놓아도 아깝지 않았으리라.

마지막으로 아내를 보던 애틋한 정경 한 토막이 또 서언하게 나타난다…….

여러 동무들에게 옹위되어 사립문 밖까지 나왔다. 병중의 장인도 기침을 쿨룩쿨룩하면서도 지팡이에 몸을 버티고 지축지축 따라 나온다.

그는 재빠르게 눈을 사방으로 돌렸다.

"인제 아주 정말 길을 떠나는구나."

하매, 거기까지 범연히 나온 그도 다시 한 번 아내의 얼굴이 더 보고 싶었던 것이다.

그러나 아내의 얼굴은 거기 없었다. 별안간 큰 쇳덩이가 발목에 매어달리는 듯 걸음이 내켜지지 않았으나 마음을 도지게 먹고 일부러 쾌활하게 땅을 쾅쾅 구르는 듯 걸었다.

길모퉁이를 도는 데 왔다.

"인제 고만 들어가십시오."

아사달은 걸음을 멈추고 스승에게 더 따라 나오기를 말리었다.

"응, 그래, 그럼 잘 다녀오너라, 쿨룩쿨룩. 머 먼 길에 몸조심하고, 쿨룩쿨룩. 원 몹쓸 기침이……."

튀 하고 가래침을 배알는데 그 늙은 눈에 눈물이 걸씬걸씬한 것은 한갓 기침 탓만 아니리라.

"네."

하는 아사달의 대답도 목이 메이었다.

무릎을 꿇고 마지막 작별 절을 하고 일어서면서 언뜻 제가 지금 나온 사립문을 바라보았다.

돈짝만큼씩 한 새 잎사귀가 파름파름하게 돋아나는 느티나무 밑에 아내가 외로이 서 있지 않은가. 여럿이 우 나올 때에는 부끄러워서 같이 따라 못 나오고 뒤미처 쫓아 나온 것이리라.

슬쩍 한 번 오고 간 두 눈길! 이것이 마지막 이별이었다…….

"아사녀, 아사녀!"

아사달은 소리를 내어 가만히 불렀다. 그 이름이나마 입술에 올려보고저.

발은 제 돌던 자국을 찾아 제대로 돌아가건마는 아사달의 마음이 탑돌기를 떠난 지는 벌써 오래다.

"아사녀, 아사녀!"

그는 또 한 번 불러보았다.

아내는 완연히 제 앞에 와 서는 듯하다.

하늘만 쳐다보던 환상에 싸인 눈을 앞으로 돌릴 제 과연 제 아내는 제 앞에 의젓이 서 있다!

일순간 꿈이 현실로 나타날 때 그는 흑 하고 놀란 것이다. 한 걸음 바싹 더 다가들며 똑똑히 제 아내의 얼굴을 살피매, 그는 물론 제 아내가 아니었다. 제 아내 나쎄만 한 다른 여인이었다.

설레던 정신을 수습하고 다시 탑돌기를 시작하였건만, 한번 어지러워진 마음은 좀처럼 가라앉지 않았다. 그는 무엇에 쫓기는 듯이 제 처소로 돌아와 버린 것이다.

19

"털아 털아, 얘 털아."

주만은 아까부터 가쁜 듯이 털이를 깨우고 있었다. 털이는 앙바틈한[37] 다리를 큰 대자 모양으로 퍼더버리고 입 가장자리에 침을 깨 흘리며 곤하게 잔다.

"얘, 털아 좀……."

주만은 털이의 팔뚝을 잡아 뒤흔들며 귀에다 대고 소리를 딱 새같이 질렀다.

털이는 "응, 응" 잠꼬대를 하고 흔들린 팔뚝으로 숭숭 맺힌 제 이마의 땀을 문지르고는 다시 돌아누워 버린다.

"얘, 얘 좀 일어나거라. 일어나요."

깨우는 이는 바작바작 애가 마르는 듯. 자는 이는 꿈적꿈적 몸을 움직이는 듯하다가도 이내 쌕쌕 코 고는 소리를 낸다.

"얘, 어서 좀 일어나. 원 잠귀도 이렇게 어두운가. 털아, 털아!"

주만은 돌아누운 털이의 어깨를 이리로 잡아 제치며 짜증을 낸다.

"네 네."

털이는 코로 대답만 할 뿐이요 그저도 잠을 못 깬다.

"얘, 좀 얼핏 일어나라니까. 얼핏, 얼핏 좀 일어나."

이번에는 깨우는 이가 입술을 쪼무리고 옷이 수세미같이 말려 올라가서 벌겋게 드러난 자는 이의 허벅지를 꼬집었다.

"이래도 못 일어날까, 이래도 못 일어날까, 털아, 털아."

"아야! 네."

하고 털이는 별안간 나는 듯이 일어나 앉는다. 그제야 자는 이는 주인이 깨우는 줄 알고 질겁을 하며 일어난 것이나 아직도 잠은 덜 깨어서 연송 조아 붙는 눈을 비빈다.

37 짤막하고 딱 바라져 있는.

"얘, 정신을 좀 차려, 좀."

주만은 힘없이 끄덕이는 털이의 머리를 사납게 회술레[38]를 돌리며 재우친다.

털이는 또 한참 주먹으로 눈을 비비고 닦고 나더니 발그스름하게 잠발이 선 눈으로 어색하게 웃어 보인다.

"얘, 무슨 잠이냐. 그래도 잠이 깨지를 않니."

"왜, 안 깨긴요. 벌써 깬걸입시오."

"그렇게 불러도 일어나지를 않으니."

"아마 깜박 잠이 들었던가 봐요, 헤헤."

깬 이는 무안한 듯이 또 한 번 웃는다.

"깜박 든 게 다 뭐야. 그렇게 사람의 애를 태워."

주만은, 깨우느라고 진땀을 뺀 것이 아직도 성이 풀리지 않은 듯 털이를 노려본다.

"원, 원수엣년의 잠이!"

하고 털이는 제 머리를 제 주먹으로 몇 번 쥐어지른 뒤에

"그저 죄송합니다. 무슨 심부름을 하랍시오?"

절이라도 할 듯이 사죄를 하고 착착 붙인다.

"왜 또 알찐거리기는! 어서 옷이나 입어요."

주만은 내던지듯 명령을 내리었다.

"왜요? 무슨 큰일이 났어요?"

털이는 그제야 확실히 잠이 깨며 저도 놀란 듯이 서둔다.

"어서 옷이나 입으라니까."

---

38 고개나 머리를 내돌리는 일.

털이가 발딱 일어나 부산하게 속옷의 꾸김살을 펴고 치마를 띠어 입고 버선을 신는다.

"누가 그 옷 말야."

주만은 털이의 다 해진 치맛자락과 깜둥쪽제비가 된 버선목을 바라보다가

"나들이옷을 입어요. 어디 좀 갈 데가 있으니."

다시 영을 내렸다.

"어디를 갑서요? 벌써 날이 다 새었납시오?"

"얘 잠꼬대 작작 해라. 무슨 날이 벌써 새니. 아직 자시도 안 되었을걸."

"네! 아직 자시도 안 되었납시오. 그러기 첫잠이 깜박 들었던 거야. 첫잠이 들면 동여 가도 모른다고 하는걸입시오."

털이는 기어코 제가 잠을 얼핏 못 깬 변명을 하고야 만다.

"어서 새 옷을 좀 갈아입어요. 제발 좀."

주만은 울 듯이 재촉을 한다.

"아니 자시라면 한밤중 아녜요. 이 밤중에 어디를 가시랍시오?" 하고 자던 이는 그 토끼 같은 눈을 더욱 동그랗게 뜬다.

예삿일이 아니라는 것을 그도 인제야 깨달은 모양이다.

"수다 고만 좀 떨어요. 나 가자는 대로 가면 고만 아니야."

주만은 전에 없이 황황해한다. 털이는 입을 아 벌린 채 수상쩍다는 듯이 제 아가씨의 기색을 살피었다. 홰를 올리고 거물거물하는 밀초 불빛에도 제 아가씨의 얼굴이 이글이글 타는 듯이 붉은 것을 알아볼 수 있었다. 그 새까만 눈썹 위에도 심상치 않은 기운이 떠돈다. 더구나 그 옷 맨드리를 보고 놀랐다.

주만은 남빛 반비[39]를 입고 수놓은 비단바지를 입고 갈데없는 귀공자로 차리지 않았는가.

20

주만의 어머니 사초史肖부인은 외동자식이 딸 된 것이 원통하여 이따금 주만을 남복을 시키었다. 수놓은 통 손 바지에 남빛 반비를 떨쳐입고 세포 복두를 제켜 쓰고 백옥 허리띠에 구슬 끈을 주렁주렁 늘어뜨리고 손잡이에 금을 올린 환도를 느슨하게 차고 나서면 동뜨게 아름다운 귀공자였다. 장난꾸러기 주만이도 남복을 좋아하고 화랑의 흉내도 곤잘 내었다.

서리 같은 칼날을 뽑아 들고 공릉버선 위에 눌러 신은 목화로 터벅터벅 땅을 구르며, 그 영채 도는 눈을 제법 무섭게 부릅떠서 악 소리를 치고 달려들면 털이는 혼쭘을 하고 사초부인은 허리를 분질렀다.

그러나 이런 장난도 나이가 차가자 점점 그 도수가 줄고, 이마적 해서는 별로 한 적이 없거늘 이 밤중에 남장을 차리고 어디를 가자는 것인가. 털이도 한옆으로 겁도 나거니와 의심증이 더럭 났다.

"아이그 아가씨 왜 또 남복을 입으셨네. 또 쇤네를 혼을 내시려고 그럽시오?"

---

39 중국에서 들어온 것으로 깃과 소매가 없거나 소매가 아주 짧은 겉옷.

하며 털이는 벌써 몸단속을 마치고 일어선 주만을 보았다.

"왜 또 네 목에 칼을 겨눌까 봐 겁이 나니?"

주만은 방싯 웃고 제 손으로 허리띠를 휘 한번 더듬어 보이며

"이것 봐. 어디 칼이 있니. 오늘 밤에는 칼은 안 찼으니 그렇게 겁낼 건 없어. 어서 따라나서기나 해라."

하고 방문을 열고 나간다. 털이도 옷을 다 입고 뒤를 쫓아 나가다 가 주춤 섰다.

"아이, 이렇게 어두우니 누가 뺨을 쳐도 알갑시오?"

"그러면 초롱 준비를 할까?"

주만은 진국으로 묻는다.

"어디를 가시기에 초롱 준비까지 하신단 말씀이에요. 방 안의 촛대를 좀 들고 나오랍시오?"

"촛대를 들고 갈 수야 있나."

"그럼 어디를 멀리 가시랍시오?"

"가만있거라."

주만은 무엇을 생각하듯 다시 방으로 들어왔다. 벽장에서 부 리나케 초 몇 자루를 내어 털이를 준다.

"너 초롱은 어디 있는 줄 아니?"

"초롱이야 광에 들었습지요."

"광에…… 광문이 잠기지 않았을까."

"왜 안 잠겨요. 해구녕이 훤할 때 벌써 닫아거는뎁시오."

"그럼…… 그럼 그 열쇠는 누가 맡았을까."

"원 아가씨도, 마님이 맡으셨지 누가 맡아요."

"……"

주만은 잠깐 말이 없다.

"초를 몇 자루씩 내어놓으시고 대관절 어디를 가시랍시오. 이 깊은 밤에."

털이는 제 주인의 행동에 갈수록 불안을 품는 눈치였다.

"어머니가 맡으셨다. 어머니가……."

주만은 제 혼잣말로 중얼거린다.

"글쎄, 가실 곳을 좀 말씀을 합시오. 그러면 제가 무슨 도리든지 차릴 테니."

"만일 열쇠를 찾으러 갔다가 어머니께서 잠을 깨시면……."

"어이구, 또 광문이 여낙낙하기나 한뎁시오? 어떻게 빽빽한 뎁시오. 한번 열자면 왈그륵달그륵 온 집안사람이 다 잠을 깰 텐데……."

털이는 벌써 주만의 뜻을 알아차리고 또 광문 열 소임은 갈데없이 제 차지인 것을 깨닫자 미리 방패막이를 한 것이다.

방 한복판에서 서성서성하고 있던 주만은 펄썩 주저앉는다.

"어떡하나!"

그 소리는 벌써 울명울명한다.

"불국사엘 가시랴고 그리시지요. 이 밤중에 안 됩니다. 안 되고말곱시오. 대감께서나 마님이 아셔봅시오. 큰일 납니다, 큰일 나. 애꿎이 이 털이란 년이 물고가 나겝시오. 아유 생각만 해도 소름이 쪽쪽 끼치는뎁시오. 맙시사, 맙시사."

털이는 벌써 주만의 흉중을 꿰뚫어 보고 호들갑을 떨며, 고개를 살래살래 흔든다.

"설령 초롱을 꺼낸다손 치드래도 그 먼 데를 어떻게 걸어가십니까. 게까지가 이십 리는 잔뜩 될걸입시오. 한낮에도 어려울 텐데 이 캄캄 칠야에 말도 안 타시고 수레도 안 타시고 보행을 하시다니 될 뻔이나 한 말씀이에요? 자 수레나 말을 꺼낸다고 해보십시오. 아무리 쉬쉬한들 자연 왁자지껄해서 집안이 벌컥 뒤집힐 걸입시오. 천만다행으로 몰래몰래 안장을 짓는다 해도 한 입 건너 두 입 건너 내일이면 소문이 좌아할 것 아닙시오⋯⋯."

"듣기 싫어!"

털이가 안 된다는 까닭을 미주알고주알 캐내서 수다 늘어놓는데 주만은 참다못하여 소리를 빽 질렀다.

21

불국사에서 돌아온 날 밤을 주만은 뜬눈으로 밝히었다.

눈만 감으면 그 안타까운 석수의 모양이 선연하게 눈시울 속으로 들어선다. 처음 왕께 알현할 제 어색하던 그 모양이 떠올랐다. 어찌할 줄을 모르고 허전허전하던 그 눈매가 무엇이라 말할 수 없이 아름다웠다. 땅바닥에 거의 닿을 듯이 고개를 숙이고 있던 광경도 우스웠다.

주만은 제 옆에 마치 그 석수나 있어서 놀려먹는 것처럼 생글생글 웃어가며

"이렇게."

하고 베개에 제 이마를 푹 파묻어서 흉을 내 보이었다.

탑을 돌 제 그 꿈꾸는 듯한 느린 걸음걸이, 회오리바람같이 달

음질을 치던 그 열정 가득한 행동들이 어른어른 눈앞에 지나간다. 달빛으로 더욱 희게 드러난 코, 그 열이 오른 듯한 붉은 입술이 한량없이 그리웠다. 그 청청한 목소리가 바로 귓가에서 나는 듯 나는 듯하다…….

첫여름 밤은 고요하다. 창밖은 실바람도 불지 않는지 잎사귀 하나 간댕하지도 않는 듯. 찌잉 하고 귓속만 우는데 문득 사푼하는 무슨 소리가 나는 것 같다.

주만은 귀를 기울였다. 갈데없는 인기척 소리다. 그 발자국은 가만가만히 걷는 듯 마는 듯 제 방 가까이 와서 사라진 것 같다. 몰래몰래 들어온 사람의 입김이 완연히 문풍지에 서리듯.

'그가 왔고나, 그이가 왔고나.'

머리도 없고 끝도 없이 주만의 가슴에는 이런 환상이 번개같이 일어났다.

그는 이불자락을 제치고 벌떡 일어나 앉았다. 쏜살같이 문을 열어젖히려다가 말고 제 생각이 너무 헛되고 어림없음을 깨닫자 춤추는 촛불 아래에서 호젓하게 혼자 웃었다.

초도 벌써 다 닳아 옥촉대 밑바닥에 촉농이 케케이 앉았다.

주만은 새 초를 또 한 자루 꺼내서 다시 붙이었다.

그도 이 밤에 잠자기는 단념한 것이다.

그는 다시 자리에 누웠다.

환상은 꼬리에 꼬리를 맞물고 한번 사로잡은 제 아름다운 포로를 놓치려들지 않았다.

저와 그가 정면으로 마주칠 때 흑 하고 그가 제 앞으로 몇 걸음 다가들던 광경이 뚜렷하게 나타난다.

그는 왜 나를 보고 그렇게 놀랐을까. 그의 얼굴엔 반가워하는 빛이 역력히 움직이었다. 곧 나를 부둥켜안기나 할 듯이 달려들 제 그의 눈은 이상하게 번쩍이었다. 그러다가 문득 돌아서 버린 것은 무슨 곡절일까.

그도 분명히 나를 알아본 것이다. 내 마음을 알아본 것이다. 내 속을 꿰뚫어 본 것이다. 그런 놀라운 재주를 가진 그이거늘 어찌 조그마한 여자의 흉중을 살피지 못할 것이랴.

그렇다면 나를 사람으로 여겼을까. 단 한 번 먼빛으로 보고 그대로 마음을 쏟아버린 나를 상없다고[40] 하지나 않을까.

주만은 이불을 뒤집어쓰고도 누가 곁에서 보기나 하는 것처럼 얼굴을 붉히었다.

"아이 부끄러워라, 부끄러워라."

혼잣말로 속살거리고 더욱 이불 속으로 파고 들어갔다. 그러고도 미협한 듯이 이불 속에서 또다시 두 손으로 얼굴을 가리었다.

그러나 부끄러운 생각도 잠시 잠깐이다. 타오르는 정열은 걷잡으랴 걷잡을 수 없었다.

그도 나를 생각하는지 모르리라. 그도 나를 그리며 이 밤을 꼬박이 새우는지 모르리라. 그렇게 반가워하다가 그렇게 물러선 것은 그의 정과 의젓한 것을 한꺼번에 알리는 듯도 싶었다.

온몸이 끓고 얼굴이 확확 달아서 뒤덮었던 이불자락을 걷어찼다.

---

40 보통의 이치에서 벗어나 막되고 상스럽다고.

암만해도 그가 보고 싶어 견딜 수가 없다. 그립고 그리워 참으려야 참을 수 없다.

주만은 마침내 또다시 몸을 일으켰다.

그는 이 밤으로 아사달에게 뛰어가고 싶었다. 세상없어도 만나고야 말고 싶었다. 당장 이 시각에 그를 보지 않고는 못 배길 것 같다.

벗었던 옷까지 다시 주섬주섬 주워 입었다.

주만은 살그머니 창문을 열었다. 제 갈 길을 미리 보아나 두려는 것처럼.

선뜩한 밤공기는 그의 불같이 타는 뺨을 씻어준다.

벽오동의 너푼너푼한 잎사귀에 다 기울어진 조각달이 뉘엿뉘엿이 걸렸다.

주만은 이윽히 지는 달을 바라보고 있다가 제가 저를 타이르듯이 소곤거렸다.

"내일 날이 밝거든!"

22

주만은 남복을 입은 채로 그대로 쓰러져 털이의 꼴도 보기 싫다는 듯이 돌아누워 버렸다.

이윽고 그 어깨가 덜먹덜먹한다.

"아이 저를 어째. 아가씨가 우시는구먼."

털이는 딱하다는 듯이 제 혼자 종알거렸으나 무엇이라고 달래야 옳을지 몰라 매우 난처해한다.

털이는 제 아가씨의 성미를 잘 안다. 싹싹할 때에는 연한 배 같지마는 한번 역정을 내면 물불을 헤아리지 않는다. 만일 어설 피 달래었다가는 또 무슨 벼락을 만날는지 모른다. 아까만 해도 "듣기 싫다"는 불호령을 받지 않았느냐. 주만의 어깨는 갈수록 더욱 사나웁게 들멍거린다. 필경엔 홀쩍홀쩍하는 울음소리를 내고야 만다.

인제 무슨 벼락이 떨어지는 한이 있더라도 제 아가씨를 그냥 내버려둘 수는 없었다.

주만의 어깨는 부들부들 떨린다. 털이는 손을 들어 그 어깨를 흔들려다가 말고 한숨을 휘 내쉬었다.

그 한숨소리를 들었는지 주만은

"왜 이렇게 가까이 왔니. 저리 가려무나."

볼멘소리나마 아까처럼 날카롭지는 않다.

"아가씨 아가씨, 왜 우십시오? 진정을 하시고 무슨 말씀이든지 하십시오. 쇤네가 죽기 한사하고[41] 아가씨의 원을 풀어드릴 테니."

털이도 덩달아 울멍울멍하며 등 뒤에 대고 간곡한 목소리를 떨었다.

"울기는 누가 울어."

주만은 역시 돌아보지도 않고 되받았으나 울음을 그치려고 애를 쓰면서도 말소리는 여전히 껄떡인다.

---

41 죽기를 각오하고.

"안 우시면 왜 돌아누워 계십시오? 쇤네를 좀 보십시오. 이것 보십시오. 이 새 옷이 죄 꾸겨집니다. 자 바루 좀 누우십시오."

"그까짓 옷이야 좀 꾸겨지면 어떠냐."

"어유 그 옷이 이만저만한 옷입니까. 한 벌 다시 장만하려면 돈이 얼마나 드는뎁시오."

"그까짓 돈 드는 걸 누가 아니. 꾸겨지면 안 입으면 고만 아니냐."

"웬걸입시오. 앞으로 이 옷 쓰일 때가 많을걸입시오."

"내게 남복이 당하냐. 오늘 밤에 꼭 한 번 쓰랴 하였더니만……."

"오늘 밤만 날인갑시오. 앞으로도 이런 밤이 얼마를 올걸입시오."

털이의 말이 그럴듯하다는 듯이 주만은 눈물을 거두고 일어앉아 윗옷의 꾸김살을 편다.

눈물방울이 아직도 그렁그렁한 주인의 눈을 바라보며 털이는 "옳지!" 하고 제 무릎을 제가 친다.

"쇤네가 좋은 꾀를 하나 생각해드릴갑시오."

"네 따위가 무슨 좋은 꾀가 있을라구."

"왜요, 쇤네가 이래 봬도 꾀주머니랍시오. 그만 일에 우시다니. 내일은 세상없어도 쇤네가 불국사엘 뫼시고 갈 테니……."

"또 내일……."

주만은 재우쳤다. 또 내일! 과연 그에게는 여러 해포나 되는 듯싶다. 어젯밤에도 날이 밝기를 기다린 그가 아니냐. 그러나 낮에는 더더군다나 몰래 빠져나갈 길이 없었다.

"오늘 밤에는!"

그는 또다시 밤을 기다린 것이다.

단 하루해를 보내기에 삼사월의 해가 길기도 길었지만, 그에게는 백날 천 날이 넘는 듯하였다. 그야말로 일일이 삼추 같은 이 길고 긴 해 동안에 궁리궁리해낸 것이 남장을 차리고 털이를 데리고 불국사를 찾아가려는 것이었다.

밤이 든 뒤에는 또 집안사람들이 잠들기를 기다리는 수밖에 없었다.

이 밤의 몇 시각은 낮보담도 더욱 길고 더욱 지루하였다.

남장을 갖추고 털이를 깨워 일으키고 막상 길을 떠나려 하니 어느 결에 달은 지고 캄캄칠야에 불 없이는 댓 자국을 내어디딜 수 없었다. 이십 리나 되는 밤길을 걸어간다는 것도 여간 큰일이 아니었다.

이 뜻하지 않은 난관으로 말미암아 그렇게 기다렸던 오늘 밤에도 뜻을 이루지 못하는 것을 생각하매 참고 참았던 것이 고만 울음으로 터지고 만 것이다. 금이야 옥이야 자라난 그는 난생처음으로 제 뜻대로 안 되는 일도 있는 줄 알았다.

"내일이라도 뭐 얼마가 남았납시오. 고대 밤이 밝을 것을."

털이는 달래기 시작한다.

"내일이면 무슨 좋은 수가 있니. 어디 말을 좀 해보렴."

털이는 주만의 귀에 입을 대었다.

"저 내일 마님을 조르십시오. 불국사에 불공을 올리러 가시자구요."

"기껏 좋은 꾀라는 게 그게야."

"아닙시오. 쇤네 말대로만 하시면 꼭 됩니다. 왜 아드님이 없지 않습시오. 이번 상감마마께서도 석불사에 공을 들여 동궁마마를 보시지 않으셨납시오. 자꾸 동생을 하나 낳아달라고 졸르십시오. 불국사는 새로 중수를 한 절이요, 그 부처님이 더 영검이 계시다고 조르시면 될 것 아닙시오."

주만은 그윽이 고개를 끄덕였다.

23

책상머리에서 조을고 있던 금성은 킹킹 콧소리를 하다가 재채기를 한번 되게 하고 졸림 오는 눈을 떴다.

"오호호."

금성의 누이동생 아옥娥玉은 허리가 부러지라고 웃어젖힌다.

"아이 우서, 아이 우서."

아옥은 때굴때굴 구른다.

그는 사랑에 놀러를 나왔다가 제 오빠가 책상에 코방아를 찧고 있는 것을 보고 심지를 꼬아 코 안으로 비비어 넣은 것이다.

"이 대낮에 낮잠이 무슨 낮잠이에요. 고리타분하게."

"어 무슨 괴란쩍은 짓이람."

오빠는 제법 점잔을 빼고 나무란다.

"어이구, 그 조으시는 모양이란 꼴도 사나웁지, 이 책 속에다가 코를 비벼대고."

아옥은 한 팔로 제 머리를 휩싸고 펴놓인 《시전詩傳》 속에 제 얼굴을 뒤엎어 보인다.

오빠는 조아 붙는 눈으로 빙긋이 웃는다.

"에그, 그 입 가장자리에 침이나 좀 닦아요. 어린애 모양으로 침까지 지르르 흘리고, 으흐흐."

아옥은 그 가느다란 실눈을 거의 감는 듯하며 연송 웃음을 흘린다.

"요런 오두방정은! 지금 한창 재미난 꿈을 꾸는 판인데."

오빠는 웅얼웅얼하는 갈라진 목소리로 게두덜거리며 입가에 희게 눌어붙은 침 자국을 닦고 싱겁게 또 한 번 웃는다.

"꿈을 꾸었어요? 어디 재미난 꿈 얘기나 좀 해봐요."

"얘기가 무슨 얘기냐. 막 꾸랴는데 네가 헤살을 놓은걸."

"그러면 채 꿈도 꾸지를 못하셨군요."

"말하자면 꿈의 서문을 초하다가 만 셈이지."

"뭐 꿈도 서문이 있고 본문이 있나 뭐."

"그럼 꿈도 서문이 있고말고. 본문을 지나면 발跋[42]까지 있는 법이야."

"발은커녕 머리가 어때요."

"무식쟁이란 할 수가 없군. 말까지 상스럽거든."

"왜 내가 무식쟁이예요. 《맹자》, 《논어》를 다 읽었는데 이까짓 '요조숙녀 책'만 보면 제일예요?"

아옥은 책상에 놓인 《시전》을 못마땅한 듯이 손가락 끝으로 튀기었다.

---

42 책의 끝에 본문 내용의 대강을 간략하게 적은 글.

"어, 성경현전[43]을 그렇게 함부루 구는 법이 아니야."

하고 금성은 펴놓은 책을 접쳐서 한옆으로 치운다.

"입에다 대고 침을 께 흘릴 제는 언제고, 오호호."

누이는 또 깩깩굴 웃었다.

금성은 누이의 이번 말은 들은 척 만 척하고 아까 말만 가지고 티를 뜯는다.

"흥, 요조숙녀 책! 그러기에 무식하단 말이지.《시전》이란 말은 못 하고."

"누가《시전》인 줄이야 모르나요. 오빠가 그 책만 펴 들고 앉이면 밤낮 요조숙녀만 고성대독을 하니 그렇지. 남의 귀가 아프게스리."

"누가 네게 들으라고 하던."

"그건 고만두고, 그 꿈의 머린가 발인가 얘기나 좀 해요."

"맑고 맑은 물가에 비둘기 한 쌍이 내려와서……."

"오호호, 비둘기가 왜 물가에 내려올꼬."

"왜 '관관저구 재하지주로다'[44] 바루《시전》에 있는걸."

"《시전》에만 있으면 고만이에요, 호호? 그러면 으레 요조숙녀가 또 뛰어나왔겠군요."

"암 그렇지, 그야."

"그래 그 요조숙녀가 누구입디까."

"꿈속에 나타난 걸 어떻게 분명히 아누."

---

43 유학의 성현이 남긴 책.
44 關關雎鳩 在河之州 窈窕淑女 君子好逑. 관관저구 재하지주 요조숙녀 군자호구. 끼룩끼룩 짝지어 우는 물수리 황하의 섬에 있고 아리따운 아가씨는 군자의 짝이다.

"모르긴 왜 몰라요. 꿈에 보고도 몰라요."

"글쎄 네가 잠을 깨워서 놓쳐버렸다는밖에."

"아이그 가엾어라. 꿈에나 실컷 보시게 할 걸 갖다가."

"그렇기에 방정을 떨지 말란 말이야, 히히."

금성은 또 웃는다.

"그래 오빠는 꿈에 본 요조숙녀를 정말 모르신단 말예요?"

"몰라, 몰라."

금성은 고개를 쩔레쩔레 흔들었다.

"왜 이렇게 시침을 떼셔요. 그러면 내가 아르켜드릴까."

"내가 꿈을 꾼 것을 네가 어찌 안단 말이냐."

"그래도 난 오빠 속을 당경唐鏡보담도 더 환하게 데미다보고
있어요."

"어디 알아맞혀봐라."

"구슬아기지 누구야."

"아니야."

"아닌 게 뭐예요."

"구슬아기가 내 꿈속에 나타날 까닭이 있나."

"어느 건 오매불망이라고 꿈엔들 안 보이리."

"흥, 흥."

금성은 콧소리를 내고 제 아버지를 닮아서 맨숭맨숭한 얼굴에
어울리지 않게 웃음살이 벙글벙글 벌어진다.

24

아옥은 제 오빠가 싱글벙글하는 양을 빤히 바라보다가 하도 어처구니가 없어 저도 덩달아 웃어버렸다.

"아이 오빠, 또 꿈에 좀 봤다고 그렇게 좋으시오. 생시에 만났으면 큰일 났겠네, 호호."

"아무렴."

금성은 역시 코로 웃는다. 그 실룩실룩하는 콧잔등엔 잔주름이 잡힌다.

"난 생시에 구슬아기를 보았는데 그런 줄 알았더면 오빠에게 좀 보여드릴걸 같다가."

"언제, 언제."

금성은 그 소리에 귀가 번쩍 뜨이는지 목이 마르게 묻는다.

"언제는, 저번 파일 날 불국사 놀이에서 봤지."

"오, 옳지. 거기는 같이들 갔겠고나. 그런 줄 알았더면 나도 참예를 할 걸 그랬군."

"어규, 오빠 마음대로 갈 수는 있구요? 명부와 딸들만 데리고 오랍시란 분부신데 오빠가 어떻게 참예를 해요."

"멀리서 구경도 못 해?"

"그야 길가에는 거둥 구경꾼이 백절 치듯[45] 했습니다."

"그것 봐. 내가 보라면 어떡하면 못 보았을라구."

"그러니 더 앵하시지. 더 기가 막히시지."

---

45 백절은 '백차일'로 흰색 포장을 말함. 흰옷 입은 사람이 매우 많이 모인 모양을 가리킴.

"그래 정말 구슬아기가 오기는 왔던."

"그럼 거짓말로 왔을까."

"거짓말인지 참말인지 네 말을 누가 믿누."

"안 믿거든 고만두어요. 누가 믿으래요."

"정말 구슬아기가 왔으면 옷은 무슨 옷을 입었던."

"남의 옷 입은 것까지 어찌 일일이 일러바쳐요. 입을 만치 입었지요."

"저것 봐. 무슨 옷을 입은 것도 모르니 봤다는 게 거짓말이지."

"그렇기에 고만둬요. 거짓말인 줄로만 알면 그뿐 아녜요?"

아옥은 그 실눈이 더욱 샐쭉해지고 두 볼이 뽀루퉁하게 부어 오른다. 참말을 거짓말이라고 몰아세우는 데 골딱지가 난 까닭이리라.

오라비는 그래도 나이가 세 살이나 위인지라 일부러 짓궂은 척을 하고 누이동생의 골을 슬슬 올려가며 제 듣고 싶은 대꾸를 끌어내려 한다.

"그러면 옷은 고만두고 손목에 팔찌는 끼었던."

"그럼 팔찌를 안 꼈을라구. 바루 번쩍번쩍하는 황금 팔찌던데."

"그래 그 손목이 굵던 가늘던."

"굵다면 굵고 가늘다면 가늘지."

"그리고 그 손은 어떻던. 조막손이지."

"조막손은 왜. 손가락 끝이 갸름갸름한 것이 천연 돋아나는 죽순 같던데."

"응, 그건 영악스럽게 보았구나. 그래 그 손가락에는 아무것도 끼지를 안 했지?"

"아무것도 안 끼긴! 옥가락지를 끼었던데."

"그래 그 손을 어쩌고 있던."

"원 내 참, 땀을 뺄 노릇일세."

하고 인제야 아옥도 제 오라비의 뜻을 알아차리고 그 실눈에 생글생글 웃음을 흘린다.

"손을 어쩌고 있기는! 들었다 놓았다 늘어뜨렸다 오그라트렸다……."

"그만하면 네가 주만을 보기는 보았구나. 그래 너를 보고 아무 말도 않던."

"말이 무슨 말예요."

"그래 인사도 않더란 말이냐."

"임금님이 계시고 어른들이 계신데 애들끼리 인사가 무슨 인사예요."

"그렇게 너희들 사이가 데면데면하냐. 언제는 퍽 친하다고 하더니."

"내가 언제 그런 말을 해요."

"왜 팔월 한가위에 궁중에 들어가면 너희들끼리 베 짜기 내기를 하고, 언제는 네가 져서 주만이 앞에 절까지 하고 회소곡을 불렀다더니."

"그야 어데 구슬아기하고 나하고 단둘이 하는 거예요. 여럿이 패를 갈라가지고 하는 노릇이지. 그럴 말로야 거기 모이는 여러 백 명과 모두 친하다고 하겠네."

"그러니 너희들은 만나도 인사를 않는단 말이냐."

"그야 딱 마주치면 인사야 하지만, 사람 많이 모인 자리에서야 쫓아다니며 알은척할 까닭은 없지 않아요."

금성은 고개를 끄덕끄덕하고 적이 실망을 하는 눈치였으나 또 재차 물었다.

"불국사에는 너희들도 배를 타고 들어갔겠고나."

"그럼."

"주만이와 한 배를 탔던?"

"아녜요, 내 탄 배는 다른 배예요."

아옥은 어설피 주만의 말을 끄집어내었다가 제 오라비가 미주알고주알 캐고 파는 데 진절머리를 내고, 금성은 주만의 눈매 하나 몸짓 하나 빼어놓지 않고 알알 샅샅이 알고 싶고 듣고 싶은데 제 누이가 말을 잡아떼려고만 하니 어디로 또 말뿌리를 돌려볼까 하고 궁리궁리하였다.

25

오라비는 말허두를 어디로 돌릴까 하고 눈을 껌벅껌벅하더니

"배를 타고 들어가서는 너희들끼리 한자리에 모였겠고나."

하고 '그렇지?' 하는 듯이 제 누이의 얼굴을 본다.

"그야 한데로 가기야 갔지요."

"나란히 서 있었지."

"아니 멀리 떨어져 있었는걸요."

"뭘 가까이 있고서는!"

"가까이는커녕 아주 서로 얼굴도 못 알아볼 만큼 멀리멀리 있

었다오."

아옥은 인제는 제 오라비의 꾀에 좀처럼 넘어가지를 않고 도리어 뱅글뱅글 웃으며 애만 말린다.

금성은 바싹 제 누이의 앞으로 다가앉으며 비대발괄을 한다.

"그러지 말고 그날 지낸 일을 하나도 빼지 말고 죽 강을 좀 해라."

"글 배운 것 강하기도 귀찮은데 그것까지 강을 하란 말예요? 난 싫어."

"싫기는. 그럼 무슨 청이든지 들어줄게."

"정말?"

"정말이고말고."

"저 당서 가르치는 것 제발 고만둬주어요. 그리고 아버지께서 잘 배우느냐 물으시거든 잘 배운다고만 해주실 테요."

"그래 그래 그 청이야 들어주지."

"그리고 또 아버지께서 강을 받으실 때 오빠가 그 대문을 나는 보이고 아버지는 안 보이는 데서 보여주실 테요? 그렇잖으면 오빠가 옆에서 뚱겨주든지."

"얘 그것 참 어렵구나. 아버지께 들키면 큰일 나게."

"그러기 아버지께 안 들키게 하란 말이지, 누가 들키게 하라나베."

"그건 좀 어려운데, 암만해도."

"그럼 고만둬요. 나도 그날 본 것을 말 안 하면 고만이지."

"그래, 그래라. 네 말대로 다 들어주마. 자 그날 본 대로 들은 대로 다 얘기를 하렷다."

"싫여, 얘기만 다 듣고 나면 또 딴청을 부리실걸, 뭐. 난 얘기 않을 테야."

아옥은 샀을 보고 더욱 비싸게 굴며 단단한 다짐을 받는다.

"한번 약조를 한 담에야 일러주다 뿐이냐, 뚱겨주다 뿐이냐. 다짐장이라도 두자면 두지. 자 어서 얘기를 해라. 그래 그래 주만이가 어떡하고 있던?"

"어떡하긴 뭘 어떡해요. 배를 저어 들어가서 돌사다리를 올라가서 다보탑을 구경하고 왕께서 석수쟁이를 불러 보시고……."

"그래서 그래서?"

"그런데 오빠아, 그 석수쟁이가 참 잘났어."

"그까짓 놈이야 잘났든지 말든지."

"아녜요. 그 석수쟁이가 어떻게 잘났는지 몰라요. 눈이 어글어글하고, 얼굴이 백옥 같고……."

하고 아옥은 그 실눈을 멍하니 뜨고 눈앞에 무엇을 그려보는 것 같다.

"이 애가 미쳤나. 웬 석수쟁이 사설만 늘어놓을까. 그래, 그다음에는 어떡했단 말이냐."

"그다음에는, 그다음에는…… 내가 무슨 얘기를 하다가 말았던가."

"원 애가 넋이 다 빠졌구나. 석수쟁이 불러 본 데까지 안 했니."

"옳지, 그다음에는 불공을 올리고 저녁을 먹고 재를 올리고 돌아들 왔지요."

"그뿐이야?"

"그뿐이지 무에 또 있어요."

"주만이는 어떡하고."

"주만이를 누가 어떡해요. 다들 같이 왔지 뭐."

"올 적에는 너하고 동행이더냐."

"그럼 다들 동행이지요."

"그래 동행을 하면서도 아무 말들이 없었단 말이냐."

"말이 무슨 말이에요. 아무리 초롱불이 밝아도 밤길이라 모두들 땅만 내려다보고 가까스로 못까지 내려온걸."

"작별 인사들도 안 했단 말이야?"

"언제 작별 인사나 할 틈이 있어요. 못을 건너와서는 제각기 제 수레를 찾아 타고 돌아왔는데."

"얘기란 단지 그게야?"

"그야말로 서문에서 본문까지, 본문에서 발까지 다 얘기를 했는데 그래도 미진하시단 말이오? 호호."

"그래 그뿐이야, 기껏."

금성은 대번에 풀기가 꺾이며 매우 서운해한다.

"그러면 구슬아기가 나보고 오빠에게 무슨 전갈이나 할 줄 아셨소, 으흐흐."

아옥은 자질치게 웃는다.

"전갈이야 않겠지만."

"그러면 뭘 뇌고 또 뇌이시오. 딱도 하시지."

금성은 엎어지듯 책상머리에 고개를 푹 숙인다.

"왜 또 주무실 테요. 오 참, 한 가지를 빼어놓았군. 구슬아기가 탑 돌던 얘기를."

"응!"

하고 금성은 고개를 번쩍 쳐들었다.

26

"주만이가 탑을 돌다께?"

금성은 별안간 정신이 번쩍 나는 것처럼 고개를 쳐들고 제 누이동생을 거의 노려보다시피 바라본다.

"그만 일에 그렇게 놀라실 건 없잖아요, 오호호."

아옥은 우스워 죽겠다는 듯이 또 웃음보를 터뜨린다.

"얘가 웃기는, 무두무미하게 탑을 돌았다고만 하니 궁금치를 않으냐."

"참 궁금도 하실 거요. 그렇게 후비고 파는데 구슬아기 얘기란 그것뿐이니."

"얘, 또 그뿐이냐. 탑을 돌았다면 무슨 탑을 어떻게 돌았단 말이냐."

"불국사에 새로 쌓은 다보탑을 돌았지 무슨 탑이 또 어디 있어요."

"그래 탑은 별안간 왜 또 돌았단 말이냐."

"별안간이 무어예요. 그날이 바루 사월 파일. 탑만 돌면 소원 성취하는 날인 줄 오빠는 모르시오?"

"옳지 참, 사월 파일이라 발원을 하는 날이것다."

"어유 오빠도. 그래 구슬아기의 발원이 무엔지도 모르시오?"

"주만의 발원을 내가 어찌 알겠니."

"그래, 참 정말 모르신단 말이에요?"

"그걸 어떻게 아나."

"그것도 모르시면서 남이 땀이 빠지도록 물으시긴 왜 물어요."

"모르니 묻는 것 아니냐."

"그러시지, 그렇고말고. 당초에 모르시지."

"참말 알 수 없고나. 그래 무슨 발원일까."

"발원을 올리는 것도 유만부동이지. 임금님도 계시고 여러 어른이 느른 듯한데 저 혼자 빠져나가 탑을 돌 적엔 그 발원이 여간 이만저만한 발원이겠어요."

"글쎄 그래. 그렇다면 더더구나 무슨 발원일까."

"이적도 오빠는 모르시겠단 말예요?"

"그럼 내가 어찌 알꼬."

"그럼 고만둬요. 난 기가 막혀서 말도 못 하겠네."

"네가 기가 막힐 거야 무에 있니. 아는 대로 말만 하면 고만 아니냐."

금성은 곁에 사람도 알 리만큼 벌렁벌렁 숨길이 사나워간다.

"그야 뻔한 노릇 아니에요?"

"뻔한 노릇이 뭐냐?"

금성은 그리 크지 않은 눈을 찢어지라고 흡뜨고 아욱을 훑어본다.

"그만하면 아실걸."

"모른다는밖에."

"그럼 내가 말해드릴까."

"그래 무슨 까닭이냐. 무슨 발원이냐."

"어서 시집을 가여지이다 하는 발원이지 뭐예요."

"응, 그래!"

금성은 평좌 진 다리로 그대로 뛰어서 몇 간통이나 나갈 듯하다가 다시 주저앉기는 않았다. 그는 주만의 발원이 그 근처이리라는 것은 어슴푸레하게나마 짐작은 하였지만 제 어린 누이가 게까지 직설거를 하리라고는 미처 생각을 못 하였던 것이다. 어차어피에 그는 아니 놀랄 수가 없었다.

"어유 오빠도, 그 짐작이 안 나서서 지금 새삼스럽게 놀라시오, 오호호."

아옥은 짜장 우스워 못 견디겠다는 시늉이다.

"시집 어서 갈 발원? 그러면 시집은 누구한테로 간다던."

"어이 오빠는 내흉스럽기도. 그야 갈 데 있나. 장님이 더듬어 보아도 알 노릇이지."

"응 장님! 어느 장님한테로 간다던?"

오라비는 일부러 더욱 놀라는 척을 하여 보인다.

"장님! 왜 오빠가 장님이오."

아옥은 한옆으로 우습고 한옆으로 어마 싫었다. 그런 줄 몰랐던 제 오빠가 어쩌면 이렇게 능청맞고 엉뚱할까 하였다.

남매는 서로 넘보는 터이었다.

"그러면 주만이가 내게 시집을 오고 싶어 한단 말이냐."

"옳지 인제 바로 알아채셨군. 그야 정한 노릇이지."

"흥 정한 노릇!"

"그래도 미심다우시오?"

"누가 아나."

"그러기 낮잠이나 자고 있을 때가 아니란 말예요. 어서 좀 기운을 내보시란 말예요."

"무슨 기운을 어떻게 내란 말이냐."

"그렇게 미심답거든 지금이라도 뛰어가 보시란 말이야요."

"어디로 뛰어간단 말이냐."

"미심다운 사람한테로 가보시란 말이지."

"미심다운 사람이나 있으면 좋게……."

"왜 이러시오. 어서 가보시라는 데나 가보아요. 똑똑히 일러드리리까, 구슬아기에게 말이야요."

"구슬아기, 구슬아기."

"왜 입으로 외이기만 하세요. 어서 가보서요. 자칫하면 남에게 앗길 테니. 아닌 밤에 탑을 돌고 시집을 어서 가여지라 하는데. 마음이 그만큼 달떴으면 다 알아볼 것 아니야요."

금성은 남이 제 마음먹은 것을 영락없이 알아맞힐 때처럼 간이 오그라 붙는 듯하였다.

27

아옥이가 들어간 뒤에도 금성은 혼자 안절부절을 못하였다.

그는 일어나 방 안을 거닐어보았다. 까닭 없이 발 놓이는 것이 지척지척한다. 다시 책상 앞에 도사리고 앉아보았다. 치웠던《시전》을 다시 펴 들고 소리를 높여 읊조렸다.

아옥이가 흥을 본 대로 역시 '요조숙녀 군자호구'란 대문을 되씹고 곱씹고 하다가 마침내 책을 집어 던지고 머리를 흔들어본다. 밀물처럼 밀려 들어오는 갖은 생각을 떨어버리려는 것처럼.

그의 눈앞에 먼저 떠 나오는 것은 주만이와 처음 만나던 광경이었다.

정월 대보름날 그는 달재[月城]로 달맞이를 올라갔다. 온 서울 안 사녀[46]들이 한창 구름같이 모여드는 판이었다.

자단과 심향목 수레들이 으늑한 향기를 풍기며 비단줄을 흔들고 사람의 물결을 헤치며 지나간다. 은 안장에 새파란 반딧불처럼 옥충의 등자가 번쩍이며 말 탄 공자들도 펀득펀득 보인다.

사르럭사르럭 깁옷 자락이 부드럽고 미끄러운 소리를 낸다. 제글제글 노리개와 구슬줄이 운다.

금성도 성 등성에서 말을 내려 몇몇 친구들과 지껄이며 올라갈 제 그들의 앞에 심향목 수레 하나가 사람에 채이어 머뭇거린다. 수레채를 곱게 꾸민 계집애 종이 잡고 가는 것을 보면, 대갓집 아씨나 아가씨의 행차가 분명하다.

얼마 가지를 않아 그 수레를 끌던 살진 황소는 그 기름이 지르르 흐르는 누른 몸뚱어리를 부르르 한번 털고 걸음을 멈춘다. 인제는 더 못 올라가겠다는 뜻인지 모르리라.

짙은 남빛 바탕에 자줏빛 점이 별처럼 발린 앙장[47]이 펄렁하고 걷어쳐졌다.

그 속에서 나타나는 아름다운 처녀! 날씬한 키와 몸매만 보아도 벌써 뛰어난 미인임을 짐작하겠는데 황금 사슬에 꿰인 비취

---

46 선비의 아내, 또는 남자와 여자를 아울러 이르는 말.
47 휘장.

옥 귀걸이가 가볍게 흔들리는 사이로 내다보이는 분결 같은 귀밑과 뺨! 뒷모양만 보고도 금성은 이미 반나마 넋을 잃었다.

무례한 짓인 줄 저도 번연히 알건마는 마치 난봉꾼이 화랑 모양으로 슬쩍 옆을 지나치어 서너 걸음 앞을 질러 걷다가 힐끗 돌아다보았다.

먹으로 그은 듯한 진한 눈썹이 초생달 모양을 그리고 그 밑에서 번쩍이는 영채 도는 눈매, 곱고 맑으면서도 활발하게 움직인다. 품위 있는 콧대를 따라 내려오면 연꽃 꽃판 같은 입술이 바시시 웃는 듯하다.

어둑어둑 저물어가는 황혼을 뚫고 붉은 놀은 환하게 서쪽 하늘에 뻗쳤다.

이 으늑한 빛깔 가운데 그 처녀의 모양은 더욱 뚜렷하게 더욱 선연하게 오늘 밤의 달 모양으로 떠오른 듯하였다.

한 걸음 걷다가 돌아보고 두 걸음 걷다가 돌쳐섰다. 저도 제 태도가 너무 괴란쩍은 것을 깨닫기는 깨달았으나 몇 걸음을 걷지를 않아서 고개는 누가 뒤로 잡아당기는 듯이 돌려지고 또 돌려지고 하였다. 좀이 쏠아서 견딜 수 없는 것을 억지로 참고 이번에는 제법 여러 걸음 걸어가다가 다시 돌쳐서서 돌아보았다. 그러나 그때는 벌써 늦었다. 그 처녀는 어느 결엔지 좌정하고 달 뜨는 편을 향하여 돌아앉아 버렸기 때문에 백절 치듯 하는 사람 틈바구니 사이로 그 옆모양이 어른어른 보일 뿐이었다.

이윽고 놀도 가뭇없이 스러져버리고 온 하늘이 텅 비인 듯이 제 임자가 나타나기를 기다리는 것 같더니 마침내 동녘 하늘이 밝아오며 보름달이 그 둥근 모양을 나타내었다.

사람들은 와하고 일어섰다.

"어째 달빛이 저렇게 허여스름할까."

어떤 입빠른 친구가 먼저 말을 끄집어낸다.

"대보름달이 희면 큰물이 진다는데!"

"쉬 달님이 들으시오. 처음 뜰 때야 의례히 허여스름한 법이오."

"꼭 그런 것도 아니지요. 어떤 때는 아주 새빨갛기도 하니까."

"붉으면 가물이 심하다고 하지만 흰 것이야 그렇게 염려할 것 없소. 조금만 더 기다려봅시다. 흰 대로 그냥 있지를 않을 테니."

"둥글기는 참 둥글군. 어느 한 모 이즈러진 데 없이. 둥글면 풍년이 든다지요."

"보름달 안 둥그런 것 보았습디까."

제각기 아는 척을 하고 떠들썩하는 가운데 금성은 틈을 베집고 슬근슬근 그 처녀 가까이 몸을 빼쳐 들어갔다.

달빛을 받은 그 얼굴이 더욱 어여뻤으나 어딘지 모르게 범하지 못할 위압을 느끼고 감히 더 지싯대지는 못하였다.

그 후 또 한 번 삼월 삼짇날 꽃놀이터에서 보기는 보았지마는 이때는 벌써 혼인말이 왔다 갔다 할 때라 금성은 체모를 돌보아 날뛰는 마음을 가까스로 참고 먼빛으로 슬쩍슬쩍 바라보기만 하였을 뿐이었다.

28

그 후 여러 번 매파를 보내보았으나 저편에서는 선선히 승낙
도 않고 그렇다고 딱 거절하는 것도 아니요, "아직 미거하니까"
라는 말로 뒤를 둘 뿐이요 종시 결말을 짓지 못하고 오늘날까지
미룩미룩[48] 내려온 것이다.

당당한 금 시중의 아들이요 당나라의 말이나 글을 조금만 알
아도 금쪽같이 쓰이어먹는 오늘날 자기는 당나라 유학까지 하였
것다, 한림학사란 기가 막힌 벼슬 가자까지 얻었것다, 어느 모를
어떻게 뜯어놓고 보더라도 신라 천지를 통틀어 자기만 한 신랑
감은 없을 것이다.

통혼만 하면 저편에서 감지덕지 곤두박질을 하고 승낙을 할
줄 알았던 것이 이렇게 질질 끄을 줄이야 정말 생각 밖이었다.

호사다마란 예로부터 있는 말이니 무슨 병통이 어디서 어떻게
생길는지도 알 수 없는 노릇이다.

이래 될 줄 알았으면 두 차례나 만났을 그때에 아주 당자끼리
아퀴를 지어버렸던들 차라리 나을 뻔하였다. 거추장스럽게 매파
이니 통혼이니 할 것도 없이 일은 쉽사리 귀정이 났을는지 모
른다.

그렇다면 저번 불국사 거둥에 주만이가 끼일 것을 까맣게 몰
랐던 것이 천추의 유한이었다.

만일 주만이가 거기 끼인 줄만 알았다면 세상없어도 쫓아가

48 미루적미루적.

보고야 말았을 것이다.

　아무리 잡인을 금하고 남자를 금하시는 거둥이라 할지라도 멀리멀리 따라가는 것이야 누가 금할 것이냐. 그 넓은 불국사에 어디 몸을 숨기면 못 숨길 것이냐. 어느 나무 그림자 밑이나 불전 그늘에 몸을 감추었다가 주만이가 탑을 돌 때에 같이 탑을 돌아도 좋을 것이요 달도 밝으니 그 아름다운 얼굴을 실컷 마음껏 바라볼 수도 있을 것이다. 갖은 수작을 주고받을 기회도 있었을 것이다.

　아옥의 말마따나 저도 탑돌기를 할 적에는 마음이 달떴을는지도 모르리라.

　월색이 의희한데[49] 재자가인이 서로 만나 일창일수는 얼마나 운치 있는 놀이이었을까.

　'아옥의 말대로 오늘 밤에라도 그를 찾아볼까.'

　금성은 문득 이런 생각을 하고 자리에서 벌떡 일어섰다.

　이렇게 쉬운 생각을 왜 입때까지 못 하였던고. 지난 일을 탓하고 뉘우칠 것은 조금도 없다. 오늘 밤이라도 그를 찾기만 하면 고만이 아니냐. 오늘 밤 달은 파일 날 달보담 더 크고 더 밝을 것이 아니냐.

　교교한 월색을 따라 시흥에 겨운 절대의 문장이 절세의 가인을 찾는 것은 옛날에도 흔히 있던 풍류성사가 아니냐. 나는 사마상여司馬相如의 옛 본을 받아 상사곡을 읊으리라. 저 비록 탁문군[50]이 아닐망정 그만큼 아름답고 풍정 있는 그이거니 오현금 두

49　어렴풋한데.
50　사마상여는 중국 전한의 문인이며 탁문군은 사마상여의 아내이자 여류문학가.

어 곡조야 어찌 아끼리오.

금성의 방 안을 거니는 발은 점점 활기를 띠어온다. 그의 팔은 이따금 춤이라도 출 듯이 벌어진다.

자지러지는 제 생각에 미치광이 모양으로 호올로 싱글벙글한다.

주만이 있는 별당 문을 두들기기만 하면 주만은 어느 틈에 제 목소리를 알아듣고 맨발로 뛰어나올 것 같다. 자기에게 몸을 던지고 그리움에 주렸던 눈물을 흘릴 것 같다.

홍등을 돋우고 또 돋우고 남남 사이에 밤 가는 줄 모를 것 같다.

그의 공상은 차차 현실성을 띠어오고 나중엔 자릿자릿한 육감까지 느끼게 되었다.

그의 입에서는 문득 당시唐詩 한 구가 구을르듯 흘러나왔다.

新情未洽天將曉
更把羅衫問後期
(새 정이 들자마자 어느새 밤이 밝네.
옷소매 부여잡고 언제 또 오시랴오.)

이 한 구를 읊고 또 읊다가 나중에는 미친 듯이 껄껄 웃었다.

앉으락누으락, 일어서서 거닐어보다가, 발랑 나동그라져보다가, 바작바작 애를 졸이며 간신히 그 낮을 보내고 말았다.

그의 바라고 기다리던 밤이 되었다.

밤이 되어도 얼마를 더 서성거리다가 마침내 영창을 열어 제 뜨리고

"고두쇠야."

하고 크게 불렀다. 고두쇠란 그의 마부의 이름이었다.

29

"불러 곕시오."

고두쇠는 곧 문 앞에 대령하였다.

금성은 아까와는 딴판으로 아주 점잔을 빼고 거의 눈을 흡뜨다시피 하고

"너 말 안장 좀 지어라."

호령하였다.

"밤중에 어디를 행차하시시오?"

마부는 그 유잣덩이 같은 코에 거기 알맞게 큼직한 콧구멍을 벌름벌름하며 묻는다. 삐죽하게 멋없이 큰 키에 통겨 나올 듯한 핏발 선 눈이 매우 사나우면서도, 더부룩한 구레나룻 밑으로 헤벌어진 입이 그리 흉물스럽지는 아니하였다.

"밤이면 어떻단 말이냐."

"녜에, 헤에, 그저 좀 어두우니 어떻게 행차를 하실까 여쭙는 것입지요."

"미친놈, 달이 대낮 같은데 어둡다니."

"녜에 황송합니다. 그저 영대로 시행합지요, 헤헤."

금성은 잠깐 무엇을 생각하는 듯하더니

"너 안에 가서 놀이[霞兒]더러 주안상을 좀 차려 내오라고 일

러라."

"주안상입시오, 헤에."

고두쇠는 또 한 번 입이 벌어지며 그 뻐드렁니를 내어놓고 웃는다. 주안상이 나오면 상전도 물론 얼근해지려니와, 저도 한잔 얻어걸리게 되는 것이 기쁜 모양이었다. 그보다도 더 좋기는 상전이 술이 취하면 마음새가 더 좋아지는 탓도 탓이지마는.

고두쇠가 안으로 들어간 뒤에도 금성은 일락앉으락 하면서 옷을 입었다 벗었다 하였다.

당건 복두에 공작 꼬리도 뻗쳐 꽂아보고, 금 올린 허리띠에 구슬줄을 늘어뜨려보고, 당경(거울)을 두 번 세 번 보고 또 보았다.

"밤중에 무슨 주안상이야요?"

한참 만에야 놀이가 주안상을 들고 들어온다.

놀이란 금성의 몸종으로 말하자면 장가 안 든 도련님을 맡은 소임을 가졌다.

도련님은 도련님이지만 나이도 많을뿐더러 더군다나 놀라운 당나라 벼슬까지 하기 때문에 도련님을 높여서 서방님이라고 부른다.

"주안상이란 으레 밤에 차리는 게지. 잔소리가 무슨 잔소리냐."

금성은 오늘 저녁은 웬일인지 들어닥치는 대로 불호령이다.

"그저 여쭈어본 겁지요."

놀이는 상긋이 웃어 보인다. 쫄작한 키에 볼샘 지는 뺨이 제법 어여쁘다.

"여쭈어보기는!"

하고 눈을 부라리는 금성의 앞에 놀이는 서슴지 않고 술상부터

놓았다. 으리으리하게 윤이 흐르는 자단 소반에 은주전자와 안주 접시가 까딱하면 미끄러지려 한다.

놀이는 술상 앞에 도사리고 앉아서 옥잔에 퐁퐁 소리를 내고 호박 빛 술을 붓는다.

"당주냐?"

금성은 무엇이 못마땅한지 연해 그 잽새눈을 부라리며 따진다.

"당주, 당주, 귀가 아프군요. 그럼 서방님 잡수시는 술이야 언제든지 소홍주지 무어예요."

"그러면 그렇지."

금성은 아주 뽐내고 한 잔을 홀짝 들이켠다. 안주는 신신치 않다는 듯이 상아 젓가락 끝으로 이 접시 저 접시 뒤적대보다가 해송자 얹힌 전복 한 저붐을 집고 나서 연송 폭배로 놀이가 미처 부을 틈도 없이 마시고 또 마신다. 한 주전자에 반나마 차이었던 술이 어느 틈에 없어진다.

"왜 술을 요것만 내왔단 말이냐. 이번에는 한 주전자를 잔뜩 내어와!"

"어유 또 한 주전자를 더 잡수시면 어떡하시게. 또 쇤네를……."

하고 그 가늘게 찢어진 눈초리를 살짝 깔아 메친다.

"내어오라면 내어오지 무슨 딴말이냐."

금성은 눈을 지릅뜨고 죽일 년 족치듯 한다.

놀이는 하릴없이 안으로 또 들어가면서 얼굴을 찌푸렸다. 서방님의 본 버릇이 또 나왔고나 하였다. 밤이 이슥하면 중뿔나게 주안상을 차려 내오라고 야단야단을 하고 술만 취하면 갖은 행

투를 다 부리고 끝끝내 사람을 놓아주지를 않는다. 밤새도록 주
정받이를 하고 그 이튿날에는 또 마님에게 죽일 년 살릴 년 하며
톡톡히 꾸중을 모시는 것이 놀이의 늘 당하는 고역이었다.

30

놀이가 내어온 두 번째 주전자를 금성은 빼앗는 듯이 받아서
들어보더니

"이번에는 꽤 묵직하고나."

하고 입이 헤벌어지려다가 말고 다시 새침하게 아무려버린다. 붓
고 마시고, 붓고 마시고, 두 번째 주전자도 거의 다 비어가건마는
금성은 웬일인지 술 취한 낌새도 보이지 않는다.

놀이는 속으로 이상한 일도 있구나 싶었다.

여느 때 같으면 벌써 해갈을 떨 것 아닌가. 자기를 끌어당기고
무릎 위에 올려놓았다가 내려놓았다가 그 술내 나는 입술을 비
비대었다가…… 몸서리나는 주정으로 남을 못살게 굴 것 아닌가.

그런데 오늘 밤에는 주정은커녕 농담 한마디 걸지 않고 아주
못마땅한 눈치를 보이며 이따금 제 눈길과 마주치면 슬쩍 외면
을 해버린다.

매도 먼저 맞는 놈이 낫다는 격으로 이왕 받을 주정이면 어서
받고 마는 것이 도리어 속이 시원할 듯하였다. 이렇게 시침을 떼
고 점잔을 빼고만 있으니 나중에 무슨 벼락이 어떻게 떨어질지
몰라 마음이 조마조마하고 송구스러웠다.

또 한 주전자를 더 내어왔다.

그 맨숭맨숭한 얼굴이 하얗게 시어서 철색이 지고 꼬부장한 어깨를 연송 치스른다.

"아이그, 무슨 술을 이렇게 많이 잡수십시오? 큰일 나겠네."

놀이는 보다가 못하여 이런 말을 하고 고만 술상을 치우려 하였다. 전 같으면

"그럼 그럴까."

하고 그 음탕한 눈을 지끗지끗하며 곧잘 말을 듣는 서방님이었다. 그러나 오늘 밤은 댓바람에 역정부터 낸다.

"요년, 방정맞은 년."

욕지거리를 하고 놀이의 손에서 주전자를 뺏어가지고 제가 손수 따라 먹기 시작한다.

금성은 속으로 오늘 밤에는 주만을 보러 가는데 네까짓 년이 다 무엇이냐 생각하였던 것이다. 하늘 위의 별을 따러 가는 그이거니 발부리에 핀 한 송이 풀꽃이야 돌아볼 나위도 없었던 것이다.

그는 놀이를 안은 채로 주만을 꿈꾸기도 여러 번이었다. 눈을 지그시 감고 주만의 얼굴을 그리어 놀이의 얼굴과 바꾸어보기도 하였다. 이 따위 종년의 살도 이렇게 부드럽고 미끄럽거든! 하고 한숨도 한두 번 쉬지 않았다. 벼르고 벼르던 오늘 밤에야말로 그를 찾을 것이 아니냐. 이런 때에 놀이 같은 것을 가까이하다니 그것은 주만에 대하여 모독이요 죄송스러운 일이었다.

이런 줄이야 까맣게 알 수 없는 놀이는 상전의 태도가 이상하다 하면서도, 굳이굳이 술 먹는 것을 말리려 들었다.

"아이그, 제발 좀 고만 잡수십시오. 너무 취하시면 또 쉰네를……."

하고 놀이는 이번에는 잔을 치워버리려 하였다.

"요년, 버릇없는 년, 더러운 년!"

금성은 눈을 홉뜨고 소리소리 질렀다.

"누가 네까짓 더러운 년을……."

당장 잡아나 먹을 듯이 흘겨본다. 주만을 보러 가는데 백배 천배의 용기를 자아내게 하는 술잔을 빼앗다니. 괘씸한 년.

놀이는 대번에 눈물이 펑펑 쏟아질 듯하였다. 아무리 상전이기로 사람의 괄시를 이렇게 한단 말이냐. 사람을 짓주무르고 놀릴 적에는 할 소리, 안 할 소리, 갖은 잡보 짓을 다 하고 채신머리 없이 굴면서 술 고만 먹으라는 것이 무엇이 그렇게 버릇이 없단 말이냐.

"흥 더러운 년!"

더럽기는 누가 더러웁단 말인가. 더러운 짓을 가르치기는 도대체 누가 가르쳤단 말인가.

원통하고 억울한 일은 맡아놓고 당하다시피 하는 처지이지만 이때처럼 놀이가 분심을 일으킨 적은 없었다. 발딱 일어나서 안으로 들어가 버릴까 하다가 또 무슨 벌을 받을지 몰라서 주저주저하고 있자니까 창밖에서 고두쇠 소리가 났다.

"안장을 다 지었습니다."

"응, 그래."

하고 금성은 겅정겅정 뛸 듯이 기뻐하며 영창을 연다.

고두쇠는 술상을 보고

"여쭙기는 황송합니다마는 소인도 목이……."

말끝을 얼버무리고 연송 허리를 굽실굽실한다.

놀이에게는 그렇게 팩하게 성을 내던 금성은 고두쇠를 보고는 얼굴을 편다.

"그래 목이 컬컬하단 말이지. 자, 옛다, 이걸 먹어라."

하고 제가 먹던 주전자를 내어준다.

"네, 황송합니다."

"놀아, 이 상 마저 내어줘라."

'무슨 까닭이 있고나.'

놀이는 상을 내어주면서 생각하였다. 주안상을 하인에게 그대로 내어주는 것은 전무후무한 일이다.

31

탑골에 있는 금 시중 집에서 상서골 이찬 유종의 집으로 가자면 안압지를 돌아내려 햇님다리를 넘어서면 남내 건너 남산 기슭에 너리펀펀한 기와집이 곧 그 집이다.

집 가까이 오자 금성은 말에서 내렸다. 열흘 지난 달이 낮같이 밝지마는 처음 온 집이라 어디가 어디인지 분별하기가 어려웠다. 금성의 주종은 벌써 여러 번 담장을 휘둘러보았다. 그러나 담은 두 길도 넘고 게다가 회칠을 번질번질하게 해놓았으니 어디 발붙일 곳도 없는 듯하였다.

몇 바퀴를 돌아보다가 금성이와 고두쇠는 서로 마주 보았다.

"어디 발붙일 데나 있어야지."

하고 금성은 짜증을 낸다.

"암만 둘러봐야 어느 한 모 허술한 데가 있어얍지요. 참 큰일 인걸입시오."

"왜 너는 몇 번 심부름을 와봤다며. 그래 어디 보아둔 데가 없 단 말이냐."

"소인이 왜 도둑놈인갑시오. 그런 허술한 데를 보아두겝시오, 허허."

"얘 웃을 때냐. 무슨 수로 어떻게 하든지 들어는 가봐야지."

금성은 화를 버럭 낸다.

"들어는 가보셔야겠지만…… 젠장맞일 무슨 도리가 있나? 진 작 소인에게 그런 분부라도 하셨더면 미리 보아나 두든지, 이 댁 하인들하고 연통이나 해놓았습지요."

"인제 와서 그 따위 소리를 하면 무슨 소용이 있단 말이냐."

고두쇠는 무엇을 생각하는 듯이 그 사나운 눈방울을 이리저리 구을리고 있더니 고개를 번쩍 들며

"좋은 수가 있습니다. 서방님이 소인의 어깨 위에 올라서시면 어떱갑시오. 말하자면 무동을 서시란 말씀입니다. 그러면 담 위 에야 올라가실 수 있겠습지요."

"무동을 서라! 그래 무슨 짓이라도 해보자."

금성은 술이 잔뜩 취한 판이라 체모를 돌아볼 나위도 없고 앞 뒤를 헤아릴 힘도 없었다. 무슨 창피를 어떻게 당하더라도 불같 은 욕심에 들어갈 생각뿐이다.

주종은 다시 뒤꼍으로 돌아 등성이 발채에 담이 조금 낮은 데

를 찾아내었다.

"자 올라타 보십시오."

하고 고두쇠는 어깨를 떡 버티고 주저앉는다. 금성은 허전허전하는 발을 올려놓았다.

"자 소인의 어깨를 단단히 드딥시오. 자 일어섭니다."

금성은 지척지척 떨면서 몸을 일으키려다가 "어규, 어규" 하고 다시 주저앉는다.

"자 두 손으로 소인의 대강이를 꼭 붙드시고 계시다가 소인이 일어서거든 서방님이 일어스셔야 됩니다."

금성은 고두쇠가 시키는 대로 그 목덜미에 몸을 붙이고 고두쇠의 머리를 틀어 안았다.

고두쇠는 일어섰다.

"자, 인제 소인의 대강이를 놓으시고 일어스셔서 담머리를 더위잡아 보십시오."

금성은 일어서려 하였다. 오그렸던 무릎이 덜덜 떨리다가 한 발이 비뚝 하며 어깨 밑으로 뚝 떨어지는 바람에 고두쇠의 이마를 얼싸안고 가까스로 다시 목에 걸터앉았다. 고두쇠의 목 힘이 세었기 망정이지 그렇지 않으면 주종은 엎치락뒤치락 법사를 넘을 뻔하였다.

그래도 금성은 벌써 혼이 반이나 떠서 진땀이 쏟아지고 사시나무 떨 듯한다.

한동안 숨을 돌린 뒤에야 젖 먹던 힘을 다 들여 겨우 담머리에 손을 얹게 되었다.

"자 몸을 솟구쳐보십시오. 그러고 배를 담에다가 척 걸쳐보십시오."

하면서 고두쇠는 제 주인의 발을 떠받쳐 준다. 금성은 간신간신
히 한 다리를 끌어 올리어 담을 타고 앉아서 헐레벌떡 가쁜 숨을
모두 꾸려 쉰다.

"자, 어뎁시오. 아래로 내려 뛰실 수 있습니까."

금성은 담 안을 굽어보더니

"얘, 큰일 났다, 큰일. 이 발밑이 바루 연못이로고나."

"네, 연못? 그러면 석가산을 쌓아놓은 데 말입시오."

"그래, 그래."

"그러면 일은 바루 되었는뎁시오. 거기가 바루 구슬 아가씨 거
처하시는 별당인뎁시오."

"응, 그래!"

금성은 시근벌떡 숨도 옳게 쉬지 못하면서도 새 기운이 부쩍
나는 듯하였다.

"바루 내려 뛰실 수가 없으시면 두 손으로 담머리를 웅켜잡으
시고 두 다리를 담 안으로 쳐들어 보십시오."

금성은 담 밖에 놓인 한 다리를 끌어 올려 담 안으로 집어넣으
려다가 말고 죽을상을 해가지고 고두쇠를 내려다보며

"얘, 암만해도 안 되겠으니 네가 좀 올라와야겠다."

"네, 소인도 올라오란 말씀입지요. 어떻게 올라를 가나."

고두쇠는 올라갈 곳을 찾는 듯이 이리저리 담을 기웃거리고
있는데 문득 난데없는 카랑카랑한 소리가 들려왔다.

"도적이야, 도적야!"

32

아사달은 파일 날 밤에 집 걱정, 아내 생각으로 말미암아 온밤을 거의 다 새우고 새벽녘에야 고달픈 졸음에 잠깐 눈을 붙인 둥만 둥 깜짝 놀란 듯이 몸을 소스라치자 쏜살같이 탑 쌓는 일터로 올라갔다.

어젯밤을 꼬박이 새우다시피 하였건만, 이상하게도 머리가 거뿐하고 몸은 날아갈 듯이 가뜬하다. 잠 못 잔 이튿날에 항용 있는 무겁고 흐리터분한 기운은 가뭇없이 사라지고 어떻게 쨍쨍하게 맑은지 튀기면 터질 듯하다.

그는 제 핏줄 가운데 제 것 아닌 무서운 힘이 용솟음함을 느끼었다.

오래간만에 참으로 오래간만에 어마어마한 신흥神興이 저를 찾아온 줄 그의 넋은 벌써 깨달은 것이다.

이 흥이 오기를 얼마나 바랐던고, 기다리었던고, 이 '흥'이란 한없이 곱고 한없이 사나웁고 철석같이 미쁘다가 바람같이 변한다. 넓자면 온 누리에 차고 잘자면 겨자알도 오히려 크다. 활달할 적엔 양양한 바다에 봄바람이 넘놀고 까다롭자면 시기하는 지어미도 물러앉을 지경이다. 그리고 갖은 조화를 다 가진 듯 고대 여기 있는가 하면 까마득하게 사라지고, 분명히 손아귀에 들었거니 하다가 돌아서면 간 곳을 찾을 길 없다. 어느 때는 푸드득 나는 새 나래에서 그대로 뚝 떨어져서 품속으로 기어들고 어느 때엔 발부리에 밟히는 조약돌에서도 불쑥 그 안타까운 모양을 나타낸다.

06 채만식 대표작품집 1

태평천하

김이윤 작가 추천 | 500쪽 | 값 13,500원

**속물적이고 천박한 가족주의를 반어와 역설로
날카롭게 풍자한 천재작가 채만식의 대표작**

현실 풍자를 통해 독자적인 작품세계를 구축한
채만식의 대표 작품 〈태평천하〉 〈냉동어〉 〈허생전〉 수록.

07 이태준 중단편전집 1

달밤

고명철 작가 추천 | 472쪽 | 값 13,800원

**'조선의 모파상'으로 불리며 단편소설의 완성도를
최고 경지로 끌어올린 이태준의 주옥같은 작품선**

한국문학사에서 근대 단편소설의 완성자로 재평가받고 있는
이태준의 예술적 완성도를 보여주는 중단편소설 36편 수록.

08 이효석 단편전집 1

메밀꽃 필 무렵

방현희 작가 추천 | 632쪽 | 값 14,500원

**시적인 문체와 세련된 언어로 예술성을 이뤄낸
순수문학의 대표자 이효석의 걸작 단편 모음집**

능숙하고 세련된 언어 감각의 향연을 누릴 수 있도록
예술적 감동을 주는 작품 29편 총망라.

09 김유정 단편전집

봄봄

이명랑 작가 추천 | 528쪽 | 값 14,000원

**향토적 서정과 도시 빈민층의 삶을 가감 없이 그려
해학과 비애의 조화를 보여주는 김유정의 문학세계**

1930년대 농촌 현실을 해학적이면서도 진정성 있게
그려낸 매력적인 단편소설 30편.

10 이상 소설전집

날개

임영태 작가 추천 | 420쪽 | 값 13,500원

**자유분방한 형식과 역설의 재치, 독특한 난해함으로
한국문학을 새로운 경지로 이끈 이상 문학의 진수**

20세기 모더니즘의 전위 이상 문학의
진수를 감상할 수 있는 소설 16편 수록.

11 염상섭 대표작품집

두 파산

임정진 작가 추천 | 500쪽 | 값 13,500원

**세밀한 사실주의로 식민지 현실과 인간의 분노,
절망을 고스란히 담아낸 염상섭의 작품세계**

혼란했던 근현대를 온몸으로 겪어낸 인간의 삶이
고스란히 담긴 염상섭의 대표작 10편 수록.

12 채만식 대표작품집 2

레디메이드 인생

김이윤 작가 추천 | 516쪽 | 값 14,000원

**흔들리는 청춘과 무기력한 지식인의 모습을
날카로운 풍자로 그려낸 채만식의 작품세계**

무기력한 지식인의 자의식을 날카롭게 투시한
채만식의 풍자적 리얼리즘을 대표하는 작품 15편.

13 이효석 단편전집 2

도시와 유령

방현희 작가 추천 | 632쪽 | 값 14,500원

**초기 동반자문학부터 성숙기의 순수문학까지
다채롭게 펼쳐지는 이효석의 작품세계**

이효석 문학의 초기작부터 황금기 작품까지
문학적 성장을 만날 수 있는 단편 43편 수록.

14 이광수 장편소설

무정

고정욱 작가 추천 | 464쪽 | 값 14,000원

**이광수를 인기 작가의 반열에 올려놓은
한국 최초의 장편소설이자 근대문학의 주춧돌**

자유연애, 새로운 결혼관 등으로 당대 지식인들의
공감을 얻은 사랑과 욕망, 배신을 그린 수작.

15 이광수 대표작품집

유정

고정욱 작가 추천 | 396쪽 | 값 13,000원

**계몽에서 이상으로, 기독교에서 불교로
이광수 문학의 새로운 양상과 전환**

〈유정〉〈무정〉〈꿈〉에 담긴 인간사의 빛과 그림자,
사람 냄새 가득한 이광수 문학의 결정체.

16 이광수 장편소설

흙

고정욱 작가 추천 | 744쪽 | 값 15,800원

**출간 당시 수많은 지식인 독자의 열띤 호응과
공감을 불러일으킨 이광수의 대표 베스트셀러**

출세를 향한 욕망을 버리고 고난의 황무지로 내려가
운명을 개척한 지식인의 사랑과 용서, 헌신의 대서사.

17 김동인 단편전집 2

발가락이 닮았다

구병모 작가 추천 | 544쪽 | 값 14,000원

**선구자적 자세로 다양한 문예사조를 실험한
근대 단편소설의 개척자 김동인의 단편 총망라**

인간의 추악한 면을 숨김없이 폭로하며
순수예술 세계를 지향한 김동인의 단편소설 27편 수록.

18 이태준 중단편전집 2

해방 전후

고명철 교수 추천 | 600쪽 | 값 14,500원

**인간의 본성을 심미적으로 탐구한
비판과 부정의식의 완성가 이태준의 작품세계**

치열했던 현대사의 한복판에서 서정의 예술적 정취를
탁월한 미문으로 기록한 이태준의 중단편소설 28편 수록.

19 이광수 장편소설

사랑

고정욱 작가 추천 | 760쪽 | 값 15,800원

**종교적 이념을 형상화한 시대를 뛰어넘은 명작,
육체적 욕망을 초월한 이상주의적 사랑의 대서사!**

세속을 뛰어넘는 초월적 사랑의 극치
사랑의 아름다움을 일깨워주는 이광수 문학의 이상향.

 "채만식이 보여준 모순에 눈 맞추면, 모순을 타파하는 길도 짚어갈 수 있지 않을까? 쉽지 않은 세상을 어떻게 살 것인가, 그가 건네는 확대경을 들여다보자." 김이윤, 소설가

 "사람과의 관계에 피로감을 느낄 때 이태준의 소설은 삶의 청량제이다. 단편소설의 완성도가 무엇인지 보여주는 그의 작품은 하나같이 놀랍다." 고명철, 평론가

 "봉평의 새하얀 달빛과 숨이 막힐 듯한 메밀꽃 향기, 그것이면 충분하지 않을까? 그래서 나는 책을, 손에서 놓을 수 없는지도 모르겠다." 방현희, 소설가

 "김유정의 소설은 내가 읽은 최초의 로맨스 소설이었다. 그의 작품을 통해 연애의 기본 정석을 배웠고, 나도 이런 소설을 쓰고 싶다는 생각을 하게 되었다." 이명랑, 소설가

 "이상의 작품들이 보여주는 자유분방한 형식과 역설의 재치와 독특한 난해함들… 그는 그 시대의 개성 있는 작가들 중에서도 가장 인상적으로 주목된다." 임영태, 소설가

"내 생애 최고의 한국문학을 권하다"

젊고 새로운 감각으로
문학 읽기의 즐거움 재조명

어려운 해설 대신 '내 생애 첫 한국문학'이라는 주제로 현재 문단에서 활발하게 활동 중인 구병모, 고명철, 고정욱, 김이윤, 박상률, 방현희, 이경자, 이명랑, 임영태, 임정진 등 총 10명의 작가들이 쓴 인상기는 지금까지 시험 대비로만 읽어왔던 작품에 새로운 의미를 부여하고 문학 그 자체의 매력을 맛보는 새로운 감상의 기회를 제공할 것이다.

"춘원의 《무정》은 분명 내 삶을 지금까지 규정하고 있다. 밤을 새워 그의 작품을 읽고 난 뒤 나는 가슴이 설레어 잠도 잘 수 없었다." 고정욱, 소설가

"염상섭만큼 세대 간의 가치충돌과 가족심리를 탁월하게 그려낸 작가가 또 있을까 싶다. 탁월한 이야기꾼을 만난다는 건 정말 큰 행복이다." 임정진, 소설가

"김동인의 진짜 재능은 세속적 인간의 원초적 욕망을 표현하는 데에서 만개한다. 그는 글을 써서 살아가는 나를 반사하는 거울과 같다." 구병모, 소설가

"사실주의 문학을 개척한 현진건 작품 속의 주인공들은 내 삶의 폭을 한층 넓혀주었다. 그를 통해 이른바 공감 능력이 생긴 것이다." 박상률, 소설가

"심훈의 작품은 거의 하얀 도화지 같던 내 정신에 밑그림을 그려주었다. 공동체에 도움되는 삶이 아름답다는 생각이 내 정신에 새겨졌다." 이경자, 소설가

20 김동인 장편소설

운현궁의 봄

구병모 작가 추천 | 472쪽 | 값 13,800원

**실제 역사와 영웅신화적 내러티브가
절묘하게 결합된 김동인 역사소설의 백미!**

상갓집 개에서 조선 최고의 권력자로 올라선 사나이
손에 땀을 쥐는 흥미진진한 역사의 향연.

21 현진건 장편소설

무영탑

박상률 작가 추천 | 572쪽 | 값 14,300원

**불국사 석가탑의 전설을 현대소설로 재구성,
민족의 자긍심을 높인 현진건의 장편소설!**

석공의 예술혼과 남녀의 사랑을 절묘하게 결합해
민족혼을 담아낸 흥미진진한 역사소설.

22 채만식 장편소설

탁류

김이윤 작가 추천 | 660쪽 | 값 15,000원

**〈서울대 추천도서 100선〉에 뽑힌
세태 풍자의 최고봉 채만식의 대표작품**

한 여인의 운명을 통해 혼탁한 사회상을
풍자와 냉소로 탁월하게 담아낸 채만식의 장편소설.

23 이상 시·산문전집

오감도·권태

임영태 작가 추천 | 400쪽 | 값 13,500원

**끊임없이 재해석되는 천재 작가 이상의
'시'와 '산문'에 꽃피운 위트와 패러독스**

현대인의 절망과 불안 심리를 언어체계의 해체와
파격적인 난해함으로 승화한 이상의 작품 모음.

24 이광수 장편소설

단종애사

고정욱 작가 추천 | 580쪽 | 값 14,800원

**단종과 사육신, 역사를 생생하게 복원한
춘원 이광수가 가장 애착을 가졌던 작품**

불운한 왕 단종의 애통함과 사육신의 의리를
흥미진진하게 그려낸 다시 주목할 춘원의 역사소설.

25 이광수 장편소설

원효대사

고정욱 작가 추천 | 548쪽 | 값 14,500원

**원효대사를 통해 민족의 소망을 제시한
춘원 이광수의 마지막 신문 연재 장편소설**

파계승으로 알려진 '원효'를 대중의 가슴에 남게 한 역작
불교적 소재를 문학으로 끌어안은 사랑 이야기.

26 이광수 장편소설

재생

고정욱 작가 추천 | 604쪽 | 값 14,800원

**유머와 감동, 베스트셀러 요소를 모두 갖춘
춘원 이광수의 가장 흥미로운 장편 연애소설**

풍부한 우리말 어휘, 강력한 주제성으로 무기력한
청년들에게 재생의 불씨를 심겨준 춘원의 숨은 걸작.

한국문학을 권하다 시리즈

≪≪

한국문학을 권하다 시리즈는 누구나 제목 정도는 알고 있으나 대개는 읽지 않은 위대한 한국문학을 즐겁게 소개하기 위해서 기획되었다. 문학으로서의 즐거움을 살린 쉬운 해설과 편집 기술을 통해 여태껏 단행본으로 출간된 적 없는 작품들까지 발굴해 묶어 국내 한국문학 총서 중 최다 작품을 수록하였다.

01 이광수 중단편선집
소년의 비애

고정욱 작가 추천 | 532쪽 | 값 13,500원

**시대의 아픔과 사랑을 탁월한 심리묘사로 담아내
문학의 대중화를 꽃피운 춘원 이광수의 대표작 모음!**

사회현실에 대응하는 젊은 지식인의 내면세계를 그려낸
이광수 작품의 모태가 되었던 중단편소설 총 15편 수록.

02 염상섭 장편소설
삼대

임정진 작가 추천 | 676쪽 | 값 14,500원

**돈과 욕망을 둘러싼 삼대에 걸친 세대 갈등
탁월한 이야기꾼 염상섭의 꼭 읽어야 할 장편소설**

한국 근대사회의 격변기에 개인과 사회의 욕망을
삼대의 가족사를 통해 그려낸 수작.

03 김동인 단편전집 1
감자

구병모 작가 추천 | 696쪽 | 값 15,000원

**인간의 원초적인 욕망과 본성의 근원을 탐구한
한국 단편 문학의 선구자 김동인의 작품세계**

예술지상주의를 표방하고 순수문학을 지향했던
김동인의 단편소설 36편 총망라.

04 현진건 단편전집
운수좋은날

박상률 작가 추천 | 356쪽 | 값 12,800원

**하층민의 비극적인 삶을 사실적으로 그려내며
한국 단편소설의 금자탑을 이룬 현진건 문학의 백미**

다양한 작품을 통해 개인의식과 역사의식을 사실적으로
묘사한 대표적인 단편소설 21편 수록.

05 심훈 장편소설
상록수

이경자 작가 추천 | 416쪽 | 값 13,000원

**민족의식과 애향심을 높이는 계몽문학의 전형,
가장 한국적인 농민문학으로 꼽는 심훈의 대표작**

민족주의와 계급적 저항의식 및 휴머니즘이 관류하며
본격적인 농민문학의 장을 여는 데 크게 공헌한 작품.

한국문학을 권하다

시리즈 ^(전 26권)

재미있게 읽는
내 생애 첫 한국문학

작가 10인이
강력 추천한
한국문학 총서

젊고 새로운 감각으로
문학의 즐거움 재조명

한국문학 총서 중
최다 작품 수록

애플북스

거누와 정을 들고 얼마를 신고를 하고 생각을 하여도 날이 마치도록 그림자도 얼씬 않을 때도 있고, 생각이 나면 심술궂게도 아닌 밤중에나 샐녘에야 언뜻 얼굴을 비치기도 한다.

바윗덩이에나 지질린 것 같은 답답하고 캄캄한 머리 가운데 으렷이 한 가닥 광명이 어릿거린다. 그 실낱같은 빛줄이 차차 굵어지다가 떼구름을 쫓고 쑥 햇발이 붉거지듯 갑자기 머릿속이 환해지면 어느 모를 어떻게 갈기고 어디를 어떻게 쪼아야 될 것도 따라서 환해지는 것이었다.

그러나 보통 때는 이 신흥이 그리 길지 않았다. 번개처럼 번쩍하다가 그대로 사라져버리기도 하고, 길어도 한두 시간을 지나지 않는 법이었다.

그런데 오늘은 식전꼭두부터 찾아온 것도 전보다 다를 뿐인가, 그 빛깔도 유난히 부시고 그 흐름도 잇달고 연달아 그칠 줄을 모른다.

그리고 그 빛 물결도 여느 때 모양으로 한결같고 조용하지를 않다. 너무도 아름답고 너무도 찬란하고 너무도 급하다.

영롱한 무지개가 곤두서고 달과 별들이 조각조각 부서져서 수없는 금점 은점이 소용돌이를 친다. 넘놀고 뛰놀고 곤두박질을 치고 줄달음질을 친다.

이 급류에 따라 아사달의 팔은 무섭게 빠르게 놀려졌다.

'이 줄기를 잃어서는 안 된다.'

'이 고비를 놓쳐서는 안 된다.'

그는 혼신의 힘을 다 들여 번개같이 마치와 정을 놀리었건만 굽이치는 급류를 따라가기에 허덕허덕하였다.

그는 아침도 잊었다, 점심도 잊었다, 저녁도 잊었다.

밤이 되었다. 날이 새었다.

그의 줄기찬 정질과 마치질은 쉴 줄을 몰랐다.

쉬려야 쉴 수가 없었던 것이다. 한번 그를 휘어잡은 '흥'은 좀처럼 그를 놓아주지 않았던 것이다. 황홀의 경계에 그는 온전히 들어서고 만 것이다.

돌결은 그의 손 아래에서 나뭇결보담 더 연하게 더 하잘것없이 부서지고 다듬어지고 밀려졌다.

영락없이 꼭꼭 제 자국에 들어가 맞는 쇠와 돌의 부딪치는 소리는 그의 귀엔 이 세상의 무슨 풍류보담 무슨 곡조보담 더 아름답고 더 신이 났다.

제 손이 거칠 때마다 드러나는 일머리는 이 세상의 무슨 보배보담도 더 소중하고 더 살가웠다.

그는 목마른 줄도 몰랐다. 배고픈 줄도 몰랐다. 죽고 사는 것조차 그는 몰랐으리라.

그는 이 흥겨운 한 시각이 아까웠다. 한 찰나가 아까웠다.

이따금 그의 팔에 힘이 아니 빠지는 것도 아니지만, 그다음 순간에는 아까보담 몇 곱절 더 되는 힘을 다시 돌이킬 수 있었다.

둘째 층의 새김질과 다듬질은 댓바람에 끝이 나고 말았다. 셋째 층을 지을 바위도 몇 번 겨누질에 어렵지 않게 매만질 수 있었다.

돌 다루는 울림은 잔가락 굵은 가락을 섞어가며 마치 급한 소나기 모양으로 온 절 안을 뒤덮었다.

아사달의 일은 인제 낮도 없고 밤도 없었다.

33

점심 대중공양을 마치고 아상 노장이 들어가자 불국사 중들은 한자리에 모인 김에 '공론'이 분분하다. 벌써 며칠째 밤이고 낮이고 끊이지 않고 귀 아프게 들려오는 돌 다루는 소리에 그들은 진저리를 내었다.

"벌써 며칠째나 되었을까."

"이틀은 더 될걸."

"이틀이 뭐요. 아마 오륙일은 되지."

"벌써 그렇게 되었을까."

"아무렴, 그렇게 되고말고."

"나무아미타불, 오륙일을 먹도 않고 자도 않고."

"원 그렇게들 정신이 없단 말이오."

듣다가 못한 듯이 떠는턱이 중론을 가로맡아 시비를 가릴 듯이 나선다.

"가만있거라. 오늘이 사월 열하루, 파일 이튿날이니 곧 아흐렛날 식전부터 일을 시작했으니깐 꼭 오늘이 사흘째 잡아드는군."

떠는턱은 꼬챙이 같은 손가락을 또박또박 꼽아가며 따지고 나서, 휘 한번 좌중을 훑어본다. 내 정신이 이렇게 좋은데 어느 뉘가 감히 딴소리를 할까 보냐 하는 눈치다.

"장실 말씀이 옳소. 따져보니 과연 오늘이 꼭 사흘 되는 날인가 보오."

원주가 이번에는 고분고분히 찬성을 해버린다.

"단 사흘이라도 어려운 노릇이야."

"어렵다 뿐이오. 단 하루라도 어려운 노릇인데……."

"사흘씩 굶다니 어렵고말고. 그야 우리 세존께서야 칠 년 고행도 하셨지만!"

"아니 그것도 말이라고 하오. 일개 석수를 어찌 우리 세존께 댄단 말이오."

말과 말이 주거니 받거니 벌써 중구난방이다.

"원 일을 해도 주책머리가 없지그려. 안 하려 들면 이틀 사흘 손끝 까딱하지 않고 하려 들면 며칠씩 굶고 야단이니."

빨갱이도 마침내 말참견을 한다. 말씨가 우락부락한 것을 보면 아직도 아사달에 대한 미움이 그대로 남은 듯.

"그것도 소위 명공의 유세랄지."

하고 누가 빈정거린다. 파일 잘 못 쉰 분풀이는 뜻밖에 거둥으로 말미암아 풀어졌을 법도 하지마는 그래도 '떠들어온 부여놈 따위'가 아니꼽다는 감정이 어디선지 움직이고 더구나 자기네가 신 벗고 따르랴 따를 수 없는 그 뛰어난 재주를 까닭 없이 시새었던 것이다.

"그야 그렇게 말할 것 있소? 일이야 될 수 있는 대로 속히 할수록 좋은 것 아니오?"

이번에는 원주가 전날과는 아주 딴판으로 아사달의 역성을 든다. 산댓속[51]이 빠른 그는 거둥으로 생길 만큼 생겼고 또 왕이 한 번 길을 터주신 후로 대갓집 불공도 푸득푸득 들어오기 시작한다. 첫째로 이찬 유종 댁 아들 발원의 삼일 불공이 들지 않았느

51 '산대'는 셈을 하는 데 쓰는 막대기를 이름, '산댓속'은 잇속을 따지는 속셈.

냐. 더구나 불시에 거둥을 하시게 된 것이 전하는 말과 같이 다보탑 구경하시는 데 계셨다면 그것을 쌓은 석수를 미워할 까닭은 도무지 없었다. 하루바삐 석가탑마저 이루어지면 무슨 수가 또 어떻게 생길지 누가 아느냐.

"침식을 잊으니 그것이 딱한 노릇이야."

하고 그 눈방울이 겉도는 눈에 제법 걱정하는 빛까지 보이었다.

한 절의 살림을 맡은 주장중이 이렇게 역성을 들어놓으니 입 놀리던 중은 멀쑥해지고 난데없는 동정들이 쏟아진다.

"공양을 안 드니 정말 큰일이군."

"병이나 나면 어떡하나."

"글쎄 나도 그게 걱정이야."

"억지로라도 좀 들게 못 할까."

"기어이 좀 권해보시지요."

"글쎄 나도 두어 번 권해보았지만 원체 열이 난 사람이라 말이 들리지도 않는 모양이니, 허허."

귀찮고 성가신 일은 웃음으로 막아버리는 것이 원주의 버릇이다.

"그런 신통력을 가진 분이니 사흘쯤 굶는 것이야 관계치 않겠지만."

"아무리 법력이 놀라워도 너무 곡기를 끊어가지고는 염려지, 염려야."

"그러나 어쩔 수가 있소. 대공을 방해할 수도 없는 노릇이고."

"혈마⁵² 오늘쯤이야 일을 그치겠지."

"만 이틀에 해놓은 일머리를 보면 엄청나더군, 엄청나."

"그야 이 세상에서 다시 얻기 어려운 명공이라는밖에."

"그 탑을 모시라고 부처님이 일부러 내신 사람이지."

"어 놀라운 재주거든."

가장 동정을 하는 척도 하고 추어도 올리면서도 속살로 아사달의 신상을 염려하는 위인은 하나도 없었다. 무슨 수로 어떻게 하든지 미음 한 모금이라도 결단코 마셔보자는 씨알머리는 아직 생겨나지도 않았다. 불전에 공양드리듯 하루 세 끼니만 갖다 놓았다가 치워버렸다가 하면 고만이었다.

34

아사달의 머릿속을 꿰뚫고 쏜살같이 닫는 흐름은 갈수록 혼란해지고 갈수록 급격해진다.

처음에도 물꽃 송이송이마다 별처럼 빛을 발하여 마치 별로 엉기인 은하수가 굽이치는 듯 눈부시지 않음이 아니요 영롱하지 않음이 아니었으나, 그래도 그 광채는 맑고도 부드러웠지마는, 인제 와서는 그 물결이 그대로 기름인 양 물보라를 날리는 대로 훨훨 불길을 일으키어 물꽃인지 불꽃인지 분간할 수조차 없다.

그리고 빠르기는 물결이라느니보담 차라리 바람결 같다. 어지럽게 춤추는 꽃구름을 휙 몰아가는 회오리바람도 이러할 듯.

아사달의 손길도 바람결같이 날쌔다.

---

52 '설마'의 사투리.

머릿속에서 쉴 새 없이 터지는 줄불보담 못하지 않게 그의 눈앞에서도 쇠와 돌이 단판 씨름을 하는 불꽃이 번쩍번쩍 흩어졌다.

이 휘날리는 불꽃 사이에 모래알만 한 작은 아내의 모양이 튕기는 듯 번득이다가 스러지기도 하였다. 그리운 아내와 애달픈 '홍'이 두 손길을 마주 잡고 그를 찾는 수가 이전에도 흔히 있었다. 그리운 생각이 쌓이고 쌓이어 손바람이 절로 나는 '홍'을 빚어내고 자아내기도 기실 여러 번이었다.

아쉬운 마음이 도저하고 간절할수록 그에게 '접'하는 '홍'도 놀랍고 엄청날 때가 많았다.

구축축한 풋사랑과 거룩한 '솔도파'(탑)가 한데 뒤범벅이 되는 것은 발을 구를 일인지 모르리라. 기가 막힐 노릇인지 모르리라. 그러나 사랑에서 흥이 오고 흥이 어리어 세상에도 진기한 탑이 이루어지는 것을 어이하랴. 부처님도 웃으시며 눈을 감으실지 모르리라.

이번만 해도 외로운 나그네의 몸으로 명절을 맞이하게 되고 지나친 그리움과 걱정에 몸이 달고 애를 태운 나머지에 이런 신흥이 그의 덜미를 짚은지 모르리라.

'홍'은 인제 이글이글한 불덩어리가 되어 그대로 디굴디굴 구른다.

그는 불채찍에 휘갈기는 사람 모양으로 죽을 판 살 판 정과 마치를 휘둘렀다.

몇 날이 되었는지 몇 밤이 되었는지 그는 모른다. '홍'이 끊어진 때나 그에게 낮도 있고 밤도 있었지만 '홍'이 꼬리를 맞물고 잇달아 일어날 때에야, 기실 그 '홍'이 계속되는 동안이 그에게는 도무지 한순간인지 모른다.

머리에는 아직도 꽃불이 법사를 넘고 뒹구는데 몸의 힘은 마음의 힘에 차차 휘감겨 들어가는 듯하다.

'이래서는 안 된다.'

'이래서는 안 된다.'

용을 쓰면 쓸수록 팔의 맥은 자꾸만 풀려진다.

'저기 불덩어리가 구을지 않느냐. 저 불을 쫓아가야 한다. 세상없어도 따라가야 한다.'

애가 마르도록 외치면 외칠수록 정과 마치는 제자리에 가서 놓이지 않는다.

웬일일까! 그전에도 '홍'의 불길이 껌벅껌벅 꺼지려 할 때에도 손길은 신이야 넋이야 쫓아가서 아주 꺼져버린 뒤라도 그 남은 운으로 얼마쯤은 끌어갔었거든 이번에는 불줄이 이렇게 춤을 추는데도 팔을 마음대로 놀릴 수가 없으니 웬일일까!

'될 말인가, 될 말인가.'

차차 차차 까무러져가는 제 몸의 힘을 소리소리 불러일으키려 하였건만 기를 쓰면 쓸수록 팔은 허둥지둥 꿈지럭거릴 뿐이다.

'이것 큰일 났구나.'

아사달은 저도 제 힘에 절망을 느끼면서도 마치와 정을 더욱 단단히 쥐었다. 분명히 댈 데 대고 칠 데 쳤건만 빗맞고 허청을 쳐서 귀에 익은 제 자국에 들어가 떨어지는 쾌음이 여간해서는 일어나지를 않는다.

아사달은 수렁에 빠지는 사람 모양으로 버르적거리며, 이번이란 이번에야말로 제 자국을 때리리라 하고 마치를 번쩍 들어 보기 좋게 한번 휘갈겼다.

아뿔싸! 할 겨를도 없이 마치는 허공을 치고 그의 몸은 이상한 힘으로 휙 앞으로 잡아 낚아채는 듯하였다.

그 찰나, 그의 머릿속에서 마치 눈보라처럼 설레던 불길이 한꺼번에 확하고 타올라서 삽시간에 불바다를 이루더니 이내 아뜩하게 꺼져버린다…….

까무러친 아사달의 머리 위에 지나치는 달빛이 조용하게 흐른다.

35

"그것 보십시오. 쇤네 꾀가 어떠한가."

"그 잘난 꾀."

"모로 가도 장안만 가면 고만 아닙시오."

"그야 마님께서 내 말을 잘 들어주신 탓이지. 어디 꼭 네 꾀 때문이냐."

"아니 누가 마님을 졸라보시라고 했는뎁시오."

"애 말도 마라. 생으로 사내 동생을 하나 낳아줍시사고 떼를 쓰노라고 내 땀이 얼마나 빠졌기에."

"뒹굴고 발버둥을 치시고, 하하. 아이 우서라. 그래도 애초에 묘책을 생각해내는 것이 여간 슬기가 아니랍니다. 이런 대강이도 쉽지는 않답니다."

털이는 제 머리가 대견하다는 듯이 주먹으로 자근자근 두들겨

보이며 연해 공치사를 한다. 주만과 털이는 다보탑 있는 데로 걸어 올라가며 기쁘게 얘기를 주고받는 것이다.

"아이 장해라. 그 모과 머리가."

"생기기야 모과면 어떤갑시오. 머리란 슬기만 들면 고만 아녜요?"

"슬기! 놀라운 슬기도 있고는 보겠고나."

"놀랍구말굽시오. 그래 아닌 밤중에 남복을 차리고 수레도 안 타시고 등불도 없이 이 먼 길을 오실 법이나 합니까. 발만 부르트고 호방에나 빠지고 죽을 고생만 하셨지 뭐입시오. 아이 생각만 해도 지긋지긋한뎁시오."

하고 털이는 머리를 살래살래 흔들고 나서

"자 오늘은 어떱시오. 구종을 늘은 듯이 앞세우시고 마상에 높이 앉으시어……."

"아이 장하다, 네 꾀가 장하다. 고만두어라. 무슨 난리를 치러 나가니. 마상에 높이 앉아서, 호호."

하고 주만도 가만한[53] 웃음을 터뜨리었다.

"장하구말굽시오. 중들은 앞에서 굽실굽실하고. 그날 밤에 보행으로 초라하게 그냥 와보십시오. 절문 안을 들어서시게나 할 텐뎁시오. 맙시사, 아하하."

털이는 아주 신이 나서 재깔거리며 웃어댄다.

"애, 무슨 방정맞인 웃음소리냐. 누가 들으면 괴란쩍게."

"누가 들으면 어떤갑시오. 이찬 댁에서 불공을 드리러 오시고

53 조용하고 은은한.

그 댁 아가씨께서 저녁에 달빛을 따라 절 구경을 하시는데 어느 뉘가 감히 탄한단 말씀입시오."

"아무리 그렇다 해도 요란스럽다."

"어유 조심은 퍽도 하시네. 어느 때는 밤중에라도 그냥 지쳐 들어오실 듯이 자는 사람을 깨워 일으키시고 야단법석을 하시더니. 그래 만일 아가씨 하시자는 대로 했더라면 그야말로 큰 야료가 일어날 뻔하였지! 온 집 안이 벌컥 뒤집히고 온 절 안이 벌컥 뒤집히고. 쇤네는 목이 달아나고, 아하하."

털이는 웃음이 체해서 눈물까지 글썽글썽하여졌다.

"그래도 또 웃음이야, 무에 그렇게 좋으냐."

주만도 털이를 나무라기는 하면서도 솟아나는 웃음을 감추지 못한다.

"무에 좋으냐굽시오? 쇤네도 좋기야 좋습지요. 그날 밤에 그 고생을 안 했으니. 그렇지만 아무리 한들 아가씨만큼이야 좋을갑시오."

"내가 좋을 일이 무에냐."

어쩐지 주만의 목소리는 조금 기어 들어가는 듯하다. 귀밑 언저리가 갑자기 불그레하게 환해지는 것은 달빛이 거기만 비취는 탓만도 아니리라. 털이는 염치없게도 주만의 얼굴을 말끄러미 들여다보며

"아가씨도 그런 시침을 뗍시오. 좋거든 그냥 좋다구 그리십시오, 히히."

털이는 정작 제가 좋은 듯이 경정경정 뛴다.

"원 그 애는!"

하고 주만도 입을 다물려 해도 그 가장자리가 자꾸만 풀리었다.

그들의 발길은 어느덧 다보탑 가까이 왔다.

"애, 인저는 제발 좀 떠들지 말아다오."

주만은 진정으로 털이를 타이르고, 고름을 다시 매고 옷깃을 여미었다.

그는 거룩한 자리에 들어서는 것처럼 기쁨에 헤벌어진 마음이 도사려짐을 느끼었다.

"탑돌기에 애간장을 태우던 데를 다 왔는걸입시오."

그래도 털이는 까불기를 그치지 않았다.

36

주만과 털이는 다보탑을 한 바퀴 휘 돌아보았다.

눈이 어리는 아름다운 그 모양이 전보담 한결 더 정다웠다. 흙으로 묵묵한 돌이 아니요, 숨길이 돌고 맥이 뛰는 생물인 양 주만을 반기어 맞는 것 같다. 그 연연한 입술을 열어 그리고 그리던 회포를 하소연하는 듯하다. 그 부드러운 가슴을 헤치고 아늑하게 안아주는 듯하다.

이 탑의 둘레를 돌고 또 돈 지가 단 며칠이 안 되건만 주만에게는 해포가 넘는 것 같았다. 햇수조차 따질 수 없는 까마득한 옛날인 것도 같았다.

그날 밤보담 더 밝고 더 둥근 달이 역시 그날 밤 모양으로 탑의 몸에 서리었다.

주만은 서성서성하며 차마 발길을 못 돌리고 있노라니 털이는 옆에서 재재거리기를 말지 않는다.

"왜 오늘 밤에도 탑돌기를 또 하시오? 왜 또 여기 이러고만 계십니까. 어유, 쇤네는 생각만 해도 진절머리가 나는뎁시오. 정말 쇤네는 그날 밤에 죽을고[54]를 치른걸입시오. 몇 바퀴를 돌았는지 어디 헤일 수도 없지. 그러니 이년의 발목쟁이가 성할 겁니까. 그때 시큰거리기 시작한 게 입때 낫지를 안 했답니다."

하고 털이는 절름절름 절어 보인다. 달 비친 땅 위에 땅딸보 같은 그림자를 그리고 낑낑 매며 돌아가는 것이 허리가 부러지도록 우스운 꼴이었으나 주만은 낄낄대고 웃기는 싫었다.

"여기 이러고 밤을 새우시랍시오. 어서 가보십시오."

제가 재롱을 떨어도 알은체를 안 해주는 데 적이 흥이 깨어진 털이는 절름발이 놀음을 그치고 잠깐 입을 닫았다가 또 보챈다.

시름없이 달만 쳐다보고 있던 주만은 성가신 듯이

"가기는 또 어디를 가잔 말이냐."

"아니 고작 이 다보탑을 보시랴고 그 애를 쓰시고 여길 오셨단 말씀입시오. 저 석가탑으로 어서 가보셔야 될 것 아닙시오."

"석가탑으로?"

주만은 무심코 말을 받는다.

"그러면입시오. 거길 가셔야 만나실 분을 만나실 것 아닙시오."

"……"

주만은 다시 달만 쳐다본다.

---

54 더는 어찌할 수 없게 된 어려운 처지.

"어서 좀 가보십시오. 나도 모시고 갈게."

"무에 그리 급하냐."

그렇게 급하던 마음이지만, 정작 예까지 오고 보니 축 늘어진다.

갈까 말까. 지금 와서 새삼스럽게 망설여진다. 단 한 번만 보아도 원이 풀릴 것 같더니만 그대도록 중난하던 원을 이렇게 쉽사리 풀 수 있게 되었거늘 가슴은 왜 이리 답답한가. 여기서 몇 걸음을 뜨지 않아 '그이가 있고나' 하는 생각만 해도 얼굴은 왜 이렇게 화끈거리는가…….

"언제는 그렇게 서두시더니 인젠 또 급할 게 없단 말씀입시오. 아가씨도 알고 보니 여간 변덕쟁이가 아니시군."

털이는 이번 일에 제 공이 이만저만이 아닌 것을 믿고 함부로 지싯거리고 말씨도 마구잡이다.

"그 어른이 거기 꼭 계실 줄 네가 어떻게 꼭 안단 말이냐."

빈말뿐이 아니요, 참으로 주만에게 이런 생각이 지나갔다. '거기 가면 그이가 있거니' 하고 믿기는 하였지만 꼭 있다고야 어찌 장담하랴. 혹은 없을는지도 모른다. 만일 없다면!

'있거니' 할 때는 마음이 조아 붙기는 하였으되 느긋하고 든든하더니 '없거니' 하매 별안간 속이 텅 빈 듯이 헛헛해지며 불이야 살이야 뛰어가 보고 싶었다.

"그 탑에 꼭 계시구말구. 벌써 다 알아본걸입시오. 그 방에서 시종드는 차돌이란 아이놈에게 넌즈시 다 물어보았답니다. 어서 가시기나 하십시오."

하고 털이는 주만의 등채를 밀다시피 한다.

몇 걸음을 걷지 않아 석가탑 위에 사람이 있고 없는 것을 분명히 알아보게 되었다.

"저기를 보십시오. 그 어른이 마치를 들고 일하시는 게 보이지 않습시오."

털이는 내 말이 어떠냐 하는 듯이 연송 손가락질을 하며 가리켜준다.

실상 털이보담 주만이가 먼저 보았다. 희미한 달빛 아래 아사달이 마치를 쥐고 돌 위에 꾸부리고 있는 것을.

"얘, 그런데 어째 돌 다듬는 소리가 들리지를 않니."

주만은 주춤 걸음을 멈추고 귀를 기울여본다.

"글시오."

털이도 들어보다가

"참 소리가 안 나는군요. 차돌의 말을 들으면 어두운 밤에도 일을 잘 하신다던데."

하고 째기눈을 뜨고 이윽히 바라보더니만 또 깔깔댄다.

"저길 좀 봅시오. 얼굴을 돌멩이에 비비대시고 아주 한잠이 드셨군요. 그 맨바닥에, 으흐흐."

37

주만과 털이는 석가탑 앞에 와 걸음을 멈추었다.

"아하, 아주 늘어지게 한잠이 드셨는걸입시오. 쇤네가 올라가볼갑시오?"

털이는 다짜고짜로 거기 놓인 사다리에 한 발을 얹으려 하였다.

"애, 주무시면 조금 있다가 다시 오는 게 좋지 않니."

"글시오. 온종일 일을 너무 많이 하시어 고단도 하실 테니."

털이도 이번에는 순순히 이르는 대로 들었다. 아무리 주책없는 털이라도 생면부지의 사내가 자는 것을 덮어놓고 깨워 일으키자는 염의는 없었다.

그들은 가만히 발길을 돌렸다. 마치 자기네의 자국소리에 자는 이의 고단한 잠이 깨일까 두려워하는 것처럼.

털이는 앞장을 서서 성큼성큼 걸어가는데 주만은 무엇이 마음에 켱기는지 다시 돌쳐선다. 어슴푸레한 빛을 통하여 그는 뚫어지게 탑 위를 쳐다보며 움직이지 않는다.

"언제는 도로 가자시더니 왜 그리고 서 곕시오? 그래도 차마 발길이 떨어지시지를 않읍시오, 히히."

앞을 서서 가다가 제 주인의 뒤따르는 기척이 나지 않으매 힐끔 돌아다보고 털이는 또 우시개[55]를 걸었다.

주만은 털이의 버릇없는 우시개도 귀에 들어오지 않는 듯 한동안 뿌리가 박힐 듯이 서 있다가 손짓으로 털이에게 가까이 오라는 뜻을 보이었다.

"애, 암만해도 이상스럽고나. 주무신다 한들 어찌 저렇게 기신도 없이 주무실 리야 있겠니."

과연 돌 위에 늘어져서 등 언저리가 어쩐지 푹 꺼져 보이는 것이 보통 잠자는 사람으로는 너무도 조용해 보이었다.

---

55 '우스개'의 사투리.

털이도 제 주인의 목소리가 무슨 불길한 조짐을 느낀 것처럼 약간 떨리는 것을 듣자 심상치 않다는 듯이 발을 사르르 미는 듯이 다시 돌쳐서 제 상전을 따라 탑 위를 말끄러미 바라보다가

"딴은 좀 이상한뎁시오. 그냥 주무시기만 한 다음에야 저렇게 픽 엎어져 계시지는 않을 상싶군요."

"그리고 마치를 그대로 들고 있는 것도 수상치 않으냐. 저렇게 고단하게 잠이 든다면 쥐었던 것을 으레 놓을 텐데."

"그야 쥐고 자는 수도 있겠습지요만 아무튼 궁금하니 쇤네가 좀 올라가 볼갑시오."

주만도 이번에는 말리지 아니하였다.

털이는 휘청휘청하는 사다리를 부여잡고 발발 떨면서 올라 갔다.

어른어른하는 달빛에서 그 방구리 같은 몸을 꼬불랑꼬불랑하며 털이는 이리 갸웃 저리 갸웃 늘어진 이의 이모저모를 자세자세 들여다보고 있다가

"에구머니나!"

버럭 외마디소리를 지른다.

"응?"

하고 주만도 깜틀하며 사다리 앞으로 한 걸음 바싹 다가들었다.

"이거 크, 큰일 났습니다. 이 뺨에 피, 피가……."

"응, 피가!"

하고 부르짖을 겨를도 없이 주만은 나는 새와 같이 사다리를 날아올랐다.

"어디, 어디냐."

올라서는 길로 주만은 허둥지둥 묻는다. 아사달의 오른편 뺨
과 돌이 맞닿은 어름을 들여다보고 있던 털이는

"여길, 여길 봅시오."

하고 털이는 손가락으로 제 보던 자국을 가리킨다.

주만은 미처 치마폭도 못 거두고 올라온 탓에 발이 치맛단에
휘감기어 하마터면 고꾸라질 뻔하였다.

달빛은 아무리 밝다 해도 흐릿한 탓에 빛깔 같은 것이 또렷또
렷하게 나타나지를 않는다.

털이는 재빠르게 제 손을 그 뺨과 돌 사이에 집어넣었다가 꺼
내며

"이것 봅시오. 눅눅하게 묻는뎁시오."

하고 무슨 물기가 도는 제 손가락 끝을 비비어 보인다.

살에 묻는 피는 더구나 잘 알아볼 수가 없었다.

주만은 급한 마음에 제 치마폭을 꾸김꾸김 꾸겨 쥐고 그 뺨과
돌을 훔쳐내어 달빛에 펴서 비춰보고

"피가, 피가 분명코나."

마침내 단정을 내리었다.

"이걸 어째, 이걸 어째요."

털이는 쩔쩔매었다.

"애, 몸을 좀 흔들어보렴."

"여봅시오, 여봅시오."

털이는 넘어진 이의 귀에다 대고 소리를 지르며 등을 흔들어
본다.

"어규, 어째 살이 단단한 것이 굳은 것 같은뎁시오."

주만은 그 자리에 털썩 주저앉아서 아사달의 코에다가 손을 대어보았다. 그윽한 숨길이 있는 둥 만 둥한데 손을 쥐어보니 마치 얼음장같이 싸늘하다.

"이를 어떡하나."

주만의 눈에서는 고인 때 모르는 눈물이 쏟아진다……

38

아사달은 까무러친 그 이튿날 아침에야 겨우 깨어났다.

아리숭아리숭한 머리 가운데 한창 흥이 겨워서 겨누를 휘두르고 정을 들만치는 모양이 저 아닌 다른 사람과 같이 떠올랐다.

그 신이 난 잔가락 굵은 가락이 잉잉하니 귓결에 울리며 제 몸은 반공에 둥둥 솟아 일렁일렁하는 듯하다.

돌불이 번쩍번쩍 흩어지는 대로 눈동자만큼씩 한 수없는 아사녀의 모양이 마치 콩 튀듯 튀어 올라 펑펑 내어둘리는 눈 끝에서 뱅글뱅글 매암을 돈다.

'내가 왜 이러고 누워 있을까?'

그는 문득 이런 생각을 하였다. 저 아닌 아사달은 저렇게 일을 하느라고 곱이 끼었는데 저는 번듯이 누워서 핀둥핀둥 노는 것이 송구스러웠다.

'한창 흥이 나는 판인데 나는 왜 이러고 누워 있을까. 이 드물고 소중한 시각에 나는 왜 한만히 쉬고 있을까. 몇 번 손질이면 석가탑의 삼층이 끝날 것이 아닌가. 돌결이 그렇게 고분고분하게

말을 잘 듣는 터이어늘 나는 어느 틈에 드러눕고 말았을까…….'

수없는 아사녀의 모양이 하나씩 둘씩 엉겨 붙더니 다 자란 아사녀가 되어 뒷걸음질을 치고 멀리멀리 달아나며, 한창 바쁘게 일을 하고 있는 저 아닌 아사달을 손짓하여 부른다.

'저것 보아, 아사녀는 저렇게 부르지 않는가. 저 사람의 겨누와 정을 든 팔은 그렇게 번개같이 놀지 않는가. 그런데 내 몸은 왜 여기 늘어져 있을까.'

암만해도 무슨 곡절인지 알 수가 없으나 아무튼지 자기가 일을 집어치우고 만 것만은 틀림이 없었다.

'그때 일을 끝내었던들 나는 벌써 훨훨 날아갔을 것이 아닌가. 지금쯤은 우리 집 사립문을 삐걱삐걱 열 것이 아닌가. 그러면 아사녀는 엎드러지며 고꾸라지며 뛰어나올 것이 아닌가. 아무 거리낌 없는 내 방에서 네 활개를 퍼더버리고 실컷 마음껏 쉴 수 있을 것 아닌가.'

그는 그동안을 못 참아서 여기 쓰러져버린 제 몸이 한량없이 괘씸스러웠다.

'어서 일어나야지.'

하고 그는 몸을 추스르려 하였다. 그러나 웬일인지 그의 몸은 나른하게 풀어져서 손가락 끝 하나 오그릴 수도 없었다.

마치와 정이 제 자국에 맞지를 않아서 화증을 내던 것이 인제와서 또렷또렷하게 생각이 난다.

'옳거니 그때 내가 화증이 나는 김에 마치를 휘갈겼거니. 그리고 그다음에는…….'

생각의 실마리가 풀릴 듯 풀릴 듯하면서도 또다시 갈래를 잡

을 수 없다. 그 후에 얼마를 일을 더 한 것도 같고 탑 위에 그냥
쓰러진 법도 하다.

'마치를 휘갈기고 나서…….'

끝이 아물아물해지려는 그 생각을 붙들고 그는 다시금 곱씹어
보았다.

암만해도 그 뒷일은 어찌 되었는지 알 수는 없으나, 공중에 둥
실 떠 있는 듯하던 몸이 차차 가라앉는 듯하며 뼈마디가 얼얼하
였다.

그러자 문득 아사녀의 냄새가 난다. 숨을 들여쉬는 대로 그 감
칠 듯한 향기는 모랑모랑 피어나서 콧속으로 흘러들어 피 방울
방울에 스며든다.

육지에 뛰어오른 물고기가 오래간만에 물맛을 보는 것처럼 그
는 가슴을 벌름벌름하며 숨을 크게 내쉬고 들이쉬었다.

아아 향기! 아사녀의 향기! 삼 년이나 길고 긴 세월에 한 번도
맡아보지 못한 그 향기. 주리고 주리던 그 향기.

과연 그는 이 향기에 주리었다. 그립고 그리운 아내의 얼굴은
비록 환영일망정 때때 그의 눈에 밟히었지만 아사녀의 현실의
몸이 아니면 발할 수 없는 이 향기가 현실로 그의 코 안으로 기
어들 까닭은 없었다. 그는 대공을 마치고 어느 결에 아사녀의 옆
에 와 누워 있는가.

아사달은 눈을 두리번두리번하였다.

헌털뱅이[56] 다 된 제 벙거지가 걸려 있는 바람벽만 보아도 갈데

---

56 오래되어 낡은 것.

없는 불국사 제 처소가 분명하거늘 이 향기는 도대체 어디에서 흘러오는가.

아사달은 바로만 두었던 고개를 돌리어 뚤레뚤레 살피려 하였다. 그러자 귓결에서 별안간 꾀꼬리 같은 여낙낙한 음성이 들려왔다. 그는 사내들 틈바구니에서 날을 보내었고, 여자의 목소리를 듣는 것도 오래간만이었다.

"아가씨, 아가씨, 구슬 아가씨. 저 좀 보십시오. 그 어른이 고개를 돌리시는군요. 눈을 뜨시고 인전 아주 깨어를 나셨군요."

39

홀로 외따로 누웠거니 생각을 하고 있다가 난데없는 사람 소리를, 더구나 여자의 목청을 듣고 아사달은 깜짝 놀라며 그리로 고개를 돌리었다.

제 옆에서 열 뼘도 안 떨어진 저만큼 웬 처녀 둘이 앉아 있지 않는가.

그중에 한 처녀는 어디선지 본 듯한 얼굴이었다.

'내가 저이를 어디서 보았누.'

흐릿한 기억을 더듬으며 아사달은 궁금증을 내었다. 그래도 얼른 생각이 나지 않는데 두 처녀는 불시에 몸을 일으키어 제 머리맡에 와서 앉는다. 아사녀의 몸에서 나던 그 향기를 아낌없이 풍기면서.

'오, 옳지. 그 향기가 바루 이 처녀들에게서 난 게로구나.'

아사달은 어리둥절하면서도 향기의 출처를 터득하였다.

"인제 좀 어떻시오. 괜찮읍시오."

낯선 처녀는 바싹 대어들듯이 다가앉으며 묻는다.

'무에 어떠하단 말인가. 괜찮다는 것은 또 뭣을 가리키는 것인고.'

아사달은 웬 영문인지 말귀를 알아들을 수 없었다.

낯익은 처녀는 가까이 오기는 왔으나 물끄러미 들여다만 볼 뿐이요, 아무 말이 없다. 그 목단화 송이 같은 번화한 얼굴 바탕에 어울리지 않게 화색이 걷히고 슬픈 빛이 가득한 것이 대자대비의 관세음상을 생각나게 하였다. 그러나 관세음상이라면 그 눈은 너무 정다웁고 너무 생기가 도는데 자기를 한없이 안타까워하고 한없이 애처로워하는 눈치다. 아사녀의 자기를 보는 눈에서나 이런 눈치를 더러 본 듯싶었다.

'어디서 꼭 본 것 같은데 어디서 보았을까?'

아사달은 또 뇌어보았다.

'옳거니, 파일 날 밤 다보탑에서 보았고나.'

마침내 황연대각[57]을 해내었다. 그때 위불없이[58] 제 아내의 환영으로 속았던 그 처녀가 분명하다. 그러고 보니 그 윗입술이 조금 짧은 듯한 입모습 언저리든지 갸름한 판국이 연신 제 아내와 같은 점도 없지 않아 있어 보이었다.

'그 처녀가 어찌 또 여길 왔을까. 혹은 내가 그 처녀의 집에 누워 있는 것이나 아닌가.'

---

57 환하게 모두 깨달음.
58 틀림없이.

아사달의 생각은 다시금 알쏭달쏭해진다.

'이게 생시가 아니고 모두 꿈이어니.'

생각해보매 딴은 길고 깊은 꿈속을 거쳐 나온 듯도 싶고 아직 헤어나지를 못한 것도 같았다.

그리고 또 아사달을 놀라게 한 것은 그 낯익은 처녀가 눈물을 흘린 것이다.

그 처녀는 참고 참은 모양이었으나 끝끝내 구슬 같은 눈물이 연잎에 빗방울처럼 그 뺨을 구을러 떨어지고야 만다. 뒤미처 곧 눈물을 닦고 닦았으나 그 속눈썹이 은가루를 뿌린 듯 번쩍이고 어룽진 뺨이 마치 이슬에 촉촉이 젖은 꽃잎 같은 것도 천연 이별하던 날 밤에 아사녀가 숨어 울던 것과 같았다.

'저 처녀가 왜 울까.'

아사달은 괴이쩍게 생각은 하면서도 그 눈물이 자기를 동정하는 것인 줄을 어렴풋이 깨닫고 그윽하나마 고마운 정이 움직이었다.

두 처녀는 물론 주만과 털이였다.

그들은 어젯밤 석가탑 위에서 까무러친 아사달을 발견하고 곧 절 안을 혼동시켜 기절한 이를 엇메어다가 제 방에 갖다 눕히었다.

의술도 짐작하는 아상 노장이 창황히 달려와서 기절한 이의 수족과 등과 배를 주물러보고 과로한 탓으로 잠깐 기절한 것이지 큰 염려는 없다 하였다.

과연 얼마 만에 까무러친 이는 겨우 숨길을 돌리었다. 우 모이었던 중들은 뿔뿔이 헤어지고 맨 마지막으로 아상 노장은 또 한

번 기절한 이의 머리와 맥을 짚어보고 몸을 일으켜 나오다가 그때까지 서성서성하고 있는 주만과 털이를 보고

"오늘 밤에 두 분이 많이 애를 쓰셨소. 만일 두 분이 아니었던들 우리는 까맣게 모를 뻔하였소. 그것도 전생의 인연이오. 인제는 피어났으니 다른 염려는 없을 듯하오."

치사하는 말을 남기고 육환장을 끌며 천천히 걸어간다.

주만과 털이도 남 다 헤어지는데 자기들만 처져 있자는 수도 없어 그 방을 나오기는 나왔으나 주만은 차마 발길이 돌아서지를 않는다. 아무리 이상 노장이 염려는 없다 하였지마는 아직 쾌히 깨어난 것도 아니니 언제 무슨 일이 있을지 어떻게 알랴.

아까는 여럿이 몰려 들어가는 판에 휩쓸려 들어가기도 갔지만, 더구나 기절한 것을 맨 처음 발견한 사람으로 그 자리에 참례하는 것이 인정에도 떳떳한 일이라 조금도 어색하지를 않았다. 그러나 지금 새삼스럽게 들어간다는 것은 차돌의 보기에도 수상쩍을 것 같았다.

하릴없이 치워놓은 자기네 처소로 돌아왔다가 얼마 안 남은 밤을 앉아서 밝히고 다시 털이를 데불고 나왔다.

털이의 염탐으로 차돌이가 아침 공양 짓는 데 시중들러 나간 새를 타서 그들은 다시 들어오게 된 것이었다.

아사달이 눈을 뜬 것은 그들이 들어온 지 한참 만이었다.

40

주만은 턱없는 눈물을 보이지 않으려고 외면을 하고 가까스로 마음을 진정한 뒤에 다시 그 벗겨진 뺨 언저리를 데미다보았다. 생각한 것보담 상처는 그리 대단치 아니하였다. 앞으로 고꾸라질 때 돌에 코를 부딪쳐 코피가 터지고 뺨 언저리가 돌결에 스쳐서 벗겨졌을 따름이요, 생채기가 그렇게 깊지는 않았던 모양이다.

아사달의 눈엔 차차 흐릿한 기운이 걷히고 정신이 돌아나는 듯하였다. 그 어글어글한 아름다운 눈매는 웃는다. 고맙다는 뜻을 알려줌이리라.

"상처가 쓰라리지는 않으셔요."

주만이가 맨 처음으로 아사달에게 묻는 말씨다. 이 평범한 말 한마디가 어쩌면 그렇게 나오기를 어려워하였을까.

"아닙니다. 괜찮습니다."

조금 잠긴 것 같았지만, 목소리는 역시 청청하다.

주만은 호 하고 또 한 번 숨을 크게 내어쉬었다. 비록 간단한 대답이나마, 말문이 닫혔으려니 하였던 그의 입에서 나오는 것이 얼마나 신기하고 든든한가. 저절로 안심의 숨길이 내쉬어진 것이리라.

"머리가 아프진 않으셔요."

하고 주만은 제 손을 들어 병인의 머리를 짚어보려다가 슬쩍 옆을 살피었다. 매우 짧은 동안이나마 어느 결엔지 단둘의 세계를 이루어 옆에 사람이 있고 없는 것을 깜박 잊었다. 그러나 눈치 빠른 털이는 어느 틈에 빠져나갔는지 자리에 없었다.

주만은 마음 놓고 제 손을 병인의 머리 위에 얹을 수 있었으되, 그 손이 가늘게 떨리는 것을 어찌할 수 없었다.

손바닥에 촉촉하게 땀이 배고 호끈호끈 다는 것을 보면 아직도 머리가 열에 뜨인 탓이리라.

"머리가 더운데요."

주만은 걱정스럽게 물었으나, 이번에는 아무 대답이 없다. 그 눈은 어느새 꾸벅꾸벅 졸음이 오는 것 같다. 얼마 안 가서 코까지 골고 병인은 혼혼히 잠의 나라로 떨어져 들어가고 만다.

주만은, 마치 제 누이나 다름없이 턱 맡겨버리고, 아무 거리낌 없이 잠이 드는 아사달의 태도가 어떻게 믿음직하고 흐뭇한지 몰랐다.

그러나 아사달의 잠이 깊이 들자 주만은 도리어 휘젓한[59] 생각이 났다. 아무도 없는 방 안에 단 두 남녀가 있는 것도 실없이 불안한 생각을 자아내는데, 더구나 하나는 자고 하나는 잠든 이의 머리를 짚고 앉았다는 것이 누가 보면 겸연쩍을 것 같았다.

주만은 머리에서 손을 떼고 반쯤 몸을 일으켰다가 그 하붓이 열린 입술에 핏기 하나 없고, 그 눈시울 언저리가 눈에 뜨이도록 꺼져 보이는 것이 차마 혼자 남겨두고 나올 수가 없었다.

그것은 너무도 몰풍스럽고 매정스러운 노릇인 듯하였다. 그는 천리타향의 외로운 나그네가 아니냐. 부모도 처자도 없는 낯선 곳에 병들어 누운 몸이 아니냐. 우리 서라벌, 아니, 우리나라에 큰 보배가 될 탑을 하나도 어려운데 둘씩이나 쌓아 올리다가

---

59 호젓한, 무서움을 느낄 만큼 고요하고 쓸쓸한.

일터에서 쓰러진 그가 아니냐. 그의 몸을 돌보아주고 병을 구원해주는 것이 사람으로 떳떳이 할 일이거늘 부끄러울 것이 무엇이며 겸연쩍을 것이 무엇이랴.

누가 자기를 탄한다 하더라도, 아니 온 세상 사람들이 손가락질을 하고 흉을 본다 하더라도 조금도 두려울 것도 없고 거리낄 건덕지도 없으리라 하였다.

주만은 다시 눌러앉았다.

아사달은 인기척에 놀랐던지 별안간 눈을 번쩍 뜬다. 제 머리를 짚어주는 주만을 생전 처음 보는 것처럼 이윽히 쳐다보다가 입을 열었다.

"누, 누구시오."

주만은 무망중이라 서먹서먹하고 미처 대답을 못 하고 있노라니

"나를 어, 어떻게 아셨습니까."

병자는 잼처[60] 또 묻는다. 주만은 짚었던 손을 떼고 얼굴을 붉히었다. 의당히 물을 말은 물을 말이건만 자기의 주책없고 지나치게 부니는[61] 것을 책망이나 하는 것 같았다.

자기는 이찬 유종의 딸 주만이라는 것과, 전번 파일 거둥에 불국사에 왔다가 왕께서 부르시어 먼빛으로나마 아사달을 보았다는 것과, 어젯밤에 탑 구경을 올라갔다가 아사달이 까무러친 것을 보았다는 것을 띄엄띄엄 일러주었다.

병인은 말 구절구절마다 고개를 끄덕일 뿐이요, 제 말은 한 마

---

60 어떤 일에 바로 뒤이어 거듭.
61 붙임성 있게 구는.

디도 티를 넣지 않았다. 다만 그 눈치와 얼굴로 보아 아사달에게
는 모두 처음 아는 사실인 모양이었다.

그리고 주만이 제 자신도 이상한 것은 정작 파일 날 밤에 같이
다보탑을 돌았다는 얘기를 빼놓은 것이었다.

그 말을 마저 할까 말까 망설이는 판에 털이가 문을 빠끔히
열고

"아가씨, 아가씨."

하고 가만히 불렀다. 그러면 털이는 방에서 나와가지고 입때까지
문 앞을 지키고 서 있었던 것이리라. 주만은 쫓아 일어나 나왔다.

"아가씨, 저기 차돌이가 뭐 자실 것 가지고 오는데 여럿이 따
라들 옵니다."

41

"병인의 먹음먹이는 뭐를 가져가던."

주만은 털이를 데리고 자기네의 처소로 돌아오며 물었다.

"자세히는 안 봤지만 뭐 별것 있겠습니까."

"자세히 좀 보아둘 걸 그랬지."

"얼른 보기에 고사리나물, 두부 지짐 나부랭이 같더군요."

"그래 국물 같은 것도 없더란 말이냐."

"글시오. 뚜껑 덮은 것이 주발 하나일 적엔 아마 밥 한 그릇만
동그랗게 놓인 것 같더군요."

"병인이 밥을 먹을 수 있을까."

주만은 눈썹을 찡긴다.

"바루 엊저녁에 혼절까지 한 어른이 밥 자시기가 어렵겠습지요. 더구나 그 모래알같이 보실보실한 밥을."

"그래 죽이나 미음 같은 것을 좀 쑤어드렸으면 어떻단 말이냐."

주만은 중들의 몰인정한 것을 분개한다.

"어쩔 수 있겠습니까. 그 많은 식구에 여간 정성으로 밥 따루 죽 따루 짓겠습니까. 먹든지 말든지 밥 한 상만 올리면 저희들 도리는 다한 줄로 아는 모양이니. 차돌의 말을 들으면, 이번에 까무러치신 것만 해도 연 사흘 밤낮으로 일을 하시는데 어느 뉘 하나 물 한 목을 정성으로 권하는 이가 없는 탓이라니깝시오. 딱한 노릇입지요."

"어쩌면 그렇게 인정사정들이 없을까."

주만은 탄식하다가

"원 찬이나 갖추 있는지."

하고 다시금 걱정을 한다.

"찬인들 오죽해요. 사내들 손으로 하는 것이 망칙합지요. 자세히 안 봐도 뻔합지요. 왜 아가씨는 못 잡수서보셨습니까. 댁에서 해내온 찬합이 아니면 어디 한 술이나 뜨실 법해요. 이찬 댁 행차시니 저희들 있는 솜씨를 다 내어 맨든 것도 그 꼴인뎁시오."

주만은 과연 네 말이 옳다는 듯이 고개를 끄덕여 보였다. 저도 어제 낮에는 처음 먹는 소찬이 해롭지 않아서 별식으로 먹을 수 있었지만, 두 끼니부터 벌써 생목이 꼬이던 것을 생각하였다.

"이런 데서 병이 나면 첫째, 음식이 아찔이겠는뎁시오."

털이도 제 아가씨의 속을 알아차리고 걱정하는 얼굴을 들었다.

"그러면 어떡하면 좋겠니."

"글시오. 찬합이라도 좀 갖다 드렸으면 좋으련만 마님이 아시면 걱정을 않으실지."

"앓는 사람 갖다 주는 걸 마님인들 왜 걱정을 하시겠니."

"웬걸입시오. 석수쟁이쯤 앓는데 찬합을 내다 주었다 해보십시오. 벼락이 내리실걸 뭐."

털이는 실로 무심코 이 말이 불쑥 나온 것이다. 제 아가씨가 치를 떠는 석수쟁이를 언감생심인들 얕잡아볼 엄두도 내지 않은 것이로되 설왕설래에 말이 잠시 잠깐 미끄러진 것이다.

그러나 벼락은 마님보담 아가씨한테로부터 먼저 떨어졌다.

"석수쟁이, 석수쟁이! 석수쟁이는 사람이 아니란 말이냐."

주만의 성난 목소리는 벼락과 같이 털이의 귀에 떨어졌다. 그 얼굴은 꽃불을 담아 부은 듯이 이글이글 타오르고 대번에 목청이 꺽꺽하게 쉬어진다. 찢어질 듯이 아늘아늘해진 입술이 부들부들 떤다. 제 아가씨가 노발대발하는 것도 여러 번 겪은 털이지만 이렇게 역정이 머리끝까지 오르는 것은 처음 보았다.

"요 방정맞은 년아, 요 매친 년아, 이년이 왜 입 주둥아리를 함부로 놀릴꼬."

털이는 제가 저를 꾸짖고 제 입을 쥐어지르고 싶었다.

"아닙시오, 아가씨. 아닙시오, 아가씨. 저 저어."

하고 털이는 발뺌을 하느라고 곱이 끼었으나 얼른 그럴듯한 말을 돌려댈 수도 없어 말끝은 더듬더듬한다.

주만은 한번 뇌까리고는, 뒤도 돌아보지 않고 휘적휘적 걸어간다.

"아가씨 아가씨 구슬 아가씨, 쇤네 좀 봅시오, 쇤네 좀 봅시오."

털이는 주만을 쫓아가느라고 열고[62]가 났다.

"쇤네 좀 봅시오. 조, 좋은 수가 있는걸입시오. 쇠, 쇤네 좀 봅시오."

아무리 털이가 가쁘게 불러도 주만은 좀처럼 돌아보지를 않았다. 마침내 죽여줍시사 하는 듯이 털이는 주만의 팔뚝을 부여잡고 늘어졌다.

주만은 그제야 어쩔 수 없다는 듯이 돌아보며 상긋 웃는다. 그 웃음은 쓰고 차다. 그만 말에 내가 그렇게 화를 내다니 너보담 내가 그르다 하는 듯하였다. 그 붉던 얼굴은 새하얗게 질려서 철색이 돈다.

"저, 아가씨 조, 좋은 수가 있습니다. 찬합도 찬합이지만 앓는 이에게는 좁쌀미음이 첫쨋뎁시오. 쇤네가 지금 당장이라도 댁에를 뛰어 들어가서 쥐도 새도 몰래 그 미음을 끓여가지고 나왔으면 어떨갑시오."

주만은 어느덧 아까의 흥분은 사라졌고, 털이의 장공속죄한다는 말에 귀가 솔깃하였다.

42

주만과 털이는 술시가 훨씬 겨워서야 사초부인의 잠든 틈을

---

62 열이 나서 바빠 서두름.

타가지고 빠져나올 수 있었다. 주만의 급한 분수로는 한시가 바빴지만, 털이 혼자만 보내자니 어쩐지 마음이 놓이지 않고, 둘이 한꺼번에 몸을 빼자면 이목이 번다한 낮보담 암만해도 밤을 택하는 수밖에 없었던 것이다.

털이는 말 한번 실수한 죄로 더 상냥스럽게 더 고분고분하게 말을 잘 듣고 모든 일을 아귀가 맞도록 꾸며놓았다. 말과 수레 구종들을 쩍말없도록 얼러맞추어 미리 말안장을 지어두도록 부탁도 해놓고 초와 초롱까지 준비를 하였다.

불국사에서 상서골까지 가자면 이십 리 길도 넘었다.

주만은 어려서부터 말을 타본 솜씨라 말고삐를 손수 거사려 잡고 털걱털걱 등자를 구르는 양이 조금도 서툴지 않았다.

으슥한 형제산 기슭을 돌 제 털이는 머리끝이 쭈뼛쭈뼛하고 찬 소름이 끼치었지만, 주만은 구슬 채찍을 번뜩여 말을 채치며 부랴사랴 닫는다. 초롱을 들고 앞장을 섰던 털이가 순식간에 뒤로 뚝 떨어져서, 펄펄 날리는 주만의 옷자락이 눈앞에 아물아물해진다.

털이가 기를 쓰고 말을 채질하여 따라가느라고 애를 썼으나, 말도 털이쯤은 업수이 여기는지 제멋대로 이리 뛰고 저리 뛸 뿐이요, 도무지 말을 잘 들어주지 않는다.

"아가씨, 아가씨! 제발 좀 천천히 갑시오. 쇤네가 불을 들었으니 쇤네가 앞장을 서야 될 것 아닙시오."

털이는 죽을상을 하고 소리소리 불렀다.

주만은 털이의 외치는 소리를 듣고서야 비로소 제 동행이 있는 것을 깨달은 듯 펄펄 뛰는 말을 멈추었다. 말은 한번 곤두섰다가 걸음을 멈추는데 화화 내뿜는 숨길이 흰 안개처럼 달빛에 서리인다.

"애 얼핏 좀 오지를 못하니. 굼벙이보담도 더 꿈지럭거리는고나."

주만은 털이를 돌아보고 웃는다.

"애구 죽겠습니다. 애구 죽겠습니다. 빌어먹을 말이 세상 말을 들어얍지요."

털이는 숨이 턱에 닿으면서도 쫑쫑 말대답은 잊지를 않는다.

"제가 탈 줄 모른다고는 않고 그래도 말 탓만 하는고나."

주만은, 말 등에서 미끄러져서 말 궁둥이 쪽에 매어달린 듯이 앉아 있는 털이의 어색한 모양을 보고 우스워서 못 견디었다.

"파리나 모기 모양으로 차라리 말꼬리에 붙어 가는 것이 나을 것을, 오호호."

"수레채를 잡고 걸어갈지언정 말이란 세상 못 탈 것인뎁시오."

털이는 빡빡이 흐른 땀을 소맷자락으로 문지르며

"초롱은 괜히 준비를 했는뎁시오. 거추장만스럽고, 아가씨는 불 든 년을 뒤에 세우고 그냥 살같이 달아나시니."

"딴은 초롱이 아무 소용이 없겠다. 달이 이렇게 밝으니 접어두는 것도 좋겠다."

주만의 말마따나 과연 달은 밝았다. 이내 자욱한 십팔만 호 위로 달빛은 물 위의 기름처럼 빙빙 도는 듯하였지만, 솟을추녀에 아로새긴 금박이와 은박이가 번쩍번쩍하는 것까지 완연히 보이었다.

길가에 인적은 끊어진 지 오래였지만 어디선지 와글와글하는 소리가 잉잉 귀를 울리고 훈훈한 사람의 훈기가 들 밖 공기를 마시고 오는 신선한 코 안으로 와락 앵긴다. 그들은 벌써 서울 한 모서리에 들어선 것이다.

사천왕사의 긴 담을 돌아들자 주만과 털이는 달리던 말을 천천히 몰며 가쁜 숨길을 돌리었다. 인제 햇님다리만 건너서면 집을 다 온 것이다.

주만이도 이마에 맺힌 땀방울을 씻었다. 그리고 털이를 보며

"얘 우리 어디로 들어갈까. 앞대문으로 들어가면 왁자지껄하지 않겠니."

"글시오. 아닌 밤중에 달겨들면 하인들도 무슨 큰일이나 난 줄 알고 놀랄걸입시오. 더구나 대감께서 아시고 보면 꾸중을 않으실갑시오."

"그야 절에 갔다가 온다고 여쭈면 그만이겠지만, 아무튼 별당 뒷문으로 돌아볼까."

"글시오. 거기도 필경 문이 잠겼을 게고 웬체 안과 동안이 뜨니 부르는 소리를 잘 알아들을갑시오. 잠이 들면 다 죽은걸입시오. 원 잠귀들이 어두워서."

"그래도 뒤를 돌아보았다가 정 안 깨거든 하는 수 없이 앞대문으로 다시 가서 불러볼밖에."

주종은 이렇게 작정을 하고 뒤꼍으로 돌았다. 이번에는 앞장을 서서 가던 털이가 별안간

"애구, 저것 봅시오, 저것."

죽는소리를 하고 하마터면 말에서 떨어질 뻔을 하였다.

43

"뭘 보고 그렇게 놀래니."

주만은 털이의 놀라는 소리를 듣고 말을 채쳐 가까이 오며 물었다.

"저, 저걸 봅시오. 저기 저 별당 담 위를. 아이 무서, 아이 무서."

하고 털이는 말고삐 잡은 손을 덜덜 떨며 말등에 착 달라붙은 듯이 엎드리고 머리 위로 손가락을 내어 허공을 가리킨다.

"얘, 뭐냐. 똑바로 가리켜라. 뭘 그렇게 겁을 낸단 말이냐."

"아이 쇤네는 무서, 무서."

하고 말등을 파고 들어갈 듯이 더욱 머리를 수그린다.

주만은 담 위를 여기저기 훑어보았다. 환한 달빛 아래, 바로 자기 방에서 거의 맞은편이 될 만한 담 위에 웬 사내가 걸터앉아서 담에다가 배를 깔고 엎드렸고 그 밑에는 웬 헙수룩한 자가 왔다 갔다 하는 꼴이 보이었다.

처음엔 주만이도 머리끝이 쭈뼛하였지만, 담 위에 걸타고 있는 자의 해가지고 있는 꼴이 어떻게 어색한지 도무지 무서운 생각이 나지를 않는다.

"아가씨 아가씨 보서겝시오. 그게 무엡시오."

털이는 이내 고개를 못 쳐들고 떨면서 묻는다.

"아마 도적놈들인가 보다."

하고 주만은 말을 채서 껑청 뛰어 한 걸음 달려들며

"도적이야, 도적야."

소리를 벽력같이 질렀다.

이 호통을 듣자 담을 걸탄 위인은 어쩔 줄을 모르고 허리를 폈다가 굽혔다가 담머리를 얼싸안았다가 놓았다가 쩔쩔맨다. 담 밖에 처진 한 발을 담 안으로 끌어들이더니 다시 두 다리를 다 담밖으로 끄집어내었다가 얼핏 뛰어 내려오지도 못하고 디룽디룽 발버둥을 친다.

찢어지게 밝은 달빛에 그 허둥거리는 광경이 하나도 빼지 않고 주만의 눈 안에 들어왔다.

주만은 처음 도적이야 외칠 때엔 그래도 가슴이 약간 떨리었지만, 그 광경을 보니 한편으로 우습고 한편으로 장난해볼 짓궂은 생각이 슬며시 일어났다. 말을 또 한 번 채쳐 몰고

"도적이야, 도적야."

부르짖었다.

디룽디룽 매어달린 다리는 더욱 버둥거린다.

온 동리는 첫잠이 들었는지 죽은 듯이 고요하고, 집 안에서도 아무 인기척이 나지를 않았다.

담 밑에서 왔다 갔다 하던 자가 마침내 담 위에 있는 자의 버둥거리는 발목을 잡아주어도 담 위에 올랐던 위인은 좀처럼 내려 뛰지를 못하고 담머리를 할퀴고 있는 손이 부들부들 떨기만 한다.

"세상에 별 우스꽝스러운 도적놈도 다 있고나. 저렇게 제가 겁부터 집어먹고 어째 남의 집을 넘어 들어갈 생각을 하였을꼬."

주만은 속으로 웃음이 터져 나와 견딜 수 없었다. 더구나 더 우습기는 그 도적놈의 차림차림이었다. 달빛에도 윗옷이 윤이 질질 흐르는 것을 보면 한다하는 당나라 비단이요, 게다가 복두를

제쳐 쓰고 제 딴에는 한창 거드럭거리느라고 공작꼬리까지 뻗쳐 꽂은 것이 정말 가관이었다. 그 버둥버둥하는 가죽목화도 가소로웠다.

'제가 훔친 것은 다 주워 입고 나온 게로구나.'

주만은 속으로 이런 생각을 하고 더욱 허리를 분질렀다. 그러나 돌이켜 생각하면 도적놈일수록 번드르르하게 꾸며야 할는지 모른다. 그래야 남의 눈을 속일 수 있을 것 아니냐. 그렇지만 담을 안고 저렇게 짓뭉개고 비벼놓았으니 인제 어디를 달아난들 더욱 유표하지 않을까.

예라, 또 한 번 혼띔을 해주어야지 하고 주만은 더욱 목소리를 가다듬어

"도적이야!"

또 외쳤다. 이 세 번째 호통이 떨어지자 그 버둥거리던 뚱딴지 다리도 쿵 하고 땅바닥에 떨어진다.

"털아, 털아, 저걸 구경 좀 해라. 저까짓 도적놈이 무에 무섭니."

그제야 털이도 빠끔히 눈을 내놓고, 위에서 떨어진 놈과 밑에서 받는 놈이 서로 얼싸안고 법사를 넘는 것을 보았다.

주만은 한층 소리를 높여 털이에게 일렀다.

"너 냉큼 앞대문으로 돌아가서 하인들을 깨워라. 저놈들을 모두 잡아가게."

이 호령을 듣자, 담 밑에 있던 도적놈이 쏜살같이 이리로 달려온다. 그것을 보더니, 털이는 다시 얼굴을 말등에 비비대며

"에구머니이, 에구머니이, 도적이야, 도적이야."

하고 악을 악을 쓴다. 그 도적놈은 주만의 말머리 앞 한두 간통

떨어진 데 와서 그대로 넙주덕이 엎드린다.

주만도 그 도적놈이 달겨드는 것을 보고 몸을 흠칫하였으나 급기야 제 말머리 앞에 엎드리는 것을 보고

'세상에 이렇게 지순차순한 도적놈도 있을까.'

하고 안심을 하였다. 도적놈은 머리를 조아리며

"그저 살려만 줍시오. 죽을죄를 지었사오나 제발 조용히 처분을 해줍시오. 구슬 아가씨."

도적놈을 보고도 놀라지 않은 주만이지만 도적놈이 제 이름을 부르는 데는 아니 놀랄 수 없었다.

44

도적놈이 제 이름을 부르는 데 주만은 일변 놀랍고 일변 호기심이 움직였다.

"너는 웬 놈이관대 내 이름을 안단 말이냐."

"네, 그저 황송하오나 이찬 유종 댁 외동따님 구슬 아가씨를 아무리 소인 같은 무된 눈인들 몰라뵈올 리야 있사오리까. 소인은 결단코 도적놈이 아니옵고⋯⋯."

"도적놈이 아니라께? 아닌 밤중에 남의 담장을 넘는 놈들이 도적놈이 아니라니 될 뻔이나 한 수작이냐."

"네, 그저 지당하신 분부시오나, 대매에 물고가 나는 한이 있사와도 소인은 결단코 도적놈은 아니옵고⋯⋯."

하고 제 본색을 까바칠까 말까 망설이면서 먼발치에 쭈그리고

앉아 있는 제 동행을 힐끗힐끗 돌아다본다.

주만은 궁금증이 더럭 났다. 그 말씨와 거동으로 보아 딴은 행내기 도적놈은 아닌 듯도 하였다.

"대관절 네가 누구란 말이냐."

"네, 소인 같은 놈의 성명을 여쭈어도 고귀하신 아가씨께서 알 아들으실 리 만무하옵고 그저 살려주시는 셈 치시고 제발 덕분에 털이를 보내시어 댁 하인을랑 깨우지 마시옵소서."

털이 이름까지 아는 것은 더욱 신기하였다. 도적놈이 땅바닥에 엎디어 비대발괄할 때부터 털이는 겨우 두근거리는 가슴을 가라앉히고 제 아가씨 곁으로 바싹 다가들어 진기한 도적놈의 하소연을 듣고 있다가 도적놈이 제 이름을 부르는 데 귀가 번쩍 띄었다. 인제는 아까 콩만 하던 간이 주먹만큼 커져서 말을 몰아 주만의 앞을 막아서며

"이 녀석, 너는 웬 녀석이기에 남의 이름을 함부로 부르느냐." 하고 제법 호령조로 묻는다.

땅바닥에 이마를 비비대고 있던 도적놈은 털이가 앞을 나서니 고개를 번쩍 들어 그 눈딱지를 사나웁게 구을리면서 그래도 말씨만은 그렇게 거칠지 아니하였다.

"아무리 이 지경이 되었기로 너까지 이 녀석 저 녀석 한단 말이냐. 욕지거리를 못 하면 말을 못 하느냐."

"도적놈에게 누구는 욕을 못 할꼬, 매친 녀석."

"어 그렇게 입을 마구 놀리는 법이 아니래도."

"법! 네까짓 녀석이 다 법을 찾는단 말이냐. 아이 우수워라. 도적놈이 법을 찾으니 참 귓구멍이 막힐 노릇이다. 그래 법을 아는

녀석이 밤중에 남의 담을 뛰어넘어."

"어 도적놈이 아니래도 또 그러네. 제발 좀 아가리를 닫치고 아가씨나 모시고 들어가게."

"이 녀석이 그래도 말버릇을 못 고치고 하게는 또 누구더러 하게야. 내 그럼 앞대문으로 돌아가서 소리를 지를 테다."

털이는 아주 기고만장이다.

"얘 아서라, 아서. 그건 제발 좀 말아다오."

"이 녀석이 그래도 반말지거리야. 도적놈이 아니거든 어서 네 명색이나 대라."

도적놈은 털이와 실랑이를 해야 별 소득이 없을 줄 깨달았는 지 다시 주만에게 향하여

"아가씨 구슬 아가씨, 소인은 물러갑니다. 안녕히 주무십시오." 하고 몸을 일으켜 꽁무니를 빼려 하였다.

"가기는 어디를 간단 말이냐. 어디 가게 되는가 두고 보자."

털이는 가로막고 정말 말을 돌려 앞대문으로 돌아갈 기세를 보이었다. 도적놈은 뛰어와서 털이의 말고삐에 매어달렸다.

"아가씨 털이 아가씨, 제발 좀 살려주. 허허, 내가 이 무슨 죽을 수란 말인고."

기가 막힌다는 듯이 너털웃음을 웃는다.

"네깐 녀석에게 누가 아가씨 소리를 듣고 싶다더냐. 네 명색이나 일러라."

하고 나서 주만을 돌아다보고

"암만해도 하인들을 깨울 수밖에 없습지요. 이런 녀석들은 버릇을 가르쳐놓아얍지요."

동의를 구하였다. 주만이도 하는 양을 보려고 고개를 끄덕여 보이었다.

막다른 골에 들어서자 도적놈은 털이를 흘겨보고 뇌까리었다.

"쉬쉬 말이란 함부로 하는 게 아니다. 주둥아리를 조심해라."

하고 제 동행을 눈으로 가리키며 눈껌쩍이를 해 보이었다.

"쉬쉬? 이 녀석, 어디 뱀이 지나가느냐. 말이란 도적놈 보고 도적놈이라고 하는 게란다."

털이도 지지 않는다. 도적놈은 곱다랗게 놓여 가기는 이왕 틀린 줄 알고 제 본색을 알리는 것이 도리어 나을 줄 깨달은 모양이었다. 갑자기 태도를 고쳐 털이를 꾸짖었다.

"이년, 요망스러운 년. 쉬 쉬, 이 행차가 어느 행차시라고. 금지 금 시중 댁 서방님 행차시다. 어느 존전이라고 입을 함부로 놀리느냐."

하고 어깨를 으쓱하며 한번 뽐내 보이었다.

"금 시중 댁 서방님?"

털이는 잠깐 놀라는 눈치였으나

"오 그렇더냐. 그러면 진작 그런 말을 할 게지, 미련한 녀석."

하고 도리어 나무란다.

주만은 놀라지도 않았다. 아까부터 기연가미연가 생각하던 것이 바로 맞은 줄 알았을 뿐이었다.

45

"쉬쉬, 금 시중 댁 서방님 행차시다."

고두쇠는 털이의 힐난에 견디다 못하여 필경 본색을 드러내고 말았다. 저도 하도 창피한 일인 줄 알기 때문에 웬만하면 비대발괄로 어름어름해 넘겨서 이번 일은 쥐도 새도 모르게 감춰버리려 한 것이었다. 그러나 주만의 주종의 태도로 보아 호락호락이 넘어갈 것도 같지 않고 끝끝내 숨기는 것이 도리어 불리할 줄 알자 그냥 실토를 해버린 것이었다.

"금 시중 댁 서방님 행차가 안녕도 하시군요."

털이는 또 주만을 돌아보며 깔깔댄다. 이 틈에 고두쇠는 부리나케 금성에게로 뛰어가서 제 상전의 옷에 묻은 흙을 털고 구김살을 펴고 말이 못된 옷매무새를 바로잡느라고 한동안 부산하더니 제 주인을 옹위하고 떡 버티고 서서 마치 적진이나 노리는 것처럼 이쪽을 향해 마주 본다.

주만은 항복한 적장을 보러 가듯 말을 놓아 이 꼴사나운 손들 앞으로 천천히 몰아갔다.

고두쇠의 부축으로 일어서기는 섰으나 다친 데가 많은 듯 끙끙 안간힘을 주고 있던 금성은 천만 뜻밖에 주만이가 저를 향해 오는 것을 보자 몸 둘 곳을 모르는 듯 엉덩이를 엉거주춤한 채 눈을 두리번두리번 입을 실룩거렸으나, 그래도 '행여나' 하는 생각에 까닭 없이 마음은 헤벌어졌다.

주만의 말머리가 거의 금성의 코앞에 닿을 만치나 되어 딱 걸음을 멈추었다. 털이가 그 뒤를 따른 것은 말할 것도 없다.

"이 어른이 금 시중 댁 공자시냐."

주만은 차마 맞대놓고 묻지는 않고, 금성을 눈으로 가리키며 털이에게 묻는다.

털이가 미처 대답을 하기 전에 고두쇠가 가로채었다.

"녜 그렇습니다. 이 어른이 바루 금 시중 댁 공자 한림학사 어른이신 줄로 여쭙니다."

주만은 마치 적장에게 경의를 표하듯 마상에서 보일 둥 말 둥 허리를 굽히고

"한림학사님, 이 밤중에 어찌한 출입이시던가요."

금성의 얼굴을 뚫어지게 바라보며 묻는다.

금성은 주만의 시선이 마치 햇발처럼 눈이 부시었던지 눈을 몇 번 껌벅껌벅하고는 무슨 말인지 입안에서 웅얼웅얼 대꾸를 한다.

"그 어른이 뭐라고 하시느냐. 네가 대신 일러라."

주만은 고두쇠를 보고 묻는다. 그런 병신성스러운 위인하고는 말도 주고받기 싫다는 듯이.

고두쇠도 제 벙거지 위를 긁적긁적하며

"소인의 귀에도 잘 들리지 않사와요."

하고 무참해한다.

"응, 너도 잘 못 알아듣겠느냐. 그러면 고만두어라마는 이후 엘랑 서방님을 모시고 다니거든 대문이 어디고 담장이 어디라는 것을 똑똑히 가르쳐드려라."

주만은 침이라도 튀 배알는 듯 한마디 말을 남기고 곧 말머리를 돌리었다. 말이 몇 자국 굽을 떼어놓을 때 등 뒤에서

"구슬아기, 구슬아기 님."

하고 턱 갈라진 목소리가 부른다.

"한림학사님, 무슨 말씀이시오."

주만은 마상에서 고개만 잠깐 돌이켜 물었다. 금성의 얼굴은 붉으락푸르락 이마에 기름땀이 맺힌 것을 보아 그는 이 한 번 부름이 얼마나 힘이 들고 어려웠던 것을 가리킨다.

"왜 남을 불러놓고 말이 없으시오. 딱한지고."

주만은 금성이가 어물어물하고만 있는 것을 보고 또 한마디 채쳐 물었다.

"구슬아기, 구슬아기 님, 마, 말께서 잠깐만 내리어주었으면."

금성은 더듬더듬하면서도 이번에는 가까스로 알아들을 만큼 말을 얼버무린다.

"말께서 내려라! 그럴듯도 하신 말씀이오마는 금 공자는 내 집 담의 손님인지는 모르나 내 손님은 아니니 하실 말씀이 계시면 마상에서 듣지요."

"나, 나, 구슬아기가 보, 보고 싶어서……."

하고 금성은 쫓겨 온 사람 모양으로 숨을 헐레벌떡거린다.

"오호호, 내가 보고 싶으시어. 오, 옳지 그래서 내 집 담 위에 올라앉으셨군, 오호호."

하도 어처구니가 없다는 듯이 주만은 허리를 분질렀다. 그 웃음소리는 달 빗긴 으슥한 길 위에 구슬같이 구으며 흩어졌다.

"남의 집 규중처녀를 보시고 싶다는 것부터 모를 말씀. 더구나 아닌 밤중에 찾는 법도 없을 것이고, 설령 찾더라도 의젓한 대문이 있고 객실이 있거든 하인 소시에 담장을 넘으니 그게 무슨 꼴이란 말씀이오."

주인은 손님을 꾸짖는 듯 타일렀다.

"빨리 댁으로 돌아가시고 이후엘랑 찾아오실 생각은 꿈에도 내지 마시기오."

이만만 하면 발을 돌릴 줄 알았던 금성은 뜻밖에 추근추근하게 덤벼들기 시작한다.

"그러면 우리 객실로 갑시다."

금성은 볼멘소리까지 하고 말낱도 차차 분명해온다.

46

"인제 새삼스럽게 객실로 가자, 오호호."

주만은 터져 나오는 웃음을 막느라고 손등으로 입을 가리었다.

"처음에는 담을 넘고 나중에는 객실로 가는 것이 어느 오랑캐 예법인가요. 그것도 상주국 당나라에 가시어 배워가지고 나오신 예법인가요, 오호호."

주만은 내 말이 너무 지나치는구나 하면서 슬쩍 금성의 기색을 살피었다. 아무리 얼굴 두께가 쇠가죽보담 두껍다 하더라도 이만만 해두면 코를 싸쥐고 물러나리라 하였다. 저와 혼인말이 왔다 갔다 하는 처녀에게 이런 모욕을 당하였으니 사내다운 사내라면 발연변색하고 제 목을 찔러도 시원치 않으리라 하였다. 하다못해 혼담이야 끊어지고 말리라 하였다. 다른 것이야 어디로 갔든지 혼담만 다시 이렁성거리지 못하게 되어도 만번 다행이라

하였다.

그러나 금성은 일순간 눈에 뜨일락말락 입 가장자리를 몇 번 실룩실룩하였을 뿐이고 물러날 사색조차 보이지 않는다. 아까보 다도 오히려 말문이 터지는 것 같다.

"객실이 있는 줄 알았으면 그야 처음부터 객실로 가다 뿐이오. 왜 괴롭고 귀찮은 담을 넘으랴 들겠소. 이러한 창피를 보는 것도 지극한 사랑의 탓. 구슬아기, 구슬아기, 살짝 마음을 좀 돌리시 구려."

던적맞은[63] 수작까지 뻔뻔스럽게 붙이고 제법 대담하게 주만을 똑바로 본다.

주만은 어마 싫었다. 그 꼴에 어디서 배워 온 억설인고. 더러 운 말뿐인고. 아까는 북받치는 웃음을 참을 수 없더니 인제는 오 장육부가 뒤틀어 올라왔다. 하등 벌레와 같이 한두 동강쯤 내었 다고 꿈지럭거리지 않을 그가 아니다. 아무리 뼈가 저린 말이라 도 말만으로는 부끄럼을 알 그가 아니다. 염의를 차릴 그가 아니 다. 먼빛으로 한두 번 보아도 그 외양부터 신신치 않더니 그 속은 더더군다나 어이가 없었다. 이런 위인하고 빈말로라도 혼담이 있 었던 것만 생각해도 찬 소름이 끼치었다.

"사랑이고 객실이고 인제는 때가 늦었소. 나도 볼일이 급하니 한림학사님도 어서 돌아를 가시구려."

"사랑에 밤낮을 가리리오. 일편명월을 등촉 삼아 여기서 새고 간들 어떠리오."

---

63 얄밉게 치사하고 더러운 데가 있는.

말씨에 멋까지 부리고 그 콧소리로 신이 나서 읊조린다.

주만은 지겨운 뱀이나 본 것처럼 불현듯 말머리를 돌려서 털이를 보고

"얘, 어서 앞대문으로 가자. 여기는 밤이슬을 맞이며 새고 가는 손님이 계시단다."

"네, 쇤네가 그럼 얼핏 가서 하인청을 혼동을 시킵지요."

하고 털이가 층층 말을 놓아 가려 할 제 고두쇠는 껑청 뛰어와 말머리에 막아선다.

"이 녀석이 왜 또 이래, 이 녀석이 왜 또 이래."

털이는 악을 버럭버럭 쓰며 말을 뺑뺑 돌리고 있을 제, 금성은 주만의 말고삐를 잡고 늘어진다.

"구슬아기, 구슬아기, 사람의 괄시를 그리 마오. 정다운 부부로 한평생을 지낼 우리가 아니오?"

금성은 곤드레만드레하며 말갈기에 이마를 대었다 떼었다 한다.

그는 담을 걸타고 앉을 때 워낙 겁을 집어먹어서 술이 얼마쯤 깨었고, 도적야 호통에 혼띔을 하자 주기가 간 곳 없이 사라진 듯하더니, 지금 와서 새삼스럽게 취해 오르기 시작한 것이다.

부부란 말에 주만은 몸서리가 쳤다.

"부부? 오호호. 누가 우리가 부부가 된답디까. 주만이 백번 죽어도 밤이슬 맞는 한림학사의 아내는 안 될 터이니 염려 놓으시오."

하고 주만은 홱 고삐를 잡아치며 힘 있게 채찍을 갈기매 말은 깜짝 놀라 곤두서더니 흐르렁흐르렁 콧소리를 치며 뛰어 닫는다.

말고삐를 쥐고 있던 금성은 한두어 간통 땅바닥에 질질 끌리며 딸려가다가 고삐를 탁 놓자 그대로 곤드라져서 디굴디굴 굴렀다. 땅바닥을 짚고 가까스로 일어앉아 개개풀린 눈으로 주만의 주종이 앞대문으로 닫는 양을 멀거니 바라보며

"얘, 매정하구나."

혼잣말로 중얼거리고 나서 무너지는 듯이 그 자리에 다시 쓰러져버렸다.

털이를 잡다가 놓친 고두쇠는 창황히 뛰어와서 금성을 일으키고

"이게 무슨 꼴입니까. 어서 가십시다, 어서. 만일 이찬 댁 하인들이 우 몰려나오면 이런 창피가 어디 있겠습니까."

성화같이 재촉을 하였다.

"그래 가자, 가. 내 아내 노릇은 죽어도 않겠다? 어디 두고 보자."

금성은 주만의 간 곳을 노려보았다.

47

금성의 주종이 주만과 털이에게 못 당할 망신을 당하고 돌아간 후 사흘 만에 시중 금지는 밤늦게 이찬 유종을 찾았다.

"금 시중 이 밤에 웬일이시오."

유종은 이 뜻밖의 손님을 맞아들이며 의아해한다.

"우리 둘 사이에 밤늦게 찾으면 어떠하단 말씀이오."

손님은 매우 다정한 듯, 다정한 탓에 매우 노여운 듯 주인의 인사에 티를 뜯는다.

"밤늦게 못 찾을 우리 사이야 아니지만 시중이 이런 어려운 출입을 하실 줄이야 정말 생각 밖이구려, 허허."

유종은 바른대로 쏘고 껄껄 웃었다.

둘이 한 나이나 젊었을 적에는 다 같이 화랑으로 돌아다니면서 같은 풍월당에서 노래도 읊조리고 활쏘기도 겨루며 술을 나누기도 하였고 그 후 한 조정에 서서 피차에 귀밑털이 희어졌으니 바이 안 친한 터수도 아니지만 속으로는 맞지 않는 두 사이였다.

금지는 철저한 당학파요, 유종은 어디까지 국선도를 숭상하는 터이니 주의부터 서로 달랐다.

금 시중은 얼굴빛이 노리캥캥한데다가 수염도 없어 얼른 보면 고자로 속게 되었는데 이찬 유종은 긴 수염이 은사실처럼 늘어지고 너그러운 두 뺨에 혈색도 좋으니 풍신조차 정반대였다. 더구나 하나는 깐깐하고 앙큼스럽고, 하나는 괄괄하고 호방하여 두 성격이 아주 틀렸다.

이마적 해서는 공석 이외엔 서로 만나는 일이 없었거늘 벌써 술시가 지난 밤중에 우정 찾아온 것은 유종으로 괴이쩍게 아니 생각할 수 없었던 것이다.

"나는 이찬께 별다른 향념이 늘 있지마는 이찬께서야 나 같은 위인을 어디 친구로 아셔야지."

"그게 무슨 말씀이오. 소홀은 내 천성이라 예의범절을 모르는 것을 과히 책망 마시오."

"그렇게 말씀하면 내 말이 지나친 듯 도리어 미안하오. 그것은 다 희담이고 오늘 저녁밥을 먹고 뜰을 거니노라니 달이 여간 밝지를 않더구려. 그래 문득 이찬 생각이 간절하단 말이지. 소싯적에 같이 활쏘기 말달리기 칼 겨루기 하던 생각이 불현듯 나는구려. 주사청루에서 술잔을 주고받고 한 계집을 다투던 생각까지 난단 말이오, 허허."

하고 감구지회를 이기지 못하는 눈치로 주인을 바라본다.

"시중의 말씀을 듣고 보니 어릴 적 지낸 일이 꿈결같이 눈앞에 떠오르는구려. 엊그제 소년이러니 어느덧 귀밑에 흰 털이 웬일인지. 몇 번 창상에 옛 친구도 많이 없어지고, 인제 그때 친구로는 과연 시중과 나만 남았나 보오."

손님의 말에 주인은 진정으로 감동된 듯 옛 회포를 자아내는 것 같다.

"그래 주고를 뒤져보니 마침 당나라에서 내온 소홍주 한 병이 남았기에 그대로 꿰어 차고 옛 친구를 찾아온 것이오."

하고 금지는

"여봐라, 고두쇠야."

하고 부른다.

고두쇠는 제 얼굴 보이기를 매우 꺼리는 듯 거의 땅에 닿도록 고개를 빠뜨리고 두 손으로 술병만 추켜들어 받들어 올린다. 그것은 위가 빨고 아랫배가 볼록한 담회색 바탕에 꽃무늬를 올린 사기 화병이었다.

"어, 병부터 진기하군. 밤중에 찾아주시는 것도 고마운데 이런 진주까지 선사를 하시니."

휘황한 촛불 아래 그 둥둥 뜨는 듯한 꽃무늬를 바라보며 유종은 감탄한다.

"당나라에서는 술도 술이려니와 그 술을 담는 병도 가지각색, 여간 공을 들이지 않는 모양이니 토광인중±廣人衆[64]에 딴은 대국이 다릅니다. 이까짓 것쯤이야 출 만한 것도 못 되지만."

금지는 만족한 웃음을 띠우며 당나라 예찬의 한마디를 비친다.

"어, 병까지 이렇게 치장을 할 적에야 술맛인들 여간 취택을 하겠소."

"그렇구말구. 술 종류만도 천 가지도 넘는답디다. 단 놈 쓴 놈 준한 놈에 순한 놈에, 어, 술 이름만 외우자도 몇 달 공부를 해야 된답디다. 정말 진품이야 우리들 손에 들어오지도 않고 이 소홍주란 것도 여러 백 종인데 이것은 그중에 중길에나 갈는지."

당나라 것이라면 무엇이든지 싫어하는 유종이지만 워낙 술을 좋아하는 그이라, 당주만은 침이 저절로 넘어갔다.

48

주안상은 벌어졌다.

유종은 소홍주를 따루어 먼저 금지에게 권하였다.

"내가 가져온 술을 내가 먼저 들다니 말이 되오. 이찬께서 먼저 드시구려."

64 땅도 넓고 사람도 많음.

"주인이 되고 먼저 들 수가 있소."

"어, 우리 사이에 주객을 따질 것도 없지 않소. 이찬께서 먼저 맛을 보셔야지."

하고 손님은 한사코 주인에게 먼저 권하였다. 유종은 하릴없이 잔을 받아 들고

"그 투명한 빛이란 정말 금파와도 같군."

살가운 듯이 이윽히 들여다보다가 훌쩍 마시고 술 묻은 윗수염을 빨며

"과연 진품이로군. 기름같이 부드러우면서 준하고 향기롭고……."

"정말 술은 이찬이 자셔보셔야 해. 성인이라야 능지성인이라고. 정말 주성이시거든, 헛허."

시중은 그 조그마한 눈을 만족한 듯이 깜박깜박한다.

"미상불 내가 술을 좋아야 하지마는 어디 이런 진품이야 많이 먹어를 보았어야지. 시중 덕에 정말 선주 맛을 보았소."

"무얼 여기서 귀하다 뿐이지 상국엘 가면야 명색도 없는 술이지요. 내야 별로 술을 좋아하지는 않지마는, 들어간 김이라 몇 병 사가지고 나왔을 뿐이지."

하고 제가 당나라에 사신으로 들어갔던 것을 자랑삼아 내어비친다.

주객은 주거니 받거니 거나하게 술이 돌았다. 금지는 술을 즐기지 않는다 하면서 그 깜찍하게 먹는 품으로는 오히려 유종을 뺨칠 만한 주량을 가졌다.

"시중께서는 그렇게 절주를 잘하시지만 나는 술이 과한 편이

지."

이찬의 불그레한 얼굴에 땀방울이 숭숭 맺히었다.

"대성지성 문선왕 공자님께서도 술을 잡수셨는데 다만 유주무량有酒無量하사되 불급어란不及於亂이라 하셨을 적엔 과연 대음은 대음이었던 모양이오."

금지는 제 득의의 당학을 차차 늘어놓기 시작한다. 그 핏기 없는 얼굴에나마 광대뼈 언저리가 돈짝 어란만큼 발그스름해온다.

"당대 문장 이태백 같은 이는 여북해야 술이 대취해서 채석강에 달을 잡으러 들어갔다가 그대로 빠져서 고래를 타고 그냥 하늘로 올라갔다 하지 않소."

"고래를 타고 하늘에 올라갔다니, 그게 참말일까."

"참말이구말구. 이백李白이 기경비상천騎鯨飛上天하니 강남풍월江南風月이 한다년閑多年이라. 바루 백낙천65의 시에 다 있는데……."

금지는 그 시 한 수를 다시 한 번 늘어지게 읊조린다.

"대취한 김에 강에 떨어져 죽은 것 아니오, 허허."

"그야 그런지도 모르지요. 허나 그런 유명한 문장이 그렇게 물에 빠진다고 죽을 리야 있겠소. 고래를 타고 하늘에 올라가니 강남의 바람과 달이 한가롭게 되었단 뜻이 아니오. 이백이 같은 문장이 이런 진세에 있으면 애꿎은 강남의 달과 바람이 못 견디게 이령성거린단 말이오. 이것은 달이 뜨니 어떻고 지니 어떻고, 바람이 부니 좋고 안 불어도 좋고, 하루에도 여러 백 수 여러 천 수 시를 지어놓으니 바람과 달인들 괴롭지를 않겠소. 그러니 옥황상

65 백거이. 당나라 시인.

제께서 불러가신 거라오."

시중은 입에 침이 없이 신이야 넋이야 말끝을 이어나간다.

"우리 신라에야 어디 그런 풍류객인들 있소. 풍월당이니 뭐니 하고 모이기만 하면 그 음탕한 노래들이나 부르고 걸핏하면 칼부림이나 하고, 살풍경이지 살풍경이야. 저네들은 술을 마셔도 조가 있어 불급어란이지만 이것은 술타령 계집 타령에 헤어날 줄을 모르니."

금지는 괴탄괴탄을 한다.

"왜 우리나라에도 좋은 풍류와 씩씩한 노래가 많았지만 너무 태평건곤에 겨뤄놓으니 옛 풍조가 스러지고, 인심이 점점 나약해 가고 풍속이 사치를 일삼으니 그게 한탄할 노릇이란 말이오."

"글쎄 누가 아니라오. 이찬의 안목으론 신라 것이면 뭐든지 다 좋아 보이시겠지만 한번 당나라를 들어가 봐요. 참 기가 막힌 단 말이오. 그야말로 옥야천리[66]에 며칠을 가고 또 가도 산 하나 구경할 수 없는 데가 없다. 산이 높으면 어느 것은 태산이라고, 바루 하늘을 찔르는구려. 하늘에서 내려온다는 황하수는 길이도 수천 리, 뭐 바다보담 더 넓은 강이 없다. 경으로 말을 해도 소상 강에 실비가 내리는 거라든지 은하수를 그대로 기울여놓은 듯한 여산폭포라든지. 이걸 보고 나서 신라 산천을 보면 소위 들판이란 손바닥만 하고 산이라고 올망졸망, 큰 강이라야 뭐 실개천 폭밖에 아니 되니……."

제가 그 좋은 데를 다 보았다는 듯이 풍을 떨기는 떨었으나 기

---

66 끝없이 넓은 기름진 들판.

실 실제로 본 것보담 글에서 본 것까지 떼어 와서 능청스럽게 꾸며대었다. 그러다가 저도 겸연쩍은 듯이 말을 뚝 끊고 가장 긴한 듯이 유종의 소매를 덥석 잡으며

"이런 것은 다 취담이고. 우리 터수가 남유달리 친한 터이지만, 이 친한 것을 아주 대대로 비끄러매어 봄이 어떠하오."

하고 수수께끼 같은 말을 끄집어낸다.

49

별안간 금지가 유종의 소매를 탁 잡는 바람에 유종의 들었던 술잔이 반나마 엎질러졌다.

"친한 것을 비끄러매다니?"

유종은 얼근한 김에도 이 군이 인제야 제 본색을 나타내는구나 하고, 경계하면서 채쳐 물었다.

"그만하면 알아들으실 법한데. 우리 진진지호를 맺어봅시다."

"진진지호?"

이찬은 얼른 알아듣지 못하였다.

"정말 못 알아들으셨소. 왜 열국 적의 진秦나라와 진晉나라가 있지 않소. 아시는 바와 같이 때는 춘추전국시대, 나라와 나라 사이에 싸움이 끊일 날이 없고 생령은 도탄에 들었으되 오직 이 진과 진과는 서로 혼인을 한 까닭에 의좋게 화평을 누렸다 하오. 그래서 서로 사돈 되는 것을 진진지호를 맺는다 하지 않소."

유종은 금지의 이번 방문을 처음부터 수상쩍게 여기고, 혹은

청혼을 하러 오지나 않았는가 하는 의심이 없지 않았으나, 비장한 술을 가져오고 당학을 늘어놓고 하는 바람에 별다른 목적도 없이 정말 옛 친구를 그리워 심방한 것이거니 하고 믿었다가 이 별안간의 청혼에 놀랐다.

그야 전부터라도 두 집 사이에 혼인말이 있기는 있었다. 금지 집안에서 몇 번 와서 선까지 본 일도 있었고 안으로 정혼을 하자고 설왕설래는 하였지만 색싯집에서는 신붓감이 아직 미거하다는 핑계로 이날 이때까지 왈가왈부를 보류해둔 것이다.

유종은 내심으로 금지를 탐탁하게 알지도 않았고, 더구나 신랑 될 당자가 마음에 싸지를 않았다.

무남독녀 외동딸이 귀하기도 귀하려니와 그 재질과 기상이 아비의 눈에는 더욱 뛰어나 보이었다. 세상에 으뜸가는 사위를 구하기에 아무 빠질 것이 없을 듯하였다. 천하영웅의 아내가 되어도 아주 부족함이 없을 것 같았다.

신라를 두 어깨에 짊어질 만한 인물, 밀물처럼 밀려 들어오는 고리타분한 당학을 한 손으로 막아내고, 지나치게 흥왕하는 불교를 한 손으로 꺾으며, 기울어져가는 화랑도를 바로잡을 인물, 이것이 유종의 꿈꾸는 사윗감이었다.

그러니 금성 따위는 그의 반눈에도 차지 않을 것은 물론이다. 당나라 유학을 하고, 한림학사란 당나라 벼슬참을 한 것을 가지고 금지의 집안에서는 굉장한 영광으로 아는 모양이었으나, 유종에게는 오히려 눈꼴이 시었다. 더구나 가까이 자세 본 것은 아니로되 키가 달라붙은데다가 얼굴에 병색조차 돌고 장부의 기상이라고는 찾으려 찾을 수 없는 것이 자기의 그리는 사윗감과는 대상부동이었다.

그러면 이 혼담을 대번에 거절해버렸으면 그만이겠으되, 그러지도 또 못할 사정이 있었다.

금지는 당당한 참뼈로 왕족으로 임금과도 그리 멀지 않은 종친이었다. 이런 자리를 함부로 거절하였다가 나중에 또 무슨 화를 입을지 누가 알랴. 아무리 호활한 그이건만 벼슬살이 육십 평생에 피비린내 나는 참경도 여러 번 목격한 터라, 늙은 제 한 몸보담도 귀한 딸의 장래를 생각할수록 그의 결단성은 무디어진 것이다.

"진진지호! 어 좋은 말씀이오마는 내 딸이 아직 어리고 미거해서……."

유종은 말끝을 흐리마리한다.

"아니 영애가 방년이 몇이기에 어리고 미거하단 말이오."

금지의 눈엔 날이 서며 새무룩해진다.

"아직도 열여덟 살……."

"열여덟 살이면 꼭 알맞은 나이가 아니오. 외려 과년했다고 볼 수 있지 않소. 어느 것은 이팔청춘이라고 이팔보담 두 살이나 더한데."

"뭐 키만 엄부렁하지, 철이 나야."

이찬의 말은 동문서답이다.

"우리 사이에 겸사가 왜 있겠소. 그야 부모의 눈으로 보면 자식이란 골백살을 먹어도 어려 보이는 것이오. 천하 못생긴 것이 제 자식을 자랑하는 버릇이지만 지독지애(소가 귀타고 제 새끼를 핥는 것)인지 모르나 내 자식놈으로 말해도 제법 재주도 있고 당서는 들어 대면 사서삼경이나 제자백가에 막힐 것이 없고, 이찬도 아시다시피 그 나이에 그래도 한림학사란 벼슬까지 했고 신랑감이 그만하면…….”

“그야 신랑감이야 두말이 왜 있겠소. 그저 내 자식이 아직 입에 젖내도 가시지를 않아서…….”

“여보 이찬, 나이 열여덟에 아직 입에 젖내가 나다니. 외동따님이 아무리 귀하기로 합부인께서 혈마 입때 젖을 빨리실까, 헛허허.”

시중은 장히 우습다는 듯이 한바탕 웃고 나서 다시 얼굴빛을 바루고

“뭐 기다랗게 얘기할 것 없이 우리 오늘 밤으로 아주 정혼을 해버립시다. 이찬 어떠하오.”

50

금지는 더욱 긴한 듯이 바싹 다가앉으며 결말을 내고야 말 기세를 보이었다.

“오늘 밤으로? 무에 그리 급하시오. 나는 그런 줄 몰랐더니 시중의 성미도 꽤 겁겁하시군. 속담 상말로 우물에 가시어 숭늉을 달라시겠네, 어허허.”

날카로운 칼날을 슬쩍 피하듯 이찬은 농쳐버린다.

“이찬께서 속담을 말씀하시니 말이지 어느 것은 쇠뿔도 단 결에 빼라고 하지를 않았소. 어허허.”

금지도 네 수에 넘어갈 내냐 하는 듯이 격에 맞지 않는 너털웃음을 내놓는다.

"그것은 농담이지만, 아직 몇 해를 더 지나보고 서서히 작정을 하십시다. 나이는 과년이 되었다 하겠으나 응석받이로 자라나서 뭣 하나 옳게 배운 것도 없고, 작인이 다 되자면 아비의 눈에는 아직 까마득하니까……."

"귀한 따님이니 응석도 더러 하겠지만 여자란 시집만 가고 보면 별판으로 딴사람이 되는 법이오. 그리고 또 나도 며느리는 단 하나뿐이니 그 응석쯤이야 내가 이찬 대신 받은들 어떠하겠소. 외문으로는 영애가 응석은커녕 숙성하고 얌전하고 재주가 도저하다는 소문이 자자하지마는……."

"그야 헛소문이 난 게지. 자식 속이야 제 아비만큼 알 수가 없는 법이오."

"그야 지자知子는 막여부莫如父란 말이 없잖아 있지마는 지기일이요(하나만 알고) 미지기이라(둘은 모른다), 등하불명이란 문자도 있으니 등잔 밑이 어둡다는 격으로 어버이 아는 것이 외문만 못한 수도 더 많으니까."

"글쎄 외문이야 수박 겉 핥기지 속속들이 알기야 아비가 더 낫겠지……."

"그까짓 말을 가지고 승강할 거야 있겠소. 인물도 그만하고 재화도 그만하고 나이도 그만하면 그야말로 삼합이 맞은 듯하니 자, 겸사 말씀을 우리 다 그만두기로 하고 정혼을 합시다."

"글쎄 그렇게 급하실 게 없대도 그러시는구려."

그들의 수작은 개미가 쳇바퀴를 돌듯 그 자리에서만 뱅뱅 돌고 다시 더 나아가지를 않는다. 금지는 화중이 나는 것을 억지로 참고 매기단[67]을 지었다.

"여보 이찬, 자 우리 그러면 이렇게 합시다. 오늘 밤에 정혼만 해놓고 성례만은 서서히 하면 어떠하오. 이찬 댁에서도 준비랄지 여러 가지 사정이 계실 터이니 성례만은 일 년이고 이태고 기다리라는 대로 기다리지요."

하고 금지는 유종을 똑바로 본다. 이 말에야 혈마 피해낼 핑계가 없으리라 하는 듯하였다.

과연 유종은 무에라고 피해야 옳을지 몰라 말이 콱 막히고 말았다. 거절은 물론 작정한 노릇이로되, 어쩌하면 금지의 귀에 거슬리지 않도록 듣기 좋게 보기 좋게 거절을 해버릴까. 그러나 유종은 언변 좋게 이리저리 발라맞출 줄을 몰랐다.

한동안 답답한 침묵이 소홍주 향기가 떠도는 방 안의 공기를 무겁게 눌렀다. 얼마 만에 금지는 참기 어렵다는 듯이 입을 열었다.

"이찬, 왜 말이 없으시오."

"……."

유종은 난처한 듯이 눈을 떴다 감았다 한다.

"이찬이 말이 없으신 걸 보면 나 같은 사람과는 연사간[68]이 되기를 꺼리시는 것 아니오."

금지는 단도직입으로 한마디를 푹 찌른다.

"무슨 그럴 리야……."

67 일의 뒤끝을 깨끗하게 맺음.
68 사돈의 친척으로 연줄이 되는 사이.

"안 그러시다면 왜 꼭 작정을 못 하신단 말씀이오, 워낙 내 자식이 병신스러우니까, 에이."

금지는 안간힘을 쓰며 불쾌한 빛을 노골적으로 드러내었다.

"그게 무슨 말씀이오. 신랑이야……."

"그러면 어디 다른 데로 정혼을 해두셨는지."

"다른 데 정혼은커녕 아직 혼인말을 해본 데도 없소. 정혼한 데가 있다면야……."

"그렇다면 우리끼리 만난 김에 아퀴를 지어두는 것이 좋지를 않소."

유종은 마침내 단단한 결심을 하는 수밖에 없었다. 나중에 무슨 화를 입는 한이 있더라도 미룩미룩해두는 것보담 차라리 단연코 거절을 하는 편이 나으리라 하였다. 그리고 엄연한 태도로

"시중께서 그 미거한 것을 어떻게 아셨는지 이 밤중에 이렇게 찾아주시고 정혼을 바라시나 나도 심중에 생각하는 바가 있어 허락을 못 해드리니 과도히 허물을랑 마시오. 오늘 밤에 허혼은 물론 할 수 없고 앞으로도 이 혼담은 중단을 하는 것이 피차에 좋을 듯하오."

금지의 얼굴은 일순간 파랗게 질리었다. 무릎 위에 얹힌 손이 달달 떨었다.

"이찬께서 나를 그렇게 아실 줄은 정말 뜻밖이오. 어 술도 취하고 밤도 늦었으니 나는 고만 가겠소."

하고 금지는 벌에게 쏘인 것처럼 불시에 소매를 떨치고 일어났다.

51

금지를 보내고 하인을 불러 주안상을 치우고, 유종은 서안에 쓰러지는 듯이 기대었다.

독사를 건드려놓았으니 어느 때 무슨 화단이 뒷덜미를 짚을는지 모른다. 그러나 장중보옥 같은 외동딸을 탐탁한 자리에 출가를 시키는 것도 섭섭하려든, 하물며 마음에 신신치도 않은 금성 따위에게 내맡긴다는 것은 아름다운 구슬을 돼지우리에 던져넣는 것보담 더 아깝고 원통하였다. 아무리 제 장래의 부귀와 영화를 위함이라 하더라도 차마 못 할 노릇이었다. 백발이 흩날리는 이 머리가 서리 같은 칼날 아래 사라질지언정 차마 못 할 노릇이었다.

설령 금성이가 출중한 재주와 인물을 갖추었다 하더라도 유종은 이 혼인을 거절할밖에 없었으리라. 첫째로 금지는 당학파의 우두머리가 아니냐. 나라를 좀먹게 하는 그들의 소위만 생각해도 뼈가 저리거든 그런 가문에 내 딸을 들여보내다니 될 뻔이나 한 수작인가.

도대체 당학이 무에 그리 좋은고. 그 나라의 바로 전 임금인 당명황唐明皇만 하더라도 양귀비란 계집에게 미쳐서 정사를 다스리지 않은 탓에 필경 안록산의 난을 빚어내어 오랑캐의 말굽 아래 그네들의 자랑하는 장안이 쑥밭을 이루고 천자란 빈이름뿐, 촉나라란 두메 속에 오륙 년을 갇히어 있지 않았는가.

금지가 당대 제일 문장이라고 추어올리는 이백이만 하더라도 제 임금이 성색에 빠져 헤어날 줄을 모르는 것을 죽음으로 간하지는 못할지언정 몇 잔 술에 감지덕지해서 그 요마한 계집을 칭찬하는 글을 지어 도리어 임금을 부추겼다 하니 우리네로는 꿈에라도 생각 밖이 아니냐. 그네들의 한문이란 난신적자를 만들어 내기에 꼭 알맞은 것이거늘 이것을 좋아라고 배우려들고 퍼뜨리려드니 참으로 한심한 노릇이 아니냐.

이 당학을 그대로 내버려두었다가는 우리나라에도 오래지 않아 큰 난이 일어날 것이요, 난이 일어난다면 누가 감당해낼 자이랴.

"한 나이나 젊었더면!"

유종은 이따금 시들어가는 제 팔뚝의 살을 어루만지면서 한탄한다.

몇 해 전만 해도 자기와 뜻을 같이하는 이가 조정에 더러는 있었지만 어느 결엔지 하나씩 둘씩 없어지고 인제는 무 밑동과 같이 동그랗게 자기 혼자만 남았다.

속으로는 그의 주의에 찬동하는 이가 없지도 않으련만 당학파의 세력에 밀리어 감히 발설을 못 하는지 모르리라.

지금이라도 젊은이 축 속으로 뛰어 들어가면 동지를 얼마든지 찾아낼는지 모르리라. 아직도 이 나라의 명맥이 끊어지지 않은 다음에야 방방곡곡을 뒤져 찾으면 몇천 명 몇만 명의 화랑도를 닦는 이를 모을 수 있으리라. 그러나 아들이 없는 그는 젊은이와 접촉할 기회조차 없었다. 이런 점에도 그는 아들 없는 것이 원이 되고 한이 되었다.

이 늙은 향도香徒에게 남은 오직 하나의 희망은 자기의 주의주장에 공명하는 사윗감을 구하는 것이었다.

벌써 수년을 두고 그럴 만한 인물을 내심으로 구해보았지만
그리 쉽사리 눈에 뜨이지를 않았다. 고르면 고를수록 사람 구하
기란 하늘에 별 따기보담 더 어려웠다.

유종은 기대고 있던 서안에서 쭉 미끄러지는 듯이 털요 바닥
위에 누웠다.

금지의 청혼을 그렇게 거절한 다음에는 하루바삐 사윗감을 구
해야 된다. 금지로 하여금 다시 개구를 못 하도록 다른 데 정혼을
해놓아야 한다.

그러면 신라를 두 손으로 떠받들고 나아갈 인물이 누가 될 것
인가. 삼한통일 당년의 늠름하고 씩씩한 기풍이 당학에 지질리고
문약에 흐르는 이 나라를 바로잡을 인물이 누가 될 것인가.

유종은 눈을 감고 제 아는 젊은이를 위선 손꼽아보았다.

첫째로 머리에 떠오르기는 상대등 신충信忠의 아들이었다. 호
남아로 생긴 허우대와 얼굴이 금성이 따위는 발 벗고도 따르지
못할 인물이로되 너무 귀공자답게 윤이 흐르고 허해 보이는 것
이 흠절이었다. 그다음에는 이찬 염상廉相의 아들을 생각해보았
으나, 기상은 아비를 닮아 돌올하지마는 너무 거칠고 눈자위에
붉은빛이 돌아 어쩐지 화길한 인물이 아닐 듯싶었다.

그다음으로 누구누구 꼽아보았으나 별로 신통한 인물이 없
었다.

마지막으로 유종은 이찬 금량상金良相의 아우 경신敬信을 생각
하자

"오, 옳지. 내가 어째 이 사람을 잊었던가."

하고 자리에서 벌떡 몸을 일으켰다.

그는 제 알 만한 이들의 아들들만 숭겨보고, 미처 그 아우들을 생각하지 못하였던 것이다.

52

금량상의 아우 경신!

"그런 인물을 내가 어찌 까맣게 잊었던가."

유종은 스스로 제 기억이 흐려진 것을 책망도 하고 괴탄도 하였다.

"만일 그가 내 사위만 된다면야 그 따위 금지쯤이야."

풀기 하나 없던 그에게 새로운 기운이 넘치는 듯하였다.

그대도록 경신이야말로 유종이 꿈꾸는 사윗감으로 쩍말없이 모든 자격을 갖추었다.

위선 지체로만 보아도 내물왕의 직계후손이니 금지의 문벌보담 높았으면 높았지 떨어지지 않았다. 경덕왕께서 만득왕자라도 두셨기에 망정이지 만일 무후하시었던들 대통을 이을 이는 금량상 형제밖에 없다는 것이 떳떳한 공론이었다.

더구나 그 형제들은 어디까지 당학파를 미워하고 국선도를 숭상하는 점으로 자기에게 둘도 없는 동지자라 해도 과언이 아니리라.

다만 그들에게 현재는 그리 큰 권력이 있다고 볼 수 없는 것이 한 가지 흠절이라면 흠절이리라.

그야 금량상이 그대로 조정에서 있기만 하였으면 골품으로나

덕망으로나 벌써 상대등이 되었으련만, 임금께와 당나라에 아첨하기로만 일을 삼는 무리들하고 한 조정에 어깨를 나란히 하는 것이 치욕이라 하여 이찬의 벼슬을 버리고 향제에 드러눕고 말았다. 몇 번 왕명으로 부르셨지만 끝끝내 뜻을 굽히지 않았다. 만일 웬만한 사람이 이런 짓을 하였더면 그 간악한 당학파들이 그 능란한 붓끝을 휘둘러 무슨 누명이든지 뒤집어씌워 참화를 면하기 어려웠겠지만 왕의 믿으심도 두터우려니와 지체가 높은 탓으로 감히 개구들을 못 한 것이었다.

향제에 돌아가 누운 뒤에는 아무 거리낌 없이 자제들의 훈육을 일삼고 국선도를 밝히기에 몸과 마음을 바친다는 소문은 풍편으로 들어 알았다.

조정의 일이 날로 그르고 국운이 차차 기울어짐을 혼자 한탄하다가도

"오 옳지 아직도 양상이 남았구나. 그가 있는 다음에야 우리나라는 태산 반석과 같다."

하고 백만의 응원병을 얻은 것처럼 든든히 여긴 것도 한두 번이 아니었다.

"그 아우 경신, 그는 제 형보담 못하지 않은 영웅이다. 옳다, 인제는 되었다."

유종은 혼잣말로 중얼거리며 무릎을 치고 일어서서 방 안을 거닐었다.

그의 눈앞에는 경신의 모양이 완연히 나타났다.

후리후리한 키에 떡 벌어진 어깨판, 탁 트인 이맛전과 너그러운 뺨은 언제든지 싱글싱글 웃는 듯하였으나 어딘지 늠름한 위

풍을 갖추어 대하는 이의 머리를 저절로 수그리게 한다.

유종이가 그를 눈 익혀 보기는 작년 봄 신궁 앞 넓은 마당이었었다.

신궁에서 큰 제향을 마치고 그 앞마당에서 활쏘기와 칼 겨룸의 모임이 열리었다. 계림팔도에서 한다하는 낭도들이 구름같이 모여들어 그 수효는 만으로 헤아렸다.

여러 곳 활터와 칼터에서 첫 겨룸, 둘째 겨룸이 차례로 끝이 나고 맨 나중에 뽑히고 또 뽑힌 낭도는 스무 나뭇에 불과하였다.

그중에서 칼 겨룸과 활쏘기 두 가지에 맨 나중까지 뽑힌 사람은 경신 하나뿐이었다.

그때부터 경신은 만장의 인기를 독차지하게 되었다.

그러나 마지막 겨룸은 오히려 싱거웠다. 한 번도 아슬아슬한 고비도 없이 경신이가 두 가지에 너무 쉽사리 장원을 하고 말았다. 그의 궁술과 검술이 지나치게 뛰어난 것이다.

"어, 그 화살이 세기도 하더군."

활줌통이 척 휘어서 거의 부러질 듯하자 잉 소리를 치고 화살은 흐르는 별보담 더 빠르게 날아가서 영락없이 관혁[69]을 들어맞히고 남은 힘이 넘치어 살 위에 꽂힌 새 깃이 부르르 떨던 것이 지금도 유종의 눈에 서언하였다.

"어 무서운 화살이야, 무서운……."

유종은 혼자 방 안을 왔다 갔다 하며 정말 무서운 듯이 고개를 쩔레쩔레 흔들고 중얼거릴 제 문득 등 뒤에서 말소리가 났다.

69 '과녁'의 원말.

"아이 아버지께서는 뭘 혼잣말씀만 하고 계서요."

유종이가 뒤를 돌아보니 어느 결에 들어왔는지 사초부인과 주만이가 서 있었다. 그는 골똘히 경신의 생각을 하고 있느라고 제 아내와 딸이 영창을 열고 들어오는 줄도 몰랐던 것이다.

53

유종은 주만을 보고

"오 구슬아기냐. 밤이 늦었는데 왜 자지를 않고 나왔느냐."

"그 애가 금 시중이 오셨다는 말을 듣고 입때 조바심을 하고 있었답니다."

사초부인은 딸을 대신하여 대답하였다.

"금 시중이 찾아왔기로 네가 조바심을 할 게 뭐냐."

주만은 대답을 못 하고 고개를 푹 수그린다.

"금 시중이 어째 아닌 밤중에 찾아를 오셨소."

"어, 당주를 가지고 옛 친구를 찾아왔다 하오."

"그런데 무슨 말이 그렇게 길어요. 사내 어른이 어쩌면 그렇게 수다스러울까."

"그 골치 아픈 당학을 또 늘어놓은 것이오."

"이 애가 하도 사람을 졸라서 몇 번을 나와 엿들어도 말낱은 자세 안 들리나 그 말이 그 말이고…… 나중에는 들어가서 깜빡 잠이 들었는데 이 애가 인제 금 시중이 돌아가셨다고 깨워서 무슨 말인가 여쭈어보라고 나온 것이라오."

"네 혼인말이 나온 줄 알고 좀이 쑤신 게로구나."

유종은 고개를 빠뜨리고 앉아 있는 주만을 돌아보며 빙그레 웃었다.

"그래 애 혼인말이 나왔습디까."

"그야 물론이지. 말하자면 청혼을 하러 온 것이야."

"청혼? 그래 허혼을 하셨소?"

주만은 숙였던 고개를 번쩍 들고 맥맥히 제 아버지의 입을 바라본다.

유종의 말도 흥분의 가락을 띠어온다.

"그야 말이 되오. 그 진저리 나는 당학파하고 혼인을 하다니 될 뻔이나 한 수작이오."

"그러면 거절을 하셨단 말씀이오. 후환이 무섭지 않을까."

"아무리 후환이 무섭기로, 이 주름살 잡힌 목에 칼이 들어온다기로 못 할 것은 못 한다고 거절을 할 수밖에 있소."

주만은 자기 아버지가 어떻게 든든하고 고마운지 몰랐다.

"아버지!"

한마디 부르짖고 그 자리에 푹 엎어져서 울고 싶었다.

"참 잘하셨소. 미룩미룩 끌어가는 것보담 아주 단정을 내버리는 것이 피차에 시원한 노릇이니까."

"그는 그러하고라도 딴은 저 애 혼인이 급하단 말이지. 벌써 열여덟이니 시집갈 나이도 되었거든."

"그래요. 허나 어디 마땅한 사람이 있어야지. 넘고처지고."

"합당한 자리에 꼭 정혼을 해버려야 금지 따위가 다시는 이렁성저렁성하지도 못할 텐데……."

"글쎄요, 어디 합의한 자리가 있나요."

"있구말구."

유종은 자신 있게 대답을 한다.

"뉘 집안입니까."

"왜 전에 이찬을 지낸 금량상이라고 있지 않소."

"오 옳지, 참 두 분이 절친하셨지. 그분이 아들이 있던가."

"아들이 아니라 그이의 동생이 있단 말이오."

"네, 동생이 있어요!"

사초부인은 고개를 끄덕끄덕한다.

"김경신이라고 바로 작년 봄에 궁술 검술에 장원을 한 사람 말이오."

"오 옳지, 그런 출중한 인물은 처음 보셨다고 입에 침이 없이 칭찬을 하셨지."

"그러니 신랑감은 다시 더 볼 나위 없고 문벌도 금지옥엽이라 금지쯤은 누를 수 있겠는데 저편에서 허혼을 해줄는지. 또는 그동안에 다른 데 정혼이나 안 했는지."

"글쎄 그게 걱정이구려. 그러면 내일이라도 사람을 보내어 염탐을 해보지요."

"다른 사람을 보내는 것보담 절친하던 친구를 만나본 지도 오래니 내가 몸소 가볼까 하오."

"그러면 그렇게 하시지. 그 혼인이 될 말로야 작히나 좋을까."

부부는 매우 기뻐하며 하루바삐 이 혼인을 서둘려 하였다.

주만은 금 시중 집안과 혼인이 터진 것을 기뻐할 겨를도 없이 새로운 벼락이 뒷덜미를 내리짚었다.

금성이와 혼인은 설령 아버지가 허혼을 하셨다 해도 끝끝내 반대할 이유와 거리가 있었지만 경신과의 혼담은 저쪽에서 거절을 하기 전에는 모면할 핑계조차 없었다.

산은 오를수록 높고 물은 건널수록 깊다.

이 일을 장차 어찌할까. 아무리 저를 애지중지하시는 부모님께라도 이 가슴속에 서리는 번민을 털어 바칠 수는 없는 일이다.

주만은 그 자리에 고꾸라지며 엉엉 소리를 내어 울고 말았다.

"이 애가 왜 울까."

부부는 울음소리에 놀랐다.

"왜, 너무 좋아서 우느냐."

유종은 들먹거리는 딸의 어깨를 바라보며 물었다.

"애 불길하다. 무슨 방정맞인 울음이냐."

어머니는 질색을 하며 딸을 달래었다.

"저는 싫여요, 전 싫여요. 시집은 안 갈 터예요."

하고 주만은 껄떡거리며 하소연을 하였다.

54

아사달은 오래간만에 일터로 올라갔다.

몸에 무슨 두드러진 병이 생긴 것이 아니요, 너무 흥분하고 너무 지친 남아지에 일시 기절한 것이라 그 회복은 뜻밖에도 빨랐다.

며칠 누워 있는 동안에 몸살을 한 번 앓고 나매 워낙 젊은 기

운이요, 마음이 긴장한 탓인지 하루 이틀 다르게 원기가 소생이
되었다.

이렇게 회복이 속한 원인엔 주만의 힘이 없지 않아 많기도 하
였다. 그가 은근히 쑤어 보내는 잣죽과 속미음이 모래알 같은 절
밥을 먹던 입에 달고 미끄러운 것은 말할 것도 없다. 그야말로 한
모금 두 모금에 눈이 번하게 띄어오는 듯하였다.

차차 밥을 먹게 되자 갖추갖추 반찬을 담은 찬합은 어떻게 맛
난지 몰랐다. 서 홉 밥 한 바리때가 오히려 나빴다. 어린애 모양
으로 세 끼니가 까맣게 기다리었다.

그사이 틈틈으로 곰[70]과 찜 같은 것도 몰리알리 털이의 손을
거쳐 들어왔다.

한밥에 오르고 한밥에 내린다는 젊은 살은 여원 자국을 메우
듯 차올랐다.

이런 선물을 받을 때마다 아사달은 주만을 아니 생각할 수
없다.

'세상에 그런 아름다운 처녀도 있던가. 그런 마음새 고운 처녀
도 있던가.'

외로운 경우일수록 불행한 처지일수록 정에 움직이기 쉬운 것
이 사람이거든 천리타향에 병들어 누운 몸에 이렇게 위로해줄
이 누구냐. 돌보아줄 이 누구냐.

아사달은 눈물겨웁도록 고마웠다.

아사달도 처음에는 까닭 없는 사람에게 지나치게 고마웁게 구

---

70 고기나 생선을 진한 국물이 나오도록 푹 삶은 국.

는 주만의 행동이 이상스럽기도 하였다. 그러나 아무리 생각해 보아야 그런 대갓집의 귀동딸로 저 같은 시골뜨기 석수쟁이에게 구할 아무것도 없으리니, 이것은 온전히 아름다운 동정심의 나타남이라고 볼 수밖에 없었다.

그렇다면 그야말로 현신 관세음보살님인지 모른다.

"이것도 필경 전생의 무슨 인연이리라."

아사달은 필경 불가의 이른바 인연으로 돌리고 말았다.

인연이라면 기인한 인연이다. 파일 날 밤 다보탑을 도는 데서 만나는 것도 인연이요, 석가탑 위에서 까무러친 자기를 발견한 것도 인연이 아니냐. 하고많은 사람 가운데 하필 그 집에서 불공을 오게 되고, 하고많은 시각 가운데 그가 석가탑을 올라왔을 제 하필 내가 혼절하였을까.

인연의 실마리가 너무도 얼기설기한 데 아사달은 오히려 겁을 내었다.

그는 그러하거니와 아사달은 주만을 대할 적마다 아내 아사녀의 생각이 더욱 간절하였다.

주만이 아무리 정다워도 아사녀가 아니요 그 처녀의 손이 아무리 부드러워도 아내의 손이 아니다.

인생역로에 지나치는 길손에 지나지 않는 그이로도 대공을 이루려다가 넘어진 것을 보고 한 조각 동정심이 이대도록 곰살궂고 살뜰하거든 만일 내 아내가 이런 줄 알았으면 얼마나 가슴을 태우고 속을 끓일 것인가.

어서 하루바삐 하던 일을 끝을 내고 남의 신세를 과도히 받을 것 없이 빨리 돌아가야 한다.

그는 몸을 적이 추스르게 되자 일에 대한 정열이 다시금 불같이 일어났다.

그는 몇 번 돌 다루는 기구를 들고 일터로 가려 하였건만 아상 노장이 절대로 말리어서 오늘날까지 참고 참아 내려온 것이다.

오늘도 더 좀 몸이 완실하기를 기다리라 하였지만, 자기 몸이 이만하면 인제 넉넉히 일을 할 수 있을 뿐 아니라 만일 이렇게 하고 싶은 일을 못 하고 그대로 누워 있으면 도리어 병이 더치겠다고 졸라서 간신히 아상 노장의 허락을 맡은 것이다.

저녁을 일찌거니 먹고 나서 탑 위를 올라서매 돌들도 그리던 자기를 반기듯 벙글벙글 웃는 듯하였다.

정과 돌까뀌로 잔손질을 하려다가 자기의 힘도 시험할 겸 큰 군더더기를 위선 후려갈기기로 하였다.

버드나무 가지를 찢어 타래를 만들고 그 속에다가 정을 꼭 끼이도록 박아놓은 다음에 물동 둥이를 번쩍 들어 혼신의 힘을 다하여 한 번 내리치매 불꽃이 번쩍 일어나자 바위는 쩡하고 비명을 치며 그대로 쩍 갈라져 털썩하고 떨어진다.

아사달은 첫 힘부림이 성사를 하자 겨누를 들어 돌부리를 떨고 나서 다시 정질을 시작하였다.

어슬렁어슬렁 어둠이 짙어오건마는 아사달은 또 옛 버릇이 나와서 밤 가는 줄도 모르고 마치와 정을 휘두르기 시작하였다.

한참 일을 하다가 잠깐 팔을 쉬고 언뜻 눈을 돌리매 초롱 하나가 이리로 향하고 올라오는 것이 보이었다.

55

그 초롱의 임자는 묻지 않아도 주만과 털이였다.

털이는 째기발을 드디고 초롱을 높이 쳐들어 탑 위를 비추어 보더니

"여기 계시군요."

하고 반가운 소리를 친다.

"아이 벌써 일을 또 시작하셨고나."

주만은 거의 짜증을 내다시피 말을 하였다.

"아직 채 소복도 안 되셨는데 또 더치시면 어떡해요."

털이도 제 아가씨의 뜻을 받아 걱정을 한다.

"엊그제 기절까지 한 이를 일하는 걸 말리지도 않고 그대로 내버려두다니."

주만은 누구에겐지 모르게 불평만만하다.

아사달은 얼마쯤 무관해진 주만의 주종의 목소리를 알아듣고 탑 가장자리까지 걸어 나왔다.

"이 어두운 밤에 어떻게들 오셨습니까."

하고 미안해한다. 주만은 탑 가까이 바싹 들어서며

"어떡하시자고 어느새 또 일을 시작하셨단 말씀예요."

초롱의 빛과 그늘이 어룽이 져서 자세히 보이지는 않으나마 아름다운 얼굴을 찌푸리며 매우 아끼고 애달파한다.

아사달은 어둠 속에서 팔뚝에 힘을 주어 보이며

"인제 이렇게 든든해겼는데요. 성한 사람이 일을 않고 있으니 되려 병이 더칠 것 같애요, 허허."

오래간만에 웃는 소리를 들으매, 과연 완쾌가 된 듯 한결 마음이 놓이는 듯도 하였다.

"그래도 얼마쯤 더 쉬시는 게 좋을 것 갓다가……."

"더 쉬면 더 기운을 차릴 수가 없게 되는지 모르지요."

아사달은 오늘 밤따라 수작도 잘하고 매우 쾌활해진 듯하였다.

"워낙 성미가 겁겁도 하시군요."

주만도 난생처음으로 농담 비슷하게 한마디를 던져보았다.

"급하기로야 오늘 밤으로라도 끝을 내어버렸으면 좋겠습니다만—."

"그러면 우리도 곧 가야겠군요. 밤새 하시는 일에 방해가 될 듯하니까요."

"고새야 무슨 큰 방해가 되겠습니까. 나도 지금 막 일손을 쉬는 참입니다."

"그러시다면 잠깐만 놀다가 갈까……."

하고 주만은 망설이었다. 그는 혹시나 아사달이 내려올까 하였으나 저편에서 그런 기색은 보이지를 않았다.

"그러면 아가씨가 탑 위로 좀 올라가 보십시오. 오늘 밤에는 까무러치시지는 않으실 테입지요, 오호호."

털이가 난처해하는 주만을 부추겼다.

"그러면 내가 좀 올라가 볼까, 이 캄캄한 가운데 어떻게 일을 하시나 구경을 좀 하게."

제 일자리를 남에게 보이기를 몹시 꺼리는 아사달이지만 주만의 이 청은 물리칠 수 없었다. 제 재생의 은인이라 해도 과언이 아닌 그의 말을 어떻게 거스를 수 있으랴.

그러나 아사달이 허락을 하고 거절을 할 나위도 없었다. 주만은 어느 결에 사다리를 부여잡고 발을 올려놓는다. 아사달은 삐둑삐둑하는 사다리 웃머리를 잡았다.

주만은 조금도 서투르지 않게 사다리를 거의 다 올라왔으나 사다리가 너무 곤두서고 위층이 두 간이나 탑 위로 솟아 있기 때문에 긴 치마에 걸리어 얼른 걸타 넘기에 조금 벅찼다.

아사달의 손은 저절로 주만의 손길을 잡아주는 수밖에 없었다.

맨 처음으로 마주 잡는 두 손길!

주만의 비단결 같은 손길이 아사달의 손아귀에 몰씬하게 녹아들었다. 아사달의 훈훈하고 억센 아귀힘이 주만의 손등과 바닥에 얼얼하게 남았다.

주만의 눈앞이 아뜩해진 것은 사다리를 걸타 넘고 발 놓인 자리가 캄캄한 탓만이 아니리라.

털이가 초롱을 들고 뒤따라 올라오다가

"여기 있습니다. 이 초롱을 받으십시오. 쇤네는 차돌에게 가서 놀고 있겠으닙시오."

하고 초롱을 치켜든다.

"조금 있다가 같이 가면 어떠냐."

"쇤네는 차돌에게 부탁할 말도 있굽시오. 아무튼 잠깐 다녀와야겠는뎁시오."

주만도 아까 아사달의 처소로 갔다가 마침 차돌이가 없어서 전복찜을 해가지고 온 것을 어디 두었다고 이르지 못한 것을 생각하였다.

"그럼 다녀오렴. 어두울 텐데 초롱을 네가 들고 가려무나."

"쉰네가 초롱을 가져가면 아가씨가 너무 어두우실 걸입시오."

"내야 가만히 있으니 괜찮지만 길 걷는 네가 어둡지 않겠니."

"그러면 쉰네가 가져갈갑시오. 두 분이 계시면 무섭지는 않으실 테닙시오. 오호호."

털이는 제가 초롱을 들고 종종걸음을 치며 내려간다.

아사달과 주만은 이윽히 초롱이 일렁일렁 떠나가는 것을 바라다보고 있다가 둘은 의논이나 하듯이 서로 돌아보았다.

그러나 옻빛 같은 어둠에 싸이어 피차에 얼굴조차 알아볼 수가 없었다.

56

어둠! 무수한 머리올처럼 올올이 가물거리며 단 두 남녀를 겹겹이 에워싼 어둠.

수줍음도 부끄러움도 뒤덮어주는 어둠. 망설임과 거리낌도 휩싸버리는 어둠.

그 공릉 자락 밑에서 무엔지 활개를 친다. 그 수룡이 속에서 무엔지 버르적거린다.

어둠은 속살거린다. 어둠은 꾀인다.

주만은 이 어둠이 지겹고 무서웠다.

"아무리 어두운 밤이라 한들 이렇게도 어두울까요."

그는 보이지도 않는 아사달을 눈어림으로 더듬으며 침묵을 깨뜨렸다.

"얼마쯤 기다리시면 차차 밝아집니다."

아사달은 아무 구애도 없는 듯 태연하였다.

"아무렇기로 어두운 밤이 어떻게 밝아를 져요."

"밝음에 익는 것이나 어둠에 익는 것이나 눈에 익기만 하면 마찬가지지요."

"그러면 아사달 님은 내 얼굴이 보입니까."

"똑똑히는 안 보입니다마는 으렷이는 보이지요."

"내 눈엔 아사달 님이 보이지를 않는데."

"그러면 눈을 한참 감았다가 다시 떠보십시오."

주만은 시키는 대로 눈을 감아보았다.

어둠 속에 제 눈까지 감아버린 아름다운 처녀!

한참 만에 주만은 눈을 다시 떴다. 이만큼 저만큼 마주 앉은 두 사이가 조금도 좁아들지도 않고 늘어나지도 않은 것이 도리어 이상스러웠다.

"눈을 감았다가 떠도 어디 보여요?"

"인제 차차 보여를 집니다."

아사달의 대답은 너무 의젓하다.

수작의 실마리는 다시금 끊어지고 말았다.

그가 알고 내가 알 뿐인 단둘의 암흑세계! 은밀한 수작을 실컷 마음껏 주고받는다 한들 어둠에서 어둠으로 사라질 뿐이 아니냐. 깊이깊이 접어넣은 비밀을 활활 털어낸다 한들 이 가슴에서 저 가슴으로 쥐도 새도 모르게 옮겨질 뿐이 아니냐.

그러하거늘, 그러하거늘 왜 이렇게 데면데면하게 차리고만 있는가, 점잔만 빼고 있는가.

주만은 아사달을 만나기만 하면 할 말이 천 겹 만 겹 쌓이고 쌓이지 않았던가. 혼자 속을 태우다가 마침내 마음을 결단하고 이 밤에 그를 찾은 것이 아니었던가.

　정작 그를 대하고 보매 말 한마디도 시원하게 나오지 않을 줄이야! 가슴만 가득하게 부풀어 오르고 서리서리 얽히었던 하소연 한 가닥도 제대로 풀려 나오지 않을 줄이야! 알뜰한 그이를 앞에 두고도 벙어리 냉가슴을 그대로 앓을 줄이야! 이렇게 좋은 자리, 이렇게 좋은 기회를 만났거든 피를 끓이는 진정을 쏟아버리지 못할 줄이야!

　설렁하고 밤바람이 인다. 휘젓한 절 마당을 두루마리를 하다가 와하고 탑 위를 지쳐들어 그린 듯이 앉은 두 남녀를 휘몰아낼 것같이 불어젖힌다.

　"웬 바람이 갑자기 이렇게 불어요."

　주만은 얼굴을 외우시며 중얼거렸다. 그러자 그는 속으로

　'내가 기껏 한다는 것이 겨우 이 말인가. 바람이 나에게 항상 큰일인가? 온 서라벌이 다 날려간들 나에게 무슨 계관이 있단 말인고.'

　"저 소리를 들어보셔요. 저 풍경이 우는 소리를."

　아사달은 주만의 말을 받으며 풍경소리에 귀를 기울인 모양이다.

　"천연 우리 부여 고란사 풍경소리 같군요."

　"고란사에도 풍경이 있어요?"

　주만은 허정대고 대답을 하였다.

　"있구말구요. 내 집이 고란사에서 멀지 않은 탓에 이따금 그

풍경소리를 듣지요."

"……."

풍경소리에까지 고향을 그리는 나그네의 심정을 몰라줄 주만이가 아니었지만, 제 속은 이렇게 조이는데 고장 회포만 자아내는 아사달의 말에 대꾸할 정황조차 없었다.

아사달은 하늘을 치어다보고

"저편 솔밭 있는 편을 좀 보서요. 뿌옇게 하늘에 뻗힌 것이 무엔 줄 아십니까? 그게 바람꽃이랍니다."

"바람꽃?"

주만은 시름없이 간단히 말을 받았다.

"바람꽃이 일면 정말 꽃이 떨어진다지요."

"……."

"벌써 첫여름이 되었으니 떨어질 꽃도 얼마 남지는 않았겠지요마는……."

하고 아사달은 한숨을 내쉬었다.

그는 멀리 아사녀를 생각하고 타향에서 세 번째 봄이 속절없이 지나간 것을 한탄한 것이었다.

57

"떨어질 꽃도 얼마 남지를 않았겠지요."

아사달의 한탄은 구슬픈 가락을 띠었다.

"떨어질 꽃!"

주만도 풀기 없이 속살거려보았다. 제 걱정이 하도 복받치어 아사달의 자아내는 향수에 맞장구를 쳐줄 근력조차 없었다가 이 말 한마디가 야릇하게도 그의 귀를 울리었다.

"떨어질 꽃!"

또 한 번 뇌이자 조비비듯 하던 그의 가슴이 대번에 찌르르해지며 비감스러운 회포를 걷잡을 수 없었다. 이 난데없는 바람에 무참하게 지는 꽃. 이 어두운 밤에 아무도 보아주는 이 없이, 아무도 알아주는 이 없이 스러지는 꽃 한 떨기야말로 닥쳐오는 제 운명을 그대로 일러주는 듯하였다.

"꽃 신세도 설다 하겠지만 그래도 필 때 피고 질 때 지지만……."

주만은 혼잣말처럼 중얼거렸다.

"핀다 한들 피어 있을 때가 며칠입니까. 어느덧 봄이 다 갔으니…… 덧없는 세월…… 벌써 세 번째 봄이…….."

아사달의 목소리도 눈물에 젖은 것 같다. 아내의 생각이 골똘할수록 그에게는 날 가는 것이 아까웠다. 하루바삐 대공을 이루어야만 아내의 자기 기다리는 날짜가 줄어들 것을.

"필 만큼 피고 지는 것이야 누가 한을 해요…….."

주만의 목은 갑자기 메어졌다. 핀 뒤에 지는 것도 덧없다 가엾다 하거든 한번 활짝 피어보지도 못하고 봉오리째로 사라질 것이 더욱 슬펐다. 알뜰한 사랑을 부둥켜안은 채로 올곧게 뜻도 이루기 전에 휘날려 떨어질 것이 더욱 서러웠다.

운명의 악착한 손은 벌써 그의 뒷덜미를 짚었다…….

금지가 다녀간 그 이튿날로 유종은 금량상을 찾아갔다. 혼인

말을 꺼내자 저편에서는 두말도 않고 선선히 승낙을 하고 말았다.

"금지 따위가 주제넘게 이찬께 청혼이라니 말이 되오?"

금량상은 아버지보다 더욱 분개하며 그 범수염을 거스리고 노발대발하였다던가.

평소에 그렇게 대범하던 아버지가 이 이야기를 어머니에게 뇌이고 뇌이시며 덩실덩실 춤이라도 출 듯이 기뻐하였다.

아버지 떠나던 날 주만은

"제발 경신 님께 다른 어진 배필이 있어지이다. 달리 정혼한 데가 있어지이다."

하고 검님께와 부처님께 축원을 올리고 또 올렸건만, 이렇게 쉽사리 정혼이 되고 말 줄이야.

"이 애 아가, 구슬아가, 인제 너는 천하영웅의 짝을 만나게 되었으니 그 아니 기쁘냐."

하고 아버지는 싱글벙글 웃으며 제 머리를 쓰다듬어주었다.

이렇듯이 기뻐하는 부모의 뜻을 받들지 못할 것을 생각하매 주만은 뜨거운 눈물이 비 오듯 하였다.

"저는 싫여요, 저는 싫여요. 저는 시집가기 싫여요."

속절없는 노릇인 줄 번연히 알지마는 앙탈을 하고 몸부림을 쳤다.

"이런 철부지를 어떻게 남의 가문에 보내오."

아버지는 웃고

"이 애 울음이 무슨 울음이냐. 이런 경사에 불길하게."

어머니는 꾸중을 하였다.

"다 큰 애가 엉엉 울다니 하인들 볼썽사납다. 어서 그쳐라,

그쳐."

그래도 주만은 한번 터진 울음을 좀처럼 그칠 수 없었다. 멈추려 하면 멈추려 할수록 울음소리는 더욱 커지었다.

어버이들은 그 울음을 온전히 다른 뜻으로 푼 모양이었다.

"아무리 네가 우리 슬하를 떠나기 싫여한들 쓸데가 있느냐. 딸자식으로 태어난 다음에야 아무리 앙탈을 한들 남의 가문에 안가고 배길 수 있느냐. 남편을 잘 섬기고 잘 돕는 것이 여자의 타고난 천직이거든."

타이르던 아버지도 회심한 생각이 드는 듯 음성이 가라앉았다.

"자식이라야 저것 하나뿐. 저것마저 치워 보내면……"

어머니는 끝끝내 눈물을 떨어뜨리고 말았다.

어버이의 말씀을 들을수록 주만은 더욱 슬픔과 설움이 복받쳐 참으려야 참을 수가 없었다. 마치 매 맞은 어린애처럼 홰 울음을 내어놓고 말았다.

"이 애 고만 울어라, 고만. 너무 울면 지친다. 고만, 고만."

어머니는 딸의 등을 흔들고 어루만지다가 그대로 등 위에 엎드러지며

"엊그제 젖먹이가 어느새 시집갈 나이가 되다니. 너마저 가버리면 이 어미는, 이 어미는 어떡하나……"

하고 훌쩍훌쩍 소리를 내어 운다.

아버지는 연경을 꺼내어 쓰고 사랑으로 나가버리었다.

58

아버지가 사랑으로 나가버리자 어머니의 흑흑 느끼는 소리는 더욱 높아갔다.

"애, 인제 고만, 응."

달래다가 울고

"그대로 뚝 그치지를 못하고."

꾸짖다가 울었다.

주만은 어머니의 상심하시는 것이 민망스럽고 죄송스러워서 가까스로 꿀꺽꿀꺽 울음을 삼키고 제 처소로 돌아왔다.

제 방에서 제 호올로 실컷 마음껏 울어보려 하였더니 웬일인지 그렇게 퍼붓는 듯하던 눈물이 고새 말라붙었는지 다시 나올 것 같지도 아니하였다. 눈은 갈수록 보송보송해지었다.

눈물이 끊어지자 속은 바작바작 타기 시작하였다.

"이 일을 장차 어찌할까."

머리를 두 손으로 부둥켜 쥐고 짜보았건만 암만해도 어찌할 도리가 나서지를 아니하였다.

누워보아도 시원치 않고 앉아보아도 시원치 않고 일어서 보아도 시원치 않았다. 애꿎은 몸만 자반뒤적이를 하면 할수록 한 그믐밤 빛 같은 아득한 절망이 그의 가슴을 물어뜯을 뿐이다.

눈물이 흐를 때는 오히려 나았다. 천만 개 바늘로 쑤시고 저미듯 쓰리고 따가운 속을 얼마쯤 눅여주었던 것이다. 빼빼 마른 슬픔을 찬 이슬처럼 축여주었던 것이다. 눈물마저 끊어진 지금은 더욱 견딜 수 없었다.

백 갈래 천 갈래로 곰곰이 생각해도 끝머리는 언제든지 허두로 돌아가고 만다.

"이 일을 장차 어찌할까."

주만이 혼자로는 너무도 벅차고 어려운 문제였다. 그렇다고 이 사정을 호소할 데가 어디냐.

오늘날까지 애지중지 길러주신 부모님께도 하소연할 수 없는 이 사정. 무슨 응석이라도 받아주시고 무슨 청이라도 들어주시는 부모님이시지만 이런 동이 닿지 않은[71] 말씀이야 어찌 여쭈랴. 설령 용기를 가다듬어 발설을 한다 한들 그 결과는 뻔한 노릇이 아니냐. 천부당만부당한 이 사정이거니 동해 바닷물이 마를지언정 들어주실 리 만무하다. 도리어 역정만 내시고 슬퍼만 하실 것 아닌가.

이 사정을 호소할 데는 오직 아사달뿐이다. 그러하다, 이 안타까운 사정을 알아줄 이는 이 세상에 둘도 없는 오직 그이 하나뿐이다.

그래서 밤들기가 무섭게 털이를 데리고 이곳을 찾아온 것이었다.

다시없을 기회, 다시없을 자리에 그를 만났건마는 올 때 먹은 마음과 딴판으로 입이 떨어지지 않으니 웬일일까.

바람은 더욱 기운차게 더욱 사나웁게 불어 제뜨린다.

와르르르 어디 산이라도 무너지는 듯. 들부수듯이 산기슭으로 휘몰려 들어가매 숲은 회술레를 돌리듯 몸을 우쭐거리며 아귀성

71 이치에 맞지 않는.

을 친다.

바람이 걸어가는 대로 술렁술렁 물결을 치는 듯한 솔숲이 밤눈에도 으렷이 보이었다.

주만의 가슴도 바람결같이 설레었다.

통사정할 오직 한 사람인 줄 여기었던 아사달도 어찌 생각하면 허뿌고 거짓인 듯하였다. 제 고장만 생각하고 세월의 덧없음만 설워하는 그에게 이 사정을 알린들 무슨 소용이 있을까. 내가 정혼을 한 것이 그에게 무슨 상관이 있을까. 내가 시집을 가고 안 가는 것이 그에게 하상 대사일까.

한 번 탑돌기를 같이하고 한 번 까무러친 것을 발견하고 몇 번 문병을 하였을 뿐. 그와 나와 무슨 깊은 곡절이 있단 말인가. 그는 부여 땅의 젊은이, 나는 서라벌 처녀, 생각하면 아주 남남끼리가 아니냐.

부모님도 몰라주시는 사정을 그에게 알아달라니 너무도 터무니없는 노릇이 아니냐.

바람에 둥둥 뜨는 듯한 머릿속으로 이런 생각을 하매 주만은 넓은 벌판에 단 호올로 남은 듯한 적막과 슬픔을 느끼었다.

"어유, 바람도 몹시 부는군. 저 별빛이 흐릿한 것이 어쩐지 물을 먹은 듯합니다. 비가 또 오시랴나."

혼자 생각에 잦아졌던 주만에게는 아사달의 말소리가 마치 딴 세상에서 울려오는 듯하였다.

59

물 먹은 별들은 졸리다는 듯이 깜박깜박하다가 하나씩 둘씩 지워졌다.

동쪽 하늘에 둥둥 떠오른 검은 구름장이 서으로 서으로 빨리 빨리 달아났다. 대번에 하늘은 빈틈없이 흐려지고 구름 두께는 갈수록 짙어가는 듯하였다.

사나운 바람은 여전히 그칠 줄을 모른다.

주만의 가슴을 지지른 검은 구름장도 더욱 무거워졌다.

그와 맞대해 앉아 있어도 이렇게 괴롭고 외로울진댄 차라리 돌아가는 것이 나을 상싶었다. 그러나 한번 간 털이는 차돌이와 무엇을 노닥거리고 있는지 다시 올 줄을 모르고 아무리 대담한 주만으로도 이 캄캄칠야에 털이도 데불지 않고 촛불도 없이 제 혼자 타닥타닥 돌아가기는 거리꼈었다. 그나 그뿐인가, 정작 몸을 일으키려 하매 더욱 서러웠다.

'그와 이렇게 대할 적도 몇 번이나 될 것인가.'

생각하매 그와 떠나는 슬픔이 그와 같이 있는 괴로움보다 백 곱절 천 곱절 더할 것을 새삼스럽게 느끼었다.

'어둡지나 않았더면 그의 얼굴이나 실컷 보아둘걸.'

아무리 눈을 닦아보아도 어둠 속에 덩치만 으렷이 보일 뿐, 그 어글어글한 눈매와 연연한 입술이 나타나지 않는 것이 못 견디리만큼 안타까웠다. 털이에게 초롱까지 돌려보낸 것이 몹시 후회되었다.

에라 암만해도 보깨이는[72] 내 속을 알릴 데는 그이 하나뿐이다. 기막힌 내 사정을 하소연할 데는 그 아니고 또 누구 있을까.

"나는 자칫하면 인제 자주 와서 못 뵙게 될지 몰라요."

마침내 주만은 입을 열었다.

"네?"

아사달은 제 귀를 의심하는 모양이었으나 뒤미처

"길이 그렇게 멀다니 어떻게 자주 오실 수야……."

"길이야 백 리면 어떠하고 천 리면 어떠해요……."

하고 주만은 불같은 입김을 내쉬었다.

"그러면 무슨 딴 일이 생겼습니까."

아사달의 묻는 말씨도 급하였다.

이 아름다운 동정자, 이 곰살궂은 은인까지 자주 못 보게 된다
면 너무도 쓸쓸해질 제 생활이 아니냐. 나그네의 사막에 핀 한 송
이 꽃! 그것마저 없어진다면 너무도 보송보송하고 메마른 그날
그날이 아니냐.

"나, 나는 저, 정혼을 했답니다."

주만은 더듬거리면서도 분명히 제 할 말을 하고야 말았다.

"네, 정혼?"

아사달의 대답도 허둥지둥하였다.

"쉬이 시집을 가게 되겠단 말씀예요."

주만은 아사달이가 잘 못 알아들은 줄 알고 또 한 번 재우치고
어둠 속에서도 얼굴을 떨어뜨리었다.

"그, 그러시다면……."

---

72 일이 뜻대로 되지 않아 마음이 번거롭거나 불편한.

하고 아사달은 말문이 탁 막히는 듯하였다.

"그러시다면 인제는 참 또 오시기……."

말끝을 맺지 못하였다. 자기만 찾아줄 그가 아니요, 자기만 돌보아줄 그가 아닌 것을 아사달도 번연히 알건마는 어쩐지 마음 한 모서리가 허수하게 비어오는 것을 어찌할 수 없었다.

그러나 이 처녀가 왜 이 말을 하는고. 자기가 시집을 가고 안 가는 것을 왜 나에게 알리는고. 거기 깊은 뜻이 있는 듯도 싶었지만, 다시 생각하면 무두무미하게 발길을 뚝 끊어버리면 궁금해할까 보아 미리 가르쳐주는 아름다운 마음씨에 지나지 않는 듯도 싶었다.

"또 오기야 또 오지만 몇 번을 더 오게 될지……."

주만의 목소리는 눈물이 그렁그렁 고이었다.

"앞으로 단 한 번이라도 더 오실 수가 있다면야!"

아사달은 반색을 하다가

"나도 인제는 이만큼 회복이 되었으니 염려를 놓으셔도 괜찮기야 합니다마는!"

서운한 가락을 띠었다.

"나도 몇 달만 애를 더 쓰면 이 탑을 끝을 낼 것 같습니다. 그러면 나도 곧 부여로 돌아가게 되겠습니다."

주만의 방문조차 끊어진다면 그는 한시바삐 일을 서둘러야 한다. 사랑하는 아내의 곁으로 돌아가야 한다.

"곧 부여로 돌아를 가셔요?"

주만의 가슴엔 무엇이 뜨끔하게 마치는 듯하였다.

"그렇게 쉽사리 일이 끝이 날까요."

"이젠 삼층도 대모한 것은 거진 끝이 났으니 잔손질만 하면 고만입니다. 일만 착실히 하고 보면 오래지 않아 손을 떼게 될 것 같습니다."

'그도 간다. 그도 갈 날이 얼마 남지를 않았고나. 그런데 나는, 나는……'

주만은 속으로 외쳤다.

60

"공사만 끝나면 곧 서라벌을 떠나실 작정이군요."

주만은 아까 아사달의 말이 마음에 키이는 듯 또다시 물었다.

"여러분의 후의와 신세 진 것을 생각하면 얼마를 더 있어도 정이 남습니다마는 공사가 끝난 다음에야 한시바삐 그리던 고장으로 돌아가야지요."

아사달은 솔직하게 제 진정을 털어내었다. 대공을 이룬 다음에야 하루인들 서라벌에 머뭇거릴 필요가 어디 있느냐.

그러나 주만에게는 그 솔직한 대답이 너무도 몰풍스럽고 매정스러웠다. 그는 내가 있는 이 서라벌이 그렇게 지긋지긋한가. 뒤도 돌아보지 않고 선선히 발길을 돌릴 수 있는가.

아아! 그에게는 내란 사람이 아무 상관도 없고나!

"부여가 서라벌보담 그렇게 좋아요?"

주만의 이 말 한마디에는 만 가지 한과 원이 품겼으리라.

그러나 그런 줄이야 아사달은 꿈에도 알 까닭이 없었다.

"그렇게 좋을 거야 무엇 있겠습니까. 그야 서라벌에 대면 시골 두메지요마는 사람이란 제가 나고 자란 고향이 그리운 것이랍니다."

"거기는 사자수[73]가 흐른다지요. 맑고 깊은 강이."

"강만은 서라벌보담 나은지 모르지요."

"그 강을 에두르고 부여란 큰 서울이 있었더라지요."

"옛날의 번화한 자취가 인제는 쑥밭이 되었지만 그때나 이때나 한결같이 흐르는 사자수는 언제든지 아름답고 구슬픈 꿈을 자아내는 듯하지요."

"그래 우리 서라벌의 남내와 모기내보담 큽니까."

"크기로도 남내와 모기내의 여러 곱절입니다마는 첫째 깊고 맑고."

"나도 그 사자수를 좀 구경을 하였으면, 나도 그 아름다운 물가에 살아보았으면!"

하고 주만은 한숨을 휘 내어쉬다가 갑자기 소용돌이치는 정열을 걷잡지 못하는 듯이

"가실 때 나를 데려가 주서요. 나도 가요, 나도 가요. 아사달 님을 쫓아서 나도 갈 터예요. 네 아사달 님. 제발 나를 데려가 주서요. 아사달 님의 고향으로 나를 데려가 주서요."

잠깐 뜸하였던 바람은 다시 세차게 불기 시작한다. 하늘은 먹을 갈아 부은 듯이 캄캄해졌다.

주만은 펄렁거리는 옷자락을 여미지도 않고 이제란 이제야말

---

73 '백마강'의 삼국시대 이름.

로 이 속에 쌓이고 쌓인 충정을 쏟아놓기 시작하였다.

"네, 아사달 님, 나를 꼭 데리고 가셔야 됩니다. 나를 버리고 가신다 해도 나는 아사달 님을 찾아갈 터입니다. 하늘이 두 쪽이 나더라도 찾아가고야 말 것입니다."

아사달은 이 정열의 회오리바람에 한동안 정신을 차릴 수가 없었다.

"구슬아기 님, 구슬아기 님, 구슬아기 님이 부여로 가시다니 말이 됩니까. 이 좋은 서울을 버리시고……."

"난 서울도 싫어요. 아사달 님이 안 계시는 서울은 무덤 속같이 쓸쓸해요."

"부모님도 버리시고……."

"부모님 곁을 떠나는 것이야 슬프지만 다른 데 시집을 가는 것보담 낫지 않아요."

아사달은 회술레를 돌리이는 것처럼 머리가 핑핑 내어둘리었다.

"아무리 멀리 구슬아기 님이 부여로 가신다 해도 이찬 댁에서 그냥 두실 리 만무한 일……."

"그냥 안 두시고 혈마 나를 어떡하실까."

"이런 서울에 사시다가 그런 두메에 어떻게 숨어 사십니까. 그런 생각을랑 아예 마십시오. 그런 말씀을랑 아예 마십시오."

"서울이면 어떠하고 두메면 어떠해요. 아사달 님이 가시는 데라면 어디라도 좋아요. 물속에라도 불 속에라도."

"구슬아기 님, 그것은 안 될 말씀입니다. 그것은 천부당만부당하신 말씀입니다."

"아무리 아사달 님이 안 된다 하셔도 인제는 틀렸습니다. 아무리 나를 떼치시랴 하셔도 인제는 때가 늦었습니다. 이 몸은 아사달 님의 그림자. 아사달 님이 서나 앉으나 따를 그림자. 아사달 님이 오나가나 붙어 다닐 그림자. 이 몸이 죽기 전에는 이 몸이 재가 되기 전에는 아사달 님을 놓치지 않을 터예요. 아이지 않을 터예요."

그렇게 몹시 불던 바람도 별안간 무엇에 주눅이 든 듯 뚝 그치며 우르르 우레가 호통을 친다. 문득 먹장 같은 구름을 찢고 번개가 번쩍하며 줄불을 터뜨리자 그 어마어마한 불칼로 하늘을 동강이를 내는 듯 무서운 음향이 일어나고 그리 멀지 않은 곳에 벼락이 떨어진 것 같다.

번쩍하고 눈 속을 스쳐 가는 광채 가운데서 두 남녀는 일찰나 마주 보았다.

주만의 얼굴도 핏빛이었다. 아사달의 얼굴도 핏빛이었다.

후닥뚝닥 굵은 빗방울이 떨어지기 시작한다.

61

아사달은 굵은 빗발이 떨어지는 것을 보고 놀랐다.

"기예 비가 오시는군요. 이렇게 뇌성벽력을 하니 비가 오셔도 많이 오시겠는데."

"비가 오시면 어때요. 비쯤 맞으면 어때요. 비 걱정을랑 마시고 나를 데려가시겠다고 언약을 해주서요, 맹서를 해주서요. 부

여든지 어디든지 아사달 님 가시는 데 같이 간다고 속 시원하게
일러주세요."

".........."

우루룩우루룩 천둥은 갈수록 잦아간다.

쉴 새 없이 번개는 친다. 그 사나운 불채찍은 어둠을 후려갈기
고 빗발을 누비질하며 번쩍거린다.

와지끈자끈 벼락은 닥치는 대로 바수어내는 듯 온 누리가 이
호통의 으름장에 겁을 집어먹고 부들부들 떠는 듯하였다.

주만의 불을 뿜는 듯한 하소연은 그대로 계속되었다.

"불국사에서 처음 뵙던 그 순간 나의 운명은 벌써 작정이 된
것이야요. 다보탑 밑에서 신기하게도, 참으로 신기하게도 두 번
째 만나 뵐 제 나의 일생은 귀정이 나고 만 것이야요. 그때부터
이 몸은 아사달 님 없이는 이 세상에 못 살 줄 알았습니다. 아사
달 님 아니고는 나에게 기쁨을 주고 행복을 줄 이가 또다시 없는
줄 깨달았습니다. 세 번째 석가탑 위, 지금 앉인 이 자리에서 혼
절하신 모양까지 뵙게 된 것은 우리의 이상한 인연이 아주 굳어
지고 만 것입니다."

비는 어느 결에 폭우로 변하여 좍좍 쏟아지기 시작하였다.

"옷이 다 젖으십니다. 이 바윗부리 밑으로라도 잠깐 의지를 하
십시오."

아사달은 딱한 듯이 또 한 번 재우쳤다.

"왜 자꾸 딴말씀만 하세요. 이 옷이야 다 젖인들 어쩌해요. 아
사달 님이 허락만 하신다면 이 비를 맞고 그대로 짓물러나도 좋
아요. 그대로 잦아져도 좋아요. 네, 아사달 님, 같이 가실 테지요.

함께 간단 말씀을 해요."

"……."

아사달도 노박이로[74] 맞는 비를 피하려고도 아니하고 눈을 감아버렸다.

이윽히 무엇을 생각하는 듯하다가 마침내 차마 하지 못할 말을 하고야 말았다.

"구슬아기 님, 그것은 안 될 말씀입니다. 나에게는 의젓한 아내가 있답니다. 나 돌아오기를 손꼽아 기다리는 아내가 있답니다."

이 말을 하기에 아사달은 가슴이 갈기갈기 찢기는 듯하였다. 자기의 둘도 없는 아름다운 동정자에게 이 말을 들리기는 너무도 면난쩍었다. 너무도 무참하였다. 그 어여쁘고 고운 염통을 칼로 저미는 것이나 진배가 없었다. 아까부터 몇 번을 이 말을 할까 말까 망설이었다. 목구넝까지 올라왔다가 스러지고 혀끝에 뱅뱅 돌면서도 입 밖에 내지를 못하였다.

그러나 이 말을 듣는 것은 한때의 고통. 이런 줄을 모르고 처녀의 마음을 끝끝내 바치게 하는 것은 더 크고 더 무서운 죄악인 양하였다.

그는 마침내 마음을 결단하였다. 이를 악물고 이 말을 하고 만 것이었다.

과연 열에 뜨인 주만에게도 이 말만은 여무지게 울린 듯하였다. 화살을 맞은 비둘기 모양으로 그의 몸은 흠칫하였다.

그러나 그렇다고 움츠러들 주만이가 아니었다. 날카롭게 찔린

74 줄곧, 계속적으로.

생채기의 아픔을 지그시 견디는 듯하더니 아까보담 더욱 흥분된 목소리로 그 말을 받는다.

"나도 알아요, 부인이 계신 줄을 나도 알아요. 장인이요 스승이신 어른의 따님이 부인이신 줄 나도 알아요. 의젓하고 아름다운 부인께서 댁에서 아사달 님 돌아오시기를 나날이 기다리시는 줄 나도 알아요. 나도 그 때문에 얼마나 고민을 하였을까, 애간장을 끓였을까…… 남의 남편, 남의 서방님을 흠모하는 이 몸이 얼마나 미웠을까……."

하고 주만은 지나친 흥분에 잠깐 말을 끊었다.

"그러나 그것도 인제는 지난날의 몹쓸 꿈으로 사라지고 말았습니다. 남편이 되고 아내가 되는 것보담 더 높은 정이 없을까, 더 깨끗한 사랑이 없을까요. 아무리 부인이 계시다 한들 사랑이야 어떡하실까. 나는 그 어른의 형님이 되어도 좋고 동생이 되어도 좋아요. 나는 다만 아사달 님 곁에만 있으면 고만예요. 하루 한 번, 열흘에 한 번이라도 아사달 님을 뵈올 수만 있다면 고만이에요."

비는 점점 소리를 치며 내리퍼붓는다.

62

불덩이 같은 주만의 머리와 뺨에 빗발이 젖자 무렁무렁 김이 서리었다.

"나는 아사달 님과 부부가 되는 것도 원치 않아요. 그야 의엿한 부부가 될 수가 있을 말로야⋯⋯."

하다가 주만은 코 안으로 흘러드는 빗물을 풀어내었다.

"그야 애당초에 안 되기로 정해놓은 노릇. 나는 차라리 아사달 님의 제자가 될 터예요. 겨누와 정을 매만져드리는 제자가 될 터 예요. 십 년을 배우고 이십 년을 배우면 설마 그 놀라우신 재주의 만분지일이야 못 배울까⋯⋯."

"이찬 댁의 귀동따님이 석수쟁이의 제자가 되다니 안 될 말씀, 안 될 말씀."

하고 아사달은 고개를 흔든다.

"왜 안 돼요. 안 될 까닭이 무엡니까! 삼단 같은 머리를 끊어 버리고 불제자도 되려든. 나무로 깎고 구리로 새겨 맨든 부처님 의 제자도 되려든. 살아 있는 이를 왜 스승으로 못 섬길까. 눈앞 에 보여주는 재주를 왜 못 배울까⋯⋯."

"제발 마음을 돌려주십시오. 이 아사달이 빕니다."

아사달은 머리를 푹 수그렸다.

"아무리 아사달 님이 빌어도 내 마음은 돌리지 못합니다. 동해 에서 뜨는 해가 서악西岳에서 떠도 한번 먹은 내 뜻은 꺾지를 못 합니다."

"괴롭습니다. 이 아사달이 괴롭습니다. 제발, 제발⋯⋯."

"괴롭다면 내가 괴롭지 아사달 님이야 왜 괴로워요? 여제자 하나 데리는 게 그렇게 괴로워요?"

"제발 그러지 말아주십시오. 부모님께서 정혼하신 자리로 떳 떳이 시집을 가주십시오. 그리고 그 좋은 부귀와 영화를 누려주 십시오."

"부귀와 영화가 아무리 좋다 한들 내가 싫은 바에야 헌신짝만도 못한 것⋯⋯."

"가난뱅이 석수살이. 그 지긋지긋한 고생을 왜 사서 하시랴고⋯⋯."

"아무런 고생살이라도 제가 즐겨 하는 거야 누구를 탓을 해요."

"말씀은 쉬워도 고생살이란 진저리나는 것. 풀 자리에 베 이불을 어떻게 견디실까. 안 될 말씀, 안 될 말씀!"

"돌 위에 그냥 자도 내 좋으면 그만이지요. 나무껍질을 벗겨 먹어도 내 기쁘면 고만이지요. 아사달 님을 그리고는 끊어질 이 목숨. 목숨도 태웠거든 세상에 못 견딜 일이 무에 또 있을까."

바로 머리 위에서 벼락이 떨어지는 듯 천지가 뒤집는 울림이 일어났다. 정열의 용솟음에 허덕이는 그들도 아뜩하며 귀를 막았다. 눈에 불이 주렁주렁 흩어지며 세상에도 빠르고 세상에도 세찬 무엇이 휙 지나치는 듯하였다. 팽팽 내어둘리는 눈길에도 저 건너 산허리에 수없는 불바위가 디굴디굴 맞부닥뜨리며 구을다가 이내 스러져버리는 광경이 환하게 보였다.

일순간 번하게 밝아오는 듯하다가 다시 자욱해지더니 비는 꼬지락이로 따르었다. 대번에 탑 위에 물이 펑하게 고이며 양 가로 철철 흘러 떨어지는 소리가 난데없는 폭포를 이룬 듯하였다.

"이리로 오십시오. 이 돌부리 밑에나마 좀 들어앉으십시오."

아사달은 캄캄한 가운데서 더듬거리며 주만을 불렀다. 아무리 주만으로도 폭포수같이 내리지르는 이 빗줄기를 그냥 맞기는 어려웠으리라. 그는 몸을 일으키려 하였으나 벌써 흠빡 젖은 옷자락이 다리에 휘감기어 댓 자국을 떼놓을 수 없었다.

아사달의 손은 가까스로 질척질척하는 주만의 소매를 잡을 수 있었다.

물펑덩이가 다 된 주만의 몸을 옆으로 반나마 안다시피 하여 어홍하게 떨어낸 바윗부리 밑에 들여앉힐 수 있었다.

그 바위 밑은 둘이 맞비비대고 몸을 웅크려야만 간신히 노박이 빗발을 가리울 만큼 좁았다.

"아사달 님 어디로 나가서요. 어디로 이렇게 비가 딸쿠는데."

주만은 자기를 안아다가 놓고 몸을 일으키는 아사달을 보고 부르짖었다.

"여기도 괜찮아요. 여기도 의지간이 있습니다."

아사달은 분명히 거짓말을 하는 모양이었다.

"거기 무슨 의지간이 있어요. 노박이로 비를 맞이실걸 뭐."

"괜찮아요. 아무 말씀도 마시고 조금만 그러고 계십시오. 인제 곧 비가 뜸해질 것이니까요."

아사달의 말을 반박이나 하는 것처럼 비는 더욱 줄기차게 쏟아진다.

"고새라도 이 줄기찬 비를 그대로 맞이시면 병환이 더치실걸. 어떡하나, 어떡하나."

주만은 보이지도 않는 아사달을 찾으며 조바심을 하였다.

"여기도 괜찮습니다. 여기도 비를 맞지 않습니다."

아사달의 목소리는 아까보담 얼마를 떨어져 나간 듯하였으나 그 숨길은 몹시 거칠게 들려왔다.

63

부석의 병은 아사달이 떠나던 그해에는 별판으로 점점 나아 갔다.

봄이 지나고 여름이 되자 그 몹쓸 해소도 도수가 드물어지고 손수 정을 들어 여러 제자들에게 돌 쪼는 비결조차 가르쳐줄 만큼 되었다.

그가 이렇게 속하게 건강을 회복하게 된 것은 첫째 온화한 기후 관계가 크기도 하였지마는 외동사위를 멀리 떠나보내고 심신이 긴장한 탓도 탓이리라.

그는 세상없어도 아사달이가 대공을 이루고 돌아올 때까지는 살아야 한다. 그 능란한 솜씨로 서라벌 석수들을 어떻게 찔끔하게 하고 천하에 으뜸가는 탑을 어떻게 지어내었다는 이야기를 듣기 전에는 눈을 감으랴 감을 수 없다.

만일 그동안에 제 명이 이어가지 못한다면 홀로 남은 아사녀는 어떻게 될 것인가. 생각만 해도 아슬아슬하였다.

그는 아사달이 있을 때보담 제 몸을 돌보고 주의를 게을리하지 않았다. 조죽이나마 억지로라도 몇 술을 더 떠넣었다. 병상에 누워 있는 때를 할 수만 있으면 줄이고 웬만만 하면 기동을 해보았다.

그러나 여름이 다 지나고 가을바람이 불기 시작하면서부터 그 무서운 기침은 또다시 그를 찾았다. 온몸의 힘을 쥐어 짜내고 오장육부까지 뒤틀어 오르게 하는 그 무서운 해소는 맹렬하게 그의 덜미를 짚었다.

기침 한 번 한 번에 늙고 쇠한 기운은 빠져 달아났다. 몸에 억지를 부린 탓으로 그 반동은 더욱 무서웠다.

한겨울이 되자 몸져눕고 말았다.

아사녀는 병상 곁에서 꼬박이 여러 밤을 밝히었다.

호된 기침을 하고 난 뒤에는 거물거물 그 자리에서 숨이 지는 듯도 하였다.

"아버지, 아버지, 눈을 떠보십시오, 눈을 떠."

아사녀는 울며 부르짖었다. 푹 꺼진 눈자위는 눈알맹이가 있을 상싶지도 않고 가르렁가르렁하던 담 끓는 소리도 가라앉고 숨소리가 들릴 둥 말 둥하자 아사녀는 질색을 하며 아버지를 깨워보는 것이었다.

"음, 음, 왜."

하고 그 진땀이 배어서 번질번질해진 눈시울을 뜨면 아사녀는 돌아간 아버지가 다시 살아난 것같이 기뻐하였다.

"아버지."

"왜."

"아버지가 이렇게 편찮으시다가…… 만일…….."

"만일에 죽으면 어떡하느냐 말이지. 안 죽는다, 안 죽어, 쿨룩 쿨룩."

말끝은 기침으로 마쳐졌으나 부석은 자신 있게 딸을 위로하였다.

"아사달이 돌아오는 걸 못 보고 내가 죽다니 말이 되느냐. 아사달을 다시 못 보고 눈을 감으랴니 감을 수 있느냐."

"아버지께서는 그 탑이 얼마쯤이나 되었을 듯해요?"

"가만있자, 그 애 간 지가 한 일 년 되었느냐."

"올봄에 갔으니 아직 일 년은 채 못 되었지요."

"옳아, 그 애가 올봄에 갔것다. 공을 들이자면 그래도 일 년은 걸릴걸."

"뭐 일 년 템이나."

"참 짓는 탑이 둘이라지. 훌륭한 석수를 만나 하나씩 맡아 짓는다면 일 년에 끝을 내겠지만 두 탑을 혼잣손으로 다 맡는다면 이태는 더 걸릴걸."

"어유 이태!"

아사녀는 한숨을 내쉬었다.

"이태가 그렇게 먼 듯하냐. 까다로운 공사나 만나고 생각이 잘 안 돌면 사오 년도 걸리는 수가 있느니라."

"그렇다면 큰일 나게요, 큰일 나게."

아사녀의 눈은 호동그래졌다.

일 년이 채 못 되어도 이렇게 그립고 기다리거든, 이태 삼 년이 걸린다면 아버지보담도 제가 먼저 말라 죽을 것 같았다.

"여기서 서라벌이 얼마나 되어요."

"글쎄 몇 리나 될까. 한 오백 리는 더 될걸."

"오백 리, 그렇게 멀어요? 걸어간다면 여러 날 걸리겠는데요."

"암 여러 날 걸리지. 발이 부르트고, 쿨룩쿨룩."

"노독이나 나지 않았을까."

아사녀는 혼잣말같이 중얼거렸다.

위태한 고비를 몇 번 넘기기는 하였지만 그해 겨울은 아무튼 무사히 지낼 수 있었다.

그 이듬해 봄이 되고 여름이 되자 기침은 또다시 뜸해졌지만 너무 지쳐서 기운을 차릴 수가 없게 되었다.

64

그 이듬해는 여름이 되어도 몹시 지친 부석의 몸은 좀처럼 소복을 못 하고 호정출입[75]까지 어렵게 되었다.

위험 시절 가을은 또 닥쳐왔다. 혹독한 기침은 썩은 나뭇가지를 분질러내듯 쇠약한 부석의 몸의 모든 부분을 샅샅이 바수어 내었다.

인제 쿨룩쿨룩하는 소리도 제대로 나오지를 않았다. 소리를 낼 만한 근력 한 푼어치도 그에게 남지 않은 모양이었다.

주름살 많이 잡힌 얼굴이 마치 으등그린 송충이처럼 흉업게 찡그려 붙고 입을 딱딱 벌리는 것을 보아 그가 지금 기침을 하고 있음을 짐작할 따름이었다.

어복[76]이 말라붙은 종아리는 촛대뼈와 종지뼈가 앙상하게 드러나서 하릴없이 장작개비와 같이 뻣뻣하였다.

그가 살아 있다는 오직 한 개의 증거는 가르렁거르렁 씩쌕 갖은 소리를 내는 담 끓는 것뿐이었다.

금일 금일 하면서도 그의 생명은 기적적으로 끊어지지는 아니하였다.

75 병자나 노인이 겨우 마당 안에서만 드나듦.
76 장딴지.

"아사달을 다시 한 번 못 보고 내가 죽다니 말이 되느냐. 안 될 말, 안 될 말."

그는 조금만 정신기가 나면 언제든지 다 부서진 제 몸에 용을 쓰며 중얼거리곤 하였다.

아사녀는 하도 여러 번 그 소리를 들어서 귀가 따가웠다.

이렇게 용을 한번 쓰고 나면 그 흐릿한 눈동자에는 언제든지 눈물이 친친하게 괴어올랐다.

제 평생을 두고 닦고 배운 재주를 모조리 전장한 아사달, 그의 쓸쓸한 인생에 오직 한 개의 보옥인 딸까지 맡은 아사달.

그가 대공을 마치고 영광에 싸이어 돌아오는 날까지는 세상없어도 이 쇠잔한 목숨을 지탱을 해야 한다.

그의 잿불처럼 꺼져가는 생명을 부지하는 기적이 실상은 이 원력인지 모르리라.

아사녀는 이 용쓰는 것과 눈물이 보기 싫었다. 처음에는 그럴 적마다 울기도 여러 번 울었으나 인제 와서는 그 광경을 차마 볼 수 없어 퉁퉁하게 부은 눈을 외우시고 만다. 이렇게도 원을 원을 하시는 것이 암만해도 원을 이루지 못하고 마실 것이 더욱 가슴을 찢어 갈기는 듯하였던 것이다.

어찌어찌 그 무서운 겨울을 넘기기는 넘기었다.

추녀 끝에서 눈 녹아내리는 소리가 또닥또닥 난다. 사자수가 풀리느라고 얼음장이 쩡쩡 우는 것이 제법 멀리 들려왔다.

물동이를 이고 강가에 나간 아사녀는 어제오늘 다르게 얼음이 한 뼘 두 뼘 녹아 없어지고 그 대신 찰랑찰랑하는 파란 물둘레가 넓어가는 것이 신통하였다.

바가지로 물 한 동이를 퍼내놓은 뒤에는 어린애 모양으로 두 손으로 그 수정 같은 물을 움켜 떠보고 손가락 새로 흘려버리곤 하며 때 가는 줄도 잊었다.

봄이 온다.

아사녀의 염통은 뛴다. 겨우내 그 조그마한 가슴을 엎누르고 지지르던 그 두꺼운 얼음장도 녹아내려 버린 듯하였다.

봄이 오면 첫째로 아버지의 병환이 돌리시리라. 그 무서운 기침이 차차 도수가 줄어지시리라.

지팡이를 끄으시고 뜰에 내려오시어 양지쪽 봉당에 앉으시게만 되면 그 몹쓸 병은 물러나는 날이다. 재작년도 그러하였고 작년도 그러하였으니 금년이라고 아니 나으실 리가 있으랴. 전보담 너무 지치신 듯한 것이 적이 염려가 되기는 되었지만.

그러고 더 좋기는 아사달 님 돌아오실 날이 가까워온 것이다. 떠나신 후 벌써 세 번째 봄이 돌아오질 않느냐. 아버지 말씀대로 탑 둘을 혼잣손에 다 맡아 짓는다 해도 이태면 된다 하셨으니 이번 봄이 오면 햇수로는 벌써 삼 년, 날수로 따져도 고스란히 이태가 되지 않느냐. 설마 세 번째 봄이야 넘기실 리 있으랴. 이번 봄에는 기어코 돌아오시고야 마시리라.

참 세월이 쉽기는 쉽구나. 단 한 달도 단 일 년도 그럴 것을 생각하매 까마득하더니 어느 결에 이태 삼 년!

아사녀는 정신을 놓고 물을 움키고 또 움키다가 이른 봄의 강물은 아직도 차서 손이 쓰린 것을 깨닫고 치마꼬리에 손을 씻었다.

"내가 미쳤나. 손이 이렇게 쓰린 것도 모르고……."

아사녀는 해죽이 웃고 치마꼬리에서 빼어낸 새빨갛게 된 손을 호호 불었다.

다가드는 봄 자취와 함께 그의 집에는 기쁜 일과 좋은 일이 꼬리를 맞물고 한꺼번에 닥쳐오는 듯하였다.

65

물동이를 부엌에 내려놓고 아사녀는 쏜살같이 아버지께로 뛰어 들어갔다. 오래간만에 저를 찾아준 기쁜 생각을 한시바삐 병든 아버지에게 알려주고 싶었던 것이다.

아버지는 막 기침을 하고 나셨는지 헉헉하는 숨길이 턱에 닿고 번열이 난 탓으로 이불자락을 반나마 걷어쳤는데 그 칼등같이 드러난 갈비뼈를 보매, 아사녀는 지금 방장[77] 꾸고 온 아름다운 꿈이 무참히도 부서지는 것을 느끼었다.

아무리 봄이 온다기로 이렇게 육탈한 아버지가 과연 회춘을 하실 것인가. 그렇게 기다리시던 아사달을 만나보실 수 있을 것인가.

그래도 아사녀는 그렇게 좋은 공상을 단념하기에는 너무도 아까웠다.

"아버지, 아버지 인제 봄이 와요."

아사녀는 무두무미하게 아버지의 귀에다 대고 부르짖었다. 작

---

77 방금.

넌 겨울부터 귀까지 절벽이 되어서 작은 말낱은 알아듣지 못하는 아버지였다.

아버지는 감았던 눈을 번쩍 떴다. 무슨 보에 싸인 듯이 흐릿해 보이는 그의 안광이 이때따라 생기가 도는 듯하였다.

"응 누가 와, 아사달이가 와!"

하고 올강불강하는 팔꿈치로 한옆을 짚고 힘을 부진부진 준다. 그는 분명 몸을 일으키려고 애를 쓰는 모양이었다.

"아녜요, 아녜요. 아사달 님이 온다는 게 아녜요. 봄, 봄이 온다는 말씀예요. 강물이 다 풀리고……."

"뭐, 뭐, 봄, 봄이 와."

부석은 싱겁다는 듯이 떠들썩하게 쳐들었던 몸을 메다붙이듯 가라앉히고 만다.

"얼음장이 풀리고 물이 제법 졸졸 소리를 내고 흘러요."

"……."

부석은 자기에게 아무 상관이 없다는 것처럼 스르르 눈을 다시 감아버린다.

"봄이 오면 그 몹쓸 병환도 나으실 게고……."

"봄이 온다고 내 병이 나을 듯싶으냐."

"그러면요. 일기만 따뜻해지면."

부석은 고개를 흔들었다. 고개를 흔들었다느니보담 차라리 흔드는 시늉을 해 보이었다. 그리고 역정이 몹시 날 때 하던 버릇으로 눈썹을 치켜올리고 그 영채 없는 눈으로 잔뜩 천장을 노리었다.

봄이 온다는 말이 이렇게도 아버지의 귀에 거슬릴 줄이야.

아사녀는 한참 무료하게 앉아 있다가 문득 아침밥이 늦어가는 것을 생각하고 몸을 일으켰다. 아침을 짓는대야 아버지는 미음을 끓여드리고 밥 먹을 이는 저 하나뿐. 그리고 누룽지를 치워줄 삽사리 한 마리. 신신치 않은 일이나마 문병 오는 제자들이 달겨들기 전에 아침밥을 먹어치워야 한다.

아사녀는 막 방문을 열고 나가려 할 제 부석은 매우 못마땅한 눈치로 거의 흘겨보다시피 돌아본다. 말은 안 하여도

"나 혼자 남겨놓고 또 어디를 나가느냐."

하고 꾸짖는 것 같았다. 아버지는 요새 와서 걸핏하면 화를 내시고, 더구나 아사녀가 곁을 떠나는 것은 질색이었다.

어질고 자상스럽던 성미도 병에 부대끼어 변해진 듯하였다.

아사녀는 다시 아버지 곁으로 왔다.

"아버지 잠깐만 혼자 계십시오. 아침밥을 짓고 들어오게."

아사녀가 다시 들어오자 아버지는 돌아누워 버리고 알은체도 하지 않았다.

"네 아버지, 아침을 지으러 나가야 되지 않아요?"

'그래라' 하고 대꾸는커녕 고개까지 끄덕여주지 않았다.

"네 아버지, 저는 나가봐야……."

또 한 번 재우쳐보았건만 아버지는 눈까지 감고 제 딸이 거기서 있는 것조차 잊어버린 것 같았다.

아사녀는 망단하여 서성거리며 아버지의 축난 얼굴을 물끄러미 들여다보았다.

그 푹 꺼진 눈자위에 눈물이 펑하니 고이어 오른다.

"아버지, 아버지!"

아사녀는 억색하여 부르짖었다.

"그래 봄, 봄이 오면 아사달이 온다더냐."

다시 눈을 뜨는 아버지는 눈귀와 눈초리가 깊은 탓인지 눈물은 흔적도 없이 잦아져서 방장 우신 것 같지도 않으나 그 말소리는 몹시 떨리었다.

그러면 아버지도 자기와 꼭 같은 생각을 가지고 계셨던가.

"오고말곱시오. 떠난 지 벌써 세 번째 봄이 오는데."

"음, 세 번째 봄이. 음, 봄이 완구히 오기 전에 아사달이가 와야 될 텐데. 요 며칠 안에 아사달이가 와야 될 텐데……."

"……."

아사녀는 무슨 뜻인지 잘 알아차릴 수 없었다.

"음, 요 며칠 안에…… 암만해도 너 혼자 남겠고나……."

아버지는 수수께끼 같은 말을 남기고 다시 눈을 감아버린다.

66

부석은 자기가 염려하던 바와 같이 그 봄이 채 다 못 와서 썩은 나무가 물오르기 전에 부러지듯이 세상을 떠났다.

죽기 전 며칠은 제법 정신기가 돌아났다. 시늉만 보이던 그 악착한 기침도 도수가 줄어진 것 같고 담 끓는 소리도 한결 나은 듯하였다.

하루아침은 물을 길러 나가려는 아사녀를 눈으로 불렀다. 곁에 와 앉은 딸을 퀭한 눈으로 치어다보며 자꾸 안간힘을 쓴다.

"아버지, 아버지 왜 이러서요."

팔뚝 전체로 방바닥을 짚고 모으로 다리를 꼬는 병인을 보고 아사녀는 또 무슨 변이 생기는가 하고 질겁을 하며 부르짖었다.

"왜 이러서요, 아버지. 글쎄 아버지 가만히 좀 누워계서요."

그래도 병자는 부진부진 혼자 애를 쓰다가

"이, 일으켜. 나를 좀 일으켜."

하고 버르적거린다.

"어유 큰일 나게. 안 됩니다, 안 돼요. 몸을 움직이시면 또 그 몹쓸 기침이 나게요."

아사녀는 질색을 하였다.

"내 딸아, 아사녀야. 나, 나를 좀 일으켜다오, 후, 후."

한참 기를 쓴 탓에 지쳤던지 숨을 모두 꾸려 쉬며 마치 애원이나 하는 것 같다.

"숨길이 이렇게 가쁘신데 일어나셨다가 더치시면 어떡하게, 어떡하게."

"누웠으니 답답해, 어유 답답해. 이, 일으켜라, 일으켜, 좀."

"글쎄 안 됩니다, 안 돼요. 병환이⋯⋯."

"병은 인제 다 나았다. 나를 일으켜라, 응. 아가, 아가."

비대발괄이나 하는 것 같다. 이 안타까운 청을 아니 들으랴 안 들을 수 없었다.

아사녀는 두 손을 병자의 등 밑으로 넣었다. 손에 만치는 아버지의 살은 마치 물기 도는 바위와 같이 엄청나게 무겁고 미끈거렸다.

아사녀는 제 팔이 천 근들이 쇳덩이나 얹힌 것처럼 휘어지는 것을 느끼는 순간 아버지는 뜻밖에도 거뿐하게 일어앉는다.

아사녀는 병자가 쓰러지지 않도록 이불을 둘레둘레 모아 앞과 양옆을 두리꺼리고 뒤에는 안석 삼아 두둑하게 고였다.

아니나 다를까, 아버지는 일어앉기가 무섭게 한바탕 된통 기침을 하였으나 그 몹쓸 고통도 잊은 듯 그 눈물이 평한 눈으로 웃어 보이었다.

오래간만에도 그 엉덩그려 붙인 얼굴을 펴는 웃음살!

한번 일어나 보시는 것을 이렇듯 신기해하시고 기뻐하실 줄이야! 그런 줄 알았더면 진작 일으켜드릴 것을!

아사녀도 눈물겨웁도록 그 웃음이 반가웠다. 하마터면 깨어질 듯하던 제 환상이 그대로 들어맞은 것이 어떻게나 기쁜지 몰랐다.

봄이 온다! 강물도 풀리고 아버지의 얼굴에도 봄이 온다.

그날 아침에는 물을 길으면서 저도 모르게 콧노래까지 옹알거리었다.

강물은 엊저녁보담 몰라보리만큼 더 풀리었다. 도끼로 찍어도 깨어지지 않을 상싶던 그 두껍고 튼튼하던 얼음장이 둥둥 떠서 헤실헤실 녹으며 흘러간다. 아직 덜 풀린 얼음장 위에도 덧물이 져서 콸콸 소리를 치며 오는 봄을 그리는 것 같다.

그날 저녁에 아버지는 밥을 달라고 떼를 썼다. 미음도 잘 못 넘기던 어른이 죽도 마다하고 밥을 먹겠다는 데는 아사녀도 기가 막히었다. 부녀간에 얼마를 승강을 하다가 끝끝내 밥을 반 주발이나 말아서 자시었다. 매우 염려를 하였지만, 그날 밤에 배탈도 나지 않았다.

그 이튿날 아침에는 아사녀가 채 눈도 뜨기 전에 병자는 제 혼자 힘으로 일어앉고 말았다.

"어떻게 혼자 일어나셨습니까."

아사녀는 하도 신통해서 웃으며 물었다.

"왜 내 혼자는 못 일어난다더냐."

하고 아버지는 웬일인지 웃지를 않았다. 또 무엇에 역정이 난 것 같았다.

"쌀이 얼마나 남았느냐."

아버지는 불쑥 이런 말을 물었다.

"입쌀은 한 댓 되밖에 안 남았어요."

"그리고 좁쌀은?"

"저번에 팽개 님이 팔아 온 것 서 말은 남았을까."

"팽개, 팽개가 좁쌀을 팔아 와?"

매우 불쾌한 눈치를 보이다가 땔나무는 누가 해 오느냐, 내 옷은 몇 벌이나 되느냐, 너는 봄이 되어도 입을 옷이 있느냐, 내가 잘 간직해두라던 돌 다루는 기구는 다 어찌하였느냐, 갖은 것을 미주알고주알 파고 캐며 챙기었다.

그날 해가 어슬어슬해지자 아버지는 오한이 든다고 이불을 덮어도 또 덮으라 하였다.

며칠 번한 탓에 마음을 놓았던 아사녀는 더욱 허둥지둥하였다.

밤중이 되자 아사녀의 눈에도 아버지의 얼굴빛이 아주 달라지는 듯하였다.

"아버지, 아버지, 여러 제자들을 불러, 불러오리까."

아사녀는 울며 부르짖었다. 병자는 손을 내어젓고 무슨 말인지 입만 달싹달싹한다.

"네, 아버지, 네, 아버지."

딸은 아버지의 입에 귀를 대었다. 병자는 차오르는 숨길 가운데 낱도 없는 말을 중얼거렸다.

"아, 아, 사달."

이것이 마지막 말이었다.

67

초종[78]은 여러 제자들의 울력[79]으로 어렵지 않게 치를 수 있었다. 그중에도 가려운 데 손이 닿도록 오밀조밀한 팽개의 힘이 더욱 크고도 곰살궂었다.

얼른 보기에 덜렁하고도 투미할 듯하던 그가 큰일을 당하매 이대도록 차근차근하고 자상스러울 줄은 정말 생각 밖이었다.

그는 아사녀가 입을 상복의 치수까지 아는 듯하였다. 어느 때 어떤 절차로 절을 하고 곡을 하는 것까지 또박또박이 알리었다. 제수에 드는 것은 하나도 빼어놓지 않을 뿐인가, 고기가 얼마 생선이 얼마, 심지어 여러 가지 과실 개수까지 남고 모자라는 것이 없도록 분별해서 사들이었다.

그리고 상청에 들어서면 어느 제자보담 가장 섧게 울었다. 울음이 끝난 뒤에 여러 제자들은 아사녀를 위로하는 척하고 둘러 앉아서 지싯지싯 실없는 수작도 더러는 꺼내었지만, 그는 제 할

78 초상이 난 뒤부터 삼우제 뒤까지 치르는 온갖 일이나 예식.
79 여러 사람이 힘을 합하여 일함.

일만 끝나면 선선히 일어서서 사랑으로 나가버렸다.

그의 아사녀에 대한 태도는 너무 점잖아서 오히려 데면데면한 편이었다.

장달과 싹불 같은 다른 제자들은 아사녀와 말 한번 주고받을 기회만 얻으면 할 말을 다 하고 난 뒤에도 딴청을 부리고 수작을 질질 끌려 하였다. 그러나 절차를 어떻게 할 것과 흥정을 어떻게 할 것 등으로 아사녀와 접촉할 기회가 가장 많은 팽개는 단 한두 마디로 일을 처리할 뿐, 아사녀를 거들떠보지도 않았다.

아버지마저 여의고 홀로 남은 아사녀, 의지할 곳 없는 아사녀, 홀아비의 손엘망정 귀히 고이 자라나고 풍파란 겪어보지 못한 아사녀, 아직도 나이 스물셋! 세상 물정을 모르는 그는 팽개의 이 행동이 어떻게 고마운지 몰랐다. 어떻게 든든한지 몰랐다.

슬픔과 설움이 겹겹이 쌓인 중에도 날과 달은 흘렀다.

엉덩뚱 장사도 지났다. 닥쳐오는 하루하루, 휘젓하고 무서운 하루하루가 한 달 두 달이 되었다.

장달, 작지, 싹불, 웃보는 번차례로 혼자 오고 둘이 오고 대들고 대나며 아사녀를 찾아주었다. 외로운 그이거니 그들의 오는 것이 반갑지 않음이 아니지만 그 눈치와 말투들이 괴란쩍을 때가 많았다. 걸핏하면 싸움판도 벌어지기도 하였다.

하루는 꼭두식전에 장달이가 그 기다란 키를 휘영휘영 흔들며 들어오다가 먼저 와 앉아 있는 웃보를 보고

"요 녀석이 어느 틈에 벌써 왔어. 새침덕이 골로 빠진다고."

"왜 못 올 데 왔단 말이냐."

"요 녀석이 왜 새벽 대령을 하고. 무슨 자갑스러운[80] 짓을 또

저지르려고."

장달은 그 멍청이 같은 눈알을 디굴디굴 구을린다.

"이 싱거운 키다리가 못 할 말이 없네. 그건 어따 하는 수작이
야. 이 기급절사를 할 놈아."

"그러면 왜 왔어, 왔어?"

"너는 왜 왔니. 그 짤막한 키를 질질 끄을고, 맙시사."

하고 웃보는 아사녀를 향해 웃어 보이었다.

"요 녀석이 살살 눈웃음을 치고 간지럽게. 아사녀 님이 아무리
한들 너 따위에 넘어갈 줄 아느냐."

"왜 아사녀 님이 무동이라 법사를 넘느냐. 넘어가시게, 하하."

웃보는 제 재담에 만족한 듯이 또 한 번 웃어 보이었다.

"요 녀석이 칠월 열중이[81] 모양으로 입만 까가지고."

"너는 입을 안 까고 그 황새 같은 다리부터 먼저 깠니, 킥킥."

"요 녀석이 또 웃어. 요 녀석아, 네가 그 웃음으로 건너마을 술
청 갈보는 호려내었지만도……."

"이 얼간망둥이 같은 녀석을 그대로 내버려두니까……."

웃보는 눈살을 꼿꼿이 세우더니만 대번에 장달의 따귀를 갈기
었다.

장달이 화다닥 일어서자 웃보도 발딱 몸을 일으켰다. 장달은
그 휘청휘청하는 긴 팔을 늘이어 웃보의 멱살을 잡았다. 웃보는
그 턱밑에서 뺑뺑 돌며 그 작달막한 다리로 후당퉁탕 장달의 허

---

80 잡되고 상스러운 데가 있는.
81 겨우 날기 시작한 어린 새 혹은 잘 자라지 않는 병아리. 겁이 많고 나약한 사람을 비유적으
로 이르는 말.

벅지를 차느라고 애를 썼다. 장달은 멱살을 잡은 손에 힘을 주며 웃보를 회술레로 돌리었다. 웃보는 깡충 몸을 솟구치듯 하더니 그 여무진 대가리로 장달의 턱을 냅다 받았다.

"아야야!"

장달은 비명을 치고 멱살을 놓자 이번에는 웃보의 허둥거리는 다리가 정통으로 허벅지를 내리지르고 작으나마 세찬 주먹이 장달의 앙가슴을 쥐어질렀다.

"헉!"

외마디소리를 지르며 장달은 그 꾸부정한 등을 훨씬 펴는 듯 하더니 그대로 털썩하고 나동그라졌다.

"이를 어째, 이를 어째."

아사녀는 쩔쩔매며 자빠진 장달에게로 또 달겨들려는 웃보의 팔뚝에 매어달렸다.

"놓아주세요, 놓아주세요."

"이런 놈은 버릇을 단단히 가르쳐놓아야."

웃보는 무엇이 그리 분한지 어깻숨을 쉬며 몸을 부르르 떨었다.

68

장달과 웃보가 싸웠다는 소문은 대번에 쫙 하고 퍼졌다. 한 입 두 입 건너는 동안에 터무니없는 귀가 달리고 발이 붙어서 소문 은 별별 괴란쩍고 망측스러운 형상을 갖추게 되었다.

"웃보가 턱거리를 하는 바람에 장달의 턱이 떨어지고 말았대."

"웃보란 놈이 키는 작아도 다부지기는 무섭지. 그 키다리가 나가떨어지는 걸 좀 봤더면 정말 장관이었을 텐데……."

"아무리 하면 근력이야 장달을 당할 수가 있나. 그 검센 주먹으로 내리쳐서 웃보의 갈빗대가 부러졌대."

"아마 두 개가 부러졌다지."

"아니야, 세 개래."

부러진 갈빗대 수효까지 따지며 살가죽을 헤치고 보고나 온 듯이 말하는 위인도 있었다.

"대체 싸움은 왜 했다는 거야."

"입때 그것도 모르시오. 그야말로 종일 통곡에 부지하 마누라 상사 격이구려. 장달이가 막 들어서니까 웃보가 아사녀를 끼고 앉았더래."

"저런 망할 녀석 봤나."

"아니야, 그 싱거운 키다리가 새벽같이 달겨들어 채 잠도 안 깬 아사녀에게 덤벼들었대."

"그 코끼리 같은 놈이."

"그래 그걸 보고 웃보가 후려갈겼다나 봐."

"웃보란 놈은 새벽에 뭣하러 아사녀한테 갔던가."

"그야 몰르지."

"아니래. 웃보가 먼저 가 있었대."

"장달이가 먼저 갔대도 그러네."

"그야 어느 놈이 먼저든지 똑같은 놈들이지."

"그는 그래."

"아무튼 아사녀가 큰일 났군. 아사달이란 놈은 한번 가더니 죽

었는지 살았는지 소식도 없고 아비마저 죽고 없으니 그 젊은것
이 탈이 아니 날까."

"그 승냥이떼 같은 제자놈들이 그냥 둘 리 없지."

"이쁘기나 여간 이뻐야지."

"이놈, 너도 생각이 다르고나."

"말이야 바른말이지, 침이 그대로 꿀떡꿀떡 넘어가는걸 뭐."

손바닥만 한 동리의 늙은이 젊은이 할 것 없이 뭇 입길에 아사
녀의 이름이 오르내리었다.

제자들은 아사녀에게 달려와서 제각기 분개한다.

"그놈들이 어데 싸움할 데가 없어서 여기를 와서 치고받고 하
다니 고약한 놈들 같으니."

"그놈이 사람이란 말이오. 스승의 상청이 바로 여기 있는데."

"돌아가신 스승의 눈에 채 흙도 들어가기 전에 그 외동따님을
놀려내다니 똥으로 쳐 죽여도 시원치 않을 놈들 같으니."

하고 작지는 입에 게거품까지 흘리었다.

"그런 놈들은 인제 이 문전엔 발그림자도 얼씬 못 하게 해놓
아야."

싹불이가 이를 득 갈아붙이었다.

"그래 웃보란 놈이 아주머니 젖가슴에 손을 댔다지요."

작지는 흥장이 막힌다는 듯이 숨을 헐레벌떡거리며 물었다.

"아녜요. 그런 일은 없어요."

아사녀는 고개를 빠뜨리며 얼굴을 붉히었다.

"아니 그놈이 아주머니를 두리쳐 끼고 입을……."

아사녀는 귀를 막고 싶었다.

새빨갛던 그의 얼굴은 대번에 파랗게 질리었다.

"이 사람이 무슨 말을 이렇게 함부로 하나. 설마 그럴 리야 있겠나."

"그럴 리가 다 무엔가. 나는 장달에게 바루 들었는데."

"아니라네. 나는 웃보에게 들은 말이지만 장달이란 놈이 아주 머니를 무릎 위에 올려놓고……."

아사녀는 그 자리에 고꾸라질 듯하는 몸을 가까스로 버티고 있었다. 이럴 때에 팽개라도 왔으면 싶었다. 그가 왔으면 이 무도한 자들을 물리쳐줄 것 같았다. 저희들끼리는 서로 뜯고 으르렁거려도 팽개의 앞에는 고개를 못 드는 그들이었다.

그러나 팽개의 발길은 너무도 드물었다.

그는 특별한 일 없이 결코 아사녀를 찾지 않았다. 그리고 올 적마다 빈손으로 오지 않았다.

쌀이 떨어질 만하면 영락없이 쌀을 팔아가지고 오고, 나무가 거의 다 없어져서 오늘 저녁을 어떡하나 할 때에는 기별이나 한 듯이 나무를 꾸려가지고 왔다. 하다못해 고기 매[82]와 생선 마리라도 들고야 왔다.

온다 해도 방에는 말할 것 없고 마루에도 잘 올라앉지 않았다. 아무리 아사녀가 권하여도 마루 끝에 그냥 걸터앉았다가 그대로 일어서 버리었다.

말을 한대야 집안 두량에 관한 말뿐 별로 다른 수작이 없었다.

다른 제자들은 오기만 하면 눌어붙고 상없고 무참한 소리를

---

82 고기를 팔 때 작게 잘라놓은 덩어리.

거침없이 지절거리는 데 진절머리가 난 아사녀에게는 그가 마치 거룩한 부처님같이 보이었다. 너무 설면설면한 것이 도리어 야속할 지경이었다.

69

기다리고 기다리던 팽개는 그날 다 저녁때나 되어서 매우 침통한 얼굴찌[83]로 나타났다.

아사녀는 반색을 하며 일어나 마루 끝까지 나와 맞았다.

"어서 오세요, 올라오세요."

그러나 팽개는 그 말에는 대답도 하지 않고 석고대죄나 할 사람 모양으로 두 손길을 마주 잡고 허리를 구부리고 선 채 이윽히 말이 없다.

지금까지 시끌덤벙하던 뭇 아가리들도 자갈 먹은 말처럼 쭉 닫혀지고 말았다. 나이 탓도 탓이려니와 워낙 언어먹은 것이 있기 때문에 그들은 팽개라면 꿈쩍을 못하였다. 더구나 오늘같이 된 소리 안 된 소리 떠들고 있다가 팽개의 엄숙한 거동을 보매 더욱 찔끔을 한 것이었다.

한참 만에야 팽개는 무거운 입을 열었다.

"아주머님 세상에 그런 변이 어디 있겠습니까. 오직이나 놀라셨을까. 모든 것이 내 불찰입니다. 그런 놈들을 단속을 못 한 내

---

83 얼굴빛.

잘못입니다. 무슨 낯으로 아주머님을 뵈올까."

"왜 팽개 님 탓이에요, 왜 팽개 님 탓이에요."

하고 아사녀는 억색하여 한 말을 되풀이하며 무에라고 뒤끝을 맺을지 몰랐다. 장달과 웃보의 싸움도 싸움이려니와 그 싸움으로 말미암아 해괴한 소문이 나서 차마 입에도 못 담을 소리를 들은 것이 더욱 분하고 원통하였다. 그렇다고 싸움한 것은 사실이지만 이러이러한 것은 생판 헛소문이라고 변명도 할 수 없는 노릇이었다. 그런 더러운 말을 어찌 입결엔들 올릴 수 있으랴. 그는 오라비 겸 아버지 같은 팽개에게 매어달려 실컷 마음껏 울고 싶었다.

"그런 짐승만도 못한 놈들. 스승의 따님이면 저희에게도 누님이 되려든. 그러니 그런 해참한 일들이 어디 있단 말씀입니까."

"오라버님!"

아사녀는 한 번 힘 있게 불렀다.

"그러면 오라버님도 그 터무니없는 소문을 믿으십니까."

아사녀는 그 자리에 엎더져 울었다.

"아닙니다, 아닙니다."

팽개는 제 말이 조금 지나친 것을 깨닫고 당장에 돌려대었다.

"내가 왜 그 종작없는 소문이야 믿겠습니까. 그놈들도 설마 사람인데 그런 일이야 있겠습니까. 내 말은 그놈들이 아주머님께 어쩌고저쩌고 했다는 것을 가리키는 게 아니라 아주머님 앞에서 말다툼인들 왜 하느냐 말입니다. 더구나 치고받고 하다니 그런 해참한 일이 어디 있겠습니까."

팽개는 십년공부가 나무아미타불로 돌아갈 것을 염려하는 사람으로 뿌옇게 변명을 늘어놓았다.

"우리 아주머님 앞에 언감생심인들 그놈들이 그럴 리야 만무하고말고, 만무하고말고. 내가 미쳤다고 그런 소문을 꿈엔들 믿겠습니까."

얼락녹을락하는 제 변명에 아사녀가 솔깃해지는 눈치를 채리자 팽개는 슬쩍 싹불을 보고 눈짓을 하고 나서

"다들 사랑으로 나가!"

불호령을 내리며 눈으로 휘몰아내듯이 좌중을 부라리었다.

싹불이가 무엇에 튕기는 듯이 발딱 일어나 서며

"자, 우리가 여기서 이렇게 떠들고 있을 게 아니라 일어서 나가세."

하고 제가 먼저 마루에서 내려선다. 여러 제자들도 쭉 따라 일어서는 수밖에 없었다.

팽개의 일령지하에 찍소리도 못 하고 움직이는 광경이 아사녀의 눈에 팽개를 여러 곱 더 돋보이게 한 것은 말할 나위도 없으리라.

장사를 치르고 난 뒤에 묵혀둔 사랑에는 몬지가 켜켜이 앉았다.

싹불은 앞장을 서서 비를 들고 나가서 부산하게 쓰레질을 하였다.

팽개의 명령으로 장달과 웃보도 불리어 왔다. 당사자 둘을 대면을 시키고 그 확변을 듣자는 것이었다.

여러 제자들은 그 두 사람을 치훑고 내리훑어 보았으나 장달의 턱도 그대로 붙어 있고 웃보의 갈비뼈가 부러졌다는 것도 새빨간 거짓말인 듯하였다.

팽개의 문초에 그들은 서로 손찌검을 저편에서 먼저 하였다고

빡빡 세우며 끝장이 나지 않았다.

"너희놈들끼리 손을 먼저 대고 나중 댄 것은 여벌 문제다. 아사녀에게 손을 먼저 댄 놈이 어느 놈이냐."

팽개는 원님보담 더 무섭게 호령하였다.

"어느 놈이냐, 어느 놈이야."

몇몇 제자들도 목에 핏대를 올리며 부르짖었다. 기실 두 놈이 싸운 것보담 이 문제가 그들에게 가장 크고 가장 흥미가 있었던 것이다.

"누가 아사녀에게 손을 대여?"

장달은 무슨 영문인 줄도 모른다는 듯이 도로 묻는다.

"이놈, 웃보, 너는."

"이 키다리가 아사녀 듣는 데서 내가 술청 갈보를 호려내었다고 해서……."

"이놈아 누가 술청 갈보 말이냐, 아사녀 말이지."

"그놈 멀쩡한 놈, 왜 갈보 얘기를 끄집어낼까."

"그래 이놈아, 네 눈은 아사녀가 갈보로 보이더냐."

"그놈 혓바닥을 끊어놓아라."

여럿이 욱대기는 바람에 웃보는 얼굴이 노래지고 변명 한마디 못 하였다.

아무튼 두 놈이 다 같은 놈이니 이후로는 스승의 문전에는 발그림자도 못 하도록 결말을 지었다.

70

제절제절 제비가 지저귀는 소리에 아사녀는 잠이 깨이었다.

가뜩이나 수수산란한 심사가 장달과 웃보의 사단으로 말미암아 더욱 어지러워져서 한 경만 자고 나면 도무지 잠이 오지를 않았다.

아사달이 집에 있고 아버지 생전에는 누가 동여 가도 모르던 잠이었다. 그러던 것이 남편이 떠나면서 잠마저 가져간 듯, 난생 겪어보지 못한 잠 안 오는 밤이 이따금 그를 찾게 되었다.

첫 이별의 쓰라린 맛도 견디기 어려운데 소태 같은 불면증까지 그를 괴롭게 할 줄이야. 그러나 그것도 한 해 두 해가 지나가자 고달프고 고소한 잠이 다시 애젊은 그를 찾아왔더니만 아버지마저 세상을 떠나시매 슬픔과 설움도 둘째 셋째요, 첫째 휘젓하고 무서운 증이 나서 또다시 잠을 이루랴 이룰 수 없었다. 금방 들다가 금방 깨고 코 한번 옳게 못 골아보고 훤하니 밝는 수도 항다반 있게 되었다.

더구나 아찔은 삽사리가 허덕대고 짖는 것이었다. 그 컹컹 소리만 들으면 아사녀는 질겁을 하고 일어앉았다. 간이 콩만 해지고 가슴은 까닭 없이 뚝딱거린다.

'누가 오나!'

이런 생각을 하면 괜히 머리끝이 쭈뼛해지고 마음이 오마조마하였다. 햇구멍 막히기가 무섭게 닫아걸었지만 문새들이나 잘 걸려졌는지 방 안을 두리번두리번 살피기도 하였다.

'혹시 아사달 님이 오시나.'

문득 이런 생각이 떠오르면 아무리 무서워도 기어코 방문을
바시시 열어보아야 직성이 풀리었다.

텅 빈 뜰에 달그림자만 어른거릴 때도 있고, 또는 바람이 일렁
일렁 불어 일기도 하였다. 어느 때는 캄캄한 밤에 아무것도 보이
지 않고 아무것도 들리지 않는데 개는 이리 오르르 저리 오르르
뛰어다니며 세차게 짖었다. 하도 여러 번 속아서 인제 개 짖는 소
리도 시들해지고 혼자 자는 데 단련이 되어 어쩌하면 잠도 곧잘
오게 된 판에 그 지긋지긋한 사단이 벌어졌다.

이럴까 저럴까, 천 가지 만 가지 사려에 어젯밤도 고스란히 밝
혔다가 새벽녘에야 잠깐 눈을 붙인 것이 해가 돋도록 지나쳐 자
고야 만 것이다.

방문을 열고 나와보매, 제비 두 마리가 빨랫줄 위에 납신 올라
앉아서 추녀 끝을 쳐다보며 고 어여쁜 대가리를 갑신거리며 연
송 재갈거린다. 햇빛을 담쏙 안고 그 흰 뱃바닥과 남빛 나래는 윤
이 자르르 흐른다.

아사녀는 가벼운 하품을 한 번 하고, 고 혀를 돌돌 말아 붙이
고 꽈리를 불어 터뜨리는 듯한 소리를 어느 때까지 듣고 있었다.

아버지 돌아가시기 며칠 전에 움트기 시작한 '봄'은 벌써 활짝
피었다.

'제비도 옛집을 찾아오는데.'

아사녀는 날짝지근한 몸에 기지개를 한바탕 늘어지게 켜면서
혼자 생각하였다.

아사달은 웬일일까. 늦잡아도 이태면 이룩될 탑이거늘 어째
입때 오지를 않는가. 올 때 지난 지가 벌써 오래이거든 어째 온다

는 낌새조차 보이지 않는가.

오늘따라 아사녀는 아사달의 생각이 더욱 간절하였다. 아침저녁 밤과 낮으로 문득문득 생각 안 나는 것이 아니지만 인제 기다리기에도 지치어서 처음 모양으로 뼈끝이 저리도록 기다려지지는 아니하였다. 더구나 요새 와서는 제자들이 들고 나고 엄벙덤벙하는 바람에 마음 놓고 아사달 생각조차 못 하였던 것이었다.

그러다가 제비가 온 것을 보자 심청이 나도록 아사달이가 그리웠다.

'제비도 왔으니 그도 오려나.'

불현듯 이런 예감이 그의 뒤숭숭한 머리를 스쳐 지나간다.

'그도 오늘은 꼭 올 거야, 꼭 올 거야.'

마침내 스스로 단정을 해버리었다. 세상없어도 오늘이란 오늘은 아사달이가 터덜거리고 들이닥치고야 말 것 같았다.

금시로 들어설 듯 들어설 듯하여 사립문을 내다보고 또 내다보았다.

"어서 밥을 지어놓아야."

그는 부리나케 물을 긷고 쌀을 씻어 밥을 지었다. 밥솥에 불을 지피면서도 몇 번을 내다보곤 하였다.

밥을 다 지어놓고 아사달의 몫으로 밥 한 그릇을 떴다.

삽사리도 주인의 뜻을 아는지 그 몽탕한 꼬리를 흔들며 앞발을 들어 치맛단 위에 깡충깡충 뛰어올랐다.

"너도 서방님이 오늘 오실 줄 아니."

하고 아사녀는 그 숱 많은 대강이를 어루만져주었다.

오래간만에 차려놓은 겸상! 밥 한 그릇 더 올려놓은 것만 보아도 휑뎅그렁한 집 안이 그득히 차는 듯하였다.

밥상을 차려다 놓고 행길에 나와서 서울길을 눈이 빠지도록 바라보았다.

"내가 미쳤나."

다시 들어와 숟가락을 들었으나 목이 메어 밥이 넘어가지를 않았다.

"설마 오늘 해안으로야."

그래도 아사녀는 희망을 잃지 않았다.

71

그날 해도 떨어졌건만 아사녀의 바라고 기다리던 보람도 없이 아사달은 영영 그림자를 나타내지 않았다.

저녁이 되었다.

온 하루를 속았건만 또다시 남편의 저녁밥을 떴다.

암만해도 마음이 키인다.

이대도록 마음이 키이기는 갈린 지 삼 년 만에 처음인 양하였다. 세상없어도 오늘 밤에는 들이닥치고야 말 것 같다. 하필 오늘 제비가 날아오고 아침밥 뜨는 것을 보고 삽사리가 꼬리를 흔들며 좋아라고 뛰던 것이 심상할 까닭이 없다.

온다, 온다. 아사달은 분명히 온다.

어둑한 밤길을 재촉하며 허위허위 걷는 아사달의 모양이 자꾸만 눈에 밟히었다.

어디만큼 오시는가. 방장 숫재를 넘어서시는가.

"입때 숫재를 넘어서야 될 말인가. 그야말로 우밤중에나 들어오시게."

아사녀는 고개를 살레살레 흔들었다.

숫재는 오늘 낮에 넘어섰으리라. 도적놈이 덕시글덕시글한다는 그 험한 재를 이 밤에 넘으실 리 만무하다. 하마 고란사 앞을 지나시는지 모르리라. 벌써 버드나뭇골 여울을 건너 우리 마을 골목으로 휘어잡아 드신지 모르리라…….

장사 지내고 남은 초로 불까지 환하게 켜놓고 아사녀는 턱없는 공상에 잦아졌다.

오늘 밤따라 삽사리도 철이 났는지 수선도 피지 않고 허청으로 짖지도 않는다. 비록 미물일망정 제 주인의 발자취소리를 들으려고 귀를 쫑긋거리고 있는지 모른다.

아사녀는 윗목에 묻어놓은 밥그릇을 몇 번을 다독거리고 몇 번을 만져보며 귀에 정신을 모으고만 있었다.

어젯밤에 잠을 설친 탓인지 또는 외곬으로 정신을 모은 탓인지 이내 꾸벅꾸벅 조을며 쓰러졌다. 손으로 밥그릇을 부둥켜 쥔 채로.

얼마 만에 아사녀는 번쩍 눈을 뜨고 질겁을 하며 일어났다.

'분명히 아사달 님을 기다리고 있었는데 어느 틈에 잠이 들었는가.'

속으로 속살거리고 아무도 없는 방 안을 휘둘러보며 무안한 듯이 해죽이 웃었다.

잠을 깨려 하면 할수록 게름이 길길이 나고 두 눈은 조아 붙는다.

'사립문을 단단히 걸어두었는데 만일 내가 깜박 잠이 들고 정작 아사달 님이 돌아오시어 문을 뚜다려도 모르면 어떡하나.'

졸린 중에도 이런 생각이 떠오르자 그는 정신을 차리고 몸을 일으켰다.

그는 문간으로 나갔다. 잠 오는 품이 암만해도 한번 잠이 들면 좀처럼 깨어날 것 같지 않다. 차라리 자물쇠를 열고 문고리를 벗겨두는 것이 나을 상싶었다.

자물쇠를 열어 가지고 들어와 보니 또 허수해서 도무지 마음을 놓을 수 없다.

문을 열어놓다시피 하고 홀로 자다가 무슨 변이 정말 생기면 그야말로 큰일이 아닌가.

자물쇠를 쥐고 한참 망단해하다가 마침내 다시 나가서 채우고 들어왔다.

'잔뜩 정신만 차리고 잔다면야 혈마 그렇게 잠귀가 어두울까.'

사면이 솔가지로 되는 대로 막아놓은 엉성한 울타리지만 사립문이라도 잠가놓으니 아까 열어놓은 때보담 한결 든든하였다.

그 대신 밤마다 닫아걸던 방문 단속을 그는 잊어버리고 말았다.

꼬끼요, 어디선지 첫닭이 운다.

"닭이 울어도 안 오시네."

그는 소리를 내어 종알거렸으나 반은 잠꼬대였다.

잠을 설자리라 하고 여러 번 마음에 새기었지만 변으로 고단한 잠은 요도 안 깔고 쓰러진 그의 몸에 나른하게 퍼지었다.

앞뒤 정전을 돌며 캥캥하고 사나웁게 짖는 삽사리 소리를 듣

고 잠결에도

'인제야 아사달 님이 오시는가 보다.'

생각을 하고

"요개, 요개."

하며 손까지 내저었으나 꼬박꼬박 오는 잠은 쉽사리 물러서지를

않았다.

뒤꼍에서 버석버석 울타리 뜯는 소리가 나고, "쒸쒸"하며 개

를 으르는 인기척까지 어렴풋이 들렸으나 잠은 막무가내하로 퍼

붓는다.

'아사달 님이 왔고나.'

하는 생각이 번개같이 번쩍 들며 아사녀가 질급을 하고 일어날

때는 사푼사푼하는 발자국소리가 이미 앞으로 돌았다.

천방지축으로 방문을 열고 나선 얼떨떨한 아사녀의 눈에 웬

검은 그림자가 성큼 하고 마루에 올라서는 것이 보이었다.

72

"아사달 님!"

아사녀는 허둥지둥 마주 달려 나가며 그 검은 그림자를 향하

여 부르짖었다.

"웅, 웅."

그 검은 그림자는 고개를 수그리고 옷에 몬지를 툭툭 털며 웅

얼웅얼 대답을 한다.

"아사달 님!"

아사녀는 또 한 번 부르짖고 회오리바람처럼 그리고 그리던 남편의 가슴패기에 몸을 던지려 하였다. 그 순간 그 검은 그림자는 슬쩍 몸뚱이를 모으로 돌리고 왼팔을 꾸부정하게 들어 옆으로 어색하게 아사녀를 껴안으며 오른손으로는 눌러쓴 벙거지 채양을 밑으로 잡아 늘이었다.

"객지에 고생이 오직하셨을까."

하고 아사녀는 두 팔로 남편의 등과 배를 얼싸안으며 그 겨드랑이에 얼굴을 비비대고 복받쳐 나오는 울음을 걷잡을 수 없었다.

남편은 너무 억색하여 말을 이루지 못하는 듯

"응, 응."

역시 코대답만 하고 아내를 안은 팔뚝에도 정겨운 힘다리 하나 없었다. 매우 난처나 한 것같이 엉거주춤하고 서 있을 뿐. 아내는 한참 만에야 샘솟듯 하는 눈물을 가까스로 거두고

"그래 대공은 다 마추셨어요?"

가장 먼저 알고 싶은 말부터 묻고 갸웃이 남편의 얼굴을 쳐다보았다.

"그래, 그래."

남편의 대답은 또한 자세치 않았다.

촛불빛이 약하여 워낙 마루까지는 흘러나오지 않았고, 더구나 모으로 선 까닭에 귀밑 언저리만 으렷이 보일 따름이었다.

'삼 년 동안에 변하기도 무척 변하였고나.'

아사녀는 마음 그윽이 놀랐다.

밤눈에나마 목덜미와 귀의 모양까지 변한 듯하였다. 그렇다면

제 팔 안에 든 등과 배도 떠날 때와는 딴판으로 두툼하게 살이 오른 것을 느끼었다.

더구나 그 음성조차 못 알아듣도록 달라졌다. 그 상냥하고 부드러운 목청은 어디로 가고, 몇 마디 들어보지는 못했지만 어쩐지 꺽꺽하게 쉬어진 것 같다. 서라벌 사투리가 우락부락하다더니 그새에 사투리가 목소리에까지 젖고 말았는가.

"내가 왜 이러고만 있을까. 오직이나 다리가 아프실라구. 어서 방으로 들어가세요."

하고 아사녀는 남편의 겨드랑이에 댄 이마를 떼었다.

그럴 겨를도 없이 그 검은 그림자는 얼른 제가 앞장을 서며 팔을 뒤로 돌려 아사녀를 옆댕이에 끼고 어구적어구적 걸었다. 한 번 잡은 아내를 놓칠까 보아 두리는 듯.

아내는 뒤에서 남편이 방문에 들어서는 것을 보고

'에구머니나, 키도 작아졌네.'

혼잣속으로 속살거렸다.

'몸이 난 까닭에 키까지 달러붙어 보이는가.'

방 안에 들어선 남편은 아랫목으로 아니 가고 윗목 촛대 앞으로 먼저 갔다.

내젓는 손이 얼찐하고 불 위를 스치는 듯하였다. 그 마디가 굵은 뭉툭한 손가락이 환하게 아사녀의 눈에 뜨이자마자 갑자기 촛불은 탁 꺼지고 말았다.

"왜 불을 꺼요."

아사녀는 기급을 하였다.

"손길에……."

그 검은 그림자는 황급하게 변명을 하였다.

"그러면 석유황 개피를 찾아야."

하고 아사녀는 끼인 몸을 재빠르게 빼어 석유황 개피를 얹어둔 문틀 위를 더듬더듬 찾는데 별안간 그의 가슴은 두방망이질을 하고 손이 사시나무 떨듯 하였다.

아니나 다를까, 그 검은 그림자는 등 뒤에서 다짜고짜로 아사녀를 부둥켜안으려 하였다.

아사녀는 선뜩 몸을 빼쳤으나 때는 늦었다. 그 억센 오른 손아귀에 아사녀의 왼 손목이 붙잡히고 말았다. 아사녀는 손을 뿌리치려고 바동거리며

"누구요, 누구요?"

소리를 질렀다.

"내다, 내다."

그 검은 그림자도 허청거렸다.

"내가 누구란 말이오. 내란 누구야?"

"나를 몰라, 나를 몰라?"

"몰라요, 몰라."

돌변한 아사녀의 태도에 검은 그림자도 화증을 더럭 내었다.

"아사달을 몰라?"

내던지듯 한마디하고 잡힌 손을 으스러지도록 쥐어 낚아챘다.

"아야야, 아니야, 아사달이 아니야."

아사녀는 휘둘리어 쓰러지려는 몸을 간신히 버티며 외쳤다.

"아니면 어떻고 기면 어떠냐."

마침내 검은 그림자가 거짓 탈을 벗어버리고 제 손아귀에 더

욱 힘을 주어 다시 한 번 회술레를 돌리는 바람에 아사녀의 가냘
픈 몸은 헛것같이 자빠졌다.

어두운 가운데도 아사녀는 그 검은 그림자가 뒤덮는 듯이 제
몸 위에 떨어지는 것을 보았다.

"사람 살리우, 사람 살리우."

아사녀는 바윗덩이에 지질린 것 같은 제 몸을 버르적거리며
악을 악을 썼다.

73

"사람 살리우, 흥, 누가 죽이느냐."

검은 그림자는 씨근씨근 짐승 같은 숨길을 자빠진 아사녀에게
내뿜으며 덤벼들었다.

"애구 죽겠네. 사람 살려, 사람 살려."

천 근이나 되는 듯한 사내의 몸뚱어리가 무겁게 엎누르는 것
을 떠다박지르며 아사녀는 바락바락 악쓰기를 끊이지 않았다.

"이렇게 된 바에야 악지가 무슨 악지냐."

검은 그림자는 버둥거리는 아사녀의 두 손목을 한 손에 겹쳐
잡으려고 곱이 끼었다가 소리치는 입부터 틀어막으려 들었다.

밑에 깔린 이가 고개를 사나웁게 뒤흔들기도 하였거니와, 어
둠 속이라 누르고 있는 놈의 손은 허청만 짚고 얼른 입을 찾을
수 없었다.

"사, 사람 살려."

새된 목소리는 연거푸 밤공기를 찢었다.

검은 그림자는 할 수 없이 깔아 붙였던 몸뚱이를 웅크리며 두 손으로 아사녀의 입을 움키려 하였다.

그 서슬에 아사녀는 잽싸게 몸을 빼쳐 화닥닥 일어나며 젖 먹던 힘을 다 들여 대드는 검은 그림자를 뿌리쳤다.

"도적이야, 도적이야."

소리소리 지르며 아사녀는 문을 박차고 뛰어나가려 하였건만 문은 손쉽게 열리지 않았다.

마침내 쇠깍지[84] 같은 팔뚝은 아사녀의 가는 허리를 휘청하도록 부둥키고 말았다. 장작개비처럼 뻣뻣한 팔꿈치로 잡힌 이의 겨드랑을 치슬러 버퉁개를 지르며 억센 손은 더듬어 올라와 아사녀의 코와 입을 얼싸 틀어막는다.

"끙, 끙."

아사녀는 인제 소리는커녕 숨도 옳게 못 쉬고 안간힘만 쓰며 몸부림을 쳤으나 마치 독수리의 발에 채인 참새가 팔딱거리는 데 지나지 못하였다.

몸부림을 치면 칠수록 그 흉측한 팔뚝과 손아귀에는 더욱 무서운 힘이 오르며 잡힌 몸이 바스러지는 것 같다.

'내가 매친 년이야, 매친 년이야.'

경황없는 가운데에도 아사녀는 제가 저를 꾸짖었다.

천 리 밖에 있는 남편이 어떻게 오리라고 그 걸신을 하였던고. 하마하마 들이닥칠 줄을 어찌 어림없이 믿었던고. 다른 날 다른

---

84 쇠갈퀴.

밤을 다 내놓고 하필 이 끔찍한 오늘 밤에 그가 돌아온다 생각하였던고.

아무리 잠결인들 이 흉한 놈이 울타리 뜯는 것을 번연히 듣고도 그냥 내버려두다니. 그 흉물스러운 발자취를 아사달 님의 기척으로 반기다니.

어림없이 마음이 달뜬 탓에 이런 욕을 볼 줄이야.

이 짐승 같은 놈을 남편으로 그릇 알아본 이 눈을 빼고 싶다. 이 흉측한 놈을 아사달 님이라고 부른 입술을 뜯고 싶다. 그 더러운 몸뚱어리를 얼싸안은 이 팔뚝을 잘라버리고 싶다…….

아사녀는 인제 팔딱거리는 기력조차 풀려지는 것을 느끼었다.

제 입술을 깨물며 마지막 용을 쓰는 순간, 그 흉한도 대항거리로 우쩍 기운을 내어 아사녀를 팔랑개비같이 쓰러뜨렸다.

아까 한번 놓친 데 혼이 났던지 흉한은 쓰러진 이의 가슴을 무릎으로 잔뜩 깔아 용신을 못 하게 하고 한 손으로는 여전히 입을 틀어막고 있다가 무엇을 생각하였던지 제 벙거지를 벗었다.

벙거지를 뚤뚤 말아 아사녀의 복장과 제 무릎 밑에 끼우고 나서 다시 제 허리끈을 끌렀다.

그리고 다시 제 벙거지를 빼내어 도리질하는 아사녀의 입을 아갈잡이를 하고 허리끈으로 친친 동여맨다.

"이래도 소리를 질를까, 씩."

흉한은 코웃음을 치고 발버둥치는 아사녀의 두 다리를 제 두 무릎 사이에 끼워 누르며 이번에야말로 맥이 풀린 아사녀의 두 손목을 한 손에 휘잡게 되었다.

"인제도, 인제도, 흥, 흥."

아사녀는 무엇보담도 그 흉한의 웃는 소리가 소름이 끼치었다.

놈의 말마따나 인제 아무리 앙탈을 해도 헤어날 길이 없다.

"죽여라, 죽여!"

아사녀는 울대에 피를 끓여 올렸으나 소용이 없었다.

개도 제 주인으로 속았는지 짖지도 않는다.

그때였다. 뒤곁에서 두런두런하는 인기척이 아드막해진 아사녀의 귀에도 들려왔다.

"그놈이 여기를 뜯고 들어갔네그려."

"원 죽일 놈 같으니."

죽은 듯이 아무 소리가 없던 삽사리가 이제야 어디서 내닫는지 캥캥하며 오르르 뛰어나온다.

별안간 방문이 환해지며 횃불을 들고 오는 듯한 발자취가 벌써 우둥우둥 마루에서 났다.

74

인기척이 나자 흉한의 손짓은 더욱 황급해졌다. 헤치던 옷자락을 인제 마구 찢어젖힌다.

그러나 뜻밖의 사람소리에 새 기운을 얻은 아사녀가 모질음을 쓰는 바람에 한 손에 겹쳐 쥐었던 두 손목을 놓치고 말았다.

추근추근하고 미련한 흉한도 그제야 만사가 틀린 줄 깨달은 모양이었다.

"엑, 에잇!"

혀를 한번 차고 꼬았던 다리를 풀고 달아날 문을 찾았으나 그 손길이 채 문에 닿기 전에 바깥에서 먼저 문을 열어 젖뜨렸다.

흥한의 코빼기를 지질 듯이 횃불을 들이대고 들어오는 사람은 팽개와 싹불이었다.

"이놈 작지야."

팽개는 흥한을 보고 호통을 쳤다. 흥한은 허리끈을 끄른 탓에 고의춤이 훨렁 벗겨져 내려가는 것을 두 손으로 잔뜩 쥔 채 핏발 선 눈을 희번덕거리며 이 생각지 않은 방해자들을 노려본다.

이런 경우에도 찬찬한 팽개는 천천히 방 안으로 걸어 들어와 횃불로 먼저 초에 불을 다리고 아사녀 곁으로 와서 위선 아갈잡이한 것부터 끌러놓았다.

풀어 헤쳐진 젖가슴에는 사나운 손자국이 지나간 자취가 불긋불긋 여기저기 꽃잎을 그리고 짚수세미 다 된 아래옷이 그나마 갈기갈기 찢어져 눈덩이 같은 허벅지가 반나마 드러났다. 깨물은 입술에는 피가 방울방울 맺혀 떨어진다.

"아주머니!"

팽개는 억색한 듯이 한마디 부르짖었다.

아사녀는 긴장했던 마음이 일시에 풀리자 정신조차 잃어버린 듯 눈까지 감고 그 자리에 그대로 늘어졌는데 쌔근쌔근하는 가쁜 숨길만 지나간 모진 싸움의 벅차고 괴롭던 것을 알리는 듯하다.

"아주머니!"

팽개가 또 한 번 부르짖자 그 은행껍질 같은 눈시울이 살짝 열리다가 제 꼴이 너무 사나운 것을 알아차렸던지 옳게 깔아놓지

도 못한 이불자락 속으로 기어 들어가서 돌아누워 버린다. 팽개
는 분해서 못 견디겠다는 듯이 몸을 부들부들 떨며 작지에게로
고개를 돌리었다.

작지는 팽개가 아사녀의 곁으로 간 틈을 타서 몸을 빼치려 하
였으나 싹불이가 문을 막아서서 있기 때문에 달아나지도 못하고
엉거주춤하고 숨만 헐레벌떡거린다.

"이놈, 이 짐승만도 못한 놈, 이게 무슨 짓이냐."

팽개는 어느 틈에 작지 옆에 와서 섰다.

작지는 맹렬한 기세로 돌쳐서며

"네놈은 그게 무슨 짓인지 입때 모르느냐. 네놈은 왜 아닌 밤
중에 남의 홀아씨 자는 방엘 들어왔느냐."

하고 시뻘건 눈을 부라리며 도리어 소리를 버럭버럭 지른다.

"이놈이 별안간에 환장을 했나. 이놈아, 내가 네놈 모양으로
혼자 왔느냐."

팽개는 적반하장 격으로 대어드는 작지의 기세에 적이 서먹서
먹해졌다.

"이놈아, 둘이만 다니면 고만이냐. 싹불이는 네놈의 병정. 싹
불이 같은 놈 열 놈을 데리고 다니면 무슨 소용이 있단 말이냐.
네놈이 눈 한 번만 껌적하면 언제든지 꽁무니를 뺄 놈인데……."

"이놈을, 이놈을."

하고 싹불은 펄쩍 뛰며 작지의 뺨을 냅다 갈기었다.

"오냐, 너희놈은 두 놈이고 나는 혼자다. 실컷 때려라, 때려.
이놈 싹불아, 너도 사람의 외양을 갖춘 놈이 그래 쌀됫박이나 얻
어먹는다고 친구 여편네 호려내는 데 병정이나 서고 다닌단 말

이냐."

"이놈이, 이놈이."

싹불은 치를 떨며 작지의 멱살을 잡아끈다.

"이놈 이리 나오너라, 마루로 나오너라."

"나가마, 염려 마라. 너희놈들이 헤살을 논 다음에야 내가 아사녀 방에 만년을 있으면 뭘 하느냐."

후당퉁탕 두 놈은 마루에서 엎치락뒤치락하였다.

팽개도 평일의 점잔 빼던 것은 어디로 갔는지 덤벼들어 늘씬하게 작지를 후려갈겼다.

"이런 놈은 죽여버려야."

싹불은 작지의 목을 지그시 밟았다.

"어규, 어규, 사람 죽네. 이놈들이 사람 죽이네. 이놈들아, 웃보와 장달도 발을 끊었고, 나도 내일부터는 이 문전에 얼씬을 않을 테니 너희 두 놈이 아사녀를 볶아 먹든지 삶아 먹든지 마음대로 뜻대로 하려무나. 왜 이놈들아, 너무 좋게 되어서 사람을 죽이랴 드느냐."

"이놈이 그래도 아가리를 함부로 놀려."

"그놈을 아갈잼이를 해라. 저 방에 끌러놓은 제 벙거지와 제 허리끈으로 우리 아주머니 원수를 갚자."

"흥, 우리 아주머니! 이놈 팽개야, 이 음흉한 놈아, 낫살이나 먹은 놈이 어디 계집이 없어서 아주머니 아주머니 하면서 행투를 내랴 드느냐. 아서라, 아서."

작지는 죽도록 얻어맞으면서도 노상 입정을 놀리었다.

75

그 이튿날부터 팽개와 싹불은 아사녀 집의 사랑방을 치우고 들게 되었다.

장달과 웃보 사단쯤은 오히려 깨소금이요, 무참한 작지의 흉행이 또다시 생기는 날이면 한 번은 천우신조로 요행히 모면을 하였지만, 두 번째까지야 외롭고 연약한 아사녀로 다시 막아내기 어려운 노릇이니 돌아가신 스승의 은혜를 생각한들 멀리 간 친구의 우정을 생각한들 제백사하고라도 외동따님과 젊은 아내를 극진히 두호[85]하고 방비를 해야 한다.

이것은 물론 팽개의 발설로 아사녀에게 그런 사연을 떠먹듯이 일러 들기었고, 당일도 또 조무래기 제자들을 모아놓고 의엿이 공포를 하였다. 우두머리 제자들이라야 장달, 웃보, 작지를 빼어내놓고는 팽개와 싹불뿐이요, 그중에도 우두머리 가는 팽개의 처단하는 일이니 어느 뉘 하나 감히 반대들을 못 하였다.

딴은 그런 고약하고 흉측한 일이 꼬리를 물고 일어나는 바에야 밤낮으로 파수 보는 사람 하나둘은 있기도 있어야만 할 일이었다.

"스승의 뼈가 아직 썩지를 않고 아사달이 서라벌에 눈이 등잔같이 살아 있거늘 이런 변괴가 어디 또 있단 말이오. 아무리 말세가 되었기로 그런 인륜도 모르고 스승의 은혜도 모르는 죽여도 죄가 남을 놈들이 어디 있단 말이오."

---

85 남을 보호함.

팽개가 눈물과 소리를 한꺼번에 떨어뜨리며 한바탕 늘어놓을 제 어린 제자들 중에는 덩달아 눈물을 흘리고 작지의 소행에 이를 갈아붙이는 이도 있었다.

아사녀도 팽개와 싹불이가 이젠 노박이로 와 있다는 말에 마음이 얼마나 든든한지 몰랐다.

그날 밤에 작지가 팽개와 싹불에게 언어맞으면서 끝까지 발악을 하던 말을 아사녀가 아니 들은 것도 아니었다. 어찌하면 '그놈이 그놈이다' 하는 의심이 그의 놀란 가슴을 다시 두근거리게 하지마는 뒤미처

'아니다, 아니다. 그이는 그럴 이가 아니다. 만 사람을 다 못 믿어도 그이만은 믿어도 좋다.'

이날 이때까지 팽개의 행동을 되삵고 곱삵아보아도 그런 사색조차 채인 일이 없다.

다른 제자들은 입정도 마구잡이요, 음담패설을 함부로 늘어놓는다. 적이 염양이 있는 위인도 입으로는 딴청을 부려도 자기를 보는 그 눈에는 음탕한 빛을 감추지 못한다. 그중에 점잖다는 장달이 그러하였고 살살 웃음으로 발라맞추는 웃보가 그러하였다. 더구나 없는 정도 있는 듯이 척척 부닐고 추근추근하게 수작을 붙여보려고 곱이 들이 끼이었다.

그러나 팽개는 언제든지 제 할 말만 하면 고만이요, 한번 자기를 바로 보는 눈길조차 보지 못하였다. 지그시 아래로 내려 감든지 그렇지 않으면 딴 데를 보았지 다른 제자들처럼 낯이 간지럽도록 맞대해 바라보는 법도 없었다.

그런 이가 그런 나쁜 심정을 가졌다고 생각만이라도 하는 것

이 도리어 미안한 일이다, 은혜를 모르는 일이다, 하늘이 무서운 일이다.

작지가 악풀이로 휘동대동 함부로 팽개를 먹어댄 데 지나지 않는다.

'그이가 그럴 리야, 그 어른이 그럴 리야.'

속으로 뇌이고 또 뇌이며 아사녀는 여러 번 고개를 흔들었다.

그래도 작지에게 워낙 혼이 몹시 난 터이라, 아무리 팽개를 믿지마는 밤이 되면 방문을 꼭꼭 닫아거는 것을 아사녀는 잊지 않았다.

인제 그는 아사달이가 돌아오기를 그리 몹시 기다리지도 않는다. 오지도 않는 남편을 까닭 없이 오려니 달뜬 생각을 하였다가 그런 몹쓸 변을 당하지 않았는가. 애달픈 그리운 정이 드는 것도 인제 이에 쓴물이 난다. 정말 아사달이가 왔다 해도 밤에는 만나지 않으리라고 속으로 맹서하였다.

그런 끔찍한 일이 골똘한 자기 생각으로 말미암아 일어난 줄이야, 아사달이 꿈에도 모를 노릇이로되 어쩐지 요새 와서는 남편이 야속하고 무심한 것만 같다.

아무리 부여와 서라벌이 멀다 한들 어찌 편지 한 장이 없을까. 삼 년이나 길고 긴 동안에 혈마 인편 한 번을 못 얻을까.

'서라벌에는 아름다운 여편네도 많다는데!'

언뜻 이런 생각이 떠오르면 아사녀는 안절부절을 못 하였다. 믿고 믿는 남편이지만 '혹시나' 하는 터무니없는 공상이 독사와 같이 그 부드러운 창자를 물어뜯었다.

팽개와 싹불이가 사랑에 와서 지킨 지도 어느덧 달포가 넘었다.

아사녀의 어림짐작이 그대로 들어맞아 싹불은 더러 안에 드나들었지만 팽개는 이렇다 할 볼일이 없고는 결코 안에를 들어오지 않았다.

아사녀가 정 심심하면 도리어 사랑으로 놀러를 나갈 지경이었다.

하루는 싹불이가 안에 들어와 마루에 걸어앉으며

"아주머니, 난 오늘 서라벌 소식을 들었어요."

무두무미하게 불쑥 이런 말을 하였다.

76

"네? 서라벌 소식을 듣다니요?"

아사녀는 제 귀를 의심하는 듯이 채쳐 물었다.

"오늘 아침결에 서라벌에서 온 사람을 만났지요."

"그래 아사달 님이 잘 있대요?"

하고 아사녀는 무릎을 세워 손으로 턱을 괴이고 맥맥히 싹불의입을 바라본다.

"잘 있기는 있답디다마는……."

싹불은 아사녀의 눈길이 부신 듯이 얼굴을 외우시며 어물어물한다.

"있기는 잘 있는데…… 혹은 무슨 일이?"

아사녀는 눈이 둥그레진다.

"아주머니 들으시기엔 그리 좋은 소식이 아니라서……."

하고 싹불은 또 말끝을 흐리마리해버린다.

"좋으나 나쁘나 적실한 소식만 들어도 얼마큼 속이 시원할 것 아녜요."

"바루 며칠 전에 서라벌을 떠나온 사람이요, 제 귀로 듣고 제 눈으로 보고 왔다니까 소식이야 적실하지요만, 별로 신통치를 않아서⋯⋯."

싹불은 채 말도 다 하기 전부터 장히 언짢은 듯이 눈살을 잔뜩 찌푸려 보인다.

"대관절 아사달 님께 무슨 변고나 생겼대요? 어서 말씀을 좀 하서요."

하고 아사녀는 날아나 갈 듯이 조지않는다.[86]

"허, 바른대로 말씀을 하면 아주머님께서 상심만 하실 게고⋯⋯ 어떡하나. 애당초에 말을 꺼집어내지 말걸. 방정맞게 입이 가벼워서."

싹불은 매우 난처한 듯이 스스로 개탄하고, 스스로 꾸짖는다.

아사녀는 갈수록 초조해졌다. 무슨 소식이기에 저렇게도 말하기가 거북할까. 뜻밖의 불행과 변괴가 겹겹이 닥치는 내 팔자이거니 남편의 신상인들 좋은 일이 있을 리 있으랴. 무소식이 호소식으로, 불길한 소식이라면 차라리 귀를 막고 듣지 않는 것이 나을지 모르되 한번 허두를 듣고서야 뒤끝이 궁금하여 또 견딜 수 없었다.

"아무리 언짢은 소식이라도 들려주세요. 이 위에 더 큰 불행과

---

86 자리를 바싹 죄어 앉다.

슬픔이 있다 해도 나는 조금도 겁을 내지 않을 테니까요."

아사녀의 목소리는 벌써 울멍울멍해졌다.

"차마 아주머니께는 알리기 어려운 소식인데!"

하고 싹불은 제 머리를 짚는다.

"대관절 탑은 어떻게 되었답디까."

"탑이고 뭐이고…… 탑보담 더 큰일이 생겼답디다. 그래서 탑
공사도 벌써 끝이 났을 텐데 입때 미룩미룩하고 있답디다."

"탑보담도 더 큰일이 무슨 일일까요. 그러면 그렇게 원을 원을
하던 대공도 아직 못 이루고!"

"대공을 이루기는커녕 까딱하면 귀어허지[87]가 될 모양이랍디
다."

"네?"

아사녀는 거의 외마디소리를 쳤다. 그 차마 하지 못할 이별을
한 것도, 자기가 이 악착한 고생을 하는 것도 오직 대공을 이루기
위함이 아니었던가. 그 탑 쌓는 일조차 허사라면!

아사녀는 눈앞이 캄캄해지는 것을 느끼었다.

"사람의 마음이란 정말 알 수가 없는 것입니다. 그렇게 단단하
고 착실하고 얌전한 사람이 그렇게 변할 줄이야."

싹불은 딱하다는 듯이 고개를 빠뜨리고도 슬쩍슬쩍 아사녀의
기색을 곁눈질하며 괴탄괴탄을 한다.

"아사달 님이 사람이 변하다니요."

갈수록 심상치 않은 저편의 말에 아사녀의 가슴엔 무엇이 와

---

87 버려둔 빈 땅에 돌아간다는 뜻으로, 수고롭기만 하고 헛노릇이 됨을 이르는 말.

지끈와지끈 부서지는 듯하다.

"그렇게도 아주머니와 금실이 좋던 그 사람이 변심이 될 줄이야, 변심이 아니라 무여 환장이라니까요."

싹불의 한 마디 한 마디는 비수와 같이 아사녀의 가슴을 에어내었다.

"우리도 처음에는 서라벌에서 온 사람 말을 믿지를 않았습니다. 그 여무진 사람이 그럴 리가 있느냐고 곧이듣지를 않았지요. 그런데 그 사람인즉 바루 불국사 아랫마을에 사는 사람인데 제 말이 거짓말이라면 눈이라도 빼어놓겠다고 다짐까지 두었습니다. 그 사람이 올 때에 아사달을 보고 내가 지금 부여로 가는 길이니 가신이라도 있거든 전해주마고 부탁까지 하였는데 편지 한 장을 부치지 않더라니 그것만 보아도 아사달이가 마음이 변한 것이 아니냐고요. 젊은 아내가 빈방을 지키며 남편 돌아오기만 고대고대를 하는데 저는 그래 한다하는 신라 귀인의 집에 장가를 들어 거드럭거리다니 그런 고약한 인사가 어디 있느냐고 노발대발을 하잖겠습니까."

"혈마 장가야 들었을까."

그래도 남편을 어디까지 믿는 아사녀이었다.

싹불은 비웃는 듯이

"혈마 장가가 다 뭐예요. 벌써 자식까지 낳았다는데."

"벌써 자식까지!"

아사녀는 부르짖고 그 자리에 고꾸라지고 말았다.

77

팽개는 사랑방에 번듯이 누워서 눈을 껌벅껌벅하며 무엇을 골똘히 생각을 하고 있다가, 싹불이가 들어오는 것을 보고 벌떡 일어앉는다.

"어떻게 되었나?"

싹불이가 채 자리도 잡기 전에 황황히 물었다.

"어떻게 되긴, 그야 여불없지."

하고 싹불은 싱글싱글 웃는다.

"그래 아무 의심도 않고 자네 말을 꼭 믿는 듯하던가."

"믿는 듯하기만 해, 내님의 말솜씨가 어떠마한데 제가 안 넘어가고 배기나."

"어유 장하다."

"장하다 뿐이냐. 세상에 날고 기는 놈도 내님의 능청에 안 속을 장사가 없거든 고까짓 계집애의 여린 속쯤 뒤흔들어놓기야 여반장이지."

하고 싹불은 의기양양하게 뽐낸다.

"그래, 자네 말만 들을 만하고 있고 아사녀는 아무 말도 않던가."

"말이 무슨 말인가, 그 자리에 그냥 고끄라진걸."

"그 자리에 고끄라지다께?"

"아사달이가 자식을 낳았다니까 대번에 폭 고끄라지고 말데."

"자식까지 낳았다는 건 너무 과한데."

"장가만 들었다니까 어디 믿던가. 그래 얼른 자식까지 낳은 걸

보고 온 사람이 있다고 꾸며대었지."

"원수엣놈, 능청맞게 자식 낳았다는 건 어떻게 생각이 났더람."

하고 팽개는 무릎을 탁 친다.

"딴은 말을 들여대자면 게까지 가기는 가야 될 거야."

"자네 시키는 대로 계집만 얻었다면 기연가미연가하지만 자식을 낳았다고 해야 아주 꽉 믿는 것이거든."

"아사달이 그놈도 객지에서 삼 년이나 딩굴었으니 그 흔한 서라벌 계집에 어느 눈먼 년 한 년 안 걸릴 리 없지만두 자식까지 낳았다는 건 생판 거짓말 같지 않을까."

"원 이런 사람 보게. 아니 그러면 귀인 댁에 장가들었다는 건 곧이들리겠나. 시골떡이 석수쟁이 따위에게 어느 귀인 댁 따님이 미쳤다고 거들떠나 볼 것인가."

"그렇게 따지고 보면 그렇기도 하지. 아무러나 아사녀가 감쪽같이 속아 넘어가기만 하면 고만이니깐."

"그 말을 듣자 그 자리에 기급절사를 하였다는밖에."

"그래 고끄라진 걸 어떡하고 나왔나. 또 음충맞게 겨드랑이에 손을 넣어 껴안아 일으키고 수선을 피웠겠고나."

팽개는 능글능글 웃으며 농담 비젓하게 말은 하나마 그 눈에는 쌍심지가 선 듯하였다.

"그야말로 삼십 리 강짤세. 누가 눈독을 들이는 게라고 내가 손가락인들 대겠나."

"그러면 뒷수쇄는 어떻게 했단 말인가."

"뒷수쇄지 앞수쇄지 아주 학질을 떼었네. 누가 뒤에서 세찬 발길로 냅다 질르기나 한 듯이 코방아를 찧고 폭 엎더지며 숨도 쉬지 않네그려. 그대로 기색이나 될 줄 알고 아주 쩔쩔매었네. 급한 마음으로는 잡아 일으키고도 싶었지만 자네 강짜가 무서우니 손도 댈 수 없고.”

“그 좋은 계제에 자네 같은 개잘량[88]이가 손을 안 대고 배겨.”

하고 팽개는 눈을 홉뜨다시피 하고 싹불을 노려본다.

“맙시사, 왜 또 작지놈의 신세가 되게, 헤헤.”

한번 웃고 싹불은 개가 제 주인을 쳐다보듯 팽개의 눈치를 살피고 나서

“그래 할 수 있던가. 손은 근처에도 가지 말라고 뒤제침[89]을 잔뜩 하고…… 헤헤…… 입만 아사녀 귀에다 대고 초혼 부르듯 불렀지.”

싹불은 두 손을 비끄러맨 듯이 엉덩이에 붙이고 입이 거의 방바닥에 닿도록 고개를 숙여 그때 시늉을 해 보이었다.

팽개도 의심을 풀고 껄껄 웃었다. 싹불은 팽개가 웃는 바람에 더욱 신이 나서

“아주머니 아주머니, 왜 이럽시오. 제발 정신을 좀 차립시오, 네, 아주머니, 아주머니 하고 한동안 비두발괄을 하다시피 하니까 그제야 엎더진 채로, ‘괜찮아요, 아무렇지 않아요’ 하는 그 꾀꼬리 같은 고운 목소리가 들려오겠지. 그러더니 바시시 몸을 일으키는데 그 상기된 얼굴은 발그스름하게 도홧빛이 돌고 어떻게 어여쁜지 송두리째 아삭아삭 깨물어 먹고 싶으데.”

“에끼, 흉측하게. 남은 죽네 사네 하는 판인데.”

<hr>

88 털이 붙은 개가죽으로 방석처럼 까는 데 쓰임. 행실이 너절하고 더러운 사람을 비유함.
89 뒷짐.

"누가 죽네 사네 하게 맨들었기에. 이번 일엔 상금이 후해야 되네."

"성사가 된다면야 주다 뿐이냐."

"속기는 아주 쩍말없이 속았느니. 몸을 일으키는 길로 뒤도 아니 돌아보고 제 방으로 들어가더니 문을 탁 닫아버리데. 아사달을 바라고 기다리는 게 헛일인 줄 안 다음에야 자네 품속으로 기어들 것은 뻔한 노릇 아닌가."

78

그 이튿날 한낮이 겨워도 아사녀가 일어나는 기척이 들리지 않았다.

아침밥을 지으려 물동이를 이고 나갈 때면 으레이 사랑방을 갸웃이 들여다보고 방긋 웃으며

"안녕히 주무셨어요."

하고 인사를 하는 법이었다. 그런데 오늘은 그림자도 나타내지 않을 뿐인가, 팽개와 싹불이가 번차례로 안을 기웃기웃 엿보았으나 아사녀가 방문을 열고 나오는 낌새조차 보이지 않는다.

"오늘은 어째 일어나지를 않을까."

팽개가 싹불을 보고 걱정을 한다.

"아사달놈이 자식을 낳았다는 바람에 무척 속이 상한 게로군. 그것 보게, 내님의 구변이야말로 사람을 죽이고 살리고 하는 재주를 가졌단 말이어."

하고 싹불은 맹숭맹숭한 턱을 쓰다듬으며 거드럭거린다.

"또 제 자랑인가. 너무 구변이 좋아서 아주 죽을 작정을 하고 일어나지 않는 것도 큰일인데."

"그쯤 되어야 아사달놈을 잡아먹고 싶을 것 아닌가."

"웬만하고 마음이 돌아서야지, 너무 애절을 하는 것도 도리어 일에 방해가 되지 않을까."

"원 그 사람 다심도 하네. 계집이란 한번 토라지면 고만이지 방해가 무슨 방해란 말인가."

"계집의 독한 마음에 자결이나 해버리면 그야말로 십년공부 아미타불 아닌가."

"죽기를 그렇게 간대로 죽어? 몇 번 쪽쪽 울고 제 손으로 제 가슴이나 뚜다리다가 말겠지. 그 기틀을 자네가 잃지 말고 슬슬 녹여내어야 되는 법이거든."

하고, 싹불은 팽개를 보며 눈을 끔쩍끔쩍해 보인다.

"괜히 섣불리 서둘다가는 죽도 밥도 안 되게. 한동안 뜸을 들여야."

하고 팽개는 무엇을 생각하는지 멍하니 천장을 쳐다보다가

"아무튼 계집의 질투란 무서운 거야. 아사녀같이 부처님 가운데 토막 같은 계집도 제 사내가 외도를 했단 말에 그렇게 치를 떠니……."

"이제야 알았나."

"우리 단둘이 얘기지만 실상 이번 꾀도 내 여편네가 가르쳐준 것이나 진배없네."

"그러면 아주머니께서도 그 켯속을 아신단 말인가."

"원 그 사람, 그 왈패가 알아보게, 큰일 나게. 스승의 따님이 홀로 있는데 뭇 제자놈들이 덤비니 스승의 은혜를 생각한들 극진히 보호를 해야 된다고 그럴싸하게 꾸며대었지만 산전수전 다 겪은 그 왈패가 어디 곧이를 듣는가. 압다 성인군자 또 나셨네. 그래 당신이 아무 다른 마음 없이 아사녀를 보호만 하겠소. 그야말짝으로 괭이에게 반찬가게를 보라는 격이지. 그래서 부부간에 대판 싸움까지 하였다네."

"그 아주머니 눈이 무섭지 무서워. 벌써 자네 속을 회경 들여다보듯 환하게 아시네그려."

"아사녀 그년도 매친 년이지. 제 서방이 벌써 삼 년째 안 올 때는 벌써 알아볼 조지, 빈방만 지키고 있으면 뭘 한단 말인고. 열녀비나 하나 얻어 걸릴 줄 알고. 냉큼 적당한 자리에 개가나 갈게지, 하지 않겠나. 그 말을 듣고 보니 딴은 아사달놈이 삼 년 템이나 계집 없이 얼무적거릴 리도 없겠고 아사녀도 제 사내가 딴 계집을 얻었단 말만 들으면 피장패장으로 놀아날 것도 같단 말이거든."

"어규 용해라. 나는 그 꾀만은 그래도 자네가 지어낸 줄 알았더니 그것도 아주머니 꾀란 말이지."

"슬쩍 지나가는 말이라도 얼른 듣고 터득을 해내는 것이 더욱 용하지 않은가."

"성사가 되어도 걱정은 걱정인데, 아주머니가 가만히 있을 리 만무하지 않은가."

"아사녀 마음이 내한테로만 쏠린다면야 그까짓 계집 열 명을 버린들 아까울 거야 있겠나. 그것도 아사녀에게서 미끄러진 바람에 화풀이로 얻은 것이니."

하고 팽개는 한숨을 휘 내어쉬었다.

실상 아사달과 경쟁을 하다가 무참히 패한 팽개는 꽃거리로 달뜬 마음을 달리었다. 지금 같이 사는 계집은 그때에 얻은 것으로 의젓한 장가처도 아니지만, 아사녀에게로 골똘히 쏟아진 마음 때문에 다른 좋은 자리가 바이 없지도 않았으되 입때까지 그럭저럭 지내온 것이었다.

"그 아주머니가 어떠신데 자네가 함부로 내버렸다가는 큰코다치리. 요새도 자네는 하루가 멀다고 벋을 들지 않는가."

"어떡하나. 이 일이 되기 전에야 제 비위도 맞춰줘야지. 잠깐잠깐 다녀오는 것이지만 이틀 밤만 걸려도 마구 강짜를 부리니."

"누구 계집은 안 그런 줄 아나. 그러기에 계집 둘 가진 놈의 창자는 호랑이도 먹지를 않는다는밖에."

"정작 둘이나 되고 그러면 좋기나 하게."

"그야 떼어놓은 당상이지, 헤헤."

"사람 놀리지 말고 아사녀에게 좀 들어가 보게."

79

팽개의 안에 들어가 보란 말에 싹불은 고개를 쩔레쩔레 흔들었다.

"나는 싫의. 인제는 자네가 어쩌든지 하게. 나는 그 우는 꼴을 다시 보기 싫의."

"누구는 그 우는 꼴이 보기 좋다던가. 자네가 꾸며논 일이니 자네가 들어가 보게나."

"자네는 장래 실속이나 바라지만 내야 무슨 까닭인가. 그 말끄러미 바라보는 눈길과 딱 마주치면 아주 아찔이야. 까닭 없이 가슴이 뻑적지근해지고……."

싹불은 연송 고개를 흔든다.

"이제 쌀 닷 말 보낸 것이 적어서 그러나. 지금 와서 그런 약한 소리를 하면 어떡한단 말인가."

"그 고개를 배틀고 앉은 꼴은 차마 볼 수가 있어야지."

하고 싹불은 그 밀룽밀룽한 눈두덩을 잔뜩 찌푸린다.

두 짝패는 한동안 승강을 하다가 필경엔 둘이 다 같이 들어가 보기로 하였다.

팽개와 싹불은 아사녀의 방문 앞까지 왔다.

"아주머니, 아주머니."

싹불이가 먼저 불러보았다. 방 안에서는 사람이 있는 것 같지도 않고 아무 대꾸가 없었다.

"아주머니, 아주머니, 왜 어디가 불편하십니까."

하고 싹불은 넌지시 방문을 잡아당겨 보았으나 문고리가 안으로 걸린 듯하였다.

싹불은 팽개를 돌아보고 눈을 두리번두리번하며 가만히 속살거렸다.

"문까지 꼭꼭 닫아걸었는데."

"또 좀 불러보게. 잠이 든지도 모르니."

팽개는 싹불을 재촉하였다.

"아주머니, 아주머니, 문고리를 좀 벗겨주세요."

싹불은 또다시 외쳤다.

방 안에서 뒤쳐눕는 기척이 나며

"나가주세요. 제가 몸이 아파서……."

모기만 한 소리가 들려왔다.

"편찮으시다고 온종일 아무것도 자시지 않으면 큰일 납니다. 편찮으실수록 곡기를 하셔야 기운을 차리시지요."

이번에는 팽개가 자상스럽게 타일렀다.

"오라버니세요?"

방 안에서도 팽개의 목청을 알아듣고 반색을 하는 모양이었다.

"됐네, 됐네. 자네 목소리를 듣고 저렇게 반길 때는……."

싹불은 눈을 깔아 메치며 팽개를 보고 수군거렸다.

팽개는 터져 나오는 웃음을 억지로 참으며 싹불을 쿡쿡 쥐어지르고 나서

"네, 팽개도 왔습니다. 문을 잠깐 열어주십시오."

방 안에서는 이윽히 문을 열까 말까 망설이는 눈치였다.

"그럼 조금 이따 들어오십시오. 방을 좀 치워야……."

"방이야 치우시지 않아도 좋습니다. 잠깐 뵈옵기만 하면 고만이니까요. 그대로 누워서도 좋습니다. 별일 없으신 신관만 뵈오면 고만입니다."

팽개의 말씨에는 정이 뚝뚝 떨어졌다.

"어떡하나."

방 안에서는 난처한 듯이 혼잣말하는 소리가 들리었다.

"그러시다면 나갔다가 다시 들어오겠습니다마는!"

"아녜요, 아녜요. 그냥 들어오십시오."

하고 문고리를 벗기는 소리가 났다.

팽개가 앞서고 싹불이가 뒤따라 들어오는데 아사녀는 기신없는 몸을 끌다시피 하며 벽에 쓰러진 듯이 기대이고 이불자락으로 미처 버선도 못 신은 발을 가리었다.

어찌하면 하룻밤 사이에 이렇게 여위었을까. 척색진 두 볼은 우벼 파 간 듯이 말라붙었고 그 어여쁜 눈시울은 퉁퉁히 부어올랐다. 볼록하던 가슴 언저리가 눈에 뜨이리 만큼 가라앉았는데 숨 한 번 들이쉬고 내어쉬는 것도 무척 힘이 드는 듯 어깨가 들먹들먹한다. 팽개와 싹불이도 차마 바로 보지를 못하였다.

"어디가 그렇게 편찮으신지 위선 약을 지어 와야겠는데."

팽개는 눈을 떨어뜨려 방바닥만 내려다보며 딱한 듯이 물었다.

"약 안 먹어도 차차 낫겠지요."

"아닙니다. 하룻밤 사이에 저렇듯 얼굴이 틀리신 걸 보면 여간 중병이 아니신데 약을 안 잡수셔야 될 말입니까."

"약을 먹는다고 나을 병이 아녜요."

하고 아사녀는 입술을 지그시 깨문다.

"이 싹불에게 들어 알았습니다마는 아사달이가 괘씸이야 하시겠지만 그래도 너무 상심을 하시면 몸이 부지를 하실 수 있습니까."

위로한다는 팽개의 말이 도리어 아사녀의 속을 점점이 에어내는 것 같았다.

"죽어도 아까웁지 않을 목숨인데 몸이 좀 축가는 거야……."

아사녀는 호 한숨을 내쉬었다.

80

그 이튿날부터 아사녀는 몸져눕고 기동조차 못하게 되었다. 머리는 쪼개는 듯 몸은 불덩이같이 달고 뼈 마디마디가 쑤시고 저리었다. 그의 마음의 병은 마침내 몸의 병을 이루고 만 것이다.

잠이나 들었으면 그 몹쓸 고통을 잊으련만 잠을 청하려 눈을 감으면 오라는 잠은 아니 오고 갖가지 무서운 환영이 그를 사로 잡고 괴롭게 굴었다. 기껏 잠을 이룬대야 이내 가위가 눌리고 정체 모를 어마어마한 괴물이 가슴이 으스러지도록 그를 찍어 눌렀다.

"윽, 윽."

하고 비명을 치는 소리가 분명히 제 귀에도 들리건만 얼른 잠이 깨이지 않아서 무한 애를 켠다. 그 괴물은 어느 때는 징글징글한 작지의 모양도 되어 보이고, 어느 때는 웃보, 장달, 싹불의 낮짝 으로 나타나기도 하였다. 어찌 보면 이 네 사람 얼굴 외에 난생처 음 보는 기괴한 탈을 뒤집어쓴 무리들이 떼를 지어 달겨들기도 하였다.

간신히 그 지긋지긋한 잠을 깨고 나면 처음에는 천장도 보이 고 벽도 보이고 방바닥도 보이고 이것이 우리 집이거니, 이것이 내 방이거니 생각하매 겨우 안심의 숨길을 돌릴 수 있었다.

그러나 그것도 잠시 잠깐이었다. 뒤미처 그의 핑핑 내어둘리 는 시선에는 더 진저리 나고 악착한 헛것이 보이었다.

귀밑머리를 충충 땋은 아름다운 서라벌 계집을 끼고 아사달 이 현연히 내닫는다. 그 아름다운 눈매는 그 계집을 살가워 못 견디겠다는 듯이 들여다본다. 그 연연한 입술엔 행복에 가득 찬 웃음을 웃고 있다. 그의 팔은 다시 떨어지지 않을 것처럼 그 계집의 허리에 감긴다…….

"무슨 그럴 리야, 무슨 그럴 리야."

아사녀는 뇌이고 또 뇌이며 고개를 설레설레 흔들었지만 제 눈시울 속속들이 들어박힌 듯한 그 헛것은 더욱 또렷또렷하게 생생하게 살아온다.

아사달이가 아이놈을 갸둥질 쳐주는 광경까지 보인다.

아이놈의 상판은 쥐새끼같이 작고 가무잡잡한 것이 볼품이 없었으나, 그 숱 많은 머리가 다팔다팔하며 좋아라고 깔깔거리는데 그걸 보고 그 계집과 아사달이가 입이 벌어져서 찢어지도록 웃어댄다…….

"나는 이 고생을 하는데……."

아사녀는 고만 새삼스럽게 설움이 복받치고 눈엣불이 번쩍번쩍 나는 듯하였다.

처음 싹불에게 아사달이가 딴 계집을 얻어 자식까지 낳았다는 소문을 들을 때 아사녀는 앞뒤를 생각할 나위도 없이 벼락이 내리치는 것처럼 정신이 아뜩하고 말았다.

가까스로 정신을 수습해가지고 방으로 들어와 되는 대로 쓰러져서 곰곰이 생각하면 생각할수록 미쳐 나갈 것만 같았다.

이 세상에 육친이라고 오직 한 분밖에 없는 아버지를 여의는 큰 슬픔을 지그시 견딘 것도, 모래알을 씹는 듯한 길고 긴 삼 년의 날짜를 보낸 것도, 생각만 해도 소름이 끼치는 그 해참한 변을 겪은 것도 누구를 위함이었던가. 무엇을 바람이었던가.

지금 방장 당하는 처지가 쓸쓸하면 쓸쓸할수록 답답하면 답답할수록 지긋지긋하면 지긋지긋할수록 아사달을 만나는 날의 기쁨이 크고 더 알뜰하고 더 깨가 쏟아질 것이 아니었던가.

지금은 캄캄한 어둠이 저를 겹겹이 에둘렀지만 내일!이면 찬란한 햇발이 저를 맞으리라.

방장 걷는 이 길은 가시덤불을 헤쳐나가는 것 같지만 모레!면 꽃밭 속으로 포근포근한 잔디를 밟게 되리라……

아무리 슬픈 가운데도, 아무리 억색한 가운데도, 아사녀의 앞에는 언제든지 희망의 오색영롱한 무지개가 뻗쳐 있던 것이다.

작지의 변을 죽을 애를 쓰고 모면을 하고 나매, 그 달뜨는 정은 얼마쯤 움츠러들었지만, 기다리지 않는 척하고도 기다리는 마음은 더욱 간절하였다.

'웬걸 올라고.'

하며 마음을 단속을 하면서도 실상인즉 무망중에 쑥 들이닥치면 더욱 반가울 것을 미리 장만을 해두려는 것이었다.

"아직 공사 끝날 날이 멀고말고."

스스로 조비비는 듯한 마음을 타이르고 꾸짖었지만

"이 보름 안으로야, 이달 그믐 안으로야."

하고 전보담 날짜만 멀리 잡아보았다.

가깝게 잡은 날짜가 맞지 않는 것은 오히려 심상하였지만, 멀리 잡은 날짜도 맞지 않는 데는 화증이 절로 났다.

'혹시나' 하는, 검은 구름장이 그 빛나는 희망의 무지개를 가끔 흐리기 시작하기는 이때부터였다.

81

여불없이 아사달을 데려다가 줄 듯하던 세 번째 봄도 어느덧 지나가 버렸다.

탑 둘을 혼자 맡아 짓는대도 이태밖에 걸리지 않는다고 아버지는 말씀하시지 않았던가.

그 말을 처음 들을 때 아사녀는 어마 싶었다.

아무리 대공이기로 그렇게 날짜야 걸리랴. 아버지께서 내 마음을 눅여주시느라고 일부러 멀리 잡아 말씀을 하시는 것이거니 하고 제 깐으로 날수로 잔뜩 일 년, 햇수로 이태만 잡아들면 아사달은 돌아오리라 믿었다.

그러던 것이 벌써 햇수로 삼 년에 들어 반년이 지났으니 날수로 따지어도 이태 반이나 되어가는 폭이다.

그렇게 까마득하게 멀리 잡으신 아버지의 말씀대로 한다 해도 아사달은 벌써 돌아와야 할 것이다.

그리고 아버지로 말하면 석수 일에는 천하에 으뜸가는 어른이었으니, 그 어른의 짐작 밖에 벗어날 공사가 있을 까닭이 없다.

'그러면 병환이 나셨는가.'

그러나 아사녀는 저의 방정맞은 생각을 곧 물리쳤다.

몸은 비록 약해 보일망정 그렇게 무병한 이가, 그렇게 강단이 무서운 이가 그런 큰일을 맡았거늘 병날 리가 없을 것 같다.

암만해도 탑은 다 이룩된 것 같다. 아버지의 둘도 없는 수제자인 그이거든 그 능란한 솜씨에 입때 일이 끝나지 않을 리는 만무할 것 같다.

'그러면 아사달은 왜 돌아오지 않는가.'

이 생각은 마치 잘 드는 칼과 같이 그의 염통을 에어내었다.

사치한 맨드리가 기름독에서 빠져나온 듯하다는 서라벌 서울 여자, 그 비싼 녹두 가루를 비누로 풀어 때를 벗겨내고 그보담 더 비싼 은가루와 옥가루를 처덕처덕 얼굴에 바른다는 서울 여자, 먹으로 눈썹에 황을 그리고 심지어 입술에까지 주사를 올린다는 서울 여자, 울금향과 사향을 옷고름과 허리띠에 찬다는 서울 여자, 그러니 아무리 박색이라도 달과 같이 꽃과 같이 환하게 어여쁘게 보인다는 서울 여자, 십 리 밖에서도 그 그윽하고도 야릇한 향기가 사내의 마음을 호려낸다는 서울 여자!

논다니, 활량이가 파리떼 모양으로 우글우글하다는 서라벌, 어수룩한 시골뜨기만 보면 마구잡이로 붙들어 간다는 서라벌.

그 몹쓸 계집들이 그렇게도 잘나신 아사달 님을 그냥 둘까. 독사의 무리와 같이 아사달 님에게 달겨들지 않을까. 온몸을 친친 휘감아서 헤어나지 못하게 하지 않을까.

엿가락 늘어진 뭇 계집의 팔과 다리의 등쌀에서 빼쳐나지를 못하고 버르적거리는 안타까운 아사달의 모양이 눈앞에 얼찐거린다.

그렇게 얌전한 그가, 그렇게 단단한 그가, 그렇게 나를 사랑하고 소중히 아는 그가, 백 명 천 명 계집이 덤빈들 빠질 리가!

스스로 아사달을 위해 변명을 해보았지만 암만해도 마음이 놓이지를 않았다.

이런 판에 싹불의 그 말을 듣고 보니 흑! 하고 아니 넘어갈 수 없었던 것이다. 더구나 나날이 닥쳐오는 것이란 좋은 일, 기쁜 일은 도무지 없고, 불행한 일 악착한 꼴만 겪고 나니 인제 아사녀는 제 전정의 행운에 대한 믿음성조차 흔들리게 되었다. 이렇게 굽이굽이 알뜰살뜰히 궂은 노릇만 당하게 되니 앞으로도 좋은 운이 행여나 찾아줄 것 같지도 않았다.

앞날의 찬란한 무지개의 한 모서리가 흐릿하게 비쳐올 때 싹불의 한마디는 그를 천길만길 절망의 구렁텅이에 떨어뜨리기에 넉넉하였다.

더구나 귀인 댁 따님에게 장가를 드셨다니 왜 그 좋은 호강을 마다시고 이 부여 두메로 돌아오시랴. 딸 낳고 아들 낳고 무궁한 영화를 누리려던 자식조차 없는 이 가난뱅이 석수쟁이 딸을 찾아올 것인가. 고래등 같은 기와집에 금기둥 옥기둥 속에서 으리으리하게 푸근푸근하게 지내실 것을 이 오막살이 새풀[90] 집엘 기어들 것이랴.

"안 오신다, 안 오신다. 오실 리 만무하다."

아사녀는 열이 뜬 머릿속으로 잠꼬대같이 속살거렸다.

"안 오신다, 안 오셔."

그는 곁에서 누가 굳이굳이 아사달이 온다는 사람이나 있는 것처럼 화를 더럭더럭 내며 중얼거리었다.

인제 그에게 남은 것은 오직 죽음의 한길뿐이었다.

이만큼 목숨을 이어온 것도 생각하면 이상한 일이었다.

"왜 안 죽고 살았던고. 아버지 돌아가실 때 왜 따라 죽지 않고 살았던고!"

90 '억새'의 사투리.

그는 긴 수건도 생각해보았다. 푸른 물결이 넘실거리는 사자수도 생각해보았다.

그러나 자결을 결행하기에도 그는 너무 기신이 없었다.

"이렇게 몹시 아프니 앓아 죽을 날도 며칠이 남았을까."

아사녀는 몸을 바수어내는 듯한 아픔을 억지로 참으며 고대고대 숨이 끊어지기를 기다리었다.

82

제 목숨이 한시바삐 끊어지기를 바라는 아사녀이거니 팽개의지어 온 약을 받기는 받을지언정 달여 먹을 리는 없었다.

먹지 않을 약이매 애당초부터 거절을 해버렸으면 그만이겠으되 남은 정성스럽게도 지어다 주는 것을 몰풍스럽게 물리칠 도리도 없거니와 더구나 팽개에게는 그렇지 못할 사정도 한두 가지가 아니다.

첫째 아버지가 돌아가신 뒤 어느덧 반년이 겨웠는데 이나마도 살아온 것은 온전히 그이의 덕이 아니냐. 단 한 입이니 그리 많다고는 못 할지라도 나무랑 쌀이랑 반찬거리를 그이 아니면 어느 뉘가 돌보아줄 것인가.

더구나 만일 그이가 아니었던들 그 감때사나운 제자들을 누가 제어를 할 것인가.

위선 작지의 흉행만 하더라도 그이가 때맞추어 뛰어오지 않았더면 어느 지경에 갔을는지 모른다. 다른 것은 다 고만두더라도 이 일 한 가지만도 그는 아사녀에게는 둘도 없는 은인이 아닐 수 없다. 그나 그뿐인가. 요새 와서는 자기의 집안일을 다 버리고 오직 스승의 따님이란 까닭으로 수직까지 와서 해주는 그 갸륵한 정성! 아무리 세상이 넓다 한들 이렇듯 고마운 이는 또다시 없으리라.

그가 무슨 일이 있어 잠시 잠깐 다녀 나가는 뒷모습을 보고 아사녀는 마음속으로 '오라버니, 오라버니' 하고 몇 번이나 부르짖은지 모른다.

뼈와 피가 섞인 친동기간이면 이보담 더 자상스럽고 곰살궂으랴.

다른 사람 아닌 그이가 지어다 주는 약인데 안 먹을 때 안 먹더라도 어떻게 거절하랴. 만약 약까지 안 먹는다면 그이는 얼마나 더 슬퍼하고 애를 켤 것인가.

"뭐 화가 뜨시고 몸살 같으니 이 약만 쓰시면 곧 낫는답니다."

팽개는 다섯 첩을 한데 묶은 약 꾸러미를 내어놓았다.

"약은 왜 또 지어 오셨어요. 곧 나을 것을……."

아사녀는 펄펄 끓는 몸을 반쯤 일으키려고 애를 쓰며 미안해하였다.

"얼핏 곧 달여 잡수셔야 할 텐데……."

하고 팽개는 입맛을 쩍쩍 다시었다. 약 달일 사람이 없는 것을 걱정하는 눈치였다.

"고대 달여 먹어요."

"저렇게 기동도 옳게 못 하시는 이가 어떻게 약을 달이실 수도 없고!"

팽개는 연송 걱정을 하였다.

"아녜요. 인제 한숨만 자고 나면 몸이 풀릴 것 같애요."

아사녀는 제 병이 대단치 않다는 것을 알리려 하였다.

"실없이 중환이신데 주무시고 나신다 한들……."

팽개는 미심다운 듯이 생전 처음으로 아사녀의 얼굴을 바로 보며 머뭇머뭇하였다.

"한 경만 자고 나서 곧 달여 먹을 테예요. 제가 오라버니 말씀을 거슬릴 리야……."

하고 아사녀는 팽개의 근심하는 것이 민망하여서 가까스로 웃어 보이었다.

슬쩍 아사녀의 웃는 얼굴을 쏘아보고 팽개는 다시 얼굴을 외우시며 아주 진국으로

"그럭저럭 다 저녁때가 되었는데 주무시고 나시면 밤중이 될 걸."

"그러면 내일 아침에 달여 먹어도 괜찮지 않아요?"

하고 아사녀는 어리광 피듯 또 한 번 상그레 웃어 보이었다.

"안 됩니다, 안 됩니다. 그래 가지고는 안 됩니다. 약이란 으레 주무시기 전에 잡수셔야 된답니다. 더구나 오늘은 왼종일 잡수신 것도 없고. 첫째 무에든지 잡수셔야 될 텐데."

"왼종일 안 먹기는요, 아침도 먹었는데."

아사녀는 난생처음으로 거짓말을 한마디하고 말았다. 거짓말을 할지언정 제 은인으로 하여금 다시 저로 말미암아 걱정은 시키기 싫었던 것이다.

"아침 지으시는 기척도 없으시던데."

팽개의 말씨는 어디까지 점잖고 어디까지 공손하였으나 그 말도 어디인지 차차 무관한 가락을 띠어온다.

아사녀는 조금 헤벌룸해진 옷깃을 여미었다. 여자의 본능으로 경계는 하면서도 말투는 저도 모를 사이에 팽개를 닮아갔다.

"밥 짓기가 귀찮아서 식은 밥을 데워 먹고 말았지요."

하고 제 거짓말이 차차 늘어가는 것이 무안해서 열 오른 얼굴을 더욱 붉히었다.

그 순간 팽개의 눈길은 병아리를 움키려는 독수리의 눈깔처럼 이상하게 번쩍이었으나, 아사녀가 제 무안에 겨워 마주치는 눈을 돌렸기 때문에 그 무서운 눈치를 놓치고 말았다.

만일 아사녀가 그 눈치를 보았던들 지금까지 그에게 올리던 감사가 대번에 스러졌으리라. 붙던 정도 뚝 떨어지고 진저리를 쳤으리라.

"자시기는 무얼 자시어, 허허."

팽개는 한번 엄벙하게 웃고 나서 다시 얼굴빛을 바루고

"그 큰일인데."

하고 무엇을 잠깐 생각하는 듯하더니 벌떡 몸을 일으켜 밖으로 나간다.

83

팽개가 사랑에 나와 보니 싹불은 책상다리를 하고 코를 드르렁드르렁 골고 있다.

팽개는 다짜고짜로 자는 이의 책상다리를 걸어차 버렸다.

"음, 음."

자는 이는 소태나 씹는 듯이 얼굴을 찌푸리고 입맛을 다시면서도 책상다리째 모으로 쓰러질 뿐 그래도 잠을 깨지 못한다.

팽개는 베고 있는 목침을 또다시 걸어질렀다. 목침이 튕겨 나가고 머리가 쿵 하며 방바닥에 떨어지자 그제야 자던 이는

"에쿠 아야야, 이게 웬일이야."

하고 벌떡 일어앉으며 조아 붙는 두 눈을 크게 떠서 두리번거린다.

"이 사람아, 그새 잠이 무슨 잠이람."

하고 도리어 팽개가 뇌까리자 싹불은 더럭 골딱지를 내며

"이건 사람을 제긴 줄 아나. 왜 툭툭 발길질을 하고……."

하고 그 멀룽멀룽한 눈시울을 걷어 올리며 눈알을 부라리다가 팽개의 눈초리가 사나워지는 것을 알아보고는

"나는 누구라구, 헤헤."

눙쳐 웃어버린다.

"차판이 하판인데 자빠져서 코만 곤단 말인가."

팽개는 치밀어 오른 분이 아직 덜 가라앉았는지 매우 우락부락한 어조다.

싹불은 제 상판을 두 손으로 치문지르고 내리 문지르고 늘어지게 기지개를 켜며

"어디 밤잠을 자야지. 그러니 어째 곤하지를 않겠나."

그는 격에 맞지 않는 괭이 같은 간드러진 목청을 내며 거슬러진 팽개의 비위를 얼러맞추려 하였다.

"누가 자네더러 밤잠을 자지 말라던가."

"누가 자지 말란 건 아니지만 자연 그렇게 되지를 않았나."

"무슨 일이 자연 그렇게 되었단 말인가."

팽개는 시침을 뚝 떼었다.

"아사녀를 지키자니 온밤을 집에 가 잘 수 없고, 틈틈이 가는 거라야 마누라가 바가지만 긁고, 낮잠은 자다가 또 자네에게 불호령이나 듣고, 어디 사람 살겠나."

싹불의 이 측은한 하소연에 성이 잔뜩 풍기어 부어올랐던 팽개의 볼은 슬며시 풀어졌다.

싹불은 저 먹여살려 주는 주인의 낯빛이 풀리는 꼴을 보고 웃으며 너스레를 쳤다.

"그래 내 자는 새에 일은 다 되었나. 아사녀가 약을 먹던가."

"약은 먹지 않아도 일은 되어가는 낌새가 보이데."

팽개는 뺑긋뺑긋 벌어지려는 입 가장자리를 억지로 여민다.

"응 그래, 열 번 찍어 안 넘어가는 나무 없다고, 아무리 철석같은 아사녀도 별수가 없네그려. 그래 그 낌새란 건 어떻게 보이더란 말인가?"

"이 사람 자네가 왜 그렇게 열고가 나서 야단인가."

"초록은 동색이고 가재는 게 편이거든. 자네 좋은 일에 낸들 안 좋겠나."

"인제 생글생글 웃어까지 보이데……."

싹불은 팽개의 말을 가로채었다.

"뭐 아사녀가 웃어 보여? 그 빼물기만 하던 간나위가 웃어까지 보인다면야 일은 다 된 일이게."

"웃기만 한 줄 아나. 옷깃을 싹 여미고 살짝 얼굴까지 붉혀 보였다네."

"응, 얼굴까지 붉히어! 흥, 바루 새색시가 새신랑을 보고 수접을 떠는 격일세그려."

"여보게 말 말게. 나도 오입 십 년에 쓴맛 단맛을 다 본 놈이지만 아사녀가 수집어하는 근경은 처음 겪어보았네. 그 아기자기한 재미란 하늘을 주어도 바꾸지 않을 텔세."

"흥, 자네는 인제 죽어도 여한이 없겠네."

"아사달이란 놈이 일 년 템이나 그 재미를 마음 놓고 본 것을 생각하니 치가 떨리데, 치가 떨리어."

하고 팽개는 아사달이가 바로 앞에나 있는 듯이 허공을 노려보며 이를 득 갈아붙이었다.

"앗게, 아서. 그 계집만 빼앗으면 고만이지 지난 일까지 이를 갈 거야 무엇 있나."

팽개는 그 건성으로 도는 눈방울을 더욱 구을리며 펄펄 뛴다.

"그놈이, 그놈이, 그 아사달이란 놈이 내게서 아사녀를 빼앗아 갔지. 내가 왜 남의 계집을 빼앗는단 말인가. 그 고생을 하고 그 공을 들이고 헌계집 다 된 것을 도루 찾아온들 그렇게 신통할 거야 무에 있단 말인가."

하고 노발대발하며 날뛰는 팽개의 꼴을 부러운 듯이 바라보고 있던 싹불은 후 한숨을 내쉬었다.

"길은 갈 탓이고, 말은 할 탓이라고 자네 말을 듣고 보니 그럴 상도 싶네마는, 아사녀 같은 아름다운 계집을 한평생 데리고 살랴는 놈은 너무 욕심이 과한 놈이지. 아사녀가 열 번 시집을 가

고 열한 번째 나에게 온대도 나는 하늘에 오른 것보담 더 좋아하
겠네."

하고 싹불은 어느 때 흐른지 모르는 제 입 가장자리의 침을 씻
었다.

84

"그런데 여보게 큰일 난 일이 한 가지 있네."

하고 싹불을 바라보는 팽개의 얼굴에는 입때까지 싱글벙글하던
웃음살이 걷히었다.

"아사녀의 마음이 아무리 나에게 쏠렸다 한들 죽어버려서야
만사가 물거품이 될 것 아닌가."

"그야 다 이를 말이겠나."

"나는 아사녀의 이번 병이 어쩐지 심상치를 않은 것 같으이."

"원 나중에는 별소리를 다 듣겠네. 그래 이번 병으로 아사녀가
죽을 것 같단 말인가. 인제 겨우 스물을 넘어설까 말까 한 귀밑이
새파란 계집이 한 이틀 앓는다고 죽어? 밥을 죽이지."

"아니 그렇게 말할 것도 아니거든."

"아닌 게 다 뭐란 말인가. 제 사내가 계집을 얻었다는 바람에
깡샘을 하고 생병이 난 것인데 며칠만 꽁꽁 앓으면 툭툭 털고 일
어나겠지그려. 죽어, 왜 죽어? 더구나 자네 같은 한다하는 장래
서방님이 등대하고 곕신데."

"아닐세 아니야. 하룻밤 사이에 그 옥 같은 살이 쏘옥 내리고

곁에만 가 앉아도 단내가 훅훅 나니 몸이 얼마나 더우면 그렇
겠나."

"어규, 왜 안 그러리. 알뜰한 고은 님이 파리해졌으니 뼈가 저
리겠지. 이 쑥아, 어허허."

하고 싹불은 두 손으로 제 허리를 짚으며 간간대소를 한다.

"그렇게 우스개로 돌릴 것만 아니래도 그러네그려. 첫째 엊저
녁도 안 먹었지, 오늘도 굶었지, 약을 지어다 주어야 먹지를 않
지, 그러니 큰일이란 말이거든."

"젊은 때는 하루 이틀 굶어야 아무 상관이 없는 걸세. 계집이
란 독이 나면 며칠씩 예사로 굶는 걸세. 독이 풀리면 누가 권하
지 않아도 제출물에 제 손으로 밥을 지어가지고 아귀아귀 처먹
는 법이라네. 위선 내 마누라만 해도 툭하면 굶기를 밥 먹듯 하
는걸 뭐."

하고 싹불은 팽개의 걱정이 같잖다는 듯이 천하태평이다.

"어디 세상 사람이 다 자네 부인 같은 줄 아나. 도대체 홀아씨
로 앓아누웠으니 미음이라도 끓여주고 약이라도 달여줄 사람이
있어야지."

"압다 아사녀가 어느새 그런 귀골이 됐셨던고. 제 배가 고파보
게, 그 짭짤한 솜씨에 훅닥훅닥 오죽 잘 해 먹을라고."

"이런 사람은, 남의 말은 도무지 귀담아듣지 않네그려. 그렇
지 않다 해도 왜 자네 말만 세우려느나. 여보게, 그러지 말고 자
네 부인께서 오셔서 며칠만 봐주셨으면 어떻겠나. 미안한 말이
지만."

싹불은 말도 말라는 듯이 손을 쩔쩔 내저었다.

"안 되네, 안 되네. 자네 청이니 그랬으면 좋다 뿐이겠나마는 그 고집통이가 들어먹을 것 싶지도 않네. 일전만 해도 한 경을 자고 자네 혼자 기다릴 것이 딱해서 곧 되쳐 나오려니까 이 망나니가 갖은 바가지를 다 긁네그려. 사내자식이 뭐 할 게 없어 남의 홀아씨 사랑에서 수자리를 사느냐 마느냐. 아사녀가 뭐 그렇게 예쁘길래 수박 겉핥기로 실속도 없다면서 왜 미쳐 다니느냐. 그년이 본 예펜네고 내가 샛계집이냐…… 별의별 소리를 다 해서 귀가 따가워 죽을 뻔했다네."

하고 싹불은 그때 제 여편네에게 혼뜸을 당한 것을 생각하고 진저리를 친다.

"허 말새는 모두 한뽄이로군. 우리 왈패도 걸핏하면 내가 왜 샛서방질을 하느냐. 제 사내를 의엿이 못 데리고 있고 밤참 치르듯 하느냐고 잡아먹을 듯이 들어 덤빈다네."

"좌우간 어서 귀정이 나야지. 정말 살이 내릴 지경이야. 암만 중언부언을 해도 세상 사람을 놓아주지를 않기에 나는 하는 수 없이 우리 통속을 그럴듯하게 일러주고 겨우 빠져나왔다네."

"뭐 그러면 우리 속 얘기를 부인께 까바쳤단 말인가. 그러다가 말이 나면 어떡하자고, 경망스럽기는……."

"아닐세, 그것 염려 말게. 우리 무대가 입이 무겁기도 철옹성이고 내가 다지기도 여러 번 다져놓았으니……."

"그 말이 만일 왈패의 귀에 들어가는 날이면 죽기 한사하고 덤벼들 텐데…… 응, 찍찍."

팽개는 싹불의 다짐과 그 여편네가 입이 무겁다는 것을 도무지 못 믿겠다는 듯이 혀를 여러 번 찼다.

"그건 여불없네. 여불없대도 그 사람이 자꾸 뇌이네그려."

필경 싹불은 짜증까지 내었다.

"그러나저러나 아사녀의 병구완을 어떻게 한단 말인고. 자네 부인도 올 수 없고, 내 왈패는 더더군다나 말할 나위도 못 되고 다른 아주먼네를 구해두재도 소문날 게 무섭고…… 어, 실없이 큰일인걸."

팽개는 이맛살을 찌푸리었다.

"혈마 내일쯤은 일어나겠지."

싹불은 종시 아사녀의 병을 대수롭게 여기지 않았다.

85

싹불의 지레짐작과는 정반대로 그 밤을 지내고 보니 아사녀의 병은 더욱 더친 듯하였다.

팽개와 싹불이가 들어가도 인사성으로나마 몸을 일으키려는 시늉조차 못 하게 되었다.

그나 그뿐인가. 팽개의 얼굴까지 못 알아보는 것 같았다.

"아주머니, 아주머니, 팽갭니다, 팽갭니다."

하고 아무리 부르짖어도 아사녀는 홉뜬 눈으로 잔뜩 허공을 노리며 새빨간 입술을 달싹달싹 종잡을 수 없는 헛소리를 종알거리었다. 말낱은 분명히 들을 수 없으나마 여러 번 듣고 보매 이따금씩 '아사달'이란 소리만은 그럴싸하게 짐작해 들을 수 있었다. 그러나 아사달을 그리워하는 소리인지 원망해하는 소리인지 분간은 할 수가 없었다.

"이것 큰일 났네. 그럼 어떡하나. 자네와 나와 약도 달이고 미음도 끓여보세나."

팽개는 싹불을 재촉하였다.

"별수 있겠나. 우리가 팔자에 없는 부엌덕이 노릇을 하는 수밖에."

약을 달여다 주어도 물론 아사녀는 먹으려 들지 않았다.

하는 수 없이 팽개가 숟가락으로 퍼넣어도 병자는 입을 다물고 삼키려 하지 않았다. 가까스로 서너 숟갈 퍼넣으면 반나마 흘리고 말았다.

미음 역시 입을 쪼무리고는 입술에도 대기를 싫어하였다.

그래도 간간이 정신이 돌아나는 때는 있었다. 이럴 때 팽개가 억지로 권하면

"싫어요, 싫어요."

앙탈은 하면서도 곧잘 받기는 받았으나 입에 문 채 좀처럼 삼키지 않았다.

만일 팽개의 눈만 조금 딴 데로 쏠리기만 하면 어느 틈엔지 뱉알아버리고 만다. 그래도 팽개가 지성으로 꿀떡 소리가 날 때까지 기다리고 있으면 어쩔 수 없이 넘기기는 넘기어도 소태나 먹는 것처럼 그 어여쁜 얼굴을 찡그렸다.

'이 계집애가 죽기를 결단하였고나.'

팽개도 어렴풋이 아사녀의 뜻을 짐작한 듯싶었다.

약 달이고 미음 끓이는 일도 서투른 솜씨라 수월한 노릇이 아니었거니와, 더구나 아사녀의 태도가 수상스러워서 일시 반시를

그 곁을 비워놓을 수가 없었다.

낮에는 번차례로 번을 들고 밤에는 혼자 지키는 것도 무얼한 탓에 둘이서 꼬박이 밝히었다.

이러구러 사오일이 지나갔다. 아사녀의 병은 겨우 웃불만은 꺼진 듯하였다. 헛소리하는 도수도 줄어지고 한번 잠이 들면 꽤 오래 자기도 하였다. 약과 미음은 여전히 먹기 싫어하면서도 이따금 냉수는 찾아서 벌떡벌떡 들이켜기도 하였다.

하룻밤은 아사녀의 잠든 틈을 타서 팽개와 싹불이가 봉당에서 약을 달이었다.

"여보게, 오늘 밤엔 집에 잠깐 다녀와야겠네."

하고 싹불은 웃으며 팽개에게 청을 하다시피 하였다.

"너무 여러 날이 되어서 그 무대가 또 무슨 소리를 할지."

"고 동안을 못 참는단 말인가. 집에 안 가보기야 내나 자네나 마찬가지지."

팽개는 제 짝패 놓치기를 꺼리었다.

"그만큼 돌렸으니 인제는 염려 없네. 잠깐만 다녀옴세, 헤헤."

"걱정은 내 왈패가 더 걱정인데……."

하고 팽개도 씩 쓴웃음을 웃는다.

"오늘 밤엔 내가 다녀오고, 내일 밤엔 자네가 다녀오게나. 하룻밤 사이에 무슨 변 나겠나, 헤헤."

싹불은 얼렁하는 웃음소리를 남긴 채 뒤도 돌아보지 않고 그대로 힝 나가버렸다.

"여보게, 여보게."

팽개가 몇 번 불러보았으나 들은 척도 아니하였다.

"저런 사람 보게."

혼자 게두덜거렸으나 쫓아가서 잡아 올 필요까지는 없었다.

팽개는 혼자 약을 다 달여 짜가지고 방으로 들어왔다.

병자의 방이라고 너무 불을 지핀 탓인지 방 안의 공기는 무럭무럭 찌는 듯이 더웠다.

아사녀도 더운 모양이었다.

이불 밖으로 보얀 종아리를 던져 내놓고, 풀어 헤친 저고리 자락 틈으로 젖가슴이 아낌없이 내다보인다. 그 박속같은 가슴 옴패기엔 땀이 방울방울 맺히어 누가 씻어주기를 기다리는 듯.

손질 않은 검은 머리는 흰 베개 위에 되는 대로 흩어지고 하붓이 열린 입술은 바시시 웃는 듯하다.

팽개는 약그릇 든 손에 맥이 탁 풀리며 하마터면 약을 다 엎지를 뻔하였다.

약그릇을 다시 바로잡기는 잡았으나 팽개는 얼빠진 사람 모양으로 엉거주춤하고 선 채 얼핏 앉지를 못하였다.

86

한참 만에야 팽개는 절이나 할 듯이 나붓이 아사녀의 곁에 앉았다.

약그릇을 조심조심 머리맡에 놓고 두 손길을 무릎 위에 공손히 올려놓은 다음에 돌부처처럼 몸을 꼼짝도 아니하고 숨소리까지 죽이며 어느 때까지 어느 때까지 자는 이의 얼굴과 가슴패기에 박은 눈을 깜짝이지도 않았다. 조금만 바시럭거려도 제 눈앞에 벌어진 이 애 졸이는 근경이 부서지는 것을 두리는 듯. 눈 한 번만 깜짝여도 고새나마 이 자릿자릿한 흐무러진 맛을 못 볼 것을 아끼는 듯……

팽개의 숨길은 갈수록 거칠어간다. 속에서 불덩이 같은 무엇이 치밀어 올라와 뚤뚤 말리며 목구녕을 꽉 틀어막아서 숨도 제대로 못 쉬게 한다.

'안 된다. 안 된다. 그러면 정말 십년공부 아미타불이다.'

팽개는 목구녕에 치받친 무엇을 밀어넣는 듯이 침을 꿀떡꿀떡 삼키었다. 그러자 덜덜 뭉친 그 덩어리가 탁 터지며 온몸이 확확 달았다.

'싹불이도 제 집에 가고 없지 않으냐. 이 방 안에는 너와 아사녀와 오직 단둘뿐이 아니냐. 저번 작지의 경우와 또 달라서 아사녀는 깊은 꿈속에서 헤매고 있지 않으냐. 벽에 귀가 있느냐, 눈이 있느냐.'

아무리 누르고 또 눌러도 그 꿀을 담아 붓는 듯하는 속살거림은 끊이지 않았다.

팽개는 한 뼘 두 뼘 민그적민그적 자는 이의 옆으로 밀어 들어갔다.

"아주머니!"

필경 팽개는 물에 빠지는 사람 모양으로 허전거리며 불러보았다.

자는 이의 쌔근쌔근하는 숨길이 그 말에 대답할 뿐.

"아주머니!"

이번에는 아까보담 좀 크게 불러보았으나 잠 오는 귀에는 들리지도 않는 듯.

"아주머니!"

손까지 잡아 가만히 흔들어보았건만 그 손에 촉촉이 밴 땀과 호끈호끈하는 온기가 제 손으로 옮겨 올 따름이었다.

"아주머니!"

아까 잡은 손을 놓지도 않고 또 한 손으로 그 어깨까지 가볍게 만지었다.

자는 이는 살짝 양미간을 찌푸리며

"응, 응."

그윽한 소리를 내었다. 팽개는 덩겁을 하고 한 걸음 물러앉으며 재빠르게 지껄이었다.

"아주머니, 어서 잠을 깨십시오. 약을, 약을 자셔야 하지 않습니까."

그러나 자는 이는 반듯이 바로 누웠던 몸을 앞으로 갸우뚱하게 모지게 누우며 한 다리를 온통으로 끌어내어 이불 위에 얹고는 몇 번 하하 숨을 내쉬다가 그대로 내처 자버린다. 가벼운 코고는 소리까지 나는 것을 보면 아까보담 더 깊은 잠에 떨어진 것 같았다.

팽개는 아사녀가 잠을 깨이는가 하고 겁을 집어먹었으나, 아사녀는 자면서도 아리알심을 부리는 양 아까보담도 더 보기 좋도록 돌아누워 준 듯하였다.

한번 아사녀의 땀과 온기가 옮은 그의 손은 좀이 쑤시는 것같이 인제 더 참으려야 참을 수가 없었다.

자는 이의 머리도 짚어보고 어깨도 쓰다듬어 보았다.

아사녀는 잠결에 모른다는 것보담도 차라리 자는 척하고 저 하는 대로 내맡기는 것 같았다.

그럴싸하고 보매 딴은 그 얼굴도 눈만 감았다 뿐이지 정말 자는 것 같지도 않았다. 그렇지 않으면 저 입술이 왜 더도 벌어지지 않고 덜도 쪼무러지지도 않고 천연 방글방글 웃는 것 같으랴.

'만일 그렇다면 이 밤 이때야말로 다시없는 좋은 기회가 아니냐.'

벌써 눈이 뒤집힌 팽개는 제 어림없는 헛생각을 참사실로 밀어버리려 하였다.

팽개는 아주 대담스럽게 아사녀의 옆에 눕고 말았다.

이때이었다. 싹불이가 불이야 살이야 제 집으로 뛰어가느라고 그대로 열어놓은 사립문으로 소리를 죽이는 발자취가 사푼사푼 걸어 들어왔다.

팽개는 처음에는 꽤 동안을 떼어놓고 누워서 인제는 저도 자는 척을 하고 눈을 꽉 감은 다음에 슬며시 제 다리를 아사녀의 내놓은 다리 위에 얹어보았다.

그래도 아사녀의 말씬말씬 다리는 지그시 눌린 채 움직이지 않았다.

'옳지 되었구나.'

하고 팽개는 제가 도리어 잠투세를 하며 구을러 들어가 한 팔을 내어던지듯 아사녀의 가슴 위에 떨어뜨려보았으나 역시 아무 동정이 없었다.

팽개는 서슴지 않고 자는 이를 껴안으며 그 염소수염을 흔들고 막 자는 이의 입술에 제 입술을 가져가려는 순간이었다.

그의 등 뒤에서 칼날 같은 소리가 그의 귀를 오려내었다.

"아니 이게 병구완이오?"

그는 허둥지둥 아사녀에게로 구을러 들어가느라고 제 여편네
가 살그머니 방문을 열고 들어와 서 있는 것도 몰랐다.

87

저와 아사녀와 단둘이만 있는 줄 알았던 방 안에서 난데없는
딴 사람의 말소리를 듣고 팽개는 벼락이 뒷덜미를 치는 것처럼
깜짝 놀랐다.

뒤를 힐끈 돌아보았다가 조금 꼬리가 들린 눈썹을 꼿꼿이 세
우고 포르쪽쪽한 입술을 바르르 떨며 제 계집, 소위 왈패가 독사
처럼 노려보고 서 있는 데는 아 벌린 입을 다물 수도 없었다.

"아니 이게, 병구완이오? 끼고 누워서 입을 마주 비비대는 것
이 병구완이오?"

왈패의 말소리가 변으로 조용조용한 것이 팽개에게는 더욱 소
름이 끼치었다. 이것은 닥쳐올 폭풍우가 얼마나 사나울 것을 알
리는 전조다.

"아니 이게, 그 알뜰한 스승의 외동따님을 돌보아주는 법이
오? 이게 멀리 간 친구의 아낙네를 싸고도는 법이오? 왜 말이 없
으시오?"

하고 왈패는 발을 한번 구른다. 그 서슬에 팽개는 후닥닥 일어앉

왔다.

왈패는 한껏 오른 독이 차차 터져 나오기 시작한다. 고개를 치흔들고 내리 흔들며

"왜 말을 못 해, 왜 대답을 못 해? 다른 제자들은 다 아사녀에게 마음을 두어서 믿지 못한다고 그랬지, 짐승만도 못한 놈들이라고 그랬지. 그래 그놈들 하는 것은 개돼지만도 못하고 너 하는 짓은 이게 성인군자의 할 짓이냐. 왜 말을 못 하느냐. 그 꿀을 담아 붓는 듯이 나를 얼렁뚱땅하던 말솜씨는 다 어디 갔느냐. 왜 말을 못 해. 아사녀 입을 맞추다가 입이 붙어버렸느냐. 이 능글능글한 도적놈아."

왈패는 고래고래 소리를 지르다가 숨을 돌리느라고 잠깐 말을 끊었다.

그 틈을 타서 팽개는 쑥스럽게 웃어 보이며

"여보 마누라, 인제 고만두오, 고만두어."

슬쩍 어리눙쳐보았다. 이 웃음과 말은 불길에 기름을 부은 것이나 진배없었다.

"이놈이 웃는다. 허, 이것 봐라, 누구를 또 속이랴고 웃어. 이 사람을 날로 잡아먹을 놈아. 내가 또 속을 줄 아느냐. 내가 쓸개 빠진 년이지, 매친 년이지. 수상히 여기기는 여겼지만 그래도 남편이라고 믿었고나. 딴 년을 품고 온밤을 고시란이 희희낙락하는 줄을 모르고 이건 샛사내나 보듯이 꾸벅꾸벅 오기를 기다렸고나. 아이 분해. 아이 분해애."

왈패는 악을 악을 쓰며 저고리를 풀어 헤치고 제 손으로 제 가슴을 북 치듯 마구 뚜들긴다.

조금 아까 잠이 깬 아사녀는 웬 까닭인지 몰라 어리둥절하게 이 광경을 바라보다가 이때에야 질겁을 하고 일어났다.

팽개는 아사녀가 일어나는 것을 보고 쩔쩔매며 제 여편네를 향하여

"이게 무슨 상없는 짓이란 말이오. 글쎄 고만두래도 왜 이 야단이오. 그건 마누라가 백주에 하는 소리지."

왈패는 더욱 펄쩍 뛴다.

"내 가슴 내 치는 게 상없는 짓이냐. 뭐 두호를 한답시고 병구완을 한답시고 잠든 친구 여편네를 끼고 자빠져서 마구 입을……."

팽개는 힐끔힐끔 아사녀의 눈치를 엿보아가며, 제 계집의 입을 막으려고 애가 말랐다.

"무슨 종작없는 소리를."

"종작없는 소리? 흥, 오 저년이 듣는다고, 저 육시를 할 아사녀란 년이 듣는다고, 염려 마라, 염려 말어. 네까짓 놈이야 곱다랗게 아사녀 저년한테 물려줄 테다. 너같이 표리부동하고 능갈친 놈은 헌신짝 팔매 치듯 저 따위 년한테나 갖다 앵길 테다. 산전수전 다 겪은 나다. 엄숭이 밤숭이 다 헤쳐본 나다. 세상에 서방이씨가 말랐느냐. 너 같은 놈을 데리고 살게. 어이 더러라, 어이 더러라, 튀 튀."

하고 왈패는 팽개의 상판에 침을 뱉었다.

팽개는 소맷자락으로 제 얼굴의 침을 씻고 제 계집의 손목을 잡아끌며

"이게 무슨 짓이오. 자, 나갑시다, 나가요."

왈패는 잡힌 손을 뿌리치며

"가기야 간다. 안 가고 왼밤 새울 줄 아느냐. 나도 노는 가락을 아는 년이다. 내어줄 거야 선선히 내어주다 뿐이냐. 그렇지만 이 년 아사녀 들어봐라. 네년도 팔자가 사나워서 홀아범도 잡아먹고 소위 사내란 걸 천 리 밖에 보내었지만 어디 사내가 없어서 제 애비 제자만 돌라가며 행투를 낸단 말이냐."

팽개는 힘을 우쩍 써서, 제 계집을 떠다박질렀다.

"저리 나가, 저리로 나가래도."

하고 처음으로 소리를 버럭 질렀다.

"내가 팽개놈을 네년한테 뺏겨서 분해서 하는 소리가 아니다. 싹불이 계집에게 다 들어 알았다. 세상에 속 모를 놈은 이놈이니라. 이놈의 손아귀에 들었다가는 네년의 신세도 볼일은 다 보았다. 싹불이하고 두 놈이 짜고 무슨 꿍꿍이속을 하는지 네년은 모를 게다."

팽개는 제 계집의 목고개를 바싹 틀어 안아 제 가슴으로 그 입을 틀어막으며 간신히 끌고 나갔다.

88

"안 끌어도 간다. 놓아라, 놓아."

사립문 밖으로 나가면서도 악을 바락바락 쓰는 팽개의 여편네의 소리가 아직도 얼떨떨한 아사녀의 귓결을 울리었다.

아사녀는 저도 모르게 한동안 귀를 기울이고 있었다.

행길에 나간 뒤에도 왈패의 새된 목청이 쨍쨍하게 들려오고 웅얼웅얼 무에라고 달래는 팽개의 소리도 섞이어 나더니 이윽고 감감하게 아무 기척도 없어졌다.

그렇게 호된 싸움도 부부끼리 다툼은 칼로 물 베기라, 흐지부지 풀리고 말았는지 또는 그들의 발자취가 아무리 떠들어도 들리지 않을 만큼 멀어졌는지 모른다.

들레던 뒤끝에 휘젓한 적막은 다시 돌아왔다.

아사녀는 어지러운 머리를 도사리며 오늘 밤에 일어난 일을 되새겨보았다.

팽개가 제 자는 동안에 저에게 무슨 볼품사나운 짓거리를 한 것 같고 그것을 그 아낙네게 꼭 들킨 것만은 대강 짐작을 할 수가 있었다.

팽개가 작지 모양으로 그런 해참한 시늉을 하였으리라고는 믿어지지 않으나 아무튼 망신은 더할 나위 없는 망신이었다.

새록새록이 닥치는 무참한 변이었다.

"나는 앓아 죽을 팔자도 못 되는고나."

한탄하자 누가 뺨을 치는 듯이 눈물이 쏟아졌다.

그러나 울고도 있을 때가 아닌 것을 언뜻 깨달았다. 한 시각이 바쁘다, 한 순간이 바쁘다.

그는 부랴부랴 새 옷을 갈아입고 허전허전하는 걸음걸이로 방문을 열고 나왔다.

가까스로 마당에 내려와 사립문을 나서려 하매, 제가 나고 자라고 시집가고 한 정든 이 집이 다시 돌아다보아지고 또 돌아다보이었다.

삽사리가 제 주인이 나가는 걸 보고 어디선지 오르르 내달았다. 아사녀는 삽사리를 보매 또 눈물이 앞을 가리었다. 펄쩍 주저앉아서 몇 번 삽사리의 대강이를 어루만져주고는

"삽사리야, 잘 있거라. 따라오지 마라."

이 세상을 마지막 떠나는데 작별 인사를 할 데는 오직 삽사리 한 마리뿐이었다. 삽사리는 꼬리를 설레설레 흔들고 제 주인의 하는 것이 수상하다는 듯이 킹킹하고 치맛자락 냄새를 맡으며 발길에 휘감기어 좀처럼 떼칠 수가 없었다.

"삽사리야 들어가거라, 들어가."

하고 때리는 시늉을 해 보이니 삽사리는 주춤 걸음을 멈추고 멍하게 제 주인의 눈치를 살피다가 아사녀가 돌아서 가면 슬근슬근 뒤를 밟아 온다.

"들어가, 들어가."

아사녀는 또 돌쳐서며 개를 쫓는 소리는 목이 메이었다. 제가 이 세상에서 받아보는 참된 정은 오직 저 개뿐이로구나 하는 생각이 든 탓이었다.

삽사리는 얼마쯤 따라오다가 텅 비인 집 안이 궁금한지 다시 돌쳐서 쏜살같이 집으로 들어가 버렸다.

아사녀의 발길은 사자수의 강둑에 다다랐다.

스무날 가까운 다 이지러진 달은 넘실거리는 푸른 물결에 빛깔 없는 흰 얼굴을 둥둥 띄웠다.

사방엔 개미 그림자도 없고 쐐 하고 이는 강바람에 귀에 익은 물소리만 출렁출렁할 뿐.

아사녀가 막 굽이치는 물결을 향해 몸을 번드쳐 떨어지려는

순간, 문득 그의 입에서는

"아사달 님!"

한마디가 흘러나왔다. 그의 아물아물한 눈앞에는 아사달의 모양이 번개같이 번쩍하였던 것이다.

아사녀는 앞으로 쏠리려는 몸을 주춤하고 바로잡았다.

아사달! 아사달! 아사달의 얼굴을 다시 한 번 못 보고는 죽으랴 죽을 수 없다. 딴 계집을 얻었거나 말았거나 자식을 낳았거나 말았거나 그이는 둘도 없는 내 남편 내 임자가 아니냐. 그에게 알리지 않고 그의 말을 들어보지 않고는 끊으려도 끊을 수 없는 이 목숨이 아니냐.

다시 생각하면 그이가 첩을 얻었다는 것도 종작없는 소리인지 모르리라. 싹불이가 헛들은지 모르리라. 계집을 얻었든지 자식을 낳았든지 내 눈으로 보아야 한다.

아까 들은 왈패의 소리가 띄엄띄엄 잉잉 귓가에서 운다.

"이 표리부동한 놈, 이 능글능글한 놈…… 병구완을 한답시고 잠든 친구 여편네를 끼고 자빠져서 마구 입을…… 싹불이하고 두 놈이 짜고 무슨 꿍꿍이속을 하는지 네년은 모를 게다……."

아사녀는 반짝반짝 새 정신이 나는 듯하였다. 새 눈이 뜨이는 듯하였다. 그러면 오늘날까지 팽개의 지나친 친절과 공손이 도무지 불측한 마음에서 나온 것이었던가.

'서라벌, 서라벌!'

아사녀는 속으로 부르짖었다.

서라벌로 가자! 서라벌로 가자. 서라벌이 아무리 멀다 해도 보름 가고 한 달 가면 못 갈 리가 있느냐. 죽기를 결단한 목숨이거니 무슨 고생을 하더라도 설마 죽기밖에 더하랴.

아사녀는 입때까지 서라벌 갈 생각을 염두에도 못 낸 것이 기가 막히었다. 진작 이런 생각을 하였던들 그 곤욕을 당하지도 않을 것을.

집에 들러 행장이라도 꾸려볼까 하였으나 지니고 갈 만한 것도 없거니와 집에 들렀다가 혹시 팽개한테나 들키면 말썽만스러울 듯하여 빌어먹으며 갈지라도 나선 김에 길을 떠나기로 하였다.

89

빨갱이는 저녁 공양을 먹고 나서 여러 중들과 한동안 잡담을 하다가 땅거미가 어슬어슬 든 뒤에야 제 처소로 돌아왔다.

처소라고 해야 조그마한 방 한 간이 후미진 산기슭에 외따로 떨어져 있는 것이었다.

그는 제 방에 돌아오면 늘 하는 버릇으로 성가신 듯이 칡베 장삼을 벗어 던져버리고 홀가분하게 몸단속을 차린 다음에 벽에 걸어둔 긴 환도를 떼어 들고 나섰다.

총총하게 늘어선 나무 틈을 베집고 발이 푹푹 잠기는 우거진 풀을 헤치고 한동안 올라가면 산허리 채 못 미쳐서 편편한 터전이 나타난다.

호랑할미꽃과 떡갈나무가 겅성드뭇[91]한 사이에 여기저기 주춧돌이 나동그라진 것을 보아 아마 옛날 암자가 들어앉았던 자리인 듯.

빨갱이는 산이 쩡하고 울리도록 큰기침을 한 번 하고 나서 칼을 쓱 뽑아 든다.

어둠침침한 가운데 칼날은 마치 한 가닥 얼음과 같이 번득인다.

엄지와 식지로 서슴지 않고 칼날을 잡아 쭉 훑어보아 날과 이가 빠지거나 상하지 않은 것을 가늠하고 만족한 듯이 머리 위에 빗겨 든다.

그의 석후의 기운 부림, 곧 검술 공부가 시작된 것이다.

빨갱이의 본명은 용돌龍乭로 무슨 까닭이 있어 입산을 하였을망정 언제든지 화랑시대가 그리웠다.

비호같이 말을 달리며 산으로 들로 사냥을 다닐 때 귓결에 울며 지나치던 바람은 얼마나 시원하였던가. 활쏘기 칼 겨룸에 목숨을 내던지는 싸움은 얼마나 호장하였던가. 주사청루를 휩쓸고 뛰고 굴리던 맛은 얼마나 통쾌하였던가.

나는 소리도 무대 같은 목탁을 두들기는 것도 신풍영스럽고[92] 손끝에 몬틀몬틀한 염주를 헤이기는 더구나 고리타분하였다. 옷까지 몸에 척 어울리지를 않고 따로 돌아, 장삼 소매는 아무리 휘저어보아도 거추장스럽기만 하였다.

하루에도 몇 번을 중 생활을 고만두고 산을 뛰어나갈까 하였지마는 그래도 제가 맡은 소임이 무거움을 생각하고 꿀꺽꿀꺽 참노라니 심사가 절로 나서 불가에서 대기하는 소위 진심이 불길처럼 일어났다.

---

91 많은 수효가 듬성듬성 흩어져 있는 모양.
92 사물이 너무 작거나 모자라서 마음에 차지 않고.

그러나 한 해 두 해 지나는 사이에 기가 꺾이고 또 꺾이고 결이 삭고 또 삭아서 요새 와서는 그리 못 견딜 지경은 아니로되 그래도 이따금 치받치는 울화를 걷잡을 길이 없었다.

심심하고 쾌쾌하고 울적한 빨갱이 곧 용돌의 일상생활에 오직 한 개의 낙은 이 검술 공부였다. 입산수도하는 사람이 칼이란 천부당만부당한 것이로되 자기 집 대대로 내려오는 보검이요, 또 그가 애지중지 차마 놓지 못하는 칼이기 때문에 기어코 지니고 온 것이었다.

칼만 들고 나서면 모든 시름과 울화가 가뭇없이 스러지고 몸은 훨훨 나는 듯이 가뜬하다.

처음에는 사지를 풀 겸, 그는 관창이가 검무를 추어 고구려 왕을 죽이던 본을 떠서 칼춤부터 추기 시작한다.

한바탕 늘어지게 춤을 추고 나면 온몸에 땀은 비 오듯 하고 팔과 다리가 허뭇하게 풀어진다.

그다음에는 칼 겨룸을 시작하고 적진을 지쳐 들어가는 시늉, 적장의 머리를 가슴을 뜻대로 마음대로 이리 찌르고 저리 찌르고 마지막엔 한창 신이 오르면 칼을 휘두르는 손길은 번개와 같고 그의 온몸은 송두리째 칼 빛에 휩싸이어 마치 한 덩어리 푸른 무지개가 바람에 휘날리는 것과도 같았다.

뒤로 물러섰다, 앞으로 내달았다, 저 멀리 외로이 선 늙은 소나무를 바라보고 풍우같이 몰아가기도 하였다.

오늘 밤에도 한창 신이 나서 칼을 잽싸게 휘두르며 애꿎은 그 늙은 소나무를 향하여 줄달음을 쳐 들어갔다.

문득 그 소나무 뒤로부터 검은 그림자가 얼찐하는 듯하더니 난데없는 칼이 쨍그렁하고 제 칼에 와서 마주친다.

용돌은 한 걸음 뒤로 물러서기는 섰으니 검술 공부한 보람이 있어 그래도 그렇게 놀라지는 않았다.

"누구냐?"

소리를 가다듬어 물으면서도 이 뜻밖의 적수를 만난 것을 도리어 심심파적으로 기뻐하였다.

"……."

저편은 아무 대꾸도 없이 칼을 겨루며 한 걸음 들어선다.

"그래 나와 겨뤄볼 테냐. 흥, 잘 만났다."

용돌은 코웃음을 치고 자신 있게 칼끝을 그 검은 그림자의 가슴 언저리를 겨누고 날려보았다.

저 칼과 이 칼이 한데 부딪치며 불이 번쩍 흩어지는데 저편의 칼이 너무 세차서 맞닿은 용돌의 칼이 퉁겨나며 칼자루 잡은 손목이 휘청하고 제쳐지는 듯하였다.

그럴 사이에 저편의 칼은 수없이 용돌의 목과 가슴을 지나가건만 이상스럽게도 찌르지는 아니하였다.

90

용돌은 저편의 검기에 눌리어 한 걸음 두 걸음 뒤로 물러서면서도

"건방지게 누구를 놀리느냐."

하며 이를 갈았다. 저편에서 몇 번이나 자기를 찌를 기틀을 일부

러 놓치는 것이 그에게 못마땅하고 아니꼬웠다. 그것은 검객으로 찔려 죽을 때 찔려 죽는 것보담 더 분한 노릇이었다.

"어디 견디어봐라."

용돌은 용을 버럭 쓰며 있는 재주를 다 부려보았건만 철옹성 같이 막아내는 저편의 칼 틈을 버르집을 수가 없었다.

용돌은 차차 기운이 지쳐지며 칼 쓰는 법이 어지러워졌다. 그러나 저편에서도 적이 힘이 빠진 듯 바늘 한 개 꽂을 만한 빈틈도 없던 저편의 방비도 점점 허수해지고 목과 가슴을 송두리째 내어주기도 하였다.

"그러면 그렇지!"

용돌은 아까보담 백배의 용기를 가다듬어 쩍말없이 찌를 데를 찔렀건만 저편에서 용하게도 그러나 가까스로 받아내는 듯하였다.

이편의 신이야 넋이야 하는 공격이 한동안 불꽃을 날리었으나 마침내 아무런 보람도 없었다.

'내 검술을 떠보랴고 일부러 허수하게 제 몸을 내어맡기는고나.'

언뜻 용돌이가 이렇게 깨달을 겨를도 없이 별안간 온몸의 기운이 빠져 달아남을 느끼었다.

이편의 칼 든 손이 허전거리기 시작하자 저편에서는 서서히 수세에서 공세로 옮기어 갔다.

용돌은 가쁜 숨을 미처 돌려 쉬지도 못하고 방비에 쩔쩔매었다.

저편의 칼바람이 선득선득하게 몇 번을 이편의 목덜미와 귓가를 스쳐 지나갔다. 그럴 적마다 용돌의 등에는 찬 소름이 솟았으되 그래도 신기하게 막아낼 수는 있었다.

저편의 검기는 갈수록 억세고 여무지고 재빨라졌다.

'이거 큰일 났고나. 이거 막아낼 수가 없고나.'

용돌의 칼은 허공만 치며, 더욱 허둥지둥하는데 저편의 칼은 더욱 신이 오른 듯하였다. 가슴을 막으려면 머리에 번득이고 머리를 피하면 목을 겨누어 어느 것을 어떻게 방비를 해야 옳을지 정신을 차릴 수가 없게 되었다. 아물아물한 용돌의 눈에는 수없는 칼날이 서릿발을 날리며 이편의 얼굴, 목, 가슴, 배 할 것 없이 거의 한꺼번에 지쳐 들어왔다. 제 몸뚱어리의 요긴한 자리란 자리는 일시에 저편의 칼이 곤두선 듯하였다.

용돌은 제 목숨이 위기일발에 걸린 줄도 잊어버리고 하도 어이가 없어 제 칼은 놀려보지도 못하였다.

문득 저편에서 칼을 거두었다.

"용돌이 검술이 무던히 늘었네그려. 허허."

우렁차고 걸걸한 음성이 웃는다.

용돌은 귀에 익은 그 음성을 못 알아들을 리 없었다.

그는 그 자리에 칼을 던지고 엎드리었다.

"어규, 서방님 언제 오셨습니까."

"일어나게, 일어나. 거친 풀에 찔리리."

"그러기에 아무리 어둠 속이라도 칼 쓰시는 게 범상치를 않아 기연가미연가 의심은 했습니다만."

하고 용돌은 몸을 툭툭 털고 일어섰다.

"자네 검술도 늘기는 많이 늘었네마는 아직도 마음을 가라앉히는 법이 조금 미협한 듯하네. 벌써 도를 닦은 지 삼 년이 지났거든 하마하면 그 거치른 마음자리도 잡혔을 것 같은데."

"뵈올 낯이 없습니다만 산중에 이렇게 있으니 도리어 울화만
나고 마음이 더 거칠어지는 듯합니다."

"산중이고 성중이고 마음이란 가질 탓, 어둠 속에서 난데없는
칼이 나와도 놀라지 않는 걸 보면 그만큼 마음공부가 착실해진
표적이 아닌가."

"뭘요, 검객이란 어느 때라도 방심을 하지 말라 하였거든 비록
심심풀일망정 칼 가지고 검술 공부를 하러 나온 사람이 칼을 보
고 그렇게 놀라기야 하겠습니까."

용돌은 저편이 추는 바람에 한번 뽐내보고

"그런데 서방님께서는 언제 행차를 하셨습니까. 댁에서 바루
이리 오셨을 리는 없고 무슨 특별한 볼일이나……."

"뭐 이렇다 할 만한 볼일도 없지만 시골구석에만 노 처박혀
있자니 답답도 하고 여러 친구도 찾아볼 겸 올라왔네. 자네 형편
을 들어보아 중 생활이 좋다면 얼마쯤 같이 있어서 마음공부나
해볼까……."

"말씀도 마십시오. 주리난장을 맞아도 소위 중 생활처럼 좀이
쑤시고 쓸쓸하지는 않겠지요."

"그게 마음공부란 것 아닌가."

"마음공부고 뭐고 서방님은 아예 그런 생각을랑 염두에도 내
지 마시오. 그러면 서울 오신 일이 단지 그 일 한 가지뿐이신지."

"자네 만나볼 일이 첫째지만 또 한 가지 신신치 않은 성가신
일이 있어서……."

"신신치 않은 성가신 일? 그건 무슨 일이게요."

"뭐 얘기할 거리도 못 되는 일."

하고 그 검은 그림자는 빙그레 웃었다.

이 아닌 밤중에 용돌을 찾아온 손님이야말로 금량상의 아우 경신으로 주만의 아버지가 세상에 으뜸가는 사윗감으로 골라놓은 인물이었다.

91

용돌과 경신은 나이로 말하면 용돌이가 위지만 문벌로 보든지 재주로 보든지 더구나 낭도의 지위로 보든지 경신이가 훨씬 높기 때문에 용돌은 경신을 서방님이라고 깍듯이 위하고 경신은 용돌에게 하게를 하였지만 두 사람이 다 같이 국선도를 숭상하는 동지임에는 틀림이 없었다.

"누추하나마 제 처소로 들어가 보실까."

용돌은 던진 칼을 다시 주워 들고 그대로 제 바지에 쓱쓱 문질러 칼집에 꽂고는 경신을 쳐다보았다.

"여길 왔다가 자네 처소에 아니 들르고 어디를 간단 말인가."

경신은 친구끼리의 무관한 투를 말씨에도 나타내며 용돌의 뒤를 따라섰다.

"다녀가신 지가 벌써 이태가 되셨는데 그래도 용하시게 제 있는 데를 찾아오셨군요."

"자네 방에 들러보아 없으면 으레 그 자리로 검술 공부하러 간 줄 알지. 혈마 젊은 기억에 이태 전 일을 고새 잊으랴고."

"그 캄캄한 생소한 산길을 찾아내신 것은 정말 어려우신 노릇인데."

"뭘 자네가 시근벌떡거리고 칼 휘두르는 소리가 산발치에서도 들리던걸 뭐, 허허."

"그렇게 멀리 들렸을까. 원 서방님은 귀도 밝으시군. 그래 한 번 겨뤄보실 생각이 나셨군요."

"나도 칼 써본 지가 하도 오래고, 또 자네 검술이 얼마나 늘었나 꼬나보았지."

움평진펑한 산비탈을 그들은 평지를 걷는 것보담 더 수월하게 내려오며 주거니 받거니 수작은 꼬리에 꼬리를 물고 그칠 줄을 몰랐다.

"그런데 아까 말씀한 신신치 않은 성가진 일이란 무슨 볼일입니까."

용돌은 예사로 던진 경신의 말이 다시금 궁금한 듯이 잼처 물었다.

"뭘 자네는 아랑곳할 일도 못 되는 걸세, 허허."

경신은 쾌활하게 웃어버리고 종시 그 성가시다는 볼일을 바로 가르쳐주려고 하지 않았다.

"저한테 감추실 일이 무엇일까요. 갈수록 궁금하군요."

"원 그 사람은 다심도 하이. 자차분한[93] 중살이를 하더니만 사람까지 잘게 되는 모양일세그려."

"어느 건 흉기스럽긴 중이라고 산중 생활이 하도 심심하니까

---

93 매우 조용하고 차분한.

자연 갖은 꿍꿍이속을 다 꾸며내고 제한테 상관없는 일에도 괜히 마음이 키어요."

"허, 자네도 인제 찰중이 되어가는 모양일세그려."

얘기는 어느 결엔지 딴 데로 쏠리고 만다.

"왜 검술을 쓸 때처럼 슬쩍슬쩍 몸을 피하시오. 성가시다는 게 암만해도 무슨 좋은 일 같은데."

"허, 그 사람은 기어코 미주알고주알 캐려만 드네그려. 압다 왜 저 유종 이찬이 계시지 않나."

"네, 이찬 유종 알고말고. 지금 조정에 남은 오직 한 분의 우리와 같은 뜻을 가지신 어른 말씀이지요."

"자네도 아네그려. 그 어른이 좀 만나자고 해서……."

"그러면 무슨 중난한 일거리가 생겼나요."

어두운 가운데도 용돌은 눈을 크게 떠서 경신을 바라보았다. 조정에 서 있는 단 한 사람인 국선도의 우두머리와 청년 낭도를 대표하는 인물이 서로 만나자고 할 적에는 심상치 않은 일이 분명하다. 바라고 기다리던 풍운은 인제야 일어나랴는가. 거추장스러운 장삼을 영영 벗어던질 날도 얼마 남지가 않았고나. 용돌은 제 지레짐작에 어깨가 저절로 으쓱해짐을 느끼었다.

그러나 경신의 대답은 의외였다.

"아니야, 그렇게 큰일은 아니야. 신신치도 않은 가간사[94]야. 형님께서 어서 올라가서 뵈라고 성화같이 독촉을 하셔서!"

"조그마한 가간사?"

---

94 집안일.

용돌이가 의아해하며 뇌이자 경신은 단도직입적으로 내던지듯

"그이에게 딸이 있대!"

"오, 옳지 그러면 혼담이 있어서 올라오셨군, 어허허."

용돌은 거침없이 너털웃음을 내놓았다.

"어떡하나. 형님이 자꾸 가보라시니, 허허."

경신도 따라 웃으며 스스로 저를 변명하듯

"그야 꼭 그 일 때문만이야 아니지. 오래간만에 서울 형편도 좀 살펴보고 여러 친구들도 만나보고……."

"그러면 선을 보러 오셨소, 선을 보이러 오셨소?"

"보기도 할 겸 보이기도 할 겸. 그야말로 겸사겸살세, 허허."

"아무튼 태평성대군요. 천하영웅이 색시 선이나 보러 다니니, 으흐흐."

용돌은 아무에게라도 빈정빈정하는 제 입버릇을 버리지 못하였다.

그들의 발길은 어느덧 용돌의 처소에 다다랐다.

용돌은 먼저 제 방으로 성큼 들어와서 벗어 던진 장삼과 가사를 주섬주섬 주워서 똘똘 말아 한옆으로 치우고 소리를 쳤다.

"자 서방님, 어서 들어오십시오. 제 사는 꼴은 이 모양이랍니다."

92

주객은 좌정을 한 다음에 경신은 다짜고짜로 물었다.

"그래 이곳 중들의 생각은 어떠한가."

"그 녀석들이 생각이 무슨 생각이오. 삼시로 밥이나 때려누이고 몇 번 염주나 세고 나면 낮잠이나 자빠져 자고……."

용돌은 평일에 품었던 불평과 불만을 쏟아놓을 자리를 만났다는 듯이 늘어놓기 시작하였다.

"그중에도 돈냥이나 있는 놈들은 아랫마을로 살살 다니면서 계집질이나 하고 몰래 술들이나 퍼먹고……."

"그야 많은 중 가운데 그런 자도 더러야 있겠지. 자네는 남의 결점과 단처[95]만 보는 버릇이 있느니……."

"더러가 다 뭐요. 그놈이 다 그놈이지. 출가란 빈말뿐이요 어떻게 무섭게 돈을 아는지 던적맞기 짝이 없다오. 어디 재 한 번 불공 한 번 더 얻어걸리겠다고 이건 대가나 부잣집 아낙네만 얼찐하면 치마꼬리에 매어달리듯 졸졸 쫓아다니고 그 비위를 맞추기에 곱이 끼었으니 그것들을 데리고 무슨 일을 할 수가 있겠단 말씀이오."

"생기는 것 좋아하는 거야 인정이니까 그것만 가지고 험담할 거야 있는가."

하고 경신은 휘 한숨을 길게 내쉬고는

"때는 좋은 때건마는."

혼잣말같이 중얼거리었다.

"무슨 때가 그렇게 좋다는 말씀이오."

"여보게 생각을 해보게. 당명황이 안록산에게 쫓기어 멀리 촉

---

95 부족하거나 모자란 점.

나라 두메로 달아났으니 이때를 타서 대군을 거느리고 지쳐 들어갔으면 중원을 다 차지는 못할망정 고구려의 옛 땅이야 다시 찾아오지 못하겠나."

용돌은 무릎을 탁 쳤다.

"옳습니다, 옳습니다. 과연 서방님 말씀이 옳습니다. 조정에서야 어떡하던 우리의 힘으로나마 군사를 일으켜보시는 게 어떠하실까요. 온 천하에 흩어진 낭도를 긁어모으면 그래도 몇만 명은 될 수가 있지 않겠습니까."

"안 되네, 안 되어. 나도 게까지 생각은 해보았네마는 암만해도 될 성싶지를 않네. 첫째로 그만한 큰일을 하자면 신라 온 나라의 힘을 기울여야 성사가 되겠거든. 소위 당학파들이 잔뜩 조정을 움켜쥐고 있으니 까딱 잘못하면 역적의 누명이나 쓰고 말 거란 말이지. 촉나라까지 쫓겨난 당명황에게 꾸벅꾸벅 문안 사신까지 보내는 판이니 그자들에게 정당론을 꺼집어내어 보게. 천길만길 뛸 것 아닌가. 기가 막힐 노릇이지."

"그러면 이번 기회에 중원은 못 들어치더라도 그 원수엣놈의 당학파들이나 모주리 해내버렸으면 어떨까요. 혈마 당나라에서 구원병이야 못 보낼 것 아닙니까."

"자네 말도 그럴싸하네마는 그러면 골육상쟁으로 형제끼리 피를 흘리게 될 것 아닌가. 그러니 그것도 못 하겠고 더구나⋯⋯."

하고 경신은 이윽히 무엇을 생각하였다.

용돌은 경신의 말이 나오기를 기다리다 못하여

"더구나 또 무슨 상치되는 일이 있단 말씀입니까."

"더구나 안 될 일은 전국에 흩어져 있는 명색 낭도가 우두머리가 없고 소위 무장지졸로 뿔뿔이 헤어져 있는 것일세. 개중에도 일치 단합이 못 되고 서로 으르렁거리고 있으니 큰일이야 큰일. 위로 임금님께서는 연만하시어 어느 날 어떻게 되실지 모르는 형편이고 태자가 어리고 약하시니 신기神器[96]를 엿보는 자가 있는지도 모르겠단 말이어."

"서방님 말씀이 옳습니다. 나같이 미련한 생각에도 오래지 않아 나라에 무슨 변이 날 듯 날 듯싶으단 말씀이오. 그러니 만일 난이 일어난다면 어떻게 막아내실 작정이신지!"

"그거야 미리 어떻게 정해놓을 수야 있나. 그때 당해보아 어떡하든지 있는 힘과 정성과 재주를 다할 뿐이지."

"그래도 미리미리 준비를 해두서야 될 것 아닙니까."

"그러기에 말일세. 자네도 미리 준비를 해야 된단 말일세. 취모멱자[97]로 중들의 해자만 뜯지 말고 슬근슬근 승군도 맨들어놓아야 될 것 아닌가."

"몇은 안 되지만 젊은 중들을 더러는 모아봅니다마는 아까 말씀과 같이 뜻대로 안 되고 화증만 더럭더럭 나서……."

"일한다는 사람이 화증을 내어 쓴단 말인가. 첫째 기단해서는 못쓰는 거란 말일세."

오래간만에 만난 두 동지의 담화는 어느 때까지 어느 때까지 그칠 줄을 몰랐다.

---

96 임금의 자리를 비유적으로 이르는 말.
97 상처를 찾으려고 털을 불어 헤치다. 억지로 남의 작은 허물을 들추어냄을 비유적으로 이르는 말.

93

경신은 피로한 듯이 팔을 베고 누워서 한동안 무슨 생각에 잠 아졌다가 다시 말허두를 돌리었다.

"그래 이 몇 해 동안에 이 절에서 생긴 가장 큰일이 무슨 일인가."

"가장 큰일?"

용돌은 눈을 멀뚱멀뚱하며 얼른 생각이 나지가 않는 모양이었다.

"뭐 이렇다 할 만한 큰일이 없는 듯한데……."

"중들끼리 옥신각신이 생긴다든지 하다못해 불전을 새로 이룩한다든지……."

"가끔 저희들끼리 찢고 뜯고 하다가 우리네 같으면 막상 목이 오고 갈 무렵쯤 되어 흐지부지해버리기가 일쑤니 큰 싸움이 날래야 날 수가 없고……."

"그러면 소위 당학파들이 한퇴지韓退之[98]의 본을 떠서 불도를 비방한다고 울근불근한 일도 없단 말인가. 다른 절에서는 꽤 말썽이 되는 모양이던데 이 불국사도 이를테면 몇째 안 가는 대찰이 아닌가."

"그런 문제를 이렁성거릴 만한 학식을 가진 이는 오직 주지 스님 아상 노장 한 분뿐이신데 워낙 연만[99]하시어 그런 문제를 들고 일어날 만한 근력도 없는 듯하고 그 외에는 다들 무식도 하거

98 중국 당나라의 문학가, 사상가.
99 나이가 많음.

니와 제 실사퀴[100] 장만하는 데만 눈이 빨개져서 야단이니…….”

“흥, 서울 근처 중들이 더 타락이 되다니 참 한심한 노릇일세그려.”

“한심하다 뿐입니까. 그것 뭐 사람의 씨알머리라고도 할 수 없지요.”

용돌은 경신이가 제 말을 찬성하는 데 신이 나서 또다시 승려 공격의 화살을 쏘았다.

“그건 너무 과도한 말일세. 유독 승려들만 나무랄 수야 있는가. 깊은 산으로 들어가면 정말 수도하는 고승 대덕이 많겠지만 여기쯤은 너무 서울이 가까우니 중노릇을 무슨 돈벌잇속으로 아는 모양일세그려.”

하고 경신은 말을 뚝 끊어버린다.

칠월도 어느 결에 그믐이 가까워 조석으로 생량하는 서늘한 바람이 벌써 우수수하게 창에 부닥친다.

바람결을 따라 쩽쩽 하고 돌 쪼는 소리가 그윽이 들려온다.

경신은 귀를 소스라치며

“이 밤중에 저게 무슨 소리인가. 천연 돌 쪼는 소리 같으니.”

“저번에 오셨을 적에 내가 말씀을 여쭤지 않았던가. 부여에서 석수쟁이를 불러다가 다보탑과 석가탑을 짓게 되었다고. 그 부여 석수쟁이가 아직도 일을 하는 모양입니다.”

“이렇게 캄캄한데 어떻게 일을 할 수 있을까.”

“그 석수쟁이란 녀석이 어떻게 성미가 괴벽스러운지 낮에는

100 실속.

별로 일에 손을 대지도 않고 꼭 밤, 새벽으로 저렇게 일을 하지요."

"허 그건 참 명공일세그려."

"명공은 무슨 명공입니까. 아무라도 손에 조금 익게만 되면 어둡다고 일을 못 할까요. 우리네가 밤에 칼을 쓰는 것이나 다를 게 없을 것 아닙니까."

하고 용돌은 울대에 피를 올리며 매우 못마땅해하는 눈치였다.

"자네 왜 그 석수쟁이하고 무슨 틀린 일이 있나. 그렇게 티를 뜯게, 허허."

"그래 서방님은 분하지 않으시오. 부여놈 따위가 아주 내로라 하고 서라벌 대찰에 하나도 아니요 둘 템이나 탑을 이룩하니 기막힐 노릇이 아니란 말씀이오."

"원 그 사람은 별것이 다 기가 막히네그려. 부여 석수가 서라벌 와서 탑을 이룩하기로 분할 게 무에란 말인가."

"그래 서라벌 사람이 부여놈 따위에게 비록 조그마한 일엘망정 지다니 말이 되느냐 말씀이야요."

"어 이 사람, 그게 무슨 좁은 생각인고. 거기 지고 이기고 할 까닭이 무엇 있단 말인고. 자네는 아직도 삼한통일 이전 생각을 가지고 까닭 없는 적개심을 품고 있네그려. 그때 서로 싸운 것도 생각을 해보면 뼈가 저릴 노릇인데 지금도 그런 감정을 품고 있어서야 될 말인가. 아예 그런 생각을랑 버리고 객지에 외로울 터이니 무슨 일이 있더라도 자네가 돌보아주게나. 앞으로 큰일을 하랴면 그네들과 손을 마주 잡고 한 덩어리가 되어야 될 것 아닌가. 생각을 해보게나."

경신의 한 마디 한 마디에 용돌의 고개는 차츰 차차 숙어졌다.

"옳습니다. 서방님 말씀이 옳습니다. 입때 저는 옥생각[101]을 하였습니다. 앞으로는 그런 생각을 버리겠습니다."

"그런데 그 탑 둘은 다들 완성이 되어가나."

"다보탑은 벌써 다 되었고, 석가탑도 아마 거의 다 지어가는 모양입니다."

경신은 울려오는 돌 쪼는 소리에 귀를 기울이고 있다가 벌떡 몸을 일으켰다.

"밤에 돌일을 한다는 게 하도 신기하니까 어디 우리 구경을 좀 가볼까."

94

번개와 벼락이 때려 붓고 폭풍우가 쏟아지는 밤, 아사달과 탑 위에 단둘이 앉아서 불을 뿜는 듯한 사랑을 하소연한 후 주만은 격렬한 제 정에 지치기도 하였거니와 밤비를 노박이로 맞은 탓에 며칠은 된통으로 앓기까지 하였다.

앓으면서도 잠꼬대에도 아사달의 푸념이요, 헛소리도 아사달의 이름을 부르짖었다.

무병하던 외동딸이 앓으매 사초부인은 머리맡을 떠나지 않았고 이찬 유종도 조정을 들고 날 적마다 별당을 들러 갔다.

주만이가 헛소리를 하고 딴청을 부릴 때마다 털이 혼자서 혹

101 옹졸한 생각.

시나 아사달과의 비밀이 탄로될까 보아 애간장을 졸이기도 한두 번이 아니었다.

어디까지 딸을 믿는, 믿느니보담 자기 딸에게 그런 비밀이 있으리라고는 꿈에도 생각지 못한 늙은 부모는 다행히 그런 눈치를 채지 못하고 예사 헛소리로 흘려들어 버렸다.

그러나 주만의 병이 차차 소복이 될수록 아사달 그리운 정이 불같이 일었건만 밤늦도록 사초부인이 자리를 떠나지 않기 때문에 아사달을 찾을 수 없는 것이 가장 아찔이었다.

주만은 아직도 몸이 찌뿌드드해서 쾌하지를 아니하였으되 일부러 쾌활한 척을 하고 인제 병은 아주 멀리 갔다는 듯이 툭툭 털고 일어났지만 그래도 사초부인은 노상 마음을 놓지를 아니하였다.

"어머니께서는 염려도 너무 많으시어. 인제 다 나았다는데두 왜 성가시게 자꾸 머리만 짚으세요, 글쎄."

나중에는 머리 짚는 어머니의 손을 떠다밀며 주만은 짜증까지 내었다.

"얘가 무슨 소리냐, 아직도 속머리가 더운데 나은 게 다 뭐란 말이냐. 괜히 방정을 떨고 오늘도 바람을 쏘이더니만 기예 병을 더치는가 부다."

하고 어머니는 구박 맞는 손으로 굳이굳이 딸의 머리를 만지며 걱정을 마지않았다.

"원 어머니는 괜찮대도 웬 걱정이시어. 머리가 눌리어 안 아픈 것도 되아프겠네."

주만은 역시 제 머리에 닿은 어머니의 손을 떼느라고 애를 썼다.

"어미의 손이 그렇게 싫으냐. 왜 말을 안 듣고 네 고집만 세우느냐. 그럼 네 손으로 만져보려무나. 이게 더운가 안 더운가."

"어디 더워요, 싸늘하기만 한데."

"그래 이게 덥지를 않단 말이냐. 괜히 약 먹기가 싫으니까 나중에는 생판 거짓말까지 하는고나."

하고 모녀끼리 말다툼까지 하게 되었다. 어머니의 눈에는 언제든지 철부지의 어린 딸이었다.

주만은 앓는 것보담 어머니의 극진한 간호가 도리어 병이 되었다. 그대도록 아사달이 그리웁고 몸을 빼쳐 나갈 수 없는 것이 심술이 나서 견딜 수가 없었다.

여름 해가 길기야 길지마는 어쩌면 이렇게 지지할까. 일각이 삼추 같다 함은 이를 두고 이름이리라.

이렇듯 긴 하루를 가까스로 다 보내놓고 어둑한 땅거미가 내리는 걸 보면

'오늘 밤에야 혈마 빠져나갈 수 있으려니.'

하였다가 역시 뜻을 못 이루고 그 밤을 고스란히 밝히게 되매, 오뉴월 단열밤[102]도 가을밤 뺨치게 길었다. 아무리 정열에 뜬 주만이기로 어머니가 주무신 후 자정이 넘어서야 장근 이십 리가 되는 길을 갔다가 돌쳐올 수는 없었던 것이다.

이러구러 열흘 나마를 보내느라니 앓고 난 몸살쯤은 오히려 뒷전이요 정말 살이 내릴 지경이었다. 남의 눈을 꺼리는 사랑이

102 짧은 밤.

얼마나 어렵고 고된 것인 줄 주만은 뼈에 사무치도록 절절이 느끼었다.

파리한 딸의 얼굴은 가뜩이나 어머니의 발길을 자주 머무르게 하였다.

그래도 필경 기회는 오고야 말았다. 하루는 큰 손님이 드셨다고 집 안이 벅적 괴고 주안상 준비에 사초부인은 눈코를 못 뜨게 되었다.

"이번에 오신 손님은 이만저만한 손님이 아니신가 봐요. 대감님께서 들락날락하시며 마님께 분별이 장히 바쁘시고 음식간에도 숙수를 둘씩이나 불러대어 바루 무슨 큰 잔치나 하시는 것 같은뎁쇼."

털이가 갔다가 오더니 아주 호들갑을 떨었다.

"그럼 손님이 많이 오신대?"

"아녜요, 단 한 분이시래요."

하고 털이는 의미 있게 웃어 보이었다.

"단 한 분, 그래 손님은 누구시라든?"

"쇤네보담 아가씨께서 더 잘 아실걸입쇼."

"매친 것, 내가 가보기를 했니, 어떻게 안단 말이냐."

"금량상 대감이시라나 누구시라나 장래 아가씨 시아주버님 되실 분이래요."

"응!"

하고 주만은 놀랐다. 제 혼인이 정말로 굳어지는 모양이었다.

그렇다면 아사달 만나기가 더욱 급하지 않으냐.

95

"손님이 드셨으니 오늘 밤에는 마님이 못 오시겠구나."

주만은 오래간만에 빠져나갈 기회가 온 것을 몰래 기뻐하였다.

"혹시 오실지 누가 알아요. 더구나 오신 손님이 아가씨 시댁 어른이시라니 아가씨를 불러 보시게 될는지도 모르지 않아요."

털이는 벌써 주만의 속을 들여다보고 미리 방패막이를 하려 들었다.

"그 애는 별소리를 다 하는고나. 시집도 가기 전에 시댁 어른이 다 무에냐."

"그래도 서두시는 걸 보아서는 정혼이 꼭 된 듯싶은뎁쇼."

"정혼이 되었기로 혈마 장래 시아재비 될 어른을 날더러 보라고야 하시겠니. 더구나 앓고 나서 얼굴이 반쪽이 된 나를."

"아가씨 말씀도 그럴 상싶지만 혹시 찾으실지 모릅지요."

"얘, 그런 염려는 작작 하고 말과 초롱이나 미리 준비를 해두어라. 오늘 저녁에는 세상없어도 불국사엘 가야겠다."

"애규 거길 또 가시요. 저번 때 그렇게 혼이 나시고도. 그야 말짝으로 물에 빠진 새앙쥐 꼴이 되고 그 먼 길을 오는데 쇤네는 하마하마 죽을 뻔을 했는뎁쇼. 아가씨께서는 말경에 병환까지 나시고……."

"얘, 누구는 모르느냐. 왜 또 지절거리느냐. 잔말 말고 시키는 대로나 하려무나. 소풍차로 휘 한 바퀴만 돌아올 테니……."

"그럼 오래는 걸리지 않을깝쇼. 오늘도 어째 일기가 흐린 듯한 뎁쇼."

"오래가 다 무에냐. 잠시 갔다가 선길에 돌아올 텐데."

실상 주만이도 불국사에서 오래 얼무적거리리라고는 생각지 않았다. 흉중에 맺히고 서린 것은 저번에 다 털어놓았으니 그이를 만난다 한들 인제 할 말도 없거니와 할 일도 없지 않으냐. 안타까운 그이의 모양을 한번 힐끔 보기만 하면 고만이다. 그리고 언제쯤 서라벌을 떠단다는 것만 알면 고만이다.

밤들기가 무섭게 주종의 말머리는 불국사로 향하였다.

찌는 듯하던 더위도 들 밖엘 나오니 선선하게 누그러지는 듯하였다.

어둑한 비탈길을 말을 채쳐 달리매 주만은 훨훨 날 듯이 몸이 가뜬해짐을 느끼었다. 아직도 끈적끈적하고 남아 있던 감기 기운도 씻은 듯 사라지고 말았다. 화하게 트인 코 안으로 신선한 공기는 물처럼 들어왔다.

한참 신이 나게 말을 채쳐 달리다가 산모퉁이를 돌아서는 목장에서 땀을 드리우며 뒤떨어진 털이 오기를 기다리고 있었다.

촛불을 켜도 좋을 만큼 어둡기는 어두웠지만 지나치는 사람을 잘 아는 사람이면 모습으로 어슴푸레하게 짐작은 할 수 있는 어둠이었다.

그때 헙수룩한 행인 하나가 마주 내려온다.

무심코 주만의 앞을 슬쩍 지나치다가 그 행인은 별안간 무엇을 생각한 듯 어둠 속에 외따로 말을 세우고 있던 주만을 수상쩍다는 듯이 치훑고 내리훑고 보고 또 보았다.

'도적이나 아닌가.'

주만은 언뜻 이런 생각을 하고 등에 찬 소름이 쭉 끼쳤으나 저는 보행이요 나는 말을 탔으니 사불여의하면 그대로 달려가면 고만이라고 마음을 작정하고 세상 오지 않는 털이를 그대로 기다리고 있었다.

그 행인은 기연가미연가하는 듯이 고개를 기우뚱기우뚱하고 있는데 주만이도 어쩐지 그 행인의 모습이 어디서 한번 본 듯싶었으나 얼른 생각이 잘 돌아나지를 않았다. 그 무렵이었다.

"아가씨! 애규, 애규."

하고 털이의 부르는 소리가 들려왔다. 아직도 서너 간통이나 떨어져서 털이가 쌔근발딱거리며 쫓아오는 꼴이었다.

그러자 그 행인은 문득 주만의 말머리 앞으로 다가서며 굽실하고 절을 하였다.

"소인이 눈이 무디어 죽을죄를 졌삽니다. 여쭙기 황송하오나 구슬 아가씨가 아니시온지."

주만은 후미진 길에서 수상한을 만나 마음이 적이 오그라 붙는 판인데 저를 안다는 것이 얼마쯤 다행한지 몰랐다.

"그래 자네는 뉘 댁에 있는가."

주만은 그 말투와 행동으로 보아 아는 집 하인인 줄 짐작하고 이렇게 물어보았다.

"네, 언젠가 한번 뵈온 적도 있습니다마는, 소인은 금지 금 시중 댁에 있사옵고 천한 이름은 고두쇠라 부르옵니다."

주만은 속으로 옳거니 하였다. 금성이가 담을 넘으려다가 톡톡히 망신을 당하던 때에 데리고 왔던 하인인 줄 인제야 깨치었다.

"이 어두운 밤에 어디로 행차를 하옵시는지."

고두쇠는 눈알을 두리번두리번 구울리며 주만의 가는 곳을 물었다.

"응, 나는 잠깐 볼일이 있어 가네마는, 자네는 어디를 갔다가 이렇게 저물게 오는가."

"불국사에까지 갔다가 다녀오는 길입니다."

"불국사!"

하고 주만의 가슴은 뜨끔하였다.

96

주만은 불국사 가는 길에 금성의 하인 고두쇠에게 들킨 것도 뜻밖이거니와 고두쇠도 불국사엘 갔다 온다는 말에 적지 않게 가슴이 울렁거리었다.

"불국사에는 무슨 일로 갔다가 오는고."

주만은 조금 다심스럽다 싶으면서도 아니 물어볼 수 없었다.

"네, 다름이 아니오라, 서방님께서 모레 유두[103]놀이를 불국사 연못에서 차려보시랴고 지금 그 형편을 알러 갔다가 오는 길입니다."

"응, 그런가."

주만은 안심의 숨을 돌리었다.

그때에야 털이의 말이 화화 가쁜 숨을 내뿜으며 들이닥치었다.

---

103 우리나라 명절의 하나로 음력 유월 보름날.

털이는 고두쇠를 힐끔 보자 주춤 발을 멈추며 대뜸 힐난조로 호령을 하였다.

"웬 사람이관대 총총하신 아가씨와 말이 무슨 말이야."

"허허, 털이 아가씬가. 자네를 또 만나는 것도 적지 않은 연분일세그려."

털이의 눈은 대번에 호동그래졌으나 말씨만은 총알 같았다.

"이 녀석이 웬 녀석이기에 이게 무슨 말버르장머리야. 아가씨가 계신데 무엄하게."

"네, 네, 아가씨께는 황송합니다, 헷헤."

털이는 주만을 돌아보며

"이 녀석이 대관절 웬 녀석입시오."

"왜 저 금 시중 댁 하인 고두쇠 아니냐."

"네, 그럽시오. 쇤네 눈은 정말 발새 티눈만도 못한뎁시오. 그 녀석을 못 알아보다니."

고두쇠는 오늘도 얼근하게 주기를 띤 모양으로 털이의 말을 받으며

"왜 아니 그렇겠니. 알뜰한 내 님을 몰라보다께. 자네 눈도 말쏨이 아닐세그려."

"이 녀석이 입때도 그 버릇을 못 고쳤구나. 오늘 저녁에는 또 뉘 댁 담을 뛰어넘다가 졸경을 치고 달아나는 길인고, 으흐흐."

털이는 깔깔거리며 놀려먹었다.

"왜 내가 담을 뛰어넘었느냐. 앗게 아서. 자네는 날 보고 그러지 못하느니라. 사람의 연분은 모르는 게니라. 자네가 또 내 마누라가 되어 고 조그마한 몸뚱아리로 얼마나 아양을 떨지 아니."

"어규 이 녀석아, 모기내 다리 밑에 거지 서방을 얻을값에 너 같은 도적놈의 계집이 될 내가 아니란다."

"어디 두고 보자. 아가씨가 우리 댁으로 시집을 오시면 너는 갈데없이 묻어올 게고 그러면 여불없이 내 계집이 되었지 별수가 있느냐. 그때는 누렁지를 치마꼬리에 차고 영감 영감 이것 잡슈 하며 발길에 밟히도록 나를 졸졸 따라다닐 것이."

"행여나 이 녀석아."

고두쇠가 철철 늘어놓는 바람에 털이는 미처 말을 빚어내지 못하고 욕지거리만 한마디하고 말았다.

"행여나 그렇게 되면 좀 좋겠느냐 말이지. 사내란 낫살이 지긋해야 쓰느니라. 구수하고 알심 있고……."

"쓸데없는 소리들 고만두고 어서 가자꾸나."

주만은 털이를 재촉하여 말을 채쳐 가던 길을 가려 하였다.

고두쇠는 주만이 앞에 와서 절을 또 한 번 굽실하고 얼마만큼 지나쳐 가다가 다시 돌쳐서서 씨근벌떡 뛰어온다.

"아가씨, 구슬 아가씨, 소인이 잊은 말씀이 있습니다."

그래도 주만의 주종은 들은 척도 아니하고 그대로 달려가노라니 고두쇠는 연신 주만을 부르며 허둥거리는 다리로 죽을 판 살판 쫓아온다.

주만은 필경 말을 멈추었다.

"그까짓 녀석 따라오거나 말거나 왜 말을 멈춥시오?"

털이는 상판을 찌푸리었다.

고두쇠는 거의 구르는 듯이 줄달음질을 쳐서 대어 선다.

"어유 후, 후, 숨차……."

"누가 저더러 뛰어오랬나, 쩟."

털이는 외면을 하며 혀를 찼다. 고두쇠에게 말은 모자라고 놀린 것이 분해서 견딜 수 없었다.

고두쇠는 연송 숨을 후후 내쉬며 주만의 발 옆에 와서

"여쭙기 황송하오나 이번 유두놀이에 아가씨께서도 꼭 행차를 해줍시사고 서방님께서 분부가 계셨습니다. 내일 소인이 청쪼으러 올라가겠습니다만 뵈온 김에 미리 여쭈어드리는 것입니다."

"글쎄 마침 가게 될지 보아야."

"아닙시오. 꼭 오서야 하십니다. 소인 댁 아가씨도 가실 테고 여러 댁 아가씨들도 많이들 오신다니 꼭 오서야 됩니다."

주만은 딱 거절을 해버리자니 고두쇠의 잔소리가 듣기 싫고 그렇다고 마음에 없는 일을 승낙도 할 수 없어 아무 대꾸도 하지 않았다.

"아무튼 꼭 오실 줄 알고 소인은 물러갑니다."

의외에 고두쇠는 선선히 물러갔다.

"그런 귀찮은 소리나 들으시랴고 아가씨는 왜 말을 멈춥시오?"

털이는 주만을 원망하였다.

"아니다, 그냥 자꾸 가면 그자가 불국사까지 따라올 것 아니냐. 아무튼 그자가 우리의 행색을 눈치를 채었을 테니 앞으로 성가신 일이나 생기지 않을지."

주만의 얼굴은 불길한 예감에 흐리어졌다.

97

아사달은 역시 석가탑 위에 있었다. 일을 한창 바쁘게 하느라고 주만과 털이가 탑 가까이 왔건마는 까맣게 모르는 듯하였다.

달무리한 흐릿한 달빛이건만 공사가 놀랄 만큼 일자리가 난 것을 알아볼 수가 있었다. 며칠 안 되는 그동안에 아사달은 무서운 공과 힘을 들인 것을 짐작할 수 있었다.

"뭘 하십쇼?"

털이가 소리를 쳤건만 요란한 정소리에 들리지 않는 듯.

"여봅시오, 여봅시오."

털이는 연송 소리를 쳤다. 그제야 아사달은 뒤를 돌아보아 주만과 털이가 온 줄을 알고 정과 마치를 놓고 탑 가장자리로 걸어 나왔다.

그는 무엇이 무안이나 한 듯이 빙그레 웃으며 아무 말이 없다.

두 눈길이 마주치는 찰나 주만이도 고개를 숙여버렸다. 자기 가슴속 깊이 품은 비밀을 다 알려 바친 그이거니 전보담 몇 곱절 더 무관하고 살뜰할 줄 알았더니만 정작 딱 마주치고 보매 새삼스러운 부끄러움이 앞을 가리어 차마 바로 보기가 면난스러웠다.

아사달도 어쩔 줄 모르는 것처럼 멍하니 서 있을 뿐.

남의 눈에 유표하게 뜨일 것을 꺼리어 지니고는 왔지만 불도 다리지 않은 사초롱을 휘휘 돌리며 털이는

"그럼 쇤네는 또 차돌이한테나 갔다 올 터예요. 아가씨는 이 사다리로 또 탑 위에나 올라가시고."

라고 재절거렸다.

의미 깊은 '또'란 털이의 말에 아사달과 주만은 그제야 마주 보며 괴롭게 웃었다.

그 말을 남긴 채 털이는 제 아가씨의 명령도 기다릴 것 없다는 듯이 휘적휘적 제 갈 데로 가버리고 주만은 하는 수 없이 탑 위로 올라갔다.

마주 앉은 두 사람은 얼굴만 이따금씩 바라볼 따름이요, 피차에 아무런 말이 없었다.

침침한 광선 가운데도 아사달의 모양이 너무도 수척한 것이 눈에 뜨이었다. 눈썹이 유난히 검어 보이는 것은 눈두덩이 꺼진 탓이리라. 가뜩이나 깊숙한 눈자위가 더욱 기어 들어갔는데 그 다정스럽던 눈매도 어쩐지 날카로워진 듯하였다. 본래도 여윈 뺨이지만 더욱 쭉 빨리어 광대뼈가 내밀고 관자놀이도 누가 살을 우벼 간 듯하다. 전번 혼절을 하고 앓아누웠을 적보담도 더 살이 내린 것 같았다.

'아아, 내가 그를 너무 괴롭게 하였고나.'

주만은 속으로 부르짖고 그의 앞에 그대로 엎드려 사과라도 하고 싶었다. 저만 골머리를 바수어내는 듯한 무서운 고민으로 몸 둘 곳을 모르는 줄 알았더니 그이도 저만 못하지 않게 뼈와 살을 저며내었고나.

주만은 억색하여 더욱 굳게 말문이 막히었다. 그렇듯 괴로워하는 그이에게 다시 무슨 말을 할 것이랴.

"구슬아기 님, 많이 파리하셨습니다그려."

마침내 아사달이가 그 무거운 입을 열었다. 그 음성은 어쩐지 처량한 가락을 띠었다.

"저야 괜찮습니다마는 아사달 님 신관은 정말 말 못 되게 되었습니다."

두 사람의 말은 또다시 끊어졌다. 그린 듯이 마주 앉아서 애연한 눈초리로 한동안 피차에 여윈 자국을 어루만지고만 있었다.

"저렇게 수척하신 것은 너무 공사를 서두시는 탓이 아녜요? 병환이 쾌히 소복도 되시기 전에 또 지치시면……."

이번에는 주만이가 침묵을 깨뜨렸다.

"서둘지 않고 어떡합니까. 한시가 급합니다."

'저도 한시가 급해요.'

주만은 입 밖에까지는 내지 않았으나 속으로 맞방망이를 쳤다. 이 지긋지긋하고 위태위태한 경우를 벗어나고 싶은 마음은 아사달보담도 주만이가 더 급하였다. 금량상이 찾아까지 왔으니 이 딱한 혼인도 금일금일 작정이 될 모양이다. 생각만 해도 몸서리가 치이는 그 파란의 날이 오기 전에 하루바삐 이 서라벌을 떠나야 한다.

"아무리 급하시기로 만일 병환이 또 나시면 늦어질 것 아닙니까."

주만은 진정으로 걱정을 하였다. 아사달을 위하는 것도 물론이지만 자기를 위해서도 이 아슬아슬한 고비에 아사달이 덜컥 병이 나면 그야말로 큰일이다.

"염려 마십시오. 일을 손 떼기 전에는 병이 날 리가 만무하니까요."

아사달은 힘 있게 대답하였다.

'일을 끝내시고 떠나실 때에는 꼭 저를 데려가서야 합니다.'

또 한마디 다져두려다가 저 때문에 저렇듯 살이 내린 그에게 그런 말로 또 괴롭게 하기는 차마 못 할 일이었다.

'내가 자주만 오면 혈마 그의 떠나는 날을 모를까. 내일부터 하루에 한 번은 꼭 와야…….'

주만은 속으로 단단히 결심하였다.

98

그 후로 주만은 하루에 한 번씩은 어려웠지만 이틀을 거르지 않고 불국사에 드나들었다. 대개는 털이를 데리고 다녔지만, 번번이 같이 다닐 수도 없어 혼자라도 곧잘 말을 달리었다. 길새가 익으매 아무리 어두운 밤이라도 촛불 없이도 서슴지 않고 길을 찾을 수 있게 되었다.

주만의 지레짐작이 그대로 들어맞아 금량상의 이번 걸음은 그의 운명을 꼭 작정하고 말았다. 팔월 스무날로 혼인날까지 정하였다. 유월 유두도 벌써 지났으니 혼인날까지 두 달도 올곧게 남지 않았다. 집안은 벌써부터 혼인 준비에 야단법석이다. 밤늦도록 일새를 분별하느라고 별당을 찾는 사초부인의 발길도 드물었다. 그러니 집을 빠져나올 기회는 전보담 많았지만 날짜가 부둥부둥 달아나는 것이 주만의 애를 졸이게 하였다.

바작바작 명줄을 태워 들어가는 듯하였다.

아사달과 만나서도 별로 할 말도 없었다. 날마다 얼마쯤이라도 일자리가 나는 것을 보는 것이 주만에게 오직 한 가지 기쁨이요 재미였다.

"어서어서 공사가 끝이 나지이다. 하루바삐 이 서라벌을 떠나
게 되어지이다."

이것은 주만의 끊임없는 바람이요 축원이었다.

저와 마주 앉아 단 몇 시각이라도 일손을 쉬게 되는 것이 아깝
고 원통하였다.

"어서 일을 하세요. 나 있다고 일 않으실 게 무어예요."

그는 아사달을 재촉하고 정말 제자나 된 듯이 마치도 집어주
고 이어차이어차 용을 쓰며 겨누도 들만져주었다. 쪼아낸 자국을
수건으로 툭툭 털어서 정질하기에 편하도록 만들기도 하였다.

어느덧 유월이 지나고 칠월이 되었다.

공사는 거진거진 끝이 나갔다. 보통 사람의 눈으로 보아서는
거의 손을 떼게 되었다.

"인제 거의 다 되지 않았어요? 인제 부여로 휠휠 갈 날도 얼마
남지를 않았군요."

하고 주만이가 오래간만에 방그레 웃으며 아사달을 쳐다보았다.

"웬걸요, 아직도 멀었습니다. 지금도 잔손질을 하랴면 한이 없
습니다마는!"

"그러면 팔월 한가위로도 끝을 못 내시게 될까요."

주만의 얼굴엔 대번에 웃음빛이 사라지고 심각한 고민으로 가
득 찼다.

"글쎄올시다. 한 달만 더 애를 쓰면 손을 떼게 될지."

"세상없어도 한가위 안으로는 끝을 내주세요. 그때 끝이 나야
만 팔월 스무날 안으로는 서라벌을 떠나게 될 터이니까요."

주만은 팔월 스무날이야말로 모든 것이 파탄이 되는 제 혼인 날이라고는 차마 아사달에게 알리지 못하였다. 만일 그런 말을 하였다가 그가 일부러 공사를 질질 끌고 의젓한 자리로 시집을 가라고 권하는 날이면 정말 큰일이 아닌가.

"공사가 끝난 다음에야 그 이튿날로라도 길을 떠나겠지만 마치 그때까지 끝을 내게 될는지요."

"이렇게 서두시는 다음에야 그때까지 안 끝날 리 만무할 것 아네요. 내가 이렇게 오는 것이 방해가 된다면 지금 곧 돌아가도 좋아요."

"글쎄올시다. 말이야 바른말이지 곁에 계시면 암만해도 일이 손 잘 잡히지를 않습니다. 까닭 없이 가슴이 울렁거리고 손이 허전허전해지니까요."

아사달은 속임 없이 제 마음을 털어내 놓고 미안한 듯이 쓴웃음을 웃었다.

"그러면 지금 당장이라도 나는 가요."

하고 주만은 사다리 있는 데로 걸어 나왔다.

"내 말이 귀에 거슬리십니까."

아사달은 제 말이 너무 무뚝뚝한 것을 못내 뉘우치는 모양이었다.

"아네요, 바른대로 말씀을 해주시는 게 얼마나 든든하고 고마운지 몰라요. 첫째 공사가 하루바삐 끝이 나야 될 것 아닙니까. 까딱 잘못하면 그야말로 만사가 물거품이 될 것이니까요."

하고 주만은 사다리를 내려온다. 아사달은 굳이 말리지도 아니하였다.

주만이가 사다리를 내리어 탑 가장자리까지 나온 아사달에게 눈으로 작별 인사를 하고 막 돌쳐서다가 저편 그늘에 흰 그림자가 얼씬하는 것을 보았다.

초승달의 약한 빛줄이라 분명치는 않았지만 그 흰 그림자는 주만의 시선을 피하는 것처럼 그늘 속으로 후닥두닥 숨어버리는 듯하였다.

주만이가 마구간 앞까지 걸어 나와 말을 타고 절문을 나올 때 언뜻 뒤를 돌아보니까 그 흰 그림자가 슬근슬근 뒤를 밟아 오다가 돌아다보는 주만의 눈길에 들킨 것을 매우 당황해하며 비슬비슬 몸을 옆으로 피하였다.

'누구일까?'

주만은 속으로 생각하였다. 그림자가 분명히 자기의 뒤를 밟아 오는 데는 틀림이 없었다.

99

주만은 그날 밤 집으로 돌아오는 길에 몇 번을 뒤를 돌아보고 또 돌아보며 산기슭에 부유스름하게 깃들인 달그림자만 보아도 대담하던 주만이답지 않게 가슴이 두방망이질을 하였다.

누구에게 쫓겨나 가는 듯이 허둥지둥 말을 달려 가다가도 슬근슬근 제 뒤를 밟는 인기척이 나는 듯 나는 듯하여 오마조마하는 마음을 진정하랴 진정할 수 없었다.

벌써 몇 달 동안 거의 수도 없이 아사달을 방문하였건만 털이와 차돌을 빼놓고는 다행히 아무에게도 들킨 적이 없거늘 오늘 밤따라 뜻밖에 나타난 그 수상쩍은 그림자는 과연 무엇일까.

제 방에 들어오자 문을 겹겹이 닫고 잠갔건만 울렁거리는 가슴은 좀처럼 가라앉지를 않았다. 윗옷을 벗는데 땀이 어떻게 흘렀는지 속옷에서 윗옷에까지 친친하게 배어 나와 옷고름을 끄르는 대로 김이 물씬물씬 올라왔다. 아래 옷자락은 몸에 휘감기어 처근처근한 것이 불유쾌하기 짝이 없었다. 마치 그 이상한 그림자가 제 몸에 휘감기어 따라온 것과도 같았다.

'내가 마음이 어려서 헛것을 보았나.'

주만은 흔들리는 제 생각을 스스로 물리치며 이렇게도 고쳐 생각해보았으나 불전 그늘에서 이쪽을 노리던 양이 역력히 머리에 살아오고 더구나 제 뒤를 따라오다가 흠칫하며 몸을 피하던 광경은 더욱 분명하다.

아무리 생각해보아도 헛것을 본 것 같지는 않았다.

그렇다면 그 괴상한 그림자는 과연 누구일까.

그 정체를 알랴 알 수가 없는 것이 더욱 궁금하고 더욱 마음에 키이었다.

자기의 사랑과 행복을 노리는 무서운 눈이 어둠 속에서 번쩍이고 있는 것만 같다. 인제 한 달 장간만 곱다랗게 넘기면 만사가 귀정이 날 이 아슬아슬한 고비에 심술궂은 야차는 기예 헤살을 놀고야 말 것 같다.

주만은 불길한 예감에 몸서리를 쳤다.

집안사람들의 눈만 피하면 마음 놓고 알뜰한 님을 찾아갈 수 있었지만 인제는 경계할 일이 또 한 가지 늘게 되었다. 집안사람을 피하기는 오히려 쉬웠으되 이 정체 모를 괴상한 그림자를 피하기는 여간 어려운 노릇이 아니다.

어느 산기슭, 어느 목장에서 그 괴물이 숨어 있는지 모른다. 불전의 그늘, 어둑한 숲속에 그 괴물의 은신할 곳은 얼마든지 있었다.

이것을 피하자면 집에서 나가지 않는 것이 상책이다. 아사달을 만나지 않는 것이 제일이다. 그러나 아사달을 만나지 않고 견딜 수 있는가. 그의 얼굴을 그리고도 배길 수 없는 일이거니와 더구나 공사가 얼마쯤 되어갔는지 궁금하여 참을 수가 없다.

이틀, 사흘, 나흘, 닷새! 주만은 인제 더 참을 수가 없었다. 무슨 변을 어떻게 당하고 무슨 벌역을 어떻게 치르더라도 불국사엘 아니 가든 못 하게 되었다.

그래도 미심다워서 오늘 저녁은 털이를 데리고 가기로 하였다.

처음에는 둘이 나란히 말을 달려 갔지만 나중은 역시 주만의 말이 앞서고 털이는 뒤떨어지고 말았다.

"아가씨, 아가씨, 구슬 아가씨."

등 뒤에서 나는 털이의 부르짖는 소리를 들었지만 주만의 마음은 너무 급하였고, 또 길거리에서 머뭇거리는 것이 도무지 불길한 듯해서 주만은 그대로 말을 달리었다.

"아가씨, 아가씨, 저걸 좀 봅시오. 저걸 좀 보아요. 아가씨, 아가씨, 제발 좀 같이 가요."

털이가 물에나 빠진 듯한 소리를 떨기 때문에 주만은 하는 수 없이 말을 멈추었다.

털이는 쎄근쎄근 죽을 판 살 판 달려와서 숨이 턱에 닿은 목소

리로

"아가씨, 저, 저걸 좀 봅시오. 저 등불을!"

하고 손가락으로 제가 달려온 길 쪽을 가리키었다.

"응, 등불이?"

주만은 깜짝 놀라며 털이의 손가락질하는 곳을 바라보니 과연 장고등 등불 한 개가 반짝반짝하며 줄달음질을 쳐 달아나는 것이 보이었다.

"그래 저 등불이 어떡했단 말이냐."

주만의 목소리도 허전허전하였다.

"왜 언젠가 고두쇠란 놈을 만나신 길목장이가 있지 않습니까. 아가씨는 먼저 달려가시고 쇤네가 뒤쫓아오랴니깐 그 등불이 그 목장에서 반짝반짝하고 있다가 아가씨가 획 지나치시니까 그때 그 불이 탁 꺼져버리겠습죠. 그러더니 쇤네가 올 때는 그 등불이 다시 켜져가지고 저렇게 달아를 납니다. 암만해도 수상치가 않아요."

주만의 가슴은 뜨끔하였다. 저번에 본 그 수상한 그림자가 오늘 밤엔 또 등불로 나타난 것임에 틀림이 없었다.

100

금 시중 집 작은사랑에는 협수룩한 위인들이 여남은 주안상을 가운데 놓고 죽 둘러앉아 있다.

으리으리한 자단향 교자상에 번쩍이는 금기명 은기명부터 이

으시시해 보이는 손님들과 걸맞지를 않았다. 더구나 모양과 뿐
새를 차릴 대로 차린 음식은 볼품도 없이 그들의 염치 코치 없는
입안으로 아귀아귀 사라졌다.

큼직한 구자[104]틀에 거들먹하게 찼던 건더기는 어느 결엔지 가
뭇도 없어지고 맨 말국만 바지짓바지짓 마지막 비명을 올리고
있다. 통으로 삶아놓은 아저(어린 돼지) 한 마리도 살이란 살은
감빨고 흠빨아 한 점 붙어 있지 않고 앙상한 뼈다귀만 가로세로
지저분하게 흩어졌다.

일부러 그들의 비위를 맞추어 만든 듯한 두툼한 방자고기도
두 양푼이나 내어온 것을 눈 한번 깜짝할 사이에 들어내고 말
았다.

어떤 위인은 생전복회가 매끄러워서 젓가락으로 잘 집히어지
지를 않으니까 접시째 들어다가 손가락으로 마구 홈켜넣기까지
하였다.

짝짝 쩝쩝, 울겅 볼강, 후루룩 꿀떡! 씹고 마시고 입맛 다시는
소리로 온 방 안의 공기는 어수선하게 흔들리었다.

말하는 사람은 물론 없었다. 말은커녕 먹기에 걸신이 들려서
숨 쉴 여가조차 없는 듯하였다.

휘휘 젓는 술총이 끈끈하게 걸리도록 뻑뻑한 막걸리라야만 제
격에 맞을 그들이거늘 기름같이 맑은 소홍주와 눈알만 한 옥잔
은 입술도 채 축이지 못하는 것 같았다.

이따금 침묵을 깨뜨리는 것은 주인 금성의 호령이었다.

104 '열구자'의 준말로 신선로를 달리 이르는 말.

"술을 더 내오너라. 안주를 더 내오너라."

"네, 네."

하고 놀이는 쩔쩔매며 거행에 눈코를 못 떴건만 술이며 안주가 내어오는 대로 나래가 돋친 듯 달아나 버렸다.

인제는 김치 말국까지 말려들어 갔다. 교자상 위의 그릇이란 그릇은 말 그대로 씻은 듯 부신 듯하게 되었다.

"어 무던히들 먹는군."

안주라고는 몇 점 집지도 않고 술만 들이켜서 벌써부터 얼근해진 금성은 늘 겪는 일이지만 이 훌륭한 제 친구들의 무서운 식욕에 새삼스럽게 놀라며 감탄하였다.

"허 출출도 한 판이지만 자네 집 음식은 언제 먹어보아도 천하진미거든."

주독이 올라서 잔등이가 시뻘겋게 벗겨지고 엄청나게 넓은 콧구멍을 벌름벌름하는, 좌중에 제일 낯살이 든 듯한 위인이 장국물이 번지르르하게 묻은 수염을 쓰다듬으며 인사 비스름하게 금성의 말대꾸를 하였다.

"코벌름이 말이 하던 중 잘하였네. 산해진미니 진수성찬이니 말은 들었지만 이런 맛난 음식은 생후 처음인걸."

거무스레한 얼굴이 얽둑얽둑 얽은 곰보가 지금까지 맛나게 빨고 있던 돼지 발톱을 뱉으며 맞장구를 친다.

"이런 대접만 받고 우리의 할 일을 못 하니 주인께 미안하기 짝이 없는 일이야."

이번에는 강파르게 마르기는 말랐지만 톡 불거진 눈알맹이하며 모질디모질게 생긴 위인이 말참견을 하며 금성을 바라본다.

이중에 누구누구 해도 정말 너를 위해 일할 사람은 나 하나뿐이
니라 하는 듯하였다. 그는 '샛바람'이란 별명을 가졌다.

"압다 그 사람 급하기는 우물에 가서 숭늉 달라겠네. 혈마 일
거리야 생기겠지그려. 한가한 동안에 이렇게 얼근하게 먹어두는
게 말하자면 기운을 길르는 것이거든, 헛허."

코밑과 뺨과 턱이 온통 구레나룻과 수염으로 뒤덮이어 겨우
눈과 코 언저리만 빤하게 보이는 텁석부리가 수염 속에 파묻힌
입을 떡 벌리고 너털웃음을 웃어 보인다.

"옳아, 옳에. 텁석부리 말이 옳에, 허허."

좌중은 모두들 찬성을 하고 껄껄댄다.

샛바람은 그 불거진 눈을 더욱 까뒤집으며

"이녁들은 얻어먹기만 하고 볼일은 안 생겨도 좋단 말이지, 이
걸신들아."

하고 못마땅한 듯이 텁석부리를 노려본다.

"금강산도 식후경이라네. 어디 자네는 안 먹고 배를 쪼루룩쪼
루룩 소리가 나도록 굶겨가지고 일만 좀 해보게나, 에헤헤."

텁석부리가 빈정거린다.

"어헛허."

좌중은 샛바람을 놀리듯 또 한바탕 웃어대었다.

샛바람은 새뚝하게[105] 성이 치받쳐 올랐으나 여럿이 욱대기는
바람에 대항거리도 못 하고 입술만 발발 떤다.

"여러분이 그렇게 웃을 것도 아니거든. 암 일을 해야지. 일을

---

105 마음이나 입맛에 맞지 아니하여 새침하게.

해야 되고말고."

코벌름이가 샛바람을 두둔하는 척을 하고 나서

"대관절 이 고두쇠란 놈은 한번 가더니 어째 감감소식이람."

하고 금성을 바라본다.

"그 녀석도 어디 가서 술이나 처먹고 자빠진 게지."

샛바람은 빗대놓고 한마디를 쏘았다.

101

여럿은 먹는 데 넋을 잃고 고두쇠를 보낸 것도 까맣게 잊었던 것이다.

"참 고두쇠를 보내놓았지. 그러면 오늘 밤이라도 톡톡한 일거리가 생길지도 모르네그려."

곰보가 코벌름이의 말을 받는다.

"암, 그야 그렇고말고. 구슬아기가 가는 것을 정녕히 보고만 온다면야 주안상이 다 뭔가. 그래 우리들이 술타령만 하고 있을 사람들인가. 정작 일거리가 생긴 다음에야 너나 할 것 없이 목숨을 내어놓을 거란 말이거든. 그러니 자, 우리 술 한잔 더 먹어두세나. 고두쇠가 금방 들어닥칠 줄 누가 아나볘."

텁석부리가 한바탕 늘어놓은 말뿌리는 역시 술에 돌아가고 말았다.

"여보게, 놀이 아가씨, 자 어서 술을 한 번만 더 내오게나."

놀이는 그 예쁘장한 눈을 한번 샐룩할 뿐이요, 말대꾸도 안 했다. 하도 같잖은 말이라 대답할 필요도 없다는 눈치다.

"고 예쁜 눈을랑 흘기지 말고, 또 뉘 간장을 녹이게. 어서어서
여률령如律令 시행施行[106]이나 하소."

하고 되우 취한 텁석부리는 제 옆에 서 있는 놀이의 등채나 밀
듯이 비틀비틀 일어선다.

"왜 이래요."

놀이는 악을 바락 쓰고 몸을 빼쳐 달아난다.

"그러지 마소, 그러지 말어, 허허."

텁석부리는 비척비척 쫓아가며 놀이의 손목을 잡으려 하였다.

"원, 별꼴을 다 보아."

하고 홱 놀이가 뿌리치는 바람에 텁석부리는 하마터면 중심을
잃고 나동그라질 뻔하였다.

좌중엔 웃음보가 터졌다.

"원 그런 걸신은 보다 처음 보아. 저 따위를 데리고 무슨 일을
한담."

샛바람은 끝끝내 아까 앙갚음을 하였다.

"요런 북어 같은 말락꽹이가 주둥아리만 까가지고. 내가 칼을
쓰면 그래 네놈만 못할 줄 아느냐."

텁석부리는 개개풀린 눈을 억지로 부릅뜨며 뇌까리었다.

"어디 그러면 한번 겨뤄보자."

샛바람은 제 별명마따나 재빠르게 몸을 일으켜 벽에 끌러서
걸어둔 제 환도를 떼어 든다.

---

106 명령이 떨어지기가 무섭게 그대로 시행함.

"허, 이놈 봐라. 하룻강아지 범 무서운 줄 모르고. 어디 견디어
봐라. 네깟 놈이 검술을 몇 푼어치나 안다고."
하고 텁석부리는 대번에 서리 같은 칼날을 뽑아 든다.

좌중은 와 일어섰다.

"이게 무슨 짓이람."

"칼 쓸 데가 그렇게 없어서 친구끼리 칼부림을 한단 말인가."

여럿이 달겨들어 두 사람을 뜯어말리고 텁석부리는 코벌름이
가 가까스로 제자리로 끌고 갔다.

"어, 이 사람 그게 무슨 짓이람. 낫살이나 먹은 친구가."

"원, 별 우스운 꼴을 다 보겠네. 나는 이놈아, 검술 공부가 십
년이다, 십 년. 네깟 놈이야 한칼에 당장 두 동강이가 날 것을."

텁석부리는 끌려가면서도 연해 큰소리를 하였다.

"에구, 이놈아, 네깟 놈이 십 년 아니라 백 년을 칼을 배웠으면
무슨 소용이냐. 털보 얼굴이 땅바닥에 뚝 떨어져 대굴대굴 구을
기나 했지 별수 있느냐."

자리에 앉기는 않았지만 제 성에 받치어 몸을 부들부들 떨며
샛바람도 지지 않았다.

"원, 되잖은 녀석 때문에 주흥이 다 깨였구나, 허허허."

텁석부리는 한번 호걸스럽게 웃고 팔을 부르걷어 연신 엄포를
놓으며 이번에는 아주 점잖게 호령하였다.

"얘, 놀아, 어서 술 좀 내오너라."

"그래도 또 술이야."

하고 누가 킥킥 웃는다. 코벌름이가 유난스럽게 넓은 콧구멍을
더 벌름벌름하며

"암, 화해주가 있어야지. 그렇지 않겠나."

하고 금성을 바라본다.

금성은 고주가 되어 그 야단통에도 제자리에서 일어나지도 못하고 "아서, 아서" 하며 손만 내저어 말리었고 싸움이 가라앉자 눈을 딱 감고 흔들흔들 부라질[107]을 하고 있다가 코벌름이 말에 개개풀린 눈을 간신히 뜨고서

"놀이란 년 어디 갔느냐. 어서 술을 내어오너라, 술 술."

하고 소리를 질렀다.

텁석부리가 칼을 쑥 뽑아 드는 바람에 겁을 집어먹고 방 한구석에 붙어 섰던 놀이는 싸움이 하도 싱겁게 끝난 것이 속으로 우스웠다.

"술을 더 잡숫고 또 싸움들이나 하면 어떡해요. 그 칼들을 빼드시는 게 어떻게 무서운지, 호호."

"잔말 말고 어서 들어갔다 와."

금성은 소리를 질렀다.

놀이는 안에 들어갔다가 나와서

"술이 없어요, 소홍주가 다 동이 났대요."

좌중은 서로 돌아보고 입맛을 다시며 흥이 깨어지는 듯하였다.

"뭐, 소홍주가 떨어졌어…… 그러면 다른 술도 없단 말이냐."

"꽃물을 받은 소주밖에 없대요."

"만물소주, 더 좋지 더 좋아."

곰보가 얼른 놀이의 말을 받는다.

---

107 몸을 좌우로 흔드는 짓.

"암 좋다 뿐이냐."

하고 여럿은 침을 삼키었다.

이때 열어놓은 영창 앞에 고두쇠가 나타나서 굽실하고 숨이
턱에 닿는 소리로

"서, 서방님 소, 소인 다녀왔습니다."

102

금성은 정신이 번쩍 나는 것처럼 곧 창밖을 향해 돌아앉으며

"오, 고두쇠냐. 그래 어떻게 되었느냐."

입에 침이 없이 물었다.

"가만 좀 곕시오. 소인이 숨을 좀 돌려야겠습니다. 후후."

연해 가쁜 숨길을 내어쉰다. 방 안의 눈과 귀도 모조리 고두쇠
의 입으로 몰리었다.

"그래 어떻게 되었단 말이냐. 갑갑하구나. 어서 말을 못 해."

금성은 연송 재촉을 하였다.

"후, 후, 서 서방님 황송합니다만 소인에게 술 한 사발만 내립
시오. 첫째 목부터 좀 축여야……."

"그래, 그래, 술부터 한잔 먹어야 하고말고."

텁석부리가 고두쇠의 말을 가로채며 눈으로 술을 찾다가 술
가지러 가던 놀이가 고두쇠의 말을 듣느라고 그대로 오들만이
서 있는 걸 보자

"원, 그 술 내오기 참 어렵고나, 쯧쯧."

하고 혀를 찼다.

금성이가 그 말을 듣자 힐끔 돌아보고

"요년 놀아, 왜 내오라는 술을 내오지 못하고 뭘 하고 거기 섰느냐, 매친 년 같으니."

놀이는 샐쭉하며 텁석부리를 흘겨보고 들어가더니 재빠르게 오지 소주병을 통으로 들고 나왔다.

"요년, 어서 따루지를 못해."

금성은 놀이가 술병을 들고 앉을 겨를도 없이 또 불호령을 하였다.

놀이가 술을 잔에다가 따르려는 것을 넘겨보고 고두쇠는

"고 깍쟁이 잔에 따루어서야 어디 간에 기별이나 하겠다고, 대접이나 보시기가 없나."

"원 오늘은 저것까지 말썽이야, 내 원 참."

놀이는 입을 삐쭉하고 종알거린 다음에 행주질이나 친 듯이 비워놓은 나박김치 보시기에다가 가뜩 부어서 내밀었다.

고두쇠는 받아서 단숨에 들이켜고 연송 카카 소리를 치면서 두리번두리번 교자상을 넘실거리는 것은 안주를 찾는 것이리라.

"인제 어서 얘기를 해. 그래 주만이가 그 목장이를 지나가더냐."

"카, 카, 참 독한뎁시오. 빈속이 되어서 대번에 핑핑 내어둘리는뎁시오."

"이놈아, 주만이가 가더냐, 안 가더냐."

초조한 금성은 고래고래 소리를 질렀다. 좋은 안주나 얻어걸릴 줄 알고 말꼬리를 질질 끌다가 제 주인이 역정을 내는 걸 보

고 고두쇠는 움찔해지며

"네, 네, 곧 아뢰겠습니다. 소인이 분부대로 그 길목장이를 지켰습지요. 저녁도 못 먹고 해 질 녘부터 가서 지키는 게 밤이 되어요. 개미 한 마리 얼씬해얍지요……."

"그러면 오늘 밤도 또 헛다방이란 말이냐."

금성은 고두쇠의 말을 가로채며 시무룩해진다.

"아닙시오. 소인이 허기가 지쳐서 아무것도 눈에 잘 보이지를 않아 오늘 밤에는 구슬 아가씨께서 행차를 않으시는 줄 알고 또 너무 기다리실 듯해서 그냥 들어올까 하였으나 죽을 작정을 하고 한참을 더 기다리고 있으려니 어디서 말발굽소리가 들리겠지요."

"말굽소리가? 그래서……."

하고 금성은 고였던 침을 삼키었다.

"비호같이 소인 앞을 지나가는데 구슬 아가씨가 분명하겠습지요. 어떻게 말을 잘 타시는지."

"뭐, 주만이가 지나가더란 말이냐. 네가 정녕히 보았더냐."

"보고말곱시오. 그 뒤에 털이란 년이 아치랑아치랑 따라가는 것도 보았는뎁시오. 만일 잘못 보았으면 소인의 눈을 빼어 바쳐도 좋습지요."

"그래 그게 참말인가."

텁석부리가 턱을 창밖으로 내밀며 묻는다.

"참말이고말곱시오."

"자네, 배는 고프고 컴컴하니까 헛것이나 보지를 않았나."

"아니올시다. 이 눈으로 분명히 보았습니다."

좌중에는 잠깐 긴장한 빛이 흘렀다. 술과 음식이나 흥껏 한껏 며칠을 두고 더 얻어먹어야 될 판인데 오늘 밤으로 이렇게 속히 일거리가 걸릴 줄은 몰랐다.

'하필 오늘 내가 왜 왔던고.'

속으로 후회하는 위인도 한둘이 아니었다.

금성은 주만이가 밤이면 불국사에 드나드는 듯하다는 말을 고두쇠에게 듣고 그 이튿날부터 고두쇠를 거의 밤마다 불국사에 보내어 염탐을 시키었다.

부여 석수쟁이와 무슨 짬짜미 속이 적실히 있는 듯하다고 고두쇠가 여러 번 장담을 하였지만 금성은 종시 곧이 들리지 않았다. 자기에게 톡톡히 망신은 주었지만 그래도 하늘의 별보담 더 높게 아는 주만이가 그 따위 시골뜨기 석수쟁이하고 정분이 나리라고는 꿈에도 생각 못할 일이기 때문이었다.

그러나 나중에는 능청맞은 고두쇠가 말을 보태어 그 석수쟁이와 주만이가 탑 속에서 끼고 누운 것까지 분명히 보았다는 바람에 금성은 펄펄 뛰고야 말았다.

주만이가 어느 날 밤 아사달을 작별하고 사다리를 내려서다가 보고 놀란 수상한 그림자의 정체는 기실 이 고두쇠이었다.

103

짝사랑이란 저편이 쌀쌀히 굴수록 더욱 뜨거워지는 것. 차마 못 당할 그 망신을 당한 뒤에도 금성은 주만을 단념하기는커녕 도리어 잊을 날이 없었다. 그 추상같은 호령과 쌀쌀한 비웃음이 눈 속에 어리고 귀에 스미어드는 듯 도무지 떼치려 떼칠 수 없었다.

텅 비인 마음을 부둥켜안고 술판과 꽃거리로 헤매기도 이때부터이었다. 무슨 수로 어떻게 하든지 주만을 제 손아귀에 넣어보든지, 그렇지 않으면 하다못해 분풀이라도 톡톡히 해보려고 벼르고 벼르던 금성에게는 이 소식이야말로 하늘에서 주신 좋은 기회가 아닐 수 없었다.

높은 담과 겹겹이 닫은 대문과 수많은 하인들에게 옹위되어 깊고 깊은 별당 속에 들어 있으면 다시 어찌할 도리가 나서지 않았지만 휘넓은 절, 외딴 탑, 후미진 산길에서야 무슨 거조[108]라도 얼마든지 차릴 수 있지 않으냐.

금성의 마음은 뛰었다.

그러나 섣불리 서둘렀다가 또 전번 모양으로 될 일도 안 되고 혼뜀만 할까 보아 겁이 났다. 이번이란 이번이야말로 단단히 차려야 한다. 오밀조밀하게 일을 꾸며야 한다.

궁리궁리한 끝에, 그는 제갈량이가 다시 살아나도 탄복할 만한 꾀를 하나 생각해내었다.

그 꾀를 실행하기에 제 혼자 힘으로는 조금 벅찬 것이 흠절이었으나, 힘을 빌릴 사람이 그리 아쉽지도 아니하였다. 주사청루에서 사귀어둔 '장안호걸'들을 이럴 때 안 쓰고 언제 쓸 것인가.

그 후로 금성의 사랑에는 거의 밤마다 먹거지가 벌어졌다. 그

108 큰일.

들은 금성의 말을 듣자 모두 팔을 부르걷고 분개하였다. 서라벌 한다하는 집 딸로 부여놈 석수쟁이 따위에게 미쳐 다니다니 치가 떨릴 노릇이 아니냐. 그런 계집애는 단단히 버릇을 가르쳐야 한다.

오늘만 해도 고두쇠를 보내놓고 하회를 기다리며 그 기다리는 동안이 무료하다고 해서 술판을 벌인 것이지 그들의 변명마따나 결코 술타령만 하려는 것은 물론 아니었다.

그러나 고두쇠가 주만이가 적실히 불국사에 가는 것을 보고 왔건만 그들은 얼른 몸을 일으키려 들지 않았다. 한창 술이 빨리듯 당기는 판도 판이지만 정작 일거리가 생기고 보니 남의 초상에 단지하는 것 같아서 될 수만 있으면 슬슬 꽁무니를 빼고 싶었다.

"그래 적실히 주만이가 불국사엘 가더란 말이지."

텁석부리는 그래도 미심다운 듯이 또 한 번 다지었다.

"여불없습니다."

고두쇠도 중언부언하는 데 성가신 듯이 볼멘소리로 대답을 하였다.

"허, 그래."

하고 텁석부리는 힘없이 말하고 내밀었던 턱을 움츠러들인다.

"자, 여러분들 일어들 서보시지요."

하고 금성은 지척지척 일어선다.

"잠깐만 기다리오, 잠깐만."

텁석부리는 손을 내저어 금성에게 앉으란 뜻을 보이고

"뭐 주만인가 하는 그 계집애가 불국사에 가기만 한 다음에야,

뭐, 그야 독 안에 든 쥐지 별수 있겠소. 그렇게 서둘 것도 없거든. 자 우리 내어온 소주나 다 들이켜고 기운을 내어가지고 서서히 일어서도 좋단 말이거든."

"옳소, 옳아."

코벌름이가 대번에 찬성을 하였다.

"저희들에게도 여유를 좀 주어야 어쩌고저쩌고 할 틈이 있을 것 아니오. 한창 노닥거리는 판에 우리가 지쳐 들어가야만 꼭 잡을 수가 있는 것이거든. 사냥을 해도 쫓겨 가는 짐승은 슬쩍 한번 늦추어주어야 그놈이 기진맥진해서 잡기가 쉽단 말이야."

금성은 하는 수 없이 다시 앉으며 화풀이로 놀이를 호령하였다.

"요년 놀아, 뭘 하고 있느냐. 술을 내왔거든 빨리빨리 부어드리지를 못하고."

놀이는 입을 배쭉배쭉하며 잔에 술이 철철 넘치도록 찔금찔금 재빠르게 부었다.

"얘 찬찬히 부어라. 그 아까운 술 흘린다."

하고 곰보는 철철 넘는 술잔을 들면 더 쏟힐까 보아, 잔 가장자리에 제 입을 갖다 대어 빨아 마신다.

꽃물 소주 한 두루미가 거의 다 말랐다.

"자, 인제는 그 년놈을 따려잡으러 가야."

하고 샛바람은 그 노란 얼굴이 더욱 샛노랗게 되어가지고 누구보담 먼저 몸을 일으킨다.

샛바람이 일어서는 바람에 더러는 엉거주춤하게 자리를 떴다.

코벌름이도 따라 일어나려다가 말고

"여러분 그렇게 급할 건 없단 말이지. 그 년놈을 잡는데 어떻게 잡으면 잘 잡을까, 우리 여기서 난상토의를 하잔 말이어."

하고 벌써 몇 번을 작정한 습격 방법을 또다시 이렁성거리었다.

104

"우리가 풍우같이 몰아 불국사를 지쳐 들어간단 말이거든, 응,
다들 알아듣겠어? 그래 가지고 다짜고짜로 그 석가탑인가 뭔가
년놈이 들어박힌다는 탑을 철옹성같이 에워싼단 말이야."

코벌름이는 제가 아주 대장 격이나 되어 삼군을 호령하는 말
투다.

"그러고 볼 지경이면 저희가 아무리 기고 난들 그 천라지망을
벗어날 수가 있느냐 말이야. 그래서⋯⋯."

"여보게, 고만두게, 고만두어. 그 소리는 대관절 이번까지 몇
백 번을 하는 거야."

샛바람이 듣다가 못하여 한마디 티를 넣었다.

"원, 저런 사람 보게."

코벌름이는 펄쩍 뛰었다.

"대체 무슨 일이고 작사불밀作事不密[109]하여 도리어 해를 입는단
말이거든. 백 번 아니라 천 번이라도 미리 일러둘 것은 일러두
어야 된단 말이거든⋯⋯ 가만있거라, 내가 어디까지 말을 하였
던가."

---

109 일을 꾀하는 데 치밀하지 않음.

"잊어버렸거든 고만하고 집어치우게, 집어치워. 아까 술안주로 까마귀 고기를 먹었나."

"아니야, 술을 한 잔 더 마셔야 새 정신이 돌아나실걸."

좌중은 짝자글 웃었다.

"어 무슨 버릇없는 소리들인고. 아무튼 그 년놈을 끌어 내린단 말이어."

"한 가지가 빠졌네. 왜 저번에는 년놈을 단단히 비끄러매어 가지고 끌어 내린다더니."

"비끄어매든 어쩌든 아무튼 끌어 내린단 말이야."

"그 더러운 년놈을 끌어 내릴 건 있나. 한칼에 모가지를 뎅겅 버어버리면 고만이지."

이번에는 텁석부리가 출반주 왈을 하였다.

"아냐, 그것들도 젊으나 젊은 나인데 대번에 죽이는 것은 불쌍하지 않나베. 더구나 제 이름 말짝으로 구슬같이 예쁜 구슬아기를."

곰보가 검고 얽은 제 상판과는 아주 딴판으로 가냘픈 목소리를 내며 저편을 두둔해 말하였다.

"자네는 그 년놈에게 톡톡히 얻어먹은 것이나 있나 보이그려. 우리 서라벌 처녀들을 욕보이고 제 가문을 더럽히는 그런 화냥년을 살려두어서 뭣에 쓴단 말인가."

하고 샛바람이 입술을 떨면서 몰풍스럽게 내쏘았다.

"자 이것 보란 말이야. 백 번을 짜고 천 번을 짜도 번번이들 딴청을 부리니 내가 어떻게 다지지를 않겠느냐 말이야. 내가 만일 그 말을 끄집어내지 않았던들 이 군들이 우 달겨가서 뿌리뿌리

제멋대로 아사달을 죽이는 놈에, 주만이를 죽이는 놈에, 비끄러매고 끌어 내리는 놈에, 안 비끄러매고 끌어 내리는 놈에, 주만을 끼고 달아나는 놈에, 사람이 정신을 차릴 수가 있을 건가 말이야. 그러니 여기서들 작정을 딱 해가지고 들이치든지 내치든지 해야 된단 말이야."

코벌름이가 줄기차게 늘어놓는 바람에 여럿은 잠깐 입을 다물었다.

"죽이기까지는 너무 과하고 년놈을 참바¹¹⁰로 한데 친친 동여매 가지고 서라벌 거리거리로 조리를 돌립시다. 그러면 달뜬 계집애들의 본보기가 될 거란 말이지요."

누가 이런 제의를 하였다.

"그것도 미상불 안 좋은 건 아닌데 그러면 너무 와자지껄해지지 않을까. 이찬 유종의 체모도 봐주어야지."

또 다른 사람이 이렇게 반대를 하였다.

"첫째 끌고 다닐 사람이 있어야 할 것 아니오."

코벌름이가 마지막 단안을 내리었다.

"이런 젠장맞일, 이것도 안 되고 저것도 안 된다면 그러면 어떻게들 하잔 말이오. 중의 공사나 삼 일이지, 그래 명색이 장안 안에서 이렇다 하는 사람들이 이게 무슨 꼴들이란 말이오."

샛바람은 매우 못마땅한 듯이 한마디 뇌까리었다.

"압다 그렇거든 이녁이 좋은 수단을 일르구려."

"년놈을 다 죽여버리자는 밖에."

---

110 삼이나 칡 따위로 굵게 드린 줄.

샛바람은 잇새로 배앝는 듯 또 한마디 뇌이었다.

"자, 그러면 좌우 양단간 우리 주인의 의견을 들어봅시다."

하고 텁석부리는 금성을 바라보았다. 금성은 초조한 듯이 여럿의 공론이 끝나기를 기다리고 있다가 입을 열었다.

"글쎄 그 년놈을 꼭 잡아가지고 수죄[111]를 한 다음에 그 석수쟁이란 놈은 제 고장으로 쫓아버리고 주만은 동여다가 나를 갖다 맡기시오."

"옳소, 옳소. 주인의 말이 옳소, 년을랑 주인을 갖다 맡깁시다. 자기야 구어 먹든지 삶아 먹든지 그렇게 골똘히 못 잊겠거든 장가를 들든지. 그러면 또 혼인술이 걸릴 것 아닌가베, 헤헤."

하고 누가 웃는다.

그들이 그 긴 공론을 마치고 더러는 말을 타고 더러는 걸어서 불국사를 향한 때는 벌써 밤이 이슥한 뒤이었다.

105

금성의 일행은 거칠 것 없이 불국사에 지쳐 들어갈 수 있었다.

문어귀에서 문지기와 잠깐 힐난이 있었으나 금지 금 시중 댁 공자 한림학사 금성의 행차란 바람에 그 육중한 대문도 쉽사리 열려진 것이다.

고두쇠가 앞장을 서서 우둥우둥 석가탑 가까이 오자 돌 쪼는

---

111 범죄 행위를 들추어 셈.

소리가 자지러지게 일어났다.

모든 기척이 끊어진 캄캄한 아닌 밤중에 비 오듯 일어나는 그 소리는 어쩐지 신비롭고 거룩한 가락을 띠어 지쳐 들어가는 자들의 발길을 멈추게 하였다.

"이렇게 캄캄한데 어떻게 일을 할까."

코벌름이가 소리를 죽이며 감탄하였다.

"돌 쪼는 소리가 나는 것을 보면 놈이 있기는 적실히 있는 모양일세그려."

샛바람이 중얼거렸다.

"그야 여불없습지요."

고두쇠가 제 염탐이 고대로 들어맞은 것을 자랑삼아 말하였다.

여럿은 슬근슬근 탑 그늘로 모여들어 전후좌우로 빙 돌아서 에워싸고 칼들을 쑥쑥 뽑아 들었다.

샛바람이 선뜻 사다리에 올라 탑 안으로 뛰어들며 서리 같은 칼날을 휘둘러 한번 엄포를 보이고

"년놈 이리 나오너라!"

벽력같이 소리를 질렀다. 그 소리를 메아리 받듯 밑에서도

"년놈 이리 나오너라."

소리소리 질렀다.

돌 쪼는 소리가 뚝 그치었다.

샛바람은 어느 틈에 아사달의 멱살을 잡아 낚아채며

"이놈, 년은 어떻게 하였느냐."

물었으나 저편에서는 아무 대꾸가 없었다.

"이놈 왜 말이 없느냐. 년을 어디다가 숨겨두었느냐. 바른대로

아뢰어라. 만일 그렇지 않으면 한칼에 네 목은 달아나고 말 것이다."

"……."

역시 아사달은 아무 대꾸가 없었다.

"년이 없다니!"

금성이가 실망한 듯이 중얼거리고

"이놈 고두쇠야, 주만이가 가는 것을 네가 적실히 보았다지."

"네, 네, 가는 것을 여불없이 보았는뎁시오."

"그런데 없다니 웬 말이냐."

"글쎄올시다, 거기 어디 숨었겠습지요."

"그러면 관솔불을 다려라."

고두쇠는 준비하였던 관솔을 켜 들고 사다리를 올라왔다. 좁은 탑 속은 대번에 환하게 밝아졌다.

아사달은 잔뜩 멱살을 추켜 잡힌 채 검다 쓰다 말이 없고 주만의 그림자는 보이지 아니하였다.

"허 이게 웬일일까. 그 아가씨가 가는 것을 분명히 보았는데."

고두쇠는 눈을 두리번두리번하며 탑 안을 살펴보다가 머리를 긁적긁적하였다.

"좌우간 그놈을 이리로 끌어 내립시다."

밑에서 누가 제의를 한다.

"그놈을 이리로 끄집어 내리어 참바로 친친 동여매 놓고 구슬 아긴가 뭔가 어디 있는 것을 문초를 해봅시다."

"이놈 이리 내려가자."

하며 샛바람이 잡아끌매 아사달은 선선히 사다리를 타고 내려왔다.

"이놈, 구슬아기를 어떻게 하였느냐."

내려서는 아사달을 중심으로 여럿은 우 몰려서고, 금성이 쓱 나서면서 문초의 첫 화살을 던지었다.

아사달은 묵묵히 말이 없다.

"이놈이 갑자기 벙어리가 되었단 말인가. 왜 말을 못 해."

이번에는 곰보가 한마디하고 술이 취해서 허둥허둥하는 다리로 아사달을 걷어찼다.

"이놈, 이놈, 바른대로 말을 못 해?"

여럿은 제각기 한마디씩 하고 이 뺨 저 뺨을 갈기고 쥐어질렀다.

아사달의 코와 입에서 피가 흘러내렸건만 그는 닦으려 하지도 않고 그린 듯이 서 있을 뿐.

"그놈도 여간 고집퉁이가 아닌 모양일세그려. 자 참바로 동여매고 욱대겨봅시다. 그래 제 놈이 말을 않고 배기나."

코벌름이 말에 여럿은 모두들 찬성을 하고 고두쇠를 시켜 손과 팔과 두 발목까지 한데 동여놓으니 아사달은 저절로 그 자리에 나동그라지고 말았다.

"이놈 이래도 말을 못 할까."

샛바람은 탑에서 내려와서 아사달을 걸타고 앉아서 두 손으로 아사달의 목을 냅다 눌렀다.

그때이었다.

"웬 놈들이냐. 여러 놈이 한 사람을 치고 때리는 것은 무슨 까닭이냐."

난데없는 호통이 그들의 머리 위에 떨어졌다.

106

이 난데없는 호통에 여럿은 아사달을 비끄러매고 때리고 차던 것을 그치고 소리 나는 곳을 바라보았다.

관솔 불빛이 거물거물하는 저편에 두 그림자가 뚜렷이 나타나 보이었다.

처음에는 그 우렁찬 호통에 벼락이나 떨어진 듯 깜짝깜짝 놀라 사시나무 떨듯 경풍들을 하였으나 저편이 단둘밖에 안 되는 것을 넘보고 텁석부리가 이 별안간 나타난 방해자들을 향해 한 걸음 내달으며

"너희놈들은 웬 놈들이냐. 우리는 까닭이 있어 이 석수쟁이를 문초하거니와 만일 우리 일에 헤살을 놓으면 너희놈들도 용서를 않을 테다."

"이놈들아, 문초할 말이 있으면 조용조용히 물어볼 것이지 열 놈이나 달겨들어 한 사람을 동여매 놓고 무수난타를 하다니 그런 더러운 행동이 어디 있단 말이냐. 아무리 법은 멀고 주먹은 가깝다는 세상이기로."

저편의 말씨도 갈수록 우락부락해갔다.

"우리야 이 석수쟁이를 뜯어 먹든지 삶아 먹든지 너희놈에게 무슨 계관이 있단 말이냐."

뒤에 섰던 그림자가 앞으로 나서며

"이 석수로 말하면 멀리서 오신 손님, 이 땅 이 절을 위해서 탑 둘을 쌓노라고 심혈을 뿌리는 갸륵한 사람, 내가 안 보았으면 모르지만 내가 본 다음에야 이 앞으론 이 사람에게 손가락 하나 다치지 못하게 할 터이다. 빨리 맨 것을 끌러놓고 너희들은 냉큼 물러가라."

"원, 별 우스꽝스러운 소리도 다 들어보겠고나. 네 말을 듣고 물러설 우리인 줄 아느냐. 너희나 목숨이 아까웁거든 어서 쥐구멍이나 찾아라."

"어쩐지 오늘 내가 칼을 쓰고 싶더니 너희들의 더러운 피를 묻히게 되는가 부다."

하고 그림자 하나가 천천히 칼을 뽑으려 할 제 또 다른 그림자 하나가 앞을 가리어 서며

"서방님께서는 잠깐만 진정을 하십시오. 저 따위 놈들은 제 혼잣손으로도 넉넉히 처치를 해버릴 테니까요."

두 그림자는 하나는 경신이요, 하나는 용돌이었다. 오래간만에 만난 두 동지는 그칠 줄 모르는 서회[112]에 밤이 이슥하도록 수작을 주고받다가 경신이가 돌 쪼는 소리를 듣고 캄캄한 밤에도 일을 한다는 그 신통한 재주를 구경하고자 둘이 나왔던 길이었다.

용돌이가 칼을 뽑아 드는 것을 보고 텁석부리도

"야 이놈 봐라. 내가 누군 줄 알고 덤비느냐."

하고 같이 칼을 뽑아 들고 대들었다.

그러나 두 칼이 몇 번 어우러지지 않아 텁석부리는 도저히 용

---

112 회포를 풀어 말함.

돌의 적이 아니었다. 한 걸음 두 걸음 자꾸 뒤로 물러서며 쫓기기 시작한다.

제 편의 형세가 불리한 것을 보자 여럿은 아사달을 내버리고 우 몰려들었다.

어지러운 칼날은 어두운 밤빛을 누비질하며 한데 부딪쳐 불꽃을 날리며 쟁그렁쟁그렁 귀가 가려운 소리를 내었다.

"인명을랑 다치지 말게."

경신은 용돌을 주의시키며 차차 그 능란한 칼솜씨를 내어놓았다. 여럿은 두 사람에게 쫓기어 자꾸 뒷걸음질만 치게 될 때 세찬 경신의 칼끝은 선뜩선뜩 지나가며 더러는 귀가 떨어지고 더러는 칼 든 손가락이 잘라졌다.

"에쿠, 에쿠."

비명을 치며 칼을 떨어뜨리고 달아나기 시작하였다.

뿔뿔이 다들 헤어져 달아나고 맨 마지막으로 금성과 고두쇠가 남았다. 제 주인의 위기가 각각으로 닥쳐오는 것을 보고 고두쇠는 마지막 수단으로 목소리를 가다듬어

"이 어른을 다치면 정말 너희들은 생명을 보존하지 못하리라. 이 어른이 누구인 줄 아느냐. 금지 금 시중 댁 공자 한림학사 금성이시다."

"응, 바루 금지의 아들이냐. 이놈 참 잘 만났다. 이놈 듣거라. 네 아비는 나라를 좀먹게 하고 너는 무뢰한을 끌고 다니면서 외로운 나그네를 엄습하니 네놈의 죄는 절절 가통이다. 네가 지금 당장 칼을 던지고 복복 사죄하면 이어니와 만일 그렇지 않으면 다른 놈들의 목숨은 붙여주었거니와 네놈은 그대로 둘 수 없다.

짜른 목을 길게 늘이어 이 칼을 받으라."

경신의 호령은 산이 쩡쩡 울리었다.

"애구구."

막 제 목 위에 서리 같은 칼날이 떨어지려 할 제 금성은 칼을 집어 던지고 그 자리에 그대로 주저앉으며 두 손을 어깨 위에 쳐 들고 칼 받는 시늉을 하였다.

"세상에도 비겁한 녀석. 내 칼이 더러워질까 보아 네 피를 묻히기 싫다마는 무슨 까닭으로 저 석수쟁이를 엄습하였느냐. 바른대로 아뢰어라. 만일 추호라도 기이면 네 목을 붙여두지 않을 테다."

107

고두쇠는 제 주인의 명색을 내세우기만 하면 여간한 사람쯤이야 찔끔을 하고 칼을 거둘 줄 알았다. 나는 새라도 한 번 호령에 떨어뜨릴 만한 서슬이 푸른 금 시중의 세도가 아니던가. 이렇게 당당한 세도객의 아드님이란 말을 듣고도 물러서기는커녕 더욱 치를 떨며 덤비는 이 난데없는 인물들이야말로 제 상전보담 더 무서운 양반이 아닐 수 없었다.

그 추상같은 호령과 번개보담 더 빠른 칼끝에 고두쇠의 혼은 반나마 허공에 뜨고 말았다. 선 그 자리에서 오금도 못 떼고 벌벌 떨었다.

"네 말을 듣자 하니 이놈 집 종놈일시 분명하구나. 냉큼 가서 저 석수의 매인 것을 끌러드려라."

경신은 금성의 머리 위에 칼을 빗기고 선 채 이번에는 고두쇠를 호령하였다.

"네네, 지당하신 분부올시다. 끌러드리고말곱시오."

"이놈 잔말이 무슨 잔말이냐. 일른 말이나 어서 거행을 못 하고."

"네, 네."

고두쇠는 연거푸 대답을 하고 인제 제 목이 아니 떨어질 것을 알아차리고 천방지축으로 아사달의 곁에 가서 동여매인 것을 끌르기 부산하였다.

"금성이 듣거라. 너 무슨 원혐이 있관대 저 석수를 엄습하였느냐. 천리타향에 외로운 나그네를 보호는 못 할지언정 깊은 밤에 십여 명씩 오마작대[113]하여 그를 해치랴는 것은 무슨 까닭이냐."

금성은 제 머리 위에 번쩍이는 칼날을 치어다보며 소태나 먹은 듯이 잔뜩 눈살을 찌푸린 채 말이 없었다.

"왜 말이 없느냐. 너도 적이 생각이 있는 놈 같으면 잘못된 일인 줄 모르느냐."

금성은 무에라고 대꾸도 할 수 없고 무에라고 변명할 도리도 나서지 않았다. 다만 제가 끌고 온 '장안호걸'들이 원망스러웠다. 이날 이때까지 돈에 술에 밥에 흥껏 한껏 먹였거든 정작 자기가 위태한 경우를 당할 적에는 그대로 꽁무니를 빼고 말다니, 금성은 마음속으로 발을 동동 굴렀으나 아무런 쓸데가 없었다. 주만

113 기마대처럼 무리 지음.

과 아사달을 꼭 잡으려 한 노릇이 제가 도로 잡히고 말 줄이야.

"이놈이 벙어리가 되었느냐. 왜 말을 못 할꼬."

"잘못되었습니다. 그저 살려만 줍시사."

마침내 금성은 비대발괄하고 말았다.

"허허. 나는 금지의 아들이라기에 그래도 그 못된 가시라도 세울 줄 알았더니 이런 겁쟁이 줄 몰랐고나. 오냐 살려주마. 너 같은 인생을 죽인들 무슨 소용이 있겠느냐, 허허."

경신은 한번 껄껄 웃고 나서 빼어 들었던 칼을 칼집에 꽂았다.

칼을 꽂는 것을 보고 다 죽게 된 금성은 조금 피어났으나 너무 놀란 것이 아직 가라앉지를 못하고 새삼스럽게 부들부들 떤다.

고두쇠는 아사달을 끌러주느라고 한창 곱이 끼이었다.

경신과 용돌은 금성을 내어버리고 아사달과 고두쇠의 앞으로 왔다.

"이놈 어째 입때도 다 끌르지 못했느냐."

용돌이가 허전거리는 고두쇠의 손길을 들여다보며 재촉하였다.

"매듭이 너무 단단히 매어져서 얼른 끌러지지를 않사와요."

"이놈 무슨 소리냐. 저리 비켜나서 관솔불이나 다려라."

"네, 네."

하고 고두쇠가 굽실거리는 허리를 채 펴지도 못하고 관솔불을 잡히고 있는데 용돌은 동여매인 이에게 달려들어 칼을 넣어 밧줄을 동강동강 끊어버렸다.

"어 몹쓸 놈들, 단단히도 동여매었군."

경신은 제 수건으로 아사달의 입과 코에 묻은 피를 닦아주고 나서

"자, 일어서 보오. 어디 다른 데 다친 데나 없나."

아사달은 경신의 말을 따라 일어서기는 하였으나 웬 영문인지 알 수가 없었다.

"어디 좀 걸어보시오. 절리는 데나 없으신가."

경신은 비호같이 날뛰던 때와는 아주 딴판으로 여간 자상하지 않았다.

아사달은 몇 걸음 걸어보고

"다친 데는 별로 없는 것 같습니다."

"어, 뜻밖에 큰 봉변이오."

하고 저만큼 엉거주춤하고 서 있는 금성을 돌아보며

"금성아, 이리 와서 이분께도 잘못했다는 사과 말씀을 드려야 될 것 아니냐."

금성이가 채 오기 전에 고두쇠가 아사달의 앞에 넙쭈렇게 엎드리며

"그저 죽을 때라 잘못하였습니다. 천만 용서하옵시기 바라옵니다."

"옳지 그래, 금성이 너도 네 종의 뽄을 받아 엎디려 빌어라."

"그저 소인이 서방님 몫까지 한꺼번에 사과를 올립니다."

"안 된다, 안 돼. 염불도 몫몫이란다, 허허."

경신이가 미처 말하기 전에 용돌이가 가로채고 나섰다.

금성은 할 수 없이 아사달의 앞에 꿇어 엎드리고야 말았다.

108

"그만하면 되었다. 인제 일어나라. 너도 소위 행세한다는 집 자식으로 이게 무슨 꼴이란 말이냐. 앞으로는 행신을 조심하렷다."

경신은 아사달의 앞에 코가 땅에 닿도록 꿇어 엎드린 채 얼핏 일어나지도 못하는 금성을 준절히 타일렀다.

금성은 명령대로 부시시 일어는 났으나 오도 가도 못 하고 그 자리에 박힌 듯이 서 있어 또 무슨 처분이 내리기를 기다리는 것 같다.

경신은 용돌을 돌아보며

"인제 가세. 신신치도 않은 일에 잠만 밑졌네그려, 허허."

하고 아무 일도 없었던 것처럼 휘적휘적 걸어간다.

"서방님, 서방님."

용돌은 떡 버티고 서서 금성의 주종을 노려보고 움직이지 않으며 경신을 불렀다.

그의 손에는 아까 아사달의 매인 것을 끊어주던 칼이 아직도 시퍼렇게 번쩍였다.

"이놈들을 그대로 내버리고 갈 수 없습니다. 저 석수 아사달을 엄습할 때에는 반드시 무슨 곡절이 있을 터인데 그 곡절을 들어봐야 될 것 아닙니까."

경신은 몇 걸음 걸어가다가 다시 걸음을 멈추고

"미상불 그것이 궁금은 하네마는 저희가 말을 하지 않는데 굳이 들을 필요가 있을까. 저희들도 사람인 다음에야 다시는 이런 행투는 못 부릴 것이니."

"서방님 말씀이 너그러우시기는 합니다마는 저것들을 보통 사람으로 대접은 할 수 없는 일입니다. 이번 일에 무슨 앙심을 어떻게 먹고 또 저 고단한 석수를 괴롭게 할지 모르는 일이 아닙니까."

"글쎄 자네 말도 그럴듯하네마는……."

"그러니 이놈들에게 아사달을 엿보는 곡절을 알아두어야 앞일을 헤아리기도 얼마쯤 도움이 될 것 아닙니까."

"그는 그래."

하고 경신은 다시 금성과 고두쇠의 앞으로 걸어왔다.

경신이 용돌을 보고 돌아가자는 말을 듣자 금성의 주종은 다시 살아난 듯이 안심의 숨길을 돌리었다가 형세가 다시 변해지는 것을 보고 진작 틈을 타서 달아나지 못한 것을 뉘우쳤다. 기실 용돌이가 칼을 거두지 않으니 달아나랴 달아날 수도 없었지만.

"이놈 금성이 듣거라. 너도 지금 내 말을 들어 알았겠지만 너희들이 이 아사달을 습격한 곡절을 알리지 않으면 너희들을 돌려보낼 수 없다. 무슨 까닭이냐. 빨리 일러라."

"네, 저어……."

하고 금성은 어물어물하였다.

용돌은 칼을 한 번 휘두르고 한 걸음 금성의 주종 앞으로 내달으며

"바른대로 알려야 망정이지 만일 그렇지 않으면 두 놈의 머리를 한칼에 비어 후환을 없앨 터이다."

"애구구."

금성과 고두쇠는 일시에 비명을 치고 두 팔로 제각기 제 머리

를 얼싸안았다.

"빨리 아뢰어라."

용돌의 호령은 갈수록 날카로웠다.

"네, 아뢰겠습니다. 소인이 아는 대로 아뢰겠습니다."

하고 고두쇠가 금성을 보고 눈을 껌쩍껌쩍하며 수작을 건네었다. 제 주인에게 말을 할까 말까 의향을 물어보는 모양이었다. 금성은 되는 대로 되라는 듯이 고개를 끄덕여 보이었다.

"그래도 어서 아뢰지를 못하고."

용돌은 또 한 걸음 다가들었다.

"네, 네, 아뢰고말곱시오…… 저어, 저어, 아가씨 한 분이 계시온데……."

아가씨란 의외의 고두쇠의 말에 용돌의 눈은 호기심에 번쩍이었다.

"아가씨 한 분? 그래 아가씨가 어떡했단 말이냐."

"그 아가씨로 말씀하오면 곧 저의 소인 댁 서방님과 혼인말이 있사온 아가씨온데……."

"그래서, 그래서."

용돌은 입에 침이 없이 채쳤다.

"그러하온데 그 아가씨께서 자주 이 불국사엘 오신단 말씀입시오……."

"그래서, 그래서."

"그래서, 저 석수가 지금 짓고 있는 석가탑에 출입이 잦으시단 말씀입시오. 오늘 밤만 해도 그 아가씨께서 적실히 저 석가탑 속에 계신 줄 아옵고 저희들이 우 몰려온 것이랍니다."

"그러면 그 아가씨란 이는 어디로 갔느냐."

"그러하온데 그게 이상야릇한 일이란 말씀입시오. 분명히 계신 줄 알았는데 정작 와보니까 계시지를 않단 말씀입시오. 이런 기막힐 일이 또 어디 있겠습니까."

"그래, 그 아가씨의 이름은 누구란 말이냐."

용돌은 부리나케 물었다.

"그러면 계집 싸움이던가."

경신은 시답지 않게 중얼거렸다.

109

금성 일파가 밤을 타서 아사달을 습격하였다가 경신과 용돌에게 혼뜸을 하고 쫓겨 간 사단은 불국사 승려들 사이에 둘도 없는 화젯거리가 된 건 물론이거니와, 순식간에 온 서라벌에 쫘아 하고 퍼지었으나 그 진상이 올곧게 전해질 까닭은 없었다. 워낙 어두운 밤에 생긴 일이라 목도한 사람도 드물었거니와 직접 당사자로도 제가 관계한 어느 대목만 알았지 머리에서 끝까지 사단 전체를 샅샅이 아는 이는 하나도 없었기 때문이다.

그러므로 사단은 같은 날 같은 시각 같은 자리에서 일어났으되 전하는 사람을 따라 가지각색으로 변형이 되고 윤색이 되어 마치 수없는 사단이 일시에 일어난 것 같기도 하였다.

위선 사단이 일어난 본바닥인 불국사 중들의 수근숙덕거리는 수작도 가지각색이었다.

"음충맞은 아사달놈이 어떤 유부녀를 꾀어내어 석가탑 속에서 끼고 자빠졌다가 그 본사내한테 꼭 들켰대. 그래 경을 팟다발 같이 쳤다네."

"딴은 무슨 그런 꿍꿍이속이 있기에 삼 년을 내려 두고 탑을 짓노라 합시고 늘어붙어 있었겠지."

"그래 그럴듯도 한 일이야. 그놈이 낮에는 일을 않고 밤에만 일을 한다는 것이 벌써 수상쩍은 일이 아닌가베."

"그래 그러면 그놈은 대관절 어떻게 되었나. 그 계집의 본사내 손에 맞아 죽었겠지."

"그야 여불없을 것 아닌가. 그 본사내란 것이 한다하는 대갓집 아들로 어젯밤만 해도 수십 명 구종을 거느리고 와서 요정을 내었다는데."

"그래 아사달이가 죽었단 말인가."

"그러면 죽지 않고."

"그러면 송장은 어떻게 했단 말인가."

"원 그 사람은, 죽은 송장 어떻게 처치한 걸 누가 다 안단 말인가. 연못에 띄워버렸든지 불에 태워버렸든지. 그까짓 것 하나 처치를 못 할 위인들이 아닌 밤중에 들이쳤겠나."

이 축은 명색만 중이지 절 안 켯속을 도무지 모르고 까닭 없이 아사달을 미워하는 위인들의 수작이다.

"아사달이가 죽기는 왜 죽어. 눈이 등잔같이 살아 있다네. 지금이라도 제 처소를 가보게나. 아침 공양상을 받고 앉았을 테니."

이번 말참례에 뛰어든 위인은 또래는 같은 또래일망정 턱없이 아사달을 추앙하는 터이리라.

"그러면 아사달이 죽지를 않았단 말인가. 제 혼잣손에 어떻게 수십 명을 대적을 해내었단 말인가."

"그게 법술이란 말이거든. 그 사람이 탑 짓는 것을 보게. 여간 재주를 가지고야 그런 대공을 맡아볼 생의나 내겠나. 그이야말로 이만저만한 신통력을 가진 분이 아니란 말이어."

"허, 그래 자네는 그 사람이 신통력 부리는 걸 보았단 말인가."

"그럼 보지 않고. 여러 놈들이 서리 같은 칼을 들고 덤비는데 그분은 조그만한 마치 하나를 가지고 이리 막고 저리 치는 바람에 몰려오던 군정들이 추풍낙엽처럼 우수수 떨어졌단 말이어."

"무엇이 우수수 떨어졌단 말인가."

"무엇이 뭐야, 무엇이 뭐야……."

아사달을 너무 추어올리다가 제 허풍이 너무 지나쳐서 필경 말문이 막히고 말았다.

"이런 허풍쟁이는 생후 처음 보겠네. 그래 우수수 떨어진 게 뭐란 말인가. 사람의 머리가 떨어졌다면 피라도 흘렀을 것 아닌가, 에끼, 허허."

말막음은 필경 웃음으로 터지고 풍쟁이는 멀쑥해졌다. 정말 그날 밤 광경을 먼빛으로 본 중 하나를 돌라싸고 앉은 또 다른 한 축.

"그런 게 아니라네. 보기는 내가 적실히 보았다네."

"뭐 자네가 보았다? 자네 같은 잠충이가 그때가 어느 때인데 잠 안 자고 보았단 말인가."

"아닐세. 보기는 내가 정말 보았네. 마침 잠이 깨어서 염불을 모시고 있노라니 석가탑 근처에서 수선수선 인기척이 나기에 슬

슬 올라가 보았더니 서리 같은 칼들을 빼 들고 '년놈 바삐 나오
라'고 소리들을 질르지 않겠나."

"년놈 바삐 나오라고, 옳지 옳아, 그래서."

"거물거물 관솔빛이 비취는데 아사달을 붙들어 내리우는 것
까지 보았는데 어디선지 난데없는 호통이 일어나며 웬 신장 두
분이 나타난단 말이야."

"신장이?"

"그럼, 신장이 아니고야 단둘이서 어떻게 그 여럿을 해낸단 말
인가. 두 신장이 칼을 휘둘르는 바람에 여럿은 혼비백산이 되어
쥐구멍을 찾고 다 달아나 버렸다네. 신장의 칼이 아니고는 목도
여러 개 떨어졌을 터인데 사람은 상하지 않고 뭇놈을 쫓아버린
것만 보아도 알조 아닌가."

"딴은 그렇기도 한데."

"그 탑 밑에 보물이 여간 많이 들었나. 신장이 아니라 부처님
이 신통력을 부리신 게지."

"그게 신장이 아니라 금강역사라는 거야."

"아무튼 이상은 한 노릇이야."

실상인즉 그 야단통에 한둘 깨어 나와본 중이 없지도 않았으
나 칼날이 번쩍거리는 바람에 무서워서 가까이는 못 오고 먼발
치에서나마 구경이라도 한 축은 그래도 대담한 편이고 대개는
그대로 제 방구석에 달아 들어가서 숨도 크게 쉬지 못하였다.

웃두리 중은 밤이면은 대개 제 사삿처소로 달아나고 절에 있
기가 쉽지 않았다.

이러나저러나 그 뒤부터는 절문 단속이 엄해지고 드나드는 잡

인을 사실하게[114] 되었다. 더구나 아사달을 찾아왔다는 사람을 절금하게 되었다.

그 사흘 되던 날 저녁때쯤 되어 웬 여자 거지 하나가 절문 앞에 나타났다.

110

그 여자 거지는 아픈 다리를 질질 끄을며 절문 앞까지는 가까스로 왔으나, 다시는 댓 자국도 더 옮길 수 없다는 듯이 대문 기둥을 부여잡고 간신히 몸을 의지하였다.

켜켜이 앉은 때와 흙물이 군데군데 묻고 짓수세미가 다 된 옷으로 보아 땅바닥에나 아무 데나 문자 그대로 풍찬노숙한 것을 대번에 짐작할 수가 있었으나, 벌의 집같이 흩어질 대로 흩어진 머리, 때가 줄줄이 붙은 뺨을 보면 홑으로 거지만도 아니요, 미친 여자 같기도 하였다. 그렇다면 결곡하게 생긴 그 얼굴 모양과 맑고도 다정스러운 눈매에 어디인지 기품이 있어 보이는 것이 수수께끼였다.

몇 해를 문을 지키어 열인을 많이 한 탓에 웬만한 사람이면 한 번 보아, 그 지위와 인금까지 알아맞힌다는 문지기로도 이 여자 거지만은 대중이 나서지 않았다.

문지기는 이윽히 그 여자 거지를 치훑고 내리훑어 보다가

---

114 사실을 조사하여 알아보게.

"무슨 일로 이 절을 찾아왔소."

하고 물었다. 웬간만 하면 떨어지게 해라를 붙이고, 호령호령해서 쫓아버릴 것이로되, 어쩐지 이 여자 거지에게는 함부로 못 할 인품이 있어 보였던 것이다.

"여기가 분명 불국사입지요."

말 한마디 대답에도 지쳤다는 듯이 기신이 없었으나, 그 목소리는 카랑카랑하면서도 보드라웠다.

"그렇소. 여기가 서라벌 제일 대찰 불국사가 분명하오."

"네, 여기가 분명 불국사……."

하고 그 여자 거지는 반색을 하며 호 한숨을 내쉬었다. 애를 애를 쓰다가 마침내 목적지에 득달한 안심의 숨길을 내뿜는 것 같다. 그러고 또 한마디

"그러면 옳게 찾아왔구먼."

하고 스스로 중얼거렸다.

문지기는 더욱 수상해하며

"아주먼네는 어디서 오는 길이오."

"부여에서 온답니다."

"부여에서! 먼 길을 오셨군. 무슨 소관이 있어 불국사를 찾으시오."

그 여자 거지는 고개를 숙여 무엇을 생각하는 듯 잠깐 망설이다가

"이 절에 부여에서 온 석수가 있습지요. 아사달이라고."

그 여자 거지는 아사달이란 이름을 입길에 올리는 순간 살짝 얼굴을 붉히었다.

"있지요. 석가탑을 맡아 짓는 석수 말이오."

"그 어른을 뵈랴고 온 길입니다."

엊그저께 밤에 아사달로 말미암아 심상치 않은 야료가 절 안에 일어나서 그 때문에 잡인을 금하게 되고, 밤중에 함부로 사람을 들이었다고 주지와 주장중으로부터 톡톡히 꾸중도 듣고 혼도 났던 판이라 문지기는 아사달이라는 이름만 들어도 심사가 와락 났다.

"그 사람은 무엇 때문에 보자는 거요."

하고 문지기는 오랫동안 출입하는 사람을 적간하는 사이에 사나워진 눈알을 굴려 그 여자 거지를 노려보며, 말씨까지 까슬까슬해졌다.

"그 어른이 제 남편예요. 그 어른을 뵈오랴고 그 먼 길을 걸어왔답니다."

그 여자 거지는 문지기의 태도가 별안간 변해지는 것을 보고 바른대로 쏘며 자기의 사정까지 약간 내비치었다.

"안 되오. 그 석수는 지금 볼 수 없소. 여기가 어딘 줄 알고 찾아왔담. 절간에 아무 여편네나 함부로 들이는 줄 아나 봐."

그 여자 거지는 가슴이 덜컥 내려앉은 듯 물끄러미 성난 문지기의 얼굴을 바라보다가

"그러면 저는 여자의 더러운 몸이라 이 절문을 들어서지는 못할망정, 그 아사달 님께 잠깐 나오시라면 어떠하실지."

"그것도 안 되오! 그 사람은 삼 년을 끌고도 아직도 마칠 일을 마쳐놓지도 못했는데, 그런 막중대공을 맡은 몸으로 한만히 제 계집을 만나보다니 될 뻔이나 할 일인가, 원."

하고 문지기는 볼멘소리로 뇌까리었다.

"원, 문지기 십 년에 별꼴을 다 보거든. 그 더러운 옷을 입고 얼굴도 몇 날 몇 달을 안 씻은 계집이 내 서방 찾아왔네 합시고 절 문간에 발목을 들여놓다니. 참 말세가 되어놓으니 별별 더러운 꼴을 다 본단 말이거든."

문기둥에 붙어 섰던 그 여자 거지는 별안간 벼락이 뒷덜미를 내리짚는 듯 그대로 미끄러져 땅바닥에 주저앉고 말았다.

"그러면 이 일을 어떡하면 좋아요."

이윽고 그 여자 거지는 가까스로 진정을 하는 듯하더니 부들부들 떨리는 입술로 또 한마디를 속살거렸다.

"어떡하면 좋을 걸 내가 어떻게 아랑곳한단 말인가, 원."

문지기는 갈수록 몰풍스러웠다.

그 여자 거지야말로 묻지 않아 아사녀였다.

111

아사녀는 사자수 푸른 물결에 몸을 던지려는 순간, 아사달의 이름을 부르짖고 나선 길에 서라벌을 향하였다.

남편이 있는 동쪽 서울을 멀리 바라보고 첫발자국을 내어디딜 때 지금까지의 절망과 번민은 가뭇없이 사라지고 감격과 희망에 그의 마음은 뛰었다. 노자 한 푼 없는 외로운 여자의 홀홀 단신으로 천 리 안팎 머나먼 길을 어떻게 갈 것인가 하는 근심과 걱정도 그의 불같은 희망을 흐리진 못하였다. 한 걸음 두 걸음 남편 있는 곳이 가까워온다는 것만 어떻게 신통하고 고마운지 몰랐다.

하룻밤 하룻낮을 그는 꼬박이 걸었다. 한 걸음이라도 빨리 걷는 것이 남편 만날 때를 다가주는 것임을 생각하면 좀이 쑬아서도 한만히 쉴 수도 없거니와, 팽개 일파가 자기 뒤를 쫓아오는지도 모른다. 만일 머뭇머뭇하다가 그들에게 붙잡히는 날이면 또 무슨 욕을 어떻게 당할지 알 수 없는 일이 아닌가.

가자, 가자, 어서 가자. 서라벌로 어서 가자! 불국사로 어서 가자!

그는 염불이나 외이듯 하루에도 몇백 번 몇천 번을 '서라벌', '불국사' 하고 속으로 외이고 또 외이며 아픈 다리를 채찍질하였다.

그러나 사흘, 나흘 지나갈수록 젊은 여자의 먼 길 걷기란 죽기보담 더 어려운 줄 절절이 느끼었다.

갖은 슬픔과 번민과 근심에 부대끼고 쪼들리고, 마지막엔 병에까지 지친 몸이라 아픈 다리도 다리요 부르튼 발도 발이려니와, 첫째 기운을 차릴 수가 없었다. 한 발을 옮기다가 쓰러지고 두 발을 떼어놓다가 고꾸라졌다.

반나절 한나절 넘어진 채로 갱신을 못 하기도 한두 번이 아니었다. 그래도 까무러쳐가는 기운을 도진 마음으로 얼마든지 불러 일으킬 수 있었다. 지닌 것이 없으매 의엿한 주막은 못 들값에 노자 없는 것은 그의 처음 요량보담은 오히려 큰 고통이 아니었다. 물 한 모금 밥 한 술이면 더 바라는 것이 없는 탓도 탓이려니와, 처음에는 입 떼기가 어려웠을망정 요기할 거리를 얻기는 그렇게 힘들지 아니하였다.

먹는 것보담도 더 어려운 것은 잠자리였다. 여자이기 때문에 안으로 들어서서 하룻밤 쉬어 가기를 청하면 더러는 몰인정하게 거절하는 집도 없지 않았으되, 세 집 중에 한 집은 선선히 승낙을 해주기는 해주었다.

"젊으나 젊은 이가 어떻게 홀몸으로 길을 떠났소. 아무리 남편이 보고 싶기로 어떻게 그 먼 길을 간단 말이오."

늙은 아낙네 중에는 그의 사정을 들어보고 측은한 눈물을 떨어뜨리며 반찬 있는 밥을 주고, 일부러 자는 방에 불까지 더 지펴주는 이도 있었다. 겨우 칠월로 접어들었으니 추울 철도 아니지만, 노독을 푸는 데는 더운 방이 반갑지 않음이 아니었다.

그러나 이런 친절이 값없을 때가 많지를 않았다.

전신만신이 바수어내는 듯하여 채 깊은 잠은 이루지 못하고 어릿어릿하게 눈이 감길락말락할 적에 찌걱 하고 방문 여는 소리가 들리었다. 언뜻 눈을 떠보면 사내의 그림자가 나타나기가 일쑤이었다.

악을 쓰고, 달아나고…….

팽개와 작지는 부여에만 있는 것이 아니었다.

젊고 어여쁜 여자의 살점을 노리는 아귀의 떼는 어디든지 우글우글 끓었다. 그 지긋지긋한 놀람과 고통은 끝끝내 그를 쫓아다니었다.

아사녀는 인제 밤이 되어도 인가에 찾아들지 않았다. 밤은커녕 해가 어둑만 해져도 산모퉁이로만 길을 잡아들어야만 한다.

산등 벗겨진 황토 흙바닥이나, 운수가 좋아야 포근포근한 잔디밭을 얻어 하룻밤을 밝히게 되었다.

호랑이나 이리의 떼보담도 사람이 몇 곱절 더 무서웠던 것이다.

그러니 가뜩이나 때 묻은 단벌옷이 이슬에 젖고 풀물이 묻고 흙물이 들어서 갈데없는 상거지가 되고 말았다.

가다 오다 맑은 시내를 만나도 손으로 움켜 한 모금 해갈은 할지언정 결코 손등도 씻지 않았다. 더구나 얼굴에는 물 한 추기를 올려보지도 않았다. 될 수 있는 대로 얼굴을 보기 싫도록 흉하도록 하는 것이 이 흉측한 아귀떼의 눈을 피하기에 가장 좋은 방법인 줄 터득한 것이다.

머리가 아무리 흩어지고 가려워도 손을 대지 않았다. 머리만 반지르르해도 그들의 눈에 뜨일까 보아 두려웠던 것이다.

그러고 보니 저절로 미친년 꼴이 되었다.

이러구러 하루에 십 리 이십 리도 걷고 어떤 날은 사오십 리도 해내어 불국사까지 득달하기에 달포가 걸리었다.

112

세상없어도 남편을 만나고야 말겠다는 외곬의 마음이 하마하마 끊어질 듯한 목숨을 이끌고 근근 득달한 불국사가 아니었던가.

불국사, 불국사! 그는 몇 번이나 외이고 또 외이었던고. 그에게는 검님보담도 부처님보다도 더 거룩하고 더 반가운 이름이 아니었던가.

"여기가 분명 불국사요."

하는 한마디는 마치 영검스러운 주문과 같이 그의 이날 이때까지의 액운과 슬픔과 설움을 쫓아버리고 넘치는 기쁨과 영롱한 행복을 약속하는 말이 아니었던가.

이렇듯이 믿고 바랐던 이 문전에서 또 악착한 운명이 그를 기다릴 줄이야. 무참한 거절을 당할 줄이야.

아사녀는 하도 어안이 벙벙하여 멍하니 허공만 바라보고 있노라니 그 문지기는 더욱 기고만장하게 호령하였다.

"아니, 이건 무슨 떼거리를 쓰는 거야. 남의 절문 앞에 털썩 주저앉아서. 냉큼 갈 데로 가지를 못하고."

"갈 데, 갈 데."

아사녀는 앵무새가 말 옮기듯 두어 번 곱씹다가

"갈 데가 없어요."

하고 고개를 살레살레 흔들어 보이었다.

"이건 제 갈 데 있고 없는 것을 뉘게 하소연이야. 냉큼 발모가지나 돌려세우지 못해."

"……."

아사녀는 대꾸는커녕 대번에 눈물이 앞을 가리었다.

비록 귀하고 넉넉지는 못했을지언정 무남독녀 외동딸로 고이고이 자라나서, 입때껏 외간 남자에게 이런 욕설은 처음 듣기 때문이다.

"저더러 가랬지 누가 쥐어질렀단 말인가, 울기는 왜 쪽쪽 운단 말인고. 원, 신수가 사나우랴니까."

하고 얼굴을 외우시고 돌아서서 뒷짐을 지고 왔다 갔다 하는 것은 차마 그 우는 꼴까지는 보기 안된 탓이리라.

한번 쏟아진 눈물은 좀처럼 그칠 줄 몰랐다.

"원 저게 무슨 꼴이람. 젊으나 젊은 여편네가 왜 남의 절 문전에서 말썽을 부리는 거야."

문지기는 말로는 빈정거려도 아사녀의 눈물만은 무서운지 가까이 오지는 않았다.

아사녀는 흑흑 느끼는 소리로

"여봅시오, 여봅시오. 정 제가 들어가서 아사달 님을 뵈올 수도 없고, 또 아사달 님이 저를 나와 보실 수도 없다면…… 그러하다면 저는…… 저는……."

말끝은 껄껄거리는 울음에 막히고 말았다.

"그러하다면 어떡한단 말이오. 원 말을 해야 알 것 아니오."

문지기의 빗새는 말씨도 얼마쯤은 부드러워졌다. 아사달 미운 생각에, 그보담도 책망 들은 것이 분한 김에 얼음장같이 닫혀진 그의 가슴에도 실낱같은 동정심이 움직이지 않음이 아니었으나, 그렇다고 제 맡은 직책상 아사녀의 소청을 들어주자는 수도 없다.

'구슬아기 모양으로 은이나 몇 냥쭝 넌지시 집어 준다면 마치 모르지만.'

문지기는 털이를 통하여 여러 번 주만으로부터 은과 돈을 받아먹은 것을 속으로 따져보고, 슬쩍 아사녀의 차림차림을 또 한번 훑어보았다.

꼴이 저 꼴이니 돈 한 푼 지니고 있을 상싶지도 않았다.

생기는 것 없고 말썽만스러운 이런 손님은 어서 떼어버리는 게 상책이다. 이런 판에 슬쩍 저편의 비위를 맞춰주면 곧잘 말을 들는 수도 있지만, 섣불리 사정을 보는 척했다가 저편에서 다시 돌아내리는 날엔 더욱 떼치기 어려운 위험이 있다.

아사녀의 느끼는 소리는 뒤를 이었다.

"정 그도 저도 못 하신다면 저는 죽는 수밖에 다시 두수[115]가 없어요."

'아차, 큰일 났고나. 이 계집에게는 조금치라도 사정을 보는 척하면 정말 죽는다고 발버둥을 치겠고나. 제야 무에라 하든 그대로 내버려둘걸. 괜히 말참견을 하였거든.'

문지기는 제 목소리 가운데 가장 몰풍스럽고 쌀쌀하고 엇먹는 소리를 골라내었다.

"죽는다, 어 참 무서운데. 죽거나 뒤어지거나 할 대로 하지. 누가 말릴 줄 아는 거야. 죽어 저승에 가서 혼이나 서방을 찾아다니지."

과연 이 말은 영절스럽게 효과가 나타났다. 첫째로 그 여자 거지의 몸이 찬물을 끼얹은 듯이 부들부들 떨렸다. 그 맑은 눈동자에는 금세로 눈물이 마른 듯 반짝하고 반딧불이 이는 듯하였다.

그러나 문기둥을 부여잡고 비슬비슬 일어선다.

'옳거니 그러면 그렇지. 내님의 호통에 아니 쫓겨 갈 장사가 있나. 인제는 저도 할 수 없는 줄 알고 돌아서랴나 부다.'

속으로 생각하고 문지기는 더욱 기가 나서

"원 누가 죽는다면 설설 길 줄 아는 거야. 그까짓 목숨이야 열이 없어진들 내게 하상 대사냐 말이야."

---

115 이렇게도 하고 저렇게도 할 수 있는 두 가지 방도.

하고 눈을 될 수 있는 대로 크게 부릅떠서 아사녀를 부라리었다.

아사녀는 하도 억색하여 제 흉중에 먹은 대로 바로 쏘아본 것이 이대도록 이 문지기를 노엽게 할 줄은 꿈에도 몰랐다.

113

아무리 사나운 언사와 표독한 태도로 으르딱딱거리고 훌뿌려도 그대로 물러서려야 물러설 수 없는 아사녀의 처지였다.

가까스로 몸을 가누고 일어선 아사녀는 조용히 눈을 들어 날뛰는 문지기를 바라보았다.

"여보세요. 제가 죽드래도 여기서는 죽지 않을 테니 그런 염려는 놓으시고……."

"바루 그렇다면 몰라도."

문지기는 퉁명스럽게 한마디 티를 넣었으나 고개는 역시 뒤로 잔뜩 젖히었다. 자기를 쏘아오는 그 맥맥한 눈길을 마주 보기 어려웠던 것이다.

"그런 염렬랑 마시고 제 청 하나만 들어주십시오."

"그건 또 무슨 청이란 말이오."

문지기는 얼굴을 외우신 채로 말투는 역시 고분고분하지 않았으나, 이번에는 욕설만은 뺐다.

"그건 다름이 아니라…… 첫째 아사달 님이 몸 성히 잘 계시온지."

"사대육신이 튼튼하다오."

"식사나 잘하시는지."

"고량진미에 파묻히어 발기름이 올랐다오."

"그러면 그 어른께 전갈 한마디만 전해주세요. 부여 땅에서 아사녀가 왔더라고."

"그건 그 말이 그 말 아니오? 안 되오, 안 돼!"

"아니 오늘로 서로 만날 수는 없는 노릇이지만, 아사녀가 찾아왔더라는 말이나마 전해달란 말씀예요."

"안 되오, 안 돼. 그러면 젊은 사람이 괜히 마음이 싱숭생숭해져서 그런 대공을 반둥건둥해버릴 것 아니오."

아사녀는 고개를 갸우뚱하고 한동안 무엇을 골똘히 생각하다가

"그러면 그 탑이 다 이뤄진 다음에 그 말씀을 전해주시면 어떠하실지."

"그것도 안 되오, 안 돼. 바쁜 사람이 누가 그걸 다 명념을 하고 있단 말이오."

하고 문지기는 외우신 고개를 쩔레쩔레 흔들었다. 그 청쯤은 들어주어도 좋으련만 버티는 김에 그대로 내버티고 만 것이다.

"그것도 못 하신다면…… 그러면 대체 그 탑이 언제나 끝이 날까요."

"언제 끝날지 누가 안단 말이오."

하고 문지기는 또 내어밀다가 오래 실랑이를 하는 것도 귀찮아서 혼잣말같이 중얼거렸다.

"아마 수이 끝이 나기는 날 거야. 삼 년이나 걸렸으니."

아사녀는 절망의 한 그믐밤 가운데 한 가닥 광명을 얻은 듯,

"그럼 그 탑이 끝나면 제가 다시 와도 괜찮을 것 아녜요?"

"그야 그렇지만……."

"그러면 날마당이라도 오지요."

"안 되오, 안 돼."

문지기는 펄펄 뛰었다. 이런 성가신 손님이 매일 와서야 배길 노릇인가.

"오늘만 해도 처음 왔기에 망정이지, 두 번만 왔드래도 벌써 십 리 밖으로 끌어 내치는 거란 말이야. 여자의 더러운 몸이란 멀리 비치기만 해도 부정을 타는 거요. 그 탑이 꼭 다 된 것을 보고 오란 말이오."

아사녀도 악이 아니 날 수 없었다.

"제가 어디서 그 탑이 다 되고 안 된 것을 보고 온단 말씀예요. 온, 그 탑 그림자라도 보아야 알 것 아녜요."

"그림자라도 보아야……."

하고 문지기는 말책을 잡았으나, 아무리 언변 좋은 그로도 여기는 말이 막히었던지

"그림자, 흥, 그림자……."

하며 몇 번을 곱삶다가 문득

"오 옳지, 되었다, 되어."

하고 소리를 버럭 질렀다. 자기 깐에는 신기한 생각이 언뜻 떠오른 모양이었다.

"여보, 아주먼네, 그러면 좋은 수가 있소. 여기서 훤하게 내다 보이는 저 길이 있지 않소?"

하고 아주 친절스럽게 아사녀에게 언덕배기 한복판으로 뚫린 흰

길을 가리켜 보였다.

"저 길로 자꾸만 내려간단 말이오. 한 십 리만 가면 거기 그림자 못[影池]이란 어마어마하게 큰 못이 있소. 그 못에는 이 세상에 어느 물건치고 아니 비치는 게 없단 말이오. 지금 아사달이 짓는 석가탑 그림자도 뚜렷이 비칠 거란 말이거든. 자 그 연못에 가서 기다려보오."

하고 어떠냐 하는 듯이 문지기는 배를 쑥 내어밀며 아사녀를 바라보았다. 그의 말이 생판으로 거짓말은 아니었다. 과연 거기는 둘레가 십 리에 가까운 크나큰 못이 있고, 물이 거울같이 맑아서 모든 그림자가 잘 비친다 하여 그림자 못이라는 이름까지 얻은 것이다.

"그러면 지금 당장 가보아도 그 탑 그림자가 비칠까요?"

아사녀는 기연가미연가하며 또 한마디 채쳐 물었다.

"암, 여부가 있소. 그러면 내가 거짓말을 한단 말이오?"

문지기는 또다시 볼멘소리를 내었다.

아사녀는 선뜻 돌아섰다. 정녕 그렇다면 제 남편이 짓는 탑의 그림자라도 보기가 한시가 급하였던 것이다.

아사녀가 새로운 기운을 얻어 허전허전 몇 걸음 걸어가는 것을 보고 문지기는 무슨 생각이 또 났던지, 등 뒤에서 "여보, 여보" 하고 다시 불렀다.

아사녀가 고개를 돌리자

"그런데 그 못은 참으로 영검스러워서 다 된 물건의 그림자는 비치어도 덜 된 것은 비치지 않는다오. 그 탑도 그림자가 나타나야 다 된 것이지, 그림자가 비치지 않거든 아직 덜 된 줄로 아오."

114

주만의 점심상을 물려가지고 하인청에 갔던 털이는 얼굴이 새파랗게 질려서 구으는 듯 들어왔다.

"아가씨, 아가씨, 크, 큰일 났는뎁시오."

"무슨 큰일?"

주만도 마음에 키이는 것이 있는 판이라 깜짝 놀랐다.

"그저께 밤에 불국사에 큰 야료가 생겼다는뎁시오."

"응!"

"그날 저녁에 아가씨께서 돌쳐서셨기에 망정이지 그렇지 않았던들 큰 봉변을 당할 뻔한걸입시오."

"암만해도 그 등불이 수상쩍더니 그예 무슨 일을 내었고나. 그래 무슨 야료가 어떻게 생겼다더냐."

주만은 초조한 듯이 채쳐 물었다. 저번 밤 석가탑 사다리를 내려설 때 맞닥뜨린 사람의 그림자가 종시 마음에 키이고 꺼림칙한데다가, 그날 저녁에 또다시 그 수상한 등불을 보고 나니 섬뜩한 생각이 들어서 걸음이 내켜지지 않았다. 더구나 겁쟁이 털이가 조바심을 하고 회정하기를 조른 탓에, 그 등불이 멀리 사라진 뒤 말머리를 돌려 집으로 돌아와 버렸던 것이다.

"그날 저녁 쇤네가 그렇게 아가씨를 조르지 않았던들 어느 지경에 갔을지 지금 생각해도 오마조마한뎁시오."

아무리 황급한 판에도 털이는 제 공치사를 잊지 않았다.

"그 잘난 공치사는 고만두고 어서 그 얘기나 해라. 갑갑하고나."

"그러니까 쇤네가 아가씨를 모시고 막 돌아온 뒨갑시오. 수십 명이나 되는 군정이 석가탑을 에워싸고 아사달 서방님을 마구잡이로 끌어 내렸다납시오."

"뭐? 아사달 님을 석가탑에서 끌어 내렸단 말이지."

"그래 가지고 뭇놈이 달겨들어 발길질 손찍음을 함부로 했다납시오."

"무슨 까닭일까. 그 어른이 남에게 원험 살 일도 없으실 테고."

"그게 큰일이라 말입시오. 그놈들이 아사달 서방님을 치고 따리며 '계집은 어디로 갔느냐, 이놈 계집은 어따가 숨겼느냐' 소리소리 지르더라니……."

"뭣이 어째!"

주만의 얼굴도 새파랗게 질리었다.

"그러니 그놈들이 분명 아가씨를 욕보이랴고 들이친 것이 아닙시오."

"그래 내 이름을 부르며 찾더라더냐."

"아닙시오. 그건 우스운 거짓말이 퍼졌던뎁시오."

"우스운 거짓말?"

"뭐 아사달 님이 유부녀를 꾀내어 석가탑 속으로 끌어들였다납시오. 그래 그 본사내가 그걸 알고 제 집 구종을 몰아가지고 들이친 게라납시오."

하고 털이는 입을 배쭉하며 웃어 보이었다. 주만은 웃을 경황도 없었다.

"그래 아사달 님은 어떻게 되셨다더냐."

주만은 무엇보담도 이것이 제일 궁금하였다.

"몹시 다치지나 않으셨다더냐."

"그게 또 이상한 일이란 말입시오. 그놈들이 한창 아사달 님을 욱박질르는 판인데, 난데없는 신장 두 분이 나타나서 서리 같은 칼을 휘둘러서 여러 놈을 다 쫓아버리고 아사달 서방님을 옹위하였답시오. 그래서 아사달 서방님은 손가락 하나 다치신 데가 없으시대요."

"그렇다면 만행이지만 어쩨 아니 다치실 수가 있겠느냐."

"아니랍시오. 쇤네도 첫째 그 서방님 다치고 아니 다치신 게 궁금해서 여러 번 따져보았는뎁시오. 워낙 도술이 높으신 어른이라 신장을 마음대로 부리시는 터이니 조금치라도 상하실 리 없다고들 하던뎁시오."

"그게 어디 종잡을 수 있는 소리냐."

"아니랍시오. 아무튼 그 이튿날도 탑을 지으시는 정소리가 더 우렁차게 절 안을 울렸다는뎁시오."

"바루 그 이튿날로 다시 일을 잡으셨단 말이냐. 그러면 크게 상하시지는 않으셨던가."

하고 주만은 눈을 멍하게 떠서 천장을 치어다보았다. 그의 넋은 벌써 석가탑 안으로 헤매고 있음이리라.

"대관절 어느 놈들이 그렇게 들이쳤을갑시오."

하고 털이는 주만을 바라보았다.

"쇤네는 유두 전날 불국사 가시는 길에 고두쇠란 놈을 만나신 것이 암만해도 불길한 것 같은뎁시오. 그럴싸해서 그런지 몰라도 그날 저녁 등불을 들고 달아난 녀석도 그 키꼴하며, 걸음걸이하며 천연 고두쇠놈 비슷한 생각이 드는뎁시오."

주만은 고개를 끄덕끄덕하며

"그야 못난이 금성이 장난이 분명하지마는, 나는 그 신장 두 분이 누구신지 궁금하구나."

"그건 신장이라는데 누구신지를 어떻게 안단 말씀입시오. 바루 그날 밤에 목도한 중의 얘기라는뎁시오. 신장이 아니고는 칼을 그렇게 잘 쓸 수도 없고, 또 사람을 하나도 다치지 않았으니 신장의 소위가 아니냐 하던뎁시오."

"신라에 아직 사람이 있구나."

하고 주만은 혼잣말같이 중얼거리고 무엇인지 골똘히 생각하고 있었다.

115

주만은 바늘방석에나 앉은 것처럼 안절부절못하였다.

생각하면 생각할수록 아사달에게 미안한 일이었다. 자기 때문이 아니었던들 그런 곤욕을 당할 까닭이 만무한 노릇이 아니냐. 차라리 그런 줄 알았으면 그날 밤에 회정을 말 것을. 아무리 기막힌 망신이라도 같이 겪을 것을. 목에 칼이 들어와도 그이의 앞에 막아설 것을!

새록새록이 살이 떨리기는 금성의 행동이었다. 저와 나와 무슨 업원이 그대도록 맺히었던고. 한번 그만한 창피를 보았으면 으레 단념을 할 것이거늘, 끝끝내 남의 뒤를 밟고 안타까운 사랑에까지 헤살을 놓으려는 것은 그 무슨 못된 심청인고. 분한 대로 할 것 같으면 지금 당장이라도 필마단도로 저의 집에 지쳐 들어가, 그 구축축하고 더러운 생각이 도는 머리를 뎅겅 베어버려도 시원치 않을 것 같다.

"애규, 아가씨, 무슨 눈을 그렇게 무섭게 뜨십시오?"

앞에 앉았던 털이는 질색을 하였다.

"금성이 소위가 분해서 견딜 수 없구나."

주만은 쓴웃음을 웃고 꼿꼿이 세운 눈썹을 손가락으로 쓰다듬어 누이었다.

"아무리 분하신들 어쩌자는 수가 있어얍지요."

"그도 그렇다마는……."

"쇤네의 어리석은 생각에는 더 걱정되는 일이 있는뎁시오. 금성 서방님이……."

"금성 서방님이 다 뭐냐. 금성이라고 마구 불러라. 그런 위인을 위해 말하는 소리만 들어도 치가 떨리는구나."

"그럼 금성이갑시오. 아사달 서방님과 아가씨가 그렇구 저렇다는 소문이나 퍼뜨리지 않을갑시오."

"소문쯤 퍼뜨리는 거야 하상 대사냐."

"저희들이 들이쳐보아도 알마침 아가씨께서 계시지를 않으셨으니까 말썽을 부릴래야 부릴 건덕지가 없지마는 얼마 동안 불국사 행차는 정침을 하셔야 될걸입시오."

"나는 지금 당장이라도 뛰어가고 싶고나. 아사달 님이 어떻게 되셨는지 궁금해 어디 견딜 수 있느냐."

"안 됩니다, 안 되고말곱시오. 단 며칠이라도 지나서 그 소문이나마 숙진 뒤면 몰라도 지금 만일 행차를 하셨다가 혹시 중의 눈에나 띄어보십시오. 당장에 해괴한 소문이 퍼질 것 아닙시오.

그 유부녀라는 게 아가씨로 지목이 될 것 아닙시오."

"딴은 네 말도 그럴듯하다마는 어디 궁금해서 견딜 수 있느냐. 그럼 너 혼자라도 잠깐 다녀올 수 없느냐."

"안 됩니다, 안 됩니다. 쇤네가 가도 유표하게 보일 것은 마찬가지 아닙시오. 더구나 아가씨를 안 모시고야 그 어두운 밤길을 어떻게 갈 수 있어얍지요."

털이는 그 동그란 눈을 더욱 호동그랗게 떠서 무서움에 떠는 시늉을 해 보이었다.

하루가 지났다. 이틀이 지났다.

주만의 생각은 석가탑으로 살같이 닿건마는 털이가 종시 말을 아니 듣고 말리기도 하였거니와, 더구나 사초부인이 혼인 옷마름질을 조용한 별당으로 가져와서 밤늦도록 있기 때문에 자리를 뜰 수 없었다.

하루는 저녁나절 주만은 털이를 보고 간청하다시피 하였다.

"얘 암만해도 궁금해서 견딜 수 없고나. 오늘은 세상없어도 좀 가봐야겠다."

"글시오."

하고 오늘따라 털이는 굳이 말리지를 않고 고개를 갸우뚱하고 무엇을 생각하는 눈치였다.

"글쎄가 뭐냐. 가면 꼭 가야지."

주만은 일부러 화증을 더럭 내었다.

"벌써 여러 날이 되었으니 혹시 올까 하곱시오."

하면서 털이는 고개를 탁 숙이었다.

"오기는 누가 온단 말이냐. 아사달 님이 온단 말이냐?"

"아닙시오, 저어⋯⋯."

웬일인지 털이는 숙인 목덜미가 발그스름해진다.

주만은 수상쩍다는 듯이 털이의 얼굴을 들여다보려니까 털이는 더욱더욱 고개를 외우시는데, 그 뺨 언저리가 꽃불을 담아 부은 듯 이글이글 타오르는 듯하였다.

"누가 온단 말이냐. 말을 해야 알 것 아니냐."

주만은 더욱 괴이쩍어하며 또 한 번 채쳐 물었다.

"사람이 어쩌면 그렇게 매정스러울깝시오. 벌써 여러 날이 되어 쇤네는 이렇게 보고 싶은데⋯⋯."

하고 털이는 아주 얼굴을 뒤로 돌려버린다.

"누가 매정하단 말이냐."

주만은 다시 채쳐 묻다가

"오, 옳지, 차돌이 말이로고나."

스스로 깨우치고 오래간만에 얼굴을 펴고 웃었다.

"우리는 못 갈 사정이 있어 못 가나마 저는 어연듯이 와볼 수 있을 것 아닌갑시오. 그런데 당초에 올 생각도 않으니 그런 매몰한⋯⋯."

"호호, 딴은 차돌이가 왔으면 얼마쯤 궁금한 생각이 풀리기도 하겠다마는⋯⋯."

주종이 이런 수작을 주고받을 때에 별당 문을 가만가만히 뚜드리는 소리가 났다.

116

"누가 문을 뚜드리는 것 같고나."

털이와 허튼소리를 주고받으나마, 찢어질 듯이 긴장한 주만의 신경은 그윽한 소리라도 귓결에 울려왔던 것이다.

털이도 귀를 기울이며

"글시오, 그 문을 뚜드릴 사람은 아무도 없는데……."

하고 의아해한다.

별당 문이란 바로 뒷길로 통한 것이므로 한 달에 몇 번씩 쓰레기를 쳐낼 적에나 쓰는 문이요, 별로 사람이 통행하는 문은 아니었다. 이마적해서는 주만이가 집안사람 몰래 불국사 출입에 가끔 쓰기는 하였지만.

"그 문으로 찾아올 사람은 없는데 혹시나……."

주만의 가슴은 두근거렸다.

"혹시나 아사달 님 신변에 또 무슨 일이 생겨서……."

"글시오, 쉰네가 한번 차돌이더러 별당을 찾으랴거든 이러저러한 골목으로 들어와 뒷길로 통한 중문을 넌지시 뚜드려보라고는 일러주었습지요만."

"그럼 차돌인지도 모르겠구나. 얼핏 나가서 문을 열어보려무나."

"차돌이가 아니고 딴 사람이면 어떡해요."

"아직 해구녁도 막히지 않았는데 혈마 무슨 다른 변이야 생기겠니."

털이는 용기를 내어 바시시 몸을 일으켜 나갔다. 뜰 위에 짤짤

신 끄는 소리가 나고 중문이 덜컹하고 열리자마자, 털이는 덴겁을 하고 뒤짚어 뛰어 들어오며 숨찬 소리로

"아가씨, 아가씨!"

하고 연거푸 불렀다.

주만도 몸을 소스라쳐 방에서 급히 마주 나오며

"왜? 또 무슨 일이 생겼느냐."

하고 채쳐 물었다. 털이는 가뜩이나 달라붙은 목을 자라처럼 더 옴츠려 붙이고, 새빨개진 얼굴을 바로 들지를 못한 값에 그 촉 처진 뺨이 벙글벙글 피어나는 꽃과 같다.

"왜 그러느냐. 방정맞게."

"저, 차돌이가 왔는뎁시오."

"응, 차돌이가 왔어! 범도 제 말을 하면 온다더니만. 왜 얼른 들어오라지를 않니."

"……"

그 재재거리던 털이도 입을 다물고 몸 둘 곳을 모르는 듯 고개만 가볍게 도리질을 한다.

"인제 새삼스럽게 무에 그리 부끄러우냐. 난 네가 너무 방정을 떠는 바람에 또 가슴이 덜석 내려앉았고나, 호호."

주만은 어이없다는 듯이 웃고 나서

"어서 들어오라고 하려무나."

"싫여요, 쇤네는 싫여요."

하고 그대로 섬돌에 올라서더니 나는 듯이 방 안으로 뛰어들어 한구석에 고개를 처박고 숨어버린다. 마치 꿩이 제 대가리만 숨기는 격으로.

"원, 그 애는, 호호."

털이의 하는 꼴이 하도 우스워서 톡톡히 나무랄 수도 없었다.

주만이가 댓돌을 막 내려서려고 할 때에 차돌은 조용조용히 뜰 앞까지 들어와 주만의 앞에 합장배례하였다.

주만은 다시 마루로 올라오며

"오 차돌이냐, 너 참 잘 왔구나. 어서 올라오려무나."

차돌의 두 뺨도 꽃물을 들인 듯하다. 열다섯 살로는 숙성한 편이었으나 그 여상진 얼굴은 어리디어려 보이었다.

'저것들도 벌써 사랑을 아는고나.'

하매 주만이 저는 제법 노성한 듯이 자깝스러운 생각이 들었으나

'그래도 그들의 사랑은 우리보담 얼마나 더 수월하고 자유로운지 모른다.'

생각하면 한편으로는 부럽기도 하였다.

차돌이가 몇 번 멈칫멈칫하다가 윗방으로 들어오게 되자 털이는 다시 마루로 달아났다.

"아사달 님이 그래 어떠하시냐? 저번 밤 야료에 다치신 데나 없으시냐?"

주만은 차돌이가 채 자리도 잡기 전에 다짜고짜로 물었다.

"천만다행으로 다치신 데는 별로 없다고 하셔요. 다만 동여매인 자리가 얼얼하시어 팔 쓰시기가 전만은 못하다고 하셔요."

"그러면 결박까지 지었던가."

주만은 새로운 사실에 또다시 놀랐다.

"그러면입시오. 그 나쁜 놈들이 아사달 스님을 칭칭 동여매고, 이리 차고 저리 구을리고 하는 판에 우리 용돌 스님이 뛰어드셨

지요."

"용돌 스님? 말인즉은 두 분 신장이 나타나서 아사달 님을 구해내었다는데."

"그러면 자세한 얘기는 아직 다 못 들으셨군요. 그 두 분 신장의 한 분이 곧 용돌 스님이에요. 그 스님은 워낙 검술이 도고하시어 천하에 별로 당할 이가 없다시지만, 그날 밤 마침 그 스님을 찾아오신 손님이 한 분 계셨는데, 그 어른의 검술은 또 용돌 스님의 선생님이시라니까요."

"오, 옳지, 옳아. 그럼 그 두 분이 아사달 님을 구하셨네그려. 신장이 아니라……."

"신장이란 말은 괜히 지어낸 소립지요. 용돌 스님과 아사달 스님께서 소승더러 그런 말은 입 밖에도 내지 말라고 쉬쉬하시기 때문에 말경엔 그런 헛소문까지 난 겝지요."

"그러면 그 또 한 분은 누구시라던가?"

주만은 제 사랑의 위기를 구해낸 은인의 명자를 알고 싶었다.

117

알뜰한 제 사랑 아사달이 절대의 위경에 빠졌을 때 표연히 나타나 그를 구해준 이는 과연 누구이었던가. 그중에 한 사람은 불국사에 있는 중이라 한즉 그 공은 갚을 수가 어렵지 않겠지마는, 그 중을 찾아온 손님이라는 또 한 사람의 근지가 더욱 알고 싶던 것이다.

주만의 시선은 차돌의 입술에 맥맥히 몰리었다.

"소승도 분명히는 모릅니다마는 용돌 스님이 그 어른을 경신 서방님이라고 부르시더군요."

"경신 서방님?"

하고 주만은 깜짝 놀랐다.

"그러면 개운포에 계시는 금량상 어른의 아우님이라더냐."

"글시오, 개운포 계시다는 말은 듣지 못했습니다마는, 그 어른 형님 되시는 어른이 전에 무슨 높은 벼슬을 지내신 분이신데, 지금은 시골서 많은 낭도를 모으시고 교훈에 힘쓰신다고 해요."

하고 차돌은 그 맑은 눈동자를 깜박깜박하며 마루를 내다본다. 털이의 간 곳을 찾는 모양이리라.

"경신 서방님!"

주만은 혼잣말같이 또 한 번 뇌이었다. 그렇다면 갈데없는 금량상의 아우 경신이가 분명하다. 궁술과 검술에 놀라운 재주를 가지시어 '천하영웅'이라고 아버지께서 입에 침이 없이 칭찬하시던 그이가 분명하다.

그 형님이 다녀가시고 그분도 수이 온다더니만, 그분이 어떻게 그 밤에 마침 불국사에 나타나 금성 일파를 쫓아버릴 줄이야.

운명의 장난이란 새록새록이 공교롭구나. 저와 정혼한 남자가 저의 애인을 구해낼 줄이야.

주만은 끝없는 생각에 잦아지다가 뻔히 아는 노릇이지만

"그래 지쳐 들어온 작자들은 누구라더냐?"

"금 시중 댁 사람들이래요. 그래 후환이 무섭다고 주장 스님은 벌벌 떠시고, 그런 소문은 입 밖에도 내지 말라고 신칙이 여간이 아니랍니다."

"그래 그 패에 다친 사람은 별로 없다더냐."

"왜요, 더러는 귀도 떨어지고 손가락도 떨어졌지만, 경신 서방님이란 그 어른이 인명은 해치지 말라고 용돌 스님에게 일르셨다니까요. 아무튼 세상에도 무섭고 인자한 어른인가 보아요."

"그래, 그 패들은 한 놈 떨어지지 않고 고시란이 다 달아났다더냐?"

"맨 마지막에 두 사람이 남았는데 그중 한 사람이 그 댁 서방님이래요. 그 서방님이라는 이가 경신 서방님께 복복 사죄를 하고 다시는 그런 일을 않겠다고 맹세맹세하였대요. 그리고 아사달 님께도 코가 땅에 닿도록 절을 하고 사죄를 하였다니까요. 소위 행세하는 집 자식으로 그런 망신이 어디 있느냐고들 말을 하더군요."

차돌이가 계집애 모양으로 손으로 입을 가리우며 웃었다.

"아이 고소해라."

달아났던 털이가 어느 틈에 다시 들어와서 말참견을 하고 낄낄대었다.

"오, 아사달 님께도 잘못하였다고 절을 하였어."

주만도 얼굴을 펴며 웃었다.

"금성인가 뭔가 망신살이 뻗쳤는뎁시오. 그전에는 아가씨께 그런 혼뗌을 하고…… 아이 고소해라, 오호호."

털이는 연송 재재거리며 한 번 터진 웃음보를 걷잡지 못하였다.

"그래 절 안에서는 무슨 까닭으로 금성이가 쳐들어온 줄 아느냐."

"똑똑히는 모르는 모양입디다. 분명히 아시기는 용돌 스님과 그 어른뿐인데, 뭐 그 금성이라는 이와 혼인말이 있던 뒤 댁 아가씨가 석가탑 속에 숨은 줄 알고 처들어온 거라나요."

"그러면, 그러면⋯⋯."

주만은 낯빛이 변해졌다.

"그러면 그 못난 금성이가 내 이름까지 주워섬겼을는지도 모르겠고나."

"글시오. 그건 소승도 잘 모르겠습니다마는 용돌 스님 말씀에 아가씨 말씀은 없으시던데요."

"저희들도 사람인데 혈마 아가씨 함자까지 대었을갑시오."

"누가 아느냐마는 설령 내 이름을 대었다 한들 무슨 계관이 있겠느냐."

"아닙시오, 그렇다면 큰일입지요. 만일에 경신 서방님이 아셨다면 혼사가 터질 것 아닌갑시오."

"혼사가 터지는 게 그렇게 겁이 나느냐. 너는 내가 시집을 갈 줄 알았니."

하고 주만은 어이없다는 듯이 웃다가

"그보담도 더 큰일이 또 한 가지 생겼고나."

수수께끼 같은 말을 중얼거리며 무엇을 골똘히 생각하는 모양이었다.

그동안에 차돌과 털이는 주만의 어깨너머로 슬쩍슬쩍 마주 보다가 눈길이 서로 마주치면 피차에 고개를 숙이고 얼굴을 붉히었다.

아사달 신변에 또 무슨 다른 변이 생기지 않았고, 또 이렇다

할 만한 전갈이 없는 것을 보면 차돌이도 털이와 마찬가지로 풋사랑의 안타까운 실마리에 끄들리어 며칠을 그리던 제 사랑을 찾아온 모양이었다.

118

차돌이가 돌아간 후 주만은 골머리가 아프다고 애저녁부터 이불을 뒤집어쓰고 누웠다.

아아, 이상한 운명!

생각하면 생각할수록 운명의 장난은 오밀조밀하다. 허구많은 날 가운데 하필 그날 그이가 용돌을 찾아가고, 하필 그날 금성이가 들이쳤던고. 허구많은 사람 가운데 하필 그이의 구원을 받게 되었던고. 은혜를 입게 되었던고.

그이가 아니고 다른 분이라면 무슨 수를 어떻게 하더라도 그 은혜의 만분지 일, 만만분지 일이라도 갚을 수 있지마는, 그이에게는 갚으려도 갚을 도리가 없지 않은가.

은혜를 갚기는커녕 그이에게는 원수가 될 이 몸이 아닌가. 그이가 장가를 오기 전에 나는 아사달과 달아날 사람이 아닌가. 아무것도 모르고 꾸벅꾸벅 초행을 왔다가 신부가 달아나고 없다면 신랑에게 그런 모욕이 또 있을까. 아무리 내가 나쁜 년이고, 매친 년이고, 죽일 년이라고 돌리더라도 그이는 그이대로 못난이가 되고 웃음거리가 될 것 아닌가. 이 몸이야 내가 지은 업원 때문이니 천참만륙을 당한들 한할 줄이 있으랴마는 그이야 무슨 죄가 있는가, 무슨 잘못이 있는가. 그야말로 못된 놈 곁에 있다가 벼락을 맞는 격이 아닌가.

생각할수록 경신의 처지가 딱하고 민망스러웠다.

전에라도 아버지께서 그렇게 좋아하시는 그이를 욕보이는 것 같아서 마음에 꺼림칙하지 않음이 아니었으나, 그래도 그때는 그와 나와 아무런 계관이 없던 터수가 아니었던가.

그러나 오늘날 와서는 그이는 아사달의 은인이요, 따라서 내 은인이 되지 않았는가. 비록 은혜를 갚지 못할값에 도리어 그이에게 망신을 주고 창피를 주고 모욕을 준다는 것은 차마 못 할 노릇이 아닌가.

"아아 아사달 님이 왜 하필 그이의 구원을 입었던고."

만 사람의 구원은 다 입어도 그이의 구원만은 입어서는 안 된다. 그이의 은혜만은 받아서는 안 된다.

그러나 어찌하리, 이왕 받은 은혜를 어찌하리. 지금 와서 주만이가 아무리 발을 동동 굴러보아야 아무 쓸데 없는 일이었다.

"이 일을 장차 어찌할까."

주만은 이불자락을 걷어치우고 돌아누우며 소리를 내어 또 한 번 뇌여보았다.

아무리 생각해보아도 생각은 개미 쳇바퀴 돌듯 고 자리에서 고 자리로 뱅뱅 돌기만 할 뿐이요, 다시 한 걸음 내켜지지를 않았다.

"암만해도 이 혼인은 물리쳐야 한다. 그이가 망신을 당하기 전에 파혼을 해버려야 한다."

이것이 그이에게 은혜를 갚는 오직 한 가닥 길이 아닐 수 없다.

그러나 이것도 여간 어려운 일이 아니다. 어렵다느니보담 차라리 될 수가 도무지 없는 일이었다.

여간 응석과 말버둥쯤으로 아버지와 어머니를 조른다 해도 정혼이 다 된 오늘날 될 성싶지도 않은 일이다. 그러면 아사달과의 사정을 저저이 고해 올리는 수밖에 없겠는데, 아버지께서 이 걸 맞지 않은 사랑을 용서하실 리는 꿈밖이요, 필경 아사달과 부여로 닫는 실낱같은 희망조차 부서지고 말 것이다. 이쪽에서 파혼을 시키기는 동해 바닷물을 말리기보다 어려운 노릇이다.

"그러면 저편에서 파혼을 하도록 할 수가 없을까."

주만은 발딱 일어앉았다.

그렇다, 저편에서 파혼을 하도록 하는 것이 무엇보담도 상책이다. 정혼된 것도 신랑 집에서 파혼하려면 못 할 것이 아니다. 그렇게 된다면 신부가 망신을 당할지언정 신랑에게는 아무런 누가 없을 것 아닌가.

"그러면 어떻게?"

주만은 눈을 떴다 감았다 하며 한동안 생각에 잠겼다. 그 맑은 눈동자에 이상한 광채가 반짝하고 빛난다.

"내가 그이를 찾아뵈옵자."

주만은 마침내 마지막 결론을 얻었다.

아무리 어색하고 부끄러워도 내가 그이를 만나보자. 우리의 사정을 낱낱이 일러드리고, 혼인 못 할 내력을 알려드리자. 아무리 이 몸은 깨끗하다 하더라도 마음의 정조는 벌써 깨어진 것. 의젓한 남편을 모시려도 모실 수 없다는 것을 직설거해버리자. 한 칼로 수십 명을 휘몰아내는 그이, 악한 놈들을 쫓고 옳은 이를 구할지언정 인명을 해치지 않는다는 그이, 영웅의 지혜와 도량을 가졌다는 그이가 아닌가. 사정만 듣고 보면 우리의 애달픈 사랑을 막지 않으리라. 안타까운 이 비밀을 끝까지 지켜주리라. 너그럽게 모든 것을 용서하고 두말없이 파혼을 승낙해주리라.

주만이가 이렇게 마음을 결단할 때는 벌써 밤이 환하게 밝았다.

미닫이에 부유스럼하게 깃들인 새벽빛이 그의 어두운 운명의 길도 헤쳐주는 듯하였다.

119

아사녀는 맥이 풀린 다리를 절며 끌며 문지기가 가르쳐준 대로 언덕배기 휜 길을 쫓아 내려갔다. 가고 또 가도 훤하게 뚫린 길은 꼬불꼬불 좀처럼 끝이 나지 않았다.

고생 고생 하여도 이런 고생이 또 있을까. 그만하면 하마 끝날 때도 되었건만 산은 넘을수록 높고, 강은 건널수록 깊을 뿐.

그렇게도 그립고 그렇게도 보고 싶던 남편을 지척에 두고 못 만나는 슬프고 애달픈 마음이야 여북하랴마는 대공을 수이 끝내게 된다는 것과, 몸 성히 잘 있다는 소리만 들어도 어떻게 반갑고 든든한지 몰랐다.

이왕 고생길에 나선 다음에야 하루를 더 하고 한 달을 더 한들 어떠하랴. 그이의 대공에 조금치라도 누가 되고 폐가 된다면 문지기가 설령 선선히 들어준다 해도 그이를 군이 만날 염의가 없지 않느냐.

삼 년도 참았거든 단 며칠이야 더 못 참으랴. 더구나 그이가 짓던 탑 그림자가 비치는 못이 있다고 하지 않느냐. 거울 같은 물 얼굴을 들여다보며 그 그림자를 찾아내는 것도 그리 적은 기쁨은 아닐 것 같았다.

이런 생각을 하고 아사녀는 고분고분히 불국사 문 앞을 떠난 것이었다.

다 된 물건의 그림자는 비치어도, 덜 된 물건의 그림자는 비치지 않고, 그 탑도 비치거든 다 된 줄 알라는 문지기의 마지막 말이 지금 당장이라도 그 탑 그림자나마 보기를 즐겨 했던 아사녀에게 새삼스럽게 타격을 주었으나, 다시 돌쳐서서 그 문지기와 실랑이를 할 기신도 없거니와, 문지기의 그 말 속에 깊은 뜻이 숨긴 줄을 몰라들었다.

덜 된 물건이라도 그림자가 아니 비칠 리도 없을 것 같고, 설령 문지기의 말과 같다 할지라도 다 이룩만 되면 으례히 그림자가 나타날 것이고, 또 그 그림자가 나타날 날도 멀지 않은 것을 아사녀는 믿었다.

십 리 안팎 길이 이다지도 멀고 지루할까.

아사녀는 시오 리도 넘어 왔거니 생각할 때, 그 줄기찬 흰 길이 산기슭 모퉁이로 돌아가며, 쪽으로 그린 듯한 휘넓은 못이 길 위로 넘칠 듯이 떠 보이었다.

못을 발견한 순간, 그대도록 몹시 쑤시고 저리던 다리도 금세로 거뿐해졌다.

아사녀는 거의 줄달음을 치다시피 하여 못가에 다다랐다.

어느덧 해는 떨어져 어둑어둑해오는 황혼빛에도 그 못물은 넘실념실 아사녀를 반기는 것 같다.

아사녀는 못 언덕 풀밭에 펄썩 주저앉아서 한동안은 모든 것을 잊어버리고 물얼굴을 들여다보기에 넋을 잃었다.

초가을 물 밑이 맑기는 맑았으나 어스레한 저녁빛이라, 수없는 검은 그림자가 일렁거렸으되, 어느 것이 어느 것인지 흐릿하여 뚜렷이 알아볼 수가 없었다.

그래도 아사녀는 희망을 잃지 않았다. 물 둘레가 이렇듯 넓고 못물이 이렇듯 맑으니 참으로 무슨 그림자라도 넉넉히 비칠 것만 같았다. 과연 그 문지기가 나를 속이지 않았구나 하며 그렇게 몰풍스럽고 밉살맞던 문지기가 어떻게 고마운지 몰랐다. 그가 아니었더라면 누가 여기를 지시해줄 것인가.

아사녀는 한시바삐 못 온 것을 한하였다. 조금만 일찍이 왔던들, 해 지기 전에 왔던들 저 그림자들이 똑똑히 보였을 것을 원수엣다리가 지척거리어 다 어두운 연에야 대어 왔으니 어디 분간을 할 수가 있어야지.

'가만있거라, 오늘이 며칠인가?'

그는 속으로 따져보았다. 달이라도 있으면 오늘 밤에라도 알아볼 수 있으련마는, 그렇지 않으면 또 하룻밤을 밝히는 수밖에 없다.

그러나 그는 아무리 날짜를 따져보아도 알 길이 없었다. 부여 있을 적엔 아사달을 기다리느라고 하루하루 가는 것도 손꼽아 헤어보았건만, 길을 떠난 뒤로는 몇 날 몇 달이 걸려도 서라벌에만 득달하면 그만이니 날 가는 것을 아랑곳할 일도 없었던 것이다.

아무튼 아사녀는 그 거물거물하는 많은 그림자 가운데 반드시 석가탑의 그림자도 가로누웠을 것을 믿고 의심하지 않았다. 다만 어두운 탓에 제 눈이 무디어 못 알아보는 줄로만 여겼다.

찰랑찰랑 밀려 들어오는 물결이 어떻게 살가운지 몰랐다. 손으로 한 번 두 번 움켜보다가 문득 몇 달을 얼굴도 씻지 않은 더러운 계집이라는 문지기의 말을 생각하고 오래간만에 세수를 하기 시작하였다. 한번 손을 대고 보매 너겁¹¹⁶이 켜켜이 앉은 때는 문적문적 일어났다. 씻고 또 씻어도 땟국은 줄줄이 흐르는 것만 같았다.

흥껏 한껏 늘어지게 씻고 나매 온몸이 날 것같이 가뜬해지고 새로운 정신조차 돌아나는 듯하였다.

사내의 아귀떼를 막느라고 달포를 두고 때 무겁으로 무장을 하였지만, 인제 남편의 지척에 왔으니 그럴 필요는 다시 없었다.

깨끗한 몸과 마음으로 거룩한 대공을 이루신 남편을 뵈어야 할 것 아닌가.

아사녀는 못만 보아도 마음이 느긋하였다.

남편의 곁에나 있는 듯이 마음 놓고 이내 고달픈 잠 속에 떨어졌다.

116 덕지덕지 앉은 때.

120

"보아하니 젊으나 젊은 이가 길바닥에서 이게 무슨 잠이란 말이오. 쿵 쿵."

누가 등을 흔들며 자꾸 깨우는 바람에 아사녀는 겨우 잠을 깨었다. 턱없는 안심으로 지치고 지친 피로가 잠을 퍼부어 밤새도록 나뭇등걸같이 내처 자고 만 것이다.

어느덧 곤한 눈시울이 섬벅섬벅하도록 햇발은 부시게 떠올랐다.

아사녀는 눈을 비비면서도 덴겁을 하고 일어앉으며 첫밧[117]에

"그림자!"

하고 소곤거렸다.

"쿵쿵, 그림자? 여보 일어나든 맡에 그림자는 뭐요, 으흐흐."

웃는 소리에 아사녀는 힐끗 제 옆을 보았다. 거기는 늙수그레한 여편네가 빨던 걸레를 쥔 채 쭈그리고 앉아서 아사녀를 들여다보고 있었다. 머리털은 희끗희끗하나마 육색 좋은 얼굴은 기름기가 질질 흐르고 관자놀이는 옴쑥 파고 들어갔으나 두 뺨은 이들이들하다.

"쿵쿵, 그래 얼토당토않은 그림자는 왜 찾소. 에그 가엾어라. 저렇듯 옥 같은 얼굴이 아까워라, 쿵 쿵."

늙은이답지 않게 눈웃음을 쳐가며 연신 콧소리를 내었다.

아사녀는 잠이 완전히 깨자 생전 처음 보는 사람 듣는 데 다짜

117 일이나 행동의 맨 처음 국면.

고짜로 그림자를 찾은 것이 무색하였다.

"그래 그림자는 무슨 그림자요, 쿵 쿵."

그 늙은이는 짓궂게 아사녀를 놀리는 듯한 눈초리로 연거푸 묻는다.

"아녜요, 잠꼬대예요."

하고 아사녀는 얼굴을 살짝 붉히며 상긋 웃었다. 초대면한 이분에게 그림자 내력을 일러 듣긴다 한들 무슨 소용이 있을까.

"얼굴도 저렇게 어여쁘고 목소리도 저렇게 상냥스럽고…… 쿵 쿵…… 그러면 내가 잘못 생각을 하였나."

늙은이는 혼잣말처럼 중얼거리며 유심히 아사녀를 훑어보았다.

"여보 젊으신네, 어디서 오시는 길이오."

하고 다시 정중하게 묻는다.

"부여에서 오는 길이에요."

아사녀는 제 본색을 감출 까닭은 조금도 없었다.

"쿵 쿵, 부여에서?"

그 늙은이는 깜짝 놀랐다.

"젊으나 젊은 이가 그 먼 길을 어떻게 오셨단 말이오, 쿵 쿵. 그래서 옷 꼴이 그 모양이었구먼. 난 그 옷 꼴하며 언덕배기에 자는 꼴하며 실성한 인 줄로 알았구려. 그래도 그렇지 않아서 깨워나 볼까 하고 흔들어본 거라오. 그러면 지나가는 나그네로 서라벌에는 아는 집도 없는가 보오구려."

하고 그 노파는 제 혼자서 무엇을 생각하는지 연송 고개를 끄덕인다.

"생후 처음 온 곳이라 아는 집이라곤 없어요."

"오 그렇구먼, 오 그래, 쿵 쿵. 아이 가엾어라. 젊으나 젊은 이라 잘 데도 만만치 않아서 한둔[118]을 한 거로구려, 쿵 쿵. 아이 가엾어라. 그 좋은 얼굴이 저렇게 파리한 걸 보면 굶기도 많이 굶었겠구려. 아이 딱해라. 지금이라도 시장치 않으시오, 아이 불쌍해라."

그 노파는 애처로워 못 견디겠다는 듯이 말뿐만 아니라 온 얼굴까지 찌푸려 보이었다.

아사녀는 시장치 않으냐 하는 말을 듣고 나니, 그 말이 떨어지기를 등대나 하고 있었던 것처럼 배에서 쪼르륵 소리가 일어났다.

어제 낮에 밥 한술을 얻어먹고 입때까지 빈속이니 허기가 아니 날 수 없었다.

"참말 배가 고파요."

아사녀는 기이지 않았다. 비록 처음 보는 이라도 어떻게 친절하고 다정스러운지 그에게는 무슨 말을 해도 괜찮을 듯이 생각되었다.

"쿵 쿵, 배가 고프고말고, 아이 가엾어라. 자, 그러면 우리 집으로 가요. 여기서 얼마 되지를 않으니, 쿵 쿵."
하다가 노파는 일어서서 손을 들어 가리키며

"저길 봐요. 저기 수양버들이 보이지 않소. 벌써 잎사귀가 누렇게 된 저 버드나무 말이오, 쿵 쿵. 그 뒤에 조그마한 집이 보이지 않소. 그게 바루 우리 집이오. 자, 어서 갑시다. 찬 없는 밥이나마 요기를 하시게, 쿵 쿵."

118 노숙.

노파는 성화같이 재촉을 하였다. 아사녀는 선뜻 몸을 일으키고 싶었으나 이젠 날이 다 밝았으니 첫째는 석가탑 그림자를 찾아보아야겠고, 둘째는 도중에 하도 여러 번 겪어본 노릇이라 이 지나친 동정을 경계하는 마음이 없지도 않았다.

"어서 일어서구려. 왜 오금이 붙어서 잘 일어나지지를 않소, 아이 딱해라, 쿵 쿵. 자아, 내 손을 잡고 일어서구려."

하고 노파는 아사녀의 손을 잡아 일으켰다. 그 손은 늙은이 손으로는 너무 더웁고 힘이 세었다.

"꺼릴 건 조금도 없소. 젊은 몸이라 염려가 안 될 리도 없지만 우리 집에는 아무도 없소. 영감도 없고 자식도 없는 불쌍한 늙은이라오. 우리 집에는 사내 꼬불이란 약에 쓰랴도 없다오, 쿵 쿵."

그 노파는 화경같이 아사녀의 속을 꿰뚫어 보는 듯 말하였다.

121

아사녀는 그 노파에게 끌려 일어나다가 말고 다시금 물얼굴을 들여다보았다.

아침 햇발을 받은 물결 위엔 무수한 금별, 은별이 수멸수멸 춤을 추는데, 동쪽 언덕에 우뚝우뚝 서 있는 수양버들 몇 주가 그 축축 늘어진 머리칼을 퍼더버리고 제 본 형체보담 어마어마하게 길게 가로누웠고, 건너마을 초가지붕 몇 채가 거꾸로 떠 보이었다.

아무리 눈을 닦고 또 닦아보아도 탑 비스름한 그림자는 눈에 띄지 않았다.

"무엇을 이렇게 골똘히 들여다보시오, 쿵쿵. 그 못 속에, 원, 무엇이 있단 말이오."

노파도 덩달아 못 속을 들여다보다가 아사녀에게 물었다.

아사녀는 대꾸도 않고 휘넓은 못 얼굴로 눈을 이리저리 구을리었다.

"무엇을 빠뜨렸소, 쿵 쿵. 저렇게 밑바닥이 환히 보이는 듯해도 그 못물이 어떻게 깊은데, 쿵 쿵. 무엇을 빠뜨렸다면 건져내기는 가망 밖이오, 쿵 쿵."

"아녜요, 아무것도 빠뜨린 것은 없어요."

"그러면 무엇을 그렇게 들여다보고 있단 말이오. 시장은 하다며, 쿵 쿵."

"그림자를 찾아요."

"그림자를 찾아? 쿵 쿵."

하고 노파는 얼굴을 번쩍 들어 아사녀를 다시금 훑어보았다. 암만해도 이 계집이 약간 가기는 갔구나 생각한 것이다. 그 결곡한 얼굴과 샛별 같은 눈매가 암만해도 미친 사람 같지는 않은데.

"그림자란 대체 무슨 그림자요. 아까 눈을 막 비비면서도…… 쿵 쿵. 그림자라길래 나는 잠꼬댄 줄로만 알았더니, 그러면 그 그림자가 무슨 곡절이 있구려. 도대체 어떤 그림자를 찾으시오."

"저어…… 저어……."

아사녀는 말을 할까 말까 망설이다가 이렇게 정답게 굴고 마음 좋은 늙은이를 속이기도 무엇하였다.

"저어, 석가탑 그림자 말씀예요."

"석가탑 그림자?"

하고 노파는 더욱 수상하다는 듯이 아사녀를 뚫어지게 바라보았다.

"석가탑이라면 지금 불국사에서 이룩하는 큰 탑 말이구려, 콩콩."

"네, 그래요."

노파는 누구에게 눈짓이나 하는 듯이 눈을 껌벅껌벅한다. 이것은 제 비위에 틀리거나 또는 제 생각 밖의 일을 당할 때 그의 하는 버릇이었다.

"석가탑 그림자는 왜 찾으시오."

"그 탑이 다 되었나 덜 되었나 그림자를 보아야 알 것 아녜요."

아사녀는 노파와 수작을 주고받으면서도 그의 눈길은 못을 떠나지 않았다. 그는 제 생각만 하고 성가신 듯이 불쑥 이렇게 대답한 것이다.

노파의 눈은 더 유난스럽게 껌벅거렸다. 아사녀의 말은 갈수록 그에게 수수께끼요, 또 약간 비위에도 거슬린 탓이리라.

"여보 젊으신네, 그 탑이 다 되고 덜 된 것은 알아서 또 무엇하오, 콩 콩."

그 노파는 제 비위를 누르고 다시 한 번 아사녀의 속을 떠보기로 하였다. 그러나 지금까지 잡고 있던 아사녀의 손목을 슬며시 놓아버렸다.

"그럴 일이 있어요. 그 탑 다 된 것을 꼭 알아야 될 일이 있어요."

아사녀는 그래도 물얼굴에서 눈을 떼지 않고 대답하였다.

"쿵 쿵, 그래, 그 탑 그림자가 여기 비칠 줄 어떻게 꼭 아시오."

그제야 아사녀는 놀란 듯이 노파를 돌아보았다.

"그럼 비치지 않고요?"

"여보 젊으신네, 아니 여기가 어딘 줄 아오. 불국사에서 예까지 오자면 몇 리나 되는지 알기나 하오, 쿵 쿵. 말인즉은 십 리라 해도 거진 시오 리나 될 것이오. 설령 십 리만 된다 해도 십 리 밖에 있는 석가탑 그림자가 이 못에 비치다니 될 뻔이나 한 말이오, 쿵 쿵."

"그러면 비치지 않는단 말씀예요?"

아사녀는 열이 나서 노파의 말을 반박하였다. 그리고 속으로 이 늙은이는 아무것도 모르는구나 하였다.

"어림도 없는 말이오. 십 리 밖 그림자가 비치다께, 쿵 쿵. 바루 그 탑이 천 층 만 층 구만 층이나 된다면 혹시 모르지만……."

"이 못 이름이 그림자 못이 아녜요?"

"못 이름이야 그렇지만."

아사녀는 이 늙은이가 사람은 좋아도 그림자 못 내력은 잘 모르는구나 하였다. 세상의 모든 그림자가 다 비친다고 그림자 못이라 하였거늘, 십 리 안팎 그림자가 아니 비칠 리가 있으랴.

아사녀는 이 말을 하고 싶었으나 시장기가 너무 져서 말할 기력도 없었다. 말없이 그 자리에 다시 주저앉으려 할 때 그 노파는 놓았던 손을 다시 잡으며 애연한 듯이

"여보 젊으신네, 그림자를 찾는다 해도 우리 집에 가서 요기나 하고 찾으시오, 쿵 쿵. 허기가 너무 지면 눈에 헛것이 보이어 정말 찾을 것도 못 찾는 법이라오."

아사녀도 그 말은 옳게 여기었다.

너무 허기가 진 탓에 눈이 핑핑 내어둘리어 정작 보일 그림자가 안 보이거니 생각하고 그 노파를 따라갔다.

122

그 노파의 집은 비록 초가집일망정 겉보기도 아담스러웠거니와, 안치장이 으리으리한 데 아사녀는 놀랐다.

아랫목과 드나드는 문만 남겨놓고 벽이 보이지 않도록 가지각색 장롱과 세간이 그득 들어 쌓이어 크나큰 방이 좁다랗게 보이었다. 더구나 그 비싼 당경이 여기저기 아무 데나 걸려 있어 이편을 보아도 허술한 제 모양이 엿보이고, 저리로 돌아보아도 제 거지꼴이 나타나는데 아사녀는 눈이 어리둥절하였다. 꽃무늬 놓은 돗자리도 어떻게 곱고 정결한지 흙과 때가 더케더케 묻은 옷과 걸레 다 된 버선으로 차마 앉기가 황송하였다.

"이렇게 털썩 앉아요, 쿵 쿵."

노파는 어쩔 줄 모르는 아사녀의 손목을 끌어 거의 잡아 낚아채는 듯이 앉히고 말았다.

"잠깐만 기디리오, 쿵 쿵. 내가 나가서 밥상을 가져올게."

노파는 힝하니 나가버린다.

집은 호화롭게 꾸며놓았지만 인기척은 없고, 과연 그 노파 말마따나 사내의 그림자란 얼씬도 않는 것이 아사녀에게 얼마쯤 안심을 주었다.

아사녀는 홀로 앉아서 무료한 김에 맑고 바르게 잘 비치이는 거울을 보고 또 보았다.

거울을 본 지도 달포가 넘었다.

제 꼴이 이렇게 될 줄이야, 이 꼴을 하고 갔으니 문지기가 문전축객을 한 것도 당연하다는 생각이 들었다.

얹은머리가 빠져 뒤로 떨어지고, 귀밑머리조차 풀리어 푸수수 일어선 모양이 제가 보아도 정말 사나웠다. 때에 절이다가 못해 해어져서 너불너불하는 옷자락. 더군다나 어젯밤에 얼굴을 씻노라고 씻었건만 목덜미와 귀밑 언저리에 물기 간 데는 지렁이 지나간 자국 같고, 그 양 가는 땟국이 지르르 흐르다가 그대로 말라붙은 꼴이란 두 눈 뜨고 볼 수가 없었다.

얼굴도 환형이었다. 여윈들 이대도록 여위랴. 볼이 쪽 빨아든 탓인가, 입은 새 부리처럼 내민 것 같다. 관자놀이 맥이 어떻게 저렇듯 드러났으며 콧마루까지 뼈가 앙상하게 솟은 듯하다.

그러나 파리한 것은 오히려 두 번째였다. 눈살 어름에 가는 금이 여러 가닥 긁히고 이마에도 잔금이 긁어져 찌푸리지 않아도 눈에 띄게 되었다. 한 달 장간에 나이를 몇 살을 더 먹은 듯. 아무리 친숙한 이라도 지나치면 몰라보게 되었다.

한 달 만에 내가 보는 내 얼굴도 이렇게 서툴거든 삼 년이나 못 보신 이 얼굴을 알아보실까. 어리고 앳된 아사녀는 간 곳 없고 슬픔과 고생에 파김치가 되어 바스러진 이 얼굴을 알아보실까. 서라벌 여자를 보시던 안목으로 이 꼴을 보면 반눈에나 차시랴. 더러운 벌레로밖에 보이지 않으리라…….

아사녀가 끝없는 회심한 생각을 자아내고 있노라니 그 노파는 어느 결에 밥상을 가지고 들어왔다.

"쿵 쿵, 원 찬이 있어야지. 시장은 하실 테고 부리나케 하노라고 뭐 차릴 수 있어야지. 늙은이 솜씨는 다 이렇다오."

노파는 연해 너스레를 떠는데, 아사녀는 진반찬 마른반찬을 갖추갖추 담은 숱한 그릇만 보고도 어마 싶었다. 접시와 주발 뚜껑을 벗기는 대로 구수하고 맛난 냄새가 주린 창자를 거의 뒤틀리게 하였다.

"자, 이 국물부터 훌훌 자시구려. 마른 속에 단단한 것은 나중 자시고, 쿵 쿵."

"노인께서는 진지를 어떡하셨어요."

아사녀는 배 속에서 들이라고 발버둥을 치건만, 가까스로 인사를 차리었다.

"쿵 쿵, 내 걱정을랑 마시고 얼른 자시구려."

아사녀는 무엇을 먹어보아도 진미였다. 개중에는 이름도 모를 반찬도 한두 가지가 아니었다.

아사녀는 밥을 먹는 사이에 노파는 상머리에 앉아서, 이걸 자셔보오, 이것은 여기 찍어 먹는 거라오, 하면서 자상스럽게 먹는 법까지 일러주었다.

아사녀가 함복고복[119]을 하고 물러앉자 노파는 또다시 늘어놓았다.

"인제 조금 쉬어가지고 목욕을 좀 하시구려, 쿵 쿵. 젊으신네가 아무리 객지에 나왔기로 땟국이 줄줄이 흘러가지고 어디 되

---

119 함포고복, 잔뜩 먹고 배를 두드리다.

었소. 내 물을 좀 뎁혀드릴까? 우리 집에 왕만 한 대야가 있다오. 그 대야는 사람 둘이라도 넉넉히 들어앉을 수 있다오, 쿵 쿵. 우리 집이야 어디 올 사람이 있나. 아무리 발가숭이가 된대도 볼 사람은 나 하나뿐인걸 뭐, 쿵 쿵. 정 미심다우면 사립문이라도 걸어주께, 응."

그 노파는 마치 제 딸이나 된 듯이 아사녀의 등을 뚝뚝 두드리다가 별안간 코를 싸쥐고

"에이 냄새도 흉하군, 쿵 쿵. 그 헌털뱅이 옷을랑 벗어버리오. 내 옷 한 벌 주께, 응."

말씨도 벌써 무관해져서 가끔 존대와 하대가 뒤죽박죽이 되었다.

그리고 선뜩 일어나 장 속을 뒤적뒤적하더니 옷 한 벌을 내어다가 대수롭지 않게 아사녀에게 앵기고는 상을 들고 나가며

"내 물 뎁혀놓으리다."
한다.

그 옷은 진짜 당나라 비단 윗옷과 속속들이 능라주단으로 쏙 빼어낸 것이다.

아사녀는 옛이야기에 듣던 용궁에나 들어온 듯싶었다.

123

그 노파가 자랑한 것만큼 청동 대야는 과연 어떻게 크고 넓은지 거의 물두멍[120]만 하였다.

미리 방문을 지쳐주며

"활활 벗고 어서 씻으시오."

아사녀 혼자만 남겨놓고 자기는 슬쩍 나가버린다.

알맞게 뜨듯한 물은 때 너겁을 빼기에 넉넉하였다. 처음에는
그래도 그렇지 않아서 웃통만 벗고 씻다가 나중에는 필경 온몸
을 그 큰 대야 안에 잠그고 말았다.

거의 다 씻고 수건으로 물기를 닦을 때쯤 하여 노파는 다시 문
을 빠끔히 열고 들여다보면서

"어유, 인제 다 씻었구려. 저렇게 곱고 어여쁘고 옥 같은 살을
땟국에 파묻어 두다께, 쿵 쿵. 어유 저렇게 잘난 얼굴을, 어유 손
길도 곱기도 해라. 발꿈치가 달걀 같다고 흉이나 볼까, 쿵 쿵. 이
늙은이도 홀딱 반하겠구려."

노파가 입에 침이 없이 추어올리는 바람에 아사녀는 얼굴을
살짝 붉히었다.

"왜 내어준 옷은 가져오지를 안 했소, 쿵 쿵. 저 얼굴에 저 몸
꼴에 그 옷을 입으면 얼마나 더 어울릴까, 쿵 쿵. 그럼 내가 가서
옷을 갖다드리게. 불안스럽게 알지 말고 입어두구려. 그까짓 옷
한 벌을 뭐 그렇게 어렵게 안단 말이오."

하고 노파는 부리나케 나가더니 한옆에 옷을 끼고 한 손에는 걸
레를 들고 들어와서 마룻바닥 위에 떨어진 물방울을 훔치고 옷
을 놓는다.

그 아늘아늘한 무늬와 혼란한 빛깔에 아사녀의 눈은 어리었

120 물을 길어 붓고 쓰는 큰 가마나 독.

다. 몸도 목욕까지 하였으니 그 새 옷을 입고 싶은 마음이야 불같았건만, 하도 시장하던 판이라 요기나 할까 하고 들어왔을 뿐인데, 얼토당토않은 생면부지의 사람에게 옷까지 얻어 입을 염의는 없었다. 옷이라도 어디 이만저만한 좋은 옷이 아니다.

아사녀는 헌털뱅이 옷을 주섬주섬 주워 입으려 하니 노파는 질색을 하며

"여보 젊으신네, 젊은이 고집이 어떻게 그렇게 세단 말이오. 그래 기껏 씻은 고운 살에 염치에 또 그 누더기를 꿸 생각을 한단 말이오, 쿵 쿵. 이리 주오. 그 헌옷을랑 빨아서 걸레나 하게스리."

하고 노파는 재빠르게도 헌옷을 뺏어가지고 그대로 나가버린다. 아사녀는 어쩔 줄을 모르고 한동안 어리둥절하고 있었다.

발가벗은 몸으로 뛰어나가 제 옷을 찾아올 수도 없는 노릇이요, 그렇다고 남의 중값[121]진 옷을 마구 입자는 수도 없었다.

"왜 이러고 앉아 있소. 원 아직 춥지는 않지만 오래 벗고 있다가 지친 몸에 또 감기나 들면 어떡하자고, 쿵 쿵."

노파는 다시 들어와서 또 푸념을 하고 대어들어 손수 아사녀에게 굳이굳이 색옷을 입히고 말았다.

"자 인제 안방으로 가서 거울이나 좀 보구려. 아까보담 아주 딴사람이 되지를 않았나. 그야 말짝으로 꽃도 같고 달도 같구려, 쿵 쿵. 저런 인물은 서라벌이 넓다 해도 없겠구려, 으흐흐."

노파는 여간 기뻐하지 않았다. 세상에 제 것을 주고 이렇게 기

---

121 비싼 값.

뼈하는 사람이 있을까. 아사녀는 그 노파의 선심이 눈물을 흘릴 만큼 고마웠다.

"인제 그만하면 참뼈(진골) 귀인 아가씨라도 빰치게 더 어여 쁘게 되었소, 쿵 쿵."

노파는 아사녀를 당경 앞에 데리고 와서 모로도 세워보고 바로도 세워보고 이모저모를 뜯어보며 매우 만족해하였다.

"여보 젊으신네, 그 먼 길을 왔다니 노독인들 좀 나셨겠소, 쿵 쿵. 보다시피 우리 집에야 누가 있소. 나는 자식도 없는 불쌍한 늙은이라오. 어미같이 알고 우리 집에 있구려. 나도 딸같이 며느리같이 젊으신네를 여길 테니. 그래 다리를 쉬어가지고 어디 갈데가 있으면 다시 가도 좋을 것 아니오."

"고맙습니다만 너무 폐를 끼치는 것 같아서!"

"원 나중에는 별소리를 다 하는구려, 쿵 쿵. 폐가 무슨 폐란 말이오, 쿵 쿵. 늙은 것이 혼자 있자니 고적할 때도 많고, 심심할 때도 많고. 피차에 의지 삼아 지내봅시다그려……."

"이렇듯 고마우신 은혜를 어떻게 갚으면 잘 갚을는지……."

아사녀는 진정으로 사례사례하였다.

"은혜 갚을 것을 어떻게 생각한단 말이오, 쿵 쿵. 내가 어디 받을 것을 생각하오. 그저 조그마한 사피를 보아주는 게지. 우리 신라는 인정의 나라, 곤란한 형편에 있는 이를 구해주는 게 떳떳한 일. 그걸 무슨 은혜니 뭐니 애당초에 염두에도 두지 말란 말이오, 쿵 쿵."

아사녀는 그저 고마울 뿐이었다. 석가탑이 이룩될 때까지 몸담아 있을 데를 얻은 것이 어떻게 다행한지 몰랐다.

그 노파는 서라벌에 유명한 뚜쟁이 '콩콩'이었다.

124

차돌이가 다녀간 이튿날 저녁때, 털이는 안에 갔다가 또 종종 걸음을 치고 들어오며

"아가씨, 아가씨!"

하고 물에 빠진 사람 같은 소리를 내었다.

"왜 또 방정을 떠느냐. 차돌이가 또 왔단 말이냐."

여러 번 털이의 경풍에 속은 주만은 시들하여 놀라지도 않았다.

"오늘은 참 정말 큰손님이 드셨다납시오. 온 집 안이 벅적 괴고 야단법석인뎁시오."

털이의 눈은 더욱 호동그래진다.

"또 무슨 허풍이냐. 늘 드는 손님인데 번번이 놀랄 거야 뭐 있단 말이냐."

"아닙시오, 이번 손님은 아가씨께 큰 계관이 계실 손님이라납시오."

"내게 계관 있는 손님. 그 애는 별소리를 다 하는고나."

"오늘 오신 손님이 바루 경신 서방님이라납시오."

"너보담 먼저 나는 짐작을 하고 있었단다."

"어규, 아가씨는 참 이인이시어. 미리 다 알고 계시니."

"벌써부터 오신다 오신다 소문이 난 터이고, 또 저번 밤에 불국사에 나타나셨으니 으레 집에 들르실 것 아니냐."

주만은 겉으로 태연하나마 두 뺨이 불같이 붉어지는 것을 보면 속으로는 흥분에 떠는 탓이리라. 언제라도 한번 만나야 할 그이. 제 속에 숨은 비밀을 쏟아버리려고 작정한 그이. 하루바삐 찾아오기를 마음 그윽이 기다린 그이건마는 정작 오고 보니 가슴은 까닭 없이 두방망이질을 한 것이다.

어젯밤에 차돌이를 만나서 자세한 경과는 들었지만, 경과를 듣고 보니 더욱 궁금증이 나서 오늘 밤에는 기어코 아사달을 찾아볼까 하였더니 경신이가 정말 왔다고 하면 또 자리를 뜰 수가 없게 되었다.

아무리 괴롭고 부끄러운 어색한 노릇이라도 이왕 작정한 일은 귀정을 내어야 한다.

주만은 벌써 경신과 만나는 장면을 생각하고 마음이 찢어지도록 긴장해짐을 느끼었다.

"오실 줄 번연히 아셨다면서 왜 신색이 붉으십시오, 오호호."

털이는 벌써 제 아가씨의 기색을 살피고 또다시 버릇없는 소리를 내놓았다. 그러나 주만이가 대척도 않는 것을 보고 제 말이 빗나간 것을 깨닫고 다시 근심스러운 얼굴로

"아가씨, 어떻게 하실 작정입시오. 정말 이 혼인이 된다면 어떻게 하시겝시오. 마당과 뜰에 황토흙까지 깔고 정말 초행 손님이 드신 듯이 야단이던뎁시오."

"듣기 싫다. 작작 떠들어라."

하고 주만은 성가신 듯이 쥐어지르듯 한마디하고 허공을 노려보며 덤덤히 입을 닫아버린다.

"오늘 밤 불국사 행차는 또 틀리셨고……."

털이는 혼잣말같이 중얼거리고 목을 움츠린다. 꿈에 본 것같이 다녀간 차돌이를 생각하고 오늘 밤에 또 못 만나게 되는 것이 섭섭함이리라.

"얘, 안에나 들어가 봐라. 손님이 드셨다면 좀 바쁘겠느냐. 무슨 일이라도 거들어야 될 것 아니냐."

주만은 조용히 털이에게 일렀다. 그는 제 홀로 끝없는 생각에 잦아지고 싶었다. 바늘 끝같이 날카로워진 신경은 털이가 아무 말 없이 앉아 있어도, 그 얼굴이 눈에 뜨이는 것도 까닭 없이 제 생각을 흔들리게 하였던 것이다.

"쉰네 없으면 사람이 없는갑시오. 사람이 발길에 채일 지경인 뎁시오."

털이는 종알종알하면서도 몸을 일으켜 나갔다. 저는 저대로 차돌이 생각을 하고 있는 판에 쫓아나 내는 듯해서 골이 잔뜩 난 것이었다.

얼마 안 되어 털이는 구으는 듯 또 돌아왔다.

"어규, 그때 아가씨께서 쉰네를 안 보내셨더면 더 큰 꾸중을 모실 뻔했는뎁시오. 일이 이렇게 바쁜데 털이년은 뭘 한다고 별당 구석에 자빠져 있느냐고 마님께서 야단야단을 치시겠습지요."

"그러기에 봐라, 일은 바쁜데 잘캉하게 들어박혀 있어야 쓸 노릇이냐."

"어규, 마님께서 그렇게 역정을 내실 줄은 정말 몰랐는뎁시오."

"그런데 왜 또 왔느냐. 일은 거들지 않고……."

"아무튼 이년 오기는 잘 왔다. 너 아가씨께 냉큼 가서 다시 세수를 하고 새 옷 갈아입고 기다리라고 여쭈어라 하시던뎁시오."

"그건 또 무슨 까닭일까."

"대감님께서 사랑에서 진둥한둥 들어오시더니 마님께 무슨 분부를 내리신 모양이던뎁시오. 처음에 마님께서 무에 그리 급하냐고 하신 눈치였는데, 대감께서 펄펄 뛰시며 그 사람이 며칠 묵어 갈 줄 알았더니 내일로 당장 떠나겠다 하니 오늘 저녁에라도 저희 둘을 만나보게 해야 될 것 아니냐고 역정을 내시던뎁시오. 그러니 아마 아가씨 선을 보이실 모양이던뎁시오. 아가씨도 경신 서방님 선을 보시고……."

주만은 고개를 끄덕였으나 그의 가슴은 울렁거렸다. 조만간 상면을 해야 될 줄 알았지만, 그 기회가 이렇게 속히 닥칠 줄은 몰랐다.

125

장래 사위라도 유만부동, 외동딸에 외동 사위, 웬만해도 살갑고 귀여운 정을 금하지 못하려든, 세상에 다시없는 배필을 구했거니 생각하는 어버이의 마음은 얼마나 즐겁고 기쁘고 전지도지[122]할 것이랴. 아무리 융숭하게, 아무리 중난하게 대접을 하고 또 하여도 그래도 미진한 듯 필경에는 안방에까지 맞아들이기로 하였다.

혼인은 이미 다 된 혼인이니 장래 장모님도 뵙고 장래 아내까

---

122 엎드러지고 곱드러지며 몹시 급하게 움직이는 모양.

지 상면을 시키는 것도 무방할 듯한 것이요, 그보담도 딸의 평일의 기상을 잘 아는 유종은 비록 자기 마음에 열 번 스무 번 든다 하더라도 주만에게 미혼 전 신랑감을 한번 보여두자는 생각도 없지 않았던 것이다. 설령 혼인말이 없는 터수라 하더라도 친구의 아우, 동지의 아우에게 연상약한 그들을 내외시킬 까닭은 조금도 없었다. 당나라 풍속, 당나라 예법이 물밀듯 밀려 들어오는 오늘날이지마는, 아직도 꽃각시[花娘], 꽃서방[花郞]의 유풍을 버리지 않고 명절 때로나 풍월당에서나 젊은 남녀끼리의 같이 노는 기회는 얼마든지 있음에랴.

주만은 결심을 한 바이지만 그래도 두근거리는 가슴을 억지로 누르며 별당에서 불려왔다.

어머니를 따라 방문을 열고 들어설 때 얼굴은 화끈하고 달았으나 뜻밖에 가슴은 가을 호수처럼 가라앉았다.

"여보게, 저 애가 미거한 내 딸이라네, 어허."

아버지는 긴 수염을 한번 쓰다듬고 너그러운 웃음을 터뜨리며 어머니의 등 뒤에 반쯤 숨은 주만을 눈으로 가리켰다.

"네, 네."

경신도 유종의 말에 웃으며 대답하고 벌써 좌정했던 몸을 기거를 하는데 그 눈길이 번개같이 주만의 뺨을 스쳐 가는 듯하였다.

주만은 그 안광에 눌리면서도 섭적 보아도 그 너글너글한 뺨과 번듯한 이맛전과 쭉 일어선 콧대가 여무지게 뚜렷하게 눈 속에 꽉 차는 듯하였다.

'과연 아버지 말씀과 같고나. 저분 한 분이면 금성이 따위 백

명은 넉넉히 대적하시겠구나.'

주만은 속으로 생각하였다.

"다들 앉어, 앉어."

유종은 장래 사위와 딸을 번갈아 보며 앉기를 명하였다. 앉기
를 기다려 정중한 목소리로

"아까도 말했거니와 자네 댁과 우리 집안은 대대로 세의가 두
터운 터, 더구나 나랏일에는 언제든지 한마음 한뜻으로 오늘날까
지 힘을 아울러왔지만, 자네 백씨는 벼슬을 버리고 나 혼자는 고
장난명.[123] 인제 조정에 간특한 무리가 차고 들어 유현[124]이 없으니,
나날이 기울어가는 이 국운을 어떻게 한단 말인가. 나는 벌써 늙
고 병들은 몸, 자식이라고는 저것 하나뿐. 후사를 부탁할래야 우
리 집안에는 부탁할 사람이 없네그려. 오직 믿는 것은 자네 형제
분뿐. 백씨도 벌써 늙으셨으니 이 막중대사를 맡을 이는 오직 연
부역강한 자네뿐이란 말일세……"

유종은 예까지 말하고 숨이 가쁜 듯이 말을 잠깐 끊었다.

잠자코 듣고 있던 경신은 자리를 피하여 절하며

"저같이 나이 어리고 아는 것이 없사오니 어찌 그런 막중대사
를 맡을 수 있겠습니까. 세상이 넓으온즉 저절로 그 사람이 있을
까 합니다."

그 말소리는 지극히 공손하나마 마치 큰 종 모양으로 주만의
귀를 잉잉 울리는 듯하였다.

"그 사람이야 많을수록 좋지마는 어디 사람 얻기가 쉬운가. 어

123 혼자 힘으로 어떤 일을 이루기 어려움을 이르는 말.
124 어질고 현명한 사람.

서 일어나게, 일어나. 자네가 그렇게 겸양하면 이 늙은 내가 도리
어 부끄럽네."

유종은 한탄하고 다시 주만을 돌아보며

"아가, 구슬아가, 너도 잘 알아듣느냐."

주만은 몸을 흠칫하며

"네."

하고 모기소리만큼 들릴락말락 대답하였다.

"왜 대답이 시원치 않으냐. 너는 장래에 이분을 홀로 남편으
로 알고 섬길 뿐만 아니라 우리 신라를 바루잡을 영웅으로도 섬
겨야 하느니라."

주만은 그 자리에 엎드리고 말았다. 하도 억색하여 엉엉 목을
놓고 울고 싶은 것을 참고 떨리는 소리로

"저, 저는 저는 감, 감당할 수 없습니다."

"응, 감당할 수 없어, 허허."

아버지는 딸의 말이 어리광 비슷하나마 이런 경우에 썩 잘된
대답인 줄 알아들었다.

"오늘 밤 얘기로는 내가 너무 지나쳤나 보다. 내가 있으면 도
리어 불편하겠고나. 여보 부인, 뭐 밤참이나 좀 내시구려."

유종은 나가버렸다.

사초부인은 음식 준비하느라고 들락날락하게 되고, 주만과 경
신이 단둘만 남아 있을 때가 많게 되었다.

주만은 아까부터 벼르고 벼르다가 필경 죽을힘을 다 들어 입
을 열었다.

"좀 청짜올 말씀이 있사온데……."

경신은 장래 아내가 먼저 말을 보내는 데 적지 않게 놀란 모양이었다.

"무슨 말씀이신지."

"내일은 정녕 떠나셔야 되실는지."

"뭐 꼭 갈 일은 없습니다마는…….."

"그러시다면 내일 하루만 더 묵어 가시면 어쩌하실지…….."

"……."

"그렇게 하실 수 있다면, 내일 밤 술시 초쯤 되어 임해전 궁장 뒷길로 좀 뵈옵고 여쭐 말씀이 있습니다마는…….."

126

팔월 초승달은 은고리 모양으로 임해전 꼭대기에 비스듬히 걸리었다. 궁 안 언저리 하늘에 뿌연 무지개 같은 기운이 훤하게 떠오르는 것은 횃불, 화톳불, 초롱불이 휘황한 탓이리라. 그러나 드높은 궁장 밑은 으슥하게 어두웠다.

아까부터 경신과 주만은 아무 말 없이 어슴푸레하게 보이는 길을 겨우 발로 찾으며 나란히 걸었다.

만일 누가 보았다면 정겨운 남녀 단둘이 애달픈 사랑이나 속살거리는 줄 알련마는, 서울 한복판에도 후미진 골이라 인적도 드물었다.

그렇게 도지게 먹고 또 먹은 마음이건만, 주만은 어안이 벙벙하여 어디서부터 말을 끄집어내어야 옳을지 갈래를 잡을 수 없었다.

출렁출렁 안압지의 물결치는 소리만 새어 들려도 까닭 없이 마음이 울렁울렁하였다.

경신은 경신대로 웬 영문인지 알 길이 없었다. 아무리 정해놓은 아내이지만 초대면하던 말에 가만히 만나자는 것부터 이상스러웠다. 그 얼굴찌와 말씨와 몸가짐으로 보아 털끝만치라도 딴 의심을 품을 수 없는 것이 더욱 수수께끼였다. 그렇다고 그 간절하고 조그마한 청을 물리칠 수도 없었다. 저렇듯 뛰어나게 아름다운 장래 아내와 거닐어보는 것도 그리 싫지 않은 구실이었다.

물론 선선히 승낙하였다. 첫눈에도 주만이가 그의 꿈꾸는 아냇감으로 모든 자격을 갖춘 것 같았다. 행복의 꽃구름 속에 싸일 듯한 그는 승낙을 한 뒤에도 적이 호기심이 움직이기는 하였지만 조금도 불길한 생각은 들지 않았다. 오히려 주만이가 한결 더 정다워지는 듯하였다. 이 꽃다운 약속이 그에게 더 자지러진 기쁨을 갖다줄지언정 손톱만 한 슬픔인들 실어 올 리가 있느냐.

언약대로 만나기는 만났는데 그 '여쭐 말씀'이란 과연 무엇일까. 벌써 활 반 바탕 거리는 더 걸었겠거늘 종시 말이 없으니 웬 까닭일까. 그렇게도 하기 어려운 말일까…….

경신은 차차 갑갑증이 났다. 더구나 고개를 다소곳하고 자기 옆을 따르는 주만의 뺨 언저리가 으늑한 달의 원광에도 옥으로 나 새긴 듯이 빳빳하게 움직이지 않는 양이 단단한 결심이나 깊은 수심에 잦아진 듯하여 그의 햇발같이 밝은 가슴에도 흐릿한 구름 흔적을 던져주었다.

침묵은 갈수록 답답해졌다.

경신은 주만의 말하기를 기다릴 것 없이 자기가 먼저 이 답답한 침묵을 깨뜨리려 하였다. 그러나 호방한 그도 어쩐지 목이 닫혀진 듯 얼른 말이 잘 나오지 않았다.

그들의 발길은 안압지를 에두른 궁장 옆으로 왔다.

어느 결에 달은 그 까마득한 담을 넘었는지 선들선들 이는 맑은 바람을 따라 눈보라처럼 그 은가루를 휘날린다.

못가라 그러한지 축축한 기운이 한결 더 옷깃으로 선뜩선뜩 스며드는 듯

"날이 제법 선선해졌군요, 인제!"

경신은 마침내 말허두를 잡았다.

"네, 그래요. 벌써 팔월……."

주만은 경신이가 먼저 말을 끄집어낸 것을 매우 반기는 듯하다가 이내 목소리를 떨어뜨리며

"그러면 팔월 한가위도 인제 며칠 남지를 않았지요."

하며 달빛을 덤쑥 안은 경신의 얼굴을 우러러본다.

"뭘요, 아직도 초생인데 열흘은 더……."

하다가 경신은 빙그레 웃었다. 그는 언뜻 자기네들 혼인 날짜가 팔월 스무날로 작정된 것을 생각함이리라.

주만은 불쑥 나오는 말에

"고까짓 열흘……."

하고 무참한 듯이 말을 끊어버렸다.

'내가 왜 악정 비슷하게 이분께 이런 말을 할까. 이분께는 아직 우리의 비밀을 알려드리지도 않고…….'

"그러면 그 열흘이 멀단 말씀입니까, 가깝단 말씀입니까, 어

허허."

경신은 기탄없이 크게 웃으며 주만의 얼굴을 내려다보았다. 아까 그의 가슴에 얼찐하였던 구름 그림자는 벌써 가뭇없이 사라졌다. 아름다운 장래 아내의 까닭 붙은 한마디도 그의 귀에는 거슬리지 않을 뿐인가, 기름같이 미끈하게 지나가고 만 것이다. 수줍은 듯 고개를 숙이고 망설이는 아냇감을 눈에 넣어도 아프지 않을 것 같았다.

'이때다, 이때다.'

주만은 속으로 부르짖었다.

'이때야말로 이분께 모든 사정을 얘기해야 한다. 모든 비밀을 알려드려야 한다.'

주만은 용기를 가다듬어 숙였던 얼굴을 번쩍 들었다.

담 밖에 인기척에 놀람인가, 달빛을 샐녘으로 속음인가, 무슨 새인지 푸드득 날아오르는 소리가 바로 임해전 석가산 어림에서 그윽이 들리었다.

127

경신은 자기의 우스갯말에 부끄러워서 땅으로 기어 들어가는 줄 알았던 제 장래 아내가, 무망중에 돌올하게 얼굴을 쳐드는 것을 보고 마음 그윽이 놀랐으나 그 별같이 번쩍이는 눈과 꽃봉오리처럼 쪼무린 입술이 씩씩하고도 어여뻤다.

"경신 님, 제 청을 꼭 들어주시올지."

주만은 새삼스럽게 또 한 번 따지고는 호 하고 입김을 내쉬었다. 가느다란 뜨거운 숨 줄기가 거울 같은 달빛에 어리다가 스러졌다.

이렇듯 아름답고 안타까운 장래 아내의 청이거니 천하를 달라한들 아낄 줄이 있으랴.

경신은 크게 고개를 끄덕여 보이었다.

"저번 날 밤에 불국사엘 가셨더라지요."

"불국사?"

하고 경신으로도 몸을 흠칫하며 서먹서먹하였다. 이 말을 물을 줄이야 참말 꿈밖에도 꿈밖이었다.

"가기는 갔습니다만!"

하고 뚫어지게 아냇감의 얼굴을 바라보았다.

"불국사엘 가셨다가 금지 금 시중 아들 금성 일파를 한칼에 몰아내시고 아사달 님……."

하다가 주만은 다시 말을 고쳐

"그 절에 탑을 짓고 있는 석수 하나를 구해내셨다는데 정녕 그런 일이 계신지?"

하고 고마움과 슬픔이 뒤섞인 눈초리로 살짝 경신의 얼굴을 더듬는 듯하다가 다시 눈길을 돌려버리었다.

경신은 들을수록 놀랐다. 쥐도 새도 모르는 그 일이거늘 어찌 깊은 별당에 들어앉은 처녀의 귀에까지 들어갔을까. 그 수선쟁이 용돌이가 누구를 보고 얼마나 떠들었기에 그 소문이 이대도록 왁자지껄하게 퍼지었을까. 그렇다고 큰 자랑거리는 못 될망정 어리고 살가운 장래 아내를 기일 것까지도 없는 일이라

"그런 일이 있었습니다만 어떻게 아셨나요."

일 자체보다도 주만이가 안다는 것이 궁금하고도 신기하였다.

"그저 들어 알았지요. 그런데 그 금성이란 이가 무엇 때문에 그런 나쁜 짓을 했대요?"

인제 수작은 한 마루터기에 올랐다. 만일 경신이가 계집 까닭이라는 말을 내기만 하면 주만은 그 계집이란 곧 내노라고 실토를 할 작정이었다.

경신은 어느새 뉘엿뉘엿 사라져가는 으스레한 달빛 가운데 해당화 송이처럼 새빨갛게 떠오른 장래 아내의 얼굴을 이윽히 바라보았으나, 저이가 대번에 이렇게 상기가 된 것은 전수이 의분 때문이거니 생각하였다. 그리고 이 앳되고 깨끗한 장래 아내에게 그런 상스러운 사실을 아르키기가 싫었다.

"그건 자세히 모르지요. 이러쿵저러쿵들 하니까……."

"모르실 리야……."

"몰라요, 몰라요."

하고 경신은 손까지 내저어 보이었다.

주만은 대번에 경신의 속을 살피었다.

'이분은 그런 소리를 입에 담기도 싫어하는고나.'

저편이 의젓하고 점잖을수록 말하기는 더욱 거북살스러웠다.

"여보세요, 그날 그 금성이란 이가 어떻게 달아났어요? 그렇게 수많은 군정을 데리고 왔더라는데……."

주만은 다시 말을 다른 데로 돌렸다. 암만해도 제 흉중에 품은 말이 쉽사리 나올 것 같지도 않은 까닭이리라.

"군정이 많다 한들 오합지졸이라 뭐 그렇게 대단할 것은 없었지요. 왜 그 말은 뇌이고 또 뇌이십니까."

경신은 그까짓 일쯤 우습다는 듯이 신신치 않게 대답하였다.

"그래도 그 여러 사람을 한칼에……."

주만은 경신의 얼굴을 새삼스럽게 쳐다보았다.

"허허, 저런 말 보았나. 칼이란 언제든지 한 칼이지요. 쌍검을 쓰는 이도 있지마는, 허허."

경신은 대수롭지 않다는 듯이 자꾸 웃기만 하였다. 장래 아내가 그만 일에 이대도록 흥미를 가지는 것이 귀엽지 않은 것도 아니었다.

"칼은 한 칼이라 하시지만, 어떻게 혼자서 여러 사람을……."

"그것도 마찬가지입니다. 한 칼로 여러 칼을 막는 것이 아니라 한 칼의 대적은 언제든지 한 칼이지요. 이 한 칼이 저 한 칼을 이기는가 지는가를 겨눌 뿐입니다. 천 칼 만 칼이 들어온들 어디 낱낱이 대적하는 건 아니지요. 그와 마찬가지로 열 사람이거나 백 사람이거나 결국 대적은 한 사람뿐이지요. 한 사람을 이기고 또 한 사람을 이기는 것을 곁에서 보면 혼자서 여럿을 이기는 듯이 생각되지요."

경신은 검술의 한 가닥을 타이르듯 알리었다.

"그러시다면 천만 사람이라도 결국 대적은 한 사람이란 말씀예요?"

하고 주만은 경신의 검술 논란에 잠깐 흥미를 느끼었다.

"그렇지요. 언제든지 적은 꼭 하나뿐이지요."

하고 경신은 또다시 빙그레 웃었다. 장래 아내에게 제 득의의 검술 얘기를 하는 것도 바이 성가시지 않은 모양이었다.

어느덧 달은 지려는지 사면은 컴컴해온다.

128

　저 눈썹만 한 달마저 아주 지고 나면 이 어스레하게 보이는 길조차 어두워지리라. 어서 할 말을 훨훨 해버리고 집으로 돌아가야 한다.

　주만은 한 걸음 바싹 경신의 곁으로 다가들었다.

　"저어, 마, 말씀 여쭙기는 어렵지만……."

하고 주만은 더듬거렸다. 경신은 제 장래 아내의 얼굴빛이 심상치 않게 긴장해지는 것을 유심히 바라보았다.

　"무슨 말씀이신지."

　"저어, 파, 파혼을 해주실 수 없으실지……."

　주만은 마침내 벼르고 벼르던 한마디를 배알고 말았다.

　"파, 파혼!"

하고 태연한 경신으로도 이 뜻밖의 불길한 말에 제 귀를 의심하는 모양이었다.

　"저, 저는, 경신 님을 모실 사람이 못 됩니다. 서방님과 백년을 같이할 아냇감이 못 됩니다……."

　"그것은 무, 무슨 말씀이신지."

　경신의 씩씩한 얼굴빛도 변하였다.

　"저는, 저는 누구의 아내 노릇도 할 수 없는 운명을 타고났습니다. 제 마음의 구슬은 벌써 깨어지고 말았습니다."

주만의 말낱은 가느나마 여무지었다. 그의 숨길은 훌훌 불길을 날리는 듯하다.

"구슬아기 님, 구슬아기 님! 무슨 까닭인지 자세히 일러주시오."

경신의 숨소리도 거칠어졌다. 이렇듯 아름답고 깨끗해 보이는 장래 아내의 입으로 이런 말을 들을 줄이야.

행복의 꿈이 나른하게 막 온몸에 퍼지려 할 제 무참한 파탄이 뒷덜미를 짚을 줄이야.

"저번 때 서방님이 불국사에서 구해주신 부여 석수, 곧 아사달 이야말로 저의 마음을 바친 사람입니다. 서방님과 혼인말이 있기 전에, 서방님이 오시기 전에 저는 벌써 그이에게 백년을 맹서하고 말았습니다. 정혼이 되기 전에 아버지께 이 사정을 알리랴고 여러 번 생각도 해보았으나, 완고한 아버지께서 제 말씀을 들어주시기는 천만 꿈밖. 이 안타까운 비밀을 가슴속 깊이 간직해놓고 서방님 뵈올 때만 고대고대하였습니다. 이 비밀을 알릴 데는 오직 서방님 한 분뿐……."

하고 호 하며 주만은 한숨을 내쉬고 나서 다시 말끝을 이었다.

"서방님께서 이런 줄을 아시고 저희들의 비밀을 어여삐 여겨주셔도 좋고, 또 분노에 넘치시어 저를 한칼에 버여버리셔도 여한이 없으리라 결단하였습니다. 지금 아사달이 짓는 그 탑만 다 되는 날이면 저희들은 서라벌을 버리고 멀리 그의 고장인 부여로 달아날 작정입니다. 혼인날 전으로 세상없어도 그 탑을 끝내 버리고 저희들은 몸을 숨겨버릴 작정을 한 것입니다."

하고 주만은 가쁜 숨길을 돌리었다.

경신은 입을 쭉 다문 채 제 장래 아내의 불같은 하소연을 들으며 새록새록이 놀랐다.

달은 아주 넘어가 버리고 캄캄한 어둠이 그들의 둘레를 진하게 진하게 휩싸버리었다.

경신의 눈앞에 번쩍이던 행복의 광채도 사라졌다. 야릇한 검은 운명의 구름장이 겹겹이 앞길을 막는 듯하였다.

"그날 밤만 하여도 만일 서방님이 아니시더면 아사달의 목숨은 벌써 없어진 것. 설령 목숨은 붙어 있다 하더라도 그 못된 금성의 일파에게 붙들리어 갖은 망신을 다 당하고 어느 지경에 갔을는지. 태산 같은 그 은혜를 생각한들 저는 서방님을 속일 수 없었습니다. 기일 수 없었습니다. 아무것도 모르시고 초행을 오셨다가 소위 신부가 도망을 하고 없으면 서방님 모양이 무엇이 되겠습니까……."

"금성이가 왜 아사달인가 하는 그 석수를 미워합니까. 무슨 그런 곡절이 있습니까?"

경신은 어색한 제 처지도 잊어버리고 사건 자체의 흥미에 차차 끌리는 모양이었다.

"사실인즉 아무 까닭도 없습니다. 다만 그 금성이가 저한테 청혼한 것을 거절했을 따름입니다. 어찌 알았던지 저와 아사달의 관계를 눈치 채고 그날 밤에도 들이친 것입니다. 말하자면 제가 거기 있는 줄 알고 망신을 주자고 한 노릇 같습니다."

경신은 고개를 끄덕이며

"저런 못된 자가……."

하고 자기 일같이 분해한다.

"그런 줄 알았더면 그날 밤에 그대로 돌려보내지를 않았을 것을.”

“그만큼만 해두셔도 적이 사람 같으면 인제는 그 못된 버릇을 곤쳤겠지요.”

“글쎄올시다, 워낙 그 부자란 못된 자들이라, 무슨 앙심을 어떻게 먹고 또 우리 두 집에 해를 끼칠지 모르지요.”

“서방님께서 저희들 때문에 괜히 그런 자들과 척이 지시고!”

주만은 미안해하였다.

“그까짓 군이야 백 명과 척이 진들 무슨 상관이 있겠습니까마는, 늙으신 이찬과 구슬아기 님을 무슨 못된 꾀로 또 모함을 할는지.”

“그는 그러하거니와 서방님, 제 청을 들어주실는지…….”

하고 주만은 어둠 속에도 경신의 얼굴을 눈으로 더듬었다.

129

경신은 덤덤히 무엇을 이윽히 생각하다가

“그러면 기예 파혼을 해달란 말씀입니다그려.”

하고 다시 한 번 다지었다. 그 말소리는 어딘지 구슬픈 가락을 띠었다. 걸걸한 장부의 심장에도 손아귀에 들었던 보옥을 놓치는 듯한 애틋하고 아까운 정이 없지 않은 탓이리라.

“서방님이 초행을 오셨다가 창피를 보시느니…….”

주만도 목이 메이었다. 이렇듯 의젓하고 헌칠한 약혼한 이를 만나자마자 갈리는 것이 슬펐다. 은인은 될값에 척진 일이 없는 그이에게 괴로움을 주는 것이 설거웠다.

"사정이 정 그러하시다면……."

경신의 목소리는 침통하였다.

"우리가 부부는 될 수 없는 노릇. 그것만은 나도 단념을 하겠습니다."

"그러면 파혼을 해주신단 말씀인지."

"파혼이야 그렇게 급할 것 있겠습니까."

"날짜는 부둥부둥 닥쳐오는데 파혼을 하신다면 하루바삐 하시는 것이……."

주만은 빠득빠득 조르는 듯한 것이 미안스러워서 말끝을 흐리마리하였다.

경신은 황소의 울음 같은 큰 한숨을 화 내뿜었다. 그리고 깊은 생각에 잦아진 듯 한동안 말이 없다가 자상스럽게 다시 물었다.

"그런데 그 탑은 언제쯤 완성이 된답디까. 분명히는 모르시겠지만 어림치고."

"아마 팔월 한가위 안팎으로 될 법하대요."

"그러면 아직도 날짜가 많이 남았습니다그려. 그 안에 또 무슨 일이나 생기지 않았으면 좋겠습니다만."

경신은 두 애인의 장래를 위하여 걱정까지 해주었다. 주만은 눈물이 나도록 고마웠다. 무던한 남자란 말은 미리 소문을 들어 알았지마는 이대도록 점잖고 자상할 줄은 몰랐다. 웬만한 사내 같으면 그 말을 들었으면 펄펄 뛰고 빼쭉샐쭉하며 돌아서 버리거나 그렇지 않으면 되잖게 빈정거리고 놀려먹으려들 것이거늘, 이렇게 정중하게 진국으로 동정까지 해줄 줄은 참말 뜻밖이었다.

"그런 염려까지 해주시니 저는, 저는……."

주만은 너무 억색하여 말을 잘 이루지 못하였다.

"나는 암만해도 그 간특한 금지가 무슨 일을 또 저지를까 싶어서 종시 마음이 놓이지를 않습니다. 하루바삐 탑이 끝이 나서 두 분이 서라벌을 떠나버리셔야 될 터인데."

"저도 마음이 조비비는 듯합니다만, 어디 탑이 그렇게 뜻대로 속히 끝이 나야지요."

"저번 날 밤에는 그 아사달이란 이가 많이 다쳤을 테니, 또 며칠 동안은 일을 잘 못 했을 것이고……."

"서방님께서 곧 구해내신 탓에 그리 많이 다치지는 않았던 모양이야요."

"그렇다면 만행[125]입니다만, 그러고 아까 말씀하신 파혼은 고만두시는 게 좋을 듯합니다."

"네?"

주만은 경신의 말뜻을 잘 알아듣지 못하였다. 자기네의 사랑에 동정을 해주신다면서 파혼을 거절하는 것은 또 무슨 까닭일까.

"그것은 안 될 말씀입니다. 첫째 내가 파혼을 한다면 늙으신 이찬께서 적지 않게 언짢아하시고 기예 파혼하려는 까닭을 아시려들 것 아닙니까. 그러니 그 좋으신 어른을 상심을 시키는 것이 마음에 불안 막심한 일이고, 둘째는 파혼이고 뭐고 해서 소문이 왁자지껄하게 나게 되면 두 분이 몸을 빼어 달아나시는 데도 적지 않은 방해가 되는지 모르지요."

125 다행.

"그러면 서방님만 창피하실 것 아녜요."

"내야 뭐 관계없을 것 같습니다. 정혼한 아내가 달아났다기로 얘깃거리가 되는지는 모르나 큰 탈이야 날 것이 없지마는, 파혼으로 말미암아 두 분의 일이 혹시 탄로라도 된다면 그야말로 큰일이 아니겠습니까. 그렇지 않습니까."

경신의 말은 차근차근하고도 어디까지나 정중하였다.

주만은 감격의 회오리바람 속에 몸을 부들부들 떨었다. 자기를 마다하고 다른 남자를 따라가겠다는 장래 아내를 이렇듯 곰살궂고 알뜰하게 두호하고 위해줄 줄이야.

주만은 땅바닥에 그대로 꿇어 엎드렸다.

"고맙습니다, 참으로 고맙습니다. 이 넓으신 은혜를 어떻게 갚사올지."

경신은 깜짝 놀라는 듯이 주만을 붙들어 일으키며

"이게 무슨 일이십니까. 그 눅눅한 찬 땅바닥에. 고마울 게 무엇 됩니까. 사람이 목석이 아닌 다음에야 그런 애달픈 사정을 듣고도 모르는 체할 수가 있습니까."

주만의 눈에는 눈물이 글썽글썽 괴었다.

"아, 알 수 없는 건 사람의 운명!"

경신은 홀로 한탄하다가 주만을 돌아보며

"자 이제 돌아가십시다. 밤바람이 너무 찹니다. 혹은 집에서 찾으실는지도 모르니."

둘은 또 아까 모양으로 사랑하는 부부처럼 어두운 밤길을 나란히 더듬더듬 걸었다.

130

아사녀가 그 노파의 집에 묵은 지도 어느덧 사흘 나흘이 지나
갔건만, 주인 노파의 친절은 조금도 변함이 없었다.

끼니마다 고량진미와 포근포근한 비단 이부자리는 노독을 흠
씬 풀어내고 지친 몸을 소복시키기에 넉넉하였다.

그 해쓱하게 여윈 뺨에도 발그스름하게 화색이 돌아났다. 분
결 같은 손등에는 포동포동하게 부어오른 것이 그대로 살이 되
고 말았다. 거울 속에 나타내는 제 얼굴은 제가 보아도 며칠 전과
는 아주 딴판으로 고와 보이었다.

노파는 이따금 홀린 듯이 물끄러미 아사녀를 바라보다가

"킁 킁, 예쁘기도 하올시고, 의젓도 하올시고, 으흐흐. 천상 선
녀는 마치 몰라도 지상에는 저런 인물은 다시없겠구려."

무슨 노래나 읊조리는 가락으로 칭찬칭찬을 하였다.

"옥으로 새겼는가, 꽃으로 그렸는가, 킁 킁. 귀빗감도 훌륭한
좋은 얼굴, 쇠뿔한 마마님이 되어도 귀염받기는 혼자 할 이가 그
고생을 하다니, 그 거지 중에도 상거지 꼴을 하다니, 으흐흐."

노파는 연송 콧소리, 웃음소리를 뒤섞어 내며 벌어지는 입을
다물지 못하였다.

"여보, 젊으신네, 한다하는 재상가의 마마가 되시랴오, 의젓한
귀공자의 알뜰한 사랑 노릇을 하시랴오, 킁 킁. 열두 대문에 남
종, 여종 수백 명을 거느리고 능라주단을 휘감고 치감고 옥주발,
은탕기에 진수성찬이 썩어나고 눈이 부신 황금 팔찌, 가락지, 구
슬 목걸이, 귀걸이를 끼고 달고 걸고, 나가면 침향목 수레에 수없

는 구종들이 앞서거니 뒤서거니, 에라 치워라, 벽제성도 호기롭고, 들면 호피 방석에, 당나라 비단 금침에, 원앙몽을 달게 꿀 자리를 내 한 군데 지시해드릴까, 으흐흐."

노파는 신들린 사람이 넋두리하듯 한바탕 늘어놓기도 하였다.

그러나 아사녀는 그 푸념 가운데 뼈가 든 줄은 꿈에도 몰랐다. 마음 좋은 노파가 자기를 놀려먹느라고 농담을 지껄이는 줄만 알고 흘려들었다.

이따금 너무 불안스러워서 서름질[126]이라도 거들러 나갈라치면 그 노파는 질색을 하였다.

"쿵 쿵, 그 고운 손에 왜 물을 묻힌단 말이오. 그 옥 같은 손등이 거칠어지면 어쩌자고. 젊은이란 열 손 재배하고 가만히 있어야 되는 거라오, 쿵 쿵. 가꾸고 꾸며도 가는 청춘이야 잡을 수 없지마는 왜 일새로 겉늙힌단 말이오. 젊으신네 같은 이는 분세수 단장이나 하고 고이고이 그 어여쁜 얼굴을 아끼셔야 됩네다. 일을 거든다께, 원 천만에 될 뻔이나 한 말인가, 쿵 쿵. 그저 일은 늙은것이 해먹어야지. 알아볼 눈통이 없고 쥐어볼 젖통이 없으니 어느 나비가 다시 찾아들겠소. 그저 마른일 진일로나 세월을 보낼 것 아니오, 쿵 쿵. 더군다나 내 눈두덩에 흙이 들어가기 전에야 왜 내 집에 온 손님의 손끝인들 까딱을 하게 한단 말이오. 쿵 쿵."

"어떻게 노인네를 일을 시켜요. 일은 젊은 사람이 해야지요."

하고 아사녀가 웃으며 반박을 할 것 같으면 노파는 천길만길 더 뛴다.

126 설거지.

"쿵 쿵, 원 이런 말 보았나. 그렇게 떡 먹듯이 일러 듣겨도 못 알아듣는단 말이오, 쿵 쿵. 그건 시골 무지렁이나 그런 소리를 하는 거라오. 그 서방이란 게 서방이요, 건방이지. 여편네한테 건방이나 부리고 부려먹기나 하고 걸핏하면 난장이나 치고 그래서 여편네의 아까운 청춘을 다 늙힌단 말이오, 쿵 쿵. 젊으신네도 이왕 서울 왔으니 그 서방이란 게 있거든 하루바삐 떼어버리시구려. 그 무지막지한 것들이 어디 인간이오. 우리 서라벌 사내야 다들 제 계집 귀애할 줄 안다오. 어디 일을 시킬까, 손찌검을 할까, 쿵 쿵. 또 그 시부모라는 늙은것들은 제 젊었을 때 고생한 건 잊어버리고 며느리만 보면 들볶기나 하고 일만 시켜먹으려 들지 않소. 그래서 젊으신네도 그런 말을 하는가 보오마는, 사람이란 나이가 젊었을 때 흥청도 거리고 고이 가꾸어야지 다 늙은 내야 아무리 꾸민들 주름살이 펴질 거요, 악센 뼈마디가 몰씬몰씬해질 거요. 그러니 일을 암만 해도 상관이 없단 말이거든. 그런데 젊은이를 왜 일을 시킨단 말이오."

아사녀는 빵긋이 웃고 물러서는 수밖에 없었다. 그 노파가 시골뜨기는 사람이 아닌 듯이 휘몰아세고 욕지거리를 하는 것이 적이 마음에 불쾌는 하였지만, 그렇지는 않다고 끝끝내 고집을 세워서 그의 비위를 거스를 수도 없었다. 이렇게 자기를 얻들고 받들고 위해주는 그의 고마움을 생각한들 어떻게 조금이라도 그의 뜻을 받지 않고 불쾌하게 할 것이랴. 그러나 그 노파가 그렇게 시골 시부모를 미워하는 것이 다른 까닭이 붙은 줄이야 아사녀는 멍청이같이 몰라들었다. 시집살이를 못 해본 아사녀이매 시부모가 아무리 그악스럽다 한들 자기에게 아무 상관도 없는 일이요, 더구나 그 노파가 아무리 시골 사내를 욕을 해도 아사달을 빗대놓고 하는 말이거니 생각할 까닭이 없지 않으냐.

131

아사녀는 물론 하루에도 몇 번씩 그림자 못을 찾았다. 그 노파 집에서 그리 멀지 않은 것도 얼마나 다행한지 몰랐다.

한낮은 말할 것도 없거니와, 아닌 밤중에나 꼭두 아침이라도 남편 그리운 생각이 간절할 때마다 불현듯 뛰어나오기에 가까운 것이 무엇보담도 좋고 편하였다.

여러 번 돌아보고 들여다본 탓으로 인제 물속에 일렁거리는 그림자란 그림자는 낮이 익다시피 되었다.

해가 어디만큼 떠오르면 어느 그림자가 어떻게 가로눕고, 또 그 길이가 얼마큼 되는 것까지 짐작하게 되었다.

수멸수멸하는 물얼굴도 정이 들었다.

그러나 탑 같은 그림자는 종시 나타나지 않았다. 이따금 눈에 서투른 그림자가 얼찐하면

"옳지 인제야."

하고 가슴을 두근거렸으나 흘러가는 구름 조각이 그를 속일 때가 한두 번이 아니었다.

"오늘도 그 탑이 덜 되었고나."

발길을 돌릴 적마다 아사녀는 실망한 듯이 혼자 속살거렸으나, 그러나 그 탑이 완성만 되면 그림자가 비칠 것을 믿고 의심하

지 않았다.

오늘 밤은 제법 달이 밝았다.

아사녀는 꿈꾸는 듯한 걸음걸이로 휘넓은 못가를 돌고 또 돌며 탑 그림자를 눈여겨 찾아보았지만, 새파란 하늘이 가로눕고 별들이 한들한들 춤추며 지나갈 뿐.

지친 듯이 풀밭에 주저앉아 은사실을 출렁거리며 흘러가는 달빛을 바라보고 있노라니

"나는 또 어디를 가셨나 하고 찾았더니, 쿵 쿵, 또 여길 나왔구려."

등 뒤에서 콩콩이 소리가 났다. 오늘은 무슨 볼일이 있다고 다 저녁때나 되어 잔뜩 꾸미고 나가더니 어느 결에 돌아온 모양이었다.

"쿵 쿵, 오늘은 달이 꽤 있구려. 젊으신네 같은 이는 심회도 날 만하구려."

하고 아사녀 곁에 와서 나란히 앉으며 어깨를 툭 친다.

"볼일은 다 잘 보셨어요?"

"잘 보고말고, 참 잘 보았다오, 으흐흐."

콩콩이는 연송 웃어 보이며 기뻐서 못 견디는 눈치였다.

"이번 볼일이 쩍말없이 들어맞기만 하면, 쿵 쿵, 나한테도 좋지만 젊으신네한테 더 좋은 일이라오, 으흐흐."

아사녀는 그 수수께끼 같은 말이 수상스러웠다.

"저한테 좋을 일이 무슨 일일까요."

"글쎄 가만있구려. 이 늙은것한테 만사를 맡기구려, 쿵 쿵. 내가 젊으신네를 이롭게 했으면 했지 혈마 해야 붙이겠소. 그런데

그 그림자는 인제 찾았소."

"아네요, 아직 그 탑이 덜 되었는지 그림자가 보이지 않아요."

"여기서 거기가 어디라고……."

하다가 콩콩이는 아사녀에게 실망을 줄까 보아 슬쩍 말허두를 돌리었다.

"도대체 그 탑이 완성되기를 왜 그렇게 바라시오. 필경 곡절이 있겠구려, 쿵 쿵."

아사녀는 벌써 며칠을 콩콩이 집에 있었지만 자기 속사정은 아직 이야기하지도 않았고 그 노파 또한 군이 알려들지도 않았다.

"입때 참 말씀을 못 여쭈었습니다마는 그 탑을 짓는 이가 제 남편이랍니다. 그 탑이 완성이 되어야 그이를 만나게 해준대요. 여자의 부정한 몸으로 절 안에 발을 못 들여놓게 한답니다."

"아니 그러면 그 탑 쌓는 석수쟁이가 젊으신네의 남편이 된단 말이오. 이름이 무어라 하오."

"아사달이랍니다."

"오 그래요. 그래서 이 못에 그림자를 찾는 게로구려. 오, 옳지, 옳아, 쿵 쿵."

콩콩이는 몇 번 고개를 끄떡끄떡하였다.

"그러면 진작 그런 말을 할 게지, 쿵 쿵."

하고 매우 못마땅해하다가 다시 생각을 돌리는 듯 혼잣말같이 중얼거렸다.

"그 어른 마음에 든 다음에야 남편이 있으면 어떻고 없으면 어떻단 말인고."

"그건 무슨 말씀이야요."

아사녀는 차차 콩콩의 말씨에 의심을 품게 되었다. 이 좋은 늙은이도 무슨 꿍꿍이속이 있구나 생각하매 마음이 섬뜩해짐을 느끼었다.

"아니오, 젊으신네 알 것은 아니오, 콩 콩. 내 혼자 무슨 딴생각을 한 거라오. 주책머리 없는 늙은이란 이럴 때 알아본단 말이거든. 무두무미하게 그게 무슨 소리람. 아무튼 아깝소, 아까워……."

"뭣이 아깝단 말씀이에요?"

아사녀는 더럭 의증을 내며 채쳐 물었다.

"그러면 아깝지 않고, 그 옥 같은 얼굴로 석수쟁이 계집 노릇은 아깝지, 아까워, 으흐흐."

하며 콩콩이는 능갈지게 또 웃어대었다.

132

'석수쟁이 계집 노릇은 너무 아까웁다.'

아사녀는 다른 말은 다 흘려들었지마는, 이 말만은 뼈가 저리도록 새겨들리었다.

그렇듯 좋고 착하고 보살님의 현신인 듯하던 이 늙은이가 그 언사와 거동이 오늘 밤따라 어떻게 천착스럽고, 수상한 생각이 와락 일어나는 것을 걷잡을 수 없었다. 주름살이 메이도록 분을 더케더케 올린 것도, 시들어진 뺨에 발그스름하게 연지를 칠한 것도 망측스럽고 제 본색을 드러내는 것 같았다.

"그건 어, 어떻게 하시는 말씀이야요."

아사녀의 두 뺨도 뾰로통해지고 절로 말소리도 날카로워졌다.

노파는 말끄러미 아사녀의 얼굴을 들여다보다가 제 말이 너무 지나친 것을 깨달았음이리라.

"어규 젊으신네, 잘못되었구려. 늙은것 말이 어디 종작이 있소. 원 지껄이기만 하면 말이 되는 줄 알고, 쿵 쿵. 원 망할 년의 입 주둥아리가……."

제가 저를 여지없이 나무라다가

"여보 젊으신네, 늙은것이 그저 입버릇이 사나워서 그렇지 무슨 다른 뜻이야 있었겠소? 쿵 쿵. 젊으신네가 하도 아름답고 의젓하기에 웃느라고 한 소리 아니오. 그만 일에 그렇게 화를 낼 거야 무엇 있소. 내가 젊으신네 영감을 보기나 하였기에 헐뜯어 말할 거요? 하도 젊으신네가 잘나서 이 늙은것이 반은 미치다시피되어 말이 함부로 나왔구려."

너스레를 놓는 바람에 아사녀는 이렇듯 신세 많이 진 늙은이에게 괜히 촉바른[127] 소리를 하였구나 후회하였다.

노파는 눈을 두리번두리번하며 한동안 무엇을 생각하다가

"여보, 젊으신네, 일인즉은 매우 수상하구려. 젊은 아내가 천리 원정을 멀다 않고 찾아왔는데 안 만나는 까닭이 무슨 까닭이란 말이오, 쿵 쿵. 사람이 목석이 아닌 다음에야 그렇듯 매정할 수가 있소. 그야 말짝으로 필유곡절이지."

"제 남편이야 제 온 것을 어디 알기나 해요. 문지기가 가루막

---

127 바른말을 하는 데 거침이 없는.

고 들이지를 않으니 그렇지."

"그럴 상도 싶지마는 그렇지 않은 까닭도 또 있다오. 젊으신네 영감이 미리 문지기에게 일러두지 않은 다음에야 그 문지기가 억하심장으로 들이지를 않는단 말이오, 쿵 쿵."

"어떻게 저 올 것을 알고 미리 부탁을 해둔단 말씀이야요."

노파는 매우 딱한 듯이

"어규 딱해라, 저렇게 고지식하게 생각을 하니까 나타나지도 않을 그림자를 찾아보라고 어리더덤한[128] 수작으로 돌려세웠구려, 쿵 쿵. 말하기는 안되었지만 만일 젊으신네 영감이 젊으신네같이 잘났다면."

"저보다 여러 곱절 잘나셨답니다."

"그러면, 그러면, 쿵 쿵, 큰일이로구려. 그래 여기 온 지는 얼마나 되었소."

"삼 년이나 되었어요."

"삼 년! 어규, 삼 년 동안에 그래 새파란 젊은이가 독수공방을 할 것 같소, 쿵 쿵. 벌써 탈이 난 거요. 더구나 불국사 같은 대찰에는 대갓집 마마들의 불공이 잦고, 그렇게 잘난 젊은이가 그들의 눈에 띄었다면 그대로 둘 것 같소. 여불없지, 여불없어."

"혈마……."

"여보, 혈마가 다 뭐요. 혈마가 사람을 죽인다오, 쿵 쿵. 큰일났구먼. 어규 가엾어라. 저렇게 예쁜 댁네를……."

아사녀의 가슴엔 무엇이 탁 마치는 것이 있었다. 그러면 팽개

128 정신이 얼떨떨한.

와 싹불의 말이 과연 참말이었던가. 딴은 그 문지기가 처음에는
그렇게 몰풍스럽게 굴지를 않더니 아사달을 찾아왔다는 말을 듣
고 노발대발 천길만길 뛰지를 않았던가.

　노파는 아사녀의 얼굴이 파랗게 질려가는 것을 보고

　"어규 가엾어라, 어규 딱해라. 그야 젊으신네 남편이야 문지기
를 보고 그런 부탁을 안 했는지 모르지, 쿵 쿵. 보아하니 두 분의
금실이 여간 좋지 않았던 모양이니, 쿵 쿵. 어느 년인지는 모르지
만 그 계집년이 죽일 년이지. 필경은 그년이 그 문지기를 돈푼이
나 주고 본여편네가 오거든 절문 안에 들어서지도 못하도록 하
라고 신신당부를 했는지도 모르지. 원 세상에 원수엣년도 있지그
려. 몹쓸 년도 있지그려."

　아사녀는 흑 하고 앞으로 고꾸라지고 말았다.

　"여보 젊으신네, 너무 상심을랑 마시오. 꼭 그런 줄야 낸들 알
수 있소, 쿵 쿵. 세상에 못 믿을 건 사내의 마음입넨다. 계집한테
미치기만 하면 그대로 환장이 되는 게니, 쿵 쿵. 그걸 다 속을 썩
여서야 어디 사람이 배겨날 수가 있소. 어디 저 아니면 세상에 사
내 씨가 말랐답디까. 유들유들하게 생각을 해야 된단 말이거든,
쿵 쿵. 자아 일어나오. 우리 집으로 들어가서 잠이나 잡시다. 이
것저것 생각하면 무얼 한단 말이오. 살이나 내렸지. 내일이라도
또 좋은 일이 생길지 어떻게 아오, 쿵 쿵."

133

그 이튿날 저녁나절 아사녀는 못가를 또 한 바퀴 휘돌아오니까 콩콩이 집 문 앞에 으리으리한 좋은 수레가 한 채 놓이고 홍달모 달린 벙거지를 젖혀 쓴 구종 몇몇이 두런두런 지껄이고 있었다.

콩콩이 집에 손님이 들기도 처음이요, 손님이 든대도 이런 굉장한 손님이 들 줄은 정말 뜻밖이었다.

아사녀는 어쩐지 무시무시한 생각이 들어서 곧 발길을 돌쳐서려다가 그래도 자기가 신세 지고 있는 집에 별안간 손님이 들어 그 노파가 혼잣손에 쩔쩔맬 것을 생각하고 조심조심 걸어 들어와 보니 바깥에 들리는 것과는 딴판으로 안에는 조용한 게 인기척도 없는 듯하였다.

아사녀가 가만히 가만히 마루에 올라서매 안방에서 영창 하나를 사이에 두고 은밀한 수작이 새어 흘렀다.

"그래 자네 말마따나 그 천하절색은 어디로 갔나, 허허."

점잖으나마 껙세디껙센 목소리는 아마 노파를 찾아온 사내 손님의 음성이리라.

"이제 고대 들어오겠지요. 어규 대감께서도 그렇게 급하십니까, 으흐흐."

갈데없는 주인 노파의 흐무러진 수작이 분명하다.

"그래, 오기는 어데서 왔다던가. 자네가 근지를 분명히 아는가."

"벌써 몇째 마마님이 되실 텐데 근지를 캐시면 무얼 하십니까. 인물만 무던하면 고만입지요."

"원 자네는 인물 인물 하고 인물만 추지마는, 내 집사람을 맨드자면 첫째 근지를 알아야 될 것 아닌가."

"뭐— 성골, 진골의 정실부인을 구하시는 것 아니겠고, 대감의 눈에 드시면 고만이지 근지는 알아 무엇하십니까, 킁 킁. 아무튼 한번 보시기만 하십시오. 당명황의 양귀비도 저만큼 물러앉으라 하실 테니, 으흐흐."

"압다, 추어올리기는. 양태진[129]만 할 말로야 황금 만 냥도 아깝지 않지마는."

엿듣는 아사녀는 아까부터 불길한 예감에 가슴이 두근거렸으나, 과연 자기를 두고 하는 말인지 또는 다른 수작인지 분명히 종을 잡을 수가 없었다. 그러나 온몸이 귀가 되어 한 걸음 두 걸음 안방 옆으로 다가들어 섰다.

"그런데 여봅시오 대감, 한 가지 난처한 일이 있답니다. 그 사람이 서, 서방이 있대요."

콩콩이는 어떻게 목소리를 낮추는지 하마터면 몰라들을 뻔하였다.

"응, 서, 서방이 있어? 그러면 유부녀란 말이지. 그러면 안 되지 안 돼, 될 말인가."

사내 손님의 성난 듯한 목소리가 울려 나왔다.

"안 될 것이 뭐입시오. 그까짓 시골뜨기 서방이 백 명이 있은들 무슨 상관입니까. 한번 서슬 푸른 대감 댁으로 들어간 다음에야 제가 하늘 위에 별 쳐다보기지, 무슨 별수가 있겠습니까, 킁

129 양귀비.

쿵. 그래서 저도 근지도 알아보지를 않았답니다. 엊저녁에야 말 말끝에 서방 있는 계집이란 소리를 들어 알았지요."

아사녀는 머리 위에서 벼락이 떨어지는 듯하였다. 갈데없는 제 이야기다.

'어서 달아나야, 어서 달아나야.'

속으로 외치면서도 웬일인지 발을 동여매 놓은 듯 움직일 수 없는데, 회오리바람이 설레는 듯한 귓속으로는 방 안의 가만가만 한 말낱이 마치 화살촉 모양으로 들어박히었다.

"서방 있는 계집을, 안 될 말, 안 될 말."

사내는 종시 으레를 한다.

"원 대감도 딱도 하십니다. 그까짓 서방은 생각하실 것도 없대 도 그러시네. 그까짓 돌이나 쪼아 먹고사는 위인을 정 말썽을 부 리거든 돈냥간이나 두둑이 주면 저도 새장가 들고 좋아할 것 아 닙니까."

아사녀는 온몸의 피가 거꾸로 흐르는 듯하여 살이 부들부들 떨리었다.

"오 그러면 그 서방이란 자가 석수쟁이란 말인가."

"그렇대요. 바루 저 불국사에서 탑을 짓는 석수래요, 쿵 쿵. 그 석수의 짓는 탑 그림자가 비친다고 해서 하루에도 몇 번을 그림 자 못으로 간답니다. 지금도 아마 거길 간 듯합니다. 여기서 거기 가 어디라고 우두머니 못가에 앉아서 그림자 나타나는 것을 들 여다보고 있는 꼴은 아닌 게 아니라 불쌍도 해요."

"그러면 숫배기는 아주 숫배긴 모양이나 석수쟁이 계집이 오 죽할까."

"아닙시오. 천만에 그렇지 않습니다⋯⋯."

아사녀는 더 들을 필요가 없었다. 살그머니 마루를 내려서서 나는 듯이 뒤꼍으로 돌았다. 앞문으로 나가다가는 그 감때사나운 구종들에게 잡힐 듯한 염려도 없지 않았던 것이다.

그 집에는 뒤꼍에도 조그마한 중문이 하나도 아니요 둘씩이나 있었다. 남의 눈에 뜨이지 않고 드나들기에는 막상이었다.

아사녀는 그 중문 하나를 열고 진둥한둥 뛰어나왔다.

134

콩콩이 집 뒷문을 빠져나온 아사녀는 사나운 짐승에게 쫓기는 사람 모양으로 한동안 허방지방 줄달음질을 쳤다. 뒤에서 누가 시근벌떡거리고 잡으러 오는 듯 오는 듯하여 발길 닿는 대로 들숨 날숨 없이 달아나기만 하였다. 물론 어디로 간다는 지향조차 없었다.

얼마를 뛰어왔는지 숨은 턱에 닿고 댓 자국을 옮길 수 없어, 마침 길옆에 우거진 갈밭을 발견하고 그 속에 뛰어들어 은신을 하고 눈을 내어 바라보매, 벌써 어슬어슬한 저녁 안개에 싸이어 콩콩이 집이 보이지 않았다.

남편 있는 지척에서 또 이런 변을 당할 줄이야. 오는 도중에는 뜨내기 못된 젊은것들의 성화를 받았지만 그것은 오히려 모면하기가 쉬웠던 셈이다. 의젓한 구종을 늘어세우고 버젓한 수레에 높이 앉은 명색 '대감'이 이런 불측한 출입을 할 줄이야. 애송이 이리떼보담 이 늙은 이리가 여러 백 곱절 더 무섭고 더 치가 떨리었다. 더구나 그 소중한 남편을 개새끼보담 더 우습게 아는 것이 절통절통하였다.

'이것도 내 탓이다. 나 때문에 공연히 남편까지 욕을 보이는고나.'

하매 아사녀는 몸 둘 곳을 몰랐다. 그때 죽어버렸을 것을. 그 사자수 푸른 물결에 몸을 던져버렸던들 그 몹쓸 고생도 아니하였을 것을. 몸은 비록 어복 중에 장사를 지냈을망정 혼이라도 고장의 하늘에 남아 있다가 아사달 님이 돌아오시는 것을 보았을 것을.

생각하면 생각할수록 모두가 제 잘못이었다. 한번 죽음을 결단한 다음에야 무서울 것이 무엇이며 어려울 것이 무엇이랴 하고 길을 떠난 것부터 잘못이었다. 죽음보담 몇 곱절 더 무섭고 더 어려운 고비를 얼마나 겪었는가.

그 흉물스러운 콩콩이를 태산같이 믿은 것은 잘못 중에도 큰 잘못이었다. 아무리 의지가지가 없는 형편이라 하기로 아무리 하루 이틀만 지나면 탑 그림자가 나타나고 곧 남편을 만날 수 있다기로 턱없이 남의 신세를 진 것이 불찰이다.

그러면 어찌하랴. 지금 새삼스럽게 또 어디로 달아날 것이랴. 전자에는 이런 변을 당할 적마다 서라벌로 서라벌로! 이를 악물고 내달았거니와 인제는 갈 길조차 없지 않으냐.

그렇다고 한만히 있을 수도 없는 노릇. 만일 붙들리기만 하면 이번이란 이번이야말로 빼쳐날 길이 없다. 어디든지 좀 더 멀리라도 피신을 해야 한다.

아사녀는 깜틀하며 다시 몸을 일으켰다. 그 순간 언뜻 불국사 생각이 떠올랐다.

'옳다, 좌우간 또 불국사로나 가볼 수밖에 없다.'

그러나 해는 벌써 떨어지고 어둑어둑 땅거미가 내리기 시작하여 길을 찾기가 아득하였으나, 아무튼 불국사 방향을 어림잡고 질팡갈팡 걷기 시작하였다.

어디로 어떻게 돌았는지 아사녀 제 자신도 알 수는 없었으되 으스레한 가운데에도 훤하게 트인 큰길이 보이었다. 아사녀가 문지기에게 쫓기어 그림자 못을 찾아가던 좁은 길과는 딴판으로 크고 넓은 것을 보면 서라벌에서 불국사로 바로 뚫린 대로가 분명하다.

아사녀가 그길로 휘잡아들어 얼마 걷지 않아서 과연 불국사 대문의 붉은 기둥이 그리 멀지 않게 뚜렷이 바라보이었다.

아사녀는 딴 길로 나온 것이 오히려 다행하였다.

불국사 문을 바라만 보고 허둥지둥 발길을 옮기고 있을 제 문득 등 뒤에서 말굽소리가 들리었다.

아사녀는 몸을 흠칫하며 길 한옆으로 비켜서는데 가슴은 두방 망이질을 하였다.

'나를 잡으러 오는가 부다.'

길가이라 으슥한 숲도 없으니 은신할 도리도 없고, 그렇다고 달아나자 하니 저편에서 말을 달려오는 다음에야 몇 걸음을 안 옮겨 놓아 잡힐 것은 정한 이치였다.

아사녀는 뒤도 돌아보지 않고 그 자리에 옹송그린 채 움직이지 않았다.

뚜벅뚜벅하는 말굽소리는 과연 아사녀 있는 곳으로 가까워 왔다.

아사녀의 등에서는 찬 소름이 쭉쭉 끼치었다.

별안간 동이 좀 뜨게 난데없는 숨찬 여자의 음성이 들려왔다.

"애구, 애구, 아가씨, 구슬 아가씨, 좀 같이 가요. 쇤네는 죽겠 는뎁시오."

"어서 오너라, 어서 와! 왜 네 말은 절름절름 저느냐."

하고 앞장을 섰던 말굽소리가 바로 아사녀의 등 뒤에서 멈춰지 는 듯하였다.

아사녀는 여자의 말소리에 적이 마음을 놓고 제 뒤를 힐끗 돌 아다보았다. 두 간통도 안 떨어진 곳에 웬 젊은 여자가 마상에 높 이 앉은 뒷모양이 보이었다.

135

어둠이 짙어지자 솟은 때 모르는 달빛이 백금과 같이 번쩍인다.

'세상에 출중한 여자도 있고나.'

아사녀는 그 여자의 훨씬 편 날씬한 허리와 동그스름한 어깨 판과 달빛에 아롱거리는 비단 옷자락의 무늬를 바라보며 일순간 제 비참한 경우도 잊어버리고 속으로 속살거리었다.

한 손으로 느슨하게 말고삐를 거사거리고 또 한 손으로 손잡 이에 옥을 물린 채찍을 비껴든 모양은 옛이야기 속에서나 빠져 나오는 여장부를 생각나게 하였다. 옥충 등자는 새파란 불길이

이는 듯한데 맵시 있는 말이 하붓이 놓이어 가만히 멈춰 있는데
도 항청항청 그네질을 하는 것 같다.

저만큼 말등에 거의 달라붙은 듯한 방구리 같은 여자가 쌔근
쌔근하며 말을 채쳐 달려온다.

아까 같이 가자고 소리를 쳐서 앞선 이의 말을 멈추게 한 여자
이리라.

거의거의 따라서게 되자 뒤떨어졌던 이는 할딱할딱 숨이 넘어
가는 듯하다가 그래도 연송 종알거리었다.

"애구, 아가씨도 아무리 급하시기로, 애구 아가씨도 아무리 아
사달 서방님을 만나시기가 급하시기로 그렇게 그렇게 급하게 가
신단 말입시오. 이 털이녀을 죽으라면 그냥 죽으라시지."

아사녀는 저도 모를 사이에 몸을 소스라치었다. '아사달 서방
님'이란 말이 그의 귀를 칼로 에어내는 듯한 까닭이었다.

"아사달 님 말은 왜 또 이렁성거리느냐."

앞선 여자가 꾸짖는 듯이 한마디하고 말머리를 돌이켜 두 여
자가 나란히 아사녀를 마주 보며 말을 놓아 지나간다.

아사녀의 펑펑 내어둘리는 시선 가운데 달빛을 안은 그 여자
의 앞모양이 뚜렷이 나타났다.

뒷모양보담 앞모양은 약간 파리한 듯하였으나 그 얼굴은 황홀
하도록 아름다웠다.

'이 여자!'

아사녀의 가슴속에서 무엇이 피를 뿜으며 부르짖었다.

'이 여자다! 아사달 님의 사랑이 바루 이 여자다.'

아사녀의 눈에는 핏발이 섰다. 온몸은 설한풍에 휘불리는 것

처럼 와들와들 떨리었다.

그 여자도 지나치면서 유심히 아사녀의 얼굴을 내려다보았다. 그리고 제가 데리고 가는 시비인 듯한 뒤따라온 여자에게 가만히 속살거리었다.

"세상에 어여쁜 여자도 있고나."

"글쎄오. 이만저만한 인물이 아닌뎁시오."

"저렇게 어여쁜 여자는 난생처음 보겠고나."

하고 그 여자는 또 한 번 힐끗 돌아보았다.

두 눈길은 찡하고 소리라도 낼 듯이 마주 부딪쳤다.

"웬 여자일갑시오. 이 어두울 녘에 길가에 혼자 섰으니."

"그야 누가 알겠니."

그리고 두 여자는 뚜벅뚜벅 말을 채쳐 지나갔다.

아사녀는 돌쳐서서 그들의 가는 곳을 안정[130]이 튕겨 나오도록 바라보았다.

그들의 그림자는 불국사 절문 안으로 빨려 들어가듯 사라져버렸다.

아사녀는 뿌리나 난 것처럼 제 선 그 자리에서 한동안 움직이지 않았다. 그러다가 마치 열에 뜨인 사람 모양으로 불국사를 향하여 줄달음질을 하였다.

거진 불국사 문전에 다다르자마자 아사녀는 주춤 걸음을 멈추었다.

문은 어서 들어오라고 손짓이나 하는 듯이 훨신 열리었고 그

---

130 눈동자.

말썽꾼이 문지기도 어디로 갔는지 보이지 않았다. 그대로 뛰어들어가도 아무도 막을 이는 없을 것 같다.

아사녀는 몇 걸음 걷다가 주춤 서곤 하였다. 절문을 등지고 몇 발자국 떼어놓다가 다시 돌쳐서곤 하였다.

뛰어들까 말까!

남편 보고 싶은 마음과 분한 생각과 남편의 얼굴을 깎이우고 망신을 주게 될 걱정이 그의 조그마한 가슴속에서 세 갈래 네 갈래로 갈리어 대판 싸움을 일으킨 것이다.

얼마 동안 아사녀는 어쩔 줄을 모르고 망설이고 있는 판에 문득 등 뒤에서 팔을 잡아 비틀도록 단단히 부여잡는 사람이 있었다.

아사녀는 돌아보고 질겁을 하였다.

거기는 콩콩이가 무서운 형상을 하고 서 있지 않은가.

언제든지 싱글싱글 웃는 듯하던 눈이 미친개 눈처럼 번들번들 번쩍이고, 앙다문 입술은 발발 떠는데 게거품이 지르르 흐르는 데다가 앞이빨이 반쯤 튕겨 나온 것이 갈데없는 아귀와 같았다.

이윽히 아사녀를 뜯어나 먹을 듯이 노려보다가 몇 번 안간힘을 쓰고 나서 제풀에 제 성을 풀며

"쿵 쿵, 난 어디를 갔다고. 그림자 못에 열 번은 더 나가보고, 후유, 어쩌면 이 늙은것을 그렇게 애간장을 졸이게 한단 말이오. 난 물에나 빠져 죽은 줄 알고 어떻게 애를 켰던지. 여기를 올작시면 온단 말이라도 해야 될 것 아니오, 쿵 쿵. 어떻게 화가 나던지……"

콩콩이는 다시 너스레를 피우기 시작하였다.

136

아사녀와 마주친 말 탄 여자 둘은 물론 주만과 털이였다.

주만은 임해전 궁장 기슭 후미진 길에서 경신과 만나서 마지막 귀정을 지은 이튿날, 경신은 아무 일도 없었던 것처럼 장래 장인 장모와 주만에게까지 깍듯이 작별 인사를 하고 제 고장으로 떠나가 버렸다.

주만은 경신에게 한량없는 존경과 감사를 올리며 위태위태하던 제 사랑에 한 가닥 성공의 광명이 비친 듯하여 마음 그윽이 든든하고 기뻐하였다.

이제 남은 문제는 오직 하루바삐 탑이 완성되어 아사달과 두 손길을 마주 잡고 멀리 사랑의 보금자리를 찾아 종적을 감추면 고만이다.

탑이 얼마쯤 되었는가. 못된 자들의 엄습을 당한 아사달이 어떻게 되었는가. 차돌의 말을 들어 대강은 알았지마는 새삼스럽게 궁금증이 나서 견딜 수가 없었다. 아무리 위험한 불국사이기로 아니 오고는 배길 수 없었다. 겁을 집어먹고 머뭇거리는 털이를 재촉하여 살같이 달려온 것이다.

그들은 늘 하는 대로 절문 안에 들어와서 마구간에 말을 매고 주만은 걸어서 석가탑을 찾아 올라갔다.

"아까 그 여자가 웬 여자일까. 그 어여쁜 얼굴에 수색이 가득하였으니."

주만은 종시 그 여자가 마음에 키이는 모양이었다.

"글시오. 그 맨두리하며 얼굴 판국하며 어쩐지 서라벌 여자 같지는 않던뎁시오."

"얼굴 판국이야 서라벌 여자나 외처 여자나 구별하기가 어렵지만, 딴은 그 머리 쪽 찐 것하고 어딘지 시골티가 나기는 나더라. 그는 그렇다 해도 세상에 그렇게 결곡하고 고운 얼굴이 또 있을까."

"원 아가씨는 한 번 본 그 여자에게 아주 홀리셨군요. 아가씨가 사내 같으시면 여간이 아니실 뻔하셨군요, 호호."

털이는 또 버릇없는 소리를 하고 낄낄대었다.

"내가 만일 남자가 되었던들 그런 여자를 아내로 삼았겠지. 어여쁘고 안존하고 보드랍고…… 호호."

주만은 입에 침이 없이 칭찬을 하면서도 어이없다는 듯이 웃었다.

"참 아가씨가 남자로 태어나셨더면 동동 뜨는 서방님이 되셨을걸. 지금 본 그 여자가 아무리 아름답기로 아가씨께야 발밑에나 따라올깝시오."

"얘가 또 종작없는 소리를 지껄이는고나. 나 보기에는 여자답기에는 나보담 그 여자가 몇 곱절 나을 것 같더라."

"원 아가씨도, 아가씨를 어떻게 그런 여자와 댄단 말입시오."

이런 수작을 주고받을 제 그들의 걸음은 꽤 석가탑에 가까워 왔는지 자그락자르락 고이고이 돌을 미는 소리가 들리었다.

"오늘 밤에도 여상스럽게 일을 하시고 계시는고나."

주만은 하던 수작을 그치고 귀를 기울이다가 가만히 소곤거렸다. 마치 미묘한 풍악이 들려오는데 그 털끝만 한 가락이라도 귀 너머로 놓치지 않으려는 것처럼.

"아가씨는 귀도 밝으시어. 참 쥐가 밤톨이나 갉아 먹는 듯한 소리가 가느랗게 들려오는뎁시오."

털이도 손으로 귀 뒤를 잡아 쫑긋 세우고 종알거리었다.

주만은 손을 저어 아무 소리도 말라는 뜻을 보이고 잠깐 걸음을 멈춘 채 이윽히 엿듣고 있었다. 달그림자 어린 그 얼굴은 황홀하게 빛났다.

"너 저 자지러지는 가락소리를 들어봐라. 저절로 신이 나는고나."

"쉰네 귀에는 자그럽기만 한뎁시오."

"네까짓 귀가 귀냐. 저 소리는 가슴정질 하는 소리란다."

"네, 그럽시오?"

털이는 그럴싸하게 고개를 끄덕끄덕하다가

"정에도 가슴정, 다리정이 있는갑시오, 오호호."

"무슨 방정맞은 웃음이냐. 그 흐무러진 가락을 고만 놓쳐버렸고나."

"어서 가기나 하십시오. 그 탑 밑에 가시면 귀에 신물이 나도록 들으실걸."

하고 털이는 제가 앞장을 서서 종종걸음을 치려 들었다. 털이는 돌 쪼는 소리보담 제 아가씨를 한시바삐 모셔다 놓을 데 모셔다 놓고 차돌이 만나러 가기가 급하였던 것이다.

주만은 털이를 따라 멈추었던 발을 떼어는 놓았으나 땅이나 꺼질 듯이 가만가만히 걸었다. 제 귓속에 스며드는 아름다운 가락을 깨칠까 두리는 듯. 털이는 달음박질이라도 하고 싶은 것을 억지로 참으며 고 앙바틈한 다리를 아기작아기작 놀리어 제 아가씨의 본을 떠서 발소리를 죽이느라고 조심조심하였다.

"가슴정이란 어떻게 생긴 것입시오."

털이에게는 입을 다물고 묵묵히 걷는 것처럼 거북한 노릇은 없었다.

"원 그 애는 가슴정이란 말이 그렇게 이상스러우냐. 가슴정이란 아주 돌을 곱게 다듬는 데 쓰는 게란다."

주만은 성가시나마 아사달에게 들은 풍월을 설명해주는 수밖에 없었다.

그들의 눈앞에 나타난 석가탑은 다 된 탑이었다.

찢어지게 밝은 달빛 아래 그 의젓하고 거룩한 모양은 환하게 솟아오르는 듯하였다.

137

아사달은 인제 탑 속에서 일을 하지 않고 탑 밖에서 사다리를 놓고 한창 흥에 겨워서 다듬질에 골몰하였다. 번개같이 번드치는 그의 손아귀에는 가느단한 가슴정이 신이 나서 넘노는데 그 엷고 납작한 입부리로 나불나불 돌부리를 씹어내었다. 은물에 적시어놓은 듯한 돌몸에서는 반짝반짝 흩어지는 불꽃도 희었다.

주만과 털이가 사다리 밑까지 돌아왔건만 아사달은 인기척도 못 알아듣는 듯하였다.

털이가 소리를 치려는 것을 주만은 눈짓해 말리고 마치 얼빠진 사람 모양으로 어느 때까지 어느 때까지 귀와 눈을 아사달의 손끝에 모으고 있었다…….

털이는 몸부림이 날 지경이었다.

차돌은 지금 무엇을 하고 있는가. 아사달 님 처소 툇마루에 다리를 디룽디룽하며 걸터앉아서 달을 보고 있으리라. 지금 당장이라도 뛰어가서 그 늙은 회나무 그늘에 슬쩍 몸을 숨기고 뒤를 돌아 등 뒤에서 두 손으로 눈을 꼭 감겨주었으면! 그러면 누구야 누구야 하고 고개를 도레도레 흔들렷다. 한나절이나 눈 감긴 손을 떼어주지 않으면 약이 올라서 나중에는 뿔쭉하고 성을 내렷다. 실컷 애를 먹이다가

"아옹, 나를 몰라?"

하고 깔깔대면 저도 돌아다보고 싱글벙글 나를 두리쳐 안으리라.

그러나 어쩐지 엄숙한 공기에 싸이어 감히 발을 떼어놓지 못하고 주만의 하는 대로 조용히 서 있는 수밖에 없었다.

이윽고 정소리는 뚝 그치었다. 그러자 아사달은 후우 하고 긴 한숨을 내쉬었다. 그것은 높고 험한 산에 오르는 이가 아슬아슬한 고비를 다 겪고 마침내 절정에 득달하였을 때 내뿜는 한숨과 같았다. 가슴이 툭 트이는 듯한 시원함과 창자 밑에서 끓어오르는 듯한 기쁨과 지치고 지친 피로가 한꺼번에 뒤섞인 한숨이었다.

정소리는 끊겼건만 제 귀에서 아직도 사라지지 않는 여운을 즐기며 주만은 또 한동안 그린 듯이 서 있었다.

"아야야, 아야야."

털이는 온몸이 비꼬이는 듯 인제 더 참으려야 참을 수 없어 필경 이 조용한 공기를 깨치고 말았다.

"쉰네는 다리가 저려서 죽겠는뎁시오, 아야야, 아야야."

아사달은 그제야 제 발밑에서 나는 인기척을 들었는지 놀란 듯이 힐끗 내려다보았다.

"오오, 구슬아기 님, 구슬아기 님이 오셨습니까."

아사달이 이때처럼 반겨 부르짖기는 처음이었다. 그리고 주만이가 미처 대답도 하기 전에 우둥우둥 사다리를 내려온다.

털이는 옳다 인제 되었다는 듯이 그 틈을 타서 종종걸음을 치며 제 갈 데로 가버리었다.

아사달은 사다리를 내려오는 길로 다짜고짜 주만의 손을 덥석 잡았다. 그 손은 부들부들 떨리었다. 그 목소리는 전에 없이 내리지르는 폭포와 같이 급하였다.

"구슬아기 님, 구슬아기 님, 기뻐해주십시오. 인제, 인제야 끝이 났습니다."

대공을 이룩한 절대의 감격에 그의 몸과 넋은 소용돌이를 쳤던 것이다. 이 기쁨을 나눌 이를 만난 것이 어떻게 반가운지 몰랐던 것이다.

"네, 네! 탑이 완성이 되었단 말씀예요? 대공을 마치셨단 말씀예요?"

주만도 제 귀를 의심하는 것처럼 흥분된 말씨로 채쳐 물었다.

"그렇습니다. 지금 마지막 손을 떼었습니다. 햇수로 삼 년, 달수로 서른 달 만에."

"……"

주만은 대번에 목이 꽉 메이는 듯 말도 나오지 않았다. 수이수이 준공은 된다고 하였지만 이렇게 속히 끝이 날 줄이야. 그렇게도 지루하고 그렇게도 어렵더니만 마치려드니 이대도록 빠를 줄이야, 쉬울 줄이야. 더구나 제가 보는 눈앞에서 일손이 떨어질 줄이야.

주만의 긴 속눈썹에는 눈물이 서릿발같이 번쩍였다. 마침내 그는 감격과 정열의 회오리바람에 싸이어 단 한마디

"아사달 님!"

부르짖고 제 얼굴을 사랑하는 이의 가슴에 던지며 소리를 내어 울었다.

"구슬아기 님, 고맙습니다. 이렇게 기뻐해주시니."

하고 아사달도 주먹으로 제 눈물을 씻었다.

"만일 이 자리에 스승이 계셨던들 얼마나 기뻐하실까……."

아사달의 생각은 벌써 멀리 고장으로 달리었던 것이다. 스승도 스승이려니와 제 아내 아사녀인들 이 자리에 있었다면 얼마나 좋아하였으랴. 그러나 아사녀 말만은 선선히 입 밖으로 나오지 않았다.

주만은 벌써 아사달의 흉중을 꿰뚫어 본 듯 선뜩 얼굴을 떼며

"부인께서 보셨더면 더욱 기뻐하셨을 것을."

하고 중얼거리었다. 그 말 가락엔 조금도 시새는 울림이 없고 가장 자연스럽게 동정에 넘치는 듯하였다.

뚜렷한 석가탑의 그림자는 하나로 녹아드는 두 사람의 그림자를 뒤덮는 듯이 지워버렸다.

138

아사달과 주만이가 석가탑 그림자 속에서 낙성의 감격에 겨웠을 제 아사녀는 콩콩이에게 붙들리어 푸줏간으로 끌려가는 양 모양으로 꾸벅꾸벅 따라갔다.

지금 와서 앙탈을 한다 한들 와자지껄만 할 뿐이지 놓아줄 것 같지도 않고, 설령 뿌리치고 달아날 수 있다 하더라도 또다시 펄떡거리는 가슴을 부둥켜안고 풀밭과 산기슭에 이리저리 몸을 숨기는 그 지긋지긋한 고생의 길로 들어설 뿐. 생각만 해도 이에 쓴 물이 돌았다.

그는 모든 것을 잃어버렸다. 모든 걸 단념해버렸다.

대공을 이루고 찬란한 영광에 싸인 남편의 얼굴을 바라보는 기쁨도, 두 손길을 마주 잡고 고장으로 회정하는 아기자기한 꿈도, 그 몹쓸 가지가지 경난을 정담 속에 넣어두고 서로 위로하며 서로 어여삐 여기는 꿈 같은 사랑 생활도 무참하게 부서지고 말았다. 그이에게는 저보담 더 높고 더 아름다운 여자의 사랑이 있지 않으냐. 찌들고 여위고 볼품없는 이 시골뜨기 아내보담 호화롭고 씩씩한 서울 아가씨가 따르지 않았느냐.

인제 와서는 내란 이 몸은 그이에게 도리어 폐가 되고 누가 될 따름이 아니냐.

이런 때 저승의 차사 같은 콩콩이를 만난 것이 도리어 무딘 결심을 재촉해주었다.

콩콩이는 아사녀가 저를 보기만 하면 몸부림을 하고 뺑소니를 칠 줄 알았더니 이렇게 고분고분히 따라오매 얼마쯤 마음이 누그러졌다. 막상 '대감'이 불러오라 하여 찾으러 나갔다가 아사녀가 가뭇없이 사라져서 발을 동동 구르던 생각을 할 것 같으면 아사녀를 잡기만 하면 바수어 먹어도 시원치 않을 듯하였다. 그렇게 꿀을 담아 붓는 듯하여 그 '대감'이 제 집에 행차까지 하셨는데 정작 당자가 없어놓으니 이런 꼴이 어디 있느냐. 더구나 끼니마다 고량진미에 중값 든 옷까지 입혔으니 밑천도 이만저만 들지 않는데 만일 줄행랑을 했다면 이런 손해가 또 어디 있느냐. 그림자 못을 열 바퀴나 더 돌다가 허허실수로 불국사엘 와본 것이 그대로 들어맞은 것은 만행도 만행이려니와 당자가 앙탈도 않는 것은 여간 다행이 아니다. 만일 그 '대감'이 조마중이나 내시지 않고 눈을 껌벅껌벅하며 기다리고 있다면야 일은 되었다. 오래간만에 얻어걸린 이 큰 콩을 놓쳐서 될 말인가.

"여보 젊으신네, 하필 오늘 저녁따라 불국사엘 오셨소. 그래 그 석가탑인가 뭔가 탑 그림자가 비칩디까."

"아녜요."

아사녀는 고개를 다소곳한 채 성가신 듯이 간단히 대답하였다.

"그것 보구려. 이 먼 곳에서 어떻게 거기 그림자가 비친단 말이오, 쿵 쿵. 백주에 거짓말이지."

하고 콩콩이는 속으로 이 계집애가 아직도 아무것도 모르는구나 생각하고 슬슬 마음을 돌려보려 들었다. 정작 '대감'과 상면을 시킬 때 발버둥을 치면 가뜩이나 남편 있는 계집이라고 꺼리는데 일이 순편할 것 같지 않았다.

"그래 오늘은 남편을 만나보셨소."

번연히 못 만난 것을 알면서도 짐짓 물어보았다.

"아녜요."

"원 그런! 세상에 매정한 사내도 있구려, 쿵 쿵. 천리 원정에 찾아온 아내를 어떡하면 만나주지도 않는단 말이오."

하고 콩콩이는 바로 흉격이나 막히는 것처럼 칵 하고 침을 배앝고 나서

"여보 젊으신네, 그런 사내를 어떻게 바라고 산단 말이오. 내참 좋은 자리에 중권해주께, 으흐흐. 바루 상대등 되시는 어른, 말하자면 임금님 다음가는 어른이야. 그 어른이 자식이 없어서 마마님을 구하시는데 젊으신네가 들어가 보시려오. 쇠뿔한 마마님이면 귀비 부러웁지 않게 호강이야 말할 것도 없지만 젊으신네가 들어가서 아들만 하나 쑥 낳아보시구려. 귀염과 고임을 독차지할 게고 아드님이 대까지 잇게 된단 말이거든."

수다 늘어놓는 콩콩이의 말낱은 마치 아사녀의 명을 재촉하는 주문과 같았다.

아사녀는 콩콩이보담도 더 빨리 걸었다. 한 걸음이라도 속히 걸어야 모든 슬픔과 모든 괴로움을 한시바삐 벗어날 것처럼.

저만큼 그림자 못이 보인다.

달빛 어린 그림자 못은 거울같이 맑았다. 찰랑찰랑 뛰노는 은물결은 아사녀에게 어서 오라고 부르는 듯하였다. 그 물결을 바라보는 순간 아사녀의 설레던 가슴도 맑고 고요하게 가라앉았다.

'인제 다 왔고나.'

아사녀는 속으로 속살거리고 호 하고 가쁜 숨길을 내쉬었다.

그들의 발길은 그림자 못가를 스쳐 가게 되었다.

아사녀는 불국사 쪽을 돌아보았다. 그 눈에는 털끝만 한 원망

하는 빛도 없었다. 맑고 부드럽게 약간 슬픔을 머금은 양이 마치 보살님의 자비에 가득 찬 눈동자와 같았다.

'나는 가요, 저 물속으로. 내 시신 위에나마 당신의 이룩한 석가탑의 그림자를 비쳐주어요.'

이것이 마음으로 속살거리는 남편에게 대한 마지막 부탁이었다.

콩콩이가 악 소리를 지를 겨를도 없이 아사녀는 나는 듯이 몸을 빼쳐 그림자 못 속으로 뛰어들었다…….

139

이 나라의 큰 명절 팔월 한가위도 글피로 박두하였다. 오늘의 조회에서는 신궁에 큰 제향을 올릴 절차와 제향을 마친 다음에는 신궁 넓은 마당에서 궁술과 검술의 모임을 열 것과, 밤에는 육부의 처녀들을 모아 길쌈 내기 할 것을 결정하였다. 그리고 그 처녀들을 두 패로 나누는데, 그 우두머리가 될 두 처녀는 연례에 따라 시중 금지의 딸 아옥과 이찬 유종의 딸 주만으로 작정이 되었다.

시중 금지는 문득 반열에서 나와 옥좌 앞에 부복하였다.

"소신이 아뢰올 말씀이 있습니다."

여러 조신들은 내심으로 '저 독사 같은 자가 또 무슨 소리를 하라는고' 하면서 긴장한 얼굴로 그 깐깐한 목소리에 귀를 기울였다.

"궁술과 검술을 권장함은 우리나라의 오래 내려오는 관습이오라 지금 졸연히 폐지하기는 어렵다 하겠사오나 오늘날 같은 태평성대에 살벌의 기운을 일삼는 것은 결코 화길한 일이 아니옵고 개중에는 지체와 재주를 믿사옵고 성군작대成群作隊하와[131] 양민을 괴롭게 하오며 심지어 인명을 해하는 일도 없지 않다 하온즉 유사에 명하시와 이런 무뢰지배를 사실케 하시와 국법을 바루시옵고 상무지풍을 누르시어 혈기방장한 젊은 무리의 예기를 꺾으시고 성경현전에 잠심케 하시와 국가 백년대계의 귀취를 밝히심이 좋을까 하옵니다……."

시중 금지의 말이 채 마치기 전에 이찬 유종은 매우 흥분된 걸음걸이로 반열에서 나왔다.

"지금 아뢰온 시중 금지의 말씀은 천만부당한 줄로 아뢰옵니다. 문무를 병행시킴이 치국의 대경대법이어늘 이제 시중은 무를 버리고 문만 취하려 하오니 국사를 그르침이 이에 심한 자 없는 줄로 아뢰옵니다. 우리나라가 최이한 소국으로 삼한통일의 위업을 이루옴은 위로 열성조의 천위와 성덕의 소치이옵고 아래로는 우리나라 고유의 국선도가 사기를 진작한 까닭인 줄로 아옵니다. 대개 무는 국민의 원기이오라 원기를 꺾어버리고 흥하는 나라가 어찌 있사오리까. 고금 흥망의 자취를 살펴보오면 문약에 흐르고 망하지 않은 자 없사오니 태평성대라 하여 문만 숭상하옴은 멀지 않은 장래에 큰 화를 빚어내올 줄 아옵니다. 치에서 난을 잊지 않고 난에서 치를 잊지 않사와야 나라를 태산반석의 튼튼한

---

131 떼를 지어.

자리에 올려놓는 소이인 줄로 아뢰옵니다. 개중에 불량배가 있사오면 저절로 국법이 있사오니 그런 무리로 말미암아 상무지풍을 누른다는 것은 본말을 전도하와 성명을 가리움인가 하옵니다.”

유종의 우렁찬 목소리는 쩌렁쩌렁 전각을 흔드는 듯하였다. 그리고 그 은사실 같은 긴 수염이 매우 분개한 듯이 푸르르 떨리는 것 같았다.

금지는 매우 못마땅한 듯이 칵 한 번 기침을 하고 나서 목소리를 가다듬어

“이찬 유종은 소신의 아뢰온 본뜻을 잘 모르는 듯하옵니다. 소신도 결코 무를 아주 버리고 문만 취하자는 것이 아니옵니다. 문무 병행이야 삼척동자라도 다 아는 것이온즉 하필 이찬의 말을 기다릴 것도 없는 줄 아뢰옵니다. 이찬은 문약이 나라를 그르친다 하오나 한무제가 문으로 백성을 피폐케 하였사오며 수양제가 문으로 나라를 잃었사오리까. 성쇠의 자최가 소소히 역사에 남았거늘 이런 사실에는 일부러 눈을 감아버리랴는 이찬의 뜻이 어디 있는 줄 소신은 아지 못하겠사옵니다. 궁술, 검술의 모임을 연다 하셔도 될 수 있는 대로 그 규모를 줄이시고 등용의 길을 좁히심이 지당하온 줄로 아뢰옵니다.”

하고 금지는 제 옆에 나란히 부복한 유종을 곁눈으로 흘겨보았다.

늙으신 왕은 성가신 듯이 고개만 좌우로 흔드시고 아무런 처분이 없으시었다. 만득하신 왕자께서 워낙 나약하시어 첫가을 바람이 불자 또 감기에 걸리어 몸져누운 것을 생각하시고 어서 조회가 끝나서 들어가 보시고 싶으셨다.

금지는 더한층 목소리를 가다듬어

"그는 그러하옵거니와 또 한마디 아뢰올 말씀이 있습니다. 이 것도 상무지풍에서 오는 폐단인 줄 아옵거니와 근래 남녀의 강 기가 어지러워진 것은 참으로 통탄하올 일로 아뢰옵니다. 남녀 는 국민의 기초이오라 한번 그 관계가 어지러우면 곧 골품이 불 순해지는 것이온즉 어찌 작은 일이라 하오리까. 칠 세에 남녀 부 동석이라는 뚜렷한 성훈이 있사옵거늘 심규의 처녀가 예사로 외 간 남자를 대하옵고 상민천한의 자녀야 거론할 것이 못 되옵지 만 한 나라의 사표가 되올 집안의 딸이 제 지체도 돌아보지 않사 옵고 하향천한을 따른다는 해괴한 소문이 항간에 파다하온즉 이 런 괴변이 어디 있사오리까……."

금지가 채 말을 마치기 전에 왕은 듣기 싫으시다는 듯이 파조 해버리시고 내전으로 듭시었다.

140

파조해 나오면서 여러 조관들은 힐끗힐끗 금지의 기색을 살피 었다. 약삭빠르고 슬기롭기 늙은 여우와 같은 그도 오늘따라 왜 그런 주책없는 말씀을 아뢰어 필경 왕의 미타하심까지 입었을까. 행세하는 집 딸로 하향천한을 따른다는 것은 무슨 던적맞은 수 작일까. 대관절 누구의 딸이 그런 짓을 저질렀던가.

딸 없는 이는 번쩍이는 호기심을 걷잡지 못하였고 딸 있는 이 는 '혹시 내 딸이……' 하고 송구스러운 생각을 일으키고 집에 돌아가면 제 딸을 단단히 잡도리를 하리라고 벼르는 사람까지 있었다.

금지는 여럿의 시선을 느끼었던지 그 노리캥캥한 얼굴을 더욱 찡그려 붙이고 그 톡 불거진 눈을 해번득해번득 아래로 깔며 일부러 아칠랑아칠랑 느리게 걸어 나왔다.

궁문을 다 나와서 수레에 오르려다가 말고 역시 수레에 오르려는 유종의 곁으로 왔다.

"여보 이찬, 오늘은 신신치도 않은 일로 서로 다투게 되어 어심[132]에 미안하구려. 내야 무슨 이찬과 혐의가 있는 게 아니고……."

저는 푸느라고 하는 말인지 모르지마는 실룩실룩 떠는 그 입술은 감추지를 못하였다.

"금 시중, 그게 무슨 말씀이오. 우리가 국사를 가지고 서로 다툰 것이지 사삿혐의야 왜 있겠단 말이오. 공과 사를 구별을 못 한다면 신자 된 도리에 어그러질 것 아니오."

유종은 독사나 옆에 온 듯 지겨운 듯이 한 걸음 물러서며 아까 머리끝까지 치받치었던 분노가 아직도 가라앉지 않은 양 그 범눈썹이 거슬러 일어섰다.

"우리가 한 조정에 같이 선 지 어느덧 사십 년, 공사고 사사 간에 의좋게 지내면 더욱 좋을 것 아니오, 허허."

하고 금지는 가장 너그러운 척을 하며 지어서 웃어 보이었다.

"그야 다 이를 말이오. 그러나 사람이란 소견이 다 각각이라 비록 이 흰 머리가 베어질지언정 어찌 제가 옳다고 생각하는 것

132 마음속.

을 기어이 임금을 속일 수야 있단 말이오."

유종의 말씨는 종시 풀리지 않았다.

"조정에서 하던 의논을 이 길거리에서 다시 되풀이할 거야 있소. 우리 사삿얘기나 합시다. 참 영애의 혼사는 작정이 되셨다니 고맙소이다."

"시중이 고마울 거야 무엇 있겠소. 금량상의 집안으로 보내게 되었다오."

유종은 더욱 퉁명스럽게 대답하고 눈을 부릅떠 금지를 노려보았다.

이자가 어전에서 그런 무엄한 소리를 꺼낸 것이 반은 제 딸을 빈정거림인 줄 몰라들을 유종이가 아니었다. 규중처녀가 외간 남자를 예사로 대한다고 꼬집었지만 벌써 혼인이 다 된 장래 신랑과 신부가 제 부모 보는 앞에서 만나보는 것이 무엇이 예절에 어그러진단 말인가. 그런 것은 천 번 만 번을 이렁성거린들 무슨 흉이 될 것이냐.

'네가 아무리 그 독사 같은 주둥아리를 놀려보아야 도리어 왕의 찡그심을 받을 뿐 아니냐.'

"어 그 참 잘된 일이오. 그 혼사가 올곧게 된다면야……."

금지의 입술에는 찬웃음이 흘렀다.

"날짜까지 다 정해놓은 혼사가 올곧게 안 된다는 것은 또 어떻게 하시는 말인지."

유종은 나이나 젊었으면 허리에 찬 보도를 빼어 들 뻔하였다. 이런 놈을 한칼에 두 동강이를 내지 못하고 또 누구를 벨 것이냐.

"그러하시겠지. 정해놓은 혼인이야 안 될 리가 왜 있겠소. 대관절 영애의 허락이나 맡으셨소."

금지의 말은 갈수록 버르장머리가 없었다.

"허락을 맡다니 어찌 하는 소리요."

유종의 화는 더 참으려야 참을 수가 없었다.

"그러면 이찬은 아무것도 모르시는구려. 온 세상이 다 아는 불국사 사단도 모르는구려."

"불국사 사단?"

유종은 무슨 소리인지 몰라듣고 채쳐 물었다.

"여보 이찬, 우리나라 법에 행실 잃은 계집애 처치를 어떻게 하는지 이찬도 아시겠지."

"불에 태워 죽이는 거야 누가 모른단 말이오."

"아시기는 잘 아오마는 행하기는 어려우실걸."

"안 다음에야 왜 행하지를 못한단 말이오. 거혼한 혐의로 시중이 끝끝내 우리 부녀를 뜯는다 해도 아무 상관이 없소이다."

"어, 거혼한 혐의라니? 그런 신부는 가져갑시사고 절을 해도 내 쪽에서 거혼을 할 테요. 세상에 어디 사내가 없어서 하필 석수쟁이를……."

유종은 금지의 말이 무슨 소리인지 점점 알아들을 수가 없었으나 웬일인지 차차 분함만 치받쳐 올랐다.

"석수쟁이란 또 웬 말인고."

"압다 그렇게 못 알아들으시겠거든 영애에게 좀 자세 물어보구려. 등하불명이란 이찬 같은 이를 두고 하는 말인가 보오."

141

금지의 말씨는 갈수록 망상스러웠다. 그는 어떻게 분하고 악이 났던지 제 지체와 체모도 돌아보지 않는 듯하였다. 평일에 억지로 지어서나마 빼는 점잖은 가락조차 약에 쓰려도 찾을 수 없었다. 한 마디 한 마디마다 독한 칼날이 쟁그렁 쟁그렁 소리를 내는 듯하였다.

불국사에서 경신에게 혼띔을 한 금성은 분풀이를 할 궁리를 생각다가 못한 끝에 앞뒤 사연을 제 아비에게 꼬아바치고 말았다. 제 쪽에서 수십 명이 떼를 지어 지쳐 들어갔다가 경신과 용돌단 두 사람에게 혼비백산하였거늘 제 아비 앞이라도 창피하였던지 그 사실만은 슬쩍 뒤집어 꾸미어 제가 수많은 경신의 패에 붙들리어 죽을 변을 하였다고 호소하였다.

유종에게 혼인 거절당한 것만 해도 치가 떨릴 노릇이거늘 그 소위 사윗감으로 작정한 위인에게 제 자식이 봉변까지 당하였다는 말을 듣고 보매 금지는 온몸에 독이 올라서 어젯밤은 잠 한잠을 이루지 못하고 그대로 밝히었던 것이다.

유종 부녀와 경신 형제를 갈아 마시어도 시원치 않을 것 같았다. 갖은 흉계를 궁리궁리하며 손톱 여물을 썰다가 조회가 거의 끝날 때쯤 되어 앞뒤를 헤아리지 않고 필경 그런 상주까지 한 것이었다.

그러나 왕께서 이내 파조해버리신 탓으로 그 한독한 상주도 아무 보람이 없게 되었다. 도리어 제에게 적지 않은 망신이 되고 말았다.

사람을 해치려다가 도리어 맞은 독사처럼 치밀리는 독기를 걷잡을 수 없어 유종을 노상에서 붙들고 직접 독설을 놀려본 것이었다.

"등하불명이라니 그건 또 어떻게 하는 말이오."

유종의 불쾌한 얼굴에도 살기가 등등해졌다.

"그렇게 자자한 소문을 이찬만 못 듣다니 될 말이오. 이찬 댁에서 난 일을 이찬이 모르니 등하불명이 아니고 무엇이란 말이오."

"내 집에서 생긴 일? 그건 또 무슨 고이한 말인고."

하고 유종은 소매를 떨치고 수레에 오르고 말았다. 만일 금지의 말을 더 듣고 있다가는 한길가에서 무슨 거조가 날지 자기도 알 수 없었던 것이다. 하마하마 칼집으로 손이 가는 것을 그는 이를 악물고 참았던 것이다.

"이찬도 잘 생각하였소. 어서 댁에나 가서 물어보구려, 허허."

금지는 싸늘하게 웃으며 제 수레로 가려다가 다시 돌아쳐서

"참 이찬, 사윗감은 썩 잘 골르셨더군. 무뢰배들과 몰려다니며 아닌 밤중에 문문한 절간이나 엄습해서 토식[133]이나 하고 제 장래 계집의 서방을 알뜰살뜰히 두둔을 하니. 원 세상에 할 게 없는 놈, 어허허."

금지의 꼴 같지 않은 큰 웃음소리가 마치 독 묻은 살촉과 같이 유종의 귀에 와서 들어박히었다.

수레에 오른 뒤에도 유종의 몸은 부들부들 떨리었다. 금지에

---

133 음식을 억지로 달라고 하여 먹음.

대한 미운 생각으로 그 늙은 살도 떨리는 것이었다.

"될 말인가, 될 말인가."

유종은 혼자 중얼거리었다.

제가 아무리 우리 부녀를 모함하려 한들 터무니도 없는 소리가 성사가 될 까닭이 있느냐. 내 딸과 집안을 빗대놓고 상없는 상주까지 하였지만 아무리 한들 그런 어림없는 수작으로 성명을 가리울 수 있느냐.

우리 집안이 비록 고단하다 한들 인제 경신 형제가 있지 않으냐.

한 번 경신을 생각하자 잔뜩 찌푸렸던 유종의 얼굴은 저절로 풀어졌다.

먼빛으로 보아도 천하영웅인 줄 알아보았지마는 정작 겪어보니 얼마를 더 씩씩하고 더 의젓하고 인정스러운지 몰랐다. 이렇듯 사내다운 사내를 사위로 맞게 된 것은 천우신조가 아닐 수 없었다.

이런 사위가 있는 다음에야 금지 따위야 열 명 백 명이 적이 된다 해도 조금도 두려울 것이 없었다. 경신에게 대면 금지의 아들 금성이쯤은 발아래 꿈지럭거리는 벌레만도 못하였다.

한두 번 상면밖에 시키지 않았지만 저희끼리도 그리 싫지는 않은 눈치였다. 주만이 같은 기상에 조금이라도 마음에 못마땅할 것 같으면 그대로 낯빛에 드러낼 것 아니냐.

경신이 떠날 때에도 저희끼리도 인사를 주고받으며 얼마 아닌 그동안이나마 못내 이별을 아끼는 듯도 하였다.

이 혼인이 올곧게 못 된다면 동해물이 거꾸로 흐르는 날이리

라. 유종은 미쁘고 든든한 생각에 금지의 칼날 같은 빈정거림도 잠깐 잊어버리었다.

그의 늙은 눈 앞에는 대화어아금大花魚牙錦의 활옷에 큰 낭자를 하고 아름다운 신부 모양을 차린 주만과, 공작의 꼬리를 꽂고 복두와 관대의 신랑의 위의를 갖춘 경신이 금실 좋게 나란히 서 있는 모양이 떠 나왔다.

142

유종은 물론 금지의 말을 믿지 않았다.

불국사 사단이니, 석수쟁이니, 장래 아내의 서방이니, 실행한 처녀는 불에 태워 죽이는 법이니, 하는 것이 도무지 알아들을 수도 없는 소리요, 괴이한 수수께끼 같았으나, 그 모질고 독한 말씨가 납덩이처럼 그의 귀 밑바닥에 꺼림칙하게 처지었다.

집에 돌아오는 길로 아무튼 주만을 불러 물어는 보려 하였으나 마침 손들도 있고 해서 저녁밥을 먹은 다음에야 안으로 들어왔다.

사초부인은 남편의 불쾌한 안색을 보고 놀라는 빛으로

"신관이 갑자기 틀리셨으니 어디 편치나 않으시온지."

"아니오, 뭐 불편한 데는 없지마는 좀 상심되는 일이 있어서 그러한가 보오."

"무슨 상심되는 일이 있사온지."

유종은 조정에서 일어난 일은 한마디라도 집 안에 와서 이렁성거리는 성미가 아니었으나 오늘 일은 딸에게 관한 일이라 간단하게 금지의 아룁던 말과, 길거리에서 자기를 잡고 이러쿵저러쿵 변죽을 울리던 이야기를 일러 듣기었다.

"망측도 해라. 그게 무슨 얼토당토않은 소리예요. 거혼당한 앙심으로 지어낸 것이겠지만 어쩌면 남의 천금 같은 귀한 딸에게 그런 음해를 뒤집어씌운단 말씀예요. 어규 분해라."

사초부인은 대번에 소름이 끼치고 위아래 이빨이 딱딱 마주치었다.

"제가 아무리 악독한 마음을 품고 우리를 해치려 하지마는 내 딸에게 그런 일이 없는 다음에야 무슨 계관이 있겠소마는……"

"없고말고, 온, 세상에 그런, 그런 고약한 소리가……"
하고 사초부인은 흉격이 막히는 듯이 말끝을 이루지 못한다.

"그래 마누라도 그럴싸한 소문도 듣지 못했단 말이오."

"소문이 무슨 소문입니까. 그런 입길에도 못 올릴 소리를……"

"불국사 사단이라 하니 불국사에서 무슨 일이 있었던가. 왜 마누라는 아들 발원한다고 이따금 불국사엘 가지 않소."
하고 유종은 조롱하는 듯이 자기보다 훨씬 젊은 아내를 바라보았다.

"전에는 더러 갔지마는 요새는 그 애 혼사 때문에 어디 몸 뺄 틈이나 있어야지요."

"그럼 그게 다 무슨 종작없는 소리일까!"

사초부인은 이윽히 무엇을 생각하는 듯하다가

"참 얼마 전에 불국사에서 이런 일은 있었대요. 그때 내가 대감께 그런 얘기를 안 했던가."

"무슨 일이오? 나는 얘기를 들은 법도 않은데."

"다른 게 아니라 왜 불국사에 석가탑을 모시는 석수쟁이가 있지 않아요."

"옳지, 석수쟁이!"

하고 유종은 무엇이 마음에 마치는 것이 있는 것처럼 무릎을 일으켜 세운다.

"참 대감께서도 보셨겠구면. 왜 사월 파일 날 불국사 거둥을 하셨을 때 상감께서 불러 보시기까지 하셨지."

"그래 그 석수쟁이가 어떻게 되었단 말이오."

유종의 묻는 말씨는 매우 급하였다.

"하루 밤에 그 석수가 골똘히 일을 하고 있노라니 웬 사람들인지 수십 명이 들이쳐서 그 사람을 탑 위에서 끌어 내려가지고 못 당할 욕을 보이랴 할 제 난데없는 신장 두 분이 나타나서 서리 같은 칼을 휘둘러 여러 군정들을 쫓아버리고 그중에 우두머리 가는 사람을 개 꾸짖듯 하고 그 석수 앞에 꿇어앉히고 백배사례를 시킨 일이 있었는데요, 말인즉은 그 탑이 영검이 무서워서 그 짓는 이를 부처님께서 두호를 해주신 것이라고들 합디다."

"신장이 나타나다니 어디 말이 되는 소리인가."

"그야 모르지요. 하인들이 종작없이 지껄이는 소리를 나도 들은 것이니까요."

"신장이 나타나고 아니 나타난 거야 우리의 알 바가 아니지만 그 불국사 사단이 우리 구슬아기에게 무슨 계관이 있단 말인고."

"아기한테야 무슨 계관이 있겠어요."

"대관절 그 여러 사람들은 무슨 원혐으로 그 석수쟁이를 들이
쳤을까."

"글쎄요, 그 까닭은 자세히 알 수 없지요."

"아무튼 구슬아기를 좀 불러다가 물어볼까."

"물어보시기는 무엇을 물어보서요. 그런 해괴한 소리를 어떻
게 점잖은 딸에게……."

"좌우간 좀 불러오구려. 보고도 싶으니."

사초부인은 계집애 종 하나를 시켜 딸을 부르러 보내었다.

얼마 만에 그 계집애 종이 돌아와서 밖에서, "마님, 마님" 하
고 사초부인을 불러내었다.

"아가씨가 계시지 않는뎁시오."

"털이년도 없느냐."

"털이년도 어디를 갔는지 없는뎁시오."

"응!"

하고 유종은 벌떡 몸을 일으켰다.

143

주만은 아사달의 무사한 얼굴만 보면 선걸음에라도 돌쳐선다
는 것이 미룩미룩 밤이 이슥한 연에야 집에 돌아오게 되었다.

고동안이라도 하루가 열흘 맞잡이로 그리웁던 알뜰한 임을 만
나보고야 차마 발길이 선뜩 돌아서지도 않았거니와 오늘 밤이란
오늘 밤이야말로 그 탑이 끝나지 않았느냐. 하루하루 목숨이 잦

아질 듯이 애가 키이고 가슴이 졸이던 그 탑이 인제야 일손이 떨어지지 않았느냐.

이 기쁨! 이 감격! 이 앞에는 모든 불안과 모든 위험이 사라지고 말았다. 어수선한 소문도 겁낼 것이 없다. 불의의 변도 두려울 것이 없다. 그의 앞길에는 한 조각 검은 구름도 얼씬거리지 않았다. 찢어지게 밝은 저 달과 같이 행복의 길은 환하게 열리었다.

"언제쯤 길을 떠나실지."

주만은 마지막으로 또 한 번 다져보았다.

"글쎄올시다. 내일 아니면 모레는 떠나볼까 합니다."

아사달의 돌아갈 마음도 살과 같구나.

불국사를 나와 주만은 더욱 신이야 넋이야 말을 달렸다. 귓결에 지나치는 맑은 가을바람은 어떻게 이렇게 시원할까. 죽을 판 살 판 따라오는 털이의 꼴도 오늘 밤같이 우스운 적은 없었다.

집 가까이 다다르자 말은 털이에게 맡겨 보내고 별당 뒷문으로 돌았다. 미리 밖에서 열 수 있도록 만들어둔 문을 거침없이 열고 들어서니 제 침방에 촛불이 그저 켜 있었다.

'웬일일까.'

주만은 적이 의아하였다. 그는 나갈 적에 흔히 촛불을 켜버려둔 채로 나갔지마는 언제든지 제가 돌아올 무렵에는 그 촛불이 다 타서 꺼지고 마는 터이었다. 오늘 밤도 그럭저럭 꽤 늦었을 텐데 불이 그대로 있는 것은 이상한 일이었다.

마루에 가만히 올라서서 살그머니 영창을 열고 보매 자기 어머니 사초부인이 벽에 그린 듯이 기대앉아서 잠깐 졸다가 인기척에 놀란 듯이 눈을 번쩍 뜬다.

"너 어디 갔다 오느냐."

어머니는 첫마디에 묻는다.

주만은 어머니가 홀로 있는 것을 그리 큰일은 아닐 상싶어서 방 안에까지 들어는 섰으나 무에라고 얼른 대답할 말은 없었다.

"너 이 밤중에 어디를 갔다 온단 말이냐."

채쳐 묻는 어머니의 말소리는 전에 없이 쨍쨍한 울림을 띠었다.

"저어, 어디 좀 다녀와요."

응석 피듯 대답 안 되는 대답을 한마디하고 주만은 어머니와 동안이 뜨게 주저앉았다.

"다녀오는 데가 어디란 말이냐. 너 아버지께서 너를 찾으시다가 역정까지 내셨단다. 나는 여길 와서 세상 너를 기다리니 어디 와야지."

아버지도 찾으셨단 말에 주만의 가슴은 덜컹하였다.

"너 나이 한두 살이냐. 설령 동무 집에 놀러를 간다 해도 부모의 말을 듣고 다녀야 될 것 아니냐. 다 큰 계집애가 내일모레로 시집갈 색시애가 밤나들이란 될 뻔이나 한 일이냐."

사초부인의 언성은 점점 높아간다.

"……."

주만은 고개를 푹 숙이고 말았다. 바른대로 사뢸 수도 없고 그렇다고 거짓말을 주워댈 수도 없었다. 거짓말을 한다 한들 곧이들을 어머니도 아니었다. 자애는 깊지만 차근차근하고 밝은 어머니였다.

"어머니, 잘못했어요."

주만은 어릴 때 말버릇이 그대로 나왔다.

"어디를 갔다 왔기에 덮어놓고 잘못을 했단 말이냐."

어머니의 목소리는 카랑카랑하게 맑아진다. 쾌[134]가 되우 날수록 조리가 정연한 사초부인이었다.

"그래 털이년은 또 어디를 갔느냐."

"데리고 갔다가 같이 왔어요."

"같이 왔다면 그년은 어디 있느냐."

사초부인의 말이 떨어지기 전에 창밖에서 벌벌 떠는 털이의 목소리가 들려왔다.

"쇠, 쇤네는 여, 여기 이, 있는뎁시오."

사초부인은 영창을 홱 열어젖뜨렸다.

털이는 벌써 초죽음이나 된 듯이 뜰아래 저만큼 고개를 빠뜨리고 땅을 보고 서 있었다.

"이리 가까이 오너라. 이 마루 앞까지 올라서라."

사초부인은 될 수만 있으면 왁자지껄하게 큰소리를 내기 싫은 눈치였다.

"너 이년, 아가씨를 모시고 어디를 갔다 왔니."

말소리는 조용하나마 서릿발같이 냉랭하였다.

"저어, 저어, 달구경을 모시고……."

"달구경을? 그래 달구경을 어디로 모시고 갔다 왔느냐. 바른대로 말을 해야 망정이지 만일 추호라도 기이면……."

"네, 네, 바른대로 아뢰고말곱시오. 네, 네, 저 불국사엘 모시고……."

---

134 화.

"으응 불국사?"

하고 사초부인은 안간힘을 한 번 쓰고 거의 기절이나 한 사람 모양으로 뒤로 넘어질 뻔하였다.

144

여간 큰일을 당해도 냉정한 어머니가 이렇게 기급절사를 하기는 난생처음이었다.

주만도 엉겁결에 몸을 소스라치며 외마디소리를 지를 뻔하였다.

사초부인은 이내 몸을 바로잡았으나 그 머리는 힘없이 벽에 떨어뜨리었다.

"그러면 그 종작없는 말에도 무슨 터무니가 있었던가."

혼잣말로 중얼거리고 하 하며 한숨을 내쉬었다.

모처럼 기쁨에 달떴던 주만의 가슴에도 '예사가 아니고나' 하는 불길한 예감이 섬뜩 지나갔다.

"그래 불국사에는 왜 갔더냐."

영창 밖을 노려보며 사초부인은 다시 털이에게 채쳐 물었다.

"저어……."

털이는 벌써 얼굴이 붉으락푸르락하며 대답을 이루지 못하고 힐끔힐끔 방 안의 제 아가씨의 기색만 살피었다.

"이년이 왜 말을 못 할꼬."

무슨 거조라도 당장에 낼 듯이 사초부인의 호령은 떨어졌다.

"제가 데리고 갔다 뿐이지 털이는 아무 죄도 없어요."

주만은 털이를 두둔해서 어머니를 말리는 수밖에 없었다.

"내가 너 같은 년을 사람년이라고 믿고 아가씨를 모시고 있으라고 했더니 이년 아가씨를 모시고 갈 데 안 갈 데…… 이년 보기 싫다. 썩 물러나라. 이년 어디 두고 보자."

으름장을 남기고 사초부인은 열었던 영창을 닫아버렸다. 털이에게도 모녀 단둘이 주고받을 수작을 듣기기 꺼리는 까닭이리라.

"그래도 이년이 머뭇머뭇하고 서 있어."

소리를 질러서 털이가 뜰에 내려 발자국소리가 멀어지기를 기다려 사초부인은 제 무남독녀 외동딸에게 눈을 돌리었다.

그 눈길은 뜻밖에도 부드러웠다. 자애와 슬픔에 가득 찬 눈길이었다.

명민한 사초부인은 딸의 태도와 털이의 말을 들어보아 홑으로 단속과 꾸중으로 끝날 일이 아니고 커다란 비극이 자기네를 기다리고 있는 것을 마음 어딘지 느끼었음이리라.

주만은 그 부드러운 눈길이 성난 회초리보담 더 송구스러웠다. 그는 몸 둘 곳을 모르고 숙인 고개는 거의거의 방바닥에 닿게 되었다.

어머니는 아무 말 없이 한동안 주만의 얼굴을 바라보다가

"아가, 구슬아가, 불국사에는 왜 갔더냐. 그 자세한 내력을 이 어미에게 알려다오."

그 목소리는 어느 결엔지 눈물에 젖었다.

주만은 가슴이 찌르르해지며 대번에 눈물이 쏟아질 듯하였다.

차라리 역정이나 내시고 펄펄 뛰기나 하셨더면! 이 불효한 딸

자식을 불채찍으로 바수어내기나 하셨으면!

이런 어머니를 어이 속이랴, 기이랴. 그러나 이 말씀을 어떻게 여쭐 것인가. 일점혈육이란 오직 나 하나뿐이거늘 어떻게 어버이를 버리고 멀리 달아나겠다는 말씀을 아뢰일 것인가…….

"끝끝내 이 어미를 기일 테냐."

주만은 그대로 푹 엎어져서 어린애 모양으로 엉엉 소리를 내어 울었다.

"아가, 아가, 갑갑하고나. 울지만 말고 말을 하려므나."

"저는, 저는 죽을죄를 졌습니다. 오늘부터라도 자식으로 아시지 말아주십시오……."

"무슨 죄란 말이냐. 말을 해야 알지 않느냐."

어렴풋이 무슨 탈이 난 줄은 짐작이 났으나마 자기의 불길한 짐작이 정작 들어맞고 보니 더욱 흉격이 막히었다.

주만은 마침내 사월 파일 밤에 탑돌기를 하다가 아사달을 만난 데서부터 시작하여 자초지종의 일체를 대강 이야기하고 말았다.

사초부인은 들을수록 철없는 애들의 불놀이에 가슴만 뜨끔뜨끔하였다. 세상에는 괴상한 변도 있고는 볼 일이다.

그 석수쟁이가 총각도 아니요, 어엿한 아내가 있다는 데는 더욱 아니 놀랄 수 없었다.

"그이에게 부인이 열이 있고 스물이 있으면 어떠해요. 저는 그이의 아내가 되랴는 건 아닙니다. 다만 그이가 없고는 저는 이 세상에 살 수가 없습니다. 그이의 곁이 아니고는 하루라도 안절부절을 못 할 지경입니다. 저는 그이의 여제자가 되랴고 합니다. 그

이의 시종을 들고 그이의 재주를 배울 뿐입니다."

딸의 열에 뜬 잠꼬대 같은 넋두리를 어이없이 듣고 있던 사초부인은 얼마 주저를 하다가 마지막으로 한마디 물어보았다.

"그러면 몸은 더럽히지 않았단 말이냐."

"몸이야 왜 더럽혀요."

주만은 서슴지 않고 대답하였다.

사초부인은 이 한마디에 한 그믐밤 빛 같은 어둠 속에서 실낱같으나마 한 가닥 희망의 줄을 발견한 듯이 반색을 하였다.

145

딸이 처녀의 순결을 잃어버리지 않았다는 말에 사초부인은 새 기운을 얻었다.

"아가, 구슬아가, 이 어미 말을 들거라. 듣자하니 그 사람은 아내 있는 사람, 네 아무리 철부지라 한들 남의 첩 노릇이야 못 할 것은 적이 생각만 해도 알 것 아니냐. 네 생각에 그 사람의 여제자가 되면 고만이라 하지마는 남 보기에야 어디 그러냐. 그러니 그것은 얼토당토않은 말, 누가 들어도 웃을 말, 몸도 허락지 않은 그 사람 탓으로 네 신세를 망칠 까닭이 무에냐……."

"몸은 허락지 않았지만 이미 마음은 허락한 것을……."

주만은 울어서 부은 눈을 비비었다.

"그 마음이란 잠시 잠깐 빗들어간 마음, 다시 바루잡기만 하면 고만 아니냐, 응 아가."

사초부인은 자상스럽게 딸을 달래기에 곱이 끼었다.

"마음을 바루잡으면 지금이라도 늦지 않다. 아직도 근 열흘 남았으니 그런 일을랑 쥐도 새도 모르게 숨겨버리고 시집만 가고 보면 백 허물 천 흉이 다 묻힐 것 아니냐. 경신은 너도 보다시피 훌륭한 신랑감. 그의 의젓한 아내가 될작시면 네 장래도 좋으려니와 고단한 우리 집안도 든든해질 것 아니냐, 응 아가. 그래도 마음을 돌리지 못하겠느냐."

"그러면 저도 좋을 줄 알아요. 그렇지마는……"

"그렇지마는 다 무에냐. 의당히 그렇게 해야 내 딸이지."

어머니는 딸이 자기의 말에 솔깃한 줄로만 알고 더욱 반색을 하며 다시 두말이 없도록 누르고 어루만지었다.

주만은 부숭부숭 부은 눈을 들어 어머니를 바라보았다.

"어머니, 그건 안 돼요. 몸은 비록 더럽히지 않았지만 마음은 벌써 그이에게 바친 것. 한 번 바친 마음을 어떻게 돌릴 수야. 동에서 뜨는 해가 서에서 뜬다 해도 그것은 안 될 말씀. 딴 사람에게 바친 마음을 부둥켜안고 어찌 남의 의젓한 아내가 된단 말씀입니까. 그것은 버러지만도 못한 인생."

"그래도 그런 말을 하는고나. 그러면 경신이가 네 마음에는 들지 않는단 말이냐."

"경신 님이야 이 세상에 드물게 뵙는 훌륭한 남자. 저에게는 오히려 과분한 남편감인 줄 모르는 바 아니지마는 저는 이미 작정된 몸. 가득 찬 이 마음에는 다시 다른 남자의 그림자를 들일래야 들일 수 없습니다. 네, 어머니, 이 불효의 딸년을 용서해주십시오. 이 구구한 뜻을 이뤄주십시오."

"그러면 금 시중의 꾀에 떨어져 우리 집안은 아주 망하고 만단 말이냐."

"금 시중의 꾀라니요."

금 시중이라는 말에 주만은 고개를 번쩍 들었다.

"참 내가 너에게 그 말을 안 했고나."

하고 사초부인은 금지가 상주까지 한 것과 길거리에서 유종을 붙들고 실랑이하던 이야기를 저저이 옮기었다.

'경신 님의 말이 옳고나. 고 악독한 금지가 필경은 그 독한 혓바닥을 놀리고야 말았고나.'

주만은 온몸의 피가 얼어붙는 듯하였다.

"그러니 말이다, 네가 끝끝내 고집을 세우고 보면 그 못된 금 시중의 술중에 떨어지는 것 아니냐. 세상에 이런 절통한 일이 또 어디 있겠느냐. 이 원수를 갚는 데는 오직 한 가지 길. 예봐란 듯이 네가 경신에게 시집만 가면 제아무리 악독한들 다시 우리를 해치랴도 해칠 수 없을 것 아니냐."

사초부인은 딸이 분해서 부들부들 치를 떠는 것을 보고 다시 달래어보았다.

"이 밤이 밝으면 아버지는 다시 너를 찾으실 것. 여전히 네가 고집을 세운다면 금 시중의 소원대로 너는 불에 타 죽는 목숨이 아니냐. 너의 아버지 성미에 외동자식 아니라 반쪽자식이라도 고법을 아니 굽히실 것 아니냐."

주만은 홉뜬 눈으로 한동안 허공을 노리고 있었다. 금지의 부자가 제 눈앞에 서 있기나 한 것처럼.

"너는 생목숨이 끊어지고 우리 집안은 아주 쑥밭이 될 것. 그

래도 너는 생각을 못 돌리겠단 말이냐. 그래도 고집을 세우겠단
말이냐."

주만은 헐헐 느끼는 소리를 떨었다.

"지원극통한 일이긴 합니다마는 인제 와서는 다시 어찌할 도
리도 없는 노릇. 이 몸이 연기로 사라져도 이 뜻은 변할래야 변할
수 없습니다. 더구나 경신 님과는 혼인을 하랴 혼인을 할 수가 없
게 되었습니다. 그이는 저와 아사달의 관계를 누구보담도 더 잘
알고 계시니……."

"응, 경신이도 그 일을 아다니?"

사초부인은 얼굴빛이 변하였다.

"저번 올라오셨을 적에 제가 저저이 일러드렸습니다. 그이는
저의 은인, 어떻게 은인을 속이고 불순한 마음으로 시집을 갈 수
가 있습니까."

146

경신에게까지 알렸다는 말에 사초부인은 더욱 아니 놀랄 수
없었다. 정작 장래 사윗감이 이 사연을 안 다음에야 다시 어찌할
도리가 나서지 않았다.

"원 방정맞기도 해라. 그런 소리를 무슨 짝으로 그 사람에게
한단 말이냐, 후."

사초부인은 절망의 한숨을 내쉬고

"그 사람이 네 은인이 된다는 건 또 어찌 된 까닭이냐."

"그 못된 금지의 아들 금성이가 무뢰지배 수십 명을 끌고 아사달 님을 들이쳤을 때 마침 경신 님이 불국사에 계시다가 그 여러 군정을 한칼로 쫓아버리고 아사달 님을 구해내었으니 저의 은인이 아니겠습니까."

"그러면 그 석수쟁이를 구해내었다는 신장이 바루 경신이었고나."

"그래요, 그러니 어찌 그런 이를 속일 수 있습니까. 초행을 왔다가 신부가 없으면 장가온 신랑에게 그런 망신이 또 있겠습니까. 그래 그이에게 파혼을 해달라고 청을 했지요."

"파혼을 해달라고."

사초부인의 말낱은 물에 빠지는 사람 모양으로 허전거리었다.

"그분의 말씀이 지금 와서 파혼을 한다면 두 집안이 창피만 할 테고 더구나 아버지께서 슬퍼하실 테니 자기 혼자만 알고 있겠노라고 해서요."

"그것 봐라, 좀 점잖은 말이냐. 그런 훌륭한 남자는 이 세상에 둘도 쉽지 않을 것 아니냐. 그런 사람을 만나게 된 것도 너의 복이어늘 어찌해서 제 앞에 오는 복을 차버리고 천야만야한 구렁텅이에 떨어지려든단 말이냐."

"저는 그런 복을 누릴 자격이 못 되는 걸 어떡합니까."

주만의 대답도 구슬픈 가락을 띠었다.

"그렇듯 바다같이 넓은 요량을 가진 그 사람이니 사정을 자세히만 얘기한다면 못 알아들을 리도 없지 않으냐. 한때 마음이 잘못 들어간 것을 그 사람이 굳이 책하지도 않을 것 아니냐. 웬만한 사내가 그런 소리를 들었으면 펄펄 뛰고 그 자리에서 파혼을 해버릴 것이로되 그 사람은 끝끝내 너를 두호하랴드니 그것만 보아도 너희 둘이야말로 하늘이 내신 배필. 전생의 연분도 지중한 탓이니 두말 말고 그 사람에게 시집을 가다오. 늙으신 아버지와 이 어미를 보드래도 어연듯이[135] 그 사람과 부부가 되어다오."

사초부인은 비대발괄하다시피 또다시 딸을 달래기 시작하였다.

"그야 그런 말까지 벌써 하였으니 부끄럽기야 하겠지, 겸연쩍기도 하겠지. 그렇지만 남편이 되고 아내가 되어 하루 이틀 지나고 보면 그런 흉허물은 곧 잊어버리게 되느니라."

"그렇게 너그러우시고 의젓하시니 경신 님이야 저를 용서해 주실지 모르지요. 눈 딱 감으시고 초행을 오실는지 모르지요. 그렇지만 마음은 단 하나뿐. 한번 마음의 남편을 모신 다음에야 다시 어찌할 수 없는 노릇이 아닙니까?"

"그 애는 또 그런 소리를 하는고나. 내일이라도 아버지께서 아시기만 하면!"

하고 사초부인은 차마 말끝을 맺지 못한다.

"어머니, 어머니, 무서운 운명이 저를 기다리고 있는 줄 저도 모르지 않아요. 그렇지만 닥쳐오는 운명을 어떻게 피할 수가 있겠습니까? 맞닥뜨려 부서지면 부서졌지 어떻게 할 수 있습니까마는, 어머니, 이틀만 참아주실 수 없으실까……."

"이틀만 참아달라는 것은 또 무슨 뜻이냐."

"이틀 지난 뒤에 아버지께 이 사연을 알려드리시지 못하실까."

"어젯밤에도 그렇게 역정을 내시고 너를 찾으셨는데 오늘 날

135 당당하고 떳떳하게.

508

새기가 무섭게 곧 너를 찾으실걸. 어떻게 아니 알리고 배길 수 있느냐."

"그래도 어머니, 이틀만 미뤄주시지 못할까요."

"그 이틀 동안에 어떻게 할 작정이냐."

주만은 한동안 망설이다가

"오늘이고 내일 안으로 저희들은 서라벌을 떠나게 되어요. 그 안에 이 일만 탄로가 아니 되면……."

"안 된다, 안 된다, 너희가 어디로 달아난다 해도 곧 잡혀 올 것 아니냐."

사초부인은 무서운 듯이 몸을 부들부들 떨었다.

"탑 공사가 어젯밤에야 끝이 났답니다. 그러면 오늘이나 내일은 발정을 할 수 있겠습니다. 이틀만 참아주시면 저희 둘의 목숨은 살아날 것 아닙니까."

"정 네 뜻을 굽힐 수 없다면!"

사초부인은 다시금 눈물을 떨구었다.

147

아사녀가 그림자 못에 몸을 던진 그 이튿날 식전꼭두에 독이 새파랗게 오른 콩콩이가 불국사로 들이닥치었다.

다짜고짜로 문 안에 들어서자 그 말썽꾼이 문지기와 마주치게 되었다.

"웬 여인이관대 첫새벽에 남의 절 안엘 뛰어든단 말이오. 요사스럽게. 그 부정한 몸으로."

하며 문지기는 콩콩이의 앞을 막아선다.

"뭣이 어쩌고 어째, 큿 큿. 요사스럽다, 이건 누구한테 하는 말 버르장머리여!"

콩콩이는 잔뜩 화가 났던 판이라 대번에 분통이 터지고 말았다. 그의 입에서는 게거품이 괴어 흘렀다.

"부정하기는 뭣이 부정하단 말이냐. 한진갑 다 지낸 늙은 내다, 큿 큿. 젊은 년 뽄으로 서방을 끼고 자다가 왔단 말이냐. 부정하기는 뭣이 부정하단 말이냐. 다 나만큼 깨끗이나 하래라."

콩콩이가 마구 집어세는 바람에 문지기는 하도 어이가 없었다.

"허 별꼴을 다 보는군. 식전 대뜸에 이건 무슨 봉변인고. 원 어젯밤에 꿈자리가 사나웁더니만."

"봉변이란 또 무슨 같잖은 소리냐. 육두문자도 쓰는 데가 다 다르다. 제 어미뻘이나 되는 늙은이에게 말마디나 들은 것을 봉변이라 하는 줄 아느냐, 큿 큿. 네 신수 불길한 걸 어찌 내 탓을 한단 말이냐. 심청이 그렇게 못되었으니 꿈자린들 안 사납겠느냐."

하고 콩콩이는 뺨이라도 칠 듯이 들이덤비었다.

"허, 이건 원 눈에 보이는 게 없나. 누구더러 떨어지게 해라야."

문지기는 눈을 구을리며 콩콩이를 흘겨보았다.

"아무리 낫살이나 먹었다면 벌써 눈이 어두운 줄 아느냐. 네 꼴을 볼작시면 안장코, 메기 주둥아리에 얼굴은 설뜬 메줏덩이 같구나, 큿 큿. 이래도 내 눈에 보이는 게 없느냐. 해라는 너 따위 땡땡이중에게 하지 누구더러 하란 말이냐."

콩콩이가 기가 나서 대어드는 바람에 문지기는 한풀이 꺾이어 혼잣말같이 중얼거렸다.

"원 늙은것을 손을 댈 수도 없고……."

그 말이 떨어지기 전에 콩콩이는 와락 문지기에게 달려들어 몸부림을 하고 소리소리 질렀다.

"어디 이놈 사람 좀 쳐봐라, 쿵 쿵. 어서 쳐라, 어서 쳐."

하고 콩콩이는 앙가슴을 헤치고 우글쭈글 주름 잡힌 살을 내어놓았다.

"자 쳐라, 쳐. 왜 치지를 못해."

온 절 안이 떠나가도록 고래고래 고함을 치는 서슬에 문지기는 아주 기가 눌려버렸다.

"원 이런 질색은 난생처음이로군. 대관절 무슨 일로 오셨소."

"진작 그렇게 말을 할 것이지."

그래도 콩콩이는 분이 덜 풀린 듯이 한동안 씨근씨근 가쁜 숨을 쉬고 있다가

"이 절에 부여에서 온 석수쟁이가 있다지. 뭐 이름은 아사달이라던가."

"있기는 있지만 그 사람은 왜 또 찾으시오."

하고 나서 혼잣말처럼 중얼거렸다.

"원 아사달에게는 찾아오는 사람도 많의. 며칠 전에는 웬 젊은 계집이 찾아와서 성화를 바치더니만."

"응, 며칠 전에는 젊은 계집이 찾아왔더라……."

적이 성이 풀어지려던 콩콩이는 또다시 눈에 쌍심지가 섰다.

"오, 옳지! 그러면 그 애를 죽게 한 것도 네놈의 소위로구나. 여기서 그림자 못이 어디라고 석가탑인가 뭔가 탑 그림자가 비

친다고 멀쩡한 거짓말을 해서 그 방정맞은 년을 속인 것도 네놈의 한 짓이고나. 이 생사람을 잡아먹은 놈아."

"아니 그러면 그 젊은 여자는 죽었단 말씀이오?"

문지기도 눈이 호동그래졌다.

"네놈이, 없는 그림자를 있다고 해서 깜박같이 속아가지고 못물만 들여다보다가 필경 매쳐서 빠져 죽고 말았단다. 이놈, 이 몹쓸 놈아, 남의 생목숨을 끊고 네 목숨은 성할 줄 아느냐."

문지기는 고개를 푹 숙였다. 섭쩍 한 말 한마디로 말미암아 뒤끝이 이렇게 벌어질 줄은 몰랐다.

"죽은 년은 죽었지만 내 손해는 누구더러 물려 받는단 말이냐. 며칠을 두고 끼니마다 고량진미를 해대노라고 몇백 냥 돈이 자빠지고 중값 든 옷까지 다 휘질러낸 다음에 그대로 입고 빠져 죽었으니, 그것을 건져낸다 한들 어디 쓸데가 있느냐 말이야, 쿵쿵. 재수가 옴이 붙어도 별 빌어먹을 일이 다 많지그려."

콩콩이는 하도 앵하고 분해서 그날 밤이 새자 곤두박질로 불국사에 뛰어온 것이다. 먹을 콩을 놓친 것도 원통한데 제가 알토란같이 손해만 본 것을 생각하매 잠 한잠도 이루지 못했던 것이다.

148

아사달은 그날 밤 주만을 작별한 뒤에도 차마 떼치기 어려운 듯이 달빛을 밟으며 다보탑과 석가탑의 둘레를 거닐었다.

삼 년이란 길고 긴 세월을 두고 제 있는 재주와 정력을 다 기울여 지어낸 두 탑! 제 살과 피를 묻혀서 빚어낸 두 탑! 넘실거리는 은물결에 둥 떠서 반공에 헤어 오르는 듯한 그 두 거룩한 모양을 번갈아 바라보며 아사달은 무량한 감개에 싸이었다.

　솟아나는 흥에 겨워서 이 세상 것 아닌 신품을 지어낸 때에 오직 참된 예술가라야만 맛볼 수 있는 감흥과 만족도 거기 있었다. 고심참담한 자취를 더듬어볼 제 애 졸이던 지긋지긋한 기억도 거기 있었다. '인제는 아주 손이 떨어졌고나' 하매 다 큰 자식이 어버이의 품을 떠난 것처럼 허수한 적막도 거기 있었다. 막중대공을 이룩하였으니 번쩍이는 영광이 자기를 기다리는 기쁨도 거기 있었다.

　그러나 아사달에게는 이 모든 것보담 오늘 밤따라 고장의 소식이 새삼스럽게 그리웠다.

　주만이가 제 흉중을 꼭 찍어낸 것과 같이 이 자리에 아사녀가 있었던들 제 남편의 대공을 마친 것을 얼마나 즐겨 할 것인가. 그는 멀리 동쪽 하늘을 바라보고 이 공사 끝내기를 손꼽아 기다렸으리라. 아침으로 저녁으로 축수축수하였으리라.

　늙으신 스승은 과연 이날까지 부지를 하셨을까. 만일 어느 때 불길한 예감처럼 무슨 일이나 있었다면 홀로 남은 아사녀는 과연 어떻게 되었을 것인가.

　'만일 그런 불행이 있었다면 혈마 나에게 기별이 없을 수 없으리라. 무소식이 호소식이라 함은 이를 두고 이름이리라.'

　아사달은 자기의 불길한 생각을 곧 물리쳐버렸으나 삼 년 동안에 자기도 가신 한 장 부치지 못한 것을 생각하였다.

'아사녀가 좀 궁금해하였을까, 야속해 여기지나 않았을까?'

이따금 집안 생각을 않은 것도 아니지만, 절 안에 꼭 들어박혀 있고 보니 부여 간다는 사람을 좀처럼 만날 수도 없고 그렇다고 자기 형세로 우정 전인도 못 할 형편도 형편이었다. 물론 자기가 등한한 탓도 탓이었다. 기어코 인편을 얻으려고만 하였을 것 같으면 삼 년 동안에 한두 번이야 기회가 없지도 않았겠지만 탑 짓기에 몸과 마음이 온통 쏠리고 지친 까닭에 다른 일이란 손끝 까딱하기 싫었고 게다가 그는 편지를 잘 쓸 줄 몰랐던 것이다.

아사달은 팔짱을 낀 채 아내의 모양을 눈앞에 그리어보았다.

삼 년을 그린 탓인가, 그 안타까운 모양이 상막하게 얼른 나타나지 않는다. 상긋이 웃는 입술은 또렷하건만 코와 뺨 언저리가 어쩐지 아사녀 같지 않고, 맑고 상냥한 눈동자는 천연한데 이마와 귀밑이 흐리마리해서 알아볼 길이 없었다.

어찌하면 얼굴 전체가 분명히 나타나다가도 눈 한 번 깜짝할 사이에 변형이 되고 만다. 마치 손으로 물을 움키는 것처럼 조각보 모은 듯한 그 윤곽이 이내 뿔뿔이 흘러내리고 만다.

아리숭아리숭한 얼굴을 그리다가 말고 아사달은 혼잣말로 중얼거렸다.

"그새 내가 아사녀의 얼굴을 잊어버렸는가, 허, 참."

그러나 이것은 가벼운 뜻에서 나온 말이었다. 자기가 자기에게 거는 농담에 지나지 않았다. 삼 년이 아니라 삼십 년이 되기로 잊혀질 것이냐. 평생을 그리기로 잊어서 될 말인가. 몇 달 전까지도 영절스럽게 눈에 밟히던 그 얼굴이 아니냐.

"내일이라도 발정을 해야."

아사달은 저를 다지듯 또 한 번 뇌이었다.

실상 지금 와서 그는 아사녀의 환영을 그려보려고 애쓸 필요
도 없었다. 그릴 날이 많이나 남았어야 하다못해 안타까운 환영
이라도 그려볼 것이지, 인제야 참사람 참얼굴을 대할 날도 며칠
이 남지 않았거늘 애써 환영을 그려볼 것이 무엇이랴.

별안간 아사달의 눈앞에는 주만의 얼굴이 떠 나왔다. 눈이 부
시도록 뚜렷하게 떠 나왔다. 방장 그려본 아사녀의 환영과는 대
상부동으로 주만의 그것은 어마어마하게 크고도 생생하였다.

삼 년 전에 이별한 아사녀와 조금 아까 헤어진 주만과는, 마치
갈린 동안이 오래고 가까운 데 따라 기억에 되살아나는 정도를
비교나 하는 것 같았다.

문득 떠오른 주만의 환영에 눌리어 부서질 것 같으면서도, 아
까는 그려보려도 잘 나타나지 않던 아사녀의 환영도 비록 작으
나마 군이군이 나타났다.

"주만을 어떻게 할까."

아사달은 두 환영에 가위나 눌리는 것처럼 멍하니 눈을 뜬 채
거의 신음하는 소리를 내었다.

149

'구슬아기 님을 어떻게 할까.'

아사달은 이 문제에 부닥뜨리기만 하면 언제든지 어찌할 줄을
몰랐다.

자기는 의젓이 아내 있는 사람이라고 차마 하기 어려운 말까지 떡 먹듯이 타일렀건만 회오리바람 같은 그의 정열 앞에는 아내가 있고 없는 것이 문제도 되지 않았다.

걸맞은 자리로 시집을 가라고 그렇듯 권하고 달래었건만 종시 들은 척도 아니하고, 여제자라도 되어지이다 하는 간절한 청을 물리치려도 물리칠 수가 없었다.

생각하면 생각할수록 딱하기만 하였다.

주만의 신변에 위험이 각각으로 절박해지는 것은 그 눈치만 보아도 알아차릴 수 있었다. 그는 하루바삐 서라벌을 떠나려고 발버둥을 치는 모양이었다. 금성이 사단만 생각해도 아슬아슬했다. 만일 그 자리에 주만이가 있기만 하였더라면 일은 더 크게 벌어졌을 것 아니냐.

내일로라도 길을 떠나야 되겠는데 이 일을 장차 어떻게 할 것인가. 주만의 사정이 그러할 줄 번연히 알면서 떼치고 갈 수야 있느냐. 그에게 알리지 않고 몰래 발정을 한다는 것은 너무도 야멸치고 몰인정한 것이었다.

'인정은 고만두더라도 이제 너는 주만이 없이 살 줄 아느냐.'

마음속 어디선지 소리소리 외치는 듯도 하였다.

데리고 간다면 아내를 어떻게 대할까. 삼 년이나 두고 그리고 그리던 그에게 선물로 '계집'을 갖다 준다는 것은 너무도 무참한 짓이 아니냐. 그 곡하고 부드러운 창자가 고대로 찢어지지 않을까.

남편이 대공을 이루라고 그 차마 못 할 애끊는 이별의 슬픔도 지긋이 견디고 지금쯤은 밤으로 낮으로 남편 돌아오기만 고대고 대할 것이 아닌가. 벌써부터 조석으로 내 밥까지 떠놓는지 모르리라. 밤중만 되어 사립문소리만 삐걱하여도 그 참새 같은 조고마한 가슴을 두근거리는지 모르리라.

이런 아내에게 '시앗'을 보이다니 그것은 너무 악착한 노릇이었다.

'주만이가 어디 너의 첩이냐. 어디까지 순결한 두 사이가 아니냐. 그는 참다운 너의 여제자가 아니냐.'

그는 그러하지마는 이런 줄을 누가 곧이들을 것이냐. 설령 아사녀는 남편의 말이라 그대로 믿어준다 하더라도 늙으신 스승부터 알아주지 않을 것이다. 더구나 말썽꾼이 여러 제자들과 동네 사람들이 뒷손가락질을 할 것 아니냐.

그렇게 되면 아사녀의 슬픔도 슬픔이려니와 주만의 처지도 비참해질 것 아니냐.

쓸쓸한 나그네의 사막에 주만은 오직 한 송이 꽃이었다. 병들어 누운 몸에 내어민 그의 구호의 손은 따뜻하고 곰살궂었다. 지루하고 어려운 공사도 그로 말미암아 새로운 흥을 자아낸 적도 한두 번이 아니었다.

아름다운 동정자, 연연한 두호인! 이 공을 생각한들 그의 원을 아니 들어줄 수가 있느냐. 그는 그 좋은 지체도 버리고, 호강도 버리고, 부모도 버리고, 이 나를 따르려 하지 않느냐.

이러기도 어려웁고 저러기도 어려운 노릇.

생각에 잦아진 아사달의 발길은 다보탑 가까이 다다랐다.

운명적인 사월 파일 밤 일이 선뜻 머리에 떠올랐다.

주만의 모양을 어림없이 아내의 환영으로 속던 기억이 뚜렷이 살아났다. 흑 하고 그의 앞으로 넘어질 듯하던 열에 뜨인 제 자신을 생각하고 아사달은 어이없이 웃었다.

스승과 아내를 위해 발원을 올린 것이 주만과 만나게 되는 첫 기회가 될 줄이야. 그 밤에 만일 탑돌기를 않았던들 주만과 그는 영원히 만날 까닭이 없었을 것이고 오늘날 와서 이런 고민의 씨를 장만하지 않았을 것을.

달이 기울고 밤이 이슥한 연에야 생각에 지친 아사달은 제 처소로 돌아왔다.

자리에 누운 뒤에도 흥분된 신경은 좀처럼 가라앉지를 않아 잠을 이루지 못하고 샐녘에야 눈을 붙였다가 동창이 훤한 것을 보자 곧 이불을 걷어치고 일어났다.

그는 정과 마치만 들고 다시 일자리로 올라갔다. 세상없어도 오늘로 길을 떠나야겠는데 어젯밤에 마지막 손은 떼기는 하였지마는 그래도 미진한 데가 없지 않은가 하여 밝은 날 다시 한 번 둘러보려는 것이었다.

탑은 이슬에 촉촉이 젖어서 새로운 정 자리가 더욱 깨끗해 보이었다.

아사달은 이모저모를 뜯어보고 훑어보았으나 손댈 데가 다시는 없는 듯하였다.

그는 어젯밤에 맛본 감격과 만족을 또 한 번 느끼었다.

이만하면 오늘 길을 떠난대도 공사에 관해서는 마음에 남는 것이 없었다.

행장이라도 꾸려두려고 막 제 처소로 돌아가려 할 제 왁자지 껄하는 인기척이 이리로 향해 올라온다.

그것은 콩콩이가 문지기를 끌고 아사달을 찾아 올라오는 것이었다.

150

"이녁이 부여에서 온 석수요?"

콩콩이는 어리둥절한 아사달을 보자 대뜸 물었다.

아사달이 미처 대답도 하기 전에

"지금 처소에까지 갔더니 없기에 또 예까지 찾아온 것이오. 원 망신살이 뻗치라니 꼭두식전에 별꼴을 다 당하거든."

문지기는 퉁퉁 부어서 매우 못마땅한 듯이 설명을 해 들리고 아사달에게 눈을 부라리었다. 내가 무슨 짝으로 네놈 때문에 이 망신을 당하느냐 하는 것처럼.

"그러면 그렇다든지 안 그러면 안 그렇다든지, 왜 말이 없소, 콩 콩. 여보 젊은이, 이녁이 정녕 아사달이란 석수요?"

콩콩이는 벌써 목에 핏대를 올린다.

아사달은 웬 영문인지 알 길이 없었다. 첫새벽부터 이게 웬일인가. 오늘은 꼭 길을 떠나야겠는데 또 무슨 헤살이 앞길을 막는 것인가.

"이건 무엇이란 말인가, 콩 콩. 사람 겁겁해서 어디 살겠나. 그렇소, 안 그렇소. 이 멀쩡한 문지기가 또 엉뚱한 딴 사람을 갖다 대었단 말인가."

콩콩이는 또다시 문지기에게로 대어든다.

"이런 주책망나니 같은 늙은이가, 원 말이면 다 말인 줄 아나. 제 원대로 뜻대로 만나자는 사람을 찾아다니며 대면을 시켜주어도 그래도 못 먹겠다는 건 무어야, 낫살이나 처먹었다고 대접을 해주니까 나중에는 못 할 소리가 없군. 내가 뭐 생기는 게 있다고 엉뚱한 사람을 대준단 말인가."

문지기도 노발대발한다.

"이놈, 너는 아비도 어미도 없단 말이냐, 쿵 쿵. 하늘에서 떨어졌니, 땅에서 솟아났니. 늙은 사람 보고 반말지거리를 하고. 이놈 생사람을 죽여놓고도 뭣을 잘했다고 큰소리가 무슨 큰소리냐."

생사람을 죽여놓았단 말에 문지기는 찔끔하였다.

"제가 죽고 싶어 죽었지, 왜 내가 사람을 죽인단 말이오. 그런 얼토당토않은 말씀은 그만두고, 만날 사람을 만났으니 나도 내 볼일을 좀 봐야겠소. 자 두 분이 잘 이야기를 해보구려."
하고 문지기는 콩콩이를 아사달에게 떠다 맡기듯 하고는 뒤도 돌아보지 않고 중얼중얼하며 내려가 버렸다.

생사람을 죽였느니 어쨌느니 아무튼 심상치 않은 일이 생긴 듯해서 아사달의 가슴은 섬뜩하였다.

혹은 주만의 신변에 무슨 불길한 일이 생기지 않았는가.

그는 꿈에도 아사녀 생각은 하지 못하였던 것이다.

"원, 사람 답답해 못 견디겠네, 쿵 쿵. 그래 이녁이 아사달이오?"

콩콩이는 또 한 번 따지었다.

"그렇습니다. 내가 분명 아사달입니다."

"옳지, 옳아, 그렇게 말을 선선히 해주어야지, 쿵 쿵. 그러면 아사녀가 이녁과 어떻게 되오?"

"아사녀!"

아사달은 외마디소리를 치고 깜짝 놀랐다.

"그렇게 놀래기부터 해서야 어디 말을 하겠소, 쿵 쿵. 대관절 아사녀가 이녁에게 뭣 되는 사람이오?"

"내 아내입니다. 어떻게 아사녀를 아십니까?"

아사달은 허둥지둥 채쳐 물었다.

"휘유―."

콩콩이는 기막히다는 듯이 한숨을 길게 내쉬었다.

"요 며칠 전에 아사녀가 이 불국사를 찾아왔더라오."

"네? 그러면 아사녀가 서라벌에 왔단 말씀이오."

"서라벌에 왔기에 예까지 찾아온 것 아니오. 그렇게 당황히 굴지 말고 차근차근히 내 말을 듣구려, 쿵 쿵. 아사녀라는 이가 이 절에를 찾아왔는데 그 몹쓸 문지기란 놈이 대공을 마치기 전이요, 뭐 또 여자의 몸은 부정하니 어쩌니― 오늘 내게도 그런 어리더듬한 수작을 하다가 혼뗌을 했지만― 되지도 않은 소리로 떼거리를 시켰단 말이거든……."

"그래 지금 아사녀는 어디 있습니까? 어디 있어요?"

"가만히 남의 말을 좀 들어요. 그렇게 급하게 서둘지를 말고. 그 문지기 말에 그림자 못에 가서 기다리고 있으면 이녁이 짓는 탑 그림자가 비친다고 멀쩡하게 속였더란 말이오. 철부지 젊은이라 그 말을 고대로 곧이듣고 여기서 십 리나 되는 그 못가에 가서 우두커니 물얼굴만 들여다보고 있었더란 말이오……."

"그래 지금도 그 못가에 있습니까."

"가만히 좀 있구려. 그런데 못가에 옷이 있소, 밥이 있소? 연약한 여자의 몸으로 천 리 길을 걸었으니 노독인들 좀 나겠고 그 옷 꼴이란 거지 중에도 상거지가 되었을 것 아니오. 어디 가서 밥 한술인들 옳게 얻어먹었겠소, 쿵 쿵. 그러니 나중에는 그 못가에 기진맥진해서 늘어졌더라오……."

"그렇겠습니다, 그렇겠습니다."

그리고 그리고 기다리고 기다리다가 자기를 찾아 나선 아사녀의 애달픈 심곡을 생각만 해도 아사달의 목은 아니 메일 수 없었다.

151

콩콩이는 장히 가쁜 듯이 숨결을 돌리고 나서 또다시 말끝을 이었다.

"내 집이 바루 그림자 못 근처에 있소. 아침에 못가엘 나갔다가 풀밭에 되는 대로 쓰러진 이녁 댁네를 보았단 말이오. 나도 늙은이 혼잣손에 벌이하는 장남한 자식도 없고 근근이 간구한 살림을 해가는 터이니까 한 입이 어려운 형편이지만 그 꼴을 보고야 차마 인정간에 그냥 둘 수야 있소, 쿵 쿵. 더구나 그 정지를 들어보니 어떻게 가엾고 딱하였던지!"

하고 콩콩이는 정말 눈에 눈물을 걸씬걸씬 띠어 보이었다.

"고맙습니다, 고맙습니다. 그래 아사녀가 지금도 댁에 있단 말씀이지요. 그럼 긴 얘기는 댁에 가서 하고 우리 지금 당장 댁으로 가십시다, 가십시다."

아사달은 아사녀를 한시바삐 만나보고 싶었다.

콩콩이는 손을 저어 서두는 아사달을 말리었다.

"내 말을 좀 더 듣구려. 그래 집에 데려다 놓고 보니 어떻게 몸
이 지쳤던지 그대로 두다가는 큰 병이 날 것 같아서 넉넉지 못한
돈이나마 동취서대[136]를 해가지고 끼니마다 고량진미를 해 먹인
단 말이오. 명천 하느님이 굽어살피시지만 참말 진정 한 끼니라
도 반찬 없는 밥은 아니 먹였다오. 빚양간 지드래도 인명을 구해
야 될 것 아니오. 목욕물까지 뎁혀다가 말쩡하게 씻기고 여러 백
냥 든 옷까지 입혀놓으니 상지 상거지가 금시로 한다하는 아씨
가 되었단 말이오. 말이야 바른말이지 제 속으로 낳은 자식인들
이렇게 위하고 가꾸기는 어려웠을 게란 말이오, 쿵 쿵. 워낙 잘
먹어놓으니 얼굴과 몸에 몰라볼 만큼 포동포동 살이 오르고 화
색이 돌고 제 입으로도 이 은혜는 못 잊겠다고 열 번 스무 번 치
사를 하였다오……."

"그 은혜야 어떻게 잊겠습니까. 어떡하드래도 갚아드려
야……."

"내가 무슨 은혜를 받자고 한 노릇은 아니지만 빚양간 진 것
은 갚아야, 쿵 쿵."

"다 이를 말씀입니까. 내가 무슨 수를 어떻게 하드래도 갚아드
리고말고. 자 인제 아사녀에게 가십시다, 가십시다."

"여보 젊은 양반."

---

136 여러 곳에서 빚을 짐.

콩콩이는 송두리째 잃어버린 줄 알았던 제 밑천을 얼마쯤이라도 건지게 될 싹을 보자 아까와는 딴판으로 아사달을 나근나근이 위해 올리었다.

"탑을 둘이나 혼자 맡아서 지으셨다지요."

"네, 그렇습니다."

"아규 장해라, 어쩌면 재주가 그렇게도 놀라우실꼬. 하나 짓기도 여간 공이 들지 않으실 텐데 둘 템이나 혼잣손으로 모셨으니 그 공이야 이만저만이 아니실 테지, 콩콩. 탑 일은 다 끝이 나셨소?"

"네, 어젯밤으로 끝이 났답니다."

"그래요, 그동안에 오직이나 애를 쓰셨을까. 그러면 상금이 많으시겠지."

콩콩이는 눈을 가늘게 떠서 아사달을 바라보았다. 그 상금을 통으로 움키려는 것처럼.

"글쎄 모르겠습니다마는 줄 만큼 주겠지요."

"인제 일이 다 끝났으니, 콩 콩, 오늘이라도 받으실 수 있겠지."

"글쎄요."

"콩 콩, 이런 크나큰 절에서야 쌀이 없어 못 드리겠소, 피륙이 없어 못 드리겠소."

아사달은 상금 받는 셈을 따지는 것엔 아무 흥미가 없었다.

"자, 아사녀에게로 가십시다, 어서 가십시다."

남이 받을 상금을 제 것이 다 된 듯이 널름거리며 좀처럼 자리를 뜨지 않으려는 늙은이를 또 한 번 재촉하였다.

"사람이란 늙으면 죽어야, 콩 콩. 하던 얘기는 끝도 안 내고 내가 무슨 소리를 하고 있을까. 그러나 차마 이 소리를 어떻게 할까. 그래 하루는, 하루가 아니라 바루 어젯밤 일인데 아사녀가 또 젊으신 양반을 찾아가신다고 이 불국사엘 왔더라오. 왔다가 또 아마 저 몰풍스러운 문지기에게 문전축객을 당했나 보오. 내가 하도 궁금해서 찾아를 나왔더니 절문 앞에서 만나가지고 울고불고 몸부림을 하는 것을 가까스로 말리고 달래고 해서 집에 돌아가는 길에……."

콩콩이는 흉격이 막힌다는 듯이 말을 뚝 끊었다.

"가는 길에 어떻게 되었단 말씀이오."

아사달은 말허두에 벌써 불안을 느끼며 급하게 물었다.

"왜, 그, 그림자 못 있지 않소, 콩 콩. 탑 그림자가 나타난다는 그 못가엘 또 갔더라오. 달은 낮같이 밝은데 역시 그 그림자는 나타나지 않더라오. 별안간 무엇에 홀린 듯이 몸을 날려서 물속으로 뛰, 뛰어들었다오."

콩콩이는 제가 붙들고 간 사실은 쑥 빼어버리고 아사녀의 죽은 원인을 어디까지 문지기에게 뒤집어씌우려 하였다.

"물, 물속에, 뛰, 뛰어들다니요."

아사달의 목소리는 황황하였다.

152

"불쌍하지 불쌍해. 그 원수엣놈의 문지기 때문에 생목숨을 끊게 되었으니 불쌍하고말고, 콩 콩. 애구 가엾어라 가엾어라. 세상에 그렇게도 얌전하고 예쁘고 아름다운 아씨를 갖다가…….”

콩콩이는 제법 훌쩍훌쩍 우는 소리를 내었다.

아사달은 부르르 몸을 떨었다.

무서운 눈으로 잔뜩 앞을 노리며 그 자리에 화석이 되어버린 듯 한동안은 얼굴의 근육 하나 움직이지 않았다.

“세상에 이런 슬픈 일이 있을까, 절통한 일이 있을까, 콩 콩. 기막히지그려, 기막혀. 두 분이 그리시다가 예까지 온 것을 서로 만나보지도 못하시고 애구 원통해라. 애구 애달파라.”

콩콩이는 돌변한 아사달의 태도에 겁을 집어먹고 귀신 쫓을 때 주문 외우듯 슬픈 넋두리를 되풀이한 것이었다. 대번에 백지장 모양으로 새하얗게 된 얼굴빛과 금세금세로 눈청이 튀어나오는 양이 암만해도 바람이 나서 꺼뻑 숨이 넘어갈 듯한 것이 무서웠다.

더구나 무섭기는, 그 손아귀에 움켜쥔 새파랗게 날이 선 정과 무지스러운 마치가 움질움질 제 가슴에 날아와 박히고 머리를 후려갈길 것 같은 것이었다.

“명천 하느님 굽어살피소서. 이 늙은것이야 그 젊으신네의 보구만 죽도록 해드리고 시종만 해드리고 고운 옷만 입혀드렸다 뿐이지, 콩 콩, 아무 다른 뜻은 없었소. 꼭 원수엣놈의 문지기 때문에…….”

콩콩이는 아사달의 사나운 형상을 보고 제 지은 간이 있어서 등골에 찬땀이 쭉쭉 끼치며 연송 제 발뺌을 하기에 곱이 끼이었다.

“갑시다, 그 그림자 못이란 어디오.”

이윽고 아사달은 콩콩이를 꾸짖는 듯 명령하듯 불쑥 한마디하고 진둥한둥 앞장을 서서 거의 줄달음을 치다시피 하였다.

"가다 뿐이오, 모시고 가다 뿐이오, 후유."

콩콩이는 아사달이 몸을 움직이자 다시 살아난 것처럼 안심의 숨길을 돌리었다.

한참 뒤를 따라가다가 콩콩이의 머리에는 또 딴생각이 떠올랐다.

"여보 젊으신 양반, 천천히 좀 가십시다요, 콩 콩. 이 늙은것이 어디 따라를 가겠단 말이오. 후, 후, 숨차. 아무리 속히 간들 인제야 소용이 무엇이란 말이오. 암 가보시기야 가보셔야 하겠지만, 가보셨자 상심만 되지 무슨 별수가 있단 말이오. 여보 젊으신 양반, 내 말을 좀 들어요."

아사달은 어느 개가 짖느냐 하는 듯이 뒤도 돌아보지 않았다.

콩콩이는 종종걸음을 쳐서 아사달의 팔에 매어달리다시피 하며

"여보 젊으신 양반, 이런 기막힌 일을 당할수록에 마음을 가라앉히고 큰일 칠 생각을 해야 된답니다. 지금 빈손을 들고 가보시기만 하면 어쩌자는 말이오, 콩 콩. 절에서 찾을 것을 찾아가지고 가야 역군을 풀어 건져라도 보고 장사도 의엿이 지낼 것 아니오."

콩콩이의 이런 말은 아사달의 귀에 들어가지도 않는 듯하였다.

그는 마치 주정뱅이의 걸음걸이처럼 질팡갈팡하면서도 앞으로 앞으로 내닫는다.

'쇠뿔도 단 결에 빼랬다고.'

콩콩이는 마지못해 뒤를 쫓아가면서도 속으로 중얼거렸다.

'이왕 온 김에 받을 것을 받아가지고 가야 될 텐데 저렇게 벌

에게 쏘인 듯이 달아를 나니 내 근력으로 휘어잡을 수도 없고, 만일 덧들였다가는 정말 받을 것도 못 받지 않을까.'

콩콩이는 마침내 지금 당장 든 밑천을 뽑아내기는 단념하는 수밖에 없었다.

'그렇지만 계집이 좀 죽었기로 저렇듯 미쳐 날뛰는 것을 보면 놈팽이가 인정머리는 있는 모양이로군. 마음이 그만큼 협협한 다음에야 고생하는 제 죽은 댁내를 끔찍이 두호를 해주었다면 흑 하고 떨어지렷다. 그러면 옷값과 밥값은 얼마를 따질까.'

콩콩이는 인제 기를 쓰고 쫓아갈 필요도 없이 느렁느렁 걸으며 속으로 구구까지 따져보았다.

'그야 어디 든 것만 꼭 칠 수가 있다고. 성사만 되었으면 수천 금이 생겼을 텐데.'

욕심꾸러기 콩콩이는 밑천을 찾게 되매 또 딴 욕심이 일어났다.

'놈도 계집을 잃고 심화가 나는 판이니 홧김에 그 상금을 송두리째 나를 줄는지 아나. 지금은 거의 환장이 된 판이니 며칠은 가만히 내버려두고 차차 일을 꾸며야……'

153

아사달은 그림자 못가에 다다랐다.

한참 만에야 뒤쫓아 온 콩콩이가 행길에서 몇 발자국 들어가지 않은 곳, 가을풀이 우거질 대로 우거진 곳을 가리키며

"여기요, 바로 이 어림이오. 잡고 가던 내 손을 홱 뿌리치고 몸

을 던지기는, 쿵쿵. 그래 내가 기급절사를 하며 허방지방 뛰어들어 그 치마 뒷자락을 움켜잡으려 했으나 내가 손이 미처 닿기 전에 그의 몸은 벌써 떨어져 풍덩 하는 물소리가 들리었소. 하마터면 이 늙은것까지 휩쓸려 들어가 수중고혼을 지을 뻔하였다오. 애구 원통해라. 애구 불쌍해라. 나는 못둑에서 발을 동동 구르다가 가로 뛰며 모로 뛰며 사람 살리오, 사람 살리오 소리소리 질렀지만, 이 휘젓한 산골에 어느 뉘 하나 대꾸나 해주어야지, 쿵 쿵.”

콩콩이는 그때 광경을 수다 늘어놓다가 흉격이 막힌다는 듯이 잠깐 말을 끊었다.

“미친년 뿐으로 날뛰다가 집으로 올라가서 그 없는 돈을 있는 대로 툭툭 털어내어 군정을 사가지고 횃불에 관솔불에 초롱불에 저마다 들리고 밤새도록 시체나마 찾아보았으나 쿵 쿵, 어디 떠오르기나 해야지. 일찍이만 건져내었으면 그래도 살려볼까 하고 그 애를 썼지마는 하늘도 무심하고 귀신도 야속하지.”
하고 콩콩이는 못둑에 펄쩍 주저앉아 두 다리를 뻗치고 엉엉 목을 놓아 운다.

기실 콩콩이는 아사녀가 물에 뛰어드는 것을 보고, 제 집을 향해 소리를 쳐서 그 ‘대감’의 구종들을 불러가지고 건져보려고 한 것은 거짓말이 아니었다. 제 손아귀에 쥐었던 큰돈 생길 보옥을 놓친 것이라 그도 애절복통을 하며 서둘렀으나 휘넓고 깊은 못 속에 한번 떨어진 아사녀를 찾아내기가 그리 쉽지 않았다.

골이 머리끝까지 오른 판에 또 그 ‘대감’에게는 톡톡히 꾸중을 모시었다.

“그것 보아, 어디 사람이 없어서 하필 사내 있는 계집을 거천

을 한단 말이야. 어, 악착한 일이로군. 이홀랑은 내 집에 발그림
자도 말어."

'대감'은 매우 역정이 나신 모양이었다. 그렇게 천하절색이라
고 입에 침이 없이 칭찬받던 계집을 한번 보지도 못한 것이 앵하
기도 하려니와, 점잖은 체모에 하인 소시에 오입을 왔다가 이런
망신이 또다시 없었던 것이리라.

콩콩이야말로 꿩 잃고 매 잃은 격이 되었다. 크게 먹을 줄 알
았던 것이 틀린 것도 원통하거든, 제 단골 '대감'의 노여움까지
사게 되었으니 장래의 밥자리조차 하나를 잃은 것이나 진배없
었다.

색골 대감이 퉁퉁 부어서 장히 못마땅한 듯이 술잔이나 얼근
해진 구종들을 호령호령하여 부랴부랴 수레를 타고 돌아간 뒤에,
홀로 남은 콩콩이는 분이 턱밑까지 치밀어 올랐다.

"방정맞은 년, 배라먹을 년."

수없이 아사녀에게 욕을 퍼부었다.

"어쩌면 남을 요렇게 망쳐주어, 망할 년, 매친 년."

제 먹을 반찬도 안 먹고, 배를 따고라도 넣다시피 한 것이 치
가 떨리었다. 더구나 말짱한 비단옷 한 벌을 결딴낸 것을 생각하
니 정말이지 하늘이 아득하였다.

"계집년이 그렇게 얌치가 없어. 인정머리가 없어."

콩콩이는 뇌이고 또 뇌이었다. 그러나 이미 죽은 사람을 아무
리 욕지거리를 한들 쓸데가 무엇이랴.

내일 훤하기만 하면 세상없어도 그 시체를 건져내어 뺨이라도
한번 치고 그 값진 옷을 벗기리라 결심하였다.

그러나 이미 다 휘질러놓고 게다가 송장에게 감겼던 옷을 벗겨낸다 한들 그리 신통할 것이 없었다.

생각할수록 오장육부가 있는 대로 썩어 내려앉는 것만 같았다.

날밤을 고스란히 밝히다가, 생각 생각 끝에 아사녀에게 남편이 있다던 것이 언뜻 머리에 떠올랐다.

"옳지, 옳거니, 참 그년에게 사내가 있고나."

누웠던 콩콩이는 벌떡 몸을 일으켰다.

석수쟁이라도 우습게 알 것이 아니다. 부여라는 그 먼 두메에서 뽑혀 오고, 탑을 둘씩이나 혼자 맡아 지을 적엔, 상당한 석수일 것이고 그 상금도 적지 아니할 것이다.

"옳다, 그놈에게 물러 받자."

그놈이 무슨 까닭으로 멀리 찾아온 제 계집을 따고 안 만났는지 모르지만, 제 계집이 진 밥값, 옷값을 안 내고는 못 배길 것이다.

"어디, 이놈 안 내었단 봐라."

콩콩이는 마치 아사달을 대한 듯이 벼르고 뽐내었다.

그래서 날 밝기가 무섭게 콩콩이는 마치 성난 뱀이 지나가듯 쐐 하고 길을 쏠며 불국사로 뛰어온 것이었다.

154

구름 한 점 없는 새맑은 하늘에 갓 솟은 불그스름한 햇발이, 그 어마어마한 광선의 부챗살을 차차 펴기 시작한다.

밤 내 풀 끝에 깃들인 이슬들은 장차 사라질 제 운명도 모르는 양, 소리 없이 구을고 아울리며 더욱 영롱하게 더욱 투명하게 그 좁쌀 낱만 한 몸뚱어리를 번쩍인다.

저 건너 언덕에 우뚝 선 소나무들의 그 촘촘한 잎새로도 가느다란 빛발이 줄줄이 새어 흐르다가 어느 결에 그 밑동이 환해지자, 그 기름한 몸이 넙쭈러기 엎드려 그림자 못 이짝저짝을 거의 가로질렀다. 물결은 이 난데없는 검은 그림자에 놀라 떠다밀듯이 일렁일렁 모여들자 소나무는 물속에서 우쭐거린다.

별안간! 침침하던 물얼굴에 눈이 부신 금줄이 섰다. 처음에는 조붓하던 그 폭이 넓게넓게 어란을 잡아나가는 대로 금실 은실이 겹겹으로 얽히고설키고 휘돌고 감돌고, 수없는 별들이 뭉치뭉치 덩이덩이 뛰는 양, 넘노는 양, 춤추는 양 바그르르 헤어지는가 하면 출렁출렁 모여든다. 갈매기 몇 마리가 그 흰 나래를 더욱 희게 번득이며 너울너울 물얼굴을 스쳐 나는 것은 금빛으로 춤추는 물꽃을 고기만 여겨 쪼아 먹으려는 탓이리라.

이웃 동네에서 밥 짓는 연기가 몇 가닥 떠올라 수멸수멸하는 물속에서 토막토막 끊어져서 안개처럼 서리었다가 사라진다.

못가의 아침.

아사달은 넋 잃은 사람 모양으로 섰던 그 자리에 한동안 그린 듯이 서 있다가 지척지척 발길을 옮기었다.

그는 암만해도 아사녀가 죽었다는 것이 믿어지지 않았다.

콩콩이가 아무리 죽었다고 슬퍼하고 푸념을 하여도 종시 곧이 들리지를 않았다.

아사녀가 서라벌 와서 죽다니 말이 되느냐. 내 있는 지척에 와

서 죽다니 말이 되느냐. 그 고생한 원정도 들려주지 않고 그 안타
까운 하소연도 일러주지 않고 죽다니 말이 되느냐. 그 얼마나 더
장성해지고 더 아름답게 된 모양을 보여주지 않고 죽다니 말이
되느냐. 그 먼 길에 나를 찾아오느라고 그 파리해진 얼굴을, 그
저는 다리를 보여주지 않고 죽다니 말이 되느냐. 그렇게 의젓한
그였거늘, 그렇게 차근차근한 그였거늘, 그렇게 나이보담 숙성한
그였거늘, 얌전한 그였거늘, 사랑 많은 그였거늘 나를 버리고 죽
다니 말이 되느냐.

설령 어쩔 수 없이 죽는다 하더라도 하필 대공에 마지막 손을
뗀 어젯밤에 죽다니 말이 되느냐. 그리움도 끝이 나고 기다림도
막음한 하필 어젯밤에 죽음의 길로 나아갈 까닭이 있느냐.

거짓말이다. 멀쩡한 거짓말이다. 아사녀는 살아 있다. 분명히
살아 있다. 이 휘넓은 못둑 어디에서 어릿거리고 있다. 내 오기를
기다리고 있다. 내 찾기를 기다리고 있다.

이 발이 자무는 풀을 봐라, 어디 아사녀가 죽었다고 속살거리
느냐. 저 넘노는 금물결 은물결을 봐라, 어디 아사녀가 죽었다는
흔적이 있느냐.

저 하늘을 봐라, 어제와 꼭 같이 푸르지 않으냐.

저 햇발을 봐라, 어제와 꼭 같이 밝지 않으냐.

그런데 아사녀만 죽어! 안 될 말! 안 될 말!

아사달의 미친 듯한, 꿈꾸는 듯한 발길은 못둑을 걷고 또 걸었
다. 하늘이 두 쪽이 나도 기어코 아사녀를 찾아내고야 말려는 것
처럼.

"허, 저것 봐, 큰일 났네, 큰일 나."

다리를 뻗고 앉아서 넋두리를 넣어가며 아주 법짜로 울고 있던 콩콩이는 울음을 그치고 중얼거렸다. 아직도 우느라고 핏발만 선 그 눈에는 무서움의 그림자가 떠돌았다.

"쿵 쿵, 어쩌면 그 걸음걸이까지 부부끼리 저렇듯이 닮았을까. 고개를 옆으로 기우뚱하게 타라메어 연송 못과 뚝을 번갈라 보고 가는 꼴이란 어쩌면 천연 제 계집 같을까. 암만해도 제 계집 혼령이 뒤집어씨인 것 같은데…… 저러다가 아주 미치지나 않을까."

콩콩이는 무서운 중에도 제 찾을 것을 못 찾을 것이 걱정이었다.

"혈마 사람이 간대로 미치기야 할라고, 쿵 쿵. 아무튼 년놈이 다 불쌍은 하군."

하고 동안이 떠서 눈앞에 아물아물하게 보이는 아사달의 지척거리는 꼴을 한동안 바라보다가 몸을 털고 일어났다.

"저렇게 미친증이 날 적엔 하루 이틀 가만히 내버려두어야 돼. 미친증이 가라앉기 전엔 막무가내야."

곁에 사람이나 있는 듯이 제가 저를 타이르고 시장기가 나서 제 집으로 올라가 버렸다.

155

해 돋을 녘부터 시작한 아사달의 헤매는 발길은 해가 떨어져도 멈출 줄 몰랐다.

거의 십 리나 되는 못 둘레를 쉬임 없이 끊임없이 돌고 또 돌았다. 노정으로 따져보면 칠팔십 리도 넘으련만 그는 다리 아픈 줄도 몰랐다.

온종일 고스란히 굶었으되 시장한 줄도 몰랐다. 빨한 입에 물한 모금 들어가지 않았지만 목마른 줄도 몰랐다.

이편 둑에 와보면 저편 둑 우거진 풀잎들이 흔들흔들 흔들리는 것이 궁금하였다. 앞변죽으로 돌아보면 뒷변죽의 어름어름하는 소나무 그림자가 수상하였다.

이짝 못 기슭에서 물결이 출렁하고 보라를 날리며 무엇이 솟구쳐 오른 듯하여 줄달음을 치면 저 멀리 희떡버떡 옷자락 같은 것이 떠내려간 것만 같았다.

밤이 되었다.

한가위 무렵의 밝은 달이 어젯밤과 같이 떠올랐다.

아무리 밝아도 달빛은 꿈결 같다.

한 바퀴, 두 바퀴! 아사달의 소매에 촉촉이 이슬이 내렸다.

그의 발길은 허청거린다.

그의 눈길도 허청거린다.

사르락사르락 치마 끄는 소리가 분명 등 뒤에서 났다.

그가 고개를 돌릴 겨를도 없이 게 있을 아사녀가 안개 자락 모양으로 사라지기는 사라졌으되 그 사라진 자취가 아리숭아리숭 남은 듯하다.

"아사녀!"

아사달은 소리를 내어 가만히 불러보았다.

'내 예 있어요, 이게 보이지 않아요, 이게?'

하면서 아사녀는 자기 가까운 그 어디서 손을 내저어 보일 것만 같다. 숨소리를 죽이고 풀 속에 숨었을 것만 같다. 나무 뒤에 붙어 섰는지도 모른다.

"아사녀, 아사녀!"

아사달은 또 한 번 불러보았다.

은빛으로 번쩍이는 물꽃 사이로 아사녀가 상그레 웃는 얼굴을 나타낸 듯싶었다.

"아사녀, 아사녀."

허방지방 물속으로 뛰어들려는 순간, 한 줄기 투명체 같은 아사녀는 쭈르르 물 위를 얼음 지치듯 하여 저 건너 능수버들의 늘어진 가지 속으로 사라진 것 같았다.

완연히 물 위에 아사녀의 발자국이 남은 양, 물결은 고 자국대로 패인 자리를 메우려는 것처럼 찰랑찰랑 굽이를 치는데, 그 늘어진 버들가지는 사람을 숨기느라고 휘영휘영한다.

"아사녀, 아사녀!"

아사달은 열 번도 스무 번도 더 가본 거기를 쫓아가기에는 지친 듯이 건너다보고만 불렀다.

아니나 다를까!

"나 예 있어요."

나직한 목소리가 실바람을 타고 건너온 순간, 아사녀는 그 버드나무 밑동을 기대고 뚜렷이 그 안타까운 모양을 나타내었다.

그, 고개를 다소곳하고 있는 양이 마치 그들이 마지막으로 작별할 적, 슬쩍 눈길만 오고 간 그때 그 모양과 꼭 같았다. 그러고 저 수양버들도 갈데없이 자기네 집 들어가는 모퉁이 개울가에서 있는 그 수양버들과 같았다.

아사달은 지금까지 들고 다니던 마치와 정을 허리춤에 꽂고 그 수양버들을 향해 줄달음질을 쳤다.

막상 그 늘어진 가지를 휘어잡았을 제엔 누렁누렁해진 그 좁직한 잎사귀를 뚫고 달빛만 유난스럽게 아사달의 눈시울 속으로 기어든다.

"난 예 있는데, 왜 거길 가셔요."

눈을 돌리자, 아사녀는 바로 물가에 외로이 서서 아사달을 바라보고 있지 않은가.

그 얼굴찌는 자기가 아사녀의 얼굴을 보던 가운데 가장 의젓하고 가장 아름답고 가장 깨끗하고 가장 거룩하였다.

이번에야말로 영절스럽게 나타난 이 얼굴을 또 놓칠까 두려워하며 가만가만히 한 발자국 두 발자국 다가들어 갔다.

이번이란 이번이야말로 아사녀도 그린 듯이 서 있을 뿐, 몸을 움직이지 않았다.

두 간! 한 간! 그들의 동안은 좁아들었다.

'인제야!'

하고 아사달은 아사녀를 덥석 부둥켜안았다.

그 순간! 아사달의 불같이 뜨거운 뺨에는 차고 단단한 무엇이 선뜻하고 부딪쳤다.

그것은 돌이었다! 몸집과 키가 천연 아사녀만 한 돌이었다.

한때의 환각은 깨어졌지만 한번 머릿속 깊이 새겨진 아사녀의 환영은 지워질 까닭이 없었다.

아사달의 눈에는 그 돌에 아사녀의 모습이 그리기나 한 듯이 그대로 박혀 있었다.

아사달은 허리춤에 꽂았던 마치와 정을 빼어 들었다.

그는 방장 나타난 제 아내의 환영을 고대로 그 돌에 새기기 시작하였다.

156

주만은 눈앞이 캄캄하였다.

내일모레면 아사달과 두 손길을 마주 잡고 곱다랗게 자취를 감출 수 있었거늘, 하필 오늘 밤으로 그 일이 탄로가 날 줄이야.

내일로라도 아버지가 아시기만 하면 제 목숨은 연기로 사라질 수밖에 없었다.

그는 마지막으로 이틀 말미를 어머니에게 청하였던 것이다.

사초부인도 아무리 달래도 타일러도 도무지 딸의 뜻을 빼앗지 못할 줄 깨닫자, 흉격이 메어지나마 딸의 소원을 들어주는 것이 눈앞에 참혹한 꼴을 보느니보다는 얼마나 나은지 몰랐다. 이왕지사 틀린 일이라면 그 지긋지긋한 비극을 하루라도 연기를 하는 것이 그도 원하는 바였다. 하루 이틀 끄는 동안에 혹은 무사타첩이 될는지도 모른다. 그는 암만해도 이런 비참한 사단이 벌어지리라고는 믿어지지 않았다.

금이야 옥이야 귀히귀히 길러낸 딸이 설마 불길에 생목숨을 태우게 된다는 것은 꿈에도 상상할 수 없는 일이요, 그렇게 귀히 될 줄 알았던 주만이 석수쟁이의 첩이 되어 남의 뒷손가락질을 받을 것 같지를 않았다.

제가 아무리 고집을 세워도 경신에게 시집을 가고는 말려니 하는 터무니없는 희망도 없지 않았다.

그래서 내일 아침 아버지가 다시 물으시는 한이 있더라도, 달도 밝고 해서 제 동무의 집에 놀러를 갔다가 바람을 쏘이고 감기가 몹시 들어 몸져누워 있다고 꾸며대기로 모녀간에 작정이 되었다.

이튿날이 되었다.

주만은 바늘방석에 앉은 듯한 송구한 마음으로 오마조마 무서운 제 운명을 기다려보았으나 그날은 무사히 넘어갔다.

기실 유종은 한가위 명절 차비 까닭에 그날은 일찌거니 조회에 들어가게 되고, 파조해 나오자 경신 형제가 또 찾아왔던 것이다.

금량상은 제 아우를 필두로 여러 낭도를 데리고 이번 명절의 큰 모임에 궁술과 검술을 빛내기 위하여 상경한 것이었다.

큰 손님을 맞이하여 집 안은 다시 벅적 괴었으나 그래도 사초 부인은 틈틈이 별당에를 와서 주만에게 아무 데도 나가지 말고 있으라고 부탁부탁 하였다.

금량상 형제에게 보이려고 아버지께서 언제 주만을 부를지 모르는 까닭이었다.

경신은 다시 유종의 문에 발을 들여놓아 주만을 괴롭게 할 것을 꺼리었지만 제 형이 끄는 바람에 아니 올 수가 없었던 것이었다.

주만도 이런 판에 몸을 빼 나갈 수도 없었다. 이번 찾는 데 자기가 또 없었다가는 참으로 무서운 사태는 벌어지고 말 것이다.

얼른 부르기나 해서 제 할 구실을 치르기나 해버렸으면 그래도 마음이 놓이겠는데 해가 떨어져도 부르러 오지를 않았다.

주만은 안절부절못하였다.

아사달이 오늘이라도 길을 떠난다고 하였는데 암만 기다려도 내가 오지를 않으니 혼자서 발정을 하지나 않을까. 일일이 삼추 같이 제 고장 가기를 원하고 바라는 그가 아닌가.

'그가 혈마 그럴 리야 있을까. 그렇게 떡 먹듯이 언약을 해놓았는데 나를 버리고 혼자 가실 리야.'

생각하고 스스로 안심을 해보려 하였건만 애가 키이고 마음이 졸여서 견딜 수가 없었다.

밤이 되었다.

암만해도 조마증이 나서 참을 수 없었다. 입때까지 부르시지 않으니 오늘 밤 안으로는 찾을 것 같지 않아 옷을 주섬주섬 입고 있을 때 별안간 손님께 나와 보이라는 전갈이 왔다.

초저녁까지 양상이 데리고 온 낭도들을 대접해 보내고 형제만 남게 되자 유종은 딸을 부르러 보낸 것이었다.

주만은 사랑에 나가 먼저 양상을 보고 절을 하매 양상은 일어나 맞절을 하였다.

"여보게, 어린것 절을 그냥 받으실 게지 맞절이 무엇인가, 허허."

유종은 오래간만에 막역의 친구를 만나 매우 유쾌한 모양이었다.

"그게 무슨 말인가, 장래 제수씨의 절을 어떻게 앉아서 받는단 말인가, 허허."

양상도 크게 웃었다. 그 웃음소리와 음성도 천연 아우와 같았다. 그 '장래 제수씨'란 말에 주만의 귀는 따가웠다.

"경신이 너는 벌써 이 아가씨가 초면이 아니겠고나."

하고 양상은 경신을 돌아보고 웃었다.

주만이 들어오자 한옆에 비켜섰던 경신은 어색하게 웃어 보이었다.

주만은 차마 눈을 들어 경신을 볼 수가 없었건만 얼른 보기에도 그의 자기를 보는 눈엔 애연한 빛이 가득히 차 있었다. 단 며칠 안 되는 사이에 몹시 파리해진 주만의 얼굴을 보고 그는 매우 놀란 까닭이다.

주만은 이내 몸을 일으켜 내빼 나왔지만 그 짧은 동안에도 그의 등은 흠뻑 젖었다. 그는 난생처음으로 괴롭고 어색한 순간을 경험하였던 것이다.

157

경신 형제 앞을 물러 나온 주만은 무서운 고역이나 치르고 난 것처럼 한동안은 몸과 마음이 얼얼하였다.

한번 불리어 갔다 왔으니 이 밤으로 또 찾지는 않으리란 생각이 들자 그는 부랴부랴 간단한 행장을 수습하였다. 행장이래야 옷 한 벌은 입고 가면 고만이요, 노리개 보물 같은 것은 제가 가장 아끼고 사랑하는 것만 골라서 몸에 지니었다.

인제는 영이별이구나 하매 새삼스럽게 방 안이 휘둘러 보이었다.

막 방문을 열고 나오려 할 제 뜰 앞에서 인기척이 났다.

주만은 깜짝 놀랐으나 그것은 다른 사람 아닌, 딸의 장래를 걱정하는 사초부인이었다.

주만은 한옆으로 이런 경우에 나타난 어머니가 한없이 민망하였으나, 한옆으로는 이제 한번 떠나면 다시 못 뵈올 자정 깊으신 어머니를 뵈옵고 마음속으로나마 작별을 여쭈게 되는 것이 한결 섭섭한 정을 풀어주는 듯도 하였다.

사초부인은 나들이옷을 입은 딸을 보고 질색을 하고 말리었다.

이 아슬아슬한 고비에 경신 형제가 찾아온 것은 하늘이 도우신 게라는 둥, 네가 경신을 보고 아무리 아사달과의 관계를 털어놓았다 하더라도 경신이가 다시 올 적에는 네 말을 믿지 않은 것이라는 둥, 무슨 일이 있더라도 그는 끝끝내 너를 아내로 삼을 작정이니 너만 고집을 세우지 않으면 일이 올곧게 되지 않겠느냐, 두말도 말고 시집을 가게 하여라, 그 아사달이란 사람도 너만 가지 않으면 기다리다 못하여 제 아내를 찾아갈 것 아니냐, 제발 이 늙은 부모를 버리지 말아다고…….

사초부인은 암만해도 단념을 못 한 듯 또 아까 말을 되풀이하였다.

주만은 굳이 어머니의 말씀을 반대하지도 않았다. 지금 와서 반대를 하는 것도 새삼스러운 일이었다.

무남독녀 외동딸을 영구히 잃게 되는 어머니의 심정!

중언부언하는 어머니의 정곡[137]을 생각하매 주만의 가슴은 쓰라리었다. 늙은 부모를 버리지 말라는 마지막 부탁엔 여무지게 마음을 먹은 주만에게도 쏟아지는 뜨거운 눈물을 걷잡기 어려웠다.

밤이 이슥하여 자시가 지나고 축시가 지나도 사초부인의 긴 푸념 잔사설은 그치지 않았다.

듣기만 하고 있는 딸을 보고 사초부인은 적이 안심이 된 듯 새벽녘에는 그대로 쓰러져서 고단한 잠에 떨어지고 말았다.

'저는 가요.'

가늘게 코까지 고는 어머니의 뺨에 살그머니 제 뺨을 대어보고 주만은 몸을 일으켰다.

그는 차마 떨어지지 않는 자국을 가까스로 떼어 뒷문으로 빠져나왔다.

와자지껄하게 털이도 깨울 수 없고, 또 털이를 데리고 갈 필요도 없었다. 그러니 말도 끌어 내올 수 없어, 그는 혼자 걸어서 불국사를 향하는 수밖에 없었다.

다행히 새벽달은 밝아서 길은 어둡지 않았으나, 어쩌면 걸음이 이렇게 더딜까. 마음이 급할수록 길은 더욱 늘어나는 듯, 말을 탔으면 벌써 들어갔을 텐데 반에 반절도 못 온 듯하였다.

길가에 행인이 없는 것을 다행으로 주만은 두 주먹을 불끈 쥐고 줄달음을 쳤다.

하하 내어뿜는 그의 숨길은 유리 같은 맑은 공기에 안개처럼 서리었다.

137 간곡한 정.

'이 밤이 새기 전에.'

주만은 달음박질을 하면서도 속으로 뇌이고 또 뇌이었다.

이 밤이 새기 전에 이 서라벌을 떠나야 한다. 어머니 잠 깨시기 전에, 아버지 아시기 전에 한 발자국이라도 더 멀리 떨어져 있어야 한다.

주만이가 불국사 대문을 두드릴 때에는 밝은 달빛도 희미하게 스러지며 동이 트기 시작하였다.

문지기가 먹은 간이 있어서 잠결에도 주만의 목소리를 알아듣고 얼른 대문을 열자 주만은 쏜살같이 달려 들어갔다. 등 뒤에서 문지기가 자기를 부르는 듯도 하였지만, 주만은 뒤도 돌아보지 않고 아사달의 처소로 달리었다. 닫혀진 덧문을 두드리며

"아사달 님, 아사달 님!"

미리 불러서 선통을 하였건만, 방 안에서는 아무 기척이 없었다.

"아직 주무시나."

주만은 혼자 속살거리고 문을 덜컥 열었다.

아사달이 누워 있을 자리에 아사달은 없고 비어 있었다.

'웬일일까!'

주만의 가슴은 까닭 없이 내려앉는다.

윗목에서 자던 차돌이가 인기척에 놀라 일어났다.

"아사달 님이 어디 가셨느냐."

주만은 급하게 물었다.

"모르겠어요. 어제 나가신 뒤로 들어오시지를 않아요."

차돌은 졸리운 눈을 비비며 대답하였다.

"응, 어제 나가 안 들어오셨어!"

주만의 눈은 호동그래졌다. 그러면 나를 버리고 혼자 발정을 하였는가.

158

아사달이 어제 나가 아니 들어왔다는 차돌의 대답에, 주만의 서 있는 자리는 지동이나 일어난 듯 술렁술렁 움직이는 것 같았다.

"그래, 너도 어디 가신지를 모른단 말이냐."

주만은 핑핑 내어둘리는 몸을 가까스로 지탱하며 채쳐 물었다.

"글시오. 가실 데는 별로 없으신 어른이라 일이 끝났으니 어디 서울 구경이나 나가신 줄 알고 고대 돌아오실까 하고 왼종일 기다려도 오시지를 안 해요."

차돌의 대답도 모호하였다.

"그러면 부여로 가신 것 아니냐."

주만은 제 마음에 먹은 대로 쏘아보았다.

"연장과 행리도 안 챙기시고 길을 떠나실 수야 있겠습니까. 소승은 혹시 구슬 아가씨 댁에나 들르셨나 하였지요."

제아무리 똑똑하고 영리하다 해도 아이는 아이다. 이런 어림없는 수작이 또 어디 있을까. 그가 우리 집을 찾을 수 있는 형편이라면 작히나 좋을까. 암만해도 혼자 발정을 한 게로구나. 내가 군이군이 따라가겠다고 하니까, 행장도 꾸리지 않고 아무도 몰래 슬그머니 길을 떠나버린 게로구나! 이럴 줄 알았다면 하늘이 무너져도 어제 올 것을. 당장 일이 탄로가 나서 곧 잡혀 죽는 한이 있더라도 그의 얼굴이나마 한 번 더 보았을 것을! 주만은 발을 동동 굴리었다.

그때였다. 방문 밖에서 문지기의 소리가 났다.

"구슬 아가씨 여기 계십니까. 아사달 님이 아직 돌아오시지 않으셨지요?"

주만은 귀가 번쩍 뜨였다. 펄쩍 방문을 열고

"그럼 대사는 아사달 님의 간 곳을 아시오."

"네, 대강 짐작은 합니다마는 아까 들어오실 때에도 그 말씀을 여쭈라니까, 하도 빨리 가서서 소승의 부르는 소리도 못 들으시는 듯합니다. 그렇게 급하십오, 허허."

남은 속이 졸여서 죽겠는데, 문지기는 능글능글하게 웃는다.

"아사달 님이 어디로 가셨소. 빨리 말을 하오."

주만은 초조한 듯이 서둘렀다.

"그 어른 간 데는 소승밖에 아는 이가 없지요."

문지기는 주만의 앞에서는 아사달을 깍듯이 위해 올렸다.

"불국사에 승려가 수백 명이 들끓지만 사람 들고 나는 거야 아는 놈이 누가 있단 말씀입니까. 첫째 그 어른을 모시고 있다는 이 차돌이란 놈도 그 어른의 가신 곳을 모르니……."

문지기는 쓸데없는 딴소리를 늘어놓았다.

"그래 어디를 가셨소. 얼른 일러주오."

"글쎄올시다. 그것 일러드리기야 어렵지 않지만, 소승은 그 어른 때문에 까닭 없는 말까지 듣고…… 또 이번에 그 어른 간 곳을 일러드렸다가⋯⋯."

하고 매우 난처한 듯이 주저주저하며 그 뻔뻔한 머리를 긁적긁
적한다.

주만은 문지기의 뜻을 알아차렸다. 재빠르게 황금 가락지를
빼어 넌지시 손에 쥐어주었다.

"네, 네, 이건 너무 황감합니다. 일러드리고말곱시오. 저 그 어
른은 그림자 못으로 가셨습니다."

"그림자 못? 그림자 못엔 왜 가셨을까."

"그 까닭은 소승도 잘 모릅니다."

문지기는 아사달의 아내가 찾아왔다가 그 못에 빠져 죽었단
말은 차마 하기 어려웠다.

"어제 아침, 새벽같이 웬 늙은 예편네가 들어닥치더니 다짜고
짜로 그 어른을 모시고 갔는데, 곁에서 듣자 하니 그림자 못으로
가는 듯합디다."

"그러면 대사가 그 못을 잘 아시겠구려. 같이 좀 가주실 수 없
을까."

"소승이 모시고 가도 좋지만 저 차돌이란 놈도 길을 잘 압니
다. 저 애를 데리고 가시지요."

문지기는 딱장대 콩콩이를 또 만날까 겁이 나서 꽁무니를 뺐
었다.

주만은 차돌을 재촉하여 부랴부랴 그림자 못으로 달리었다.

못가가 워낙 휘넓어서 한눈 안에 거둘 수도 없거니와, 샐녘과
아침의 어림을 뒤덮는 젖빛 안개가 뽀얗게 끼어 얼른 아사달의
모양이 띄지 않았다.

"어디 여기 계신가."

주만은 차돌을 돌아보았다.

차돌은 잠깐 걸음을 멈추고 귀를 기울이더니

"저 소리를 들어보십시오. 천연 아사달 님이 돌을 쪼으시던 소리 같군요."

주만도 걸음을 멈추자, 고요한 공기를 흔드는 귀에 익은 그 소리를 몰라들을 리 없었다.

소리 나는 곳으로 쫓아 들어가매, 저만큼 못둑 아래 헤실헤실한 안개 속에서 사람의 그림자가 어릿거리는 것이 보이었다.

주만은 죽었던 사람을 다시 만난 것보다 더 반가웠다. 그는 진둥한둥 뛰어갔다. 몇 걸음 남겨놓지 않고 소리를 쳤다.

"아사달 님! 아사달 님!"

꽤 크게 지른 소리였건만, 아사달은 돌아보지도 않았다.

주만도 나는 듯이 못둑 밑까지 내려와서 아사달의 곁으로 바싹 다가서며 거의 귀에 대다시피 하고

"아사달 님, 아사달 님!"

또 한 번 불렀건만, 아사달은 들은 척도 않고 정과 마치만 번개같이 놀리었다.

차돌은 아사달과 주만의 만나는 양을 먼빛으로 바라보자 살그머니 제 갈 데로 가버렸다.

159

"아사달 님, 나 좀 보셔요. 아사달 님!"

주만은 마침내 짜증을 내며 부르짖었다. 그래도 아사달은 정 놀리기를 쉬지 않았다.

정과 마치의 자지러진 가락과 그 황홀한 얼굴빛으로 보아 아사달은 다시금 신흥에 겨운 줄을 짐작할 수가 있었다.

똑바로 씹어 들어가듯 돌에 박힌 그 눈길은 벼락이 떨어져도 옆으로 쏠릴 것 같지 않았다.

'이 일을 어찌하나.'

주만의 가슴은 미어졌다.

"여보세요, 아사달 님, 아사달 님, 한시가 급합니다. 우리가 여기 이러고 있을 형편이 못 됩니다. 모든 일은 탄로가 나고 말았습니다. 아사달 님, 아사달 님, 우리는 어서 달아나야 합니다. 어서 서라벌을 떠나야 합니다. 우리 집에서는 내가 없어진 줄을 알고 벌써 야단법석이 일어난지 모릅니다. 하인들은 나를 잡으러 나선지 모릅니다. 아사달 님, 아사달 님!"

주만의 하소연은 애가 끊이는 듯하였건만, 아사달의 귓가에는 울리지 않는 것 같았다.

"글쎄 이게 웬일일까. 그런 엄청난 대공을 마치셨거든 그 돌을 왜 또 새기세요. 참, 기막히는 일도 있고는 볼 일. 아슬아슬한 고비에 그 돌을 붙잡고 계시면 어떡하자는 말씀예요. 어서 일어나요. 네? 아사달 님, 네, 아사달 님!"

쇠와 돌이 맞부딪는 여무지고 단단한 울림에 주만의 불이 붙는 듯한 간청도 가뭇없이 스러졌다.

못 얼굴에 자욱하던 안개가 차츰차츰 걷히었다. 잿빛으로 조으던 물결은 파름파름하게 눈을 떴다. 불그스레한 기운이 흐늘흐늘 춤을 추는 것은, 돋아오는 햇발이 미처 물얼굴에까지는 닿지 않고 공중을 쏘아 그 광선이 반사를 일으키는 까닭이리라.

"아이 날이 아주 밝았네. 아이 해가 떠오르네. 이를 어쩌나, 이를 어쩌나."

주만은 길길이 뛰고 싶었다.

"아사달 님, 아사달 님!"

또 한 번 부르짖어보았으나 또한 아무 소용이 없었다. 구슬 같은 땀이 그 번듯한 이마와 콧마루에 주렁주렁 맺힌 걸로 보아 일에 얼마나 골똘한 것을 가르쳐줄 뿐.

"아사달 님, 아사달 님, 아사달 님은 이 목숨이 끊어지는 줄을 모르시는군. 한 시각, 한 시각이 이 명을 재촉하는 줄 모르시는군. 그 정 자리가 한 금 두 금 나는 것이 이 몸과 피를 방울방울 마르게 하는 줄 모르시는군. 잡히기만 하면 이 몸이 연기로 사라지는 줄 모르시는군."

주만은 가슴이 찢어지도록 한숨을 쉬었다.

정질이 잠깐 늦추어지는 순간 아사달의 시선은 힐끗 주만을 보았다.

그 눈길은

'제발 나를 괴롭게 말아주시오. 제발 나를 가만히 내버려주시오.'

하고 애원하는 듯하였다.

주만은 이대도록 애절한 눈매는 처음 보았다.

일순간 아사달은 다시 눈길을 돌로 옮기었으나, 그 손에는 힘이 빠져나간 듯 정질과 마치질이 허전허전하는 것 같았다.

어젯밤에 나타난 아내의 모양은 영절스럽게 또렷또렷하였다. 비록 환영일망정 피가 돌고 맥이 뛰듯 생생하게 살아왔다. 한번 마치와 정을 들고 대하자, 마치 아내의 모습이 미리 새겨져 있는 것처럼, 정 지나간 자리를 따라 대번에 동글갸름한 얼굴의 윤곽이 드러나고 그 야들야들한 뺨의 보드라운 선이 그리어졌다. 눈썹 언저리를 도두룩하게 솟게 하여 그 가늘고도 진하고 초승달처럼 고부장하게 휘어들어 약간 꼬리를 처뜨리게 하고는 은행 꺼풀 같은 눈시울을 아렴풋이 쪼아내었다.

그는 어느 결에 달이 기운 줄도 몰랐다. 어느 결에 새벽안개가 열 겹 스무 겹 저를 에워싼 줄도 몰랐다. 어느 결에 동이 훤하게 밝아온 줄도 몰랐다.

안청이 그중에서 띠룩띠룩하는 듯이 눈시울을 다듬어내기에도 잔손질이 수없이 들었다.

눈시울을 가까스로 끝내어 이번에는 더 어려운 눈. 아사달은 처음엔 상글상글 웃는 눈매를 찍어내려 하였건만, 암만해도 마지막으로 주고받은 그 눈물 고인 눈매만 눈에 밟히어 어쩔 수 없었다. 그는 그 슬프고도 아름다운 눈매를 새겨내기에 열고가 났다.

정은 돌 위에서 떤다. 암만해도 그 눈매가 뜻대로 새겨지지를 않는 것이었다.

그때였다. 아니다, 그때에야 그는 제 옆에 인기척을 느끼었다. 그리고 그것이 다른 사람 아닌 주만인 줄도 온몸으로 느끼었다.

기실 주만은 그보담 훨씬 먼저 와서 부르고 외치었건만, 그 애끓이는 하소연도 도무지 들리지 않았던 것이다.

160

'구슬아기가 내 옆에 있고나.'

하는 생각이 분명히 들자, 아사달의 정질은 갈수록 제자리에 놓이지 않고, 눈앞에 그리는 아사녀의 눈매조차 아리숭아리숭 여불없이 붙들리지 않았다.

그의 열에 뜬 머리조차, 주만의 뼈에 사무치는 원정으로, 찬물을 끼얹는 듯 식어갔다.

그는 이 쨍쨍한 현실에 한순간 손길이 빗나가고 말았다.

아뿔싸! 그는 다시 돌 위로 눈을 돌렸건만, 그렇게도 생생하던 아내의 환영은 하잘것없이 흐려진다. 봄볕에 눈처럼 스러지고, 저녁놀 사라지듯 흐지부지 가무러지려 한다. 그 대신 초죽음 다 된 해쓱한 주만의 얼굴과 그 파랗게 질린 입술이 실룩실룩 떨고 있다.

아사달은 아믈아믈해가는 아사녀의 모습을 불러일으키려고 바작바작 애를 켜며 질팡갈팡 정과 마치를 휘둘렀다.

아사녀가 죽은 줄이야 꿈에도 모르는 주만이로되, 아사달의 침통한 얼굴과 애절한 눈초리와 서두는 태도로 보아, 이 공사도 아사달에게는 다보탑과 석가탑보담 못하지 않은 것임을 깨달을 수 있었다. 아무리 조른다 해도 자리를 뜰 것 같지도 않았다. 아무리 기막힌 제 처지를 호소를 한다 해도 이미 도취의 경지에 들어간 아사달의 마음을 돌릴 것 같지도 않았다. 그의 일만 더 늦어지게 할 뿐이 아닌가.

주만의 속은 조비비는 듯하였지만 아사달의 손 떼기를 기다리는 수밖에 없었다.

멀거니 정질의 자취를 더듬어보매, 아사달은 사람의 얼굴을 새기느라고 애를 쓰는 것을 알 수 있었다.

아침때가 겨웠다.

한낮이 되었다.

아사달의 손은 좀처럼 쉬어지지 않았다.

주만이가 제 등 뒤에 멀지 않게 말굽소리를 들은 듯싶은 순간

"아가씨, 아가씨, 구슬 아가씨."

가쁘게 부르는 털이의 소리가 들려왔다.

주만이 고개를 돌려보니 과연 털이가 죽을상을 하고 말을 채쳐 오는 꼴이 보이었다.

'무슨 일이 생겼고나.'

하고 주만의 가슴은 덜컥 내려앉았다.

주만이 마주 나오자 털이는 말에서 내려 종종걸음을 쳤다.

"아가씨, 아가씨, 큰일 났는뎁시오. 왜 여기 이러고 곕시오. 쇤네는 벌써벌써 멀리멀리 가신 줄 알고 허허실수로 불국사엘 들렀더니, 차돌의 말이 여기 계시다기로 이리로 오는 길입지요."

털이는 이마에 괸 진땀을 손으로 씻으며 그 동그란 눈을 더욱 호동그랗게 뜬다.

"무슨 일이 생겼느냐."

주만은 오히려 태연히 물었다.

"이거, 이거, 참 큰일 났는뎁시오. 여기 이러고 계시다니, 쇤네 뒤에는 곧 하인배들이 쫓아올 텐뎁시오. 왜 달아나지를 않으십시오. 네, 네, 아가씨 지금이라도 어서어서 달아를 나십시오."

"다 틀렸다. 어찌 된 곡절이나 들려다고."

주만은 이미 단념하고 절망한 지 오래였다. 하필 이 아슬아슬한 판에 아사달이 그 돌을 새기기 시작한 것은 이미 저의 악착한 운명이 작정된 줄 알았던 것이다.

"오늘이 한가위, 신궁 앞에 검술과 궁술의 큰 모임이 열리고, 경신 서방님이 활쏘기와 칼 겨룸을 하시는데 거기 구경을 가시자고 대감께서 아가씨를 찾으신 모양입시오. 마님께서 숨기다가 못하셔서 마침내 바른대로 여쭈신 모양입시오. 대감께서 발을 구르시고 역정을 하늘같이 내시어, 그런 년은 당장 잡아서 불에 태워 국법을 바루신다고 야단야단을 치시는 걸 쇤네도 밖에서 들었는뎁시오. 마님께서 밖으로 나오시더니 쇤네를 넌지시 부르시어 너 빨리 불국사엘 가서 아가씨가 계신가 안 계신가만 보고 만일 계시거든 빨리 달아나게 하라고 일르셨는데, 아가씨는 여기 이러고 계시니 이 일을 장차 어떡해요, 어떡해요."
하고 털이는 입을 삐죽삐죽하며 눈물이 듣거니 맺거니 한다.

주만은 어머니의 자정에 가슴이 지르르해지도록 새삼스럽게 감동하였다. 버린 딸이요 못쓸 딸이건만 그 목숨을 구해지라고 애를 졸이는 모양이 환하게 눈앞에 보이는 듯하였다.

"쇤네는 말을 타고 왔으니 얼마쯤은 빠르기는 빨랐지만 곧 뒤미처 하인배들이 달려올걸입시오. 아가씨, 어서 달아나십시오.

네, 아가씨!"

161

"이왕지사, 일은 틀린 일, 지금 달아난다 한들 무슨 소용이 있겠느냐."

주만은 길게 탄식하였다.

"웹시오. 지금이라도 늦지 않습니다. 아가씨만 이 자리에 없으시다면 하인배들이 군이군이 찾으랴들지도 않을 것 아닙시오."

"내 혼자 달아나서 이 구구한 목숨을 보전하면 무엇하랴."

"아사달 서방님이 저기 계시지 않읍시오."

"그 어른은 또 큰일을 시작하셨단다. 한번 일을 손에만 대시면 침식도 잊으시고 생사도 모르는 이. 몇 번 길 떠나기를 재촉도 해보았지만 들은 척도 않으시니 어쩌는 수가 있느냐."

"어규, 이를 어째, 이를 어째."

털이는 펄쩍 뛰었다.

저편 길 쪽이 떠들썩하는 곳을 바라보매 과연 껌정 벙거지를 둘러쓴 구종들이 벌떼같이 이리를 향하고 달려온다.

"애구 아가씨, 저것들을 보십시오, 보십시오."

하고 털이는 주만의 손목을 이끌며 달아나려 한다.

주만은 손목을 뿌리치며

"지금 와서 허둥거리면 하인배 소시에 창피만 할 뿐."

하고 주만은 잠깐 무엇을 생각하는 듯하더니 털이를 보고

"너는 여기 있어 저 사람들이 들어닥치거든 잠깐만 기다려달라고 일러라. 내 아사달 님께 마지막 부탁할 것이 있다."

주만은 아사달의 곁으로 왔다.

아사달은 비 오는 듯하던 땀을 씻으려 하지도 않고 돌을 새기기에 일단 정성을 모으고 있었다.

자기를 그리고 그리다가 자기를 찾아와서 죽은 아내의 모양을 그는 하늘이 무너져도 제 손으로 다시 살리려고 제 재주와 힘을 다 들이고 있었던 것이다.

"아사달 님, 아사달 님!"

주만은 비통한 목소리로 부르짖었다.

"나는 가요, 나는 인제 잡혀가요. 이것이 이 세상에서는 아사달 님과 마지막 작별, 한 번만 그 얼굴을 이쪽으로 돌리셔요, 단 한 번만 눈 한 번 깜짝일 짧은 동안이나마……."

아사달의 손길은 와들와들 떠는 듯하였다. 정은 돌 위에서 허청을 치고 미끄러진다.

"네, 아사달 님, 얼른 얼굴을 돌리셔요, 다시 한 번 자세히 뵈옵게. 이 가슴속 깊이 새겨두게. 뜨거운 불길이 이 몸에 붙을 제도 그리운 그 얼굴을 눈앞에 그리면서 숨이 잦아지게, 그리고 또 마지막 부탁이 있어요."

아사달은 얼굴을 들었다. 정소리도 끊어졌다.

"아이 고마워라, 아이 고마워라, 아사달 님이 나를 보시네."

주만은 감격에 겨운 듯이 속살거리고 물끄러미 아사달 얼굴의 이모저모를 샅샅이 알알이 뜯어보았다.

거의 넋을 잃은 듯이 흥껏 아사달의 얼굴을 들여다보고 나서

"아사달 님, 아사달 님, 이만하면 아사달 님 얼굴은 자세히 뵈었어요. 내 얼굴도 자세히 보아주서요. 그리고 내 얼굴을 그 돌 위에 새겨주서요. 이것이 나의 마지막 부탁, 네 아사달 님, 들어주실 테지요."

"……."

"왜 대답이 없으서요. 왜 금세로 얼굴빛이 파랗게 질리서요. 왜 뺨 언저리가 실룩실룩 떠십니까. 마지막 이별에 마지막 부탁, 혈마 아니 들어주실 리야 없겠지요. 이 몸, 이 모양이 아사달 님의 손으로 그 돌 위에 새겨만 진다면, 다시 살아만 있다면 나는 죽어도 여한이 없어요. 이 하잘것없는 몸은 푸른 연기가 된다 해도 이 돌 위에 새겨진 내 얼굴은 몇백 년 몇천 년을 살아남을 것 아녜요. 우리의 비참한 사랑의 기념으로 돌 하나를 남긴다 한들 죄 될 것이 없겠지요. 네, 아사달 님, 이 청이야 들어주실 테지요."

주만의 입길에서는 단김이 서려 흘렀다.

못 물결도 출렁거리기를 그치고 일순간 얼어붙은 듯이 고요하다.

"왜 대답이 없으시오. 선선히 그리하마 일러주지 않으시오. 그 돌에 새기는 건 부처님의 상이에요, 보살님의 상이에요? 무슨 원불顯佛[138]을 새기시느니보담 이 주만을 새겨주서요. 네 아사달 님."

왁자지껄하는 소리가 점점 가까워온다.

털이가 가로막고 서서 기다리라고 타이르는 모양이었다.

주만은 몸을 일으켰다.

138 중생 제도를 본원으로 하여 나타난 부처.

"자, 아사달 님, 나는 가요, 마지막으로 가요. 부명이 지엄하시니 오래 머뭇거리고 있을 수 없어요. 제발 내 마지막 소원을 풀어 주세요. 네 아사달 님. 그러면 부디 안녕히."

주만은 조용조용히 걸어 나왔다.

162

햇님다리를 조금 비켜놓고 모기내 천변 큰길에는 장작과 솔단이 집채같이 재이었다.

황을 덤석 묻힌 긴채 관솔에 불을 붙여 군데군데 꽂아놓으매, 검은 연기가 구름장 모양으로 뭉게뭉게 떠오르자, 그 밑에서 시뻘건 불길이 이글이글 타오르기 시작하였다.

오늘이 마침 팔월 한가위 신궁 앞 넓은 마당과 서울 거리거리에 구경거리가 덤북 벌어져서 사람들은 많이 빠져나갔건만, 그래도 이 참혹한 광경을 보아지라고 모여든 군정들은 천변 한길이 비좁도록 개미떼같이 덕시글덕시글하였다.

마른 나뭇가지가 타서 꺾이는 소리가 후닥뚝닥 근처의 공기를 뒤흔들며 화르르하고 타오르는 불길은 무명의 업화인 양 반공을 향하고 그 너불너불하는 어마어마한 혓바닥을 내어두를 제, 주만은 여러 하인들에게 옹위되어 그 장작더미 앞에 와서 섰다.

외동딸이 타 죽는 모양을 차마 볼 수 없었음이리라. 유종과 사초부인은 그 자리에 모양을 나타내지 않았다.

유종은 사랑문을 겹겹이 잠그고 혼자서 방 안엘 왔다 갔다 하며 머리끝까지 치밀린 격분과 극통을 걷잡지 못하고 있었다.

"에이 고이한 년, 에이 고이한 년, 내 딸이, 내 딸이!"

하고 이따금 힘줄이 우글쭈글한 주먹을 불끈불끈 쥐었다.

사초부인은 남편을 끝끝내 속일 수 없어 이실직고는 하였으나 혈마 딸이 잡혀 오리라고는 꿈에도 생각지 못하였다. 자기 잠든 사이에 자취를 감추었으니 지금쯤은 멀리 서라벌을 떠나 있을 터이고, 또 잡으러 간 사람들이 제 집에 부리는 하인들이니 기를 쓰고 잡으려들 것 같지도 않아서 실상은 마음을 놓았다. 그래도 미심다워 털이를 보내기까지 하였으나, 간 곳을 모른다는 털이의 기별을 기다리고 있었던 것이다. 그러다가 천만뜻밖에 자기 딸이 잡혀 왔다는 소식을 듣고 그 자리에 기색하고 말았다. 얼마만에야 겨우 깨어는 났으나 자리보전하고 누워서 헛소리만 하고 있었다.

불길이 웬만큼 타오르는 것을 보자, 주만은 천천히 불 앞으로 걸음을 옮기었다.

"애구 아가씨, 애구 아가씨."

털이는 울며불며 질색을 하고 뒤에서 제 아가씨를 부둥켜안았다. 여러 하인들도 고개를 외우시었다.

"놓아라, 놓아라."

주만은 조용히 털이를 타일렀다.

"네 정은 고맙다만 질질 끌수록 나에게는 고통. 한시바삐 저 불 속으로 뛰어들어 모든 슬픔과 원한을 잊어버려야……"

"애구 아가씨! 애구 아가씨!"

털이는 더욱 제 아가씨의 허리를 단단히 부여잡으며 울며 부르짖었다.

주만은 털이에게 안긴 채 한동안 그린 듯이 서 있다가

"대감님과 마님께 못 뵈옵고 간다고 사뢰어라. 그리고 내 죽은 뒤에 타고 남은 재가 있거든 그림자 못 아사달 님이 새기신 돌부처 발아래 묻어다고."

말을 마치기 전, 여러 사람이 악! 소리도 지를 겨를도 없이 주만은 불 속으로 나는 듯이 뛰어들었다.

"애구구!"

털이는 그대로 땅바닥에 넘어지며 울었다.

그때였다. 쏜살같이 말을 달려오는 사람의 그림자가 연기 속으로 사라졌다.

그 사람은 말 위에서 그대로 껑청 몸을 날려 활활 타오르는 불길 속으로 뛰어드는 다음 순간엔 벌써, 불덩이 다 된 주만의 몸을 두리쳐 업고 선뜩 땅에 내려서는 모양이 보이었다.

땅 위에서 번개같이 주만의 옷에 붙은 불을 손으로 비벼 끄는 듯하더니 주만을 업은 채 비호같이 달려가 버렸다.

모였던 군정들은 와글와글하였다.

"그게 누구야, 누구야."

옆 사람의 옆구리를 꾹꾹 찌르며 이 별안간 나타난 용사의 근지를 알려고 하였다. 그러나 그 사람의 동작은 너무 빠르고 또 검은 연기가 부근 일대를 뒤덮었기 때문에 아무도 그 사람의 정체를 자세히 알아본 이는 없었다.

여럿의 시선이 말 닫는 곳으로 바라볼 때에는 벌써 그 사람의 모양은 까마득하게 사라져버렸다.

이 바람결같이 나타났다가 바람결같이 사라진 인물은 과연 누구이었던가.

"하늘이 구하신 게다, 하늘이 구하신 거야."

"아무리 법이 엄하기로 외동딸을 태워 죽이다니 말이 되나. 신명이 도우신 게지."

"어여쁜 그 얼굴과 의젓한 그 태도만 보아도 비명횡사할 이가 아니거든."

"뭘 제 고운 님이 와서 구해 간 게지."

"어쩌면 그렇게 대담하고 말을 잘 탈까."

"아무튼 예삿사람은 아니야."

모였던 군정들도 악착한 꼴만 구경을 할 줄 알았다가 뜻밖에 좋은 구경 한 가지를 덤으로 더 하게 된 데 매우 만족한 모양으로 제각기 떠들며 헤어졌다.

163

나는 범보다 더 날래게 불길 속에 뛰어들어 주만을 구해낸 이는 경신이었다.

오늘도 검술과 궁술 겨룸에 보기 좋게 장원을 하여 만 사람의 칭찬을 받았으되, 이 영광에 싸인 자기를 보고 누구보담도 더 기뻐할 이찬 유종의 얼굴이 보이지 않는 것이 섭섭하고 궁금하였다.

어쩐지 마음에 키이어, 여러 낭도들의 폭풍우 같은 환호와 찬사도 받는 둥 마는 둥 슬그머니 빠져나와 주만의 집으로 말을 채쳐 오는 길에 햇님다리 가에 사람이 백절 치듯 모인 것을 보았다. 무슨 까닭인가를 물어보아, 이찬 유종이 제 실행한 딸을 태워 죽이는 것이란 말을 듣고 쏜살같이 뛰어든 것이었다.

이찬의 불같은 성미에 일이 탄로만 되면 이런 거조가 있으리라고 그는 어렴풋이나마 미리 짐작도 하였다.

그리고 어젯밤에 얼른 본 주만의 얼굴에 수심이 가득한 양이 한량없이 애처로웠다. 그 다소곳한 머리와 수줍은 눈길에 풀기 하나 없는 것이 한량없이 가엾었다. 암만해도 무슨 악착한 사단이 벌어질 것만 같아서 가슴이 섬뜩하였다.

한두 번밖에 대해보지 않았으나 그 뛰어나게 아름다운 용모와 씩씩한 기상과 대담한 태도가 경신에게는 엄청난 경이였다. 눈부신 존재였다. 벌써 마음을 바친 데가 있는 그이어니 제 아내가 되기는 사내답게 단념할 수밖에 없었지만, 한번 가슴속 깊이 박힌 그 안타까운 그림자는 좀처럼 가시어지지 않았다. 부모님께도 사뢰지 못한 그 괴로운 속을 처음 만나는 자기를 턱 믿고 숨김없이 하소연한 것이 어떻게 정다운지 몰랐었다. 더구나 자기와 정혼된 남자가 낙명이 될까 염려하여 신랑 쪽에서 파혼까지 해달라고 하는 그 마음씨는 곰살궂고도 여무지었다.

세상에도 희귀하고 열렬하고 비장한 주만의 사랑이 올곧게 열매를 맺기를 경신은 진정으로 축수하였건만, 마치 친누이동생과 같은 깨끗하고 애연한 정을 느끼었던 것이다.

이러한 주만이가 생목숨을 끊게 되었거늘, 어찌 제 몸의 위험을 살필 수 있느냐. 제 체모를 돌아볼 수 있느냐.

경신은 들숨 날숨 없이 복잡한 서울 거리를 헤어 나와 개운포

한길로 달리었다.

서울이 아득하게 멀어지고 인가가 없는 들판에 나온 뒤에야 경신은 턱에 닿은 숨을 돌리었다.

뒤를 돌아보아도 쫓아오는 사람은 없는 듯.

얼떨떨한 정신을 수습하자 첫째 머리에 떠오르기는 제 등에 업힌 주만이가 어찌 되었나 하는 염려였다.

팔과 고개가 제 어깨에 척 늘어져 힘없이 흔들흔들하는 것을 보면 그대로 혼절된 모양이었으나, 촉촉하고 따스한 온기가 주만의 가슴 언저리로부터 제 등에 배어 스며드는 것을 보면 아직 숨기는 남아 있는 듯하였다.

"어디든지 치우고 들어야 할 텐데."

경신은 혼자 속살거리고 또다시 말을 채쳐 자기가 서울 오름내림 길에 드는 주막을 찾아들었다.

조용한 방 하나를 치우고 주만을 들여다 눕히었다.

옷자락이 군데군데 타서 떨어져 너불너불하는 대로 흰 살이 드러난 것도 가엾거니와 뺨 언저리엔 덴 자국이 밀룽밀룽 부풀어 오르고 그 좋은 머리도 그슬러져서 오글오글해진 모양이 참혹하였다.

"애구 가엾어라, 불난 집에서 뛰어나오셨군. 저렇게 기색을 하셨으니 냉수나 좀 떠넣어보시지. 그리고 데인 자리엔 간수나 발라보시지. 애구 끔찍해라, 많이도 다치셨네. 그래도 숨이 붙으신 게 천행이시군."

혼동된 주인 노파는 방에 따라 들어와 이부자리를 깔고 나서 제 아는 대로 구호 방법을 가르쳐주었다.

경신은 노파와 같이 주만의 꽈리같이 부르튼 입술을 벌리고 냉수를 몇 숟갈 떠넣어보았으나, 물은 넘어가지 않고 그대로 흘러나왔다.

"다치신 것도 다치신 거지만 워낙 놀라셨을 테니 잠깐만 진정을 하시도록 하시지."

하고 노파는 나가버렸다.

떡 한 시루 쪄낼 동안이나 지냈으리라.

주만은 무엇을 찾는 듯이 손을 내저었다.

경신은 놀란 듯이 옆으로 다가들며 부르짖었다.

"구슬아기 님, 구슬아기 님."

주만의 입술은 달싹달싹하였다. 분명히 무슨 말을 하는 모양이나 모기소리보다도 더 가늘어서 알아들을 수가 없었다.

"구슬아기 님, 구슬아기 님, 무슨 말씀이오, 무슨 말."

주만은 얼굴을 찡그리고 짜증을 내었다.

"아이, 아사달 님, 아이 아사달 님은 그래도 못 알아들으서요?"

경신은 아사달이란 말낱은 분명히 알아들을 수 있었다. 그로 말미암아 아까운 청춘을 불 속에 장사할 뻔하고, 숨이 붙은 둥 만 둥한 이 생사관두[139]에 헛소리로도 제 사랑의 이름을 찾는 걸 보고, 경신은 그 지긋지긋한 사랑에 진저리를 치면서도 새삼스럽게 고개가 숙여졌다.

"그, 그 돌에 내, 내 얼굴을 새, 새겨주서요. 네, 아사달 님 이 손에 그 돌을 만져보여 주서요. 어디 나, 나를 닮았나, 안 닮았나

139 죽고 사는 것이 달린 위태로운 고비.

더듬어보게."

164

아사달은 넋 잃은 사람 모양으로 주만의 돌아서 가는 양을 멀거니 바라보다가 손버릇같이 다시 정을 들기는 들었다. 그러나 어느 결엔지 아사녀의 환영은 깜박 사라져버렸다. 아까까지는 어렴풋이라도 짐작되던 그 흔적마저 놓치고 말았다.

아무리 눈을 닦고 돌 얼굴을 들여다보았으나 눈매까지는 그럴싸하게 드러났지마는 그 아래로는 캄캄한 밤빛이 싸인 듯 아득할 뿐.

돌을 들여다보면 볼수록 골머리만 부질없이 힝힝 내어둘리었다.

그러자 문득 그 돌 얼굴이 굼실 움직이는 듯하며 주만의 얼굴이 부시도록 선명하게 살아났다. 마치 어젯밤의 아사녀의 환영 모양으로.

그 눈동자는 띠룩띠룩 애원하듯 원망하듯 자기를 쳐다보는 것 같다.

'이 돌에 나를 새겨주세요. 네, 아사달 님, 네, 마지막 청을 들어주세요.'

그 입술은 달싹달싹 속살거리는 것 같다.

아사달은 정을 쥔 채로 머리를 털고 눈을 감았다.

돌 위에 나타난 주만의 모양은 그의 감은 눈시울 속으로 기어

들어오고야 말았다. 이 몇 달 동안 그와 지내던 가지가지 정경이 그림등 모양으로 어른어른 지나간다.

파일 탑돌이할 때 맨 처음으로 마주치던 광경, 기절했다가 정신이 돌아날 제 코에 풍기던 야릇한 향기, 우레가 울고 악수가 쏟아질 적 불꽃을 날리는 듯한 그 뜨거운 입김들…….

아사달은 고개를 또 한 번 흔들었다. 그제야 저 멀리 돈짝만 한 아사녀의 초라한 자태가 아른거린다. 주만의 모양을 구름을 헤치고 둥둥 떠오르는 햇발과 같다 하면, 아사녀는 샐녘의 하늘에 반짝이는 별만 한 광채밖에 없었다.

물동이를 이고 치마꼬리에 그 발간 손을 씻으며 바시시 웃는 모양, 이별하던 날 밤 그린 듯이 도사리고 남편을 기다리던 앉음앉음, 일부러 자는 척하던 그 가늘게 떨던 눈시울, 버드나무 그늘에서 숨기던 눈물들…….

아사달의 머리는 점점 어지러워졌다.

아사녀와 주만의 환영도 흔들린다.

회술레를 돌리듯 핑핑 돌다가 소용돌이치는 물결 속에서 쪼각쪼각 부서지는 달그림자가 이내 한데로 합하듯이, 두 환영은 마침내 하나로 어우러지고 말았다.

아사달의 캄캄하던 머릿속도 갑자기 환하게 밝아졌다.

하나로 녹아들어 버린 아사녀와 주만의 두 얼굴은 다시금 거룩한 부처님의 모양으로 변하였다.

아사달은 눈을 번쩍 떴다.

설레던 가슴이 가을 물같이 맑아지자, 그 돌 얼굴은 세 번째 제 원불로 변하였다.

선도산으로 뉘엿뉘엿 기우는 햇발이 그 부드럽고 찬란한 광선을 던질 제 못물은 수멸수멸 금빛 춤을 추는데 흥에 겨운 마치와 정소리가 자지러지게 일어나 저녁나절의 고요한 못둑을 울리었다.

　새벽만 하여 한가위 밝은 달이 홀로 정 자리가 새로운 돌부처를 비칠 제 정소리가 그치자 은물결이 잠깐 헤쳐지고 풍 하는 소리가 부근의 적막을 한순간 깨트렸다.

1900년   대구에서 아버지 현경운玄慶運과 어머니 이정효李貞孝 사이에서 8월 9일(음) 넷째 아들로 태어남. 아버지는 대한제국 말기 대구 우체국 장을 지냈음.

1910년   6월에 어머니 이정효 죽음.

1913년   서울로 올라와 공부를 시작함.

1915년   대구에서 이순득李順得과 결혼함. 일본 도쿄로 유학을 떠남.

1917년   일본 도쿄 세이조 중학을 졸업하고 독일어 전수 학원에서 공부하다 가 귀국함.

1918년   중국 상하이로 가서 후장 대학 독일어과에 입학함.

1919년   6월에 상하이에서 귀국함. 대구에서 이상화, 이상백, 백기만 등과 함 께 동인지 〈거화炬火〉를 펴냄. 9월에는 오촌 당숙의 양자로 들어가 서울에서 양조모, 양모를 모시고 아내와 함께 생활함. 12월, 첫딸 경 숙 태어남.

1920년   〈개벽〉에 외국 소설을 번역해서 게재함. 10월, 첫딸 경숙 죽음. 11월, 처녀작 〈희생화〉를 〈개벽〉에 발표했으나 시인 황석우로부터 혹평을 받음. 조선일보에 입사.

1921년   1월에 〈빈처〉를 〈개벽〉에 발표함. 9월, 둘째 딸 애경 태어남. 11월, 〈술 권하는 사회〉를 역시 〈개벽〉에 발표함.

1922년   〈타락자〉 발표. 〈백조〉 동인으로 활동함. 동명사에 입사함. 둘째 딸

애경 죽음. 첫 창작집《타락자》펴냄.

1923년 〈우편국에서〉 발표. 첫 장편《지새는 안개》를 〈개벽〉에 연재하기 시작. 시대일보 입사.

1925년 시대일보 사회부장이 됨. 9월에 시대일보가 폐간됨에 따라 동아일보 입사. 11월에 셋째 딸 화수 태어남.

1926년 모스크바 국제 농민회 본부가 보낸 삼일절 기념 축전을 게재했다는 이유로 동아일보가 제2차 무기 정간 당함.

1928년 중국 상하이에서 한인청년동맹을 조직하고 활발한 독립운동을 벌이던 셋째 형 정건이 체포됨. 3월에 동아일보 사회부장이 됨.

1929년 민족 역사의 현장을 답사할 목적으로 고도 순례 여행에 나섬.

1930년 〈동아일보〉 창간 10주년 기념호에 〈네이션〉 주필의 축사를 게재했다는 이유로 제3차 무기 정간 당함.

1931년 〈서투른 도적〉, 〈연애의 청산〉 발표.

1932년 셋째 형 정건 죽음.

1933년 셋째 형 정건의 아내 윤덕경 자살. 장편《적도》를 〈동아일보〉에 연재.

1934년 양모 죽음.《적도》연재 끝남.

1936년 손기정 선수가 베를린 올림픽 대회 마라톤에서 우승함. 이때 동아일보 사진부에서 손기정 선수의 유니폼에 그려진 일장기를 지운 이른바 '일장기 말살 사건'이 일어남. 이 사건으로 〈동아일보〉는 제4차 무기 정간 당하고, 사회부장으로 재직 중이던 현진건은 구속되어 모진 고문을 당함.

1937년 동아일보 사직, 자하문 밖 부암동으로 이사 가서 양계를 시작.

1938년 《무영탑》을 〈동아일보〉에 연재.

1939년 《무영탑》과 《적도》를 박문서관에서 펴냄. 〈흑치상지〉를 〈동아일보〉에 연재.

1940년 〈흑치상지〉 연재가 강제로 중단됨.《조선의 얼굴》이 금서 처분당함. 가난에서 벗어나고자 시작한 미두사업에 실패함.

1941년 장편《선화공주》를 〈춘추〉에 연재하다가 미완성으로 끝냄.

1943년 셋째 딸 화수가 육당 최남선의 주례로 월탄 박종화의 아들과 결혼. 4월 25일 가난한 삶 속에서도 친일문학에 가담하지 않은 채 지내던 현진건, 장결핵으로 사망.

21

현진건 장편소설

무영탑

초판 1쇄 인쇄 2014년 11월 21일
초판 1쇄 발행 2014년 11월 28일

지은이 현진건
펴낸이 이범상
펴낸곳 (주)비전비엔피 · 애플북스

기획 편집 이경원 박월 윤자영 강찬양
디자인 김혜림 김경년 손은이
마케팅 한상철 이재필 김희정
전자책 김성화 김소연
관리 박석형 이다정

주소 121-894 서울특별시 마포구 잔다리로7길 12 (서교동)
전화 02) 338-2411 | **팩스** 02) 338-2413
홈페이지 www.visionbp.co.kr
이메일 visioncorea@naver.com
원고투고 editor@visionbp.co.kr

등록번호 제313-2007-000012호

ISBN 978-89-94353-67-8 04810

「이 도서의 국립중앙도서관 출판시도서목록(CIP)은 서지정보유통지원시스템 홈페이지(http://seoji.nl.go.kr)와 국가
자료공동목록시스템(http://www.nl.go.kr/kolisnet)에서 이용하실 수 있습니다.(CIP제어번호: CIP2014031731)」